U0535050

中华当代学术著作辑要

唐传奇新探

卞孝萱 著

商务印书馆
The Commercial Press

图书在版编目(CIP)数据

唐传奇新探/卞孝萱著.—北京：商务印书馆，2021
（中华当代学术著作辑要）
ISBN 978-7-100-19602-4

Ⅰ.①唐… Ⅱ.①卞… Ⅲ.①传奇小说—小说研究—中国—唐代 Ⅳ.① I207.41

中国版本图书馆CIP数据核字（2021）第037890号

权利保留，侵权必究。

中华当代学术著作辑要

唐传奇新探

卞孝萱 著

商务印书馆出版
（北京王府井大街36号 邮政编码100710）
商务印书馆发行
北京中科印刷有限公司印刷
ISBN 978-7-100-19602-4

2021年4月第1版	开本 710×1000 1/16
2021年4月北京第1次印刷	印张 26¼

定价：118.00元

中华当代学术著作辑要
出版说明

学术升降,代有沉浮。中华学术,继近现代大量吸纳西学、涤荡本土体系以来,至上世纪八十年代,因重开国门,迎来了学术发展的又一个高峰期。在中西文化的相互激荡之下,中华大地集中迸发出学术创新、思想创新、文化创新的强大力量,产生了一大批卓有影响的学术成果。这些出自新一代学人的著作,充分体现了当代学术精神,不仅与中国近现代学术成就先后辉映,也成为激荡未来社会发展的文化力量。

为展现改革开放以来中国学术所取得的标志性成就,我馆组织出版"中华当代学术著作辑要",旨在系统整理当代学人的学术成果,展现当代中国学术的演进与突破,更立足于向世界展示中华学人立足本土、独立思考的思想结晶与学术智慧,使其不仅并立于世界学术之林,更成为滋养中国乃至人类文明的宝贵资源。

"中华当代学术著作辑要"主要收录改革开放以来中国大陆学者兼及港澳台地区和海外华人学者的原创名著,涵盖文学、历史、哲学、政治、经济、法律、社会学和文艺理论等众多学科。丛书选目遵循优中选精的原则,所收须为立意高远、见解独到,在相关学科领域具有重要影响的专著或论文集;须经历时间的积淀,具有定评,且侧重于首次出版十年以上的著作;须在当时具有广泛的学术影响,并至今仍富于生命力。

自1897年始创起,本馆以"昌明教育、开启民智"为己任,近年又确立了"服务教育,引领学术,担当文化,激动潮流"的出版宗旨,继上世纪八十年代以来系统出版"汉译世界学术名著丛书"后,近期又有"中华现代学术名著丛书"等大型学术经典丛书陆续推出,"中华当代学术著作辑要"为又一重要接续,冀彼此间相互辉映,促成域外经典、中华现代与当代经典的聚首,全景式展示世界学术发展的整体脉络。尤其寄望于这套丛书的出版,不仅仅服务于当下学术,更成为引领未来学术的基础,并让经典激发思想,激荡社会,推动文明滚滚向前。

商务印书馆编辑部

2016 年 1 月

目 录

引　言 …………………………………………………………… 1

第一类　不置褒贬　由人评说

《兰亭记》新探 ………………………………………………… 7
　　附：何延之《兰亭记》 …………………………………… 24

第二类　指名道姓　攻击对方

《补江总白猿传》新探 ………………………………………… 31
　　附：《补江总白猿传》 …………………………………… 44
《上清传》新探 ………………………………………………… 47
　　附：柳珵《上清传》 ……………………………………… 58
《霍小玉传》新探 ……………………………………………… 60
　　附：蒋防《霍小玉传》 …………………………………… 72
《周秦行纪》新探 ……………………………………………… 78
　　附：《周秦行纪》 ………………………………………… 99

第三类　影射时事　寄托愤慨

（甲）针对某一政治事件而发

《任氏传》新探 ………………………………………………… 105

附：沈既济《任氏传》 …………………………………… 114
《辛公平上仙》新探 ……………………………………………… 120
　　附：李谅(复言)《辛公平上仙》 ………………………… 127
《河间传》新探 …………………………………………………… 131
　　附：柳宗元《河间传》 …………………………………… 144
《石鼎联句诗、序》新探 ………………………………………… 146
　　附：韩愈《石鼎联句诗、序》 …………………………… 155
《喷玉泉幽魂》新探 ……………………………………………… 158
　　附：李玫《喷玉泉幽魂》 ………………………………… 181

(乙)针对某种社会现象而发

《枕中记》新探 …………………………………………………… 183
　　附：沈既济《枕中记》 …………………………………… 201
《南柯太守传》新探 ……………………………………………… 204
　　附：李公佐《南柯太守传》 ……………………………… 217

第四类　借题发挥　控诉不平

《毛颖传》新探 …………………………………………………… 225
　　附：韩愈《毛颖传》 ……………………………………… 242
《谪龙说》新探 …………………………………………………… 244
　　附：柳宗元《谪龙说》 …………………………………… 247
《李娃传》新探 …………………………………………………… 248
　　附：白行简《李娃传》 …………………………………… 261

第五类　以古喻今(或假托神话)　开悟皇帝

《开元升平源》新探 ……………………………………………… 269
　　附：《开元升平源》 ……………………………………… 291

《长恨歌传》新探 …………………………………………… 293
　　附：陈鸿《长恨歌传》、白居易《长恨歌》 ………… 314
《柳毅传》新探 …………………………………………… 319
　　附：李朝威《柳毅传》 ………………………………… 321

第六类　歌颂侠义　鞭挞逆臣

《红线》《聂隐娘》新探 …………………………………… 331
　　附：袁郊《红线》《聂隐娘》 ………………………… 352

第七类　耸人听闻　以求功名

《说石烈士》新探 ………………………………………… 359
　　附：罗隐《说石烈士》 ………………………………… 380
《拾甲子年事》新探 ……………………………………… 382
　　附：罗隐《拾甲子年事》 ……………………………… 399

附录　怎样鉴别唐传奇有无寓意？ …………………… 401
后　记 ……………………………………………………… 410

引　言

我的思路

　　五四以来唐传奇的研究,主要是:考证作者生平、写作年代;进行分类(如分为神怪、爱情、豪侠等类);探讨思想性与艺术性;进行注释、辑佚、赏析等。我另辟蹊径,以小说写作的政治背景为出发点,从传奇作者的政治态度入手,专与通结合,文与史互证,旁推曲鬯,以意逆志,透过表面的藻绘,进入作者的心胸,探索作者的创作意图亦即作品的真正寓意。

　　中国的文化传统,源远流长,博大精深。在文学方面:《诗经》创造了比兴的手法。比是譬喻,即"以彼物比此物也";兴是寄托,即"先言他物以引起所咏之词也"。为什么要用比兴手法呢?比是"见今之失,不敢斥言,取比类以言之";兴是"见今之美,嫌于媚谀,取善事以喻之"①。《诗经》中比兴手法有多种多样的运用,对后世有深远的影响。《离骚》继承《诗经》,用譬喻来表情达意。善鸟香草,以配忠贞。恶禽臭物,以比谗佞。灵修美人,以媲君王。宓妃佚女,以譬贤臣。虬龙鸾凤,以托君子。飘风雷电,以喻小人。以珍宝为仁义,以水深雪雾为谗构。历代

---

① 《周礼·春官宗伯·大师》郑玄注。

文士大多遵用《诗经》《离骚》的表现手法,以表达自己的寄托。

在史学方面:中国史学,本于《春秋》。孔丘修《春秋》,专事褒贬,但为了避免祸害,又隐约其词。这种"显而微,志而晦"的手法,也是历代史家所学习的。

在漫长的中国封建社会中,小说在人们心目中的地位,比诗、骚、史书低得多,被视为"街谈巷语",具有较强的随意性,作者能够更自由地形容、发挥。与其他文体相比,小说的涵盖面更广,它可以大胆虚构、幻设、"鬼物假托",这些都是诗、骚、史书不能与之相比的,也就是小说可以比诗、骚、史书更方便地表达作者的寄托。

我注意赵彦卫《云麓漫钞》中的一句话:唐传奇"文备众体,可以见史才、诗笔、议论"。对这句话虽不应机械地理解,但诗的美刺、史的褒贬精神,在某些唐传奇中确有体现。传奇作者如沈既济、陈鸿等是史学家,韩愈、柳宗元、蒋防、白行简等是词章家,他们平日讲究美刺、褒贬的优良传统,写小说时,不会丢掉。小说与诗赋同属文学作品,文学作品是心声。从一个人的诗赋小说,可以见这个人的心;从一群人的诗赋小说,可以见这个时代文人的心。统治阶级内部矛盾斗争的错综复杂,造成了人们在复杂环境中的种种心态,这在史书中是看不到的,只有在文学作品中才能探索出来。唐传奇与唐诗赋一样,其反映个人以至时代心声的作用,不可忽视。

我的追求

《庄子·养生主》有一个庖丁解牛的故事,庖丁对文惠君说:"彼节者有间,而刀刃者无厚,以无厚入有间,恢恢乎其于游刃,必有余地矣。"在这段精彩的话中,"间"(jiàn)字是要害。庖丁肢解牛体时,能看准牛骨节之"间"(空隙)下刀,刀刃运行于空隙中,所以大有回旋的余地。治学何尝不是如此。古人云:"读书得间。"孙诒让著《墨子间诂》,自序云:"间者发其疑忤。"这是对"间"的一种解释。邹韬奋在《经历》中说:"我每得到一个题目,不就动笔,先尽心思索,紧紧抓住这个题目的要点所在。……这也许可以说是要'看题得间'。"这是对"间"的又一种解释。前人读书、作文都重视"间",对我研究唐传奇,是重要的启发:要得"间"。

探讨作者的创作意图,发前人之所未发,是我研究唐传奇的"间"。我按照作品的寓意,将唐传奇分为七类:

(一)不置褒贬,由人评说。代表作《兰亭记》。

(二)指名道姓,攻击对方。举出四篇传奇,概括为三种形态:《补江总白猿传》作者有顾忌,不署名;《上清传》《霍小玉传》作者无顾忌,公开署名;《周秦行纪》作者不署真实姓名,而署所攻击之人的姓名,用心最为险毒。

(三)影射时事,寄托愤慨。针对某一政治事件而发者,有《任氏传》《辛公平上仙》《河间传》《石鼎联句诗、序》《喷玉泉幽魂》五篇;针对某种社会现象而发者,有《枕中记》《南柯太守传》两篇。

(四)借题发挥,控诉不平。如《毛颖传》《谪龙说》《李娃传》。

(五)以古喻今(或假托神话),开悟皇帝。如《开元升平源》《长恨歌传》《柳毅传》。

(六)歌颂侠义,鞭挞逆臣。代表作《红线》《聂隐娘》。

(七)耸人听闻,以求功名。代表作《说石烈士》《拾甲子年事》。

由于唐传奇寓意深,成就高,为后世文言小说作者所效法,历宋、元、明、清至五四时期,流风余韵犹存。据钱基博《现代中国文学史》,胡适等提倡白话文,"斥(林)纾三人为桐城余孽。纾心不平,作小说《妖梦》《荆生》诸篇,微言讽刺,以写郁愤"。林纾借小说以鸣不平,与唐传奇是一脉相承的。

唐传奇可以证史，与唐诗可以证史相同。以唐诗证史，言者众多，以杜甫为例：

杨维桢《诗史宗要序》云："陈古讽今，言诗者宗为一代'诗史'。"朱鹤龄《杜诗辑注序》云："指事陈情，意含风谕。"所谓"陈古讽今""指事陈情"，都是号为"诗史"的杜诗所常用的手法。还有"托物寄言"。仇兆鳌《杜诗详注》自序云："若其比物托类，尤非泛然。如宫桃秦树，则凄怆于金粟堆前也。风花松柏，则感伤于邙山路上也。他如杜鹃之怜南内，萤火之刺中官，野莧之讽小人，苦竹之美君子，即一鸟兽草木之微，动皆切于忠孝大义。"陶开虞《说杜》亦云："子美随地皆诗，往往见志。"如"枯椶病橘，感伤寇盗之凭陵"。但是作为文学作品的"诗史"不直接是史。正如卢世㴶《紫房余论》所云，杜诗有"乍看无端，寻思有谓"者，有"兴言在此，寓意在彼"者。"乍看"是不行的，光看表面也是不行的。仇兆鳌说得好："是故注杜者必反覆沉潜，求其归宿所在。""反覆沉潜"四字，确是经验之谈。研究唐传奇，又何尝不是如此呢！

乡先辈汪中曾言，治学要能"于空曲交会之际以求其不可知之事"，这也是我研究唐传奇所追求的目标。金人瑞曾说，"大凡读书，先要晓得作书之人是何心胸"，这也是我研究唐传奇所采取的方法。

探索作者的创作动机，对评价作品的艺术价值，有无抵触呢？以杜牧《阿房宫赋》为例：此赋极写秦宫殿之大，歌舞之盛，宫女之美，珍宝之多，秦皇如此穷奢极欲，势必激起民众反抗，"楚人一炬，可怜焦土"。历史教训，发人深省。据杜牧《上知己文章启》，"宝历大起宫室，广声色，故作《阿房宫赋》"。广大读者知道此赋是以秦影唐，有所为而作，更加领会它的思想意义。我研究唐传奇的创作意图，可以帮助读者理解作者为什么要这样写，绝不意味着用来代替对作品的赏析。

第一类
不置褒贬　由人评说

《兰亭记》新探

何延之《兰亭记》述《兰亭序》入宫经过

王羲之《兰亭序》墨迹是怎样从佛寺进入宫廷的？唐代有几种不同的记载，如：

1. 何延之《兰亭记》(《兰亭始末记》)云，王羲之珍爱宝重他于东晋永和九年三月三日所书《兰亭序》，留付子孙。七代孙智永，舍家入道，临终，将《兰亭序》付弟子辩才。辩才"宝惜贵重，甚于禅师在日"。唐太宗欲得此帖，与侍臣"寻讨此书，知在辩才之所"。三次敕追辩才入京，"方便善诱，无所不至"。辩才确称经乱坠失，"靳固不出"。太宗与侍臣研究"计取"之法，房玄龄推荐监察御史萧翼充使。萧翼"微服"至越州，与辩才唱和，僧俗"混然"。萧翼出示二王数帖，辩才亦出示《兰亭序》。萧翼"故驳瑕指颣"，二人"纷竞不定"。其后，萧翼乘辩才外出，"私"取《兰亭序》及二王数帖。都督齐善行召辩才还寺，"萧翼报云：'奉敕遣来取《兰亭》。《兰亭》今得矣，故唤师来取别。'辩才闻语，身便绝倒，良久始苏"。萧翼回京，太宗"大悦"，重赏房玄龄、萧翼。以辩才年耄，"不忍加刑"，赐物三千段、谷三千石。"辩才不敢将入己用，回造三层宝塔"，"因惊悸患重"而卒。

2. 刘𫗧《隋唐嘉话》卷下云："王右军《兰亭序》，梁乱，出在外。陈天嘉中，为僧永所得。至太建中，献之宣帝。隋平陈日，或以献晋王，王不之宝。后僧果从帝借拓,及登极,竟未从索。果师死后,弟子僧辩得之。太宗为秦王日,见拓本,惊喜,乃贵价市大王书《兰亭》,终不至焉。及知在辩师处,使萧翊就越州求得之,以武德四年入秦府。……"(宋人所引刘餗《传记》《嘉话》,"萧翊"皆作欧阳询,"武德四年"或作武德二年,详见下文。)

3. 牛肃《纪闻》(《太平广记》卷二〇八引)云:"王羲之尝书《兰亭会序》,隋末,广州好事僧得之。……太宗特工书,闻右军《兰亭》真迹,求之得其他本,若第一本,知在广州僧,而难以力取,故令人诈僧,果得其书。"

4. 李冗《独异志》卷中云:"王右军,永和九年曲水会,用鼠须笔蚕茧纸为《兰亭记叙》,平生之札,最为得意。其后虽书数百本,无一得及者。太宗令御史萧翼密购得之,爵赏之外,别费亿万。……"

以上几种唐人记载,人们最注意的是《兰亭记》,其次是《隋唐嘉话》(《传记》)、《纪闻》。《独异志》是《兰亭记》的摘录,故不受重视。

唐张彦远《法书要录》卷三载《兰亭记》。宋《太平广记》卷二〇八亦载,删去首尾。桑世昌《兰亭考》卷三据《法书要录》转载,参《太平广记》酌定文字,末署"朝议郎行职方员外郎上柱国何延之记",为他本所无。人们从《法书要录》《太平广记》《兰亭考》等书看到《兰亭记》,对《兰亭序》从佛寺进入宫廷的故事,大感兴趣,进行摘录、吟咏、评论、考证,例如:

摘录　秦观《淮海集》卷三五《书〈兰亭叙〉后》一文,即撮取《兰亭记》而成。其后,黄伯思《东观余论·跋兰亭传后》云:"阅《法书要录》,见此记,文词繁琐,戏为删润,但笔懒不能好书,当俟他日别写。"

吟咏　楼钥《攻媿集》卷二《跋汪季路所藏〈修禊序〉》云:"七传到永师,袭藏过金籯。辩才尤秘重,名已彻天庭。屡诏不肯献,托言堕戎兵。妙选萧御史,微服山阴行。谲诡殆万状,径取归神京。辩才恍如失,何异敕六丁。"此诗即据《兰亭记》写成。

评论 晁补之《鸡肋集》卷三三《跋〈兰亭序〉》云:"始余幼时读《太平广记》,见唐太宗遣萧翼购《兰亭叙》事,盖谲以出之,辄叹息曰:《兰亭叙》若是贵耶,至使万乘之主,捐信于匹夫。……"此论即据《兰亭记》而发。

考证 秦观、黄伯思的摘录,楼钥的吟咏,晁补之的评论,都反映出他们相信何延之《兰亭记》是真实的。此外,如俞松《兰亭续考》卷一载宋唐卿云"王羲之《兰亭叙诗》真迹,贞观中御史萧翼就会稽僧得之",也是相信《兰亭记》的。又如:吴曾《能改斋漫录》卷五《辨误·阎立本画萧翼取兰亭书》云:"余按,唐《法书要录》云……"据何延之文以鉴定画之真赝,说明他也是相信《兰亭记》的。

不信何延之《兰亭记》而信刘𫗧《传记》(《隋唐嘉话》)者,如《兰亭考》卷三引姜夔云:"刘说似可信。"施宿等《会稽志》卷一六《翰墨》引王铚《考古》云:"刘𫗧《传记》云……刘𫗧父子,世为史官,以讨论为己任,于是正文字尤审,则辩才之师智果,非智永,求《兰亭叙》者欧阳询,非萧翼也。此事鄙妄,仅同儿戏,太宗始定天下,威震万国,讵残老僧,敢靳一纸书耶!倘欲图之,必不狭陋若此。况在秦邸,岂能遣台臣,世亦猥信之何耶?"王铚的理由不能成立。何延之明白地说唐太宗即位后"计取"。王铚认为李世民为秦王时不能派遣"台臣"——监察御史萧翼,弄错了年代。以子之矛,攻子之盾,王铚既然认为秦王不能派遣萧翼,怎能派遣给事中欧阳询?《兰亭续考》卷一引沈揆云:"刘𫗧《嘉话》云……世言遣萧翼诡计取之者,妄也。"又引鲁之茂云:"刘𫗧《兰亭嘉话》云……世言萧翼取者,妄也。"均未提出理由。

对于《兰亭记》《嘉话》《纪闻》之歧异,采取并存态度者,如:郑价指出《兰亭记》与《纪闻》"二说不同",未作结论,详见《兰亭续考》卷一。施宿云:"秦、晁、黄三公皆嗜古,于考订为精,信而不疑。诸家所跋《兰亭叙》，多本延之之说。吴傅朋记阎立本画，画亡而跋犹存。立本，太宗时人，盖亦亲见当时事者，恐不可尽弃。然刘悚所云，亦殊有理，当两存之。"梁章钜《退庵金石书画跋》云："按赚《兰亭》事属辩才，屡见传记，而《兰亭续考》又称《纪闻》所载，乃云……《兰亭博议》又以智永为智果，辩才为晋才。《古今法书苑》亦云……按广州僧即五羊僧，则与辩才渺不相涉，然则《兰亭》真迹果谁属耶？"均未作结论。

至于李日华《紫桃轩又缀》卷一云："世又以为《兰亭》入昭陵，正坐此帖之误。《兰亭》开皇中已为秘宝，江都随行，久付烈焰，萧翼计赚之说，传奇幻语，乌足深信也。"所谓"江都随行，久付烈焰"，纯系臆测，毫无根据，怎能用来推翻"萧翼计赚之说"，以及《兰亭序》陪葬昭陵之事实？

今撇开前人之成见，针对唐人记载之歧异，辨析如下：

1. 从《兰亭序》的流传收藏情况来看：《兰亭记》说王羲之"留付子孙"，至七代孙智永，是出家人，将《兰亭序》交付弟子辩才，合情合理，而《隋唐嘉话》说"梁乱，出在外。陈天嘉中，为僧永所得"。智永怎样得到的？不详。智永既然得到这件稀世之宝，理应珍藏，怎会"献之宣帝"？"隋平陈日，或以献晋王"，此人是谁？怎样从陈宫中得到这件宝物的？又不详。智果向隋炀帝"借拓"不还，他死后，"弟子僧辩得之"（据张怀瓘《书断》卷下《能品》："隋永兴寺僧智果，会稽人也。……时有僧述、僧特，与果并师智永。"辩才是智永弟子，刘悚误为智果弟子）。刘悚所说辩才得《兰亭序》经过，曲折离奇，几个重要环节不详，不能轻信。至于《纪闻》说"隋末，广州好事僧得之"，凭空架虚之词，不值一驳。

2. 从《兰亭序》进入唐宫的时间来看：《兰亭记》说"贞观中"，是。据《法书要录》卷三引《唐武平一徐氏法书记》云："太宗于右军之书，特留睿赏。贞观初，下诏购求……"《唐徐浩古迹记》云："太宗皇帝，肇开帝业，大购图书，宝于内库。"卷四引《唐张怀瓘二王等书录》云："贞观十三年敕，购求右军书……"《唐韦述叙书录》云："自太宗贞观中，搜访王右军等真迹……"四种唐人记载，皆云太宗即位后始搜访王羲之墨迹，与《兰亭记》相合，而《隋唐嘉话》说"以武德四年入秦府"，时间不合。（王铚、姜夔引《传记》，沈揆、鲁之茂引《嘉话》作"武德二年"，时间更不合。）因为，据《资治通鉴》卷一八七《唐纪三》：武德二年五月"壬午，以秦王世民为左武侯大将军，使持节凉甘等九州诸军事，凉州总管，其太尉、尚书令、雍州牧、陕东道行台并如故"。卷一八八《唐纪四》：十一月，"秦王世民引兵自龙门乘冰坚渡河，屯柏壁，与宋金刚相持。……"三年四月"甲寅，加秦王世民益州道行台尚书令"，"秋七月壬戌，诏秦王世民督诸军击（王）世充"。卷一八九《唐纪五》：武德四年七月"甲子，秦王世民至长安。世民被黄金甲……俘王世充、窦建德及隋乘舆、御物献于太庙，行饮至之礼以飨之"，"丁卯，以天下略定，大赦百姓，给复一年"。（此前，李世民正进行统一战争，怎有闲情逸致想到《兰亭序》？）"十月，以世民为天策上将……仍开天策府，置官属。……世民以海内浸平，乃开馆于宫西，延四方文学之士，出教以王府属杜如晦……并以本官兼文学馆学士，分为三番，更日直宿，供给珍膳，恩礼优厚。世民朝谒公事之暇，辄至馆中，引诸学士讨论文籍，或夜分乃寝。"（此时，李世民与儒生讨论治国之道，尚未留神书法。）"（十二月）丁卯，命秦王世民、齐王元吉讨（刘）黑闼。"（可见天下尚未太平。）

3. 从唐太宗派遣的人来看：《兰亭记》说"尚书左仆射房玄龄奏曰：'臣闻监察御史萧翼者，梁元帝之曾孙，今贯魏州莘县，负才艺，多权谋，可充此使，必当见获'"。萧翼的家世、籍贯、官职、才能及推荐者均甚详悉，是可信的。《隋唐嘉话》作萧翊，翊是翼之讹。（王铚、姜夔、桑世昌引《传记》，沈揆、鲁之茂引《嘉话》，均作欧阳询，误。欧阳询与唐高祖关系亲密，《旧唐书》卷一八九上《儒学传上·欧阳询传》云："高祖微时，引为宾客。及即位，累迁给事中。"可以为证。而文学馆十八学士中，无欧阳询,可见李世民与欧阳询无亲密关系,怎能派遣他到越州执行特殊任务?)《独异志》作萧翼,与《兰亭记》同。

从以上分析中看出,唯何延之《兰亭记》为可信。但《兰亭记》对一个重要环节未作交代,需要进行考证。

《兰亭记》云:"唯未得《兰亭》。寻讨此书,知在辩才之所","后更推究,不离辩才之处"。唐太宗与谁"寻讨""推究"? 今案:《旧唐书》卷七二《虞世南传》云:"虞世南,字伯施,越州余姚人。……同郡沙门智永善王羲之书,世南师焉,妙得其体,由是声名籍甚。"虞世南与辩才都是智永弟子,智永临终将《兰亭序》交给辩才,只有虞世南知道。《旧唐书·虞世南传》又云:"太宗灭(窦)建德,引为秦府参军。寻转记室,仍授弘文馆学士,与房玄龄对掌文翰。……太宗升春宫,迁太子中舍人。及即位,转著作郎,兼弘文馆学士。……迁太子右庶子,固辞不拜,除秘书少监。……(贞观)七年,转秘书监,赐爵永兴县子。太宗重其博识,每机务之隙,引之谈论,共观经史。……十二年,又表请致仕,优制许之,仍授银青光禄大夫、弘文馆学士,禄赐、防阁并同京官职事。……"虞世南又是文学馆十八学士之一,凌烟阁二十四功臣之一。唐太宗《命魏王泰祭尚书虞世南手敕》中甚至说"虞世南于我,犹一体也"。当时文士与唐太宗关系之亲密,没有超过虞世南的。从唯有虞世南知道《兰亭序》在辩才处,以及他与唐太宗独有的亲密关系来看,与唐太宗"寻讨""推究"《兰亭序》下落的侍臣,必是虞世南。《旧唐书》卷八〇《褚遂良传》还说:"太宗尝谓侍中魏徵曰:'虞世南死后,无人可以论书。'"更可证明当时与唐太宗论书者,唯有虞世南一人。

虞世南曾与房玄龄"对掌文翰",都是唐太宗最信任的人。虞世南向唐太宗提供《兰亭序》在辩才处的信息,房玄龄推荐萧翼去越州执行特殊任务,这是《兰亭序》从佛寺进入宫廷的关键。

据《全唐文》卷三〇一何延之《兰亭始末记》最后的一段话:"主上每

暇隙，留神艺术，迹逾笔圣，偏重《兰亭》。仆开元十年四月二十七日任筠州刺史，蒙恩许拜扫至都，寻访所得委曲，缘病不获诣阙，遣男昭成皇太后挽郎、吏部常选、骑都尉永写本进。其日奉日曜门司宣敕，内出绢三十匹赐永。于是负恩荷泽，手舞足蹈，捧戴周旋，光骇间里。仆局天闻命，伏枕怀欣，殊私忽临，沉疴顿减，辄题卷末，以示后代。"既然开元十年何延之将他于开元二年所撰《兰亭始末记》进献给"主上"，并获得唐玄宗的赏赐，可见这篇文章的内容是真实的。如果是虚构的故事，何延之怎敢进献给"主上"，唐玄宗又怎能给他赏赐呢？由此判断，关于王羲之《兰亭序》墨迹入宫的经过，在唐人几种记载中，当以何延之亲自采访得来的《兰亭始末记》为可信。由于《记》中许多细节的描写，富有小说意味，故人们把它视为传奇。

至于赵彦卫《云麓漫钞》卷六所载"唐野史"中《兰亭序》故事，十分荒谬。该书又云："张彦远《法书要录》亦载。"所谓"《法书要录》亦载"，指何延之所撰《兰亭始末记》。赵彦卫这句话说得太模糊了，没有指出何《记》与"唐野史"的不同，容易使人误解为二文完全一样。其实二文内容大不相同，今举例辨析如下：

（例一）

至贞观中，太宗以听政之暇，锐志玩书，临写右军真草书帖，购募备尽，唯未得《兰亭》。寻讨此书，知在辩才处。（何《记》）

贞观中，太宗尝与魏徵论书，徵奏曰："王右军昔在永和九年莫春之月，修禊事于兰亭，酒酣书序时，白云先生降其室而叹息之。此帖流传至于智永，右军仍孙也，为浮屠氏于越州云门寺，智永亡，传之弟子辩才。"（"唐野史"）

今案：魏徵未到过越州，与智永、辩才素不相识，他怎么知道智永将

《兰亭序》墨迹传之辩才?"唐野史"所述魏徵与唐太宗"论书"的问答,纯属虚构。至于"白云先生降"王羲之"室而叹息之"云云,更是无稽之谈。

(例二)

乃降敕追师入内道场供养,恩赉优洽。数日后,因言次乃问及《兰亭》,方便善诱,无所不至。辩才确称往日侍奉先师,实尝获见,自禅师殁后,洊经丧乱,坠失不知所在。既而不获,遂放归越中。后更推究,不离辩才之处。又敕追辩才入内,重问《兰亭》。如此者三度,竟靳固不出。(何《记》)

上闻之,即欲诏取之。徵曰:"辩才宝此过于头目,未易遽索。"后因召至长安,上作赝本出示以试之。辩才曰:"右军作此三百七十五字,始梦天台子真传授笔诀,以永字为法。此本乃后人模仿尔!所恨臣所收真迹,昔因隋乱,以石函藏之本院,兵火之余,求之不得。"上密遣使人搜访,但得智永《千文》而归。既而辩才托疾还山。("唐野史")

今案:"唐野史"所述魏徵早知辩才不肯拿出《兰亭序》墨迹、唐太宗以《兰亭序》赝本试探辩才,以及唐太宗遣人搜访得智永所书《千字文》等情节,皆为何《记》所无。至于王羲之"梦天台子真传授笔诀"云云,更是荒唐之言。

(例三)

上谓侍臣曰:"右军之书,朕所偏宝,就中逸少之迹,莫如《兰亭》,求见此书,劳于寤寐。此僧耆年,又无所用,若为得一智略之士,以设谋计取之,庶几必获。"尚书左仆射房玄龄奏曰:"臣闻监察御史萧翼者,梁元帝之曾孙,今贯魏州莘县,负才艺,多权谋,可充此使,必当见获。"太宗遂召见翼。翼奏曰:"若作公使,义无得理。臣请私行诣彼,须得二王杂帖数通。"太宗依给。(何《记》)

上乃夜祝于天,是夜梦守殿神告以此帖尚存,遂令西台御史萧翼持梁元帝画山水图、大令书《般若心经》为饵,赚取以进。("唐野史")

今案:何《记》所述房玄龄向唐太宗密荐萧翼,"唐野史"无。"唐野史"所述唐太宗"夜梦守殿神",何《记》无。何《记》可信而"唐野史"荒谬。何《记》述萧翼持"二王杂帖数通",是。"唐野史"述萧翼持"大令书《般若心经》",误。(贞观十九年《心经》才翻译出来,王羲之怎么能预先写《心经》呢?)

(例四)

翼遂改冠微服至洛潭,随商人船下至于越州。……翼示师梁元帝自画此《职贡图》。……翼遂于案上取得《兰亭》及御府二王书帖,便赴永安驿,告驿长凌愬曰……于是善行闻之……翼便驰驿而发,至都奏御。(何《记》)

翼至越,舍于静林坊客舍,着纱帽,大袖布衫,往谒辩才,且诳以愿从师出家,遂留同处。乃取山水图并《心经》以遗之。……遂窃《兰亭》及山水、《心经》复回客舍,方易服,报观察使。……翼日即诣阙投进。("唐野史")

今案:"唐野史"所述坊名,以及萧翼骗辩才愿"出家"情节,何《记》无。何《记》所述驿名、驿长姓名、都督姓名,"唐野史"无。何《记》云萧翼出示梁元帝所画《职贡图》,而"唐野史"作山水图,不同。尤以何

《记》所述萧翼骗取《兰亭序》墨迹经过甚为详细,且合情理,为"唐野史"所无。至于"唐野史"云"报观察使"云云,官名误。(贞观时尚无观察使。)

(例五)

太宗大悦,以玄龄举得其人,赏锦彩千段。擢拜翼为员外郎,加入五品。赐银瓶一、金缕瓶一、玛瑙碗一,并实以珠。内厩良马两匹,兼宝装鞍辔。庄、宅各一区。太宗初怒老僧之秘吝……数月后,仍赐物三千段、谷三千石。(何《记》)

拜翼献书侯,赐宅一区,钱币有差。及赐辩才米千斛、二十万钱。("唐野史")

今案:二文所述唐太宗赏赐萧翼、辩才之物不同。何《记》云擢萧翼为员外郎,可信。而"唐野史"作献书侯,唐朝无此爵位,显系杜撰。

综合以上,何《记》撰写在前,"唐野史"撰写在后,"唐野史"乃参考何《记》敷演而成,不能因"唐野史"之谬误而怀疑何《记》之可信。

画家、戏剧家笔下之萧翼与辩才

王羲之《兰亭序》墨迹从佛寺进入宫廷的过程,具有传奇性,文人有兴趣撰文,画家有兴趣绘画。见于记载的画迹如:

1. 旧题唐阎立本《萧翼取(赚)兰亭图》

吴曾《能改斋漫录》卷五《辨误·阎立本画萧翼取兰亭书》云:"龙图蒋璨,跋阎立本画萧翼取《兰亭》云:'右,阎右相画人物五辈。其一书生状者,乃唐时西台御史萧翼也。其一老僧者,乃智永嫡孙辩才也。太宗雅好法书,闻辩才秘藏王右军《兰亭》真迹,令翼取之。……翼既得《兰亭》在手，径纳袖中，遂出太宗御札。老僧张颐失色，有遗玄珠之状；书生意气扬扬，有归全璧之喜。其一吹淋者，写貌尤工。非驰誉丹青之手，不能尔也。绍兴十三年二月中浣日，书于豫章。'"（今案：辩才是智永弟子，非嫡孙。）

施宿等《会稽志》卷一六《翰墨》云："吴傅朋跋阎立本画《兰亭》：右图写人物一轴，凡五辈，唐右丞相阎立本笔。一书生状者，唐太宗朝西台御史萧翼也。一老僧状者，智永嫡孙会稽比丘辩才也。唐太宗雅好法书，闻辩才宝藏其祖智永所蓄晋右将军王羲之《兰亭修禊叙》真迹，遣萧翼出使求之。……翼既见之，即出太宗诏札，以字轴置怀袖。阎立本所图，盖状此一段事迹。书生意气扬扬，有自得之色；老僧口张不呿，有失志之态。执事二人，其一嘘气止沸者，其状如生。非善写貌驰誉丹青者，不能办此。"（今案：辩才是智永弟子，非嫡孙，上文已指出。）

李日华《六研斋笔记》卷二云："此画常熟杨仪得之京师，文徵仲跋之曰：'杨君梦羽得唐阎立本所画《萧翼赚兰亭图》，虽已渝敝，而精神犹存，其笔画秀润，有非近时名家所能者，顾无题识可证。他日阅《会稽志》，见吴传〔傅〕朋跋语，其所记印章及古玉轴，悉与此合，因为录于卷尾，定为阎笔无疑。嘉靖十九年，岁在庚子十一月朔，长洲文徵明书，时年七十有一矣。'……"

胡敬《西清劄记》卷三云："阎立本《萧翼赚兰亭图》（卷）：绢本设色，画老僧执拂据榻，侍者在侧，一书生披黄衫，相向坐，与僧对语，貌恭而态机变，两侍者瀹茗，一髻一垂，发鬖鬖，图中印记漫漶。谨案：施宿《会稽志》：绍兴元年，有携此轴，货于钱唐者，郡人吴说得之。后闻谢伋言，旧有大牙签，后主亲题刻其上，云上品画萧翼，签今不存。"

《石渠宝笈》卷一四《贮养心殿五·列朝人·画卷上等》。唐阎立本画〈萧翼赚兰亭图〉一卷（上等天一）》："素绢本，着色画，未署款，姓氏见跋中，卷首一印，漫漶不可识。……拖尾文徵明书宋吴说记云……说记后,徵明自跋云……又文嘉书唐何延之《兰亭记》云……后署'万历己卯九月十三日文嘉书'十二字。后附李廷相札云:'辩才《兰亭图》千万借一看。友生李廷相拜。'卷高八寸三分,广二尺三寸六分。"

对于此画,前人颇有争论,略述如下:

(1) 是否萧翼取(赚)《兰亭序》故事?

楼钥《攻媿集》卷七一《跋袁起岩所藏阎立本画萧翼取兰亭图》:"此图世多摹本。或谓韩昌黎见大颠,或谓李王见木平,皆非也。使是二者,不应僧据禅床,而客在下座,正是萧翼耳。"今案:楼钥所言,是。

(2) 所画是萧翼已得《兰亭序》之时,还是未得《兰亭序》之时?

楼钥又云:"吴公傅朋云:书生意气扬扬,有归全璧之色;老僧口张不嚼,有遗玄珠之态。亦非也。翼以权谋被选,远取《兰亭》,首奏乞二王杂贴三数通以行。至越,衣黄衫,极宽长潦倒,得山东书生之体,方卑辞以求见,衔袖之书,乃是御府所赍,野童自随,亦携书帙,此正画其纳交之时。后既得《兰亭》,则以御史召辩才,晓然告之,不复作此儒酸态矣。且其时此僧为之绝倒良久,何止口张不嚼而已。右相不惟丹青精妙,其人物意度曲折,尤非后人可及也。"

王世贞《弇州续稿》卷一六八《画跋·萧翼赚兰亭图》云:"此图向去已千载,虽绢墨就渝,而神采犹王,毋论老比丘与潦倒书生体态曲尽,虽苍头小妓捧卷执役,无不种种臻妙,所见古贤名迹多矣,未有能过此者。第傅朋跋内云……此恐未为实录,考何延之《记》……何尝于初见时即夺取也。且老僧跌坐一床,诸执役者浣杯嘘呷自若,宾主从容,宁有争理。口呿不合,正为萧生指擿《兰亭》瑕疵,不能无甚口耳,何傅朋之不审如是。"

今案:楼钥、王世贞所言,是。旧题阎立本《萧翼取(赚)兰亭图》所画,是萧翼纳交辩才,尚未得《兰亭序》之时。

（3）是否阎立本手笔？

吴曾又云："盖所画书生状,至以白襕衫乌帻;与夫老僧张颐失色之状,皆非也。余按,唐《法书要录》云……据此,所画书生衣白,与夫老僧张颐,皆失实。恐非阎笔,托阎以传世者也。"

王世贞又云："其谓出阎右相,窃又有疑。此画大抵根抵延之记辞,当右相时,恐未著闻,即有之,是文皇所讳,宁敢着笔,又安知不为陈闳、周昉也。考《宣和画谱》载御府有吴侁画《赚兰亭图》,今本无御题玺记。又称顾德谦在江南时以画名,伪唐李氏云'前有恺之,后有德谦',其最异者,《萧翼取兰亭图》,风格特异,但流落未见。此本岂即德谦笔耶？"

孙钤《书画跋跋续》卷三《画·萧翼赚兰亭图》："公素于画家来历,考究精,兹据《宣和谱》,疑出顾德谦笔,似近是。第谓萧侍御为文皇所讳,阎相不敢着笔,则似落迩来腐语套。古人作事不欺人,此段风流,文皇必更以自憙,谓胜于辩才应募。若见此图,必当拊掌自快,又何讳耶？文皇方且赏房相,赏萧,赏老僧,夫岂局促自隘？且延之方遣男呈本开元帝,阎相图之,夫亦何惧？若傅朋跋与延之《记》抵牾,则所传闻异词,是未见延之《记》作图,其出阎相手,更为有证,奚必出德谦耶！"

今案:孙钤所言,是。阎立本时代,在何延之之前,阎作画时,尚无何《兰亭记》。可见吴曾提出的《记》中萧翼衣黄而画中"书生衣白"的矛盾,不足以说明非阎立本手笔。至于王世贞怀疑非阎立本画,已被孙钤驳倒;而推测是孙德谦画,则毫无证据。（1965年有人否定此图为阎立本绘萧翼赚《兰亭》故事,这里不展开讨论。）

2. 唐吴侁《萧翼兰亭图》

《宣和画谱》卷六《人物二·唐》云："吴侁,不知何许人也。作泉石平远,溪友钓徒,皆有幽致。传其《萧翼兰亭图》,人品辈流,各有风仪,披图便能想见一时行记,历历在目,信乎书画之并传,有所自来也。今御府所藏一:《萧翼兰亭图》。"

张丑《清河书画舫》卷六下《书画见闻》云："霍治书清臣家……吴侁《萧翼赚兰亭图》(《宣和》……《困学斋杂录》)。"

3. 五代顾德谦《萧翼取(赚)兰亭图》

《宣和画谱》卷四《道释》四《宋·颜〔顾〕德谦》云："颜〔顾〕德谦,建康人也。善画人物,多喜写道像,此外杂工动植。论者谓王维不能过,虽疑其与之太甚,然在江南时,伪唐李氏亦云'前有恺之,后有德谦',虽不及王、顾,亦居常品之上矣。其最著者,有萧翼《取兰亭》横轴,风格特异,可证前说,但流落未见。"

牛戬画评(《佩文斋书画谱》卷四九《画家传·南唐·顾德谦》引):"顾德谦《萧翼赚兰亭图》在宜兴岳氏家,后有米元晖、毕少董诸公跋。"

4. 五代支仲元《萧翼赚兰亭图》

郭若虚《图画见闻志》卷二《纪艺上·五代九十一人》云："支仲元,凤翔人,工画人物,有……《萧翼赚兰亭》……等图传于世。"

5. 宋巨然《萧翼赚兰亭图》(附:吴镇、张庚、恽寿平、王翚临本)

张丑《清河书画舫》卷七下《宋·释巨然》云："丙子阳月望前二日,余同朝延世兄,访吴能远氏话闲,承示宋裱巨然绢本《萧翼赚兰亭》立轴,上有宣文阁印、绍兴小玺、纪察司印。其画山水林木,满幅皆用水墨兼行法,止人物屋宇稍为设色,笔法奇古,渐开元人门户,故是甲观。"(卞永誉《书画汇考》卷四三《画》一三《宋·释巨然·巨然僧萧翼赚兰亭图》亦引。)

吴升《大观录》卷一三《北宋诸贤名画·巨然萧翼赚兰亭图》云："绢本,高四尺五寸,阔及二尺。丙子秋,过汉阳相国邸,适江右萧黄门孙子仪持巨然真迹、董文敏题书堂中者求售,余请吴相得之。上有宣文阁宝、绍兴小玺、稽察司印,俱鲜艳。设浅绛色,溪山秀润,竹树蒙茸。小亭上,一僧一客对坐,客作指示状,僧若吝惜态。寺门外,一红衣显者,骑马携从渡桥而来,诸僧出寺相迓。笔致高旷,气韵神古,但世知巨师山水擅长,岂知人物鞍马亭台界画精能乃尔。"

今案：此画如"一僧一客对坐"于"小亭上"，以及"诸僧出寺相迓""一红衣显者"等，皆与何延之《兰亭记》不合，乃巨然想象而绘。

张庚《图画精意识·巨然〈萧翼赚兰亭图〉》云："巨然《萧翼赚兰亭图》，水墨，不设色。重山回抱，深松郁苍，山坳古刹，殿宇层层。前有水阁，为松石包抱，槛下溪山深静，幽况宜人，中写两人对坐，盖御史与辩才也。石侧松下，一径深曲，半露寺门，询属神品。后见梅道人临本，铢黍不爽。余曾为陈银台勉夫抚一本。"

吴修《青霞馆论画绝句一百首》云："赚兰亭画返娄东，阅百年应爱护同。片语重题归北苑，千秋定论董思翁。北苑《赚兰亭图》，绢细如纸，其色微有青光。向传是巨然笔，董思翁定为北苑，题识上方。王烟客暮年，书画尽归北燕张见阳，惟此图……坚守不与。乾隆间，毕涧飞由吴门缪氏购归娄东，复得南田、石谷二临本，以三轴装为一匣。"

今案：董其昌认为此图非巨然画，鉴定为董源笔，可供参考。

6. 宋朱绍宗《萧翼赚兰亭图》

王毓贤《绘事备考》卷六《宋》云："朱绍宗，工画人物……描摹甚细，体象极精……画之传世者……摹《萧翼赚兰亭图》。"（厉鹗《南宋院画录》卷八《朱绍宗》亦引。）

7. 元钱选《萧翼赚兰亭图》

张丑《南阳书画表》卷下《名画》云："元钱选……《萧翼赚兰亭图》。"

8. 元赵子俊《萧翼赚兰亭图》

都穆《寓意编》云："元赵子俊《萧翼赚兰亭图》。"

9. 明仇英《赚兰亭图》

梁章钜《退庵金石书画跋》卷一六《仇十洲赚兰亭轴（纸本）》云："此仇十洲写《赚兰亭图》，纯用白描，意象深远，仇画中上品也。幅上方有吴郡陆士仁楷书《赚兰亭说》四百余言，可称双美。士仁，师道子，安道侄。师道兄弟，并以书名，而士仁兼以画著。字文近，又字澄湖。一家皆师事文待诏,故书画皆似之。幅下角有'蕉林珍秘'各印,知是真定梁氏所藏。仇画以纸本为贵,而白描尤难。牛戬论画谓顾德谦有《赚兰亭图》,能用硃砂石粉,此另自一格,今亦不可见。余曾见陈芝楣所藏定武《兰亭》卷,卷端亦有《赚兰亭图》,系绢本设色,忘其作者姓名。以此幅较之,真如入桃花源,不复知有魏晋间人也。缀以诗云:'曾入吾家秘笈签,最难淡远复深严。白描品在丹青上,压倒南朝顾德谦。'……"

王羲之《兰亭序》墨迹从佛寺进入宫廷的过程,具有传奇性,故有文人为之撰文,画家为之绘画,更有戏剧家为之编剧。

钟嗣成《新编录鬼簿》卷上《前辈已死名公才人有所编传奇行于世者》:"白仁甫《萧翼智赚兰亭记》。""智赚"二字常见于元曲,如臧晋叔《元曲选》载武汉臣《包待制智赚生金阁杂剧》,又著录无名氏《(包待制)智赚三件宝》《(张小屠)智赚鬼擘口》等。

朱权《太和正音谱·群英所编杂剧·元五百三十五》有"白仁甫《萧翼赚兰亭》",可见明初此剧尚未失传。

赚《兰亭》

详细考察有关文献和绘画、戏曲,是为了论证王羲之《兰亭序》墨迹从佛寺进入宫廷的真相,以及人们认识这件事的过程。

何延之以《兰亭记》为标题,有意回避唐太宗得到《兰亭序》的手段不谈。清朝官修的《全唐文》,题为《兰亭始末记》,用意与何延之同。以绘画言,宋朝官修的《宣和画谱》作吴侁《萧翼兰亭图》,亦回避"赚"字。

标题虽可回避,而文章中却无法回避唐太宗是用什么手段得到《兰亭序》的,自唐至清,出现各种说法,略为归纳如下:

取、计取 何延之云"(太宗曰)以设谋计取之","(萧翼云)奉敕遣来取《兰亭》"。吴曾云"(蒋璨)跋阎立本画萧翼取《兰亭》",楼钥云"(萧翼)远取《兰亭》"。以绘画言:《宣和画谱》有顾德谦"萧翼《取兰亭》横轴"。《宋中兴馆阁储藏·人物百三十九轴》有"《萧翼取兰亭》一"。董逌《广川画跋》卷二云"此萧翼取《兰亭叙》者也"。李心传云"江南《萧翼取兰亭图》"(《兰亭续考》卷二引)。

求、访求　刘餗云"使萧翊就越州求得之"。钱易《南部新书》丁云"欧阳询就越访求得之"。黄庭坚《豫章黄先生文集》卷二八《跋兰亭》云"太宗求之百方"。吴说云"遣萧翼出使求之"。

购、密购　李冗云"太宗令御史萧翼密购得之"。宋朝官修的《太平广记》题为《购兰亭序》。清《佩文斋书画谱》卷六七《御制书画跋·书兰亭帖后》云:"唐文皇……多方以购之。"

诈、谲、诡、赚　牛肃云"故令人诈僧"。晁补之云"盖谲以出之"。秦观云"后遣监察御史萧翼微服为书生以诡辩才始得之"。楼钥云"谲诡殆万状"。"唐野史"云"遂令西台御史萧翼……赚取以进"。以绘画言,郭若虚称《萧翼赚兰亭图》。其后,李日华、王世贞、孙𬭚、张丑、都穆、吴升、胡敬、张庚、吴修、梁章钜等人以及清朝官修的《石渠宝笈》《佩文斋书画谱》皆称《赚兰亭图》。以戏曲言,白朴有《萧翼智赚兰亭记》。所谓"计取""诈""谲""谲诡万状",都不如"赚"字之直截了当。"智赚"形容尤妙。宋、元以后,除个别人仍用"购"字为唐太宗涂脂抹粉外,"赚《兰亭》"已成定论。

今案,唐人已用"赚"字形容哄骗、诱骗、诳骗,如:《全唐诗》卷四九四施肩吾《望骑马郎》云:"赚杀唱歌楼上女,伊州误作石州声。"卷六一五皮日休《馆娃宫怀古五绝》之一云:"越王大有堪羞处,只把西施赚得吴。"卷六四二来鹄《偶题二首》之一云:"一夜绿荷霜剪破,赚他秋雨不成珠。"卷六八五吴融《王母庙》云:"赚得武皇心力尽,忍看烟草茂陵秋。"又,《太平广记》卷二五七《嘲诮五·任毂》引《幽闲鼓吹》云:"唐任毂有经学,居怀谷,望征命而蒲轮不至,自入京中访问知己,有朝士戏赠诗曰:'云林应讶鹤书迟,自入京来探事宜。从此见山须合眼,被山相赚已多时。'"(顾元庆刊《顾氏文房小说·幽闲鼓吹》无此条。)

"赚"字最能说明王羲之《兰亭序》墨迹从佛寺进入宫廷的真相,何以言之?请看:王定保《唐摭言》卷一《述进士上篇》云:"文皇帝修文偃武,天赞神授,尝私幸端门,见新进士缀行而出,喜曰:'天下英雄入吾彀中矣!'"《散序进士》云:"其有老死于文场者,亦所无恨,故有诗云:'太宗皇帝真长策,赚得英雄尽白头!'"唐太宗"入吾彀中"的得意忘形之语,是"赚得"的最好说明。设进士科如此,骗《兰亭序》也是如此。唐太宗、房玄龄、萧翼合谋,设了"彀"(圈套),辩才果然堕入"彀中",萧翼完成使命,"赚得"《兰亭序》而归。

附:何延之《兰亭记》

《兰亭》者,晋右将军、会稽内史琅琊王羲之逸少所书之诗序也。右军蝉联美胄,萧散名贤,雅好山水,尤善草隶。以晋穆帝永和九年三月三日,宦游山阴,与太原孙统承公、孙绰兴公、广汉王彬之道生、陈郡谢安安石、高平郗昙重熙、太原王蕴叔仁、释支遁道林,并逸少子凝、徽、操之等四十有一人,修祓禊之礼,挥毫制序,兴乐而书。用蚕茧纸,鼠须笔,遒媚劲健,绝代更无。凡二十八行,三百二十四字,有重者,皆构别体。就中"之"字最多,乃有二十许个,变转悉异,遂无同者。其时乃有神助,及醒后,他日更书数十百本,无如祓禊所书之者。右军亦自珍爱宝重此书,留付子孙。传掌至七代孙智永,永即右军第五子徽之之后,安成王谘议彦祖之孙,庐陵王胄曹昱之子,陈郡谢少卿之外孙也。与兄孝宾,俱舍家入道,俗号永禅师。禅师克嗣良裘,精勤此艺,常居永欣寺阁上临书,所退笔头,置之于大竹簏,簏受一石余,而五簏皆满。凡三十年,于阁上临得《真草千文》,好者八百余本。浙东诸寺各施一本。今有存者,犹直钱数万。孝宾改名惠欣。兄弟初落发时,俱住会稽嘉祥寺,寺即右军之旧宅也。后以每年拜墓便近,因移此寺。自右军之坟,及右军叔荟已下茔域,并置山阴县西南三十一里兰渚山下。梁武帝以欣、永二人皆能崇于释教,故号所住之寺为永欣焉,事见《会稽志》。其临书之阁,至今尚在。禅师年近百岁乃终,其遗书并付弟子辩才。辩才俗姓袁氏,梁司空昂之玄孙。辩才博学工文,琴弈书画,皆得其妙。每临禅师之书,逼真乱本。辩才尝于所寝方丈梁上,凿为暗槛,以贮《兰亭》,宝惜贵重,甚于禅师在日。

至贞观中,太宗以听政之暇,锐志玩书,临写右军真草书帖,购募备尽,唯未得《兰亭》。寻讨此书,知在辩才之所。乃降敕追师入内道场供养,恩赉优洽。数日后,因言次乃问及《兰亭》,方便善诱,无所不至。辩才确称往日侍奉先师,实尝获见,自禅师殁后,洊经丧乱,坠失不知所在。既而不获,遂放归越中。后更推究,不离辩才之处。又敕追辩才入内,重问《兰亭》。如此者三度,竟靳固不出。上谓侍臣曰:"右军之书,朕所偏宝,就中逸少之迹,莫如《兰亭》,求见此书,劳于寤寐。此僧耆年,又无所用,若为得一智略之士,以设谋计取之,庶几必获。"尚书左仆射房玄龄奏曰:"臣闻监察御史萧翼者,梁元帝之曾孙,今贯魏州莘县,负才艺,多权谋,可充此使,必当见获。"太宗遂召见翼,翼奏曰:"若作公使,义无得理。臣请私行诣彼,须得二王杂帖三数通。"太宗依给。翼遂改冠微服至洛潭,随商人船下至于越州。又衣黄衫,极宽长潦倒,得山东书生之体。日暮入寺,巡廊以观壁画。过辩才院,止于门前。辩才遥见翼,乃问曰:"何处檀越?"翼乃就前礼拜云:"弟子是北人,将少许蚕种来卖,历寺纵观,幸遇禅师。"寒温既毕,语议便合。因延入房内,即共围棋,抚琴,投壶,握槊,谈说文史,意甚相得。乃曰:"白头如新,倾盖若旧,今后无形迹也。"便留夜宿,设缸面药酒茶果等。江东云"缸面",犹河北称"瓮头",谓初熟酒也。酣乐之后,请宾分韵赋诗。辩才探得"来"

字韵,其诗曰:"初酝一缸开,新知万里来。披云同落寞,步月共徘徊。夜久孤琴思,风长旅雁哀。非君有秘术,谁照不然灰。"萧翼探得"招"字韵,诗曰:"邂逅款良宵,殷勤荷胜招。弥天俄若旧,初地岂成遥。酒蚁倾还泛,心猿躁似调。谁怜失群翼,长若业风飘。"妍媸略同,彼此讽味,恨相知之晚。通宵尽欢,明日乃去。辩才云:"檀越闲即更来此。"翼乃载酒赴之,兴后作诗,如是者数四。诗酒为务,僧俗混然,遂经旬朔。翼示师梁元帝自画《职贡图》,师嗟赏不已。因谈论翰墨,翼曰:"弟子先门,皆传二王楷书法。弟子又幼来耽玩,今亦有数帖自随。"辩才欣然曰:"明日来,可把此看。"翼依期而往,出其书以示辩才。辩才熟详之,曰:"是即是矣,然未佳善。贫道有一真迹,颇亦殊常。"翼曰:"何帖?"辩才曰:"《兰亭》。"翼佯笑曰:"数经乱离,真迹岂在,必是响拓伪作耳。"辩才曰:"禅师在日保惜,临亡之时,历叙由来,亲付于吾,付受有绪,那得参差,可明日来看。"及翼到,师自于屋梁上槛内出之。翼见讫,故驳瑕指颣曰:"果是响拓书也。"纷竞不定。自示翼之后,更不复安于梁槛上,并萧翼二王诸帖,并借留置于几案之间。辩才时年八十余,每日于窗下临学数遍,其老而笃好也如此。自是翼往还既数,童弟等无复猜疑。后辩才出赴灵汜桥南严迁家斋,翼遂私来房前,谓弟子曰:"翼遗却帛子在床上。"童子即为开门,翼遂于案上取得《兰亭》及御府二王书帖,便赴永安驿,告驿长凌愬曰:"我是御史,奉敕来此。有墨敕,可报汝都督齐善行。"(善行即窦建德之妹婿,在伪夏之时,为左仆射,以用吾曾门庐江节公及隋黄门侍郎裴矩之策,举国归降我唐,由此不失贵仕,遥授上柱国,金印绂绶,封真定县公。)于是善行闻之,驰来拜谒。萧翼因宣示敕旨,具告所由。善行走使人召辩才,辩才仍在严迁家未还寺,遽见追呼,不知所以。又遣散直云:"侍御须见。"及师来见,御史乃是房中萧生也。萧翼报云:"奉敕遣来取《兰亭》。《兰亭》今得矣,故唤师来取别。"辩才闻语,身便绝倒,良久始苏。翼便驰驿而发,至都奏御。太宗大悦,以玄龄举得其人,赏锦彩千段。擢拜翼为员外郎,加入五品。赐银瓶一、金缕瓶一、玛碯碗一,并实以珠。内厩良马两匹,兼宝装鞍辔。庄、宅各一区。太宗初怒老僧之秘吝,俄以其年耄,不忍加刑。数月后,仍赐物三千段,谷三千石,便敕越州支给。辩才不敢将入己用,回造三层宝塔,塔甚精丽,至今犹存。老僧因惊悸患重,不能强饭,惟歠粥。岁余乃卒。帝命供奉拓书人赵模、韩道政、冯承素、诸葛贞等四人,各拓数本,以赐皇太子、诸王、近臣。

贞观二十三年,圣躬不豫,幸玉华宫含风殿。临崩,谓高宗曰:"吾欲从汝求一物,汝诚孝也,岂能违吾心耶,汝意何如?"高宗哽咽流涕,引耳而听受制命。太宗曰:"吾所欲得《兰亭》,可与我将去。"及弓剑不遗,同轨毕至,随仙驾入玄宫矣。今赵模等所拓在者,一本尚直钱数万也。人间本亦稀少,代之珍宝,难可再见。

吾尝为左千牛时,随牒适越,泛巨海,登会稽,探禹穴,访奇书,名僧处士,犹倍诸郡,固知虞预之著《会稽典录》,人物不绝,信而有征。其辩才弟子玄素,俗姓杨氏,华阴人也。汉太尉之后。六代祖佺期,为桓玄所害,子孙避难,潜窜江东,后遂编贯山阴,即吾之外氏近属,今殿中侍御史场之族。长安二年,素师已年九十二,视听不衰,犹居永欣寺永禅师之故房,亲向吾说。聊以退食之暇,略疏始末,庶将来君子,知吾心之所存,付之永(彭年)、明(察微)、温(抱直)、起(令叔)等兄弟,其有好事同志须知者,亦无隐焉。于时岁在甲寅季春之月,上巳之日,感前代之修禊而撰此记。朝议郎、行职方员外郎、上柱国何延之记。

主上每暇隙,留神艺术,迹逾华圣,偏重《兰亭》。仆开元十年四月二十七日任筠州刺史,蒙恩许拜扫至都,承访所得委曲,缘病不获诣阙,遣男昭成皇太后挽郎、吏部常选、骑都尉永写本进。其日奉日曜门宣敕,内出绢三十匹赐永。于是负恩荷泽,手舞足蹈,捧戴周旋,光骇闾里。仆跼天闻命,伏枕怀欣,殊私忽临,沉疴顿减,辄题卷末,以示后代。

第二类
指名道姓　攻击对方

《补江总白猿传》新探

传奇内容与《陈书》《南史》不合

《补江总白猿传》借用汉焦延寿《易林·坤之第二·剥》"南山大玃，盗我媚妾"以及晋张华《博物志》、干宝《搜神记》、旧题梁任昉《述异记》等书关于猿猴盗取妇女，生子"与人不异"的情节，渲染成篇，内容荒诞，一眼可以看穿，不须多辩，但《传》又提到历史上一些人与事，是真还是假呢？历代文学史家从未考证过，故需首先予以揭露。

《传》的开头说："梁大同末，遣平南将军蔺钦南征，至桂林，破李师古、陈彻。别将欧阳纥略地至长乐……"《传》的结尾说："纥妻周岁生一子，厥状肖（白猿）焉。后纥为陈武帝所诛。"对照一下史书，便发现问题了。

据《陈书·欧阳頠传》："梁左卫将军兰钦之少也，与頠相善，故頠常随钦征讨。……钦南征夷獠，擒陈文彻，所获不可胜计，献大铜鼓，累代所无，頠预其功。……钦征交州，复启頠同行。"（《南史·欧阳頠传》同）可见随兰钦南征者，乃欧阳询祖父欧阳頠，非父欧阳纥。（《补江总白猿传》误兰钦为蔺钦，误陈文彻为陈彻。）

据《陈书·宣帝纪》："（太建二年春）二月癸未，仪同章昭达擒欧阳纥送都，斩于建康市，广州平。"（《南史·陈本纪下》同）同书《欧阳頠传》附《欧阳纥传》："伏诛，时年三十三。家口籍没。子询以年幼免。"从太建二年(570)逆推三十三年,欧阳纥生于大同四年(538)。大同纪元共十一年,"大同末"欧阳纥还不足八岁,绝不可能是兰钦的"别将"!也未结婚,更不可能出现白猿"窃"其妻之事!(《补江总白猿传》误陈宣帝为陈武帝。)

《补江总白猿传》的作者心怀叵测,把欧阳颁改为欧阳纥,捏造白猿窃掠纥妻"生一子"之事以诬蔑欧阳询。

作者考

是谁作《补江总白猿传》来诬谤欧阳询的呢? 自宋至今,不少人对此进行过推测,如:

晁公武《昭德先生读书后志·史类·传记类·〈补江总白猿传〉一卷》:"右不详何人撰。述梁大同末欧阳纥妻为猿所窃,后生子询。《崇文目》以为唐人恶询者为之。"

胡应麟《少室山房笔丛·丁部·四部正讹下》:"《白猿传》,唐人以谤欧阳询者。询状颇瘦削类猿猱,故当时无名子造言以谤之。此书本题《补江总白猿传》。盖伪撰者托总为名,不惟诬询,兼以诬总。噫! 亦巧矣。率更世但贵其书,而不知其忠孝节义,学问文章,皆唐初冠冕,至今了然史策,岂此辈能污哉?……"

鲁迅《中国小说史略》第八篇《唐之传奇文(上)》:"唐初又有《补江总白猿传》一卷,不知何人作……(欧阳)纥后为陈武帝所杀,子询以江总收养成人,入唐有盛名,而貌类猕猴,忌者因此作传,云以补江总,是知假小说以施诬蔑之风,其由来亦颇古矣。"

汪国垣《唐人小说》上卷:"唐时风气,往往心所不慊,辄托文字以相诟,如本传(《补江总白猿传》)及《周秦行纪》皆是已。李、牛倾轧,或有所召。惟率更忠孝气节,冠冕唐初,文章书法,颉颃虞、李。不知何以致此无妄之谤,斯足慨已。"

《补江总白猿传》是"恶询者""忌者"所作,这个意见是一致的,也是正确的,但此人是谁?欧阳询何以遭人"恶""忌","致此无妄之谤"?尚未有答案,今详为论证如下:

1. 武德时

《旧唐书·儒学传上·欧阳询传》:"高祖微时,引为宾客。及即位,累迁给事中。询初学王羲之书,后更渐变其体,笔力险劲,为一时之绝,人得其尺牍文字,咸以为楷范焉。高丽甚重其书,尝遣使求之。高祖叹曰:'不意询之书名,远播夷狄……'"此传虽简,也可看出欧阳询在唐初的不平凡的地位:(1)是高祖旧友;(2)书名为武德朝之冠。除《旧唐书》本传之外,还有几条值得注意的记载:

(1)撰、书"开元通宝"钱文。《资治通鉴·唐纪五》:"(武德四年七月)初行开元通宝钱……命给事中欧阳询撰其文并书,回环可读。"(《太平广记·书三》引《国史异纂》作"开通元宝钱"。)高祖命欧阳询撰、书开元通宝(开通元宝)钱文,意味着询之字体是唐初的标准字体,所以"人得其尺牍文字,咸以为楷范焉"。

(2)主编《艺文类聚》。《唐会要·修撰》:"武德七年九月十七日,给事中欧阳询奉敕撰《艺文类聚》成,上之。"(《旧唐书·儒学传上·欧阳询传》作"武德七年,诏……",误以奏上之年为下诏之年。)《旧唐书·令狐德棻传》:"(武德)五年,迁秘书丞,与侍中陈叔达等受诏撰《艺文类聚》。"同书《孝友传·赵弘智传》:"初与秘书丞令狐德棻、齐王文学袁朗等十数人同修《艺文类聚》。"同书《儒学传上·欧阳询传》:"诏与裴矩、陈叔达撰《艺文类聚》一百卷,奏之,赐帛二百段。"《旧唐书·经籍志下·丙部子录·事类》:"《艺文类聚》一百卷:欧阳询等撰。"《新唐书·艺文志三·丙部子录·类书类》:"欧阳询《艺文类聚》一百卷:令狐德棻、袁朗、赵弘智等同修。"欧阳询《艺文类聚序》"皇帝……诏撰其事且文"(署"太子率更令、弘文馆学士、渤海男欧阳询序",此衔乃贞观时询最终之官,系后人移改,非成书于太宗时)。侍中陈叔达、太子詹事裴矩虽官高于欧阳询,但《艺文类聚》由询主编,撰序,奏上,可见高祖对询之信任。

(3)修陈史。《唐大诏令集·政事·经史·命萧瑀等修六代史诏》:"秘书监窦琎、给事中欧阳询、秦王文学姚思廉可修陈史。"原注:"武德五年十二月。"

以上三事,具体反映出武德朝欧阳询红极一时,势必要遭到争名夺利者之"忌""恶"。由于高祖对欧阳询的亲信,这时"忌者""恶询者"只有怀恨在心,还不敢冒险写这篇公开诽谤欧阳询的《补江总白猿传》以自取祸。

2. 贞观十二年前

秦王李世民与太子李建成兄弟间承继帝位之争,是初唐统治阶级内部最尖锐的政治斗争。李世民发动"玄武门之变",杀兄李建成、弟李元吉,高祖迫于形势只得立世民为皇太子。世民以宇文士及为太子詹事,长孙无忌、杜如晦为左庶子,高士廉、房玄龄为右庶子,尉迟敬德为左卫率,程知节为右卫率,虞世南为中舍人,褚亮为舍人,姚思廉为洗马。新任命的"东宫属官",全是李世民的亲信,所谓"藩邸之旧""秦王幕府"。

不久,高祖为太上皇,李世民即帝位(太宗),改组中央政府,安排官员。虞世南是太宗朝最受礼遇的文学之臣。《旧唐书·虞世南传》云:"太宗……尝称世南有五绝:一曰德行,二曰忠直,三曰博学,四曰文辞,五曰书翰。"(《资治通鉴·唐纪一一》同。《隋唐嘉话》中,《太平广记·名贤》引《国朝杂记》作"五善",其次序为"博闻、德行、书翰、词藻、忠直")分别介绍如下:

(1)德行。《旧唐书·虞世南传》称:陈时,虞世南父虞荔卒,"世南尚幼,哀毁殆不胜丧"。叔父虞寄陷于陈宝应,世南"布衣蔬食"。隋时,兄虞世基贵盛,世南"躬履勤俭"。宇文化及杀虞世基,"世南抱持号泣,请以身代,化及不纳,因哀毁骨立,时人称焉"。

（2）忠直。《旧唐书·虞世南传》称:"世南虽容貌懦愞,若不胜衣,而志性抗烈,每论及古先帝王为政得失,必存规讽,多所补益。太宗尝谓侍臣曰:'朕因暇日与虞世南商略古今,有一言之失,未尝不怅恨,其恳诚若此,朕用嘉焉。群臣皆若世南,天下何忧不理。'"例如:贞观八年,陇右山崩,大蛇屡见,山东及江、淮多大水,虞世南对:"唯修德可以销变。"有星孛于虚、危,历于氐,百日乃灭,世南对:"愿陛下勿以功高古人而自矜伐,勿以太平渐久而自骄怠,慎终如始。"高祖死,诏山陵一准汉长陵,程限既促,功役劳弊,世南上疏谏。太宗颇好猎,世南亦上疏谏。"其有犯无隐,多此类也。太宗以是益亲礼之。"

（3）博学。武德四年,太宗以虞世南等十八人为文学馆学士。"录遣图其状貌,题其名字、爵里,乃命（褚）亮为之像赞,号《十八学士写真图》,藏之书府,以彰礼贤之重也。……每军国务静,参谒归休,即便引见,讨论坟籍,商略前载。预入馆者,时所倾慕,谓之'登瀛洲'。"(《旧唐书·褚亮传》)十八学士中,虞世南最为博学。《旧唐书·虞世南传》称:"太宗尝命写《列女传》以装屏风,于时无本,世南暗疏之,不失一字。"(参阅《隋唐嘉话》中,《太平广记·博物》引《国史异纂》。)"太宗重其博识,每机务之隙,引之谈论,共观经史。……"《隋唐嘉话》中云:"太宗尝出行,有司请载副书以从。上曰:'不须。虞世南在,此行秘书也。'"(参阅《大唐新语·聪敏》,《太平广记·名贤》引《国朝杂记》,同书《博物》引《国史异纂》。)

（4）文辞。《旧唐书·虞世南传》称:"太宗灭（窦）建德,引为秦府参军。寻转记室,仍授弘文馆学士,与房玄龄对掌文翰。""(贞观八年)四月,康国献狮子,诏世南为之赋,命编之东观。"(同书《西戎传·康国传》

作"贞观九年"。《唐会要·康国》作"贞观九年七月"。)《新唐书·虞世南传》称:"帝尝作宫体诗,使赓和。世南曰:'圣作诚工,然体非雅正。上之所好,下必有甚者,臣恐此诗一传,天下风靡。不敢奉诏。'帝曰:'朕试卿耳!'赐帛五十匹。"(参阅《唐诗纪事·太宗》)又,《旧唐书·太宗纪上》:"(贞观三年十二月)癸丑,诏建义以来交兵之处,为义士勇夫殒身戎阵者各立一寺,命虞世南……等为之碑铭,以纪功业。"同书《杜如晦传》:"太宗手诏著作郎虞世南曰:'朕与如晦,君臣义重。不幸奄从物化,追念勋旧,痛悼于怀。卿体吾此意,为制碑文也。'"《隋唐嘉话》中:"太宗将致樱桃于郧公,称'奉'则以(《唐语林·言语》作'似')尊,言'赐'又以(似)卑。乃问之虞监,曰:'昔梁武帝遗齐巴陵王称饷',遂从之。"(参阅《太平广记·杂录一》引《国史异纂》)

(5)书翰。《旧唐书·虞世南传》称:"同郡沙门智永善王羲之书,世南师焉,妙得其体,由是声名籍甚。"《宣和书谱·历代诸帝·唐·太宗》云:"先是,释智永善羲之书,而虞世南师之,颇得其体。太宗乃以书师世南,然尝患'戈'脚不工,偶作'戬'字,遂空其落'戈',令世南足之,以示魏徵,徵曰'今窥圣作,惟戬字戈法逼真'。太宗叹其高于藻识,然自是益加工焉。"

以上是虞世南生前,太宗对他的赏识情况。虞世南卒后,太宗对他怀念不已,见于记载者,有如下数事:(1)"(太宗)手敕魏王泰曰:'虞世南于我,犹一体也。拾遗补阙,无日暂忘,实当代名臣、人伦准的。吾有小失,必犯颜而谏之。今其云亡,石渠、东观之中,无复人矣,痛惜岂可言耶!'"(参阅《隋唐嘉话》中、《太平广记·名贤》引《国朝杂记》。)(2)"未几,太宗为诗一篇,追述往古兴亡之道,既而叹曰:'钟子期死,伯牙不复鼓琴。朕之此诗,将何以示?'令起居郎褚遂良诣其灵帐读讫焚之,冀世南神识感悟。"(3)"后数岁,太宗夜梦见之,有若平生。翌日,下制曰:'礼部尚书、永兴文懿公世南,德行淳备,文为辞宗,夙夜尽心,志在忠益。……昨因夜梦,忽睹其人,兼进谠言,有如平生之日。追怀遗美,良增悲叹。"(4)"又敕图其形于凌烟阁。"(5)"(虞世南)有集三十卷,(太宗)令褚亮为之序。"(以上见《旧唐书·虞世南传》)(6)"太宗尝谓侍中魏徵曰:'虞世南死后,无人可以论书。'"(见《旧唐书·褚遂良传》)

从太宗怀念不忘虞世南的一系列言论中看出仍是对他一身兼有"五绝"("五善")的敬佩。"又敕图其形于凌烟阁"是太宗给虞世南的最高荣誉。贞观十七年,太宗命画"太原倡义及秦府功臣"二十四人于凌烟阁,"太宗亲为之赞,褚遂良题阁,阎立本画"。二十四人中,文学之臣仅虞世南一人而已。

"五绝"之褒,出于皇帝之口,在当时便是定论。其影响尤大者为"书翰"一绝。初唐书家,欧、虞齐名,各有艺术特色,本不必有所轩轾。由于高祖亲信欧阳询,故武德朝询书名在虞之上,太宗亲信虞世南,故贞观朝虞书名在询之上。太宗的影响大,此后评书者,多扬虞而抑询,请看:

张怀瓘《书断》中《妙品》:"欧之与虞,可谓智均力敌,亦犹韩卢之追东郭𡯂也。论其众体,则虞所不逮。欧若猛将深入,时或不利;虞若行人妙选,罕有失辞。虞则内含刚柔,欧则外露筋骨,君子藏器,以虞为优。"

朱长文《墨池编·品藻之四》引灊溪隐夫《续书断·妙品十六人》:"唐虞世南……故其为书,气秀色润,意和笔调,然而内含刚特,谨守法度,柔而莫渎,如其为人,虽欧、虞同称,德义乃出询右也。初浮屠智永学逸少书精极,名重于陈,世南从学焉,尽得其法,而有以过之,其隶行皆入妙品,太宗尝与之论书,言亦至于妙,而称世南为'书翰'之绝,此言谅矣。"

既然太宗朝虞世南在政治上、书法上都居绝对优势,"众书之中虞书巧,体法自然归大道"(贾眈《赋虞书歌》)。他用不着与欧阳询争名,更不必"忌"之、"恶"之，这篇诬蔑欧阳询的《补江总白猿传》不可能是贞观十二年之前所作。

3. 贞观十二年后

据《书断·妙品》，虞世南"贞观十二年卒，年八十一"。欧阳询"以贞观十五年卒，年八十五"。虞世南死时，欧阳询尚健在，太宗却对魏徵说"无人可以论书"，魏徵也不推荐欧阳询"侍书"，这是什么缘故？我们从下列记载中可以得到启发：

《晋书·王羲之传》："制曰……书契之兴，肇乎中古，绳文鸟迹，不足可观。末代去朴归华，舒笺点翰，争相夸尚，竞其工拙。……所以详察古今，研精篆素，尽善尽美，其惟王逸少乎！观其点曳之工，裁成之妙，烟霏露结，状若断而还连；凤翥龙蟠，势如斜而反直。玩之不觉为倦，览之莫识其端，心慕手追，此人而已。其余区区之类，何足论哉！"

张彦远《法书要录·唐韦述叙书录》："自太宗贞观中搜访王右军等真迹，出御府金帛，重为购赏，由是人间古本，纷然毕进，帝令魏少师、虞永兴、褚河南等定其真伪。"（参阅《太平广记·书四》引《谭宾录》）

《旧唐书·虞世南传》："同郡沙门智永善王羲之书，世南师焉，妙得其体，由是声名籍甚。"

《书断·妙品·褚遂良》："善书，少则服膺虞监，长则祖述右军，真书甚得其媚趣……"

《旧唐书·褚遂良传》："太宗尝谓侍中魏徵曰：'虞世南死后，无人可以论书。'徵曰：'褚遂良下笔遒劲，甚得王逸少体。'太宗即日召令侍书。太宗尝出御府金帛购求王羲之书迹，天下争赍古书诣阙以献，当时莫能辨其真伪，遂良备论所出，一无舛误。"（《法书要录·唐朝叙书录》、《墨薮·贞观论》、《太平广记·书四》引《谭宾录》、《墨池编·杂议之二·唐太宗高宗书故事》系此事于"贞观十年"，误。虞世南卒于贞观十二年五月。）

《旧唐书·薛收传》附《薛稷传》："自贞观、永徽之际，虞世南、褚遂良时人宗其书迹，自后罕能继者。稷外祖魏徵家富图籍，多有虞、褚旧迹，稷锐精模仿，笔态遒丽，当时无及之者。"（参阅《太平广记·书三》引《谭宾录》）

综合以上，太宗最崇拜王羲之书法，亲撰《晋书》王羲之传论，大力搜罗其墨迹，专心学习其字体。虞世南曾师事王羲之后裔释智永，被认为是王书的嫡传，又是精于鉴别王书真伪的权威，而欧阳询"书出于北齐三公郎中刘珉"（见窦臮《述书赋下》窦蒙注）。对比之下，太宗自然对虞亲，对询疏。新旧两《唐书》均为虞世南立专传，传中详述太宗与虞的亲密关系；而欧阳询只在《儒学传》里简单介绍，无一字道及太宗与询的关系。又，《旧唐书·儒学传序》云："及（太宗）即位，又于正殿之左，置弘文学馆，精选天下文儒之士虞世南、褚亮、姚思廉等，各以本官兼署学士"，未提到欧阳询。可见询虽为弘文馆学士，实非太宗亲近之人。初唐欧、虞、褚、薛四大书家，实为两派，虞、褚、薛为一派，询为另一派。

褚遂良有称霸书坛的野心。据《新唐书·欧阳询传》："褚遂良亦以书自名，尝问虞世南曰：'吾书何如智永？'答曰：'吾闻彼一字直五万，君岂得此？'曰：'孰与询？'曰：'吾闻询不择纸笔，皆得如志，君岂得此？'遂良曰：'然则何如？'……""然则何如"是经过宋祁修改的语言，不如野史"既然，某何更留意于此"（见《太平广记·书三》引《国史异纂》）之明白。从"某何更留意于此"这句话，赤裸裸地暴露出名利心重的褚遂良的思想：既然不能压倒智永和欧阳询，何必还要练字呢？智永是虞的老师，褚问虞："吾书何如智永？"欧阳询是褚的"父友"、虞的同辈，褚问虞："孰与询？"都是不礼貌的，狂妄的，目中无人的。

由于虞世南深得太宗敬仰，褚遂良不敢对虞公开菲薄。而且虞先死，褚正要接过虞的旗帜，以虞的继承人为号召，才能充分得到太宗的信任。只有活着的欧阳询，是褚最"忌"、最"恶"，必须推倒的对象。

从唐初书坛形势以及褚遂良的野心来分析,以谤伤欧阳询为目的之《补江总白猿传》,当是贞观十二年虞世南已死,褚遂良"侍书"之时,为巩固其地位,独霸书坛,授意手下的轻薄文人所作。史称高祖时"咸以(欧阳询)为楷范",而"贞观、永徽之际,虞世南、褚遂良时人宗其书迹",初唐书坛好尚的变化,说明褚的野心实现了。

再从褚遂良为人,及贞观风气,提出褚授意手下文人作《补江总白猿传》之旁证。

(1)《隋唐嘉话》中:"太宗宴近臣,戏以嘲谑。赵公无忌嘲欧阳率更曰:'耸膊成山字,埋肩不出头。谁家麟阁上,画此一猕猴?'询应声云:'索头连背暖,䘿裆畏肚寒。只由心溷溷,所以面团团。'帝改容曰:'欧阳询岂不畏皇后闻?'赵公,后之弟也。"(《大唐新语·谐谑》、《本事诗·嘲笑》、《太平广记·诙谐四》引《国朝杂记》诗句稍异。)长孙无忌嘲谑欧阳询与《补江总白猿传》诬蔑欧阳询两件事是有联系的。陈振孙《直斋书录解题·小说家类·〈补江总白猿传〉一卷》云:"此传遂因其嘲,广之以实其事。"明刻《虞初志·〈白猿传〉》评语:"唐欧阳率更貌寝,长孙太尉嘲之……后人缘此遂托江总撰传以诬之。"前人认为长孙无忌嘲询在前,《补江总白猿传》诬询在后,是有道理的。因为:由简到繁,由粗到细,由低级到高级,是事物发展的规律。

今案:长孙无忌、褚遂良二人气味相投(都主张立晋王李治为太子,都受太宗遗命"辅佐"高宗,又都反对高宗立武曌为皇后)。令大臣嘲谑"以为乐"的太宗,只责欧阳询说长孙无忌是"索头",而不责长孙无忌说欧阳询是"猕猴",流露出他感情的偏向,这就壮大了褚遂良的胆子,他日敢于授意手下文人作《补江总白猿传》,进一步诬蔑欧阳询是白猿所生。

(2)《资治通鉴·唐纪一五》:"(永徽元年十月)己未,监察御史阳武韦思谦劾奏中书令褚遂良抑买中书译语人地。大理少卿张睿册以为准估无罪。思谦奏曰：'估价之设，备国家所须，臣下交易，岂得准估为定！睿册舞文，附下罔上，罪当诛。'是日，左迁遂良为同州刺史，睿册循州刺史。"褚遂良"抑买"中书省翻译的田地，是他仗势欺人之一证。张睿册为褚辩解，更证明了褚手下有人为之"舞文"弄墨。从这件事看出，褚授意手下文人作《补江总白猿传》以谤伤欧阳询，是可能的。

（3）《旧唐书·魏徵传》："徵卒后……太宗始疑徵阿党。徵又自录前后谏诤言辞往复以示史官起居郎褚遂良，太宗知之，愈不悦。"魏徵把谏词出示褚遂良的事，只有他们二人知道，除了褚将此事上陈太宗外，绝无别人。褚在太宗怀疑魏之时，揭发魏出示谏词之旧事，以表示对太宗的忠诚，可谓卖友求荣。魏推荐褚"侍书"，有恩于褚，而褚竟以怨报德。

《旧唐书·褚遂良传》说"父友欧阳询甚重之"，而褚与虞世南的一次谈话中暴露出他要压倒"父友"的野心。褚为了独霸书坛，"忌"询、"恶"询，授意手下文人作《补江总白猿传》以谤伤之，也是以怨报德。褚能出卖魏徵，他诬蔑欧阳询，是不奇怪的。

（4）据何延之《兰亭记》，释智永"临亡之际"，将王羲之《兰亭序》真迹，"亲付"给释辩才。太宗"寻讨此书，知在辩才之所"，召辩才入京，"方便善诱，无所不至"。辩才说"坠失不知所在"，放归越州。"后更推究，不离辩才之处。"共三次召入京，"竟靳固不出"。房玄龄献计，派监察御史萧翼装扮成"山东书生"模样，到越州，与辩才交游，赚得《兰亭序》。能够知道智永将《兰亭序》真迹遗留给弟子辩才的人，不会很多，另一弟子虞世南是其一。能将此事告诉太宗，并参与"寻讨""推究"者，则只有虞世南了，别人是无此资格的。可见，赚《兰亭序》一事，是太宗与房、虞合谋。为一件书法，君臣们竟不顾他们所标榜的仁义道德而行诈骗，说明当时对书法崇尚到无以复加的程度。

《墨池编·品藻门一·唐李嗣真后书品》说"嗟尔后生，既乏经国之才,又无干城之略,庶几勉夫斯道。近代虞秘监、欧阳银青、房、褚二仆射……等,亦并由此术,无所间然",即指欧阳询以书法受知于高祖,虞世南、房玄龄、褚遂良以书法受知于太宗。在初唐,书法与"经国之才""干城之略"一样重要。正是在这种社会风气下,褚遂良为独霸书坛而授意手下文人谤伤欧阳询作《补江总白猿传》。

(5)太宗为争夺帝位,"喋血禁门,推刃同气,贻讥千古"(见《资治通鉴·唐纪七》)。他总是担心史书上有不利于他的话。当时史臣为迎合太宗,不惜曲笔。曾经仔细研究过《高祖实录》《太宗实录》的司马光,就在《资治通鉴考异》中揭露过两《实录》颇多美化太宗,诬蔑高祖、建成、元吉之处。

美化太宗,诬蔑高祖 例一,《考异》卷九《唐纪一·(武德三年)五月秦王世民屠夏县》:"《高祖实录》:'帝曰:平薛举之初,不杀奴贼,致生叛乱,若不尽诛,必为后患。诏胜兵者悉斩之。'疑作《实录》者归太宗之过于高祖,今不取。"例二,同卷《(四年五月)李勣请赎单雄信世民不许》:"《旧传》云:'高祖不许。'按太宗得洛城即诛雄信,何尝禀命于高祖,盖太宗时史臣叙高祖时事,有诛杀不厌众心者,皆称高祖之命,以掩太宗之失,如屠夏县之类皆是也。"例三,同卷《(五年)十二月壬申(刘)黑闼众溃》:"……《太宗实录》云:'黑闼重反,高祖谓太宗曰:前破黑闼,欲令尽杀其党,使空山东,不用吾言,致有今日。及隐太子征闼,平之,将遣唐俭往,使男子年十五已上悉坑之,小弱及妇女总驱入关,以实京邑。太宗谏曰:臣闻唯德动天,唯恩容众。山东人物之所,河北蚕绵之乡,而天府委输,待以成绩。今一旦见其反覆,尽戮无辜,流离寡弱,恐以杀不能止乱,非行吊伐之道。其事遂寝。'……按高祖虽不仁,亦不至有'欲空山东'之理。史臣专欲归美太宗,其于高祖亦太诬矣。今采《革命记》及《新书》。"

美化太宗,诬蔑建成、元吉 例一,《考异》卷八《隋纪·(义宁元年六月)李渊使建成世民将兵击西河》：'《创业注》云：'命大郎、二郎率众讨西河。'高祖、太宗《实录》但云'命太宗徇西河'，盖史官没建成之名耳。《唐·殷峤传》：'从隐太子攻西河。'今从《创业注》。"例二，同卷《(七月)渊将北还世民谏而止乃与建成分道追军》："《创业注》：'……唐公顾谓大郎、二郎曰:尔辈何如？对曰:(刘)武周位极而志满，突厥少信而贪利，外虽相附，内实相猜。突厥必欲求利太原，宁肯近忘马邑！武周悉其此势，未必同谋同志。(宋)老生、突厥奔竞来拒，进阙图南，退穷自北，还无所入，往无所之，畏溺先沉，近于斯矣。……李密恋于仓粟，未遑远略。老生轻躁，破之不疑。定业取威，在兹一决。诸人保家爱命，言不可听。雨罢进军，若不杀老生而取霍邑，儿等敢以死谢！……'《太宗实录》尽以为太宗之策，无建成名，盖没之耳。据建成同追左军，则是建成意亦不欲还也。今从《创业注》。"例三，卷九《唐纪一·(武德五年)十一月帝待世民浸疏建成元吉日亲》："《高祖实录》曰：'建成幼不拘细行，荒色嗜酒，好畋猎，常与博徒游，故时人称为任侠。高祖起义于太原，建成时在河东……而今上白高祖，遣使召之，盘游不即往。……'又曰：'建成帷薄不修，有禽犬之行，闻于远迩。今上以为耻，尝流涕谏之，建成惭而成憾。'……《太宗实录》曰：'隐太子始则流宕河曲，逸游是好，素无才略，不预经纶，于后虽统左军，非众所附。既升储两，坐构猜嫌……又，巢刺王性本凶愎，志识庸下，行同禽兽，兼以弃镇失守，罪戾尤多，反害太宗之能。……'按建成、元吉虽为顽愚，既为太宗所诛，史臣不无抑扬诬讳之辞，今不尽取。"

　　司马光以大量的事实、合理的分析，揭露《高祖实录》《太宗实录》中"归太宗之过于高祖""没建成之名"以及种种"抑扬诬讳之辞"。实录犹言"信史"，"取必信也"(见《新唐书·周墀传》)。但贞观时史臣公然违反这个原则。尊严的实录，尚且不实；街谈巷语的小说，更不计较了。对高祖，尚且敢诬蔑；谤伤欧阳询，更不算什么了。《补江总白猿传》正是这种社会风气下的产物。

标题考

　　这篇诬蔑欧阳询是白猿所生的传奇,有四种标题:
　　(1)《新唐书·艺文志三·丙部子录·小说家类》《昭德先生读书后志·史类·传记类》《直斋书录解题·子部·小说家类》皆作《补江总白猿传》,这是人们公认的正规标题。
　　(2)《宋史·艺文志五·子类·小说家类》作《集补江总白猿传》。"集补"与"补",没有本质的差别。
　　(3)《顾氏文房小说》《虞初志》《绿窗女史》《合刻三志》《说郛》等书均作《白猿传》,这是《补江总白猿传》的简称。(《说郛》弓一一三《白猿传》注:"托名江总",此注即据原标题中的"补江总"而写。)
　　(4)《太平广记·畜兽十一·猿上》载此传奇,注"出《续江氏传》",这是《续江氏白猿传》的简称。由于这篇传奇置于《猿》类,所以注文省略"白猿"二字,以免重复。"续江氏"与"补江总",反映了此传奇的各种抄本、刻本小有异同。不但标题小有异同,字句也小有异同。《太平广记》所据之底本不佳,鲁迅、汪国垣都认为《顾氏文房小说》本"较《广记》为胜"。对于《续江氏传》篇名所引起的误会,我另有专文详论,兹不赘述。

附:《补江总白猿传》

　　梁大同末,遣平南将军蔺钦南征,至桂林,破李师古、陈彻。别将欧阳纥略地至长乐,悉平诸洞,罙入深阻。纥妻纤白,甚美。其部人曰:"将军何为挈丽人经此?地有神,善窃少女,而美者尤所难免,宜谨护之。"纥甚疑惧,夜勒兵环其庐,匿妇密室中,谨闭甚固,而以女奴十余伺守之。尔夕,阴风晦黑,至五更,寂然无闻。守者怠而假寐,忽若有物惊悟者,即已失妻矣。关扃如故,莫知所出。出门山险,咫尺迷闷,不可寻逐。追明,绝无其迹。纥大愤痛,誓不徒还。因辞疾,驻其军,日往四遐,即深凌险以索之。

既逾月,忽于百里之外丛筱上,得其妻绣履一只,虽侵雨濡,犹可辨识。纥尤凄悼,求之益坚。选壮士三十人,持兵负粮,岩栖野食。又旬余,远所舍约二百里,南望一山,葱秀迥出。至其下,有深溪环之,乃编木以渡。绝岩翠竹之间,时见红彩,闻笑语音。扪萝引絙,而陟其上,则嘉树列植,间以名花,其下绿芜,丰软如毯。清迥岑寂,杳然殊境。东向石门,有妇人数十,帔服鲜泽,嬉游歌笑,出入其中。见人皆慢视迟立。至则问曰:"何因来此?"纥具以对。相视叹曰:"贤妻至此月余矣。今病在床,宜遣视之。"入其门,以木为扉。中宽辟若堂者三。四壁设床,悉施锦荐。其妻卧石榻上,重茵累席,珍食盈前。纥就视之。回眸一睇,即疾挥手令去。诸妇人曰:"我等与公之妻,比来久者十年。此神物所居,力能杀人,虽百夫操兵,不能制也。幸其未返,宜速避之。但求美酒两斛,食犬十头,麻数十斤,当相与谋杀之。其来必以正午后,慎勿太早。以十日为期。"因促之去。纥亦遽退。

遂求醇醪与麻、犬,如期而往。妇人曰:"彼好酒,往往致醉。醉必骋力,俾吾等以彩练缚手足于床,一踊皆断。尝纫三幅,则力尽不解。今麻隐帛中束之,度不能矣。遍体皆如铁,唯脐下数寸,常护蔽之,此必不能御兵刃。"指其旁一岩曰:"此其食廪。当隐于是,静而伺之。酒置花下,犬散林中,待吾计成,招之即出。"如其言,屏气以俟。

日晡,有物如匹练,自他山下,透至若飞,径入洞中。少选,有美髯丈夫长六尺余,白衣曳杖,拥诸妇人而出。见犬惊视,腾身执之,披裂吮咀,食之致饱。妇人竞以玉杯进酒,谐笑甚欢。既饮数斗,则扶之而去。

又闻嬉笑之音。良久，妇人出招之，乃持兵而入。见大白猿，缚四足于床头，顾人蹙缩，求脱不得，目光如电。竞兵之，如中铁石。刺其脐下，即饮刃，血射如注。乃大叹咤曰："此天杀我，岂尔之能。然尔妇已孕，勿杀其子，将逢圣帝，必大其宗。"言绝乃死。搜其藏，宝器丰积，珍羞盈品，罗列案几。凡人世所珍，靡不充备。名香数斛，宝剑一双。妇人三十辈，皆绝其色。久者至十年。云，色衰必被提去，莫知所置。又捕采唯止其身，更无党类。且盥洗，着帽，加白袷，被素罗衣，不知寒暑。遍身白毛，长数寸所。居常读木简，字若符篆，了不可识；已，则置石磴下。晴昼或舞双剑，环身电飞，光圆若月。其饮食无常，喜啖果栗，尤嗜犬，咀而饮其血。日始逾午，即欻然而逝。半昼往返数千里，及晚必归，此其常也。所须无不立得。夜就诸床嬲戏，一夕皆周，未尝寐。言语淹详，华旨会利。然其状，即猳玃类也。今岁木落之初，忽怆然曰："吾为山神所诉，将得死罪。亦求护之于众灵，庶几可免。"前月哉生魄，石磴生火，焚其简书。怅然自失曰："吾已千岁，而无子。今有子，死期至矣。"因顾诸女，汍澜者久，且曰："此山复绝，未尝有人至。上高而望，绝不见樵者。下多虎狼怪兽。今能至者，非天假之，何耶？"纥即取宝玉珍丽及诸妇人以归，犹有知其家者。

纥妻周岁生一子，厥状肖焉。后纥为陈武帝所诛。素与江总善。爱其子聪悟绝人，常留养之，故免于难。及长，果文学善书，知名于时。

《上清传》新探

全不近人情而有政治目的之《上清传》

《资治通鉴考异》卷一九《唐纪一一·贬窦参为郴州别驾》评《上清传》:"信如此说,则参为人所劫,德宗岂得反云'蓄养侠刺!'况陆贽贤相,安肯为此!就使欲陷参,其术固多,岂肯为此儿戏!全不近人情。今不取。"柳珵为什么写这篇"全不近人情"的小说呢?司马光未作交代,今试为论证如下。

(一) 柳珵是柳冕之子

晁公武《昭德先生郡斋读书志》卷一三《小说类》:"《常侍言旨》一卷:右唐柳珵记其世父芳所著(《文献通考》卷二一五《经籍考·子·小说家·〈常侍言旨〉一卷》引同)①,凡六章,《上清》、《刘幽求》二传附。"(衢本)

陈振孙《直斋书录解题》卷一一《小说家类》:"《柳常侍言旨》一卷:唐柳珵撰。常侍者,其世父芳也。凡六章,末有《刘幽求》及《上清传》。"

上引资料中"世父"是"王父"之讹,何以知之?《昭德先生郡斋读书志·小说类》云:"《家学要录》一卷:右唐柳珵撰。采其曾祖彦昭、祖芳、父冕家集所记累朝典章因革,时政得失,著此录,小说之尤者也。"(袁

---

① 《昭德先生郡斋读书志》卷三下《小说类·〈常侍言旨〉一卷》作"世父登"。(袁本)

本、衢本同)可以为证。又据《新唐书》卷七三上《宰相世系表三上·柳氏表(西眷)》：

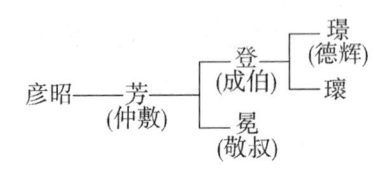

```
                        ┌─ 登 ──┬─ 璟
彦昭 ── 芳 ──┤  (成伯)  │  (德辉)
          (仲敷)  │        └─ 璨
                        └─ 冕
                           (敬叔)
```

柳珵与柳璟，是从兄弟。《旧唐书》卷一四九《柳登传》附《柳冕传》："子璟"，误。

(二) 柳冕与李吉甫亲善

《昭德先生郡斋读书志》卷二上《杂史类》："《次柳氏旧闻》一卷：右唐李德裕撰。……李吉甫与芳子冕，贞元初俱为尚书郎，尝道(高)力士之说，吉甫每为其子德裕言……"(袁本)

《直斋书录解题》卷五《杂史类》："《次柳氏旧闻》一卷：李德裕撰。记柳芳所闻于高力士者……德裕父吉甫，从芳子冕闻之。"

晁公武、陈振孙告诉我们：李吉甫与柳冕有两层关系：(1) 同僚，(2) 都喜爱小说。据《旧唐书》卷一四八《李吉甫传》："吉甫少好学，能属文。年二十七，为太常博士，该洽多闻，尤精国朝故实，沿革折衷，时多称之。迁屯田员外郎，博士如故，改驾部员外。"卷一四九《柳登传》附《柳冕传》："冕，文史兼该，长于吏职。贞元初，为太常博士。……六年十一月……时冕为吏部郎中，摄太常博士。"从元和九年李吉甫五十七岁逆推，兴元元年"年二十七"。李吉甫与柳冕"贞元初"同僚是实。《次柳氏旧闻》一书，是李德裕依据高力士—柳芳—柳冕—李吉甫谈话，记录下来的。

（三）李吉甫是窦参集团成员，与陆贽敌对①

《旧唐书·李吉甫传》云："宰臣……窦参推重其才，接遇颇厚。及陆贽为相，出为明州员外长史。"时在贞元八年。

据《旧唐书》卷一九〇下《文苑传下·吴通玄传》："陆贽与宰相窦参相恶。参从子给事中申，参尤宠之……申，嗣虢王则之从父甥也。申与则之亲善。则之为金吾将军，好学有文，申与则之潜结吴通玄兄弟，为参共倾陆贽。则之令人造谤书，言贽考试举人不实，招纳贿赂。"李吉甫与窦申、李则之、吴通玄、吴通微等，都是窦参集团成员，都反对陆贽。他们打击陆贽的手段，当亦有相似之处。我们可以从李则之令人造"谤书"，陷害陆贽科场舞弊，联想到李吉甫子德裕令柳珵写小说，污蔑陆贽派刺客夜至窦参家。这样说，是不是冤枉了李德裕呢？否。

（四）李德裕窜改《宪宗实录》，掩盖李吉甫之恶

《旧唐书》卷一八上《武宗纪》："（会昌元年）四月辛丑，敕：'《宪宗实录》旧本未备，宜令史官重修进内。其旧本不得注破，候新撰成同进。'时李德裕……复恐或书其父不善之事，故复请改撰实录，朝野非之。""十二月，中书门下奏修实录体例……从之。德裕奏改修《宪宗实录》所载吉甫不善之迹，郑亚希旨削之，德裕更此条奏，以掩其迹。搢绅谤议，武宗颇知之。""（三年）十月，宰相监修国史李绅、兵部郎中史馆修撰判馆事郑亚进重修《宪宗实录》四十卷，颁赐有差。"卷一八下《宣宗纪》："（大中二年十一月）敕：'路随等所修《宪宗实录》旧本，却仰施行。其会昌新修者，仰并进纳。如有钞录得，敕到并纳史馆，不得辄留，委州府严

---

① 《旧唐书》卷一三九《陆贽传》："乃贬贽为忠州别驾。""初，贽秉政，贬驾部员外郎李吉甫为明州长史，量移忠州刺史。贽在忠州，与吉甫相遇，昆弟、门人咸为贽忧，而吉甫忻然厚礼，都不衔前事，以宰相礼事之，犹恐其未信不安，日与贽相狎，若平生交契者。贽初犹惭惧，后乃深交，时论以吉甫为长者。"卷一四八《李吉甫传》："起为忠州刺史。时贽已谪在忠州，议者谓吉甫必逞憾于贽，重构其罪；及吉甫到部，与贽甚欢，未尝以宿嫌介意。"这个记载，恐出于李德裕、李绅、郑亚改定的《宪宗实录》。美化李吉甫，不可轻信。

加搜捕。'"李绅、郑亚都是李德裕集团成员。①

《新唐书》卷一八二《周墀传》:"建言:'故宰相德裕重定《元和实录》,窜寄他事,以广父功。凡人君尚不改史,取必信也。'遂削新书。"《唐大诏令集》卷五八《大臣·宰相·贬降下·李德裕崖州司户制》:"恭惟《元和实录》,乃不刊之书。擅敢改张,罔有畏忌,夺他人之懿绩,为私门之令猷。"窜改实录是李德裕"移投荒服"的罪状之一。

"实录"一词的本义,犹言"信史",谓翔实可靠的记载。南朝的《梁皇帝实录》,则是梁武帝统治时期的编年大事记。以后沿用这个名称。唐朝每一皇帝死后,继嗣之君,必敕史臣撰修实录。其所以称为实录,"取必信也",所以周墀说"凡人君尚不改史"。李德裕为了掩盖李吉甫之恶,敢于冒天下之大不韪,利用职权,令李绅、郑亚等窜改《宪宗实录》;他令世交柳珵写一篇污蔑陆贽的小说,更不算什么了。《上清传》为窦参洗刷,也就是为李吉甫洗刷。窜改《宪宗实录》与撰写《上清传》,事之大小虽不同,而用意则一。

据《资治通鉴考异》卷一九《唐纪一一·李吉甫为淮南节度使》:"《旧(唐书)·吉甫传》曰……按牛僧孺等指陈时政之失,吉甫泣诉,故贬考覆官。裴垍等虽欲为谖,若云执政自教指举人诋时政之失,岂近人情邪!吉甫自以诬构郑絪,贬斥裴垍等,盖宪宗察见其情而疏薄之,故出镇淮南。及子德裕秉政,掩先人之恶,改定实录,故有此说耳。"司马光看出李德裕、李绅、郑亚把《宪宗实录》改得"岂近人情邪",联想到他还批评过《上清传》"全不近人情",用语相同。虽然司马光没有指出《上清传》是李德裕令柳珵写的,但却启发了我们去探索改《宪宗实录》与写

---

① 《旧唐书》卷一七三《李绅传》:"穆宗召为翰林学士,与李德裕、元稹同在禁署,时称'三俊',情意相善。"《旧唐书》卷一七八《郑畋传》:"父亚","李德裕在翰林,亚以文干谒,深知之"。

《上清传》二事的内在联系。

(五)李吉甫仇恨李绛,《上清传》攻击陆贽门生

《上清传》末尾说"世以陆贽门生名位多显达者,世不可传说",这不是闲笔。

据《旧唐书》卷一三九《陆贽传》:"(贞元)七年,罢学士,正拜兵部侍郎,知贡举。时崔元翰、梁肃文艺冠时,贽输心于肃,肃与元翰推荐艺实之士,升第之日,虽众望不惬,然一岁选士,才十四五,数年之内,居台省清近者十余人。"贞元八年进士二十三人:贾稜、陈羽、欧阳詹、李博、李观、冯宿、王涯、张季友、齐孝若、刘遵古、许季同、侯继、穆赞、韩愈、李绛、温商、庾承宣、员结、胡谅、崔群、邢册、裴光辅、万珰,见洪兴祖《韩子年谱》引《科名记》。陆贽的二十三个门生中,李吉甫最仇恨李绛。而仇恨李绛,又与仇恨裴垍有关。证如下:

(1)《新唐书》卷一四六《李栖筠传》附《李吉甫传》:"及再辅政,天下想望风采,而稍修怨……裴垍左迁,皆其谋也。"卷一六九《裴垍传》:"垍之进,李吉甫荐颇力,及居中,多变更吉甫时约束,吉甫复用,衔之。会垍与史官蒋武等上《德宗实录》,吉甫以垍引疾解史任,不宜冒奏,乃徙垍太子宾客,罢武等史官。会卒,不加赠,给事中刘伯刍表其忠,帝乃赠太子太傅。"卷一三二《蒋乂传》:"与独孤郁、韦处厚修《德宗实录》。以劳迁右谏议大夫。裴垍罢宰相,而李吉甫恶垍,以乂尝监修,故授乂太常少卿。"卷一六〇《刘伯刍传》:"李吉甫当国而垍卒,不加赠,伯刍为申理,乃赠太子少傅。或言其妻,垍从母也,吉甫欲按之,求补虢州刺史。"以上说明李吉甫仇恨裴垍,并波及蒋武(乂)、刘伯刍等人。

(2)《旧唐书》卷一四八《裴垍传》:"垍在翰林,举李绛、崔群同掌密命……其后继踵入相,咸著名迹。"《李吉甫传》:"秉政之后,视听时有所蔽,人心疑惮之。时负公望者虑为吉甫所忌,多避畏。宪宗潜知其事,未周岁,遂擢用李绛,大与绛不协;而绛性刚讦,于上前互有争论,人多

直绛。"卷一六四《李绛传》:"同列李吉甫便僻,善逢迎上意,绛梗直,多所规谏,故与吉甫不协。时议者以吉甫通于(吐突)承璀,故绛尤恶之。绛性刚讦,每与吉甫争论,人多直绛。"

以上说明李吉甫仇恨李绛,李绛既是陆贽门生,又是裴垍集团成员。

《新唐书》卷二○一《文艺传上·元万顷传》附《元义方传》:"历……福建观察使。中官吐突承璀,闽人也,义方用其亲属为右职。李吉甫再当国,阴欲承璀奥助,即召义方为京兆尹。李绛恶其党,出为鄜坊观察使。"卷一六二《许孟容传》附《许季同传》:"再迁兵部郎中。孟容为礼部侍郎,徙季同京兆少尹。时京兆尹元义方出为鄜坊观察使,奏劾宰相李绛与季同举进士为同年,才数月辄徙。"以上说明李吉甫、元义方与李绛、许季同之间的斗争。

唐代进士科的座主与门生之间、同年之间关系密切。《上清传》所谓"世以陆贽门生名位多显达者,世不可传说",既污蔑了陆贽,又攻击了李绛等人,真是一箭双雕。

(六)上清嫁给金忠义,李吉甫不忘窦参恩

《上清传》中还提到上清"终嫁为金忠义妻",金忠义确有其人。

据《旧唐书》卷一五八《韦贯之传》:"转礼部员外郎。新罗人金忠义以机巧进,至少府监,荫其子为两馆生,贯之持其籍不与,曰:'工商之子不当仕。'忠义以艺通权幸,为请者非一,贯之持之愈坚。既而疏陈忠义不宜污朝籍,词理恳切,竟罢去之。"看了这一记载,有两点值得我们思考:(1)韦贯之为什么反对金忠义?(2)金忠义所"通"的"权幸"是哪些人?

《旧唐书·裴垍传》云:"及在相位,用韦贯之……知制诰……其后继踵入相,咸著名迹。"可见韦贯之是裴垍集团成员,与李吉甫敌对。

《旧唐书》卷一七六《李宗闵传》云:"初,宗闵与牛僧孺同年登进士

第,又与僧孺同年登制科。应制之岁,李吉甫为宰相当国,宗闵、僧孺对策,指切时政之失,言甚鲠直,无所回避。考策官杨于陵、韦贯之、李益等又第其策为中等。又为不中第者注解牛、李策语,同为唱诽。又言翰林学士王涯甥皇甫湜中选,考核之际,不先上言。裴垍时为学士,居中覆视,无所异同。吉甫泣诉于上前,宪宗不获已,罢王涯、裴垍学士,垍守户部侍郎,涯守都官员外郎;吏部尚书杨于陵出为岭南节度使,吏部员外郎韦贯之出为果州刺史。王涯再贬虢州司马,贯之再贬巴州刺史,僧孺、宗闵亦久之不调,随牒诸侯府。(元和)七年,吉甫卒,方入朝为监察御史。"卷一四《宪宗纪上》:"(元和三年四月)乙丑,贬翰林学士王涯虢州司马,时涯甥皇甫湜与牛僧孺、李宗闵并登贤良方正科第三等,策语太切,权幸恶之,故涯坐亲累贬之。"可见考策官、应制举人所一致厌恶的"权幸",主要是"为宰相当国"的李吉甫。

这就启示了我们:韦贯之反对金忠义,与反对李吉甫有关;金忠义所"通"的"权幸",当是李吉甫之流;上清嫁给金忠义,可能是李吉甫等人的撮合;李吉甫对上清的关心,显然是不忘窦参的恩情。如果以上的推测不错,更可证明柳珵是奉世交李德裕之命,杜撰《上清传》,污蔑陆贽,为窦参、李吉甫洗刷,并攻击陆贽门生李绛等人。李德裕抛出《上清传》在前,窜改《宪宗实录》在后。

荒诞故事中隐藏着政治内容之《戎幕闲谈》

以上论证《上清传》攻击陆贽及其门生,下面揭示《戎幕闲谈》美化窦参。

由李德裕口述、韦绚笔录的《戎幕闲谈》,是一部在荒诞故事中隐藏着政治内容的小说集。人们皆知其荒诞而未发掘其政治内容。

韦绚是什么人?(1)韦执谊之子。《新唐书·宰相世系表四上·韦氏龙门公房》：执谊四子：""曙；曈字宾之，郑州刺史；昶字文明；旭字就之。"同书《艺文志三·丙部子录·小说家类》："韦绚……《戎幕闲谈》一卷"，注："绚，字文明，执谊子也。"昶、绚皆字文明，陈寅恪云："或者绚乃昶之改名耶？"①是。韦执谊与王伾、王叔文同为"永贞革新"之领导人。革新失败，王伾病死于开州，王叔文赐死于渝州，韦执谊病死于崖州。《旧唐书·杜黄裳传》云："女嫁韦执谊……及执谊谴逐，黄裳终保全之，泊死岭表，请归其丧，以办葬事。"作为父亲的韦执谊，没有给孤儿韦绚带来幸福。（2）元稹之婿。韩愈《监察御史元君妻京兆韦氏夫人墓志铭》云："夫人讳丛……王考夏卿，以太子少保，卒赠左仆射。……夫人于仆射为季女，爱之，选婿得今御史河南元稹。"元稹为韦夏卿之婿，韦丛之夫。韩愈又云："实生五子，一女之存。"白居易《唐故武昌军节度处置等使正议大夫检校户部尚书鄂州刺史兼御史大夫赐紫金鱼袋赠尚书右仆射河南元公墓志铭（并序）》云："前夫人京兆韦氏……生一女曰保子，适校书郎韦绚。"韦绚为元稹之婿，元保子之夫。又，韦夏卿是韦执谊的再从兄（《大唐传载》、《南部新书》丁云"韦献公夏卿……于街中逢再从弟执谊"云云）。韦夏卿的外孙女元保子，嫁韦执谊之子韦绚，亲上加亲。作为岳父的元稹，为爱婿韦绚带来仕宦的机遇。（3）李德裕之幕僚。《郡斋读书志》卷三下《子部·小说类》："《戎幕闲谈》一卷：右唐韦绚撰。大和中为李德裕从事，记德裕所谈。"《直斋书录解题》卷一一《小说家类》："《戎幕闲谈》一卷：韦绚撰。为西川巡官，记李文饶所谈。"据《旧唐书·文宗纪下》："（大和四年十月戊申）以（李）德裕检校兵部尚书，兼成都尹，充剑南西川节度使。"韦绚为西川巡官正在此时。案《旧唐书·李绅传》云："穆宗召为翰林学士，与李德裕、元稹同在禁署，时称'三俊'，情意相善。"同书《李德裕传》亦云："时德裕与李绅、元稹俱在翰

---

① 陈寅恪《金明馆丛稿二编·李德裕贬死年月及归葬传说辨证》。

林,以学识才名相类,情颇款密。"李德裕辟韦绚为巡官,显然是由于韦绚是元稹的爱婿,予以提携。从此韦绚进入仕途。

《戎幕闲谈》原书已散佚,幸《说郛》卷七载韦绚自序:

> 赞皇公博物好奇,尤善语古今异事。当镇蜀时,宾佐宣吐亹亹,不知倦焉。乃谓绚曰:"能题而纪之,亦足以资于闻见。"绚遂操觚录之,号为《戎幕闲谈》。大和五年十一月二十三日巡官韦绚引。

序中说,"好奇"的李德裕,常对幕僚谈"古今异事"。韦绚记录于《戎幕闲谈》者,确实多是荒诞的故事,但不能仅以志怪小说视之,它是有政治倾向的,如:

> 窦参常为蒲圻县令。县有神祠,前后令宰皆祀之。窦至即欲除毁,有日矣,梦神谓己曰:"欲毁吾所居,吾害公未得者,盖以公当为相,然幸且相存。自知与君往来,可以预知休咎。"既惊觉,乃自入祠祭酹,以兄事之。后凡有迁命,皆先报之,颇与神交焉。其神欲相见,必具盛馔于空室之内,围以帘幕,窦入之后,左右闻二人笑语声。窦为柳〔郴〕州别驾,官舍有空院,窦因闭之。俄闻有呼声三四,寻之则无人,窦心动,乃具服仰问之曰:"得非几兄乎?"曰:"是也。君宜促理家事,三两日内有北使到,君不免矣。"窦依言处置讫,坐待使,不数日,王人遽至,果有后命。(《太平广记》卷三〇五引)

案两《唐书·窦参传》,无任蒲圻县令事。李德裕所谓窦参以"兄"事蒲圻县"神","可以预知休咎",当然荒诞不可信。李德裕为什么要编造这个故事呢?其用意在于宣传窦参命中注定要做宰相,"神"尚且"害"不了他,何况凡人!李德裕避而不谈窦参一贬再贬,终于赐死的不光彩的事实，反而宣扬其从容不迫而死的豪迈气概，颠倒了是非。请看正史的记载：

《旧唐书·窦参传》："参无学术，但多引用亲党，使居要职，以为耳目……参任情好恶，恃权贪利，不知纪极，终以此败。贬参郴州别驾，贞元八年四月也。参至郴州，汴州节度使刘士宁遗参绢五千匹。……德宗大怒……乃再贬为驩州司马。男景伯，配泉州；女尼真如，隶郴州；其财物婢妾，传送京师。……未至驩州，赐死于邕州武经镇，时年六十。"

同书《窦参传》附《窦申传》："窦申者，参之族子。……以招权受赂。……嗣虢王则之与申及(吴)通微、通玄善……言(陆)贽考贡不实。……德宗知其毁贽……乃贬则之为昭州司马，吴通玄为泉州司马，窦申为道州司马。……既赐参死，乃杖杀申，诸窦皆贬。"

对照史书，李德裕隐瞒了窦参所犯的罪恶，一贬再贬终于赐死的原因，编造出窦参预知将死，处置好家事，从容死于郴州的谎言！李德裕为什么对窦参情有独钟呢？《旧唐书·窦参传》说"窦参朋党，不顾君上之诚，斯为悖矣"。李吉甫就属窦党。《旧唐书·李吉甫传》云："窦参推重其才，接遇颇厚。及陆贽为相，出为明州员外长史……"同书《李德裕传》云："贞元中，以父谴逐蛮方，随侍左右。"李吉甫受窦参连累贬谪，年才六岁(据两《唐书·李德裕传》卒于大中三年、年六十三推算)的李德裕，随父至贬所。李吉甫经历忠州刺史、郴州刺史、饶州刺史三任，于永贞元年八月召入。李德裕随父入朝，年已十九岁了。这段不幸的经历，李德裕是终生难忘的。他为窦参洗刷罪行，也就是为自己的父亲洗刷。

至于韦绚，其妻元保子之外祖父韦夏卿，也属窦党，也受窦参连累贬官。《旧唐书·德宗纪下》云："(贞元八年四月)给事中韦夏卿左迁常州刺史，坐交诸窦也。"出于对族长、姻亲韦夏卿的爱护，韦绚当然乐意将李德裕所谈的窦参故事记录下来。李德裕为窦参洗刷，也就是为李吉甫洗刷，连带着也为韦夏卿洗刷了。

《上清传》,是柳珵秉承李德裕之意而作。《戎幕闲谈》的文采虽不如《上清传》,而创作动机相同,都是以小说为李德裕的政治需要服务。从这个意义上说,它们是姊妹篇。

我发现《常侍言旨》《戎幕闲谈》与李德裕《次柳氏旧闻》(《明皇十七事》)内容有重复,举一例如下:

《常侍言旨》(《说郛》卷五引)	《戎幕闲谈》(《太平广记》卷一八八引))	《明皇十七事》(《类说》卷二十一引)
李辅国……下矫诏迁太上皇于西内。……及中道,攒刃辉日……太上皇惊……高力士……与将士等护侍太上皇,平安到西内。……太上皇泣持力士手曰:"微将军,阿瞒已为兵死鬼矣。"	李辅国……下矫诏迁太上皇于西内。……及中逵(?),攒刃曜日……太上皇惊……高力士……奥兵士等护侍太上皇,平安到西内。……太上皇泣持力士手曰:"微将军,阿瞒已为兵死鬼矣。"	李辅国矫迁上皇于西内。中路见兵攒耀日,上皇惊顾,高力士在左右,到内,称平安。上皇泣曰:"微将军,阿瞒已为兵死鬼矣。"

究其原因,柳珵与李德裕是世交,韦绚与李德裕是宾主。韦绚写《戎幕闲谈》,完全是记录李德裕的谈话。柳珵写《常侍言旨》,也有来源于李德裕者。上述李辅国一事见于三书,是李德裕与柳珵、韦绚共同创作小说的痕迹,有助于我们理解《上清传》与《戎幕闲谈》窦参条的内在联系。

附：柳珵《上清传》

贞元壬申岁春三月，相国窦公居光福里第，月夜闲步于中庭。有常所宠青衣上清者，乃曰："今欲启事。郎须到堂前，方敢言之。"窦公亟上堂。上清曰："庭树上有人，恐惊郎，请谨避之。"窦公曰："陆贽久欲倾夺吾权位。今有人在庭树上，吾祸将至。且此事奏与不奏皆受祸，必窜死于道路。汝在辈流中，不可多得。吾身死家破，汝定为宫婢。圣君若顾问，善为我辞焉。"上清泣曰："诚如是，死生以之！"窦公下阶，大呼曰："树上君子，应是陆贽使来。能全老夫性命，敢不厚报！"树上人应声而下，乃衣缞粗者也。曰："家有大丧。贫甚，不办葬礼。伏知相公推心济物，所以卜夜而来。幸相公无怪。"公曰："某罄所有，堂封绢千匹而已。方拟修私庙。今且辍赠，可乎？"缞者拜谢。窦公答之，如礼。又曰："便辞相公。请左右赍所赐绢，掷于墙外。某先于街中俟之。"窦公依其请。命仆，使侦其绝踪且久，方敢归寝。翌日，执金吾先奏其事。窦公得次，又奏之。德宗厉声曰："卿交通节将，蓄养侠刺。位崇台鼎，更欲何求？"窦公顿首曰："臣起自刀笔小才，官以至贵。皆陛下奖拔，实不由人。今不幸至此，抑乃仇家所为耳。陛下忽震雷霆之怒，臣便合万死。"中使下殿宣曰："卿且归私第，待候进止。"越月，贬郴州别驾。会宣武节度使刘士宁通好于郴州，廉使条疏上闻。德宗曰："交通节将，信而有征。"流窦于驩州，没入家资。一簪不着身，竟未达流所，诏自尽。

上清果隶名掖庭。后数年，以善应对，能煎茶，数得在帝左右。德宗谓曰："宫掖间人数不少。汝了事。从何得至此？"上清对曰："妾本故宰相窦参家女奴。窦某妻早亡，故妾得陪扫洒。及窦某家破，幸得填宫。既侍龙颜，如在天上。"德宗曰："窦某罪不止养侠刺，亦甚有赃污。前时纳官银器至多。"上清流涕而言曰："窦某自御史中丞，历度支、户部、盐铁三使,至宰相。首尾六年,月入数十万。前后非时赏赐,当亦不知纪极。乃者郴州所送纳官银物,皆是恩赐。当部录日,妾在郴州,亲见州县希陆贽意旨刮去。所进银器,上刻作藩镇官衔姓名,诬为赃物。伏乞陛下验之。"于是宣索窦某没官银器覆视,其刮字处,皆如上清言。时贞元十二年。德宗又问蓄养侠刺事。上清曰:"本实无。悉是陆贽陷害,使人为之。"德宗怒陆贽曰:"这獠奴!我脱却伊绿衫,便与紫衫着。又常唤伊作陆九。我任使窦参,方称意次,须教我枉杀却他。及至权入伊手,其为软弱,甚于泥团。"乃下诏雪窦参。

时裴延龄探知陆贽恩衰,得恣行媒孽。贽竟受谴不回。后上清特敕丹书度为女道士,终嫁为金忠义妻。世以陆贽门生名位多显达者,世不可传说,故此事绝无人知。

《霍小玉传》新探

不交代故事来源

《霍小玉传》是中唐一篇著名的传奇。但它的结尾,与一般的中唐传奇有所不同。中唐传奇的结尾,大约有三种类型:

(1) 交代故事来源,并发一段议论。如李朝威《柳毅传》(《洞庭灵姻传》):"(薛)嘏常以是事告于人世。殆四纪,嘏亦不知所在。陇西李朝威叙而叹曰:五虫之长,必以灵者,别斯见矣。人,裸也,移信鳞虫。洞庭含纳大直,钱塘迅疾磊落,宜有承焉。嘏咏而不载,独可邻其境。愚义之,为斯文。"

(2) 交代故事来源,不发议论。如李公佐《庐江冯媪传》:"元和六年夏五月,江淮从事李公佐使至京,回次汉南,与渤海高钺、天水赵儹、河南宇文鼎会于传舍。宵话征异,各尽见闻。钺具道其事,公佐因为之传。"

(3) 发议论,不交代故事来源。如许尧佐《柳氏传》:"然即柳氏,志防闲而不克者;许俊,慕感激而不达者也。向使柳氏以色选,则当熊辞辇之诚可继;许俊以才举,则曹柯渑池之功可建。夫事由迹彰,功待事立。惜郁堙不偶,义勇徒激,皆不入于正。斯岂变之正乎?盖所遇然也。"这是作者直接发议论的一例。

又如沈既济《枕中记》:"(卢)生怃然良久,谢曰:'夫宠辱之道,穷达之运,得丧之理,死生之情,尽知之矣。此先生所以窒吾欲也。敢不受教。'稽首再拜而去。"这是作者借传奇中主人公之口发议论的一例。

为什么《霍小玉传》结尾处与一般中唐传奇不同,不发议论,也不交代故事来源呢?有其特殊的原因。

蒋防、李益陷入朋党

先从《霍小玉传》作者蒋防及传奇主人公李益的社会关系说起。

(一)李益与李逢吉、令狐楚关系密切

计有功《唐诗纪事》卷四七《李逢吉》云:"逢吉与令狐楚有唱和诗,曰《断金集》。裴夷直为之序云:'二相未遇时,每有所作,必惊流辈。不数年,遂压秉笔之士。及入官登朝,益复隆高,我不求异,他人自远。'逢吉卒,楚有《题〈断金集〉》诗云:'一览《断金集》,载悲埋玉人。牙弦千古绝,珠泪万行新。'"今案:《易·系辞》:"二人同心,其利断金。"李逢吉、令狐楚为"同心"之友,又俱对李益厚。

据《新唐书》卷七二上《宰相世系表二上·陇西李氏表》,逢吉与益均出于"姑臧大房",同族情亲,无须赘述。令狐楚与李益之友谊,人们尚未注意。

《旧唐书》卷一三七《李益传》云:"(李)益不得意,北游河朔,幽州刘济辟为从事,常与济诗而有'不上望京楼'之句。宪宗雅闻其名,自河北召还,用为秘书少监、集贤殿学士。自负才地,多所凌忽,为众不容,谏官举其幽州诗句,降居散秩。俄复用为秘书监,迁太子宾客、集贤学士判院事,转右散骑常侍。"李益为秘书少监,约在元和七年。(参阅拙著《李益年谱稿》)"降居散秩",当在此年后。"复用",又在其后。李益得到"复用",是靠谁人的帮助呢?

据《翰苑群书》上丁居晦《重修承旨学士壁记》题名《元和后二十四

人》:"相令狐楚:元和九年七月二十五日,自职方员外郎、知制诰充。十一月十一日,赐绯。十二月七日,转本司郎中。十二年三月,迁中书舍人。八月四日,出守本官。"中唐的翰林学士称为"内相"。"元和初,宪宗遵圣祖故事,视有宰相器者贮之内庭,繇是释笔砚而操化权者十八九。"①令狐楚即于元和十四年拜相。从权力说,令狐楚能帮助李益"复用"。

署名"翰林学士、朝议郎、守中书舍人、赐紫令狐楚奉敕纂进"之《御览诗》(一名《唐新诗》,一名《选进集》,一名《元和御览》),编于元和十二年三月至七月这段时间内。此书选录三十位诗人的作品。李益的诗,入选三十六首,是最多的一位。令狐楚为什么选李益诗最多呢?是让宪宗看了此书,对李益产生好印象,有利于李益的仕进。令狐楚用心良苦。从友谊说,令狐楚愿帮助李益"复用"。

元和十五年正月,宪宗卒,令狐楚为山陵使,李益执事其间。据白居易《李益、王起、杜元颖等赐爵制》:"敕:李益等:去年春,朕以陵寝事大,哀惶疚心。而益等斋栗奔走,各率其职。俾予孝道,刑于四海,何尝一日而忘之耶?因命有司举常典。凡爵之高下,视执事之重轻。有司亦能遵我成命,第而次之,进给益封,无有不当。由益而下,尔宜钦承!可依前件。"此制撰于长庆元年,"去年春"指元和十五年春,"陵寝"指宪宗景陵。"赐爵"名单,以李益为首,可见李益"执事"之"重",也就是令狐楚对李益委任之"重"。

元和十五年七月,令狐楚贬为宣歙池观察使。八月,再贬衡州刺史。在"恩顾一异,媒孽随生"②的险恶气氛笼罩下,令狐楚与李益的联系不断,有诗为证:

---

① 刘禹锡《唐故相国李公集纪》。
② 刘禹锡《唐故相国、赠司空令狐公集纪》。

令狐楚《发潭州寄李宁〔?〕常侍》:"君今侍紫垣,我已堕青天。委废(一作弃)从兹日,旋归在几年?心为西靡树,眼是北流泉。更过长沙去,江风满驿船。"(《全唐诗》卷三三四)

李益《述怀寄衡州令狐相公》:"调元方翼圣,轩盖忽言东。道以中枢密,心将外理同。白头生远浪,丹叶下高枫。江上萧疏雨,何人对谢公。"(《全唐诗》卷二八三)

元和十五年李益正为右散骑常侍。令狐楚诗题中的"李宁"是李益之误,"宁"与"益"形似易讹。令狐楚向李益吐露内心的彷徨:"委废从兹日,旋归在几年?"李益则以东晋"东山再起"的谢安为比喻,来安慰他。二诗显为一时唱和之作。李益与令狐楚关系密切,殆无可疑。

(二)蒋防与元稹、李绅关系密切

《咸淳毗陵志》卷一六《人物·无锡·唐》:"李绅:字公垂。父悟,历晋陵令,因家锡山。"《宜兴·唐》:"蒋防:澄之后。年十八,父诫令作《秋河赋》,援笔即成,警句云:'连云梯以迥立,跨星桥而径渡。'于简遂妻以子。李绅即席命赋《韛上鹰》诗云:'几欲高飞上天去,谁人为解绿丝绦。'绅识其意,荐之,后历翰林学士、中书舍人。"蒋防与李绅同里,早相识,又因李绅而识元稹。《旧唐书》卷一六六《庞严传》云:"(庞)严与右拾遗蒋防俱为(元)稹、(李)绅保荐,至谏官内职。"谏官指拾遗、补阙,内职指翰林学士。丁居晦《重修承旨学士壁记》题名《长庆后七人》:"蒋防:长庆元年十一月十六日,自右补阙充。二十八日,赐绯。二年十月九日,加司封员外郎。三年三月一日,加知制诰。四年二月六日,贬汀州刺史。"蒋防因元稹、李绅引荐而腾达,又因元稹、李绅失势而贬谪。《旧唐书》卷一七上《敬宗纪》明言:"(长庆四年二月)癸未,贬户部侍郎李绅为端州司马。丙戌,贬……翰林学士、司封员外郎、知制诰蒋防为汀州刺史,皆绅之引用者。"一荣俱荣,一损俱损,蒋防与元稹、李绅关系之密切,自不待言。

(三) 元稹、李绅与令狐楚关系恶劣

《册府元龟》卷九二〇《总录部·仇怨》云:"令狐楚以宰相为宪宗山陵使,以其下隐没官钱,罢为宣州观察使,又贬为衡州刺史。先是,元稹为山陵使判官。稹以他事求知制诰,事欲就,求楚荐之,以掩其迹。楚不应。稹既得志,深憾焉。楚之再出,稹颇有力。复于诏中发楚在翰林及河阳旧事,以诋訾之。"《旧唐书》卷一七二《令狐楚传》云:"(元稹)素恶楚与(皇甫)镈胶固希宠,稹草楚衡州制……楚深恨稹。"只要将别人起草的《令狐楚宣歙池观察使制》与元稹起草的《令狐楚衡州刺史制》进行比较,就能看出元稹与令狐楚关系之恶劣了。

《唐大诏令集》卷五六《大臣·宰相·罢免下》失名《令狐楚宣歙池观察使制》:

> 朕闻为政以德,必推诚而任人;为君以道,必存体以立国。况乎位崇元辅,职总庶寮,众方具瞻,时以轻重,得不明进退之礼,全始终之恩。大中大夫、守门下侍郎、同中书门下平章事、上(柱国)、轻车都尉、赐紫金鱼袋令狐楚,凤擅懿文,累阶清贯。先朝特加宠命,奖擢内庭。出拥旌旄,入居鼎铉。朕祗膺宝位,注意旧臣。方属奉陵之时,委以复土之务。是宜竭心徇虑,使下不欺,而颇闻工徒之诉,累彰官吏之罪。遽有章表,固求退闲。宜归相印之权,往授使符之命。仍兼荣于司宪,俾奉法以惠人。勉率乃心,思予洪覆。可使持节宣州诸军事、宣州刺史、兼御史大夫、宣歙池等州都团练观察处置使,勋、赐如故。(元和十五年七月)

同书卷五七《大臣·宰相·贬降上》元稹《令狐楚衡州刺史制》:"忠臣之节,莫大于送往事居;君子之方,宁忘于养廉远耻。况位崇辅相,职奉园陵,蒙蔽之过屡闻,诚敬之忠尽废。朕虽含垢,人亦有言,深念君臣

之恩，难厌公卿之论。宣歙等州都团练观察处置等使、大中大夫、使持节宣州诸军事、守宣州刺史、兼御史大夫、上（柱国）、轻车都尉、赐紫金鱼袋令狐楚①，早以文艺，得践班资。宪宗念才，擢居禁近。异端斯害，独见不明。密赞讨伐之谋，潜附奇邪之党。因缘得地，进取多门，遂忝台阶②，实妨贤路。朕以道遵无改，事贵有终，再命黄扉之荣，专奉玄宫之礼，而不能率下，罔念匡君，致于羣、正牧之赃，掩韦珩、李郢之举③，成朕不敏，职汝之由。前命乘轺，尚期改节，人心大惑，物议嚣然④。虽欲特容，难排众怒。俾从谪守，犹奉诏条。予岂无恩，尔宜自省。可使持节衡州诸军事、守衡州刺史，散官、勋、赐如故，仍驰驿发遣。"

《令狐楚宣歙池观察使制》语气比较温和，尽量保全令狐楚的面子；《令狐楚衡州刺史制》措词十分严厉，不给令狐楚留一点面子。元稹对令狐楚的谴责，如"因缘得地，进取多门，遂忝台阶，实妨贤路"指元和九年皇甫镈荐令狐楚为翰林学士、十三年皇甫镈以令狐楚为河阳节度使、十四年皇甫镈荐令狐楚为宰相。"密赞讨伐之谋，潜附奇邪之党"指元和十二年令狐楚与李逢吉相勾结，干扰裴度征伐淮西⑤，都是打中要害

---

① "上轻车都尉"：《全唐文》卷六四九作"上柱国、轻车都尉"，据补。
② "遂忝台阶"：《全唐文》"忝"作"参"。
③ "致于羣、正牧之赃，掩韦珩、李郢之举"：《全唐文》作"致於羣政牧之职，掩韦术李邺之举"，据《旧唐书·令狐楚传》："楚充奉山陵时，亲吏韦正牧、奉天令于羣、翰林阴阳官等同领官钱，不给工徒价钱，移为羡余十五万贯上献。怨诉盈路，正牧等下狱伏罪，皆诛，楚再贬衡州刺史。"《全唐文》"於""政""职""术""邺"字误。
④ "物议嚣然"：《全唐文》"嚣"作"置"，误。
⑤ 《旧唐书》卷一七二《令狐楚传》："楚与皇甫镈、萧俛同年登进士第。元和九年，镈初以财赋得幸，荐俛、楚俱入翰林，充学士，迁职方郎中、中书舍人，皆居内职。时用兵淮西，言者以师久无功，宜宥贼罢兵，唯裴度与宪宗志在殄寇。十二年夏，度自宰相兼彰义军节度、淮西招抚宣慰处置使。宰相李逢吉与度不协，与楚相善。楚草度淮西招抚使制，不合度旨，度请改制内三数句语。宪宗方责度用兵，乃罢逢吉相任，亦罢楚内职，守中书舍人。元和十三年四月，出为华州刺史。其年十月，皇甫镈作相，其月以楚为河阳怀节度使。十四年四月，裴度出镇太原。七月，皇甫镈荐楚入朝，自朝议郎授朝议大夫、中书侍郎、同平章事，与镈同处台衡，深承顾待。"

的。史书说元稹"素恶楚",令狐楚"深恨稹",是说得不错的。

李绅与令狐楚的关系怎样呢?从长庆二年元稹已罢相出朝、李绅尚在翰林的一件事,就能说明。据《旧唐书·令狐楚传》:"时(长庆二年)李逢吉作相,极力援楚,以李绅在禁密沮之,未能擅柄。"可见李绅与元稹一样,对令狐楚十分厌恶。

李益与令狐楚关系密切,元稹、李绅与令狐楚关系恶劣,元稹、李绅对李益也不会有好感。元和末、长庆初,元稹、李绅乘令狐楚贬谪在外、李益孤立无援的机会,排挤李益,是可能的。采取什么方法呢?用文艺作品,攻击李益"重色"而又"负心",使他声名狼藉,不就是一种巧妙的方法吗?与元稹、李绅关系密切的蒋防,承担起这一任务。

元稹、李绅属于李德裕集团①,令狐楚、李益属于李逢吉集团及李宗闵、牛僧孺集团②。《霍小玉传》是朋党之争的产物。

传奇内容剖析

《霍小玉传》中涉及李益生平者,多与史书记载不合,举例说明如下:

---

① 《旧唐书》卷一七三《李绅传》:"穆宗召为翰林学士,与李德裕、元稹同在禁署,时称'三俊',情意相善。"

② 《旧唐书》卷一七二:"史臣曰:彭阳(令狐楚)奇章(牛僧孺)……如能蹈道匪躬,中立无党,则其善尽矣。""赞曰:乔松孤立,萝茑夤缘。柔附凌云,岂曰能贤。呜呼楚、孺,道丧曲全。"

《旧唐书》卷一七六《李宗闵传》:"应制之岁,李吉甫为宰相当国,宗闵、僧孺对策,指切时政之失,言甚鲠直,无所回避。考策官……李益等又第其策为中等。""长庆元年……李吉甫子德裕为翰林学士,钱徽榜出,德裕与同职李绅、元稹连衡言于上前,云徽受请托,所试不公……比相嫌恶,因是列为朋党,皆挟邪取权,两相倾轧。自是纷纭排陷,垂四十年。"

传奇中描写的李益	史书中记载的李益
"年二十,以进士擢第。"	《唐诗纪事》卷三〇《李益》:"大历四年登第。"(《全唐诗话》卷二、《昭德先生郡斋读书志》卷四上、《直斋书录解题》卷十九同)据李益《从军诗(并序)》"君虞始长八岁,燕戎乱华"逆推,应生于天宝七载,至大历四年已二十二岁。《霍小玉传》相差二年。 又,《唐才子传》卷四《李益传》:"大历四年齐映榜进士。"《旧唐书》卷一三六《齐映传》:"映于东都举进士及宏词。"可见李益是在东都应试擢第,《霍小玉传》未说明。
"其明年,拔萃,俟试于天官。" "其后年春,生以书判拔萃登科,授郑县主簿。" "(霍小玉曰)君才二十有二。"	《郡斋读书志》卷四上《别集类上·〈李益诗〉一卷》:"大历四年进士,调郑县尉。"(《唐才子传》卷四同) 《唐会要》卷七六《贡举中·制科举》:"(大历)六年,讽谏主文科,郑珣瑜、李益及第。" 《金石萃编》卷八〇《唐四〇·华岳题名四十二段》有"前郑县主簿李益"。 《旧唐书》卷一五九《路泌传》:"建中末,以长安尉从调,与李益、韦绶等书判同居高第。"徐松《登科记考》卷一一系此事于建中四年。是年李益三十六岁。 对照之下,可以看出:《霍小玉传》误以大历六年之"讽谏主文科"为建中四年之"书判拔萃科",又将郑县尉、郑县主簿两任混而为一。

蒋防与李益同仕于朝,为什么《霍小玉传》中叙述李益生平如此错

乱呢？可能是故意如此，使李益不能当真，无法诘问。至于《传》中描写李益与霍小玉同居并有"盟约"终于抛弃一事，更有可疑之处，如：

（1）人物之可疑。《传》云，霍小玉是"霍王小女"，本姓李。据《故唐律疏议》卷十四《户婚》："诸同姓为婚者，各徒二年。""〔疏〕问曰：同姓为婚，各徒二年。未知同姓为妾，合得何罪？答曰……同姓之人，即尝同祖，为妻为妾，乱法不殊。《户令》云：'娶妾仍立婚契。'即验妻、妾，俱名为婚。依准礼、令，得罪无别。"李益岂能逍遥法外，娶同姓的"霍王小女"为妻、为妾而不"得罪"呢？

（2）情节之可疑。先按照《传》中所描写的李益与霍小玉悲欢离合的过程，列表如下：

时间	事实
大历五年六月	李益至长安，候吏部试。与霍小玉同居。
大历六年春	李益登拔萃科，授郑县主簿。与霍小玉诀别。
	李益到郑县。十天后，请假往洛阳省亲。其母已为李益订婚。李益远赴江淮，借贷聘财。
秋	李益回郑县。
腊月	李益又请假赴长安。
大历七年三月	李益在长安春游，被一豪士挟至霍小玉家中。小玉卒。
四月	李益与表妹卢氏结婚。
五月	李益偕妻同归郑县。

李益在郑县任上，两次请假：第一次从大历六年春至大历六年秋，

第二次从大历六年腊月至大历七年五月,均超过一百天。据《唐会要》卷八二《休假》:"准令式,职事官假满百日,即合停解。"李益岂能不受"令式"约束,两次超假而不"停解"呢?

　　蒋防写李益与一个不应该结婚的同姓的"霍王小女"同居并有"盟约",是为了突出李益的"重色";又写李益抛弃霍小玉之后,小玉想念成疾,而李益在两次不可能有的长假中,"回避"不见小玉,是为了突出李益之"负心"。"重色"与"负心",是蒋防所精心刻画的李益的两个缺点,请看:

　　蒋防怎样描写李益之"重色" 《传》云:李益到长安后,"博求名妓"。"诚托厚赂"媒人鲍十一娘介绍对象。当鲍十一娘告诉李益"有一仙人"时,"生闻之惊跃,神飞体轻,引鲍手且拜且谢曰:'一生作奴,死亦不惮'"。与霍小玉见面之前,"生浣衣沐浴,修饰容仪,喜跃交并,通夕不寐。迟明,巾帻,引镜自照,惟惧不谐也"。与霍小玉见面之后,李益忍不住亲口说出"鄙夫重色"。

　　蒋防怎样描写李益之"负心" 《传》云:李益与霍小玉定情之夕,表示"粉身碎骨,誓不相舍"。亲笔写了"盟约","引谕山河,指诚日月,句句恳切,闻之动人"。李益与霍小玉"诀别"之时,又安慰她"皎日之誓,死生以之",但这一切都是"虚语",李益终于抛弃了霍小玉。"冤愤"病危的小玉,当众谴责李益"负心","长恸号哭数声而绝"。

　　由于"重色",李益可以不顾法律,与同姓的"霍王小女"同居并"盟约";由于"负心",李益又可以撕毁"盟约",抛弃霍小玉,使她"饮恨而终"。灵魂这样丑恶的李益,能不受到人们的唾骂吗?(《全唐诗》卷六九〇王涣《惆怅诗十二首》之六:"夜寒春病不胜怀,玉瘦花啼万事乖。薄幸檀郎断芳信,惊嗟犹梦合欢鞋。"就是同情霍小玉,鞭挞李益之作。)然而这是一个捏造的故事,请看:

　　李翱《论故度支李尚书事状》云:"近见当使采石副使刘侍御说,朝廷公议,皆云:李尚书性猜忌,甚于李益,而出其妻……即性猜忌,不甚于河南李少尹详矣。"(此《状》撰于元和五年,"李尚书"是李元素。李益时为河南府少尹。)

李肇《唐国史补》卷中云:"散骑常侍李益,少有疑病,亦心疾也。"(此书撰于长庆时。李益时为右散骑常侍。)

《旧唐书·李益传》云:"然少有痴病,而多猜忌,防闲妻妾,过为苛酷,而有散灰扃户之谭闻于时,故时谓妒痴为'李益疾'。"(《新唐书》卷二〇三《文艺传下·李益传》同)

当时朝廷的"公议",后世史书的记载,都只说到李益"猜忌",无重色、负心之事。《霍小玉传》中的描写,不能不引起人们的怀疑,如:

(1) 李益《写情》云:"水纹珍簟思悠悠,千里佳期一夕休。从此无心爱良夜,任他明月下西楼。"郭麐《灵芬馆诗话》卷一评此诗:"含情凄惋,命意忠厚,殊不类薄幸人,文章可以观人,岂其然乎?"

(2) 汪辟疆《唐人小说》评《霍小玉传》:"小说多喜附会,复举薄幸之事以实之,而十郎薄行之名,永垂千古矣。"

郭麐因李益诗"忠厚"而怀疑《霍小玉传》内容不实;汪辟疆进了一步,直接指出《霍小玉传》出于"附会"。可惜他们都没有发现蒋防诬蔑李益"薄幸""薄行"的政治目的。

蒋防描写李益抛弃霍小玉,小玉的冤魂化为"厉鬼"作祟,使李益猜忌妻妾,"终日不安"。在今天看来,这是不科学的,无人相信。但在佛教盛行、因果报应之说蛊惑人心的唐代,还是能赢得读者的。由于《霍小玉传》是一篇攻击政敌的传奇,是一个捏造的故事,所以传奇的结尾处避而不谈故事的来源和写作的经过。作者蒋防不直接批评李益道德败坏,而借传奇中形形色色的人物之口发表议论,这种手法也是很狡猾的。

《霍小玉传》中还有两处值得注意:

（1）"风流之士，共感（霍小）玉之多情，豪侠之伦，其怒生（李益）之薄行。……生与同辈五六人诣崇敬寺玩牡丹花……有京兆韦夏卿者，生之密友，时亦同行。谓生曰：'风光甚丽，草木荣华。伤哉郑卿，衔冤空室！足下终能弃置，实是忍人。丈夫之心，不宜如此。足下宜为思之！'"韦夏卿这个人物在《霍小玉传》中出现，不是偶然的。他是元稹的岳父，李绅的知己。蒋防把韦夏卿描写成社会舆论的化身，通过韦夏卿之口，同情霍小玉的"衔冤"，谴责李益的"弃置"。蒋防歌颂韦夏卿，是为了奉承元稹、李绅。

（2）元稹《传奇》（《莺莺传》）云："（莺莺）题其篇曰：《明月三五夜》，其词曰：'待月西厢下，迎风户半开。拂墙花影动，疑是玉人来。'"蒋防《霍小玉传》云："母谓（小玉）曰：'汝尝爱念：开帘风动竹，疑是故人来。即此十郎诗也。'"李益的佳句很多，蒋防独选与"崔莺莺"作品相似的两句，是为了迎合元稹、李绅。（李益《竹窗闻风寄苗发、司空曙》云："开门复动竹，疑是故人来。"吴曾《能改斋漫录》卷八、吴开《优古堂诗话》认为蒋防"改一'风'字，遂失诗意"。他们不知道蒋防这样修改，是为了使这两句诗与"崔莺莺"作品相似。）

从种种迹象看出：《霍小玉传》是蒋防适应元稹、李绅的政治需要和迎合元稹、李绅的文艺爱好而作。蒋防本以诗、文受知于元稹、李绅，这篇传奇，更能得到元、李的欣赏。其写作时间，应在长庆初。长庆二年六月，元稹罢相，出为同州刺史。此后，元、李、蒋三人未能都聚在一起了。（参阅拙著《元稹年谱》《李益年谱稿》）

长庆时，李益罢右散骑常侍，为太子宾客。李益仕途上的这一挫折，或与《霍小玉传》对他的攻击有关。与元和时"谏官举其幽州诗句，降居散秩"的情况相似。

作者和写作时间之论定

附带评论一下刘开荣对《霍小玉传》的作者和写作时间所提出的看法,她在《唐代小说研究》第六章说:"《霍小玉传》……大半都是真事。但蒋防及小说中主角,都是同时的人,作者不但写出主角的真姓名,而且把自己的真姓名也写出来,实在有些令人难于相信。不过就小说的形式和作者的技巧看来,《霍小玉传》至少是长庆或以后的作品。假如上面的怀疑是有理由的,那么,它也许是更后,开成以后的作品,另有人假托蒋防以写李益的故事,抒发心中对现实生活的不满,亦很可能。否则蒋防是生于贞元间,离代宗大历间尚不太远,又安能把霍小玉弄成霍王的小女,足见小说的出生必定较晚,对于前代的事,已是十分模糊,弄不大清楚了。"

《太平广记》卷四八九《杂传记》载《霍小玉传》,署名蒋防。自宋以来,未有人怀疑此传非蒋防作,如宋姚宽《西溪丛语》卷下云:"蒋防作《霍小玉传》。"明刻《虞初志》卷五载《霍小玉传》,亦署名"唐蒋防"。刘开荣说"开成以后","另有人假托蒋防",毫无根据。刘开荣不知道元和时"朝廷"上"公议"过李益"猜忌"问题,也不知道长庆时李肇把李益"少有疑病"写入《唐国史补》中,认为蒋防与李益"是同时的人,作者不但写出主角的真姓名,而且把自己的真姓名也写出来,实在有些令人难于相信",未免少见多怪了。

附:蒋防《霍小玉传》

大历中,陇西李生名益,年二十,以进士擢第。其明年,拔萃,俟试于天官。夏六月,至长安,舍于新昌里。生门族清华,少有才思,丽词嘉句,时谓无双。先达丈人,翕然推伏。每自矜风调,思得佳偶,博求名妓,久而未谐。长安有媒鲍十一娘者,故薛驸马家青衣也,折券从良,十余年矣。性便辟,巧言语,豪家戚里,无不经过,追风挟策,推为渠帅。常受生诚托厚赂,意颇德之。经数月,李方闲居舍之南亭。申未间,忽闻扣门甚急,云是鲍十一娘至。摄衣从之,迎问曰:"鲍卿,今日何故忽然而来?"鲍笑曰:"苏姑子作好梦也未?有一仙人,谪在下界,不邀财货,但慕风流。如此色目,共十郎相当矣。"生闻之惊跃,神飞体轻,引鲍手且拜且谢曰:"一生作奴,死亦不惮。"因问其名居。鲍具说曰:"故霍王小女,字小玉,王甚爱之。母曰净持。净持即王之宠婢也。王之初薨,诸弟兄以其出自贱庶,不甚收录。因分与资财,遣居于外,易姓为郑氏,人亦不知其王女。姿质秾艳,一生未见,高情逸态,事事过人,音乐诗书,无不通解。昨遣某求一好儿郎,格调相称者。某具说十郎。他亦知有李十郎名字,非常欢惬。住在胜业坊古寺曲,甫上车门宅是也。已与他作期约。明日午时,但至曲头觅桂子,即得矣。"

鲍既去,生便备行计。遂令家僮秋鸿,于从兄京兆参军尚公处假青骊驹,黄金勒。其夕,生浣衣沐浴,修饰容仪,喜跃交并,通夕不寐。迟明,巾帻,引镜自照,惟惧不谐也。徘徊之间,至于亭午。遂命驾疾驱,直抵胜业。至约之所,果见青衣立候,迎问曰:"莫是李十郎否?"即下马,令牵入屋底,急急锁门。见鲍果从内出来,遥笑曰:"何等儿郎,造次入此?"生调诮未毕,引入中门。庭间有四樱桃树,西北悬一鹦鹉笼,见生入来,即语曰:"有人入来,急下帘者!"生本性雅淡,心犹疑惧,忽见鸟语,愕然不敢进。逡巡,鲍引净持下阶相迎,延入对坐。年可四十余,绰约多姿,谈笑甚媚。因谓生曰:"素闻十郎才调风流,今又见容仪雅秀,名下固无虚士。某有一女子,虽拙教训,颜色不至丑陋,得配君子,颇为相宜。频见鲍十一娘说意旨,今亦便令永奉箕帚。"生谢曰:"鄙拙庸愚,不意顾盼,倘垂采录,生死为荣。"遂命酒馔,即令小玉自堂东阁子中而出。生即拜迎。但觉一室之中，若琼林玉树，互相照曜，转盼精彩射人。既而遂坐母侧。母谓曰："汝尝爱念：开帘风动竹，疑是故人来。即此十郎诗也。尔终日吟想，何如一见。"玉乃低鬟微笑，细语曰："见面不如闻名。才子岂能无貌？"生遂连起拜曰："小娘子爱才，鄙夫重色。两好相映，才貌相兼。"母女相顾而笑，遂举酒数巡。生起，请玉唱歌。初不肯，母固强之。发声清亮，曲度精奇。

酒阑，及暝，鲍引生就西院憩息。闲庭邃宇，帘幕甚华。鲍令侍儿桂子、浣沙与生脱靴解带。须臾，玉至，言叙温和，辞气宛媚。解罗衣之际，态有余妍，低帏昵枕，极其欢爱。生自以为巫山洛浦不过也。中宵之夜，玉忽流涕观生曰："妾本倡家，自知非匹。今以色爱，托其仁贤。但虑一旦色衰，恩移情替，使女萝无托，秋扇见捐。极欢之际，不觉悲至。"生闻之，不胜感叹，乃引臂替枕，徐谓玉曰："平生志愿，今日获从，粉身碎骨，誓不相舍。夫人何发此言！请以素缣，著之盟约。"玉因收泪，命侍儿樱桃褰幄执烛，授生笔研。玉管弦之暇，雅好诗书，筐箱笔研，皆王家之旧物。遂取绣囊，出越姬乌丝栏素缣三尺以授生。生素多才思，援笔成章，引谕山河，指诚日月，句句恳切，闻之动人。染毕，命藏于宝箧之内。自尔婉娈相得，若翡翠之在云路也。如此二岁，日夜相从。

其后年春，生以书判拔萃登科，授郑县主簿。至四月，将之官，便拜庆于东洛。长安亲戚，多就筵饯。时春物尚余，夏景初丽，酒阑宾散，离思萦怀。玉谓生曰："以君才地名声，人多景慕，愿结婚媾，固亦众矣。况堂有严亲，室无冢妇，君之此去，必就佳姻。盟约之言，徒虚语耳。然妾有短愿，欲辄指陈。永委君心，复能听否？"生惊怪曰："有何罪过，忽发此辞？试说所言，必当敬奉。"玉曰："妾年始十八，君才二十有二，迨君壮室之秋，犹有八岁。一生欢爱，愿毕此期。然后妙选高门，以谐秦晋，亦未为晚。妾便舍弃人事，剪发披缁，夙昔之愿，于此足矣。"生且愧且感，不觉涕流。因谓玉曰："皎日之誓，死生以之，与卿偕老，犹恐未惬素志，岂敢辄有二三。固请不疑，但端居相待。至八月，必当却到华州，寻使奉迎，相见非远。"更数日，生遂诀别东去。

到任旬日，求假往东都觐亲。未至家日，太夫人已与商量表妹卢氏，言约已定。太夫人素严毅，生逡巡不敢辞让，遂就礼谢，便有近期。卢亦甲族也，嫁女于他门，聘财必以百万为约，不满此数，义在不行。生家素贫，事须求贷，便托假故，远投亲知，涉历江淮，自秋及夏。生自以孤负盟约，大愆回期。寂不知闻，欲断其望。遥托亲故，不遣漏言。玉自生逾期，数访音信。虚词诡说，日日不同。博求师巫，遍询卜筮，怀忧抱恨，周岁有余。羸卧空闺，遂成沉疾。虽生之书题竟绝，而玉之想望不移，赂遗亲知，使通消息。寻求既切，资用屡空，往往私令侍婢潜卖箧中服玩之物，多托于西市寄附铺侯景先家货卖。曾令侍婢浣沙将紫玉钗一只，诣景先家货之。路逢内作老玉工，见浣沙所执，前来认之曰："此钗，吾所作也。昔岁霍王小女将欲上鬟，令我作此，酬我万钱。我尝不忘。汝是何人，从何而得？"浣沙曰："我小娘子，即霍王女也。家事破散，失身于人。夫婿昨向东都，更无消息。怏怏成疾，今欲二年。令我卖此，赂遗于人，使求音信。"玉工凄然下泣曰："贵人男女，失机落节，一至于此。我残年向尽，见此盛衰，不胜伤感。"遂引至延先〔光〕公主宅，具言前事。公主亦为之悲叹良久，给钱十二万焉。时生所定卢氏女在长安，生既毕于聘财，还归郑县。其年腊月，又请假入城就亲。潜卜静居，不令人知。有明经崔允明者，生之中表弟也。性甚长厚，昔岁常与生同欢于郑氏之室，杯盘笑语，曾不相间。每得生信，必诚告于玉。玉常以薪刍衣服，资给于崔。崔颇感之。生既至，崔具以诚告玉。玉恨叹曰："天下岂有是事乎！"遍请亲朋，多方召致。生自以愆期负约，又知玉疾候沉绵，惭耻忍割，终不肯往。晨出暮归，欲以回避。玉日夜涕泣，都忘寝食，期一相见，竟无因由。冤愤益深，委顿床枕。自是长安中稍有知者。风流之士,共感玉之多情,豪侠之伦,皆怒生之薄行。

时已三月,人多春游。生与同辈五六人诣崇敬寺玩牡丹花,步于西廊,递吟诗句。有京兆韦夏卿者,生之密友,时亦同行。谓生曰:"风光甚丽,草木荣华。伤哉郑卿,衔冤空室!足下终能弃置,实是忍人。丈夫之心,不宜如此。足下宜为思之!"叹让之际,忽有一豪士,衣轻黄纻衫,挟弓弹,丰神隽美,衣服轻华,唯有一剪头胡雏从后,潜行而听之。俄而前揖生曰:"公非李十郎者乎!某族本山东,姻连外戚。虽乏文藻,心尝乐贤。仰公声华,常思觏止。今日幸会,得睹清扬。某之敝居,去此不远,亦有声乐,足以娱情。妖姬八九人,骏马十数匹,唯公所欲。但愿一过。"生之侪辈,共聆斯语,更相叹美。因与豪士策马同行,疾转数坊,遂至胜业。生以近郑之所止,意不欲过,便托事故,欲回马首。豪士曰:"敝居咫尺,忍相弃乎?"乃挽挟其马,牵引而行。迁延之间,已及郑曲。生神情恍惚,鞭马欲回。豪士遽命奴仆数人,抱持而进。疾走推入车门,便令锁却,报云:'李十郎至也!'一家惊喜,声闻于外。

先此一夕,玉梦黄衫丈夫抱生来,至席,使玉脱鞋。惊寤而告母。因自解曰:"鞋者,谐也。夫妇再合。脱者,解也。既合而解,亦当永诀。由此征之,必遂相见,相见之后,当死矣。"凌晨,请母妆梳。母以其久病,心意惑乱,不甚信之。俛勉之间,强为妆梳。妆梳才毕,而生果至。玉沉绵日久,转侧须人。忽闻生来,欻然自起,更衣而出,恍若有神。遂与生相见,含怒凝视,不复有言。羸质娇姿,如不胜致,时复掩袂,返顾李生。感物伤人,坐皆歔欷。顷之,有酒肴数十盘,自外而来。一座惊视,遽问其故,悉是豪士之所致也。因遂陈设,相就而坐。玉乃侧身转面,斜视生良久,遂举杯酒,酬地曰:"我为女子,薄命如斯。君是丈夫,负心若此。韶颜稚齿,饮恨而终。慈母在堂,不能供养。绮罗弦管,从此永休。征痛黄泉,皆君所致。李君李君,今当永诀!我死之后,必为厉鬼,使君妻妾,终日不安!"乃引左手握生臂,掷杯于地,长恸号哭数声而绝。母乃举尸，置于生怀，令唤之，遂不复苏矣。生为之缟素，旦夕哭泣甚哀。将葬之夕，生忽见玉缞帷之中，容貌妍丽，宛若平生。着石榴裙，紫裆裆，红绿帔子。斜身倚帷，手引绣带，顾谓生曰："愧君相送，尚有余情。幽冥之中，能不感叹。"言毕，遂不复见。明日，葬于长安御宿原。生至墓所，尽哀而返。

后月余，就礼于卢氏。伤情感物，郁郁不乐。夏五月，与卢氏偕行，归于郑县。至县旬日，生方与卢氏寝，忽帐外叱叱作声。生惊视之，则见一男子，年可二十余，姿状温美，藏身映幔，连招卢氏。生惶遽走起，绕幔数匝，倏然不见。生自此心怀疑恶，猜忌万端，夫妻之间，无聊生矣。或有亲情，曲相劝喻。生意稍解。后旬日，生复自外归，卢氏方鼓琴于床，忽见自门抛一斑犀钿花合子，方圆一寸余，中有轻绢，作同心结，坠于卢氏怀中。生开而视之，见相思子二、叩头虫一、发杀觜一、驴驹媚少许。生当时愤怒叫吼，声如豺虎，引琴撞击其妻，诘令实告。卢氏亦终不自明。尔后往往暴加捶楚，备诸毒虐，竟讼于公庭而遣之。卢氏既出，生或侍婢媵妾之属，暂同枕席，便加妒忌。或有因而杀之者。生尝游广陵，得名姬曰营十一娘者，容态润媚，生甚悦之。每相对坐，尝谓营曰："我尝于某处得某姬，犯某事，我以某法杀之。"日日陈说，欲令惧己，以肃清闺门。出则以浴斛覆营于床，周回封署，归必详视，然后乃开。又畜一短剑，甚利，顾谓侍婢曰："此信州葛溪铁，唯断作罪过头！"大凡生所见妇人，辄加猜忌，至于三娶，率皆如初焉。

《周秦行纪》新探

牛僧孺与李逢吉、李宗闵的区别

牛僧孺一生中两次拜相。第一次拜相是李逢吉引荐的。《旧唐书》卷一七三《李绅传》："时（李）德裕与牛僧孺俱有相望，德裕恩顾稍深。逢吉欲用僧孺，惧绅与德裕沮于禁中。（长庆）二年九月，出德裕为浙西观察使，乃用僧孺为平章事。"宝历元年牛僧孺求外出，李逢吉未挽留。第二次拜相是李宗闵引荐的。《旧唐书》卷一七四《李德裕传》："大和三年八月，召为兵部侍郎，裴度荐以为相。而吏部侍郎李宗闵有中人之助，是月拜平章事，惧德裕大用。九月，检校礼部尚书，出为郑滑节度使。……宗闵寻引牛僧孺同知政事。"大和六年牛僧孺受李德裕党攻击去位，李宗闵未救援。这些事实足以说明，李逢吉、李宗闵先后荐引牛僧孺，是利用牛僧孺以阻止李德裕为宰相；牛僧孺先后依附李逢吉、李宗闵为宰相，可见其政治活动能力低于李逢吉、李宗闵。

人们多以牛僧孺为一党的首脑，唯范文澜先生在《中国通史简编》第三编第二章第三节中称"李宗闵、牛僧孺这一朋党"，把牛僧孺的位置放在李宗闵之下，还指出"二人情节也不并全同"，符合历史的本来面貌。或曰：为什么当时有"牛李"之称呢？我考察了唐代许多合称的人物，如元白、刘柳、刘白、温李等，都是平声的姓在前，仄声的姓在后，不意味着在前的人高一些，在后的人低一些，恰恰相反，在文学造诣上，白居易高于元稹,柳宗元高于刘禹锡,白居易高于刘禹锡,李商隐高于温庭筠。可见,"牛李"之称,不意味着牛僧孺在一党中的地位高于李宗闵,不过是当时的习惯,按姓氏的平仄声排列而已。更有力的证据是,在李宗闵党中,李珏与杨嗣复的地位相等,时称"杨李"(见《旧唐书》卷一七六《魏謩传》),也是按二人姓氏的平仄声排列的。

牛僧孺与李逢吉、李宗闵是不同类型的封建官僚。李逢吉"天与奸回,妒贤伤善"(《旧唐书·李逢吉传》)。李宗闵"偷权报怨,任国存亡"(同书《李宗闵传》)。而牛僧孺"贞方有素,人望式瞻"(同书《牛僧孺传》)。牛僧孺与李逢吉、李宗闵的气质,有所不同,由于李逢吉、李宗闵要利用牛僧孺对付政敌,牛僧孺要依附李逢吉、李宗闵登上相位,这是他们能够集合的主要原因。考察一下牛僧孺的家世和为人,便能理解。

第一,牛僧孺的家世,与李逢吉、李宗闵等人的家世,高低悬殊。

李逢吉　《旧唐书》卷七二《褚亮传》附《李玄道传》:"本陇西人也,世居郑州,为山东冠族。……房玄龄即玄道之从甥也。"同书《李逢吉传》:"贞观中学士李玄道曾孙。"

李宗闵等　《旧唐书·李宗闵传》:"宗室郑王元懿之后。……父翱,宗正卿,出为华州刺史、镇国军潼关防御等使。翱兄夷简,元和中宰相。"同书同卷《杨嗣复传》:"仆射于陵子也。""宗闵、嗣复,承宗室世家之地胄。"

牛僧孺　《旧唐书·牛僧孺传》:"祖绍,父幼简,官卑。"李珏《唐丞相太子少师赠太尉牛公神道碑铭(并序)》:"公七岁而孤,依倚外族周氏。"孙光宪《北梦琐言》卷一《牛僧孺奇士》:"少单贫力学。"

敌党领袖李德裕,"赵郡人。祖栖筠,御史大夫。父吉甫,赵国忠懿公,元和初宰相"(《旧唐书·李德裕传》)。他公开表示:"朝廷显官,须是公卿子弟。何者?自小便习举业,自熟朝廷间事,台阁仪范,班行准则，不教而自成。寒士纵有出人之才，登第之后，始得一班一级，固不能熟习也。"(同书卷一八上《武宗纪》)门第观念浓厚的李德裕，自然瞧不起出身孤寒的牛僧孺，何况牛还反对过李吉甫呢！在日益剧烈的朋党之争中，牛如不靠李逢吉、李宗闵之援引，恐难"起徒步而升台鼎"(《旧唐书·牛僧孺传》)。

第二，李德裕有"奇才"之称，"语文章，则严、马扶轮；论政事，则萧、曹避席"(《旧唐书·李德裕传》)。李逢吉、李宗闵两集团面对劲敌，需要加强自己的阵容，而牛僧孺是最理想的合作对象，因为：

1. 牛僧孺有文名，在登进士科之前，就受到韩愈、皇甫湜、柳宗元、刘禹锡等的赏识。据王定保《唐摭言》卷七《升沉后进》："奇章公始举进士，致琴书于灞浐间，先以所业谒韩文公、皇甫员外。时首造退之，退之他适，第留卷而已。无何，退之访湜，遇奇章亦及门。二贤见刺，欣然同契，延接询及所止。对曰：'某方以薄技卜妍丑于宗匠，进退惟命。一囊犹置于国门之外。'二公披卷，卷首有说乐一章，未阅其词，遽曰：'斯高文，且以拍板为什么？'对曰：'谓之乐句。'二公相顾大喜曰：'斯高文必矣！'公因谋所居。二公沉吟良久，曰：'可于客户坊税一庙院。'公如所教，造门致谢。二公复诲之曰：'某日可游青龙寺，薄暮而归。'二公其日联镳至彼，因大署其门曰：'韩愈、皇甫湜同谒几官先辈。'不遇翌日，辇毂名士咸往观焉。奇章之名由是赫然矣。"杜牧《唐故太子少师奇章郡开国公赠太尉牛公墓志铭(并序)》："韦公亟命柳、刘于樊乡访公。"王谠《唐语林》卷二《文学》："刘禹锡曰：牛丞相奇章公初为诗，务奇特之语，至有'地瘦草丛短'之句。明年秋，卷成呈之，乃有'求人气色沮，凭酒意乃伸'，益加能矣。明年乃上第。"牛僧孺于贞元二十一年(永贞元年)王叔文集团执政时登进士科，显然是韦执谊、柳宗元、刘禹锡对这位孤寒之士的提拔。后来柳宗元在《非国语上·城成周》中说："非曰：彪傒天所坏之说，吾友化光铭城周，其后牛思黯作《颂(讼)忠》，苌弘之忠悉矣，学者求焉。"将牛僧孺与吕温相提并论,表现出柳对牛的重视。

牛僧孺是元和三年贤良方正直言极谏科第一名,是指陈时政之失、批评宰相的代表人,"谢策命中,横绝一时"(《旧唐书·牛僧孺传》)。虽受李吉甫的排斥,却因此名闻天下。白居易在《和答诗十首》序中说:"仆思牛僧孺戒,不能示他人。"又在《与元九书》中说:"不相与者,号为沽名,号为诋评,号为讪谤;苟相与者,则如牛僧孺之诫焉。"不曰李宗闵诫而曰"牛僧孺诫",可见李非牛可比,牛在当时士大夫中影响大。

2. 牛僧孺有德行,如:"长庆元年,宿州刺史李直臣坐赃当死(杜牧《牛志》作'以赃数万败',李珏《牛碑》作'豪夺聚敛以货数百万'),直臣赂中贵人为之申理,僧孺坚执不回。穆宗面喻之曰:'直臣事虽僭失,然此人有经度才,可委之边任,朕欲贷其法。'僧孺对曰:'……帝王立法,束缚奸雄,正为才多者。……况直臣小才,又何屈法哉?'上嘉其守法,面赐金紫。"又如:"初韩弘入朝,以宣武旧事,人多流言,其子公武以家财厚赂权幸及多言者,班列之中悉受其遗。……簿上具有纳赂之所,唯于僧孺官侧朱书曰:'某月日,送牛侍郎物若干(杜牧《牛志》作"钱千万"),不受,却付讫。'穆宗按簿甚悦。"(《旧唐书·牛僧孺传》)而李逢吉、李宗闵无德行可称。

3. 杜牧《牛志》云:"公忠厚仁恕,庄重敬慎。"李珏《牛碑》云:"公端明简重,忠厚诚悫。"在尔虞我诈的封建官场中,李逢吉、李宗闵选择合作对象,当然是厚道的牛僧孺了。

范文澜先生说得好:"事实上首领出身门荫的朋党也容纳进士,首领出身科场的各个朋党,互相间也同样仇视,并不因出身相同有所减轻。"对于各个政治派别的形成,需要具体分析,不能单凭是否科场出身来划分。例如:贞元二十一年与李宗闵同登进士科的沈传师,就与李德裕亲近;元和三年与李宗闵同登制科的王起,也与李德裕亲近。认为李宗闵与牛僧孺同登进士科、制科因而相善的观点,是不全面的。政治野心很大的李逢吉、李宗闵之所以都选中牛僧孺为合作对象,乃因牛既有文名、德行,可以加强该党的号召力,又具有"难其进而勇于退"(李珏《牛碑》)的性格,不会与他们争名夺利。

牛僧孺不是"奸人"(范文澜先生语)。他与李逢吉、李宗闵的政治品质不同,虽集合在一起,却是貌合神离的关系。略举数例,以证成鄙说。

1. 牛僧孺与李逢吉

在牛僧孺与李逢吉同居相位时期,二人邪正不同。据李珏《牛碑》:"先是李司徒逢吉与杜循州元颖同作相,穆宗寝疾,议建储贰,与公不协。后元颖出镇井络,逢吉衔之,思有释憾,于政事堂谓公曰:'西川前有废立谋,上熟知之,来日延英发其事,公不知,慎勿沮议。'公曰:'王导有言,我虽不杀伯仁,伯仁由我而死,正近此耳,又安得不言哉!'逢吉喑呜而止。"可见李逢吉欲陷害杜元颖而牛僧孺保护之。

《牛碑》又云:"敬宗年少嗣位,公雅善敷奏……上甚倚爱,同列挟中助力赫赫,妒公之贤,公亦思避其锋,三上疏求外任。"这个"同列",即李逢吉。《旧唐书·牛僧孺传》亦云:"宝历中,朝廷政事出于邪幸,大臣朋比,僧孺不奈群小,拜章求罢者数四,帝曰:'俟予郊礼毕放卿。'及穆宗祔庙郊报后,又拜章陈退。"这个"大臣",亦指李逢吉。何以知之?从《新唐书》卷六三《宰相表下》看出,长庆三年十月,杜元颖即外任。长庆四年五月,李程、窦易直始拜相。杜、李、窦三相,与牛僧孺共事时间短,而且均非"邪幸",亦无"中助"。只有李逢吉与牛僧孺一直同居相位。据《旧唐书·李逢吉传》云:"求结于(王)守澄……自是,逢吉有助,事无违者。"这就是《牛碑》所说的"同列挟中助力赫赫"。《李逢吉传》又云"朝士代逢吉鸣吠者,张又新、李续之、张权舆、刘栖楚、李虞、程昔范、姜洽、李仲言,时号'八关十六子'。又新等八人居要剧,而胥附者又八人,有求于逢吉者,必先经此八人纳赂,无不如意者。"这就是《牛僧孺传》所说的"大臣朋比，僧孺不奈群小"（"群小"指"八关十六子"）。《李逢吉传》又云："欺蔽幼君，依凭内竖，蛇虺其腹，毒害正人。"牛僧孺不同意李逢吉陷害杜元颖，恐遭报复，故坚决请求外任，以避免李逢吉和"八关十六子"的"毒害"。

2. 牛僧孺与李宗闵

在牛僧孺与李宗闵同居相位时期，二人忠奸不同。(1)《旧唐书·牛僧孺传》："（大和）五年正月，幽州军乱，逐其帅李载义。文宗……骇然，急召宰臣谓之曰：'范阳之变奈何？'僧孺对曰：'此不足烦圣虑。……今（杨）志诚亦由前载义也，但因而抚之，俾扞奚、契丹……'帝曰：'吾初不详思，卿言是也。'即日命中使宣慰。"(2)杜牧《牛志》："郑注怨宋丞相申锡，造言挟漳王为大逆……上怒必杀。公曰：'人臣不过宰相，今申锡已宰相，假使如所谋，岂复欲过宰相有他图乎！……申锡心臣敢以死保之。'上意解，由是宋不死。"(3)李珏《牛碑》："今李崖州镇剑南西川，上言西蕃别屯以维州降……上疑不决，下南宫议，百执事皆是西川奏，公独曰：'国家近与昆夷歃血，四镇晏然，今若自亏大信……未可量也。'上曰：'丞相之言是。'诏还维州。"以上三件政治大事，牛僧孺都对文宗陈述了自己的主张，而李宗闵一言不发。政见有对有错，作为宰相，知无不言，都应表示出来。宰相对皇帝是坦白？还是私隐？乃是忠或奸的原则问题。在维州问题上，牛僧孺力排众议，独抒己见，"虽议边公体，而怙德裕者以僧孺害其功，谤论沸然"（《旧唐书·牛僧孺传》）。而一言不发的李宗闵，却保全了自己。《旧唐书》批评李宗闵"偷权报怨，任国存亡"，画出了这个奸相的肖像。

文宗对牛僧孺、李宗闵的政治表现，是亲眼所见、亲耳所闻的，他只说"二李朋党"，不把牛僧孺扯进去，而且还称牛为"正人"（《旧唐书·牛僧孺传》）、"君子"（杜牧《牛志》）、"精忠"（李珏《牛碑》），以示区别。这是唐朝最高统治者对当时朋党之争的权威性的鉴定。而一千年后，把牛僧孺当作一党的最高首领,未免厚诬古人了。①

李德裕党连续抛出攻击牛僧孺的作品

在剧烈的朋党斗争中,李德裕党看出牛僧孺是比李逢吉、李宗闵等更难对付的政敌。打倒李逢吉、李宗闵等,只需用政治手段;而打倒牛僧孺,除了用政治手段外,还需用文学手段丑化其形象,削弱其影响。李德裕党连续抛出恶毒诬陷牛僧孺的作品,如:1.《牛羊日历》,署名刘轲;2.《周秦行纪》,署名牛僧孺;3.《续牛羊日历》,署名皇甫松;4.《周秦行纪论》,署名李德裕。我们不能孤立地研究《周秦行纪》,要结合其他三篇,进行整体探索,才能真正了解。截至目前,研究成果不多,而分歧不小,今分析各种说法之得失,并提出自己的见解如下:

(一)解题

1.《牛羊日历》

《新唐书·艺文志三·丙部子录·小说类》云:"刘轲《牛羊日历》一卷:牛僧孺、杨虞卿事。檀栾子皇甫松序。"何谓"日历"?《资治通鉴》卷二三六云:"(永贞元年九月)壬申,监修国史韦执谊奏,始令史官撰《日历》。"胡三省注:"此《日历》之所起也。"《唐会要·史馆上·修国史》述此事较详:"(监修国史、宰臣韦执谊奏)'自今已后,伏望令修撰官,各撰《日历》,凡至月终,即于馆中都会详定是非,便置姓名,同共封锁,除已成《实录》撰进宣下者,其余见修,并不得私家置本,仍请永为常式。'从之。"而所谓《牛羊日历》,完全违反了朝廷的规定:(1)朝廷规定,每月终,《日历》送史馆详定是非,《牛羊日历》污蔑性的标题和内容,怎能通过史馆同人的审核?(2)朝廷规定,《日历》封锁在史馆中,不得私

---

① 参阅拙作《"牛李党争"正名》。

家置本,《牛羊日历》怎能流传于外? 可见,所谓《牛羊日历》,非史书,《新唐书》置于小说类,是有鉴别的。至于刘轲、皇甫松署名是否真实,下面再作讨论。

2.《周秦行纪》

这篇署名牛僧孺的小说,以自叙的口吻,记载贞元间进士落第,返乡途中,夜晚迷路,误入薄后(汉文帝母)庙,与几个女鬼饮酒赋诗,并由王嫱(昭君)伴宿之事。牛僧孺不至于愚蠢到公开发表这篇使自己身败名裂的小说,人们多认为是伪撰。何人伪撰? 学者意见不一。

3.《续牛羊日历》

司马光《资治通鉴考异》卷二〇引皇甫松《续牛羊日历》一则。缪荃孙《藕香零拾》有《牛羊日历》辑本,羼入此则。汪国垣《唐人小说》上卷不辨缪氏之误,反说"或涑水因皇甫松曾序刘轲之书,而误称松续耶?"缪氏未注明《牛羊日历》辑本之资料来源,今揭示如下:

《续谈助》卷三:

1. 大和九年七月一日甲辰……为朝廷之阴蠹。
2. 敕:守明州刺史李宗闵……其附下罔上如此。
3. 十四日丁巳……盖由此也。

《资治通鉴考异》卷二〇:

4. 刘轲《牛羊日历》曰:穆宗不愈……其凶险若此。
5. 皇甫松《续牛羊日历》曰:太牢既交恶党……此乃无君甚矣。

《藕香零拾》:

1. 大和九年七月一日甲辰……为朝廷之阴蠹。
2. 敕：明州刺史李宗闵……其附下罔上如此。
3. 十四日丁巳……盖由此也。
4. 穆宗不愈……其凶险如此。
5. 太牢既交恶党……此乃无君甚矣。

显而易见，缪氏《牛羊日历》辑本五则，前三则抄自《续谈助》，后二则抄自《资治通鉴考异》，竟误将《续牛羊日历》当作《牛羊日历》，粗心之至！据《续谈助》卷三晁载之《牛羊日历跋》："右钞大和九年秋季《牛羊日历》，其后有檀栾子皇甫松《续记》云：'太牢作《周秦行纪》，呼德宗为沈婆儿，谓睿真皇后为沈婆，此乃无君甚矣。承和公私之事，必启太牢而后行。世传太牢父事承和，诸牒文父事叔康。'乃好事之说，过其实也。"晁氏不称皇甫松《序》，而称皇甫松《续记》，所引《续记》中"作《周秦行纪》……此乃无君甚矣"一段话，与司马氏所引全同，可见确有署名皇甫松之《续牛羊日历》一文，附于《牛羊日历》之后，司马氏不误。汪氏怎能随意否定宋人所见，而轻信缪氏辑本呢（晁氏所引"承和公私之事"云云，为《续牛羊日历》之佚文，尤可珍贵）？至于皇甫松署名是否真实，下面再作讨论。

4.《周秦行纪论》

《旧唐书·牛僧孺传》云："德裕南迁，所著《穷愁志》，引里俗牸子之谶以斥僧孺，又目为'太牢公'，其相憎恨如此。"牸子之谶，太牢之名，引自《穷愁志·周秦行纪论》，全文见《李文饶文集》外集卷四。此文对牛僧孺的诬陷，变本加厉，杀气腾腾，欲灭其族。或疑此文非李德裕所作。

（二）写作时间

1.《牛羊日历》

从大和九年朋党斗争的形势看，两败俱伤：四月，李德裕贬袁州长史。六月,李宗闵贬明州刺史。七月,杨虞卿贬虔州司马,李宗闵再贬处州长史,李汉贬汾州刺史,萧澣贬遂州刺史。八月,李宗闵又贬潮州司户,李珏贬江州刺史,杨虞卿再贬虔州司户,李汉再贬汾州司马,萧澣再贬遂州司马。独有牛僧孺在淮南节度使任,安然无恙。史称牛僧孺"尤为德裕所恶"。"僧孺数为德裕掎摭,欲加之罪,但以僧孺贞方有素,人望式瞻,无以伺其隙。"(《旧唐书·牛僧孺传》)大和九年秋,李德裕党人乘李宗闵党之主要人物皆已贬逐,牛僧孺孤立无援之时,抛出《牛羊日历》。《日历》以攻击牛僧孺为主,骂李宗闵、杨虞卿、杨汉公只是陪衬。其要害在于攻击牛僧孺与杨承和勾结,与王守澄敌对。据《资治通鉴》卷二四五:"初,李宗闵为吏部侍郎,因驸马都尉沈𫖮结女学士宋若宪、知枢密杨承和得为相。"大和九年七月,沈𫖮贬邵州刺史。八月,宋若宪赐死,沈𫖮再贬柳州司户,杨承和𬭁州安置,寻赐死。在杨承和死无对证的情况下,《牛羊日历》攻击牛僧孺与杨承和勾结,其用心是十分恶毒的。由于杨承和"与王守澄争权不叶",《牛羊日历》既攻击牛僧孺与杨承和勾结,又诬陷牛僧孺曾于"穆宗不愈"时散布"王守澄将不利于上""王守澄欲谋废立"等谣言,以激怒王守澄一派宦官,火上加油。

2.《周秦行纪》

一不做,二不休。《牛羊日历》之后,又有《周秦行纪》,用心更为恶毒。这篇小说借杨太真(玄宗妃)之口,称代宗睿真皇后为"沈婆",德宗为"沈婆儿",大不敬。薄太后问谁人伴牛僧孺宿?几个女鬼都有理由拒绝,只有两次嫁给胡人的王嫱"羞恨"从命。据《旧唐书·后妃传下·代宗睿真皇后沈氏传》:"天宝元年,生德宗皇帝。禄山之乱,玄宗幸蜀,诸王、妃、主从幸不及者,多陷于贼,后被拘于东都掖庭。及代宗破贼,收东都,见之……未暇迎归长安。俄而史思明再陷河洛。及朝义败,复收东都,失后所在,莫测存亡。"沈后不幸两度失身于胡人,牛僧孺父死后寡母改嫁。小说用王嫱伴宿进行影射,居心叵测。张洎《贾氏谈录》

云:"世传《周秦行纪》……开成中,曾为宪司所核,文宗览之,笑曰:'此必假名,僧孺是贞元中进士,岂敢呼德宗为沈婆儿也。'事遂寝。"《周秦行纪》之写作时间,据此可以考定。

3.《续牛羊日历》

一而再,再而三。《周秦行纪》之后,又有《续牛羊日历》。从司马光所引的一则看出,《续牛羊日历》除了配合《牛羊日历》攻击牛僧孺勾结杨承和,配合《周秦行纪》攻击牛僧孺呼德宗为"沈婆儿"之外,着重攻击牛僧孺母改嫁,为《牛羊日历》《周秦行纪》作补充。三篇作品,互相呼应,各有重点,出于精心策划,绝非偶然巧合,故知其写作时间相近。

4.《周秦行纪论》

大中元年,李德裕贬潮州司马。二年,再贬崖州司户。《旧唐书·李德裕传》云:"初贬潮州,虽苍黄颠沛之中,犹留心著述,杂序数十篇,号曰《穷愁志》。"李德裕《穷愁志序》有"今则幽独不乐,谁与晤言","销此永日,聊以解忧。地僻无书,心力久废"等语,其中《冥数有报论》云"再谪南服"云云,确系作于贬谪潮、崖期间。

（三）作者

1.《牛羊日历》

《周秦行纪论》中提到"史官刘轲《日历》",这是李德裕党对付政敌一箭双雕的手法:既攻击了牛僧孺,又污辱了刘轲。《新唐书·艺文志三》《资治通鉴考异》虽云"刘轲《牛羊日历》",不过沿袭流行的说法,未作严格之考证,不足为据。但《资治通鉴考异》引用了一则《牛羊日历》之后,有司马光所做的判断:"此出于朋党之言,不足信也。"这对我们考虑作者问题颇有启发:刘轲不是朋党中人,怎能说出朋党之言呢？胡应麟《少室山房笔丛》卷三二《丁部·四部正讹下》云:"《牛羊日历》,诸家悉以刘轲撰。其书记牛僧孺、杨虞卿等事,故以此命名。案轲本浮屠,中岁慕孟轲为人,遂长发,以文鸣一时,即纪载时事,命名讵应乃尔,必

赞皇之党,且恶轲者为之也。"胡氏提出《牛羊日历》是厌恶刘轲的李德裕党人伪作之设想而未详考,今为之论证如下:

从政治上看——《资治通鉴》卷二四五《唐纪六一》云:"左神策中尉韦元素、枢密使杨承和、王践言居中用事,与王守澄争权不叶。"在宦官中,韦、杨、王践言与王守澄对立。大和九年,韦、杨、王践言被赐死。据《宝刻类编》卷五《唐元度》:"《枢密使王践言墓志》:刘轲撰,郤从周书,(唐元度)篆额。开成元年立。京兆。"在刘轲为王践言撰墓志(也就是说好话)的同时,怎能又撰《牛羊日历》攻击杨承和呢?一个人有两种相反的政治立场吗?

从交游上看——白居易《代书》云:"予佐浔阳三年……(刘)轲一旦尽赍所著书及所为文访予,告行,欲举进士。予方沦落江海,不足以发轲事业,又羸病无心力,不能遍致书于台省故人。因援纸引笔,写胸中事授轲,且曰:子到长安,持此札为予谒……监察牛二侍御……蓝田杨主簿兄弟,彼七八君子,皆予文友。以予愚直,常信其言。苟于今不我欺,则子之道庶几光明矣。"牛二侍御即牛僧孺,杨主簿兄弟即杨汝士、杨虞卿。白居易赏识刘轲,介绍刘轲谒见牛僧孺、杨虞卿等。此书元和十二年三月十三日作,十三年刘轲登进士第,可见白居易、牛僧孺、杨虞卿等的揄扬,是起了作用的。刘轲怎么有可能撰写《牛羊日历》攻击牛僧孺、杨虞卿呢?又,刘轲有《与马植书》。据《新唐书·马植传》:"为宰相李德裕所抑,内怨望。"张泊《贾氏谈录》:"李赞皇初掌北门奏记,有相者谓:'公他日位极人臣,但厄在白马耳。'"又,《新唐书·王璠传》:"李宗闵得罪,璠亦其党……""璠子退休,直弘文馆,所善学士令狐定及刘轲……集其所。"物以类聚,人以群分。马植、王退休、令狐定都是李德裕的政敌,刘轲与他们交游,可见非李德裕一党。

从学术上看——刘轲《上座主书》云:"有《三传指要》十五卷、《十三代名臣议》十卷、《翼孟子》三卷……其于两曜无私之烛,不为堕弃矣。"

《上崔相公书》云:"伏念自知书来,耻不为章句小说桎梏声病之学,敢希趾遐踪,切慕左丘明、扬子云、司马子长、班孟坚之为书。"《与马植书》云:"有……《汉书右史》十卷、《黄中通理》三卷……《隋监》一卷、《三禅五革》一卷。……或有鼓吹于大君之前曰:'真良史矣!'"这是刘轲自叙治学宗旨与著作情况。又,白居易《代书》云:"轲开卷慕孟轲为人,秉笔慕扬雄、司马迁为文,故著《翼孟》三卷、《豢龙子》十卷,杂文百余篇,而圣人之旨,作者之风,虽未臻极,往往而得。"这是刘轲成名前的客观评价。陈舜俞《庐山记》卷三引《九江录》云:"(刘轲)为史官,著撰颇传于世,自韩吏部以下,皆推之。"这是刘轲成名后的客观评价。总之,刘轲创作态度严肃,"耻"不为小说,《牛羊日历》显然是李德裕党盗用其名。

从宗教信仰上看——刘轲少为僧,还俗后,仍崇信佛教。《全唐文》卷七四二载刘轲为僧人所撰碑铭,其中《栖霞寺故大德砒律师碑》云:"轲夙承宝称之知,见命叙述,且曰'吾得子铭吾大师,吾无恨矣!'"《庐山东林寺故临坛大德塔铭(并序)》云:"大师行业德状,轲能言之。"赞宁《宋高僧传》记刘轲为僧人撰碑铭之事,如卷九《习禅篇·唐南岳石头山希迁传》云:"国子博士刘轲素明玄理,钦尚祖风,与道铣相遇,盛述先师之道。轲追仰前烈,为碑纪德,长庆中也。"卷一一《习禅篇·唐池州南泉院普愿传》云:"(大和)乙卯岁,门人奉全身于灵塔……膳部员外郎、史馆修撰刘轲钦若前烈,追德颂美焉。"以上四例,可以说明刘轲崇信佛教之虔诚。相反,李德裕崇信道教,会昌年间支持武宗"废佛"(佛教徒称之为"会昌法难"),这是治唐史者所熟知之事。据陈思《宝刻丛编》卷一五,刘轲所撰《唐东林寺临坛大德塔颂》《唐栖霞寺大德砒律师碑》《唐宝称大律师塔碑》均于"武宗时废",大中八年重立。俗说:话不投机半句多。刘轲与李德裕在宗教信仰上尖锐对立,二人能在一起密谋抛出《牛羊日历》陷害牛僧孺吗?

陈寅恪《唐代政治史述论稿》中篇"李德裕党刘轲《牛羊日历》"云云，全误。岑仲勉《隋唐史》卷下第四十五节"（刘轲）曾撰《牛羊日历》，但无'李党'痕迹"云云，上句错，下句不错。

2.《周秦行纪》

前人有信《周秦行纪》是牛僧孺撰者，如孙光宪《北梦琐言》卷一云："（牛僧孺）撰《周秦行记》，李德裕切言短之。"刘克庄《后村诗话前集》卷一云："牛僧孺《周秦行记》……揽归其身，名检扫地矣。"此外，计有功《唐诗纪事》卷三九、吴曾《能改斋漫录》卷三、洪迈《容斋续笔》卷一五引用《周秦行纪（记）》时，均题牛僧孺名。前人亦有不信《周秦行纪》是牛僧孺撰者，如张洎《贾氏谈录》云："世传《周秦行纪》，非僧孺所作，是德裕门人韦瓘所撰。"晁公武《昭德先生读书后志》卷二《小说类》、马端临《文献通考》卷二一五《经籍考·子·小说家》、胡应麟《少室山房笔丛》卷三二《丁部·四部正讹下》采其说。绍兴《秘书省续编到四库阙书目·子类·小说》、郑樵《通志》卷六六《艺文略·地理·行役》、汪国垣《唐人小说》卷上径题韦瓘撰《周秦行纪（记）》。前人还有不信《周秦行纪》是牛僧孺撰但尚不坐实为韦瓘伪撰者，如陈振孙《直斋书录解题》卷一六云："《周秦行纪》一篇，奇章怨家所为，而文饶遂信之尔。"冯时可《雨航杂录》卷上云："大都小人之谤君子，不能以财利污之，必以声色污之……昔李赞皇门徒之倾牛奇章，至代为《周秦行纪》。"

以上三说，贾黄中—张洎说影响最大。岑仲勉《隋唐史》第四十五节提出质难，认为韦瓘"行辈还在德裕先"，怎能说是"德裕门人"呢？岑氏失考。《旧唐书》称郑注为"守澄门人"，王守澄是宦官，郑注是医生，二人间有何"行辈"之可言！所谓"门人"，乃依附之意。当然，李德裕手下文人不少，坐实韦瓘撰《周秦行纪》，尚需确证。陈振孙看出是牛僧孺"怨家所为"，但忘记了李德裕是牛僧孺的最大"怨家"。冯时可认为是李德裕"门徒""代为"，这个意见稳妥无弊。至于那些相信《周秦行纪》

为牛僧孺所撰者，不过沿袭俗说，并无真凭实据。

3.《续牛羊日历》

皇甫松是皇甫湜子。王定保《唐摭言》卷六《公荐（师友相荐附）》、卷七《升沉后进》记载：牛僧孺"始举进士"，"先以所业谒韩文公、皇甫员外"，韩愈、皇甫湜"大称赏之"，"命于客户坊僦一室而居。俟其他适，二公访之，因大署其门曰：'韩愈、皇甫湜同访几官先辈，不遇'"，"由是僧孺之名，大振天下"。有人认为这两则记事是虚构的。不知李珏《故丞相太子少师赠太尉牛公神道碑铭（并序）》中明言"早与韩吏部、皇甫郎中为文章友"，与《唐摭言》合。李珏与牛僧孺关系密切（李珏自云"小子不佞，早栖门墙。考选第，叨殊等之科；开宾筵，忝入幕之吏。国士相遇，笔札见知，周旋款眷，垂三十载"），李怎会把牛早年的"文章友"说错？神道碑立于墓前，人人可见，李怎敢捏造牛早年的"文章友"？李珏、王定保从不同角度记载牛僧孺早年以文章受韩愈、皇甫湜"称赏"，应是可信的。

《唐摭言》卷一〇《韦庄奏请追赠不及第人近代者》云："皇甫松，著《醉乡日月》三卷，自叙之矣。或曰：松，丞相奇章公表甥，然公不荐。因襄阳大水，遂为《大水辨》，极言诽谤。有'夜入真珠室，朝游玳瑁宫'之句。公有爱姬名真珠。"阮阅《诗话总龟前集》卷三九《讥诮门下》引《唐摭言》作："自叙之云：'松，丞相奇章公表甥，然不荐举。'"（将"或曰"误为《醉乡日月·自叙》，又将标题误为《大水变》。）今案："或曰"指别人所说，是推测之词，"自叙"则是皇甫松的自白了。如皇甫松在《醉乡日月·自序第三十》中有这几句话，不等于公开发泄对牛僧孺的怨恨吗？唐代士人，最重报恩（笔记小说中多有记载，不赘举）。据韩昶《自为墓志铭（并序）》："因与俗乖，不得官。相国牛公僧孺镇襄阳，以殿中加支使，旋拜秘书省著作郎，迁国子博士，因久寄襄阳，以禄养为便……"牛僧孺对韩昶的提拔，就是报答其父韩愈之恩遇。牛僧孺为什么不"荐举"皇甫湜子皇甫松呢？需要核实。

所谓《大水辨》，其文不传，其事可考。中唐以来，汉水溢决多次，襄州是水灾多发地区，见于《新唐书》卷三六《五行志三》者，有：

长庆四年　"襄、均、复、郢四州汉水溢决。"

大和四年　山南东道"大水"，"害稼"。

大和五年　荆襄"大水"，"害稼"。

大和八年　襄州"水"，"害稼"。

开成三年　襄州"大水"，"江、汉涨溢，坏房、均、荆、襄等州民居及田产殆尽"。

从长庆四年至开成三年十四年中，襄州一带发生五次水灾。到会昌元年出现了特大水灾，见于公私记载者，如：

孙樵《复召堰籍》："会昌元年，汉波逾堤，陆走漂民，襄阳以渚。"

《旧唐书》卷一八上《武宗纪》："（会昌元年七月）襄、郢、江左大水。"卷三七《五行志》："会昌元年七月，襄州汉水暴溢，坏州郭。均州亦然。"

《新唐书》卷三六《五行志三》："会昌元年七月，江南大水，汉水坏襄、均等州民居甚众。"

前五次水灾，未见责罚地方军政长官。如：长庆四年水灾时，柳公绰为山南东道节度使，宝历元年入朝为刑部尚书。大和四年水灾时，窦易直为山南东道节度使，此年九月入朝为尚书左仆射，判太常卿事。大和五年水灾时，裴度为山南东道节度使，八年充东都留守，依前守司徒、兼侍中。大和八年水灾时，王起为山南东道节度使，九年入朝为兵部尚书，判户部事。开成三年水灾时，李程为山南东道节度使，四年卒于任。①

---

① 参阅《旧唐书》卷一六四《王播传（附弟起）》，卷一六五《柳公绰传》，卷一六七《窦易直传》《李程传》，卷一七〇《裴度传》；《新唐书》卷一三一《宗室宰相传·李程传》，卷一五一《窦易直传》，卷一六三《柳公绰传》，卷一六七《王播传（附起）》，卷一七三《裴度传》。《旧唐书》云王起于大和九年"诏拜兵部侍郎"，侍郎是尚书之误。

从柳公绰、窦易直、王起升官入朝,裴度坐镇东都,李程仍然在任,说明这五位经历水灾的地方军政长官未受连累,为什么牛僧孺独因水灾获罪呢?

杜牧《唐故太子少师奇章郡开国公赠太尉牛公墓志铭(并序)》云:"会昌元年秋七月,汉水溢堤入郭,自汉阳王张柬之一百五十岁后,水为最大。李太尉德裕挟维州事,曰修利不至,罢为太子少师。"

李珏《故丞相太子少师赠太尉牛公神道碑铭(并序)》云:"公到襄州……属大水坏居人庐舍,公以实上闻,仇家得以逞志,举两汉故事,坐灾异策免,降授太子少师。时议不平……"

《牛志》《牛碑》揭露李德裕利用襄州水灾打击牛僧孺,是不是李宗闵、牛僧孺集团的偏见?《资治通鉴》卷二四六《唐纪六二》云:"以前山南东道节度使、同平章事牛僧孺为太子太(少)师。先是汉水溢,坏襄州民居。故李德裕以为僧孺罪而废之。"胡三省注:"史言李德裕以私怨而废牛僧孺。"应该承认,宋司马光、元胡三省于牛僧孺、李德裕无个人恩怨,看问题比较客观,他们将杜牧、李珏的观点,写入史书,不是轻率的,这是当时的公论而非一党的私见。本文列举柳公绰、窦易直、裴度、王起、李程都未受襄州水灾之累,通过比较,更可证明司马光、胡三省判断的正确,李德裕难逃"以私怨而废牛僧孺"之责。《牛志》所云"曰修利不至",《牛碑》所云"坐灾异策免",揭出当时李德裕打击牛僧孺的手法,可补史书之缺漏。

我们还要再做一个比较:据《旧唐书》卷一七上《敬宗纪》:"(长庆四年六月)己巳,浙西水坏太湖堤,水入州郭,漂民庐舍。"(《新唐书·五行志三》亦云"太湖决溢"。)灾情与会昌元年"襄州汉水暴溢,坏州郭""汉水坏襄、均等州民居"相似。此年李德裕为浙西观察使,牛僧孺为宰相。牛未以水灾责罚李。又据《旧唐书》卷一七下《文宗纪下》:"(大和五年七月)甲辰,剑南东、西两川水,遣使宣抚赈给。"此年李德裕为剑南西川节度使,牛僧孺为宰相。牛未以水灾责罚李,还"遣使宣抚赈给"①。于此可见牛、李之为人。

其实牛僧孺不是漠视民众疾苦的人。《旧唐书·牛僧孺传》云:"(开成)四年八月,复检校司空、兼平章事、襄州刺史、山南东道节度使……辞日,赐觚、散、樽、杓等金银古器,令中使喻之曰:'以卿正人,赐此古器,卿且少留。'僧孺奏曰:'汉南水旱之后,流民待理,不宜淹留。'再三请行,方允。"可以为证。"极言诽谤"的《大水辨》,显然是为了配合李德裕陷害牛僧孺,制造舆论而作,应出于李德裕党人之手。(借水灾攻击牛僧孺的其他作品,不一一列举。②)

值得注意的是卢肇的《汉堤诗》和《戏题》诗。《旧唐书·卢钧传》未记卢筑汉堤事。《新唐书·卢钧传》只简单地说:"会昌中,汉水害襄阳,拜钧山南东道节度使,筑堤六千步,以障汉暴。"卢肇将此事渲染为五百余字的序、四百余字的诗,除了描绘"汉水大溢"之惨,歌颂卢钧筑堤之功以外,还以浓墨大书朝廷任命卢钧之英明,与"时议"李德裕以私废牛僧孺针锋相对。《戏题》诗见《唐诗纪事》卷五五《卢肇》:"肇初计偕至襄阳,奇章公方有真珠之惑,肇赋诗曰:'神女初离碧玉阶,彤云犹拥牡丹鞋。知道相公怜玉腕,强将纤手整金钗。'"卢肇写这两首诗,是有政治背景的。阙名《玉泉子》云:"进士卢肇,宜春人,有奇才,德裕尝左宦宜阳,肇投以文卷,由此见知。后随计京师,每谒见,待以优礼。……王起知举,问德裕所欲,答曰:'安问所欲?如卢肇……岂可不与及第耶!'起于是依其次而放。"《北梦琐言》卷三作:"……会昌三年,王相国起知举,先白掌武,乃曰:'某不荐人,然奉贺今年榜中得一状元也。'起未喻其旨,复遣亲吏于相门侦问,吏曰:'相公于举子中,独有卢肇,久接从

---

① 参阅《旧唐书》卷一七四、《新唐书》卷一八〇《李德裕传》及《新唐书》卷六三《宰相表下》。
② 参阅拙作《唐小说集〈玉泉子〉的政治倾向》。

容。'起相曰:'果在此也。'其年卢肇为状头及第。")可见李德裕有大恩于卢肇。

《大水辨》中"极言诽谤"牛僧孺,牵连到牛宠爱真珠。与卢肇《汉堤诗》《戏题》二诗,手法相同。卢肇是李德裕赏识的"奇才",卢写诗攻击牛僧孺、真珠,为李效劳,可以理解;皇甫松没有与李德裕来往的痕迹,"极言诽谤"牛僧孺的《大水辨》是否皇甫所作,尚难肯定。

史称元和三年的制科风波,是尔后朋党之争的来由。这一年,贤良方正直言极谏科举人牛僧孺、李宗闵、皇甫湜皆指陈时政之失,宰相李吉甫泣诉于宪宗,牛、李、皇甫遭受打击。李吉甫、李德裕父子,不仅是牛、李的仇人,也是皇甫湜的仇人。即使皇甫松与牛僧孺有一些私怨,李德裕党能看中皇甫松,委以诬陷牛僧孺的政治任务吗?《资治通鉴考异》卷二〇引用"皇甫松《续牛羊日历》"一则,司马光判断为:"此朋党之论,今不取。"皇甫松不是李德裕党人,怎能有此朋党之论呢?《大水辨》《续牛羊日历》都难肯定为皇甫松作。倒有可能是,李德裕党盗用皇甫湜(与牛僧孺气味相投)子皇甫松之名,所谓以毒攻毒。

至于胡应麟推测皇甫松撰《牛羊日历》,则更难肯定了。

4.《周秦行纪论》

前人多信《周秦行纪论》是李德裕撰,但评价不同,如:(1)赞扬。如:《北梦琐言》卷一云:"且《周秦行记》,非所宜言,德裕著《论》而罪之,正人览《记》而骇之,勿谓卫公掩贤妒善,牛相不罹大祸,亦幸而免!"(2)批评。如:陈善《扪虱新话》上集卷四云:"德裕在海南,著《穷愁志》,论《周秦行记》……德裕信贤,为与僧孺立敌,议论偏异,多如此类。悻悻之气,至老不衰,谓非党,得乎?"朱翌《猗觉寮杂记》卷下云:"李德裕《穷愁志·周秦行纪论》……僧孺无大过恶,而德裕恨之如此之深,亦过矣,至欲灭其族,则德裕乃忍人也。僧孺岂能为篡逆,身死之后,子孙岂有反者。信图谶而妄加人以灭族之罪,恐天地不容……"(3)惋惜。如

《直斋书录解题》卷一六云："《穷愁志》晚年迁谪后所作……《周秦行纪》一篇，奇章怨家所为，而文饶遂信之尔。"即惋惜李德裕误信牛僧孺作《周秦行纪》而著《周秦行纪论》。现当代人或不信《周秦行纪论》为李德裕撰，今择其中两种特殊的意见，进行商榷。

王梦鸥认为《牛羊日历》《周秦行纪》《周秦行纪论》"著作权归属于韦瓘"（参见《唐人小说研究四集》上编《〈牛羊日历〉及其相关的作品与作家辨》）。其主要理由是："《牛羊日历》与《周秦行纪》被用为攻击的对象，是牛僧孺本人；而《周秦行纪论》被用为攻击的对象是牛僧孺的儿子。长者牛蔚，咸通中官至工部、礼部、刑部三尚书。少者牛丛，咸通中历践台省，后为剑南西川节度使，官至吏部尚书。牛蔚的儿子牛循、牛徽，牛丛的儿子牛峤也都在咸通、乾符中登进士第。至少韦瓘所及见的牛子牛孙，确是赫赫逼人，难怪他想要咸置之于法了。"今案：《旧唐书·僖宗纪》云："（乾符元年十二月）权知工部尚书牛蔚为礼部尚书。"《资治通鉴考异》卷二三云："按《实录》，咸通十四年十一月……八日牛丛始除西川。"《旧唐书·牛僧孺传》云："僖宗幸蜀，授太常卿。……还京，为吏部尚书。"撇开牛孙不谈，牛子"赫赫逼人"已是乾符至光启时事了。学术界公认韦瓘生于贞元五年（789），王氏误作贞元十五年（799）。韦瓘必须活到光启元年（885）才能看到韦丛为吏部尚书。王氏承认韦瓘大中二年（848）"以后的事迹即已不明"，从大中二年至光启元年有三十七年之久，王氏怎能断定韦瓘还健在，以接近百岁之高龄，冒充李德裕，伪撰《周秦行纪论》呢？王氏推测韦瓘一人冒名伪撰三篇作品的意见，不能成立。

与王梦鸥的意见相反，有人说："较为合理的推测是：《周秦行纪》为晚唐五代人所作，为了诬蔑李德裕，托名牛僧孺所撰，因韦瓘与李德裕亲善，就又说此篇实际为德裕门生韦瓘所作，以显示李德裕之阴险，同时又伪撰《周秦行纪论》，作为《穷愁志》中的一篇，以坐实此事。"今案：

陈寅恪《唐代政治史述论稿》中篇云："两党虽俱有悠久之历史社会背景,但其表面形式化则在宪宗之世。此后纷乱斗争,愈久愈烈。至文宗朝为两党参错并进、竞逐最剧之时。武宗朝为李党全盛时期,宣宗朝为牛党全盛时期。宣宗以后士大夫朋党似已渐次消泯,无复前此两党对立、生死搏斗之迹象,此读史者所习知也。"《牛羊日历》《周秦行纪》《续牛羊日历》《周秦行纪论》四篇作品都是朋党之争的产物,前三篇是大和九年李德裕党不甘心失败,以卑劣手段诬陷牛僧孺之作,后一篇是大中元、二年李德裕贬潮、崖州,李德裕党做垂死挣扎,妄图使牛僧孺族灭之作。晚唐时期不但朋党之争已结束,农民起义正风起云涌;五代时期军阀混战。在这种政治形势下,有谁"诬蔑"一个尸骨已腐的李德裕呢?既托名牛僧孺伪撰《周秦行纪》,又冒充李德裕伪撰《周秦行纪论》,这个人这样挖空心思,想达到什么政治目的呢? 至于用牛僧孺"沉默"对待《周秦行纪》之谤来证明牛僧孺"根本没有见到"此文,文宗时尚无这篇小说,未免牵强。据《旧唐书·裴度传》:宝历二年,李逢吉党人张权舆疏劾"(裴)度名应图谶",敬宗"深明其诬谤,奖度之意不衰,奸邪无能措言"。能因裴度沉默而否定有张权舆上疏之事吗? 敬宗"深明"张权舆"诬谤",与文宗一眼看出《周秦行纪》"必假名",又何其相似! 怎能指责《贾氏谈录》云"文宗览之"的记载"不可信"呢? 所谓晚唐五代人"为了诬蔑李德裕",一手伪撰《周秦行纪》《周秦行纪论》的推测,不合情理。明明是李德裕党陷害牛僧孺,却认为是"诬蔑李德裕",难以服人。

李珏云:"李崖州于公仇也。"杜牧云:"李太尉志必杀公。"如果当时社会上没有这样的议论,李珏、杜牧不可能在严肃的碑铭中这样大书特书。《牛羊日历》《周秦行纪》《续牛羊日历》《周秦行纪论》四篇作品,尤其是最后一篇,就是李德裕"志必杀"牛僧孺的一种物证。四篇作品都出于李德裕党人之手无疑。牛僧孺以及刘轲、皇甫松皆假名。李德裕手下文人不少(如卢肇写《汉堤诗》和《戏题》诗),坐实韦瓘为《周秦行纪》之作者,尚缺确证。王梦鸥推测三篇(王沿袭《藕香零拾》之误,把《续牛羊日历》当作《牛羊日历》)皆出于韦瓘,有人推测《周秦行纪》《周秦行纪论》是晚唐五代人伪撰,都违反历史常识,不能成立。《周秦行纪论》比前三篇更狠,是射向牛僧孺全家的一颗最大的炮弹,它代表了李德裕的政治利益,符合李德裕的一贯思想,即使非李亲撰,也出于李手下最亲密的文人。

附:《周秦行纪》

余贞元中举进士落第,归宛叶间。至伊阙南道鸣皋山下,将宿大安民舍。会暮,失道,不至。更十余里,行一道,甚易。夜月始出,忽闻有异香气,因趋进行,不知近远。见火明,意谓庄家。更前驱,至一大宅。门庭若富豪家。有黄衣阍人曰:"郎君何至?"余答曰:"僧孺,姓牛,应进士落第往家。本往大安民舍,误道来此。直乞宿,无他。"中有小鬟青衣出,责黄衣曰:"门外谁何?"黄衣曰:"有客。"黄衣入告,少时,出曰:"请郎君入。"余问谁氏宅。黄衣曰:"第进,无须问。"入十余门,至大殿。殿蔽以珠帘,有朱衣紫衣人百数,立阶墀间。左右曰:"拜殿下。"帘中语曰:"妾汉文帝母薄太后。此是庙,郎不当来。何辱至?"余曰:"臣家宛下,将归,失道。恐死豺虎,敢托命乞宿。太后幸听受。"太后遣遣轴帘,避席曰:"妾故汉文君母,君唐朝名士,不相君臣,幸希简敬,便上殿来见。"太后着练衣,状貌瑰伟,不甚妆饰。劳余曰:"行役无苦乎?"召坐。食顷间,殿内庖厨声。

太后曰:"今夜风月甚佳,偶有二女伴相寻。况又遇嘉宾,不可不成一会。"呼左右"屈两个娘子出见秀才"。良久,有女二人从中至,从者数百。前立者一人,狭腰长面,多发不妆,衣青衣,仅可二十余。太后曰:"此高祖戚夫人。"余下拜,夫人亦拜。更有一人,圆题柔脸稳身,貌舒态逸,光彩射远近,时时好晲,多服花绣,年低薄后。后顾指曰:"此元帝王嫱。"余拜如戚夫人,王嫱复拜。各就坐。坐定,太后使紫衣中贵人曰:"迎杨家、潘家来。"久之,空中见五色云下,闻笑语声寖近。太后曰:"杨、潘至矣。"忽车音马迹相杂,罗绮焕耀,旁视不给。有二女子从云中下,余起立于侧。见前一人纤腰身修,晬容,甚闲暇,衣黄衣,冠玉冠,年三十以来。太后顾指曰:"此是唐朝太真妃子。"予即伏谒,肃拜如臣礼。太真曰:"妾得罪先帝(先帝,谓肃宗也),皇朝不置妾在后妃数中。设此礼,岂不虚乎?不敢受。"却答拜。更一人厚肌敏视,身小,材质洁白,齿极卑,被宽博衣。太后顾而指曰:"此齐潘淑妃。"余拜如王昭君,妃复拜。既而太后命进馔。少时,馔至,芳洁万端,皆不得名字。粗欲之腹,不能足食。已,更具酒。其器尽宝玉。太后语太真曰:"何久不来相看?"太真谨容对曰:"三郎(天宝中,宫人呼玄宗多曰三郎)数幸华清宫,扈从不暇至。"太后又谓潘妃曰:"子亦不来,何也?"潘妃匿笑不禁,不成对。太真乃视潘妃而对曰:"潘妃向玉奴(太真名也)说,懊恼东昏侯疏狂,终日出猎,故不得时谒耳。"太后问余:"今天子为谁?"余对曰:"今皇帝名适,代宗皇帝长子。"太真笑曰:"沈婆儿作天子也,大奇!"太后曰:"何如主?"余对曰:"小臣不足以知君德。"太后曰:"然无嫌,但言之。"余曰:"民间传英明圣武。"太后首肯三四。太后命进酒加乐,乐妓皆年少女子。酒环行数周,乐亦随辍。太后请戚夫人鼓琴,夫人约指以玉环,光照于手(《西京杂记》云:高祖与夫人百炼金环,照见指骨也),引琴而鼓,声甚怨。

太后曰:"牛秀才邂逅逆旅到此,诸娘子又偶相访,今无以尽平生欢。牛秀才固才士。盍各赋诗言志,不亦善乎?"遂各授与笺笔,逡巡诗成。太后诗曰:"月寝花宫得奉君,至今犹愧管夫人。汉家旧日笙歌地,烟草几经秋又春。"王嫱诗曰:"雪里穹庐不见春,汉衣虽旧泪长新。如今犹恨毛延寿,爱把丹青错画人。"戚夫人诗曰:"自别汉宫休楚舞,不能妆粉恨君王。无金岂得迎商叟，吕氏何曾畏木强。"太真诗曰："金钗堕地别君王，红泪流珠满御床。云雨马嵬分散后，骊宫无复听《霓裳》。"潘妃诗曰："秋月春风几度归，江山犹是邺宫非。东昏旧作莲花地，空想曾拖金缕衣。"再三趣余作诗。余不得辞，遂应教作诗曰："香风引到大罗天，月地云阶拜洞仙。共道人间惆怅事，不知今夕是何年。"别有善笛女子，短鬟，衫吴带，貌甚美，多媚，潘妃偕来。太后以接坐居之。时令吹笛，往往亦及酒。太后顾而谓曰："识此否？石家绿珠也。潘妃养作妹，故潘妃与俱来。"太后因曰："绿珠岂能无诗乎？"绿珠拜谢，作诗曰："此日原非昔日人，笛声空怨赵王伦。红残绿碎花楼下，金谷千年更不春。"

诗毕，酒既至。太后曰："牛秀才远来，今夕谁人与伴？"戚夫人先起辞曰："如意儿长成，固不可。且不宜如此。况实为非乎？"潘妃辞曰："东昏以玉儿（妃名）身死国除，玉儿不拟负他。"绿珠辞曰："石卫尉性严忌，今有死，不可及乱。"太后曰："太真今朝先帝贵妃，不可言其他。"乃顾谓王嫱曰："昭君始嫁呼韩单于，复为株纍若鞮单于妇，固自用。且苦寒地胡鬼何能为？昭君幸无辞。"昭君不对，低眉羞恨。俄各归休。余为左右送入昭君院。会将旦，侍人告起得也。昭君泣以持别。忽闻外有太后命，余遂出见太后。太后曰："此非郎君久留地，宜亟还。便别矣。幸无忘向来欢。"更索酒。酒再行，戚夫人、潘妃、绿珠皆泣下，竟辞去。太后使朱衣人送往大安，抵西道，旋失使人所在，时始明矣。余就大安里，问其里人。里人云："去此十余里有薄后庙。"余却回，望庙宇，荒毁不可入，非向者所见矣。余衣上香经十余日不歇，竟不知其如何。

第三类
影射时事　寄托愤慨

(甲)针对某一政治事件而发

《任氏传》新探

政治背景

唐代宗杀宰相元载,唐德宗杀宰相刘晏、杨炎,短短五年之内,连杀三个宰相。政治舞台上这样突出的事件,不可能在文学上没有反映,沈既济的《任氏传》《枕中记》即是一例。世人尚未注意及此,特撰此文,试为论证。

先据两《唐书》《资治通鉴》,简单介绍元载、刘晏、杨炎之死如下:

1. 代宗朝

元载"亲重"杨炎,"无与为比";又"素与刘晏相友善"。刘晏为吏部尚书,杨炎为吏部侍郎,"各恃权使气,两不相得"。

元载专横,代宗欲诛之,"会有告载、(王)缙夜醮图为不轨者",大历十二年三月庚辰,收元载、王缙等下狱,命刘晏等讯鞫。辛巳,赐元载自尽。四月癸未,杨炎贬道州司马,"元载党也"。"晏快之,昌言于朝。"

2. 德宗朝

大历十四年八月甲辰,召杨炎为相。

"炎将为载复仇",妄言刘晏曾密奏代宗请立独孤妃为皇后,德宗信之。建中元年正月甲午,罢刘晏所领转运、租庸、青苗、盐铁等使。

二月己酉,"上用杨炎之言,托以奏事不实",贬刘晏忠州刺史。

三月甲戌,杨炎"举"庾准为荆南节度使,"以伺晏动静"。

庾准"希杨炎旨",诬奏刘晏与朱泚书,求营救,又搜卒,擅取官物,胁诏使,谋作乱。杨炎证成之。七月庚午,德宗密遣宦官缢杀刘晏。己丑,乃下诏赐死。

刘晏死得冤枉,"朝野为之侧目"。淄青节度使李正己上表"指斥朝廷"。杨炎"惧",遣"腹心"裴冀往东都、河阳、魏博,孙成往泽潞、磁邢、幽州,卢东美往河南、淄青,李舟往山南、湖南,王定往淮西,"声言宣慰,而意实说谤"。裴冀、王定就是大历十二年与杨炎"皆坐元载贬官"者。

德宗了解到杨炎所遣五使,把杀刘晏事"推过于上",建中二年二月乙巳,迁杨炎为中书侍郎,擢卢杞为门下侍郎,并同平章事,不专任杨炎。

德宗用李希烈平梁崇义,杨炎固言不可,卢杞乘机进谗,七月庚申,以杨炎为左仆射。

卢杞潜杨炎"有异志",于有王气之地建家庙,十月乙未①,杨炎贬崖州司马同正,寻缢杀之。

刘晏与杨炎,皆是元载引用之人,因争权夺利,矛盾尖锐。元载被杀,系由刘晏"讯鞫"②;杨炎被贬,刘晏拍手称快,使杨炎对刘晏仇恨更深。刘晏被杀,杨炎算是为元载也是为自己报了仇。杨炎又为卢杞诬陷而死,曾受杨炎荐引的人,想不想为杨炎报仇雪恨呢?

据《旧唐书》卷一一八《杨炎传》:"炎乐贤下士,以汲引为己任,人士归之。"奚陟就是杨炎所引用的人,刘禹锡《唐故朝议郎、守尚书吏部侍

---

① 杨炎贬崖州,《旧唐书·德宗纪上》作"冬十月乙酉",《资治通鉴》卷二二七《唐纪四三》作"冬十月乙未"。今案:建中二年十月丙戌朔(陈垣《二十史朔闰表》),乙未是十日,无乙酉。

② 《新唐书·杨炎传》作"刘晏劾(元)载",《资治通鉴》卷二二六《唐纪四二》作"元载之死,(刘)晏有力焉"。

郎、上柱国、赐紫金鱼袋、赠司空奚公神道碑》云"丞相杨炎勇于用才,擢公为左拾遗"可证。沈既济也是杨炎所引用的人,《旧唐书》卷一四九《沈传师传》云"父既济,博通群籍,史笔尤工,吏部侍郎杨炎见而称之。建中初,炎为宰相,荐既济才堪史任,召拜左拾遗、史馆修撰。……既而杨炎谴逐,既济坐贬处州司户"可证。虽然都是杨炎所引用的人,奚陟未受杨炎牵连而贬谪,可见他们只是一般的关系;沈既济"坐贬处州司户",说明他与杨炎的关系不同于一般。沈既济手中无权,不能为杨炎报仇,但他手中有笔,能以文字为杨炎雪恨。《建中实录》就是沈既济为杨炎辩解而作。

据《文献通考》卷一九四《经籍考·史·起居注·唐〈建中实录〉十卷》:"《崇文总目》:唐史馆修撰沈既济撰。起大历十四年德宗即位,尽建中二年十月既济罢史官之日。自作五例,所以异于常者:举终必见始;善恶必评;月必举朔;史官虽卑,出入必书;太子曰甍。自谓辞虽不足,而书法无隐云。"请读者不要被沈既济瞒过,《建中实录》最"异于常"者,不是这"五例",而是叙事截止于杨炎贬谪。所谓"既济罢史官之日",即杨炎贬谪之时。沈既济打着为德宗写"实录"的幌子,贩卖替杨炎辩解的私货。司马光《资治通鉴考异》透露出一些情况。

《考异》卷一七《唐纪九·德宗建中元年正月罢刘晏转运等使》云:"《建中实录》曰:'初,大历中,上居东宫,贞懿皇后方为妃,有宠,生韩王迥,帝又钟爱,故阉官刘清潭、京兆尹黎干与左右嬖幸欲立贞懿为皇后,且言韩王所居获黄蛇,以为符,动摇储宫,而晏附其谋,冀立殊效,图为宰辅。时宰臣元载独保护上,以为最长而贤,且尝有功,义不当移。王缙亦谓人曰:晏,黠者也。今所图无乃过黠乎!后其议渐定。贞懿卒不立。上憾之。至是,以晏大臣而附邪为奸,不去将为乱。托陈奏不实,谪为忠州刺史。'沈既济,杨炎所荐,盖附炎为说。"

同书同卷《(建中元年)四月吐蕃发使随韦伦入贡,上命归其俘》云:

"《建中实录》曰：'及境，境上守陴者焚楼橹、弃城壁而去。初，吐蕃既得河、湟之地，土宇日广，守兵劳弊，以国家始因用胡为边将而致祸，故得河、陇之士约五十万人，以为非族类也，无贤愚，莫敢任者，悉以为婢仆，故其人苦之。及见伦归国，皆毛裘蓬首，窥觑墙隙，或搥心陨泣，或东向拜舞，及密通章疏，言蕃之虚实，望王师之至若岁焉。君子曰：惜乎，人心之可乘也。若逾代之后，斯人既没，后生安于所习，难乎哉！'此恐沈既济之溢美，且欲附杨炎复河、陇之说耳。今不取。"

同书卷一八《唐纪十·(建中二年)七月杨炎罢相》云："《建中实录》曰：'炎与卢杞同执大政，杞形神诡陋，凤为人所褒，而炎气岸高峻，罕防细故，方病，饮食无节，或为糜餐，别食阁中，每登堂会食，辞不能偶。谗者乘之，谓杞曰：杨公鄙公，不欲同食。杞衔之。旧制，中书舍人分署尚书六曹以平奏报，中废其职。杞议复之以疏其烦。炎不可。杞曰：杞不才，幸措足于斯，亦当有运用以答天造，宁常拳杞之手乎！因密启中书主书有过咎者，有诏逐之。炎怒曰：中书，吾局也，政之不修，吾自理之，设不理，当共议，何阴诉而越官邪！因不相平。时淮西节度使李希烈宠任方盛，上欲以之平襄阳，炎以为不可。上曰：卿勿复言。遂以希烈统之。时夏潦方壮，澶漫数百里，故希烈军久不得发。会炎病，请急累日，杞启免炎相以悦之。上以为然，乃使中官朱如玉就第先喻旨，翌日，迁左仆射。谒谢之日，恩旨甚渥，杞大惧。'按沈既济为炎所引，故《建中实录》言炎罢相，与《德宗实录》颇异。"

司马光指出的《建中实录》"附（杨）炎为说"，"溢美，且欲附杨炎复河、陇之说"，皆是此书为杨炎辩解之证。特别是司马光指出的"《建中实录》言（杨）炎罢相，与《德宗实录》颇异"，打中了此书的要害。如果此书真像沈既济所吹嘘的"书法无隐"，为什么后修的《德宗实录》不采取它的说法呢？德宗尚未死，沈既济就抢先一步，写出《建中实录》，不是为杨炎辩解，又是为什么呢？

实录，毕竟是史书。沈既济感到在实录中替杨炎辩解，还是有限度的，不如写小说自由，可以虚构、幻设，尽情渲染，而又不要负文责、担风险，于是《任氏传》与《枕中记》同时问世了。

传奇寓意

《任氏传》是沈既济描写雌狐变化为"丽人"任二十娘，与郑六相爱的故事。故事有两个要点：一是"遇暴不失节"。任二十娘与郑六同居，"愿终己以奉巾栉"。郑六虽"穷贱"，"不能负"。富贵公子韦崟虽"爱之发狂"，施以强暴，她以弱女子竭力"捍御"，终于用大义折服韦崟。二是"徇人以至死"。郑六授金城县槐里府果毅尉，恳请任二十娘俱去。她预知此行是送死，还是去了。沈既济宣称："异物之情也，有人道焉！""虽今妇人，有不如者矣。"这样歌颂"女妖"，是想说明什么呢？

《旧唐书》卷一一八《元载传》云："肃宗晏驾，代宗即位，（李）辅国势愈重，称载于上前。载能伺上意，颇承恩遇，迁中书侍郎、同中书门下平章事，加集贤殿大学士，修国史。又加银青光禄大夫，封许昌县子。载以度支转运使职务繁碎，负荷且重，虑伤名，阻大位，素与刘晏相友善，乃悉以钱谷之务委之，荐晏自代……"同书卷一二三《刘晏传》云："宝应二年，迁吏部尚书、平章事，领度支盐铁转运租庸使。坐与中官程元振交通，元振得罪，晏罢相，为太子宾客。寻授御史大夫，领东都、河南、江淮、山南等道转运租庸盐铁使如故。……至江淮，以书遗元载曰：'……晏宾于东朝，犹有官谤，相公始终故旧，不信流言，贾谊复召宣室，弘羊重兴功利，敢不悉力以答所知。……'"刘晏依靠元载的力量，得到复用。在元载—杨炎集团看来，刘晏对元载，应该终身效忠，至死不变。刘晏也曾对元载表示过感激，"敢不悉力以答所知"。而元载被杀，系由刘晏"讯鞫"，在元载—杨炎集团看来，这岂不是背叛吗？

《任氏传》精心塑造了雌狐"遇暴不失节,徇人以至死"的形象,只要将沈既济笔下的任氏,与历史上的刘晏,进行对比,便可了解沈既济的深意。

任氏"多诱男子偶宿",郑六不过是其中之一。当郑六知道任氏是雌狐之后,任氏内心"愧耻",恐郑六"见恶",有意躲避。郑六"发誓",表示仍旧相爱,任氏大为感动,也表示"愿终己以奉巾栉"。刘晏呢?"坐与中官程元振交通,元振得罪,晏罢相,为太子宾客。"当时"流言"不息,刘晏仕途无望,唯有元载"终始故旧",为之"湔洗瑕秽",加以重用。刘晏感动得流泪,"掩泣献状",表示要以死报答"所知"。元载不嫌弃刘晏"瑕秽",与郑六不"见恶"任氏是狐,情况相似,而刘晏、任氏的表现大不相同。韦崟要强奸,任氏"遇暴不失节",郑六虽"穷贱",任氏"徇人以至死";而刘晏却充当了"奉诏讯鞫"元载的首要人物,违反了过去的誓言。雌狐尚不"伤人",而"时人言载之得罪,晏有力焉"。对比之下,刘晏不是连畜生都"不如"吗?

在唐代的文艺作品中,常以男女之爱来比喻政界、科场的知遇。范摅《云溪友议》卷下《闺妇歌》云:"朱庆余校书,既遇水部郎中张知音。遍索庆余新制篇什数通,吟改后,只留二十六章。水部置于怀抱,而推赞欤。清列以张公重名,无不缮录而讽咏之,遂登科第。朱君尚为谦退,《闺意》一篇,以献张公。张公明其进退,寻亦和焉。诗曰:'洞房昨夜停红烛,待晓堂前拜舅姑。妆罢低声问夫婿:画眉深浅入时无?'张籍郎中酬曰:'越女新妆出镜心,自知明艳更沉吟。齐纨未足人间贵,一曲菱歌敌万金。'"朱庆余的诗,标题为《近试上张水部》(《全唐诗》卷五一五)。张籍的诗,标题为《酬朱庆余》(《全唐诗》卷三八六)。一唱一和,都以女色比喻诗笔,以男女爱情比喻文坛的"知音""推赞"。沈既济在《任氏传》的结尾,一再叮咛:不要"徒悦其色而不征其情性","不止于赏玩风态而已",唯恐读者不了解他是借描写任二十娘与郑六相爱的故事来表达"士为知己者死"的信条。

写作时间、地点、人物考

沈既济在《任氏传》的结尾处，详细交代了这篇小说的写作经过，他说："建中二年，既济自左拾遗与金吾将军裴冀、京兆少尹孙成、户部郎中崔儒、右拾遗陆淳，皆谪居东南……昼宴夜话，各征其异说。众君子闻任氏之事，共深叹骇，因请既济传之，以志异云。"这个写作的时间、地点以及发动沈既济写作的四个人名，为我们提供了研究《任氏传》的重要线索。

时间：沈既济受杨炎牵连而遭受贬谪的建中二年。

地点：贬谪途中。

人物：裴冀①、孙成②、崔儒③、陆淳与沈既济五人一同贬谪东南。根据杨炎"尚文"的特点，逐一考证他们与杨炎的关系如下：

裴冀　大历十二年四月，裴冀"坐元载贬官"（见《旧唐书》卷一一《代宗纪》、《新唐书》卷一四五《元载传》）。建中元年，刘晏被冤杀后，裴冀奉杨炎之命，往东都、河阳、魏博"宣慰"（见两《唐书·杨炎传》）。从这两件事看出裴冀是元载—杨炎集团的重要成员。建中二年十月，裴

---

① 《旧唐书·代宗纪》作"裴翼"，"翼"与"冀"形似而讹。《新唐书·元载传》作"裴冀"，是。

② "孙咸"是"孙成"之误。《全唐诗》卷七七〇载孙咸《题九天使者庙》诗，卷八七八《谶记》又载"孙咸题庐山神庙诗"，二诗相同。孙咸，南唐末人。

③ "儒"原作"需"，各书均漏校，今从《新唐书·宰相世系表二下·崔氏表·博陵第三房》："儒，户部郎中"，《郎官石柱题名·户部郎中》："崔儒、谢良辅、盖损〔埙〕"考出。据《唐会要》卷九五《新罗》、《旧唐书》卷一九九上《东夷传·新罗传》："贞元元年，授（金）良相检校太尉、都督鸡林州刺史、宁海军使、新罗王。仍令户部郎中盖埙持节册命。"《新唐书》卷七《德宗纪》："（建中四年十月）商州军乱，杀其刺史谢良辅。"可见谢良辅为户部郎中，在建中四年前；崔儒为户部郎中，更在其前时代与《枕中记》合。

冀遭贬谪，显然是受杨炎牵连。

"金吾将军"是建中二年裴冀第二次贬谪时的官衔，也是他一生中的最后职务。(《新唐书》卷七一上《宰相世系表一上·裴氏表·东眷裴》："冀，右金吾将军。")从裴冀第二次贬谪后，未复用，反映出他与杨炎的关系很深，牵连很重。

"右金吾将军"虽是武官，但裴冀曾任金部员外郎（见赵魏手录《郎官石柱题名》）、大理少卿等文职。裴冀由文官改为武职，可能是出于杨炎集团的政治需要。

裴冀能诗。卢纶有《和金吾裴将军使往河北宣慰，因访张氏昆季旧居，兼寄赵侍郎、赵卿拜陵未回》诗（《全唐诗》卷二七七），即与裴冀唱和之作。裴冀能与卢纶唱和，说明他的诗具有一定的水平。

孙成　《新唐书》卷二〇二《文艺传中·孙逖传》云"诸子成最知名"，又云："成通经术，奏议据正。"孙成不仅是一个知名的文士，还是一个善于周旋于元载、刘晏、杨炎之间的官僚。《千唐志斋藏志》下册孙绛《唐故中大夫、守桂州刺史，兼御史中丞、充桂州本管都防御经略招讨观察处置等使、上柱国、乐安县开国男、赐紫金鱼袋孙府君墓志铭》叙述孙成与元载、刘晏关系道："刘晏为京兆，采掇后来，以佐畿剧，遂奏授京兆府云阳县尉。……寻除长安县尉，佐剧毂下，名灼京师。宰府急贤，意如不及，不三旬而拜监察御史……""宰府"指元载。《墓志铭》又叙述孙成与刘晏、杨炎关系道："属权臣计赋，主餫得罪，悉罢使务，归于有司，遂命为仓部郎中……无何命为泽潞、太原、卢龙等道宣慰使，与王定、裴冀分道同出。往能谕旨，归奏承渥，众谓必践紫垣，绍挥宸翰，遽迁京兆少尹。……与杨中书曩以意为友，未尝进退于人，当轴不亲，及放受谴，出为信州刺史……""权臣"指刘晏。刘晏死后，孙成即投靠杨炎，所以杨炎才派孙成"宣慰"（实际是"说谤"）。孙成"说谤"卖力，中了杨炎的意，回朝就升京兆少尹。孙绛说孙成与杨炎"当轴不亲，及放受谴"，欲盖弥彰。

  崔儒　崔儒是崔日用孙、崔宗之子。崔祐甫《齐昭公崔府君集序》云："公薨五十载，嗣孙起居舍人儒以文事主便蕃禁闼。""儒即右司之子，有琼莹之质，鸾凤之章，家国之宝也。重名清贯，三代于兹。""齐昭公"指睿宗、玄宗朝宰相崔日用，"右司"指右司郎中崔宗之（见《新唐书》卷七二下《宰相世系表二下·崔氏表·博陵第三房》）。崔宗之"与李白、杜甫以文相知者"（见《新唐书》卷一二一《崔日用传》）。崔儒能文，有《严先生钓台记》传世（见《唐文拾遗》卷二四）。

  据《旧唐书·杨炎传》："德宗即位，议用宰相，崔祐甫荐炎有文学器用。"崔儒与杨炎都受崔祐甫赏识，能因崔祐甫的媒介而接上关系。崔儒对于"乐贤下士，以汲引为己任，人士归之"的宰相杨炎，应是愿意靠拢的；杨炎对于"有琼莹之质，鸾凤之章"，"重名清贯，三代于兹"的文士崔儒，应是尽量拉拢的。建中二年十月崔儒与沈既济、裴冀、孙成一同贬谪。其受杨炎牵连，也应相同。

  "户部郎中"是崔儒建中二年贬谪时的官衔，也是他一生中的最后职务。（《新唐书·宰相世系表二下·崔氏表·博陵第三房》："儒，户部郎中。"）崔儒受杨炎牵连，被贬后，未复用的情况，与裴冀相同。

  陆淳　《旧唐书》卷一八九下《儒学传下·陆质传》云："本名淳，避宪宗名改之。质有经学，尤深于《春秋》，少师事赵匡，匡师啖助，助、匡皆为异儒，颇传其学，由是知名。陈少游镇扬州，爱其才，辟为从事。后荐于朝，拜左拾遗。"（《新唐书》卷一六八《陆质传》同）柳宗元《唐故给事中、皇太子侍读陆文通先生墓表》中尊崇陆淳（质）为"巨儒"。陆淳不仅是经学大师，也喜爱文学。他曾删订王绩的诗集，并撰《删东皋子集序》。这样的人才，应为杨炎所赏识。

  建中二年十月陆淳贬谪是什么原因呢？据陆贽《奉天荐袁高等状》："……孙咸〔成〕（原注：曾任京兆少尹）……陆淳、沈既济（原注：已上曾任补阙、拾遗)……或因连累左黜,或遭谗忌外迁……"陆淳与沈既济、裴冀、孙成、崔儒皆"因连累左黜","连累"陆淳的人,也应是杨炎了。

都受杨炎牵连而"谪居东南"满腹牢骚的五个人,"自秦徂吴,水陆同道","浮颍涉淮,方舟沿流",当他们"昼宴夜话"时,不可能不谈到杨炎,也不可能不涉及元载、刘晏。裴冀、孙成在刘晏被冤杀后,曾奉杨炎之命,分赴诸道"宣慰";沈既济曾在《建中实录》中,"附炎为说",诬蔑刘晏"动摇储宫(指德宗)",他们偏袒杨炎、仇恨刘晏的立场是相同的。

《建中实录》一方面诬蔑刘晏"动摇储宫",另一方面歌颂元载"独保护上(指德宗)",沈既济偏袒元载、攻击刘晏的观点也是明显的。他描写雌狐变化为"丽人"任二十娘,对郑六忠贞不贰,以讽刺刘晏背叛元载,人不如"妖",正是他亲元载、杨炎而敌视刘晏的立场观点的表现。

附:沈既济《任氏传》

任氏,女妖也。有韦使君者,名崟,第九,信安王祎之外孙。少落拓,好饮酒。其从父妹婿曰郑六,不记其名。早习武艺,亦好酒色,贫无家,托身于妻族。与崟相得,游处不间。

天宝九年夏六月,崟与郑子偕行于长安陌中,将会饮于新昌里。至宣平之南,郑子辞有故,请间去,继至饮所。崟乘白马而东。郑子乘驴而南,入升平之北门。偶值三妇人行于道中,中有白衣者,容色姝丽。郑子见之惊悦,策其驴,忽先之,忽后之,将挑而未敢。白衣时时盼睐,意有所受。郑子戏之曰:"美艳若此,而徒行,何也?"白衣笑曰:"有乘不解相假,不徒行何为?"郑子曰:"劣乘不足以代佳人之步,今辄以相奉。某得步从,足矣。"相视大笑。同行者更相眩诱,稍已狎昵。郑子随之东,至乐游园,已昏黑矣。见一宅,土垣车门,室宇甚严。白衣将入,顾曰"愿少踟蹰"而入。女奴从者一人,留于门屏间,问其姓第。郑子既告,亦问之。对曰:"姓任氏,第二十。"少顷,延入。郑萦驴于门,置帽于鞍。始见妇人年三十余,与之承迎,即任氏姊也。列烛置膳,举酒数觞。任氏更妆而出,酣饮极欢。夜久而寝,其妍姿美质,歌笑态度,举措皆艳,殆非人世所有。将晓,任氏曰:"可去矣。某兄弟名系教坊,职属南衙,晨兴将出,不可淹留。"乃约后期而去。

  既行,及里门,门扃未发。门旁有胡人鬻饼之舍,方张灯炽炉。郑子憩其帘下,坐以候鼓,因与主人言。郑子指宿所以问之曰:"自此东转,有门者,谁氏之宅?"主人曰:"此隙埭弃地,无第宅也。"郑子曰:"适过之,曷以云无?"与之固争。主人适悟,乃曰:"呼!我知之矣。此中有一狐,多诱男子偶宿,尝三见矣。今子亦遇乎?"郑子赧而隐曰:"无。"质明,复视其所,见土垣车门如故。窥其中,皆榛荒及废圃耳。既归,见崟。崟责以失期。郑子不泄,以他事对。然想其艳冶,愿复一见之,心尝存之不忘。

  经十许日,郑子游,入西市衣肆,瞥然见之,曩女奴从。郑子遽呼之。任氏侧身周旋于稠人中以避焉。郑子连呼前迫,方背立,以扇障其后,曰:"公知之,何相近焉?"郑子曰:"虽知之,何患?"对曰:"事可愧耻,难施面目。"郑子曰:"勤想如是,忍相弃乎?"对曰:"安敢弃也,惧公之见恶耳。"郑子发誓,词旨益切。任氏乃回眸去扇,光彩艳丽如初,谓郑子曰:"人间如某之比者非一,公自不识耳,无独怪也。"郑子请之与叙欢,对曰:"凡某之流,为人恶忌者,非他,为其伤人耳。某则不然。若公未见恶,愿终己以奉巾栉。"郑子许与谋栖止。任氏曰:"从此而东,大树出于栋间者,门巷幽静,可税以居。前时自宣平之南,乘白马而东者,非君妻之昆弟乎?其家多什器,可以假用。"是时崟伯叔从役于四方,三院什器,皆贮藏之。郑子如言访其舍,而诣崟假什器。问其所用。郑子曰:"新获一丽人,已税得其舍,假具以备用。"崟笑曰:"观子之貌,必获诡陋,何丽之绝也。"崟乃悉假帷帐榻席之具,使家僮之惠黠者,随以觇之。

俄而奔走返命，气吁汗洽。崟迎问之："有乎？"曰："有。"又问："容若何？"曰："奇怪也！天下未尝见之矣。"崟姻族广茂，且夙从逸游，多识美丽。乃问曰："孰若某美？"僮曰："非其伦也！"崟遍比其佳者四五人，皆曰"非其伦"。是时吴王之女有第六者，则崟之内妹，秾艳如神仙，中表素推第一。崟问曰："孰与吴王家第六女美？"又曰："非其伦也。"崟抚手大骇曰："天下岂有斯人乎？"遽命汲水澡颈，巾首膏唇而往。

既至，郑子适出。崟入门，见小僮拥彗方扫，有一女奴在其门，他无所见。征于小僮。小僮笑曰："无之。"崟周视室内，见红裳出于户下。迫而察焉，见任氏戢身匿于扇间。崟引出，就明而观之，殆过于所传矣。崟爱之发狂，乃拥而凌之，不服。崟以力制之，方急，则曰："服矣。请少回旋。"既从，则捍御如初，如是者数四。崟乃悉力急持之。任氏力竭，汗若濡雨。自度不免，乃纵体不复拒抗，而神色惨变。崟问曰："何色之不悦？"任氏长叹息曰："郑六之可哀也！"崟曰："何谓？"对曰："郑生有六尺之躯，而不能庇一妇人，岂丈夫哉！且公少豪侈，多获佳丽，遇某之比者众矣。而郑生，穷贱耳。所称惬者，唯某而已。忍以有余之心，而夺人之不足乎？哀其穷馁，不能自立，衣公之衣，食公之食，故为公所系耳。若糠糗可给，不当至是。"崟豪俊有义烈，闻其言，遽置之，敛衽而谢曰："不敢。"俄而郑子至，与崟相视咍乐。

自是，凡任氏之薪粒牲饩，皆崟给焉。任氏时有经过，出入或车马舆步，不常所止。崟日与之游，甚欢。每相狎昵，无所不至，唯不及乱而已。是以崟爱之重之，无所吝惜，一食一饮，未尝忘焉。任氏知其爱己，因言以谢曰："愧公之见爱甚矣。顾以陋质，不足以答厚意。且不能负郑生，故不得遂公欢。某，秦人也，生长秦城，家本伶伦，中表姻族，多为人宠媵，以是长安狭斜，悉与之通。或有姝丽，悦而不得者，为公致之可矣。愿持此以报德。"崟曰："幸甚！"廛中有鬻衣之妇曰张十五娘者，肌体凝洁，崟常悦之。因问任氏识之乎。对曰："是某表娣妹，致之易耳。"

旬余，果致之。数月厌罢。任氏曰："市人易致，不足以展效。或有幽绝之难谋者，试言之，愿得尽智力焉。"崟曰："昨者寒食，与二三子游于千福寺。见刁将军缅张乐于殿堂。有善吹笙者，年二八，双鬟垂耳，娇姿艳绝。当识之乎？"任氏曰："此宠奴也。其母即妾之内姊也。求之可也。"崟拜于席下。任氏许之。乃出入刁家。月余，崟促问其计。任氏愿得双缣以为赂。崟依给焉。后二日，任氏与崟方食，而缅使苍头控青骊以迓任氏。任氏闻召，笑谓崟曰："谐矣。"初，任氏加宠奴以病，针饵莫减。其母与缅忧之方甚，将征诸巫。任氏密赂巫者，指其所居，使言从就为吉。及视疾，巫曰："不利在家，宜出居东南某所，以取生气。"缅与其母详其地，则任氏之第在焉。缅遂请居。任氏谬辞以逼狭，勤请而后许。乃辇服玩，并其母偕送于任氏。至，则疾愈。未数日，任氏密引崟以通之，经月乃孕。其母惧，遽归以就缅，由是遂绝。

他日，任氏谓郑子曰："公能致钱五六千乎？将为谋利。"郑子曰："可。"遂假求于人，获钱六千。任氏曰："鬻马于市者，马之股有疵，可买以居之。"郑子如市，果见一人牵马求售者，眚在左股。郑子买以归。其妻昆弟皆嗤之，曰："是弃物也。买将何为？"无何，任氏曰："马可鬻矣。当获三万。"郑子乃卖之。有酬二万，郑子不与。一市尽曰："彼何苦而贵买，此何爱而不鬻？"郑子乘之以归，买者随至其门，累增其估，至二万五千也。不与，曰："非三万不鬻。"其妻昆弟，聚而诟之。郑子不获已，遂卖登三万。既而密伺买者，征其由。乃昭应县之御马疵股者，死三岁矣，斯吏不时除籍。官征其估，计钱六万。设其以半买之，所获尚多矣。若有马以备数，则三年刍粟之估，皆吏得之。且所偿盖寡，是以买耳。

任氏又以衣服故弊，乞衣于崟。崟将买全彩与之。任氏不欲，曰："愿得成制者。"崟召市人张大为买之，使见任氏，问所欲。张大见之，惊谓崟曰："此必天人贵戚，为郎所窃。且非人间所宜有者，愿速归之，无及于祸。"其容色之动人也如此。竟买衣之成者,而不自纫缝也,不晓其意。

后岁余,郑子武调,授槐里府果毅尉,在金城县。时郑子方有妻室,虽昼游于外,而夜寝于内,多恨不得专其夕。将之官,邀与任氏俱去。任氏不欲往,曰:"旬月同行,不足以为欢。请计给粮饩,端居以迟归。"郑子恳请,任氏愈不可。郑子乃求崟资助。崟与更劝勉,且诘其故。任氏良久曰:"有巫者言,某是岁不利西行,故不欲耳。"郑子甚惑也,不思其他,与崟大笑曰:"明智若此,而为妖惑,何哉!"固请之。任氏曰:"傥巫者言可征,徒为公死,何益?"二子曰:"岂有斯理乎?"恳请如初。任氏不得已,遂行。崟以马借之,出祖于临皋,挥袂别去。信宿,至马嵬。任氏乘马居其前,郑子乘驴居其后,女奴别乘,又在其后。是时西门圉人教猎狗于洛川,已旬日矣。适值于道,苍犬腾出于草间。郑子见任氏欻然坠于地,复本形而南驰。苍犬逐之。郑子随走叫呼,不能止。里余,为犬所获。郑子衔涕、出囊中钱,赎以瘗之,削木为记。回睹其马,啮草于路隅,衣服悉委于鞍上,履袜犹悬于镫间,若蝉蜕然。唯首饰坠地,余无所见。女奴亦逝矣。旬余,郑子还城。崟见之喜,迎问曰:"任子无恙乎?"郑子泫然对曰:"殁矣。"崟闻之亦恸,相持于室,尽哀。徐问疾故。答曰:"为犬所害。"崟曰:"犬虽猛,安能害人?"答曰:"非人。"崟骇曰:"非人,何者?"郑子方述本末。崟惊讶叹息不能已。明日,命驾与郑子俱适马嵬,发瘗视之,长恸而归。追思前事,唯衣不自制,与人颇异焉。其后郑子为总监使,家甚富,有枥马十余匹。年六十五,卒。

大历中,沈既济居钟陵,尝与崟游,屡言其事,故最详悉。后崟为殿中侍御史,兼陇州刺史,遂殁而不返。嗟乎,异物之情也,有人道焉!遇暴不失节,徇人以至死,虽今妇人,有不如者矣。惜郑生非精人,徒悦其色而不征其情性。向使渊识之士,必能揉变化之理,察神人之际,著文章之美,传要妙之情,不止于赏玩风态而已。惜哉!

建中二年，既济自左拾遗与金吾将军裴冀、京兆少尹孙成、户部郎中崔需〔儒〕、右拾遗陆淳，皆谪居东南，自秦徂吴，水陆同道。时前拾遗朱放，因旅游而随焉。浮颍涉淮，方舟沿流，昼宴夜话，各征其异说。众君子闻任氏之事，共深叹骇，因请既济传之，以志异云。沈既济撰。

《辛公平上仙》新探

唐顺宗的命运

在研究《辛公平上仙》之前，先要了解德、顺、宪三朝禁中事。

（一）唐德宗想废太子（顺宗），立舒王

唐顺宗名诵，是唐德宗的长子。德宗立李诵为太子后，曾经想要废掉他。据《新唐书》卷一三九《李泌传》："太子妃萧母，郜国公主也，坐蛊媚，幽禁中，帝怒，责太子，太子不知所对。泌入，帝数称舒王贤，泌揣帝有废立意……因称：'昔太宗诏："太子不道，藩王窥伺者，两废之。"陛下疑东宫而称舒王贤，得无窥伺乎？若太子得罪，请亦废之而立皇孙……'帝寤，太子乃得安。"《资治通鉴》卷二三三《唐纪四九》记此事尤详："上曰：'此朕家事，何豫于卿，而力争如此？'对曰：'天子以四海为家。臣今独任宰相之重，四海之内，一物失所，责归于臣。况坐视太子冤横而不言，臣罪大矣！'上曰：'为卿迁延至明日思之。'泌抽笏叩头而泣曰：'如此，臣知陛下父子慈孝如初矣！然陛下还宫，当自审思，勿露此意于左右；露之，则彼皆欲树功于舒王，太子危矣！'上曰：'具晓卿意。'……太子遣人谢泌曰：'若必不可救，欲先自仰药，何如？'泌曰：'必无此虑。愿太子起敬起孝。苟泌身不存，则事不可知耳。'"这是贞元三年事。李泌所谓"窥伺"，明指舒王李谊；所谓"左右"，则指德宗身边的宦官。这场风浪虽然平息，但既有李谊的"窥伺"，又有宦官"欲树功于舒王",今后李诵能否平安继承皇位,殊为可虑。所以李泌对李诵派来的人说:"苟泌身不存,则事不可知耳。"

据《顺宗实录》卷一:"上在东宫,尝与诸侍读并(王)叔文论政,至宫市事,上曰:'寡人方欲极言之。'众皆称赞,独叔文无言。既退,上独留叔文,谓曰:'向者君奚独无言,岂有意耶?'叔文曰:'叔文蒙幸太子,有所见,敢不以闻。太子职当侍膳问安,不宜言外事。陛下在位久,如疑太子收人心,何以自解?'上大惊,因泣曰:'非先生,寡人无以知此。'遂大爱幸。"所谓"宫市",指德宗派宦官在长安购买民间货物,付价甚少,或竟不付价,甚为扰民。王叔文劝阻李诵谏"宫市"的一席话,使李诵回忆起贞元三年那一场废立的惊风骇浪,可见德宗左右的宦官反对李诵之心不死,李诵的皇位继承权甚不稳定。

(二) 宦官想废顺宗,立舒王

贞元二十一年正月,德宗病,想与李诵见一面而不可能。据《旧唐书》卷十四《顺宗纪》:"上自二十年九月风病,不能言,暨德宗不豫,诸王亲戚皆侍医药,独上卧病不能侍。德宗弥留,思见太子,涕咽久之。"这时,李诵没有病重到卧床不起的程度,与德宗见一面是完全可以的。请看《顺宗实录》卷一:"二十三日,上知内外忧疑,紫衣麻鞋,不俟正冠,出九仙门,召见诸军使,京师稍安。二十四日,宣遗诏,上缞服见百寮。二十六日,即位。"连续三天,都有活动,可见顺宗不是病重得不能去见德宗,而是有人阻挠。当时,需要阻挠和能够阻挠太子去见皇帝的人,除了宦官和"侍医药"的舒王之外,还有谁呢?

再看柳宗元《故连州员外司马凌君权厝志》:"德宗崩,迩臣议秘三日乃下遗诏,君独抗危词以语同列王伾,画其不可者十六七,乃以旦日发丧,六师万姓安其分。"《旧唐书》卷一五九《卫次公传》:"二十一年正月,德宗升遐。时东宫疾恙方甚,仓卒召学士郑絪等至金銮殿。中人或云:'内中商量,所立未定。'众人未对,次公遽言曰:'皇太子虽有疾,地居冢嫡，内外系心。必不得已，当立广陵王。若有异图，祸难未已。'纲等随而唱之，众议方定。"所谓"迩臣""中人"，皆指宦官；所谓"内中商量，所立未定"，就是宦官要废掉李诵，另立继承人。卫次公提出的不立太子、"当立广陵王（即唐宪宗）"的主张，与贞元三年李泌提出的废太子"而立皇孙（即唐宪宗）"的主张，完全相同。我们从贞元二十一年宦官准备废立皇帝，联想到贞元三年德宗准备废立太子，可能都与舒王李谊"窥伺"有关，所以李泌、卫次公都用皇孙来抵制皇侄，宦官的阴谋没有得逞。

（三）宦官、藩镇逼迫顺宗让位给宪宗

"顺宗之为太子也……未尝以颜色假借宦官。"①即位后，采取了一系列抑制宦官势力的措施，如：

"诏停内侍郭忠政等十九人正员官俸钱。"（《册府元龟》卷五〇七《邦计部·俸禄第三》）

"贞元之末政事为人患者，如宫市、五坊小儿之类，悉罢之。""以右金吾大将军范希朝为左右神策、京西诸城镇行营节度使。""以度支郎中韩泰为其行军司马。"欲夺取宦官兵权。（以上《资治通鉴》卷二三六《唐纪五二》）

这一切，都是宦官们所不能忍受的。他们早有废顺宗、另立皇帝的打算，这时便付诸行动了。鉴于以前两次废立未成，是由于舒王李谊不是德宗的亲生儿子，名分不正，遭到反对，这次宦官们选定了李淳。废立的步骤如下：

三月，立李淳为太子，改名纯。

七月，李纯权勾当军国政事。

八月，李纯即皇帝位，顺宗为太上皇。

---

① 《旧唐书》卷一四《顺宗纪》。

三件大事，名义上是顺宗的旨意，实际上是宦官逼迫顺宗这样做的。据《旧唐书》卷一八四《宦官传·俱文珍传》："与中官刘光琦、薛文〔盈〕珍……等谋，奏请立广陵王为皇太子，勾当军国大事，顺宗可之。贞亮遂召学士卫次公、郑𬘡、李程、王涯入金銮殿，草立储君诏。"《资治通鉴·唐纪五二》记此事尤详："时牛昭容辈以广陵王淳英睿，恶之；𬘡不复请，书纸为'立嫡以长'字呈上；上颔之。"从宦官"奏请""𬘡不复请"可以看出，立李淳为皇太子是宦官串通翰林学士预定的计谋，顺宗被逼下诏。

又据《顺宗实录》卷四："韦皋上表请皇太子监国，又上皇太子笺。寻而裴垍〔均〕、严绶表继至，悉与皋同"，"外有韦皋、裴垍〔均〕、严绶等笺表，而中官刘光奇、俱文珍、薛盈珍……等皆先朝任使旧人，同心怨猜，屡以启上"，"至是遂召翰林学士郑𬘡、卫次公、王涯等……撰制诏而发命焉"。韦皋在剑南，裴均在荆南，严绶在河东，三节度使相距遥远，怎能不约而同地一齐上表请皇太子监国呢？幕后必有指挥者。据《旧唐书》卷一四八《裴垍传》："严绶在太原，其政事一出监军李辅光，绶但拱手而已。"崔元略《唐故兴元元从、正议大夫、行内侍省内侍、知省事、上柱国、赐紫金鱼袋、赠特进、左武卫大将军李公墓志铭（并序）》："公讳辅光……元和初，皇帝践祚，旌宠殊勋，复迁内常侍兼供奉官。""殊勋"二字，供认了严绶上表是"拱手"听命于李辅光的内幕。否则，顺宗让位给宪宗，是皇帝"家事"，远在太原的宦官李辅光，有何"殊勋"可言？

西门元佐《大唐故朝议郎、行宫闱令、充威远军监军、上柱国、赐紫金鱼袋西门大夫墓志铭（并序）》云："公讳珍……暨德宗升遐，顺宗嗣位，爰选耆德，以辅储皇，转为少阳院五品。永贞元年，属今上龙飞，公以密近翼戴之绩，赐紫金鱼袋，充会仙院使。元和元年，改充十王宅使。"这个西门珍，是李淳身边的宦官，参与了俱文珍等废顺宗、立宪宗的密谋。刘禹锡在临死前所写的《子刘子自传》中愤慨地说："是时太上久寝疾,宰臣及用事者都不得召对。宫掖事秘,而建桓立顺,功归贵臣。""宰臣"指韦执谊,"用事者"指王伾、王叔文,"贵臣"指宦官,"建桓立顺"指宦官立宪宗,"宫掖事秘"四字,控诉了宦官在宫中所干的不可告人的罪恶行为!

《唐国史补》卷中《王叔文扬言》云:"王叔文以度支使设食于翰林中……明日又至,扬言'圣人适于苑中射兔,上马如飞,敢有异议者腰斩'。其日乃丁母忧。"王叔文这一"扬言",是在李淳勾当军国政事之前。这时他已预见到宦官们要借口顺宗患病而行废立之事。王叔文"扬言"顺宗"上马如飞,敢有异议者腰斩",就是针对宦官之阴谋而说的。

(四)罗令则想废宪宗,立舒王

顺宗被逼让位给宪宗不久,就发生了一件骇人听闻的怪事。据《册府元龟》卷三七四《将帅部·忠五》:"刘澭,贞元末为陇右经略使。暨顺宗寝疾,传位于宪宗,称太上皇。有山人罗令则,自京诣澭,妄构异说,凡数百言,皆废立之事,且矫太上皇诏,请兵于澭。澭立命系之,鞠得奸状。令则又云,某之党多矣,十月德宗山陵,约此时伺便而动。澭械令则,驿表上闻。诏付禁军按问,其党与皆杖死。……遣中使以名马金玉缯锦锡之,复录其功,号其军额曰保义。"所谓"废立之事",指废掉宪宗,另立皇帝。所谓"鞠得奸状",指刘澭诱逼罗令则说出了准备立谁。素有"奸雄"①之称的刘澭,知道罗令则准备立谁为帝,岂能放过这个立功的机会,他把这个人名向宪宗告密,得到了奖赏。吕温《唐故金紫光禄大夫、检校兵部尚书、使持节都督秦州诸军事、兼秦州刺史、御史大夫、充保义军节度、陇西经略等使、上柱国、彭城郡开国公、食邑二千户、赠尚书右仆射中山刘公神道碑铭(并序)》云:"崇陵晏驾之初,太上传归之

---

① 李肇《唐国史补》卷中《刘澭理普润》。

际,公严兵近服,警卫王室,擒摘奸党,黜遏邪谋,人心不摇,国隙遂闭,流功妙简,秘莫得闻。帝嘉厥诚,手制褒谕,珍裘宝带,文马雕弓,以奖殊恩,不可胜算。"作为王叔文集团成员的吕温,怀着愤慨的心情,撰写此文,一则曰"秘莫得闻",再则曰"以奖殊恩","秘""殊"二字,话中有话,暗示我们这是宪宗、刘澭之间一件不可告人的罪恶交易。

(五) 舒王死

罗令则一伙人"皆杖死";罗令则所准备拥立的皇帝,宪宗和宦官们当然也不会放过。请看《资治通鉴·唐纪五二》:

"(永贞元年十月戊戌)舒王谊薨。"

"山人罗令则自长安如普润,矫称太上皇诰,征兵于秦州刺史刘澭,且说澭以废立;澭执送长安,并其党杖杀之。"

"己酉,葬神武孝文皇帝于崇陵,庙号德宗。"

司马光把(1)罗令则"自长安如普润""说澭以废立",(2)刘澭将罗令则"送长安",(3)禁军审问罗令则,"并其党杖杀之"几件事,合并在一起叙述,这是《资治通鉴》的"书法",数见不鲜。我们不能误解为这几件事发生在同一天。罗令则"说澭以废立"、刘澭将罗令则"送长安"、禁军审问罗令则在前(所谓追叙),只有"舒王谊薨"与罗令则一伙被"杖杀"是同时的。这就不能不使我们怀疑罗令则所准备拥立的皇帝是李谊。当时,在"诸王"之中,也只有李谊具备这个号召力。

以前宦官两次准备废顺宗、立李谊而未成,所以改变计划,选中李淳。宪宗即位后,李谊成为政治上的赘疣。居然有人拿李谊作号召,兴风作浪,不如拔掉这个赘疣,以免后患。

(六) 太上皇死

太上皇也是政治上的赘疣。罗令则"说澭以废立",舒王李谊不明不白地死去;罗令则"矫太上皇诏,请兵于澭",太上皇能平安无事吗?请看《旧唐书》卷一四《宪宗纪上》:

"元和元年春正月丙寅朔,皇帝率群臣于兴庆宫奉上太上皇尊号曰应乾圣寿太上皇。"

"癸未,诏以太上皇旧恙愆和,亲侍药膳,起今月十六日已后,权不听政。"

"甲申,太上皇崩于兴庆宫,迁殡于太极殿,发丧。"

宪宗向全国公布太上皇的病情,这是唐朝历史上罕见的事。癸未才公布太上皇病情,甲申就宣告太上皇死了,相隔不到一天,不有点像演戏吗?我推测太上皇不是死于甲申,而是死于癸未。宪宗与宦官们秘丧一日,故意先公布太上皇病情,以此来掩盖太上皇被害的真相。殊不知欲盖弥彰,抢先公布太上皇病情的做法,恰恰暴露出宪宗和宦官们做贼心虚,暴露出太上皇之死的可疑。

去掉有号召力的舒王,又去掉有复辟可能的太上皇,宪宗感到自己的地位稳固了。

以上的观点和材料,我曾对章士钊、王芸生等谈过。今整理成文。这是《辛公平上仙》这篇小说的写作背景。

李谅(复言)与《辛公平上仙》

《辛公平上仙》描写辛公平、成士廉"偕赴调集"途中,遇到"迎驾"的"阴吏"王臻,王臻将辛公平带入宫中,辛公平亲见一"将军"向皇帝献匕首,然后骑兵簇拥皇帝"上仙"去了。这是借道家"兵解"之词,影射宦官弑帝。

此文前云"(辛公平、成士廉)于元和末偕赴调集",是故事发生之年代,后云"元和初,李生畴昔宰彭城",是撰写故事之年代。"元和初"怎能撰写"元和末"之事呢?两个"元和",必有一误。从作者生平来看:李复言名谅,是王叔文政治革新集团成员。顺宗时,为度支巡官、左拾遗。

王叔文请柳宗元代撰荐表，对李谅评价甚高。宪宗时，被贬为澄城县令。据白居易《李谅除泗州刺史、兼团练使、当道兵马留后、兼侍御史、赐紫金鱼袋，张愉可岳州刺史同制》："以谅自澄城长，讫尚书郎，中间又再为州牧，三宰剧县"，所谓"三宰剧县"，其一应是彭城县。李谅元和初为彭城县令，与《辛公平上仙》所云"元和初，李生畴昔宰彭城"相合。故知小说末尾之"元和初"不误，而开头之"元和末"是"贞元末"之误。①"贞元末……更数月，方有攀髯之泣"，应指顺宗。此时，"二王八司马"或死或贬，唯李谅尚在长安，得知顺宗被宦官杀害的真相。作为"永贞革新"参加者的李谅，记载顺宗被害的隐事，是义不容辞，责无旁贷的。"故书其实，以警道途之傲者。"陈寅恪认为此文是影射宪宗被杀，李复言是江湖举子②，未谛。

小说中之人名，皆系假托，如"辛公平"者心公平，"成士廉"者成事廉，"王臻"者忘真，皆有寓意。

附：李谅（复言）《辛公平上仙》

洪州高安县尉辛公平，吉州庐陵县尉成士廉，同居泗州下邳县，于元和末偕赴调集，乘雨入洛西榆林店。掌店人甚贫，待宾之具，莫不尘秽，独一床似洁，而有一步客先憩于上矣。主人率皆重车马而轻徒步，辛、成之来也，乃逐步客于他床。客倦起于床而回顾，公平谓主人曰：

---

① 宋"临安府太庙前尹家书籍铺刊行"的《续幽〔玄〕怪录》中常将"贞元"误为"元和"，如卷二《张质》云："猗氏张质，元和十七年四月二十一日，上临涣尉。"又云："见任尉江陵张质，年五十一，元和十一年四月十一日上任，十七年四月二十一日受替。"这是故事发生之年代。又云："元和六年，质尉彭城，李生者为之宰。"这是撰写故事之年代。所用年号，同为"元和"，但元和无十七年，可见"元和十七年"与"元和十一年"是"贞元十七年"与"贞元十一年"之误。《太平广记》卷三八〇《再生六·张质》引《续玄怪录》正作"贞元"。）

② 陈寅恪《〈顺宗实录〉与〈续玄怪录〉》(《北京大学四十周年纪念论文集乙编》)。

"客之贤不肖,不在车徒,安知步客非长者,以吾有一仆一马而烦动乎?"因谓步客曰:"请公不起,仆就[此憩]矣。"客曰:"不敢。"遂复就寝。深夜,二人饮酒食肉,私曰:"我钦之之言,彼固德我,今或召之,未恶也。"公平高声曰:"有少酒肉,能相从否?"一召而来,乃绿衣吏也。问其姓名,曰:"王臻。"言辞亮达,辩不可及。二人益狎之。酒阑,公平曰:"人皆曰天生万物,唯我最灵。儒书亦谓人为生灵。来日所食,便不能知,此安得为灵乎?"臻曰:"步走能知之。夫人生一言一憩之会,无非前定。来日必食于磁涧王氏,致饭蔬而多品。宿于新安赵氏,得肝美耳。臻以徒步不可昼随,而夜可会耳。君或不弃,敢附末光。"未明,步客前去。二人及磁涧逆旅,问其姓,曰:"王。"中堂方馔僧,得僧之余悉奉客,故蔬而多品。到新安,店叟召之者十数,意皆不往,试入一家,问其姓,曰:"赵。"将食,果有肝美。二人相顾方笑,而臻适入,执其手曰:"圣人矣!"礼钦甚笃。宵会晨分,期将来之事,莫不中的。行次阌乡,臻曰:"二君固明智之者,识臻何为者?"曰:"博文多艺,隐遁之客也。"曰:"非也。固不识我,乃阴吏之迎驾者。"曰:"天子上仙,可单使迎乎?"曰:"是何言欤? 甲马五百,将军一人,臻乃军之籍吏耳。"曰:"其徒安在?"曰:"左右前后。今臻何所以奉白者,来日金天置宴,谋少酒肉奉遗,请华阴相待。"黄昏,臻乘马引仆,携羊豕各半,酒数斗来,曰:"此人间之物,幸无疑也。"言讫而去。其酒肉肥浓之极,过于华阴。聚散如初,宿灞上,臻曰:"此行乃人世不测者也,辛君能一观。"成公曰:"何独弃我?"曰:"神祇尚侮人之衰也,君命稍薄,故不可耳,非敢不均其分也。入城当舍于开化坊西门北壁上第二板门王家,可直造焉。辛君初五[二]更立灞西古槐下。"

及期,辛步往灞西,见旋风卷尘,迤逦而去,到古槐立未定,忽有风来扑林,转盼间,一旗甲马立于其前,王臻者乘且牵,呼辛速登。既乘,观焉,前后戈甲塞路。臻引辛谒大将军,将军者,丈余,貌甚伟,揖公平曰:"闻君有广钦之心,诚推此心于天下,鬼神者且不敢侮,况人乎?"谓臻曰:"君既召来,宜尽主人之分。"遂同行入通化门,及诸街铺,各有吏士迎拜。次天门街,有紫吏若供顿者,曰:"人多并下不得,请逐近配分。"将军许之。于是分兵五处,独将军与亲卫馆于颜鲁公庙。既入坊,颜氏之先,簪裾而来若迎者,遂入舍。臻与公平止西廊幕次,肴馔馨香,味穷海陆,其有令公平食之者,有令不食者。臻曰:"阳司授官,皆禀阴命。臻感二君也,检选事据籍,诚当驳放,君仅得一官耳。臻求名加等,吏曹见许矣。"居数日,将军曰:"时限向尽,在于道场,万神护跸,无许奉迎,如何?"臻曰:"牒府请夜宴,宴时腥膻,众神自许,即可矣。"遂行牒。牒去,逡巡得报,曰:"已敕备夜宴。"于是部管兵马,戌时齐进入光范及诸门,门吏皆立拜宣政殿下,马兵三百,余人步,将军金甲仗钺来,立于所宴殿下,五十人从卒环殿露兵,若备非常者。殿上歌舞方欢,俳优赞咏,灯烛荧煌,丝竹并作。俄而三更四点,有一人多髯而长,碧衫皂袴,以红为幖,又以紫縠画虹蜺为帔,结于两肩右腋之间,垂两端于背,冠皮冠,非虎非豹,饰以红罽,其状可畏,忽不知其所来,执金匕首长尺余,拱于将军之前,延声曰:"时到矣!"将军频眉挥之,唯而走,自西厢历阶而上,当御座后,跪以献上。既而左右纷纭,上头眩,音乐骤散,扶入西阁,久之未出。将军曰:"升云之期,难违顷刻。上既命驾,何不遂行?"对曰:"上澡身否?""然,可即路。"遽闻具浴之声。三更,上御碧玉舆,青衣士六,衣上皆画龙凤,肩舁下殿。将军揖,介胄之士无拜,因慰问以"人间纷挐,万机劳苦,淫声荡耳,妖色惑心,清真之怀,得复存否?"上曰:"心非金石,见之能无少乱。今已舍离,固亦释然。"将军笑之,遂步从环殿引翼而出,自内阁及诸门吏,莫不呜咽群辞,或收血捧舆,不忍去者。过宣政殿,二百骑引,三百骑从,如风如雷,飒然东去,出望仙门。将军乃敕臻送公平,遂勒马离队,不觉足已到一板门前。臻曰:"此开化王家宅,成君所止也。仙驭已远,不能从容,为臻多谢成君。"牵辔扬鞭,忽不复见。公平扣门一声,有人应者,果成君也。秘不敢泄。更数月,方有攀髯之泣。来年,公平授扬州江都县簿,士廉授兖州瑕丘县丞,皆如其言。

元和初,李生畴昔宰彭城,而公平之子参徐州军事,得以详闻,故书其实,以警道途之傲者。

《河间传》新探

"永贞革新"失败后的柳宗元

唐贞元二十一年正月,德宗病死,太子李诵继位,是为顺宗。在顺宗的支持下,以王叔文为领袖,"二王、刘、柳"为核心的革新集团掌权,颁布了一系列明赏罚、停苛征、除弊害的政令,史称"市里欢呼""人情大悦"。

为了统一事权,革除弊政,王叔文集团特别注意掌握财权以及从宦官手中夺取兵权。乃以与刘禹锡有联系的宰相杜佑兼度支使及诸道盐铁转运使,王叔文为副使,韩晔、陈谏、刘禹锡、凌准判案,李谅为巡官,程异为扬子院留后。又以与凌准有联系的老将范希朝为左右神策京西诸城镇行营兵马节度使,韩泰为行军司马,李位为推官,以便夺取宦官掌握的神策军权。这一计划,遭到宦官的强烈抵制,未能实现。

宦官俱文珍、刘光琦等与剑南西川节度使韦皋、荆南节度使裴均、河东节度使严绶串通起来反对王叔文集团,先迫使顺宗立李淳(后改名纯)为太子,以太子监国,接着迫使顺宗让位给太子。由于顺宗预定改元永贞,史称"永贞内禅"。

永贞元年八月五日,李淳即位,是为宪宗。六日,贬王伾为开州司马(不久病死),王叔文为渝州司户(次年赐死)。九月至十一月,韩泰、陈谏、柳宗元、刘禹锡、韩晔、凌准、程异及韦执谊先后被贬为边远八州司马。"八司马"以外,王叔文集团的陆质,先已病死。李谅、李位,稍后也被赶出朝廷。李景俭守丧,吕温出使吐蕃未还,没有参加革新运动,暂时未遭贬谪。

柳宗元先被贬为邵州刺史,半路上,再贬为永州司马。元和十年,奉诏回京,又贬为柳州刺史,"官虽进而地益远"。(《旧唐书·宪宗纪下》)十四年含冤而死,年仅 47 岁。

三四十岁是人生中最有作为的时期,而柳宗元在贬谪中度过。王叔文集团掌权一百四十六天,他们的施政方针是具有进步意义的,而遭受残酷的打击。在长达十四年的谪居生活中,柳宗元满腔愤慨,发为文章。由于是"僇人①",只得采用曲折隐晦的笔法,以避免祸害。读者深思力索,方能心领神会。今将《谪龙说》《河间传》两篇,详加考论。

《河间传》旧评

前人对《河间传》之评论,较重要者,约有十二则:

胡寅《致堂读史管见》卷二四《唐纪·宪宗》:"或谓宪宗用法太严,而人才难得,岂应以一眚终弃,是不然。梦得、子厚之附伾、文也,盖有变易储贰之秘谋,未及为而败。……子厚至托讽淫妇人有始无卒者,以诋宪宗。二人者,既失身匪人,不知创艾,乃以笔墨语言,深自文饰,上及君父,以成小人之过,则其免于大戮,已为深幸,摈废没齿,非不幸也。"

王楙《野客丛书》卷二〇《河间传意》:"客或讥原涉曰:'子本吏二千石之世,结发自修,以行丧推财礼让为名,正复雠取仇,犹不失仁义,何故遂自放纵为轻侠之徒乎?'涉应曰:'子独不见家人寡妇耶?始自约敕

---

① 柳宗元《始得西山宴游记》。

之时，意乃慕宋伯姬及陈孝妇，不幸一为盗贼所污，遂行淫佚，知其非礼，然不能自还，吾犹此矣。'仆谓此柳子厚《河间传》之意也。《史记·吕不韦传》述太后云云，《河间传》又用其语。古人作文，要必有祖，虽秽杂之语，不可无所自也。"

戴埴《鼠璞》卷下《柳子厚文》："柳子厚文坛之雄师，世谓以作《河间传》不入馆阁，然亦有所本。《汉书·原涉传》：'涉曰：子独不见家人寡妇耶？始自约敕之时，意乃慕宋伯姬及陈孝妇，不幸一为盗贼所污，遂行淫行，知其非礼，然不能自还。吾犹此矣。'其意正相类。"

黄震《黄氏日钞》卷六〇："《河间传》：志贞妇一败于强暴，以计杀其夫，卒狂乱以死。子厚借以明恩之难恃。愚以为士之砥节砺行，终不免移于富贵利欲者多矣。正当引以自戒，而不必计其恩之可恃否也。"

《皇明文衡》卷五六刘定之《杂志·李杜韩柳》："（柳宗元）其阿附伾、文，胡致堂谓忌宪宗在储位，有更易秘谋，未及为而败，后又托河间淫妇无卒者以诋宪宗，得免于大戮为幸。"

方鹏《责备余谈》卷下《韩柳文章大家》："其鄙亵不足传者，《河间传》是也。传中数语，虽稍知义理者犹耻言之，而谓宗工硕儒为之乎。读之污齿颊，书之累毫楮，删而去之可也。胡氏曰：《河间传》寓言耳，盖以讥宪宗也，则其罪益大矣。"

何焯《义门读书记》卷三七《河东集下·河间传》："'河间命邑臣告其夫召魂祝诅'，《汉书》：皇太后、皇后、公主，所食曰邑。此云邑臣，岂其公主耶？"

马位《秋窗随笔》："《河间妇》一篇，托辞比喻何苦。持论至此，伤忠厚之道。编之集外，宜矣。恐是后来文士伪作。"

钱大昕《十驾斋养新录》卷一六《河间传》："《汉书》原涉曰：'子独不见家人寡妇邪？始自约敕之时，意乃慕宋伯姬及陈孝妇。不幸一为盗贼所污，遂行淫失。知其非礼，然不能自还，吾犹此矣。'柳子厚《河间传》，盖本于此。而词太秽亵，此等文不作可也。"

光聪谐《有不为斋随笔》辛："《河间妇传》盖本原涉之语而推衍之。称河间者，盖又因河间姹女工数钱之谣，其人殆子虚、乌有焉。《汉书·原涉传》：'子独不见家人寡妇耶？始自约敕之时，意乃慕宋伯姬及陈孝妇，不幸一为盗贼所污，遂行淫失。知其非礼，然不能自还。'后阅戴埴《鼠璞》，亦同此意。"

平步青《霞外捃屑》卷七上《缥锦廛文筑上（论文）·河间传》："《野客丛书》：《吕不韦传》述太后云云，《河间传》又用其语。古人作文，要必有祖，虽秽杂之语，不可无所本也。《原涉传》'子独不见家人寡妇'一段，柳子厚《河间传》之意也。《鼠璞》。元顾长卿读柳文曰：嗟君臣之际，皆忍言之，是不可以训。《螺江日记》卷六亦谓口蘖。引或说曰，'河间'与和奸音同，则未是。"

陆以湉《冷庐杂识·河间妇传》："柳子厚《河间妇传》，遣词猥亵，昔人曾讥之。然其文固有为而作，其记游戏之所，一则曰浮图，再则曰浮图，可知佛庐之贻害甚烈。而妇人之喜入庙者，可以警矣。"

《河间传》新解

今针对以上各种论点，进行剖析，并提出《河间传》新解。

1. 在前人对《河间传》的许多评论中，以胡寅提出，刘定之、方鹏附和的"诋宪宗"说最为重要。胡寅说王叔文集团"有变易储贰之秘谋"，而未交代出处。今案：《新唐书》卷一六五《郑絪传》云："顺宗病，不得语，王叔文与牛美人用事，权震中外，惮广陵王英睿，欲危之。"可能这是胡寅的依据，但非十分可靠的材料。请看《资治通鉴》卷二三六《唐纪五二》云："上疾久不愈……中外危惧，思早立太子，而王叔文之党欲专大权，恶闻之。……时牛昭容辈以广陵王淳英睿，恶之。"司马光改"危之"

为"恶闻之",不失史家严谨态度。因为《旧唐书》卷一八四《宦官传》明言:"自贞元之后,威权日炽……万机之与夺任情,九重之废立由己。"敌视王叔文集团的韩愈,在《顺宗实录》卷五只云:"上疾久不瘳,内外皆欲上早定太子位,叔文默不发议,已立太子,天下喜,而叔文独有忧色,常吟杜甫题诸葛亮庙诗末句云:'出师未捷身先死,常使英雄泪满襟',因歔欷流涕",未说"危之"。从较多较早的记载中看出,王叔文集团虽不愿李淳为太子,而无权阻挠李淳为太子也。

"永贞内禅"的经过,《旧唐书·宦官传》云:"俱文珍,贞元末宦官……后从义父姓,曰刘贞亮。与中官刘光琦、薛文〔盈〕珍……等谋,奏请立广陵王为皇太子,勾当军国大事,顺宗可之。贞亮遂召学士卫次公、郑絪、李程、王涯入金銮殿,草立储君诏。及太子受内禅,尽逐叔文之党",这还是表面现象。刘禹锡《子刘有自传》云:"太上久寝疾,宰臣及用事者都不得召对。宫掖事秘,而建桓立顺,功归贵臣。"才说出内幕,刘禹锡告诉后世,"永贞内禅"不是宰相的主意,用事者(王叔文)也早被隔绝,请从东汉"建桓立顺"的历史故事,来体会唐代的宫掖秘密吧!

"建桓立顺"四字,出于《后汉书》卷七八《宦者列传》:"孙程定立顺之功,曹腾参建桓之策。""立顺"经过,据《后汉书》卷一〇下《皇后纪下》:"及少帝薨,(江)京白(阎)太后,征济北、河间王子。未至,而中黄门孙程合谋杀江京等,立济阴王,是为顺帝。(阎)显、景、晏及党与皆伏诛,迁太后于离宫,家属徙比景。明年,太后崩。""建桓"经过,据《后汉书》卷六三《李杜列传》:质帝被梁冀毒死,李固等主张立清河王刘蒜,梁冀与宦官曹腾等"竟立蠡吾侯,是为桓帝。后岁余,甘陵刘文、魏郡刘鲔各谋立蒜为天子,梁冀因此诬固与文、魏共为妖言……遂诛之……州郡收固二子基、兹于郾城,皆死狱中"。可见,东汉顺、桓二帝之立,都经过两派斗争。立顺帝的孙程等杀反对派江京等,阎太后被囚禁而死。立桓帝的曹腾、梁冀等杀反对派李固等。刘禹锡以"建桓立顺"比喻"永贞内禅",是告诉后人,宪宗之立,也经过了李忠言、牛美人(牛昭容)一派与俱文珍一派的尖锐斗争。宪宗即位后,李忠言、牛美人(牛昭容)不再见于史书,其下场不会比东汉的江京、阎太后好。而王伾、王叔文之死,也与东汉的李固等惨遭梁冀诬害相似。

刘禹锡用"建桓"的典故,来比喻"永贞内禅",还有更深用意。(1)刘用桓帝登基后,刘文、刘鲔"各谋立蒜为天子"故事,影宪宗登基后,罗令则"妄构异说""皆废立之事""其党与皆杖死"。(《册府元龟》卷三七四)(2)据《后汉书》卷三四《梁统列传》云:"冀,字伯卓。……(质帝)知冀骄横,尝朝群臣,目冀曰:'此跋扈将军也。'冀闻,深恶之,遂令左右进鸩加煮饼,帝即日崩。复立桓帝。"进鸩的"左右",除了质帝身边的宦官之外,还有谁人呢?刘用东汉宦官毒死质帝故事,影唐顺宗被宦官杀害。在王叔文集团中,刘禹锡最后死,他临死之前,用比喻的手法,揭露"宫掖事秘",为后人留下信史。

实事求是地说,王叔文集团虽未必"有变易储贰之秘谋",但对俱文珍等宦官操纵的"永贞内禅"强烈不满,是毫无疑问的。柳宗元撰《河间传》"诋宪宗",是事出有因的。苏轼写过一篇《刘禹锡文过不悛》的史评,谩骂刘"敢"以建桓立顺比喻宪宗,"以此知小人为奸,虽已败,犹不悛也"(《东坡先生全集》卷六五)。胡寅、刘定之、方鹏等谩骂柳宗元"至托讽淫妇人有始无卒者,以诋宪宗""深自文饰,上及君父,以成小人之过,则其免于大戮,已为深幸",都从反面反映出刘、柳文章的战斗性。胡寅等对柳宗元的谩骂,应予批判,而"诋宪宗"的观点,则可吸取;柳的《咏史》诗和《咏三良》诗,可作旁证。

《咏史》云:"燕有黄金台,远致望诸君。嗛嗛事强怨,三岁有奇勋。悠哉辟疆理,东海漫浮云。宁知世情异,嘉谷坐熇焚。致令委金石,谁顾蠢蠕群。风波欻潜构,遗恨意纷纭。岂不图善后,交私非所闻。为忠不内顾,晏子亦垂文。"此诗所咏史事为:燕昭王以乐毅为上将军伐齐,下齐七十余城。昭王死后,子惠王中了齐的反间计,召乐毅。乐毅畏诛,西降秦。何焯云:"此诗以燕惠王比宪宗。"(《义门读书记》卷三七《河东集下·咏史》)今案:《史记》卷八〇《乐毅列传》云:"惠王自为太子时尝不快于乐毅,及即位,齐之田单闻之,乃纵反间于燕……于是燕惠王固已疑乐毅,得齐反间,乃使骑劫代将,而召乐毅。"柳宗元以重用乐毅的燕昭王,比喻重用王叔文集团的唐顺宗;以"自为太子时尝不快于乐毅""固已疑乐毅"的燕惠王,比喻迫害王叔文集团的唐宪宗。此诗发泄出柳对宪宗的怨怼。

《咏三良》云:"束带值明后,顾盼流辉光。一心在陈力,鼎列夸四方。款款效忠信,恩义皎如霜。生时亮同体,死没宁分张?壮躯闭幽隧,猛志填黄肠。殉死礼所非,况乃用其良?霸基弊不振,晋楚更张皇。疾病命固乱,魏氏言有章。从邪陷厥父,吾欲讨彼狂。"此诗所咏史事为:秦穆公死,子康公以奄息、仲行、针虎"三良"殉葬。魏武子有嬖妾,命于其死后嫁之;临终,又命殉葬。子颗不从乱命。何焯云:"亦有指斥。"(《义门读书记·河东集下·咏史》)指斥谁?章士钊云:"诗以三良影二王。……宪宗八月庚子即皇帝位,越二日壬寅,即称父命杀二王,由子厚视之,此不啻魏武子之乱命。末云:'从邪陷厥父,吾欲讨彼狂',曰从邪,曰陷父,又曰彼狂,曰讨,语意何等严重?子厚在宪宗治下为臣,而对君申讨,斥之曰彼狂,此在子厚惟民至上,以民讨君,诚若行其所无事然。而独中唐之世,人心尚趋敦厚,无人妄兴文字狱,以取媚于上,宪宗复不如满洲雍乾二暴,专以戮辱士类为事,于是子厚恣行怨怼,居然得以容头过身而去。"(《柳文指要》下《通要之部》卷二)

在《咏史》《咏三良》二诗中,柳宗元以燕惠王、秦康公比唐宪宗,"对君申讨",与《河间传》中"托讽淫妇人有始无卒者,以诋宪宗",手法如一。小说中以"淫妇人"诋宪宗,不比诗歌中"斥之曰彼狂"严重。胡寅认为柳撰《河间传》"免于大戮"为"深幸",章士钊认为柳作《咏三良》诗

"居然得以容头过身而去",评价不谋而合。

综合以上,在李忠言一派失败,俱文珍一派胜利,"永贞内禅",王叔文集团遭受迫害的背景下,长期被贬的柳宗元,以诗文发泄怨怼,矛头所向,直指宪宗,《河间传》乃其一耳。

或曰:在中国封建社会中,柳宗元敢肆无忌惮地攻讦皇帝吗?请看苏轼《东坡先生全集》卷五六《尺牍·与江惇礼五首》之二:"向示《非国语》之论,鄙意素不然之,但未暇为书尔。所示甚善。柳子之学,大率以礼乐为虚器,以天人为不相知云云。虽多,皆此类耳。此所谓小人无忌惮者,君正之大善。至于《时令》《断刑》《贞符》《四维》之类皆非是,前书论之稍详。"柳宗元就是中国封建社会中一个"无忌惮"的进步思想家。他不仅"以礼乐为虚器,以天人为不相知",还在《与杨京兆凭书》中提出"圣人之道,不益于世用"的理论,又在《天爵论》中说:"仁义忠信,先儒名以为天爵,未之尽也。""善言天爵者,不必在道德忠信,明与志而已矣。""使仲尼之志之明可得而夺,则庸夫矣;授之于庸夫,则仲尼矣。"这些石破天惊的议论,使多少封建文人为之咋舌,目为异端!既然柳对天人、礼乐、仁义忠信的理解不同于流俗,而坚持革新、坚决反对宦官擅权与藩镇割据,则是他的"明与志",故能无忌惮地攻讦宪宗。

或者又曰:柳宗元既撰《咏史》《咏三良》《河间传》指斥宪宗,又撰《平淮夷雅》歌颂宪宗,何故?笔者认为,这不矛盾。宪宗扼杀革新,是坏事,故指斥之;平吴元济,是好事,故歌颂之。

2. 何焯看出《河间传》有影射,但认为影公主,未是。据《汉书》卷一四《诸侯王表》:"天子自有三河、东郡、颍川、南阳,自江陵以西至巴蜀,北自云中至陇西,与京师内史凡十五郡,公主、列侯颇邑其中。而藩国大者夸州兼郡,连城数十,宫室百官同制京师。"既然汉代食邑、置官者,不止公主,何焯所云,不足为据。值得注意的是,可以假托为"淫妇人"的"邑"很多,为什么柳宗元独选"河间"?而何焯却忽视了这个重要的线索。据《后汉书》卷七《孝桓帝纪》:"孝桓皇帝讳志……祖父河间孝王开。"卷五五《章帝八王传》:"梁太后诏追尊河间孝王为孝穆皇……皆置令、丞。"可见,柳宗元以"河间"影东汉河间孝王刘开之孙,即孝桓皇帝刘志,用东汉曹腾、梁冀"建桓"比俱文珍等立唐宪宗。刘禹锡深知柳宗元之意,故在《子刘子自传》中亦用"建桓"比"永贞内禅",与《河间传》遥相呼应。

屈原以"美人"比楚君(《九章·思美人》),柳宗元以"淫妇人""诋宪宗",手法相同,而何焯拘泥于女性,以为河间妇影公主,误矣。

平步青否定"河间"为和奸之陋说,是。光聪谐把《河间传》的"淫妇人"与"河间姹女工数钱之谣"这两件没有联系的事,扯在一起,不可取。

3. 前人批评《河间传》"秽杂""鄙亵""词太秽亵",是不理解柳宗元创作这篇小说的本意。"河间,淫妇人也",所以柳宗元要有这种描绘。范文澜先生说《河间传》"几乎类似《水浒传》描写潘巧云、潘金莲的事情"。(《中国通史简编》第三篇第七章第六节)此见甚卓。

世谓《金瓶梅》为"淫书",鲁迅说:"在当时,实亦时尚。"(《中国小说史略》第十九篇)我们也要从唐代风俗来理解《河间传》中的描绘。据《旧唐书》卷一八三《外戚传》:"薛怀义者……本姓冯,名小宝。……得幸于千金公主侍儿。公主知之,入宫言曰:'小宝有非常材用,可以近侍。'因得召见,恩遇日深。"同书卷七八《张行成传》:"行成族孙易之、昌宗。……太平公主荐易之弟昌宗入侍禁中,既而昌宗启天后曰:'臣兄易之器用过臣,兼工合炼。'即令召见,甚悦。……天后令选美少年为左右奉宸供奉,右补阙朱敬则谏曰:'……陛下内宠,已有薛怀义、张易之、昌宗,固应足矣。近闻尚舍奉御柳模自言子良宾洁白美须眉,左监门卫长史侯祥云阳道壮伟,过于薛怀义,专欲自进堪奉宸内供奉。……'"宫闱之内,朝廷之上,对此事尚且直言不讳,柳宗元在小说中描绘,更不值得大惊小怪了。与柳同时的白行简,还写过《天地阴阳交欢大乐赋》呢!

4. 爱护柳宗元的人，惋惜于《河间传》之"秽杂"，抬出《史记·吕不韦列传》和《汉书·游侠传》来为柳宗元解脱责任。如王楙等云"古人作文，要必有祖，虽秽杂之语，不可无所自也"，就是为柳辩护。因为，既然古已有之，《河间传》中的这种描绘也就不算过分了。但与其代柳宗元辩护，何如从他的作品中抹掉《河间传》呢？所以马位干脆说《河间传》"恐是后来文士伪作"。近人章士钊也说："《河间传》，赝作也。"（《柳文指要》上《体要之部》卷二九）但都没有交代出根据，不可信。

5. 陆以湉提出《河间传》是警戒妇女勿入佛寺的说法，不能成立。唐代佛寺不仅是佛教的庙宇，僧尼供佛、念经和居住的处所，也是群众文化娱乐的地方，并可借住。白居易《与元九书》云："自长安抵江西三四千里，凡乡校、佛寺、逆旅、行舟之中，往往有题仆诗者。"元稹《白氏长庆集序》云："二十年间，禁省、观寺、邮候墙壁之上无不书。"《莺莺传》云："蒲之东十余里，有僧舍曰普救寺，张生寓焉。适有崔氏孀妇，将归长安，路出于蒲，亦止兹寺。"诸如此类，不胜枚举。陆以湉不知，柳宗元不但不排斥佛教，而且想从佛学中寻求精神上的安慰。他被贬到永州，就住在佛寺内。他在《永州龙兴寺西轩记》中写道："至则无以为居，居龙兴寺西序之下。余知释氏之道且久，固所愿也。"他以龙女自喻，在《谪龙说》中描绘龙女从天上"坠地"，"遂入居佛寺讲室焉"。可见，《河间传》中描绘河间妇等入浮图祠观画、食鱼鳖，是当时社会生活的如实反映，无谴责佛教之意。陆以湉所云，纯属臆测。

6. "二王、刘、柳"四个核心人物，王伾、王叔文已死；刘禹锡寿长，晚年始得入朝，亦不久于其位；柳宗元谪居十四年而卒。戴埴所云"世谓以作《河间传》不入馆阁"，纯属误会。

《戎幕闲谈》嘲笑武元衡

《戎幕闲谈》(《说郛》卷七引)：

> 赞皇公曰：予昔为太原从事，睹公牒中文水县解牒，武士彠墓前有碑，元和中忽失龟头所在。碑上有"武"字凡十处，皆镌去之。其碑高大于华岳碑，且非人力拔削所及。不经半年，武相遇害。

早在宋朝，就有人指出，李德裕所谈，荒诞不可信，如赵明诚《金石录》卷二五《跋尾十五·伪周·周武士彠碑》云："右周武士彠碑。武后时，追尊士彠为无上孝明皇帝，命李峤为碑文，相王旦书石焉。《戎幕闲谈》载李德裕言：'昔为太原从事，见公牒中有文水县牒称，武士彠墓碑元和年忽失龟头所在，碑上有武字凡十一处，皆镌去之。碑高大，非人力所及。未几，武元衡遇害。'今此碑'武'字最多，皆刻画完好，无讹缺者。以此知小说所载事多荒诞不可信类如此。"(王明清《挥麈录余话》卷二将《戎幕闲谈》误为《刘公嘉话》。)

今案：不仅赵明诚所见之武士彠碑拓本，"武"字皆刻画完好，无讹缺者，证明李德裕所说，碑上"武"字皆镌去之，荒诞不可信；我们更可以从武元衡遇害，与李德裕为太原从事的时间先后，揭露李德裕所说，纯属捏造。

据《旧唐书·宪宗纪下》：

> (元和九年十月)丙午，金紫光禄大夫、中书侍郎、同平章事、集贤大学士、监修国史、上柱国、赵国公李吉甫卒。
>
> (十年六月)癸卯，镇州节度使王承宗遣盗夜伏于靖安坊，刺宰

相武元衡，死之。

（十一年正月）己巳，以中书侍郎、平章事张弘靖检校吏部尚书，兼太原尹、北都留守、河东节度使。

同书《李德裕传》：

元和初，以父再秉国钧，避嫌不仕台省，累辟诸府从事。十一年，张弘靖罢相，镇太原，辟为掌书记。

我们考查李吉甫逝世的年月，是为了说明从元和九年十月起，李德裕丁父忧，必须在元和十一年冬终制之后，才能出仕，他到太原做张弘靖幕僚，不可能早于元和十二年。这时武元衡遇害已一年半。李德裕说他为太原从事时，见文水县报告，武士矱碑失去龟头，碑上"武"字皆镌去，"不经半年"，武元衡遇害。李德裕颠倒了事件发生的时间，编造了武元衡注定该死的故事。

究其原因，李德裕对武元衡似无好感①，韦绚对武元衡有深仇大恨。（韦执谊是"永贞革新"领导人之一，而武元衡是坚决的反对者。）兹略举武元衡与二王八司马为敌之事实：

《顺宗实录》卷二："初，（王）叔文党数人贞元末已为御史在台。至（武）元衡为中丞，薄其人，待之卤莽，皆有所憾。"

《旧唐书·武元衡传》："宪宗即位，始册为皇太子，元衡赞引，因识之，及登极，复拜御史中丞。……元和二年正月，拜门下侍郎、平章事，赐金紫，兼判户部事……甚礼信之。"

同书《刘禹锡传》："初禹锡、宗元等八人……再贬，制有'逢恩不原'

---

① 参阅拙作《〈戎幕闲谈〉新探》。

之令。然执政惜其才,欲洗涤痕累,渐序而用之。……属武元衡在中书,谏官十余人论列,言不可复用而止。"

武元衡以坚决反对二王八司马而得到宪宗的"礼信"。元和十年六月武元衡为贼刺杀,柳宗元、刘禹锡在贬所闻讯,作诗伤之。前人评论甚多,今略举能够深刻抉发柳、刘诗心之评论如下:

柳宗元《古东门行》。何焯《义门读书记·河东集下》:"'赤丸夜语飞电光',赤丸,暗寓武氏。'魏王卧内藏兵符',言元衡既主用兵,又不能驱驾诸将,师老于外,变作于内,怀惭入地,深笑其智小谋大也。'子西掩袂真无辜','真无辜'言岂真无辜耶?'敌国舟中非所儗','非所儗'谓非平生排斥之人,忽出所备之外也。"章士钊《柳文指要·通要之部》卷一二:"全篇气象万千,只表吊叹而不及其他,独末一句略带阳秋,微欠庄重,不免为白璧之瑕尔。"

刘禹锡《代靖安佳人怨二首(并引)》。葛立方《韵语阳秋》卷三:"刘梦得有《代靖安佳人怨》诗云:'宝马鸣珂踏晓尘,鱼文匕首犯车茵。适来行哭里门外,昨夜华堂歌舞人。'又云:'秉烛朝天遂不回,路人弹指望高台。墙东便是伤心地,夜夜秋萤飞去来。'余考梦得为司马时,朝廷欲澡擢补郡,而元衡执政,乃格不行。梦得作诗伤之而托于靖安佳人,其伤之也,乃所以快之与?"

武元衡因主张讨伐逆臣吴元济而被贼杀害,是不应该嘲笑的。由于他坚决反对二王八司马,作为受害者的柳宗元、刘禹锡,免不了要发泄一下压抑已久的感情。韦执谊早已死于贬所,如尚苟全性命,一定与柳、刘有同感。作为韦执谊之子,幼小时心灵就受到摧残的韦绚,怎么能不仇恨武元衡呢?"宗元素不悦武元衡""禹锡甚怒武元衡"[①],诗起于怨,故在《古东门行》《代靖安佳人怨二首(并引)》中有所流露;韦绚对武

---

① 《旧唐书》卷一六〇《刘禹锡传》。

元衡的仇恨,就流露在《戎幕闲谈》中了。以武士护碑失去龟头,比喻武元衡被贼"批其颅骨怀去"①,是一个很尖刻的嘲笑。

附:柳宗元《河间传》

河间,淫妇人也,不欲言其姓,故以邑称。始妇人居戚里,有贤操。自未嫁,固已恶群戚之乱尨,羞与为类,独深居为箣制缕结。既嫁,不及其舅,独养姑,谨甚,未尝言门外事。又礼敬夫宾友之相与为肺腑者。

其族类丑行者谋曰:"若河间何?"其甚者曰:"必坏之。"乃谋以车众造门,邀之邀嬉,且美其辞曰:"自吾里有河间,戚里之人日夜为饬厉,一有小不善,惟恐闻焉。今欲更其故,以相效为礼节,愿朝夕望若仪状以自惕也。"河间固谢不欲。姑怒曰:"今人好辞来,以一接新妇来为得师,何拒之坚也?"辞曰:"闻妇人之道,以贞顺静专为礼。若夫矜车服,耀首饰,族出欢闹,以饮食观游,非妇人宜也。"姑强之,乃从之游。过市,或曰:市少南入浮图祠,有国工吴叟始图东南壁,甚怪。可使奚官先辟道乃入观。观已,延及客位,具食帷床之侧。闻男子咳者,河间惊,跣走出,召从者驰车归。泣数日,愈自闭,不与众戚通。戚里乃更来谢曰:"河间之遽也,犹以前故,得无罪吾属耶? 向之咳者,为膳奴耳。"曰:"数人笑于门,如是何耶?"群戚闻且退。

期年,乃敢复召,邀于姑,必致之,与偕行,遂入隰陁州西浮图两池间,叩槛出鱼鳖食之,河间为一笑,众乃欢。俄而,又引至食所,空无帷幕,廊庑廓然,河间乃肯入。先,壁群恶少于北牖下,降帘,使女子为秦声,倨坐观之。有顷,壁者出宿选貌美阴大者主河间,乃便抱持河间。河间号且泣,婢夹持之,或谕以利,或骂且笑之。河间窃顾视持己者甚

---

① 《旧唐书》卷一五八《武元衡传》。

美,左右为不善者已更得适意,鼻息咈然,意不能无动,力稍纵,主者幸一遂焉。因拥致之房,河间收泣甚适,自庆未始得也。至日仄,食具,其类呼之食。曰:"吾不食矣。"且暮,驾车相戒归,河间曰:"吾不归矣。必与是人俱死。"群戚反大闷,不得已,俱宿焉。夫骑来迎,莫得见,左右力制,明日乃肯归。持淫夫大泣,啮臂相与盟而后就车。

既归,不忍视其夫,闭目曰:"吾病甚。"与之百物,卒不食。饵以善药,挥去。心怦怦恒若危柱之弦。夫来,辄大骂,终不一开目,愈益恶之,夫不胜其忧。数日,乃曰:"吾病且死,非药饵能已,为吾召鬼解除之,然必以夜。"其夫自河间病,言如狂人,思所以悦其心,度无不为。时上恶夜祠甚,夫无所避。既张具,河间命邑人告其夫召鬼祝诅,上下吏讯验,笞杀之。将死,犹曰:"吾负夫人!吾负夫人!"河间大喜,不为服,辟门召所与淫者,倮逐为荒淫。

居一岁,所淫者衰,益厌,乃出之。召长安无赖男子,晨夜交于门,犹不慊。又为酒垆西南隅,已居楼上,微观之,凿小门,以女侍饵焉。凡来饮酒,大鼻者,少且壮,美颜色者,善为酒戏者,皆上与合。且合且窥,恐失一男子也,犹日呻呼憎憎以为不足。积十余年,病髓竭而死。自是虽戚里为邪行者,闻河间之名,则掩鼻蹙颈皆不欲道也。

柳先生曰:天下之士为修洁者,有如河间之始为妻妇者乎?天下之言朋友相慕望,有如河间与其夫之切密者乎?河间一自败于强暴,诚服其利,归敌其夫犹盗贼仇雠,不忍一视其面,卒计以杀之,无须臾之戚。则凡以情爱相恋结者,得不有邪利之猾其中耶?亦足知恩之难恃矣!朋友固如此,况君臣之际,尤可畏哉!余故私自列云。

《石鼎联句诗、序》新探

写作时间考

韩愈《石鼎联句序》明言"元和七年十二月四日",诗和序的写作时间,本来是没有问题的。陈沆《诗比兴笺》认为这个时间不足据,提出作于元和十三年之臆说,所以需要进行考辨。

陈寅恪说过唐代古文家以古文试作小说。今案:《毛颖传》与《石鼎联句诗、序》是古文家韩愈以古文试作小说的代表作品,两篇的写作时间不会相距很远。《毛颖传》作于元和五年十一月柳宗元《与杨诲之书》之前(《书》中有"足下所持韩生《毛颖传》来"语),是铁的事实。《石鼎联句诗、序》作于元和七年十二月,是合理的。

《石鼎联句诗、序》中提到侯喜和刘师服。韩愈有《和侯协律咏笋》诗,钱萼孙《韩昌黎诗系年集释》卷九系于《感春三首》之后,《题张十八所居》之前,即元和十一年三月后,五月前,此时侯喜已为协律郎。如韩《序》撰于元和十三年,就不会称侯喜为"校书郎"。又,韩《赠刘师服》诗自称"只今年才四十五",正元和七年,与韩《序》所云"师服在京"相合。(元和八年,韩愈有《送进士刘师服东归》《送刘师服》诗。)再,《旧唐书》卷十五《宪宗纪下》:元和十二年四月,"驸马都尉于季友居嫡母丧,与进士刘师服欢宴夜饮。……师服笞四十,配流连州"。如《石鼎联句》作于元和十三年,这时刘师服身在连州,与韩《序》所云

"师服在京"不合。总之,陈沆臆说不能成立,韩愈自己所说的写作时间无可怀疑。

作者考

《序》署名韩愈,无疑问。《诗》署名刘师服、侯喜、轩辕弥明联句,有无轩辕弥明其人,前人有不同看法:

1. 轩辕弥明实有其人

洪兴祖《韩子年谱》:"(元和七年)十二月,有《石鼎联句诗》,或云皆是退之所作,如《毛颖传》以文滑稽耳。轩辕寓公姓,弥明寓公名,侯喜、师服皆其弟子也。余曰:不然。公与诸子嘲戏,见于诗者多矣。皇甫湜不能诗,则曰'揣擿粪壤间';孟郊思苦,则曰'肠肚镇煎煼';樊宗师语涩,则曰'辞慳义卓阔',止于是矣,不应讥诮轻薄之如是甚也。且序云:'衡山道士轩辕弥明貌极丑,白须黑面,长颈而高结,喉中又作楚语,年九十余。'此岂亦退之自谓耶?……独《仙传拾遗》有弥明传,虽祖述退之之语,亦必有是人矣。"焦竑《焦氏笔乘》续集卷五《石鼎联句》:"退之《石鼎联句诗》有道士轩辕弥明,其语往往高古出群,或者谓即退之所撰,特驾言于弥明耳。今按:张南轩淳熙间守静江,奏疏有曰:臣所领州,有唐帝祠……祠虽不详所始,然有唐衡岳道士弥明诗刻,据此,则《石鼎联句》者,可谓无其人邪?"

2. 韩愈假托轩辕弥明[①]

朱熹《昌黎先生集考异》卷六:"又《年谱》云……今按此诗句法全类

[①] 韩愈为什么假托轩辕弥明?《五百家注昌黎文集》卷二一:"补注:吴安中云:《石鼎联句》皆退之作,如《毛颖传》以文滑稽耳。所谓弥明即愈,侯喜、师服,皆其弟子,故云。"又:"严曰……孙汉公云:皆退之之语,以其辞为剌讥,虑为人所訾,其传不久,故假以神其事也。"

韩公,而或者所谓寓公姓名者,盖'轩辕'反切近'韩'字,'弥'字之义又与'愈'字相类,即张籍所讥与人为无实驳杂之说者也。故窃意或者之言近是。洪氏所疑容貌声音之陋,乃故为幻语以资笑谑,又以乱其事实,使读者不之觉耳。若《列仙传》,则又好事者因此序而附着之,尤不足以为据也。"王元启《读韩记疑》:"按公祭侯喜文,有'我或为文,笔俾子持'之语,知篇中所谓'子为我书',及'把笔来,我与汝就之'云云,皆实事也。弥明为公自谓,益无疑矣。然篇中不言侯校书把笔,偏托之刘进士,则亦朱子所谓故乱其事实者也。"沈钦韩《韩集补注》卷二一《石鼎联句诗、序》:"《全唐诗》:桂州尧庙有开元二年弥明《谒尧庙》诗,自宋镌石。按:轩辕弥明,实出子虚,安得复有题诗,盖宣宗时罗浮山隐士轩辕集,讹以弥明当之耳。"陈沆《诗比兴笺》卷四:"弥明之诗,既若是之奇特,则生平所作必多,何不闻有他作传于世间?而唐人诗文中更未尝有称其人者耶?"

孝萱案:朱熹驳斥了洪兴祖,沈钦韩驳斥了焦竑。但辩论的双方都没有注意到《本事诗·征异第五》所引《轩辕弥明传》,今录全文于下:

韩吏部作《轩辕弥明传》,言尝与文友数人会宿,有老道士形貌瑰异,自通姓名求宿,言论甚奇。既及饮酒,众度其必不留情于诗,因联句咏垆中石罂,将己困之。其首唱曰:'妙匠琢山骨,刳中事调烹。'至弥明,自云不善俗书,书则人多不识。遣人执笔,吟曰:'龙头缩菌蠢,豕腹涨膨脝。'座客无不叹异。会人思竭,不能复续,弥明连足成之。有微吟者,其声凄苦,弥明咏中讥侮之,曰:'仍于蚯蚓窍,更作苍蝇声。'状罂之声,既已酷似,讥微吟者,亦复著题。皆大惊伏。须臾,倚壁而睡,鼻中大鼾,其声如雷。座人异且畏之,咸避就寝。既明失之,莫知所在。

将孟棨所摘录的《轩辕弥明传》与韩愈的《石鼎联句诗、序》对照,有许多明显的不同,如:

(1)《序》云刘师服、侯喜、轩辕弥明三人联句,韩愈不在座;而《传》云韩愈"尝与文友数人会宿",无文友姓名。

(2)《序》云轩辕弥明"旧与刘师服进士衡、湘中相识","夜抵其居宿";而《传》云老道士"自通姓名求宿",即素不相识者。

(3)《序》云轩辕弥明"貌极丑……";而《传》云:"老道士形貌瑰异。"

(4)《序》云"石鼎";而《传》云"石罂"。鼎是烹饪器,罂是容器。鼎三足,因以喻三公、宰辅重臣之位;罂大肚小口。

(5)《序》云轩辕弥明"指炉中石鼎",对侯喜说"能与我赋此乎";而《传》云"众度其(轩辕弥明)必不留情于诗,因联句咏垆中石罂,将已困之"。

(6)《序》无饮酒之事;而《传》云"既及饮酒"云云。

(7)轩辕弥明吟"龙头缩菌蠢,豕腹涨膨脝"二句。《序》云"诗旨有似讥(侯)喜,二子相顾渐骇";而《传》云"座客无不叹异"。

(8)《序》云"(侯)喜思益苦","声鸣益悲";而《传》云"有微吟者,其声凄苦,弥明咏中讥侮之,曰:'仍于蚯蚓窍,更作苍蝇声。'状罂之声,既已酷似,讥微吟者,亦复著题。皆大惊伏"。

至于《序》有而《传》无之内容,不一一列举(《传》系孟棨所摘录,非原文。原文当较详)。从上面指出的《序》《传》不同判断,似非出于一手,当系中、晚唐文人依据《石鼎联句诗、序》改写为《轩辕弥明传》,其时间在光启二年《本事诗》成书之前。

《仙传拾遗》是五代杜光庭撰,原书已佚。今将《太平广记》卷五五《轩辕弥明》引文,与韩愈《石鼎联句序》比较研究,列表对照其主要异同如下:

《石鼎联句序》	《仙传拾遗·轩辕弥明》
	不知何许人
	人莫知其寿
即又唱出四十字,为八句。	（刘师服）即赋两句以授喜曰:"大若烈士胆,圆如戴马缨。"喜又成两句曰:"在冷足自安,遭焚意弥贞。"弥明又令师服书曰:"秋瓜未落蒂,冻芋强抽萌。"师服又吟曰:"磨砻去圭角,浮润著光精。" （侯喜）曰:"旁有双耳穿,上为孤髻撑。"吟竟,弥明曰:"时于蚯蚓窍,微作苍蝇声。" （轩辕弥明）即又连唱曰:"何当出灰炱……此物方施行。"
（轩辕弥明）谓二子曰:"章不已就乎?"二子齐应曰:"就矣。"	
尝闻有隐君子弥明,岂其人耶？韩愈序。	愈曰:"余闻有隐君子弥明,岂其人耶？"遂为《石鼎联句序》,行于代焉。

孝萱案:对照之下,《仙传拾遗》对《石鼎联句序》,既有省略,也有增添。从增添的内容看:(1)"(韩愈)遂为《石鼎联句序》,行于代焉"两句,是杜光庭交代他写这篇传记的依据。(2)杜光庭据《石鼎联句序》,补充了《石鼎联句序》所省略的诗句,不是新东西。(3)从"不知何许人""人莫知其寿"两句,暴露出杜光庭除承袭韩愈《石鼎联句诗、序》外,对传主

生平，毫无所知。

综合以上，《轩辕弥明传》是中、晚唐文人据《石鼎联句诗、序》改写，托名韩愈所作。《仙传拾遗·轩辕弥明》是五代道士杜光庭承袭《石鼎联句诗、序》而写的宗教宣传品，无新资料，无史料价值。

讥刺谁？

1. 讥刺李吉甫

方世举《韩昌黎诗集编年笺注》卷八《石鼎联句（并序）》："按此借石鼎以喻折足覆𫗧之义，刺时相也。篇中点睛是'鼎鼐''水火'四字。序言元和七年，时李吉甫同平章事。史称吉甫与李绛数争论于上前，故曰：'谬当鼎鼐间，妄使水火争。'上每直绛，吉甫至中书，长吁而已。故曰：'直柄未当权，塞口且吞声。'吉甫又与枢密使梁守谦相结。故曰：'一块元气闭，细泉幽窦倾。'吉甫自为相，专修旧怨。故曰：'方当洪炉然，益见小器盈。'又时劝上为乐，李绛争之，上直绛而薄吉甫。又劝上峻刑，会上以于頔亦劝峻刑，指为奸臣，吉甫失色。故曰：'以兹翻溢愆，实负任使诚。'吉甫恶兵部尚书裴垍，以为太子宾客，欲自托于吐突承璀，以元义方素媚承璀，擢为京兆尹。故曰：'宁依暖热弊，不与寒凉并。'所奏请者，不过减削官俸，择人尚主。故曰：'区区徒自效，琐琐不足呈。'篇中言言合于吉甫的，为李吉甫作。朱子云：托言弥明，而丑其形貌，以资笑噱，使人不觉也。"①

孝萱案：《易·鼎》："鼎折足，覆公𫗧。"古以比喻大臣力薄，如委以重任，必至败坏国事。如《后汉书》卷五七《谢弼传》：曾上封事曰："今之

---

① 《石鼎联句诗》是韩愈一人作？还是韩愈、侯喜、刘师服三人作？众说纷纭。陈沆《诗比兴笺》卷四："意者侯、刘二人，先有《石鼎》诗，公乃取其未用之韵，别成此章，谬托联句，与相错杂，以自掩其迹耶？"

四公,唯司空刘宠断守善,余皆素餐致寇之人,必有折足覆𫗧之凶。"李贤等注:"𫗧,鼎实也。折足覆𫗧,言不胜其任。"唐代沿用之,如李肇《唐国史补》卷上:"鱼朝恩于国子监高座讲易,尽言《鼎》卦,以挫元(载)、王(缙)。"即是一例。方世举认为韩愈"借石鼎以喻折足覆𫗧之义,刺时相也",是可以成立的。

据《新唐书》卷六二《宰相表中》:"(元和六年)正月庚申,李吉甫为中书侍郎,同中书门下平章事。""十一月己丑,户部侍郎李绛为中书侍郎,同中书门下平章事。"元和七年十二月韩愈作《石鼎联句诗·序》时,李吉甫正为宰相。据《旧唐书》卷一六四《李绛传》:李吉甫"便僻",李绛"梗直",二相不协,每有争论,"人多直绛"。(刘禹锡《唐故相国李公集纪》:"其在翰苑,及登台庭,亟言大事,诚贯理直,感通神祇。龙鳞收怒,天日回照,古所谓一言兴邦者,信哉!"充分肯定李绛的政治表现。)可见,韩愈讥刺李绛的对立面——李吉甫,是正义的。又,据王定保《唐摭言》卷七《知己》:"贞元中,李元宾、韩愈、李绛、崔群同年进士。先是四君子定交久矣……"与李绛同年、友谊深厚的韩愈,厌恶李吉甫,是符合世情的。还有一件事使韩愈对李吉甫不满。《唐摭言》卷七《升沉后进》:"奇章公始举进士,致琴书于灞浐间,先以所业谒韩文公、皇甫员外。……公因谋所居,二公沉默良久,曰:'可于客户坊税一庙院。'公如所教,造门致谢。二公复诲之曰:'某日可游青龙寺,薄暮而归。'二公其日联镳至彼,因大署其门曰:'韩愈、皇甫湜同谒几官先辈不遇。'翌日,辇毂名士咸往观焉。奇章之名,由是赫然矣。"这位受到韩愈赏识的寒士牛僧孺初入仕途,就遭到李吉甫的打击。据《旧唐书》卷一七六《李宗闵传》:"应制之岁,李吉甫为宰相当国,宗闵、僧孺对策,指切时政之失,言甚鲠直,无所回避。……吉甫泣诉于上前,宪宗不获已……僧孺、宗闵亦久之不调,随牒诸侯府。"韩愈对牛僧孺同情而对李吉甫不满,是必然的。这也是促使韩愈写《石鼎联句诗·序》讥刺李吉甫的因素之一。

陈沆认为李吉甫"不致如（韩愈）所诋之甚"，这是不能成立的。在韩愈写《石鼎联句诗·序》之前，元和四年白居易所写的《新乐府》中，有一首《天可度》，小序云："恶诈人也。""诈人"是谁？陈寅恪考证为李吉甫（见《元白诗笺证稿》第五章）。《旧唐书》卷一七一《张仲方传》载《驳赠司徒李吉甫谥议》，批评李吉甫"惜乎通敏资性，便媚便容。故载践枢衡，叠致台衮，大权在己，沉谋罕成，好恶徇情，轻诺寡信。谄泪在脸，遇便则流；巧言如簧，应机必发"。如无一定的事实根据，张仲方不敢公开向朝廷这样说。又，史官蒋偕所编《李相国论事集》中，颇多揭发李吉甫不善。（刘禹锡评："今考其文，至论事疏，感人肺肝，毛发皆耸。呜呼，其盛唐之遗直欤！"）再，《旧唐书》卷一八上，武宗时，李吉甫子李德裕，利用宰相职权，"改修《宪宗实录》所载吉甫不善之迹"，"朝野非之"，"搢绅谤议"。《唐大诏令集》卷五八《大臣·宰相·贬降下·李德裕崖州司户制》："恭惟《元和实录》，乃不刊之书。擅敢改张，罔有畏忌，夺他人之懿绩，为私门之令猷。"窜改实录是李德裕"移投荒服"的罪状之一。李吉甫生前、死后的社会舆论都不佳，韩愈写《石鼎联句诗·序》讥刺李吉甫，不是偏见。

2. 讥刺李逢吉、皇甫镈、程异

陆以湉《冷庐杂识》卷三《石鼎联句诗》："韩昌黎《石鼎联句诗》……独斥时相之说，似为得之。当公奏讨淮西之事，执政不喜，及为潮州刺史，宪宗将复用之，又为宰相所沮，诋为狂疏。方是时，李逢吉、皇甫镈、程异之徒，以褊小之才，膺鼎鼐之任，罔克同心辅治，而惟以媢忌为事，公于是托为此诗以讥之，其云：'谬当鼎鼐间，妄使水火争。''方当洪炉然，羞见小器盈。''愿君莫嘲诮，此物方施行。'语意显然可见。特恐为人所訾，故托之弥明以传，其所为序，皆假设之辞，非果有其人也。"

孝萱案：李逢吉拜相，在韩愈写《石鼎联句诗·序》之后，请看《新唐书·宰相表中》：

元和十年六月"乙丑,御史中丞裴度为中书侍郎、同中书门下平章事"。

十一年"二月乙巳,中书舍人李逢吉为门下侍郎,同中书门下平章事"。

十二年"七月丙辰,度守门下侍郎、同平章事、彰义节度、淮西宣慰处置使"。"九月丁未,逢吉罢为剑南东川节度使。"

韩愈于元和七年十二月写的《石鼎联句诗·序》,怎能预言元和十、十一、十二年裴度与李逢吉在讨伐淮西问题上的主张不同,而且元和十二年侯喜已为协律郎,韩愈怎会仍称其旧官衔校书郎呢?除淮西一事外,裴度与李逢吉,无其他争论,而联句中却无用兵的内容,与裴、李生平不合。诗的结句是"愿君莫嘲诮,此物方施行"。而裴、李之争,以李逢吉失败罢相告终。故讥刺李逢吉之说不能成立。

3. 讥刺皇甫镈、程异

陈沆《诗比兴笺》卷四《韩愈诗笺·石鼎诗》:"夫鼎象三公,玉铉金质,今而石之,刺何待问!然则刺何人乎?曰:昌黎恐过激贾祸,故原序务为庾遁,则其所谓元和七年十二月,亦不足据也。元和七年,宰相为李吉甫,虽好修旧怨,希旨树党,不及李绛之忠鲠,然才略明练,尚有裨益,不致如所诋之甚。即诗以考之,其元和十三年宪宗以皇甫镈、程异同平章时所作乎?史言淮西既平,上浸骄侈,镈、异掌度支,数进羡余,由是有宠,又厚结吐突承璀,遂拜相,制下,朝野惊愕,市井负贩皆嗤之,裴度、崔群极言其不可,度耻与小人同列,力辞位求退,上不许。二人自知不为众所与,镈益为巧谄以自固,异月余不敢知印秉笔云云。以史证诗,则篇中所刺,字字无虚设矣。章末'瑚琏'、'俎豆',以比裴度、李绛之流。'磨砻'、'浸润',谓宪宗欲拂拭而用之也。'愿君莫嘲诮,此物方施行',乃结明本意也。"

孝萱案:《新唐书·宰相表中》:"(元和十三年)九月甲辰,户部侍郎、判度支皇甫镈,工部侍郎、诸道盐铁转运使程异,并同中书门下平章事,判使各如故。"二人拜相距离韩愈写《石鼎联句诗、序》的时间更远。陈沆只有改变韩愈的写《序》时间,以自圆其说。他不知十三年九月皇甫镈、程异拜相时,刘师服在连州,怎么可能在长安与侯喜联句呢?

据《旧唐书》卷一七○《裴度传》:"度延英面论曰:'程异、皇甫镈,钱谷吏耳,非代天理物之器也。陛下徇耳目之欲,拔置相位,天下人腾口掉舌,以为不可,于陛下无益。愿徐思其宜。'帝不省纳,度三上疏论之,请罢己相位,上都不省。"可见,裴度反对宪宗任命"钱谷吏"皇甫镈、程异为宰相,与宪宗有争论,而不是与皇甫镈、程异在政事上发生争论,与《石鼎联句诗》不合。讥刺皇甫镈、程异之说,不能成立。

又据裴度《寄李翱书》:"昌黎韩愈……近或闻诸侪类云,恃其绝足,往往奔放。不以文立制,而以文为戏,可矣乎?可矣乎?今之作者,不及则已,及之者,当大为防焉耳。"如果说《石鼎联句诗、序》是韩愈讥刺李逢吉、皇甫镈、程异之徒而作,也就是支持裴度而作,他怎能用裴度所反对的'以文为戏'来支持裴度呢?陆以湉、陈沆对唐史太不熟悉了。

附:韩愈《石鼎联句诗、序》

元和七年十二月四日,衡山道士轩辕弥明自衡下来,旧与刘师服进士衡、湘中相识,将过太白,知师服在京,夜抵其居宿。有校书郎侯喜,新有能诗声,夜与刘说诗,弥明在其侧,貌极丑,白须黑面,长颈而高结喉,中又作楚语,喜视之若无人。弥明忽轩衣张眉指炉中石鼎谓喜曰:"子云能诗,能与我赋此乎?"刘往见衡、湘间人说云年九十余矣,解捕逐鬼物,拘囚蛟螭虎豹,不知其实能否也。见其老,颇貌敬之,不知其有文也。闻此说大喜,即援笔题其首两句,次传于喜,喜踊跃即缀其下云云。道士哑然笑曰:"子诗如是而已乎!"即袖手竦肩倚北墙坐,谓刘曰:"吾不解世俗书，子为我书！"因高吟曰："龙头缩菌蠢，豕腹涨膨脖。"初不似经意，诗旨有似讥喜，二子相顾惭骇。欲以多穷之，即又为而传之喜，喜思益苦，务欲压道士，每营度欲出口吻，声鸣益悲，操笔欲书，将下复止，竟亦不能奇也。毕，即传道士，道士高踞大唱曰："刘把笔，吾诗云云。"其不用意而功益奇，不可附说，语皆侵刘、侯。喜益忌之。刘与侯皆已赋十余韵，弥明应之如响，皆颖脱含讥讽。夜尽三更，二子思竭不能续，因起谢曰："尊师非世人也，某伏矣，愿为弟子，不敢更论诗。"道士奋曰："不然，章不可以不成也。"又谓刘曰："把笔来，吾与汝就之！"即又唱出四十字，为八句。书讫，使读。读毕，谓二子曰："章不已就乎？"二子齐应曰："就矣。"道士曰："此皆不足与语，此宁为文邪？吾就子所能而作耳，非吾之所学于师而能者也，吾所能者子皆不足以闻也，独文乎哉？吾语亦不当闻也，吾闭口矣。"二子大惧，皆起立床下，拜曰："不敢他有问也，愿闻一言而已。先生称吾不解人间书，敢问解何书？请闻此而已。"道士寂然若无闻也，累问不应，二子不自得，即退就座。道士倚墙睡，鼻息如雷鸣，二子怛然失色不敢喘。斯须，曙鼓动冬冬。二子亦困，遂坐睡。及觉，日已上，惊顾觅道士不见。即问童奴，奴曰："天且明，道士起，出门，若将便旋然，奴怪久不返，即出到门觅，无有也。"二子惊惋自责，若有失者。间遂诣余言，余不能识其何道士也。尝闻有隐君子弥明，岂其人耶？韩愈序。

巧匠斫山骨，刳中事煎烹（师服）。直柄未当权，塞口且吞声（喜）。龙头缩菌蠢，豕腹涨膨脖（弥明）。外苞乾藓文，中有暗浪惊（师服）。在冷足自安，遭焚意弥贞（喜）。谬当鼎鼐间，妄使水火争（弥明）。大似烈士胆，圆如战马缨（师服）。上比香炉尖，下与镜面平（喜）。秋瓜未落蒂，冻芋强抽萌（弥明）。一块元气闭，细泉幽窦倾（师服）。不值输写处，焉知怀抱清（喜）？方当洪炉然，益见小器盈（弥明）。睆睆无刃迹，团团类天成(师服)。遥疑龟负图,出曝晓正晴(喜)。旁有双耳穿,上为孤髻撑(弥明)。或讶短尾铫,又似无足铛(师服)。可惜寒食球,掷此傍路坑(喜)。何当出灰炱？无计离瓶罂(弥明)。陋质荷斟酌,狭中愧提擎(师服)。岂能煮仙药,但未污羊羹(喜)。形模妇女笑,度量儿童轻(弥明)。徒示坚重性,不过升合盛(帅服)。傍似废毂仰,侧见折轴横(喜)。时于蚯蚓窍,微作苍蝇鸣(弥明)。以兹翻溢愆,实负任使诚(师服)。常居顾昒地,敢有漏泄情(喜)？宁依暖热弊,不与寒凉并(弥明)。区区徒自效,琐琐不足呈(喜)。回旋但兀兀,开阖惟铿铿(师服)。全胜瑚琏贵,空有口传名。岂比俎豆古,不为手所撜。磨砻去圭角,浸润著光精。愿君莫嘲诮,此物方施行(四韵并弥明所作)。

《喷玉泉幽魂》新探

"甘露之变"前的反宦官斗争

中晚唐宦官操持军政大权,甚至废立皇帝也取决于他们。关心国家前途的志士,忧虑自身命运的皇帝,想改变这种局面。文宗朝发生了三次翦除宦官的斗争:

(1)大和二年,文宗亲试贤良方正、能直言极谏科举人,刘蕡在对策中,呼吁"揭国权以归其相,持兵柄以归其将","制(宦官)侵凌迫胁之心,复门户扫除之役"。(详见《旧唐书》卷一九〇下《文苑传下·刘蕡》。)

(2)大和五年,宋申锡奉文宗密诏,先除宦官头子王守澄的凶恶走狗郑注。(参阅拙作《唐宋申锡冤案研究》。)

(3)虽然连接出现了刘蕡、宋申锡两次悲剧,文宗翦除宦官之志不衰,他终于在"流人"中发现了"天下奇才"李训,共图全部歼灭宦官恶势力,并已取得阶段性的战果,在企图一举全歼宦官的战斗中,功败垂成,造成第三次更惨的悲剧,这就是著名的"甘露之变"。

下面简单介绍"甘露之变"的情况,重点考论这次事变在文学作品中的反映。

"甘露之变"始末

(一)李训先除"元和逆党"

李训通过郑注、王守澄,得见文宗。《旧唐书·李训传》云:"文宗性守正嫉恶,以宦者权宠太过,继为祸胎,元和末弑逆之徒尚在左右……思欲芟落本根,以雪雠耻,九重深处,难与将相明言。前与侍讲宋申锡谋,谋之不臧,几成反噬,自是巷伯尤横。因郑注得幸守澄,俾之援训,冀黄门之不疑也。"君臣二人都是利用郑注、王守澄这一微妙关系,用心良苦。

《新唐书·李训传》云:"(文宗)顾在位臣持禄取安,无伏节死难者。"文宗从"流人"中选择李训为国子《周易》博士、翰林侍讲学士,"帝外托讲劝",作为君臣密谋的掩护。"帝犹虑宦人猜忌,乃疏《易》五义示群臣,有能异训意者赏,欲天下知以师臣待训。"可见当时翦除宦官恶势力之不易与文宗之小心谨慎。

李训之进用,由于王守澄,他了解宦官中分派,争斗剧烈。他先除王守澄的对立面,故进行顺利。大和九年六月,出左神策中尉韦元素、枢密使杨承和与王践言为监军。八月,诏以杨承和可驩州安置,韦元素可象州安置,王践言可恩州安置,寻赐死。崔潭峻虽已卒,剖棺鞭尸。九月,召陈弘志,至青泥驿,封杖杀之。夺王守澄之权,以虚名尊之。十月,赐鸩杀之。召王守涓,至中牟,诛之。"于是元和之逆党略尽矣。"①李训得到文宗的信任,起"流人",一岁至宰相。

(二)李训与宦官决斗

在除宦官斗争取得阶段性成果之后,李训的下一步计划是全歼中

---

① 《资治通鉴》卷二四五《唐纪六一》。

尉以下的宦官。为此，李训进行了两方面的准备：一方面扫除障碍，先后罢免了李德裕、路隋、李宗闵三个宰相，贬逐二李之党；一方面积聚力量，擢贾餗、舒元舆为宰相，郑注为凤翔节度使，李孝本权知御史中丞，郭行余为邠宁节度使，王璠为河东节度使，罗立言权知京兆府事，韩约为左金吾卫大将军。

大和九年十一月壬戌早朝时，韩约奏报左金吾厅事后石榴树上夜降甘露，李训、舒元舆请文宗亲往一观，文宗命仇士良等宦官先去察看，仇士良发现有武装士兵埋伏于幕后，急退出，劫持文宗入宫，派遣神策军，逢人便杀，杀死两省及金吾吏卒六百余人、诸司吏卒及民酤贩者一千余人，"横尸流血，狼藉涂地，诸司印及图籍、帷幕、器皿俱尽"。李训自杀，舒元舆、王涯、贾餗、王璠、郭行余、罗立言、李孝本等被腰斩，"亲属无问亲疏皆死，孩稚无遗，妻女不死者没为官婢"①。史称"甘露之变"。李训本想一举歼灭宦官，失败后反遭宦官的大屠杀。这个计划是得到文宗同意的。《新唐书·李训传》云："(宦官)扶辇决罘罳下殿趋，训攀辇曰：'陛下不可去！'士良曰：'李训反！'帝曰：'训不反。'"《资治通鉴》卷二四五云："士良等知上豫其谋，怨愤，出不逊语，上惭惧不复言。"可以为证。

《新唐书·刘蕡传》云："帝恭俭求治，志除凶人，然懦而不睿，臣下畏祸不敢言，故蕡对极陈晋襄公杀阳处父以戒帝，又引阍杀吴子，阴赞帝决。帝后与宋申锡谋诛守澄不克，守澄废帝弟漳王而斥申锡，帝依违其间，不敢主也。贾餗与王涯、李训、舒元舆位宰相，以谋败，皆为中官夷其宗，而宦者益横，帝以忧崩。"为文宗八年内三次除宦官作了小结。

---

① 《资治通鉴》卷二四五《唐纪六一》。

"甘露之变"后政界的态度

下面列举受李训礼遇的"旧臣"、与李训有交情的藩镇、反对李训的官僚、新上台的宰相四类人物在"甘露之变"后的表现：

1. 令狐楚、裴度

据《新唐书·舒元舆传》，李训、舒元舆拜相后，"加礼旧臣"，"先时，裴度、令狐楚、郑覃皆为当路所轧，致闲处，至是悉还高秩"。令狐楚、裴度这两个受到李训礼遇的"旧臣"，在"甘露之变"后表现如何呢？

令狐楚 《旧唐书·令狐楚传》云："李训兆乱，京师大扰。训乱之夜，文宗召右仆射郑覃与楚宿于禁中，商量制敕，上皆欲用为宰相。楚以王涯、贾餗冤死，叙其罪状浮泛，仇士良等不悦，故辅弼之命移于李石。"《新唐书·令狐楚传》云："会李训乱，将相皆系神策军。文宗夜召楚与郑覃入禁中，楚建言：'外有三司御史，不则大臣杂治，内仗非宰相系所也。'上颔之。"而刘禹锡《唐故相国赠司空令狐公集纪》云："大和九年冬十一月，京师有急兵起，上方御正殿，即日还宫。是夕，召公决事禁中，以见事傅古义为对。其词谠切，无所顾望。上心嘉之。"对照之下，有值得注意的几点：其一，史书说"李训兆乱"，刘文曰"京师有急兵起"，不同的语言，反映出不同的政治立场，刘禹锡不认为李训是"兆乱"，表现出他同情李训翦除宦官。其二，从《新唐书》所摘录的"楚建言"，看出令狐楚不满于宦官擅权，将"将相皆系神策军"。刘文以"无所顾望"高度评价令狐楚之"建言"，以"上心嘉之"表明文宗赞成令狐楚的"谠切"之词，也就是暗示后人：李训奉文宗之命除阉。

裴度 《旧唐书·裴度传》云："（大和九年）十一月，诛李训、王涯、贾餗、舒元舆等四宰相，其亲属门人从坐者数十百人，下狱讯勋，欲加流窜，度上疏理之，全活者数十家。"

2. 刘从谏

据《新唐书·仇士良传》,"泽潞刘从谏本与训约诛郑注",可见刘从谏与李训非泛泛之交,他在"甘露之变"后表现如何呢?

《旧唐书·刘悟传(附子从谏)》云:"(刘从谏)四上章请涯等罪名,仇士良辈深惮之。是时中官颇横,天子不能制,朝臣日忧陷族,赖从谏论列而郑覃、李石方能粗秉朝政。"今案:李商隐《重有感》云:"玉帐牙旗得上游,安危须共主君忧。窦融表已来关右,陶侃军宜次石头。岂有蛟龙愁失水,更无鹰隼与高秋。昼号夜哭兼幽显,早晚星关雪涕收。"陆鸣皋、冯浩、张采田等皆谓此诗专为刘从谏发。冯浩《玉溪生诗集笺注》云:"三四言既遣人奉表,宜即来诛仇士良辈也。""五句痛其(文宗)受制。六句谓从谏外更无人矣。"张采田《玉溪生年谱会笺》云:"义山持论,忠愤郁盘,实有不同于众论者,乃纪晓岚撰《四库提要》,于此诗犹复肆意讥诃,何欤?"(《四库全书总目·集部·别集类四》云:"又《重有感》一首……竟以称兵犯阙望刘从谏,汉十常侍之已事,独未闻乎!"纪昀将除阉斥为"犯阙",混淆了是非。)

3. 权璩

据《新唐书·权德舆传(附璩)》:"璩与舍人高元裕、给事中郑肃、韩佽等连章劾训倾覆阴巧,且乱国,不宜出入禁中。不听。……贬阆州刺史。文宗怜其母病,徙郑州。"作为李训反对者的权璩,在"甘露之变"后表现如何呢?

邵博《邵氏闻见后录》卷一五云:"李义山《樊南四六集》载《为郑州天水公言甘露事表》云:'宰臣王涯等,或久服显荣,或超蒙委任,徒思改作,未可与权,敷奏之时,已彰虚伪,伏藏之际,又涉震惊'云云。当北司愤怒不平,至诬杀宰相,势犹未已,文宗但为涯等流涕而不敢辩。义山之表谓'徒思改作,未可与权',独明其无反状,亦难矣。"今案:尚未见有人考出"郑州天水公"之姓名。据《旧唐书·文宗纪下》:"(大和九年八月)甲午,贬中书舍人权璩为郑州刺史。"权璩是权德舆子,天水略阳人,见韩愈《唐故相权公墓碑》、两《唐书·权德舆传》。李商隐《为郑州天水公言甘露事表》必是代郑州刺史权璩作无疑。权璩曾反对过李训,但不落井下石,不诬罔李训除宦官为反逆。

4. 李石

李石与李训无恩怨。"甘露之变"后拜相的李石,表现如何呢?

《旧唐书·李石传》云:"李训之乱,人情危迫,天子起石于常僚之中,付以衡柄。石以身徇国,不顾患难,振举朝纲,国威再振。而中官仇士良切齿恶之,而伏戎加害。天子深知其故,畏逼而不能理,乃至罢免。及石赴镇,赐宴之仪并阙,人士伤之,耻君子之道消也。"而《唐语林》卷六引《刘公嘉话》云:"李司徒程善谑……又因与堂弟居守相石投盘饮酒,居守误收头子,纠者罚之,司徒曰:'汝向忙闹时,把堂印将去,又何辞焉?'饮家谓重四为堂印,盖讥居守大和九年冬朝廷有事之际而登庸也。又与石话服食云:'汝服钟乳否?'曰:'近服,甚觉得力。'司徒曰:'吾一不得乳力。'盖讥其作相日无急难之效也。"今案:刘文云"朝廷有事",不云李训作乱,再次表现出刘禹锡对李训翦除宦官之同情。史书歌颂李石"振举朝纲"以致仇士良"伏戎加害",而李程讥刺李石于"甘露之变"后"登庸","无急难之效",评价不同。当时文宗不过苟全性命,宰相怎能有所作为,不必苛责。

诗人对"甘露之变"的态度

"从古未有"的"甘露之变",不可能不在当时人的诗歌中毫无反映。白居易之诗,代表"明哲保身"一派;李商隐之诗,代表"感愤激烈"一派;杜牧之诗,代表谴责李训一派。分述如下:

1. 白居易

白居易《九年十一月二十一日感事而作(其日独游香山寺)》云："祸福茫茫不可期,大都早退似先知。当君白首同归日,是我青山独往时。顾索素琴应不暇,忆牵黄犬定难追。麒麟作脯龙为醢,何似泥中曳尾龟?"前人对此诗理解不一,以瞿佑、汪立名之说为得。瞿氏《归田诗话》卷上云："乐天晚年,优游香山、绿野,近乎明哲保身者。甘露之祸,王涯、贾𫗧、舒元舆辈皆预焉。乐天有诗云:'当君白首同归日,是我青山独往时。'或谓乐天幸之,非也。乐天岂幸人之祸者哉,盖悲之也。"汪氏注云："大和九年甘露事,李训、郑注、舒元舆、王涯、贾𫗧皆被害。味诗中'同归'句,本就事而言,不专指王涯也。公自苏州召还,秩位渐崇,见机引退,宦官之祸,固早计及者,何致追憾王涯!况公之迁谪,本由宦官恶之,附宦官者成之,岂反以中人诛夷士大夫为快?幸祸之说,盖出于章子厚,谚所谓以小人心度君子腹耳。"(一隅草堂刊《白香山诗集》)瞿氏看出白居易"明哲保身",汪氏认为白居易"早计及"宦官之祸,符合白居易晚年思想实际。

2. 李商隐

李商隐《有感二首(乙卯年有感,丙辰年诗成)》云："九服归元化,三灵叶睿图。如何本初辈,自取屈氂诛?有甚当车泣,因势下殿趋。何成奏云物?直是灭萑苻。证逮符书密,辞连性命俱。竟缘尊汉相,不早辨胡雏。鬼箓分朝部,军烽照上都。敢云堪恸哭,未必怨洪炉!""丹陛犹敷奏,彤庭欸战争。临危对卢植(自注:是晚独召故相彭阳公入),始悔用庞萌。御仗收前队,兵徒剧背城。苍黄五色棒,掩遏一阳生。古有清君侧,今非乏老成。素心虽未易,此举太无名。谁瞑衔冤目,宁吞欲绝声?近闻开寿宴,不废用《咸英》。"此诗笺者评者甚多,以钱龙惕、张采田之说为要。钱氏《玉溪生诗笺》云："义山诗……极言训等之冤,未尝甚其罪也。其感愤激烈,恨当事之无人,有不同于众人之言者。"张氏

《玉溪生年谱会笺》云:"二诗怨愤之中,下语皆有分寸。为帝危,为王涯诸人痛,腐心群竖,切齿二凶,无可奈何,然后归之于天,钱夕公所谓'感愤激烈,不同众论者',真诗史也。'近闻开寿宴,不废用《咸英》',盖深幸帝位之未移耳。"今案:钱龙惕认为李商隐"极言训等之冤",而张采田认为李商隐"切齿二凶",有所不同。

3. 杜牧

杜牧《李甘诗》略云:"大和八九年,训、注极虓虎。……其冬二凶败,涣汗开汤罟。"《李给事二首》略云:"纷纭白昼惊千古,铁镟朱殷几一空。"均涉及"甘露之变",表示否定态度。葛立方《韵语阳秋》卷九对此有解释:"盖当是时,仇士良窃国柄,势焰薰灼,士大夫于议论之间,不敢以训、注为是,以贾杀身之祸,故牧之之诗如此。"

记载"甘露之变"的野史

《乙卯记》 《新唐书·艺文志二·乙部史录·杂史类》云:"李潜用《乙卯记》一卷:李训、郑注事。"《通志·艺文略三·史类·杂史》云:"李潜用撰。记大和乙卯岁李训等甘露事。"《直斋书录解题·杂史类》云:"《乙卯记》一卷:唐布衣李潜用撰。末又有吴郡李寔者,述训、注本谋附益之。乙卯者,大和九年也。"

《大和摧凶记》《大和野史》 《新唐书》云:"《大和摧凶记》一卷。""公沙仲穆《大和野史》十卷:起大和,尽龙纪。"《通志》云:"《大和摧凶记》一卷:记大和甘露事诛郑注等,作十八传。"《直斋书录解题》云:"《大和野史》三卷:不著名氏。但称大中戊辰陈郡袁涛序。自郑注而下十七人,本共为一轴,涛分之为三卷。""《大和摧凶记》一卷:文与上同,而不分卷,岂其初本耶?"

《野史甘露记》 《新唐书》云:"《野史甘露记》二卷。"《通志》云:

"《甘露记》二卷。"《直斋书录解题》云:"《野史甘露记》二卷:不著名氏。上卷记甘露之祸,下卷叙诸臣本末。"

《开成纪事》 《新唐书》云:"《开成纪事》二卷。"《通志》云:"《开成纪事》三卷:记大和甘露事。"

今案:《乙卯记》、《大和摧凶记》(《大和野史》)、《野史甘露记》、《开成纪事》等书均佚,不能深入考证。陈振孙所见之三卷本《大和野史》,与《大和摧凶记》内容相同,应是一书;而《新唐书》所著录之十卷本《大和野史》,"尽龙纪",或系三卷本之扩充,或系另一部书。宋人对《乙卯记》《野史甘露记》有评价,如:胡仔《苕溪渔隐丛话前集》卷二二引《蔡宽夫诗话》云:"唐小说记此事,谓之《乙卯记》,大抵不敢显斥之云。"《韵语阳秋》卷九云:"余家旧藏《甘露野史》二卷及《乙卯记》一卷,二书之说,时相矛盾,《甘露野史》言上令训等诛宦官,事觉反为所擒,而《乙卯记》乃谓训等有逆谋。盖《甘露史》出于朝廷公论,而《乙卯记》附会士良之私情也。《乙卯记》后有朱实跋尾数百言,以《乙卯》所记为非是,其说与《野史》同。"从蔡、葛二氏评论看出《乙卯记》不可取。

从《杜阳杂编》《松窗杂录》《阙史》看"甘露之变"后文宗的情况

1. 文宗对李训、舒元舆的怀念

李德裕《穷愁志·奇才论》云:"开成初,余作镇淮甸,会有朝之英彦,廉问剖符于东南者,相继而至,余与之宴言,皆曰:'圣上谓丞相郑公覃、李公固言、李公石曰:李训禀五常之性,服人伦之教,则不及卿等,然天下之才,卿等皆不如也。三丞相默然而退。'"(《新唐书·李训传》云:"它日,帝颇思训,数为李石、郑覃称其才。"《李训等传赞》又详引文宗对三宰相之言,"然天下之才"句作"然天下奇才"。)从这条资料看出"甘露之变"后文宗怀念李训。

苏鹗《杜阳杂编》卷中云："上于内殿前看牡丹,翘足凭栏,忽吟舒元舆《牡丹赋》云:'俯者如愁,仰者如语,合者如咽。'吟罢方省元舆词,不觉叹息良久,泣下沾臆。"从这条资料看出"甘露之变"后文宗怀念舒元舆。

今案:《新唐书·艺文志三·丙部子录·小说类》云:"苏鹗《演义》十卷,又《杜阳杂编》三卷。"《直斋书录解题·杂家类》评《苏氏演义》云:"此数书(李涪《刊误》、李匡文《资暇集》、丘光庭《兼明书》)者,皆考究书传,订正名物,辨证讹谬,有益见闻。"(《演义》久佚,清四库馆臣据《永乐大典》所引裒辑为二卷。近人张元济说此书中杂有晋《古今注》部分内容。)《四库全书总目·子部·小说家类三》评《杜阳杂编》云:"其中述奇技宝物,类涉不经,大抵祖述王嘉之《拾遗》、郭子横之《洞冥》,虽必举所闻之人以实之,殆亦俗语之为丹青也。"两书皆苏鹗所著,怎样解释一为"有益见闻",一为"类涉不经"呢?

据苏鹗《杜阳杂编序》云:"予髫年好学,长而忘倦。……洎贡艺阙下,十不中所司抡选。屡接朝事,同人语事,必三复其言,然后题于简册,藏诸箧笥。暇日阅所纪之事,逾数百纸。中仅繁鄙者,并弃而不录;精实者,编成上、中、下三卷。自代宗广德元年癸卯,讫懿宗咸通癸巳,合一百一十载。盖耳目相接,庶可传焉。知我者谓稍以补东观缇油之遗阙也。今武功县有杜阳城、杜阳水,予武功人,故以为名,觊厕于《谈薮》之下者。时乾符三年秋八月编次焉。"《谈薮》是志人之书,刘知几《史通内篇·杂述》将《世说》《谈薮》并列为"琐言",评价为:"街谈巷议,时有可观,小说卮言,犹贤于己,故好事君子,无所弃诸。"《杜阳杂编》"觊厕于《谈薮》之下",可见苏鹗对此书中志人部分之自负不浅。苏鹗又自命《杜阳杂编》可"稍以补东观缇油之遗阙",可见其写作态度是认真的。四库馆臣所评,仅对《杜阳杂编》中"述奇技宝物"而言。

史书无苏鹗传,综合《新唐书·艺文志三》《郡斋读书志》《直斋书录解题》《四库全书总目》等书的介绍,他字德祥,武功人,居杜阳川,宰相苏颋之族,光启中进士。此是从《杜阳杂编序》中摘出的。徐松《登科记考》未考出苏鹗哪一年进士及第,《全唐文》卷八一三作"光启二年进士"。

《新唐书·舒元舆传》、王谠《唐语林·伤逝》、计有功《唐诗纪事·文宗》均采此条。"仰者如语"句,《丽情集》(《类说》卷二九)作"仰者如悦,开者如笑"。

"甘露之变"中,大臣殉难者不少,文宗独怀念李训、舒元舆,不是偶然的。据《新唐书·舒元舆传》:"(李训)尤与元舆善","诡谋谬算,日与训比,败天下事,二人为之也"。可见,李、舒共同制定了除阉计划。又据《新唐书·李训传》:"训、元舆奏言:'甘露近在禁中,陛下宜亲往以承天祉。'许之。"可见,李、舒共同执行了这个除阉计划。"(贾)悚临刑愤叱,独元舆曰:'晁错、张华尚不免,岂特吾属哉?'"可见舒元舆之视死如归。又据《新唐书·贾悚传》:"与王涯实不知谋。"文宗了解内情,故四相之中,独怀念李训、舒元舆二人。

2. 文宗郁郁以殁

《杜阳杂编》卷中云:"大和九年,诛王涯、郑注后,仇士良专权恣意,上颇恶之。或登临游幸,虽百戏骈罗,未尝为乐。往往瞪目独语,左右莫敢进问。因题诗曰:'辇路生春草,上林花满枝。凭高何限意,无复侍臣知。'"今案:《唐语林·伤逝》《唐诗纪事·文宗》采此条。"上林花满枝"句,《唐语林》作"上林花发时"。"凭高何限意"句,《唐诗纪事》作"凭高无限意"。

李浚《松窗杂录》云:"自大和乙卯岁后,上不乐事,稍闻则必有叹息之音。会幸三殿东亭,因见横廊架巨轴于其上,上谓(程)修己曰:'斯开元东封图也。'因命内巨轴悬于东庑下。上举白玉如意指张说辈数人叹曰：'使吾得其中一人来，则吾可见开元矣。'由是惋惜之意见于颜色，遂命进美酎尽爵，促步辇归寝殿。《开成永诸[承诏]录》中叙上语李右相曰：'吾思天下事难理，则进饮酏酎以自醉解。'"今案：《资治通鉴》卷二四五开成元年十一月甲申条采《开成承诏录》。（《新唐书·艺文志二·史部·杂史类》："李石《开成承诏录》二卷。"《通志·艺文略三·史类·杂史》："《开成承诏录》二卷：李石纂记文宗朝与郑覃等奏对事。"）

《新唐书·艺文志三·小说类》云："《松窗录》一卷。"不著撰人。《宋史·艺文志五·子类·小说家类》云："李浚《松窗小录》一卷。"《文献通考·经籍考·子·小说家》："《松窗录》一卷。晁氏曰：唐韦叡撰。记唐朝故事。""韦"字误。四库馆臣定书名为《松窗杂录》，作者为李浚。

从李浚《慧山寺家山记》略知其生平：（1）无锡人。（2）李绅子。（3）纂叙李绅所撰制诏章表堂状，为上、下卷。（4）"乾符四年，浚自秘书省校书郎，为丞相荥阳公独状奏入直史馆。"《旧唐书·郑畋传》："荥阳人也。""父亚。""大中朝，白敏中、令狐绹相继秉政十余年，素与德裕相恶，凡德裕亲旧多废斥之，畋久不偕于士伍。"作为李德裕党郑亚之子的郑畋，乾符四年拜相，故提拔李德裕党李绅之子李浚。）

李浚《松窗杂录》序云："浚忆童儿时，即历交公卿间叙次国朝故事，兼多语其遗事特异者，取其必实之迹，暇日辍成一小轴，题曰《松窗杂录》。"李浚生长于宰相之家，所谓"童儿时即历闻公卿间叙国朝故事"，是可信的；曾在史馆工作，所谓"取其必实之迹"，是可能的。《四库全书总目·子部·小说家类一》称赞"书中记唐明皇事颇详整可观，载李泌对德宗语论明皇得失亦了若指掌……是亦足以补史阙"，也指出书中间有"诬妄"之处。作为小说，是难免的。

高彦休《阙史》上云："文宗皇帝自改元开成后，常郁郁不乐，驾幸两军球猎宴会，十减六七……四年冬杪，风痹稍间，延英初对宰臣……又坐思政殿……汝南公既至……问曰：'朕何如主?'汝南公降阶再拜而称曰：'小臣不足以知大君之德。凡百臣庶，皆言陛下唐尧之圣、虞舜之明、殷汤之仁、夏禹之俭。'上曰：'卿爱君之志，不得不然。然朕不敢追踪尧、舜、禹、汤之明，所问卿者，何如周赧、汉献尔。'……上又曰：'朕自以为不及也。周赧、汉献，受制于强诸侯，今朕受制于家臣，固以为不及也。'既而龙姿掩抑，泪落衣襟。汝南公陨越于前，不复进谏，因俯伏流涕，再拜而退。自尔不复视朝，以至厌代。"今案：《资治通鉴》卷二四五采此条上半，《新唐书·仇士良传》及《通鉴》卷二四六采此条下半。《资治通鉴考异》卷二一《（开成）四年十一月上问周墀可方何主》云："按《实录》，明年正月朔，上不康，不受朝贺。四月，帝崩。恐非五年春。今从《新传》，仍置于此。"

《新唐书·艺文志三·丙部子录·小说类》云："高彦休《阙史》三卷。"《直斋书录解题·小说家类》云："《唐阙史》三卷：唐高彦休撰。自号参寥子，乾符中人。"《通志·艺文略三·史类·杂史》云："《阙史》三卷：唐高彦休撰，记大历以后至乾符事。"《宋史·艺文志五·子部·小说家类》云："《阙史》一卷：参寥子述。""高彦休《阙史》三卷。"《四库全书总目·子部·小说家类三》云："《唐阙史》二卷……（《宋史》）分为两书两人，殊为舛误。""是书诸家著录皆三卷，今止上、下二卷，似从他书钞撮而成，非其原本。"余嘉锡《四库提要辩证·子部·小说家类三》进一步指出今本《阙史》"非完书"，"其序中所谓五十一篇，分为上、下卷者，必后人所改也"。

据高彦休《阙史序》："自武德、贞观而后，呴笔为小说、小录、稗史、野史、杂录、杂纪者多矣。贞元、大历已前，捃拾无遗事。大中、咸通而下，或有可以为夸尚者，资谈笑者，垂训诫者，惜乎不书于方册，辄从而记之，其雅登于太史氏者，不复载录。愚乾符甲午岁，生唐世二十有一，始随乡荐于小宗伯，或预闻长者之论，退必草于捣网。岁月滋久，所录甚繁，辱亲朋所知，谓近强记。中和岁……旅泊江表，问安之暇，出所记述,亡逸过半。其间近屏帏者,涉疑诞者,又删去之,十存三四焉。共五十一篇,分为上、下卷。约以年代为次。讨寻经史之暇,时或一览,犹至味之有菹醢也。甲辰岁清和月编次。"可见此书之创作宗旨、成书经过及年代。《四库全书总目》云:"所载如周墀之对文宗……足与史传相参订。"可见《阙史》具有史料价值。

四库馆臣考出高彦休为高锴之从孙,但误以高彦休为五代人。余嘉锡考为唐人。崔致远《(为高骈)奏请从事官状》云:"摄盐铁巡官、朝议郎、守京兆府咸阳县尉、柱国高彦休,右前件官训禀儒宗,才兼吏术。王畿结绶,早见勤劳;宾席曳裾,颇多婉画。……又如教以义方,退而学礼,至于仕宦,力行有规,能遵严父之训,则彦休有焉。"高彦休《阙史序》中"旅泊江表,问安之暇"二句,上句指依淮南节度使高骈,下句与《状》"能遵严父之训"合。余嘉锡揭示崔致远文,可见高彦休之生平与人品。

李玫与《喷玉泉幽魂》

"甘露之变"后,在以文宗名义颁布的诏书中,骂李训为"逆贼"①,李训、王涯为"元恶"②,斥责王涯、贾𫗧、舒元舆、李训"宰辅股肱,叶谋不轨"③,宦官气焰嚣张,朝野噤若寒蝉,在万马齐喑的政治形势下,李玫异军突起,创作《喷玉泉幽魂》,尊称甘露四相为"四丈夫",为他们鸣冤叫屈。丈夫,犹言大丈夫。④《孟子·滕文公下》:"富贵不能淫,贫贱不能

---

① 《全唐文》卷七五文宗《讨郑注优赏军士德音》。
② 《全唐文》卷七二文宗《赏诛郑注功臣军士诏》。
③ 《全唐文》卷七五文宗《开成改元赦文》。
④ 《后汉书·马援列传》:"常谓宾客曰:'丈夫为志,穷当益坚,老当益壮。'"张谓(一作刘眘虚)《赠乔琳》:"丈夫会应有知己,世上悠悠何足论。"陆龟蒙《别离》:"丈夫非无泪,不洒离别间。……所志在功名,离别何足叹。"丈夫,犹言大丈夫。

移,威武不能屈,此之谓大丈夫。"李玫敢与宦官恶势力针锋相对,称四相为有大志有作为有气节的丈夫,意味着对李训翦除宦官的全面肯定,在当时的文学作品中,是独一无二的。其进步意义,正在于此。

《喷玉泉幽魂》是《纂异记》中的一篇。研究《喷玉泉幽魂》不能不涉及《纂异记》。今省略一般的介绍,着重考论几个问题。

1.《纂异记》解题

《新唐书·艺文志三·丙部子录·小说类》云:"李玫《纂异记》一卷:大中时人。"《通志·艺文略三·传记·冥异》云:"《纂异记》一卷:李玫撰。"《宋史·艺文志五·子部·小说家类》云:"李玫(一作政)《纂异记》一卷。""玫""政"因形似而讹,今中华书局标点本《宋史》已改作"玫"。《南部新书》讹作李纹,重编《说郛》《全唐诗》《古今说部丛书》讹作李玖,《旧小说》讹作李孜。至于书名,《类说》题作《异闻录》,《绀珠集》题作《异闻实录》,乃后人改称。《太平广记·引用书目》中有《纂异记》,而卷三五○引用时作《纂异录》者,则传写之讹。

宋初,李昉、钱易等尚见到原书,《太平广记》之《许生》即《南部新书》所云之《喷玉泉幽魂》。《广记》改易了标题,而《新书》保存了原篇名。《郡斋读书志》《直斋书录解题》均未著录《纂异记》,当已渐佚。明陆楫等辑《古今说海·说渊部·别传家》载此篇,题作《甘棠灵会录》,则"妄制篇目"以欺世也。

2.《纂异记》特色

从《太平广记》所引《纂异记》看出,这个小说集,虽假托神仙鬼怪,而情节别出心裁,加以文词华美,笔锋犀利,确实不同凡响,引人注目。在虚构的故事中,有揭露官府关节者,有批评科举弊端者,有托蚁穴影射人间者,有借诗歌穷究治乱者,寓意深,讽刺辣,有振聋发聩的警世作用。今止取一二篇可以反映李玫之政治理想者,考论如下:

《纂异记·嵩岳嫁女》:"王母复问曰:'李君来何迟?'……书生谓

(田)璆、(邓)韶:'此开元天宝太平之主也。'……王母曰:'应须召叶静能来,唱一曲当时事。'静能续至,跪献帝酒,复歌曰:'幽蓟烟尘别九重,贵妃汤殿罢歌钟。中宵扈从无全仗,大驾苍黄发六龙。妆匣尚留金翡翠,暖池犹浸玉芙蓉。荆榛一闭朝元路,唯有悲风吹晚松。'歌竟,帝凄惨良久,诸仙亦惨然。"(《太平广记》卷五〇引)

同书《刘景复》:"生饮数杯,醉而作歌曰:'……我闻天宝年前事,凉州未作西戎窟。麻衣右衽皆汉民,不省胡尘暂蓬勃。太平之末狂胡乱,犬豕崩腾恣唐突。玄宗未到万里桥,东洛西京一时没。一朝汉民没为虏,饮恨吞声空咽呕。时看汉月望汉天,怨气冲星成彗孛。国门之西八九镇,高城深垒闭闲卒。河湟咫尺不能收,挽粟推车徒矻矻。今朝闻奏凉州曲,使我心魂暗超忽。胜儿若向边塞弹,征人血泪应阑干。'……歌今传于吴中。"(《太平广记》卷二八〇引)

今案:这两篇小说的要害是太平。前一篇为玄宗晚年不能保持太平局面唱悼歌,后一篇吟诗哀叹唐朝丧失河、湟,寄恢复太平的希望于文宗。据《旧唐书·牛僧孺传》:"一日,延英对宰相,文宗曰:'天下何由太平,卿等有意于此乎?'僧孺……退至中书,谓同列曰:'吾辈为宰相,天子责成如是,安可久处兹地耶?'"文宗"急于太平",牛僧孺自愧无术可致太平,请求罢相。再看文宗《授舒元舆李训守尚书同平章事制》:"君执象以端扆,臣推公以秉钧,夙夜一心,小大同体,则和天地,序阴阳,臻乎治平,吾所寝寐,尔宜率匡国之道,明理人之方,俾其致君,无愧往哲。"文宗所责成于李训者,亦在"治平"。据《新唐书·李训传》:"训起流人,一岁至宰相,谓遭时,其志可行。欲先诛宦竖,乃复河、湟,攘夷狄,归河朔诸镇。"李训提出了从复河、湟到致太平的政治纲领,故得到文宗的信任。《旧唐书·李训传》云:"天下之人,有冀训以致太平者。"李玫上述两篇小说,与文宗、李训的政治主张完全一致。推知他在龙门"习业"期间,听过李训的高谈阔论(详下),故识其"志"。值得注意的是,《喷玉泉幽魂》从白衣叟朗吟"绣岭宫前鹤发人,犹唱开元太平曲"开始。太平,反映了文宗、李训、李玫之间心心相印。文宗在宫中,见《开元东封图》而兴叹(见上),李玫在草野,借《嵩岳嫁女》为玄宗唱悼歌,亦是君臣向往太平之证。

3. 李玫与甘露四相、卢仝之关系

李玫写《喷玉泉幽魂》为甘露四相鸣冤,他与四相有什么关系?喷玉泉是考证李玫与四相相识地点的唯一线索。据《大唐传载》:"寿安县有喷玉泉、石溪,皆山水之胜绝也。贞元中,李宾客洞为县令,乃铲翳荟,开径隧,人方闻而异焉。大和初,博陵崔蒙为主簿,标埭于道周,人方造而游焉。"《元和郡县图志·河南道一·河南府》:"寿安县:畿。东北至府七十六里。""伊阙县:畿。北至府七十里。……伊阙山在县北四十五里。"可见寿安县距离伊阙山(龙门)不远,与李玫早年行踪符合。《纂异记》(《太平广记》卷三八八引)云:"大和元年,李玫习业在龙门天竺寺",这是考证李玫与四相相识时间的唯一线索。我们按照上述地点、时间逐一进行分析:

其一,王涯。《南部新书》壬云:"李纹[玫]者,早年受王涯恩。及为歙州巡官时,涯败,因私为诗以吊之,末句曰:'六合茫茫皆汉土,此身无处哭田横。'"今案:据《旧唐书·王涯传》,宝历时为山南西道节度使,"大和三年正月,入为太常卿"。此后一直在长安做官至死。《新唐书·王涯传》云"别墅有佳木流泉",未言此墅在河南府。《全唐诗》卷五六二在《喷玉泉冥会诗八首》下注云:"详诗意,墅正在此泉上也。"完全附会。喷玉泉在"千峰万峰"之中(详下),王涯怎会在这"不容马蹄"的荒僻处建筑别墅呢?即使王涯有别墅在喷玉泉,在长安任要职"贪权固宠"的他,也不可能有闲暇到此墅游憩。可见,大和一朝,李玫没有与王涯在喷玉泉相识的可能。

其二,舒元舆。刘克庄《后村诗话前集》卷一云:"白衣叟所举壁间诗云：'六合茫茫皆汉土，此身无处哭田横。'妙甚！此必是涯、元舆门生故吏所作。"今案：据《旧唐书·舒元舆传》，"(大和)五年八月，改授著作郎，分司东都"。如此时李玫尚在龙门，有可能与舒元舆相识。《喷玉泉幽魂》云："(少年)神貌扬扬者云：'我知作诗人矣，得非伊水之上，受我推食脱衣之士乎？'"王涯年老，绝非少年神貌扬扬者，又"性啬俭"①，不可能对李玫"推食脱衣"，李玫当是舒元舆之"门生"。

其三，李训。据《新唐书·李训传》："流象州"的李训，"文宗嗣位，更赦还"。又据《旧唐书·李逢吉传》："(大和)五年八月，入为太子少师、东都留守、东畿汝防御使，加开府仪同三司。"同书《李训传》云："时逢吉为留守，思复为宰相……训揣知其意，即以奇计动之。"从李训于大和五年八月在东都向李逢吉献计献策，推知文宗嗣位大赦后，他一直"居洛中"。李训在洛阳闲居数年，有可能与李玫相识，并介绍李玫认识了舒元舆。

其四，贾𬭚。据《旧唐书·贾𬭚传》，贾𬭚长庆四年为常州刺史，"大和初，入为太常少卿"。此后一直在长安做官至死。大和一朝，贾𬭚未在东都，没有与李玫相识的可能。

综合以上，大和初李玫在东都绝无游于王涯之门的可能，应是李训把李玫介绍给"相得甚欢"②的舒元舆。由于李训被史家斥为逆贼，与之往还者也就成为奸党，小说家、诗话家出于对李玫的爱护，回避了他与李训的关系。王涯以宰相兼领盐铁度支转运等使，李玫为歙州巡官，是王涯的部下，故钱易有"早受王涯恩"之说。《新唐书·李训传》云："训时时进贤才伟望，以悦士心，人皆惑之。"李玫就是李训所用的"贤才"之一。同书《王涯传》云："涯年过七十，嗜权固位，偷合训等，不能絜

---

① 《新唐书》卷一七九《王涯传》。
② 《旧唐书》卷一六九《舒元舆传》。

去就,以至覆宗。"如李玫为歙州巡官是王涯所任命,也是出于"大权在己"的李训向"他宰相备位"的王涯所推荐。钱易说"六合茫茫皆汉土,此身无处哭田横"诗是李玫吊王涯,未谛。《喷玉泉幽魂》云"此诗有似为席中一二公有其题"云云,乃李玫之自白,可见非只吊王涯也。

这篇《喷玉泉幽魂》所描绘的死者,除甘露四相外,还有卢仝。大家知道,在这场南衙北司之争中,郑注是仅次于李训的重要人物,而卢仝是受牵连者,李玫为何舍弃郑注而独取卢仝呢?究其原因:其一,郑注依附王守澄,为非作歹,陷害宋申锡,正人无不痛恨之。郑注与李训比较,"训犹可怜,而注惟可恶"①。其二,据《新唐书·韩愈传(附卢仝)》:"卢仝居东都","尝为《月蚀诗》以讥切元和逆党,愈称其工"。《唐才子传·卢仝》:"初隐少室山","后卜居洛城,破屋数间而已"。"仝偶与诸客会食涯书馆中,因留宿,吏卒掩捕……竟同甘露之祸。"在龙门"习业"的李玫,有可能与"居东都"的卢仝相识。李玫出于对卢仝"清介之节"的尊敬,"自成一家"之诗的钦佩,以及罹甘露之祸的怜悯,在《喷玉泉幽魂》小说中特意描写他。

4.《喷玉泉幽魂》中的八首诗

李玫在《喷玉泉幽魂》中,用白衣叟途中朗吟的两首诗,交代创作意图;用白衣叟在甘棠馆所见的一首诗,表明自己的政治立场;用白衣叟和四丈夫宴会上所赋的五首诗,为甘露四相、卢仝鸣冤叫屈。领会这篇小说必须领会这八首诗。清人胡以梅《唐诗贯珠》卷三三《伤感一》对这八首诗作过笺注,今摘要移录,并略附个人意见如下:

---

① 冯浩《玉溪生诗集笺注》。

喷玉泉冥会诗八首
白衣叟途中吟二首

春草萋萋春水绿,野棠开尽飘香玉。
绣岭宫前鹤发人,犹唱开元太平曲。

厌世逃名者,谁能答姓名。
曾闻三乐否,看取路傍情。

胡以梅笺:"今详诸篇,盖李玖[玫]有受恩之主,痛其冤而赋之,恐伤要路,托之夜台为记异耳。白衣叟二绝,言初思开元之治,伤大和之不纲暗弱;次言君王于心安乐否,宜取道上舆情,以昭其冤恨。此是后六首之眉目也。按玖[玫]曾任歙州巡官,其座师不知何人,四丈夫亦难辨其谁何,在当时自有识其形者。"孝萱案:胡以梅指出"喷玉泉冥会诗八首"中"白衣叟途中吟二首"是"后六首之眉目",是。据《喷玉泉幽魂》:许生听到白衣叟朗吟这两首诗,"知其鬼物矣"。卢仝集中无此二诗。今人考出"春草萋萋春水绿"一首是贞元中寿安县令李洞之诗,《全唐诗》卷七二三李洞(昭宗时人)及卷五六二李玖[玫]名下皆录此首,大误。

白衣叟述甘棠馆西楹诗

浮云凄惨日微明,沉痛将军负罪名。
白昼叫阍无近戚,缟衣饮气只门生。
佳人暗泣填宫泪,厩马连嘶换主声。
六合茫茫悲汉土,此身无处哭田横。

胡以梅笺:"王涯历剑南、幽州、山南西道节度,故称将军。三、四族诛而不及门生,五、六人口骑畜皆入官,结以己比田横客五百人,但未自杀耳。通首沉着,详第三涯乃李之受恩者矣。"孝萱案:胡以梅沿袭《南部新书》之误,本文已重新考证(见上)。据《喷玉泉幽魂》:"(白衣)叟曰:'此诗有似为席中一、二公有其题'……座中闻之,皆以襟袖拥面,如欲恸哭。"可见李玫非只吊王涯一人。

白衣叟喷玉泉感旧游书怀

树色川光向晚晴,旧曾游处事分明。
鼠穿月榭荆榛合,草掩花园畦垅平。
迹陷黄沙仍未瘗,罪标青简竟何名。
伤心谷口东流水,犹喷当时寒玉声。

胡以梅笺:"上界伤别墅荒残,五六宜串读,'未瘗',言至死未知是何罪名。此真玉川子痛心语,结仍挽到别墅。"孝萱案:胡以梅沿袭《全唐诗》,误以为王涯别墅在喷玉泉。

四丈夫同赋

鸟啼莺语思何穷,一世荣华一梦中。
李固有冤藏蠹简,邓攸无子续清风。
文章高韵传流水,丝管遗音托草虫。
春月不知人事改,闲垂光影照洴宫。(少年神貌扬扬者)

胡以梅笺:"通首风华悲惋。三、四言总使李固有冤,不过日后史册可明,无益于今之死生,而赤族之后,与邓攸同其无子矣。"孝萱案:《后村诗话前集》卷一激赏"李固有冤藏蠹简,邓攸无子续清风"一联,谓"可传诵"。此人当是舒元舆。

> 桃蹊李径尽荒凉,访旧寻新益自伤。
> 虽有衣衾藏李固,终无表疏雪王章。
> 羁魂尚觉霜风冷,朽骨徒惊月桂香。
> 天爵竟为人爵误,谁能高叫问苍苍。(短小器宇落落者)

胡以梅笺:"李固死于狱,露尸于四衢,令有敢临者,加其罪。汝南郭亮,诣阙上书,乞收固舆杜乔尸;南阳董班,亦往哭殉尸不肯去。太后怜之,乃听得襚殓归葬。此所谓'衣衾藏李固'。前汉京兆尹王章,奏王凤不法,凤知之,乞骸骨。上使尚书敕章,章死于狱,死不以罪,庶众冤劾之。今言冤同而无表白之者。结言天爵修德也,今修德诛无道,反为所害,谁能问天乎!"孝萱案:从容貌看:《杜阳杂编》卷中云"相者谓曰'向来贾公子(𫗧)神气俊逸'",符合"器宇落落"条件,但史书未言贾𫗧"短小"。又,《后村诗话前集》卷一激赏"虽有衣衾藏李固,终无表疏雪王章"一联,谓"可传诵"。

> 落花寂寂草绵绵,云影山光尽宛然。
> 坏室基摧新石鼠,潴宫水引故山泉。
> 青云自致惭天爵,白首同归感昔贤。
> 惆怅林间中夜月,孤光曾照读书筵。(清瘦瞻视疾速者)

胡以梅笺:"五、六言惭已止修人爵,未修天爵,以致祸害,而如石崇、潘岳白首同归之恨。"孝萱案:从容貌看,《新唐书·王涯传》云"涯质状颀省,长上短下"(颀省:瘦长),符合"清瘦"条件,但史书未言王涯"言语及瞻视疾速"。

> 新荆棘路伤衡门,又驻高车会一樽。
> 寒骨未沾新雨露,春风不长败兰荪。
> 丹诚岂分埋幽壤,白日终希照覆盆。
> 珍重昔年金谷友,共来泉际话孤魂。(长大少髭髯者)

胡以梅笺:"此诗似王涯口吻。三、四双夹。兰荪,子孙也,惨语。"孝萱案:胡以梅推测李玫拟王涯口吻,未谛。从容貌看:《旧唐书·李训传》云"形貌魁梧",《新唐书·李训传》云"质状魁梧",《资治通鉴考异》卷二一引《甘露记》云"长大美貌",李训比王涯符合"长大"条件,但史书未言李训"少髭髯"。古时以为男子之美在须与眉,"美貌"与"少髭髯"不合。

《喷玉泉幽魂》的故事,虽是虚构的,对喷玉泉环境的描绘,却是真实的。如:小说中提到"至喷玉泉牌堠之西",与《大唐传载》"标堠于道周"之记载合。小说中提到"(许)生于是出丛棘,寻旧路",与司马光《游寿安诗十首·喷玉泉》("苍崖双起秋云齐,乱峰迸出如攒犀。石棱涩不容马啼,下马步入荆榛蹊。瀑泉沃雪拖白霓,落潭横引成清溪。老木长藤眇尺迷,兴阑欲出忘东西")、邵雍《八月渡洛登南山观喷玉泉会寿安县张赵尹三君同游》("渡洛南观喷玉泉,千峰万峰遥相连。中间一道长如雪,飞入寒潭不记年")之亲目所见相合。李玫的创作态度是严肃的。他之所以选择这样一个荒僻的环境,是为了渲染悲凉的气氛,"(五鬼)诗成,各自吟讽,长号数四,响动岩谷,逡巡,怪鸟鸱枭,相率啾唧,大狐老狸,次第鸣叫",极为凄惨动人。

《喷玉泉幽魂》是当时为甘露四相和卢仝鸣冤叫屈的独一无二的文学作品,可与影射顺宗被弑的《辛公平上仙》先后媲美,都是用神怪故事来写历史题材的优秀的政治小说。作者李玫的结局怎样呢?据康骈

《剧谈录》卷下:"自大中、咸通之后,每岁试春官者千余人。其间章句有闻,亹亹不绝。如……李玫……以文章著美……皆苦心文华,厄于一第。然其间数公,丽藻英词,播于海内。其虚薄叨联名级者,又不可同年而语矣。"联系《南部新书》壬所云"乃有人欲告之"云云,大中后李玫应试不第,当与《喷玉泉幽魂》得罪了宦官恶势力有关。

附:李玫《喷玉泉幽魂》

会昌元年春,孝廉许生,下第东归,次寿安,将宿于甘泉店。甘棠馆西一里已来,逢白衣叟,跃青骢,自西而来,徒从极盛,醺颜怡怡,朗吟云:"春草萋萋春水绿,野棠开尽飘香玉。绣岭宫前鹤发人,犹唱开元太平曲。"生策马前进,问其姓名,叟微笑不答,又吟一篇云:"厌世逃名者,谁能答姓名。曾闻三乐否,看取路傍情。"生知其鬼物矣,遂不复问,但继后而行。凡二三里,日已暮矣。至喷玉泉牌堠之西,叟笑谓生曰:"吾闻三四君子,今日追旧游于此泉,吾昨已被召,自此南去,吾子不可连骑也。"生固请从,叟不对而去。生纵辔以随之,去甘棠一里余,见车马导从,填隘路歧。生麾盖而进,既至泉亭,乃下马,伏于丛棘之下,屏气以窥之。

见四丈夫,有少年神貌扬扬者,有短小器宇落落者,有长大少髭髯者,有清瘦言语及瞻视疾速者,皆金紫,坐于泉之北矶。叟既至,曰:"玉川来何迟?"叟曰:"适傍石墨涧寻赏,憩马甘棠馆亭,于西楹偶见诗人题一章,驻而吟讽,不觉良久。"座首者曰:"是何篇什,得先生赏叹之若是。"叟曰:"此诗有似为席中一二公有其题,而晦其姓名,怜其终章皆有意思。乃曰:'浮云凄惨日微明,沉痛将军负罪名。白昼叫阍无近戚,缟衣饮气只门生。佳人暗泣填宫泪,厩马连嘶换主声。六合茫茫悲汉土,此身无处哭田横。'"座中闻之,皆以襟袖拥面,如欲恸哭。神貌扬扬者云:"我知作诗人矣,得非伊水之上,受我推食脱衣之士乎?"久之,白衣叟命飞杯,凡数巡,而座中欷歔未已。白衣叟曰:"再经旧游,无以自适,宜赋篇咏,以代管弦。"命左右取笔砚,乃出题云《喷玉泉感旧游书怀》,各七言长句。白衣叟倡云:"树色川光向晚晴,旧曾游处事分明。鼠穿月榭荆榛合,草掩花园畦垅平。迹陷黄沙仍未瘗,罪标青简竟何名。伤心谷口东流水,犹喷当时寒玉声。"少年神貌扬扬者诗云:"鸟啼莺语思何穷,一世荣华一梦中。李固有冤藏蠹简,邓攸无子续清风。文章高韵传流水,丝管遗音托草虫。春月不知人事改,闲垂光影照泫宫。"短小器宇落落者诗云:"桃蹊李径尽荒凉,访旧寻新益自伤。虽有衣衾藏李固,终无表疏雪王章。羁魂尚觉霜风冷,朽骨徒惊月桂香。天爵竟为人爵误,谁能高叫问苍苍。"清瘦及瞻视疾速者诗云:"落花寂寂草绵绵,云影山光尽宛然。坏室基摧新石鼠,潴宫水引故山泉。青云自致惭天爵,白首同归感昔贤。惆怅林间中夜月,孤光曾照读书筵。"长大少须髯者诗云:"新荆棘路旧衡门,又驻高车会一樽。寒骨未沾新雨露,春风不长败兰荪。丹诚岂分埋幽壤,白日终希照覆盆。珍重昔年金谷友,共来泉际话孤魂。"诗成,各自吟讽,长号数四,响动岩谷,逡巡,怪鸟鸱枭,相率啾唧,大狐老狸,次第鸣叫。顷之,骡脚自东而来,金铎之声,振于坐中,各命仆马,颇甚草草,惨无言语,掩泣攀鞍,若烟雾状,自庭而散。

生于是出丛棘,寻旧路,匹马龁草于涧侧,蹇童美寝于路隅。未明,达甘泉店。店媪诘冒夜,生具以对媪。媪曰:"昨夜三更,走马挈壶,就我买酒,得非此耶。"开柜视,皆纸钱也。

(乙)针对某种社会现象而发

《枕中记》新探

主角原型是谁?

沈既济《枕中记》描写开元中,道士吕翁,于邯郸邸舍,闻同席卢生长叹,遂授一枕,卢生就之,梦与崔氏结婚,举进士,出将入相,虽两遭陷害,贬谪岭表,冤情终于大白,年逾八十而亡,卢生梦醒,邸舍主人蒸黍尚未熟的故事,俗称黄粱梦。

此《记》撰于何年?从房千里《骰子选格序》"近者沈拾遗述枕中事"一语可以推知。沈既济贬谪处州之前,为左拾遗。"后复入朝,位终礼部员外郎。"(《旧唐书·沈传师传》)房千里不称沈既济最后的官衔,而称他贬谪处州时的职务,当是根据《枕中记》卷首之署名。(唐人入仕者,著作上署名,皆写官衔,如《游仙窟》题"宁州襄乐县尉张文成作"。)从小说署名的官衔证明"述枕中事"与撰《任氏传》同时,皆建中二年沈既济自左拾遗贬谪处州途中有感而发。

《枕中记》之写作年代既已考定,就可以进一步论证《记》中主人公卢生之模特儿是谁。

《记》云,"开元七年",卢生做了一个富贵的美梦。但梦中之事,却不是开元七年所发生的。举例说明如下:

(1)《记》云:"会吐蕃悉抹逻及烛龙莽布支攻陷瓜沙,而节度使王君奂新被杀……遂除生御史中丞、河西道节度。"

据《旧唐书》卷一九六上《吐蕃传上》："其年（开元十五年）九月，吐蕃大将悉诺逻恭禄及烛龙莽布支攻陷瓜州城……仍毁其城而去。……俄而王君㚟为回纥余党所杀，乃命兵部尚书萧嵩为河西节度使……"

吐蕃攻陷瓜州，王君㚟被杀两件事，都发生在开元十五年，卢生开元七年做梦，怎能梦见开元十五年之事？至于《记》中把萧嵩为河西节度使改为卢生梦中为河西节度使，更是张冠李戴了。

(2)《记》云："(卢生)与萧中令嵩、裴侍中光庭同执大政十余年。"

据《新唐书》卷六二《宰相表中》：

(开元)十六年戊辰	十一月癸巳，河西节度使萧嵩守兵部尚书、同中书门下平章事。
十七年己巳	六月甲戌……嵩为兼中书令；兵部侍郎裴光庭为中书侍郎……并同中书门下平章事。 八月己卯，光庭兼御史大夫。
十八年庚午	正月辛卯，光庭为侍中。四月乙丑，兼吏部尚书。
二十年壬申	十二月壬申，嵩为兵部尚书。
二十一年癸酉	三月乙巳，光庭薨。(《旧唐书》卷九九作"二月"，误。)十二月丁巳，嵩罢为右丞相。

萧嵩、裴光庭"执政"，是开元十六年至二十一年事，卢生开元七年梦中做宰相，怎能与开元十六年以后才做宰相的萧嵩、裴光庭"同执大政"？萧嵩为相，不足六年；裴光庭为相，不足五年，卢生又怎能与他们"同执大政十余年"？又，《旧唐书》卷九九《萧嵩传》云："(裴)光庭与嵩

同位数年,情颇不协。"卷八四《裴行俭传》附《裴光庭传》云:"初,光庭与萧嵩争权不协。及为吏部,奏用循资格,并促选限至正月三十日令毕,其流外行署,亦令门下省之。光庭卒后,嵩又奏请一切罢之,光庭所引进者尽出为外职。……太常博士孙琬将议光庭谥,以其用循资格,非奖劝之道,建议谥为'克',时人以为希嵩意旨。上闻而特下诏,赐谥曰忠献。"萧嵩与裴光庭矛盾尖锐,《记》中描写他们和睦共处,也不符事实。

沈既济是历史学家。他对唐朝历史,不会不熟悉。他叙述开元时事,不应该失实。《枕中记》中出现这么多的漏洞,不是沈既济不学无术,也不是他粗心大意,而是故意如此,让读者体会,《记》不是谈开元真事,主人公卢生不是影射开元时的宰相。

将小说中所描写的卢生,与史书中所记载的杨炎,进行对照,有惊人的相似之处。例如:

(1)《记》云,卢生自称"吾尝志于学,富于游艺"。

据《旧唐书·杨炎传》:"杨炎,字公南,凤翔人。""文藻雄丽,汧、陇之间,号为小杨山人。释褐……转礼部郎中、知制诰。迁中书舍人,与常衮并掌纶诰,衮长于除书,炎善为德音,自开元已来,言诏制之美者,时称常、杨焉。……尝为《李楷洛碑》,辞甚工,文士莫不成诵之。迁吏部侍郎,修国史。"

《新唐书》卷六〇《艺文志四·丁部集录·别集类》:"《杨炎集》十卷。""又《制集》十卷(苏弁编)。"

《文苑英华》卷三八二《中书制诰三·北省三·知制诰》常衮《授庾准杨炎知制诰制》:"诏令之重,润色攸难,其文流则失正,其词质则不丽。固宜酌风雅之变,参汉魏之作,发挥纶旨,其在兹乎。尔各以茂才硕学,敏识纯行,俾其对掌,可谓得人。……"

李肇《唐国史补》卷下《近代宰相评》:"德宗朝,则……杨崖州尚文……乃一时之风采。"

苏鹗《杜阳杂编》卷上:"(元)载宠姬薛瑶英攻诗书,善歌舞,仙姿玉质,肌香体轻,虽旋波、摇光、飞燕、绿珠,不能过也。……唯贾至、杨公南与载友善,故往往得见歌舞。至因赠诗曰……公南亦作长歌褒美,其略曰:'雪面蟾娥天上女,凤箫鸾翅欲飞去。玉钗碧翠步无尘,楚腰如柳不胜春。'"

张彦远《历代名画记》卷一〇《唐朝下》:"杨公南,名炎……善山水,高奇雅赡。……余观杨公山水图,想见其为人,魁岸洒落也。"

朱景玄《唐朝名画录·妙品上八人·杨炎》:"气标风云,文敌扬马。尝画松石山水,出于人表。初称处士,谒卢黄门,馆之甚厚……遂月余图一障,松石云物,移动造化,观者皆谓之神异。"

"志于学,富于游艺"的卢生,不就是指有史才、擅诗文、工书画的杨炎吗?

(2)《记》云,卢生"献替启沃,号为贤相"。

据《旧唐书·杨炎传》:"初,国家旧制,天下财赋皆纳于左藏库……及第五琦为度支盐铁使……乃悉以租赋进入大盈内库……及炎作相……请出之以归有司……炎以片言移人主意,议者以为难,中外称之。"

又:"初定令式,国家有租赋庸调之法。……租庸之法弊久矣……炎因奏对,恳言其弊,乃请作两税法……自是轻重之权,始归于朝廷。炎救时之弊,颇有嘉声。"

以上两事,足称"献替启沃"。"贤相"之号,亦非虚夸,史云"炎有风仪,博以文学,早负时称,天下翕然望为贤相"可证。

此外,如《记》云卢生"两窜荒徼",与杨炎大历十二年贬道州、建中二年贬崖州相合。《记》云"同列害之",与杨炎第一次贬谪受刘晏排挤、第二次贬谪系卢杞陷害相合。《记》云"以飞语中之",与《旧唐书·杨炎传》所载"开元中,萧嵩将于曲江南立私庙,寻以玄宗临幸之所,恐置庙非便,乃罢之。至是炎以其地为庙,有飞语者云:'此地有王气,炎故取之必有异图。'语闻,上愈怒。……"相合。(杨炎之死,涉及开元萧嵩,故《枕中记》多以萧嵩与卢生相提并论。)

《建中实录》中已有对杨炎"溢美"之处,《枕中记》中更把杨炎生前所遗憾的一些事情,都描写成圆满的结果。《枕中记》中的卢生,是以杨炎为模特儿的。沈既济从他与杨炎的感情出发,尽量将这个人物描写得高大一些,完美一些。

《建中实录》写到杨炎贬谪为止。杨炎贬崖州,沈既济等受牵连贬谪东南。杨炎"去崖州百里赐死"(见《旧唐书·杨炎传》),沈既济于贬谪途中撰《枕中记》,当时可能杨炎尚未死,或杨炎虽死而沈既济尚未知噩耗,从《记》中"帝知冤""恩旨殊异",而后卢生死之描写,反映出沈既济幻想杨炎能恢复名誉,有个好下场。

作为传奇,《枕中记》中不免要有虚构的情节。当时社会上所歆羡的官僚享有的荣华富贵现象,也会出现在沈既济笔下,以适应读者情趣。可以说,此《记》主要以杨炎为模特儿,也概括了当时官场的一些常态。

张说、郭子仪、元载为主角原型说质疑

我在《中华文史论丛》1986年第2期发表《中唐政治斗争在小说中的反映》一文,提出《枕中记》是建中二年沈既济受杨炎牵连贬谪处州后有激而作。最近,偶见一些学者分别提出卢生是以张说、郭子仪、元载为"标本"("样本""模型")三说,稍作辨析如下:

(一)张说为"标本"说质疑

1992年11月在厦门召开的"中国唐代文学学会成立十周年国际学术讨论会"上,丁范镇提交《〈枕中记〉的主角研究》一文,认为"《枕中记》

的作者沈既济是约公元780年(德宗建中元年)前后生存的人物,他拿生存在自己早半个世纪而且为万人所羡慕的张说来作为'模特儿',装饰了这篇生动的卢生故事,对这个可能性是没有可怀疑的"。但一查文献,便觉得大可怀疑。以下分三点来谈:

1. 张说与卢生不同,列表对照如下:

张九龄《故开府仪同三司行尚书左丞相燕国公赠太师张公墓志铭》之张说	《枕中记》之卢生	备　考
"范阳方城人"	"吾家山东"	张说之籍贯,虽有范阳、洛阳、河东三说,当时评为"近代新门"(《封氏见闻记》卷一〇《讨论》),与卢生为旧族不同
"夫人(元氏)故尚书右司员外郎、武陵公、赠幽州都督讳怀景之女也"	"娶清河崔氏女"	元为虏姓,崔为郡姓
"守正而见逐者一,遇坎而左迁者二"	"两窜荒徼"	三次贬与两次贬异
"三作中书令"	"再登台铉"	三次为相与两次为相异

续表

张九龄《故开府仪同三司行尚书左丞相燕国公赠太师张公墓志铭》之张说	《枕中记》之卢生	备考
"起家太子校书,迄于左丞相,官政四十有一"	"出入中外,徊翔台阁,五十余年"	"四十有一"与"五十余年"异
"(夫人)虽处荣盛,若非在己,内执谦下,外睦亲疏"	"性颇奢荡,甚好佚乐,后庭声色,皆第一绮丽"	家庭情况异
"享年六十四"	"今年逾八十"	寿不同
"皇帝悼焉,素服举哀,废朝三日,乃下制赠太师""丧事有日,又特赐御词,表章琬琰""太常议行,谥曰文贞"	"薨"	身后恩典不同

从上表看出,历史上的张说与小说中的卢生,有许多重要的不同。

2. 卢生不具备张说的特色,如:

(1)《旧唐书·张说传》:"始玄宗在东宫,说已蒙礼遇,及太平用事,储位颇危,说独排其党,请太子监国,深谋密画,竟清内难,遂为开元宗匠。"《新唐书·张说传》:"说于玄宗最有德,及太平用事,纳忠惓惓。"小说中的卢生与神武皇帝没有这种关系。

(2)《旧唐书·张说传》:"掌文学之任凡三十年。为文俊丽,用思精密,朝廷大手笔,皆特承中旨撰述,天下词人,咸讽诵之。尤长于碑文、墓志,当代无能及者。""有文集三十卷。"《新唐书·张说传》:"既谪岳州,而诗益凄婉,人谓得江山助云。"小说中对卢生没有这方面的描写。

(3)《旧唐书·张说传》:"喜延纳后进,善用己长,引文儒之士,佐佑王化,当承平岁久,志在粉饰盛时。其封泰山,祠雕上,谒五陵,开集贤,修太宗之政,皆说为倡首。"《新唐书·张说传》:"间虽致仕一岁,亦修史于家。""发明典章,开元文物彬彬,说力居多。"小说中对卢生也没有这方面的描写。

两《唐书·张说传》所记载的张说与玄宗的亲密关系,他在文学创作上的重大成就,以及他对盛唐文化的特殊贡献,都是卢生所不具备的。

3.丁文列举的"卢生梦中一生与张说生平大体一致"的六点不能成立。

(1)"早年科举及第做了校书郎,开始了他的前途光明的仕途"

丁文"科举"一词,内涵模糊,不知唐代科举有常科(进士、明经等)、制科之别。《旧唐书·张说传》云"弱冠应诏举,对策乙第,授太子校书"[①],张说应的是制科,官衔是崇文馆(太子学馆)雠校(据《大唐六典》卷二六、《新唐书》卷四九上,开元七年"雠校"改称"校书"。张说官衔是雠校,当时尚无"太子校书"之称,两《唐书》、张九龄《张公墓志铭》误用)。而《枕中记》云:"举进士,登第,释褐秘校。"卢生应的是常科,官衔是秘书省校书郎。丁文混淆了制科与常科的区别,混淆了东宫官属与秘书省官属的区别。

而且张说以雠校(太子校书)起家,不是特殊的现象,唐代士人登科

---

① 张说中制科的名称:刘禹锡《唐故中书侍郎平章事韦公集纪》作"词标文苑",《新唐书·张说传》作"贤良方正",《唐才子传·张说》作"学综古今"。徐松《登科考》卷三云:"按诸书所引,或曰贤良方正,或曰词标文苑,或曰学综古今,实止一科也。"今案:《新唐书·张说传》"贤良方正"乃对张九龄《张公墓志铭》"举郡国贤良"一语的误解。

张说登制科的年代:《新唐书·张说传》作"永昌中",《唐才子传》卷一《张说》作"垂拱四年",陈祖言《张说年谱》考为天授元年。

后释褐为九品官,例如修文馆(弘文馆)校书郎、秘书省(兰台、麟台)校书郎、崇贤馆(崇文馆)雠校(校书郎)等等。请看:杨炯"神童举,拜校书郎"(《旧唐书》卷一九〇上《文苑传上·杨炯传》)。孔季诩"永昌初,擢制科,授校书郎"(《新唐书》卷一九九《儒学传中·孔若思传》)。张九龄"登进士第,应举登乙第,拜校书郎"(《旧唐书》卷九九《张九龄传》)。王昌龄"进士登第,补秘书省校书郎"(同书卷一九〇下《文苑传下·王昌龄传》)。薛播"天宝中举进士,补校书郎"(同书卷一四六《薛播传》)。于邵"天宝末进士登科,书判超绝,授崇文馆校书郎"(同书卷一三七《于邵传》)。《枕中记》描述卢生"释褐秘校",乃概括当时文士登科后的一般情况,不能作为沈既济专以张说为"模特儿"之理由。

(2)"击退吐蕃之侵略,为国家立下大功劳,得到皇帝的信任恩赏"

丁文这一论点,违反了唐史的常识。据两《唐书》记载,张说一生中,有三次武功,它们是:

第一次 《旧唐书·张说传》:"开元七年,检校并州大都督府长史,兼天兵军大使。""八年秋,朔方大使王晙诛河曲降虏阿布思等千余人。时并州大同、横野等军有九姓同罗、拔曳固等部落,皆怀震惧。说率轻骑二十人,持旌节直诣其部落,宿于帐下,召酋帅以慰抚之。……于是九姓感义,其心乃安。"(《新唐书·张说传》同)这一次是王晙诛杀"河曲降虏",张说慰抚"九姓部落"。

第二次 《旧唐书·张说传》:"(开元)九年四月,胡贼康待宾率众反,据长泉县,自称叶护,攻陷兰池等六州。诏王晙率兵讨之,仍令说相知经略。时叛胡与党项连结,攻银城、连谷,以据仓粮,说统马步万人出合河关掩击,大破之。追至骆驼堰,胡及党项自相杀,阻夜,胡乃西遁入铁建山,余党溃散。说招集党项,复其居业。……因奏置麟州,以安置党项余烬。"(《新唐书·张说传》同)这一次是张说配合王晙讨平"叛胡与党项连结"。

第三次　《旧唐书·张说传》:"明年(开元十年),又敕说为朔方军节度大使,往巡五城,处置兵马。时有康待宾余党庆州方渠降胡康顺子自立为可汗,举兵反,谋掠监牧马,西涉河出塞。说进兵讨擒之,并获其家属于木盘山,送都斩之,其党悉平,获男女三千余人。于是移河曲六州残胡五万余口配许、汝、唐、邓、仙、豫等州,始空河南朔方千里之地。"(《新唐书·张说传》同)这一次是张说讨平"降"而又"反"的"胡"。

综合以上,史书明言张说所"慰抚""掩击""招集""讨擒"的是"九姓部落""胡""党项",而非吐蕃。丁文称张说"击退吐蕃之侵略",是毫无根据的。恰恰相反,张说是不主张对吐蕃用兵的。请看:

《旧唐书》卷一九六上《吐蕃传上》:"及封禅礼毕,中书令张说奏言:'吐蕃……闻其悔过请和,惟陛下遣使,许其稽颡内属,以息边境,则苍生幸甚。'上曰:'待吾与王君㚟筹之。'……寻而君㚟入朝奏事,遂请率兵深入以讨之。"(《新唐书》卷二一六上《吐蕃传上》同)

《旧唐书·张说传》:"初,说为相时,玄宗意欲讨吐蕃,说密奏许其通和,以息边境,玄宗不从。及瓜州失守,王君㚟死,说因获巂州斗羊,上表献之,以申讽谕。"(《新唐书·张说传》作:"后君㚟破吐蕃于青海西,说策其且败,因上巂州斗羊于帝,以申讽谕……后瓜州失守,君㚟死。")

可见,《枕中记》所描述的"会吐蕃悉抹逻及烛龙莽布支攻陷瓜沙,而节度使王君㚟新被杀,河湟震动。帝思将帅之才,遂除生御史中丞,河西道节度。大破戎虏,斩首七千级,开地九百里,筑三大城以遮要害"一事,与张说无涉。今摘录《旧唐书》卷八《玄宗纪上》有关记载,以明真相:

"(开元十四年四月)庚申,张说停兼中书令。"

"(十五年二月己巳)制说致仕。""(闰月庚申)回纥部落杀王君㚟于甘州之巩笔驿。制检校兵部尚书萧嵩兼判凉州事,总兵以御吐蕃。"

"(十六年)秋七月,吐蕃寇瓜州,刺史张守珪击破之。乙巳,检校兵部尚书萧嵩、鄯州都督张志亮攻拔吐蕃门城,斩获数千级,收其资畜而还。""八月己巳,特进张说进《开元大衍历》,诏命有司颁行之。辛卯,萧嵩又遣杜宾客击吐蕃于祁连城,大破之,获其大将一人,斩首五千级。""十一月癸巳朔,检校兵部尚书、河西节度、判凉州事萧嵩为兵部尚书、同中书门下平章事,余如故。"

丁文竟然把萧嵩、张守珪、张志亮、杜宾客攻击吐蕃的功劳,当作张说"为国家立下大功劳"。开元十四年至十六年是张说失意之时,而丁文竟然说他"得到皇帝的信任恩赏"。丁文所云卢生与张说的第二点"一致",实际相反。

(3)"虽然被同列所猜忌,受到严重困辱,但在最恶之穷途,竟得到宦官的帮助,从逆境脱出"

丁文所云"宦官",指高力士。据《旧唐书·张说传》:"(宇文)融乃与御史大夫崔隐甫、中丞李林甫奏弹说引术士夜解及受赃等状,敕宰臣源乾曜、刑部尚书韦抗、大理少卿胡珪、御史大夫崔隐甫就尚书省鞫问。……时中书主事张观、左卫长史范尧臣并依倚说势,诈假纳赂,又私度僧王庆则往来与说占卜吉凶,为隐甫等所鞫伏罪。说经两宿,玄宗使中官高力士视之,回奏:'说坐于草上,于瓦器中食,蓬首垢面,自罚忧惧之甚。'玄宗悯之。力士奏曰:'说曾为侍读,又于国有功。'玄宗然其奏,由是停兼中书令,观及庆则决杖而死,连坐迁贬者十余人。""明年,诏说致仕。"(《新唐书·张说传》同)张说确有过错,丁文单纯归咎于"被同列所猜忌",非是。(李冗《独异志》卷上:"玄宗朝宰相卢怀慎无疾暴终,夫人崔氏……曰:'公……四方赂遗,毫发不留。与张燕公同时为相,张纳货山积,其人尚在。奢俭之报,岂虚也哉?'"就反映了当时对张说贪污行为的不满情绪。)

高力士"帮助"张说,也不是稀罕的事。据《旧唐书》卷一八四《宦官传·高力士传》:"每四方进奏文表,必先呈力士,然后进御,小事便决之。……若附会者,想望风彩,以冀吹嘘,竭肝胆者多矣。宇文融、李林甫、李适之、盖嘉运、韦坚、杨慎矜、王铁、杨国忠、安禄山、安思顺、高仙芝因之而取将相高位,其余职不可胜纪。肃宗在春宫,呼为二兄,诸王公主皆呼'阿翁',驸马辈呼为'爷'。"(《新唐书》卷二〇七《宦官传上·高力士传》同)高力士的权力如此之大,得到他"吹嘘"的人如此之多,"幸佞人"①张说岂有不"附会"于他的呢?开元十七年(729)张说亲笔撰写《为将军高力士祭父文》,便是张说"诣事"高力士之一证。张说诣事高力士,所以高力士在玄宗面前为他讲几句好话,这与高力士为宇文融等"吹嘘",没有两样。既然高力士"帮助"张说不是一件稀罕的事,怎能拿来作为沈既济专以张说为塑造卢生的"模特儿"的理由呢?

(4)"为国家立了功劳,册封为燕国公"

唐代文臣武将以功而封为"燕国公"者不少,如:"(皇太子)承乾败后……太宗谓(于)志宁曰:'知公数有规谏,事无所隐。'深加勉劳。……及高宗为皇太子,复授志宁太子左庶子……永徽元年……进封燕国公。"(《旧唐书》卷七八《于志宁传》)又如:"(黑齿)常之在军七年,吐蕃深畏惮之,不敢复为边患。……垂拱二年,突厥犯边,命常之率兵拒之……以功进封燕国公。"(同书卷一〇九《黑齿常之传》)余不多举。既然"燕国公"不是张说一人特有的封号,怎能作为只有张说是卢生的"模特儿"的根据呢?

(5)"连他的儿子们都成为显贵,当时的荣宠没有能与之相比"

丁文认为这是卢生与张说的第五点"一致",其实大不一致。一、卢生"生五子","其姻媾皆天下望族",而张说生三子,"次子垍尚宁亲公主,拜驸马都尉"(两《唐书·张说传》)。《枕中记》没有描述卢生与神武

---

① 张鷟《朝野佥载》卷五:"燕国公张说,幸佞人也。前为并州刺史,诣事特进王毛仲,饷致金宝不可胜数。……"

皇帝是儿女亲家。二、天宝十四载，安禄山反，至德元载，自称大燕皇帝。张均、张垍兄弟都投降安禄山，担任要职。二载，肃宗收复两京，张均弃市，张垍长流岭表。① 《旧唐书·张说传》"史臣曰"："惜乎均、垍务速，失节贼逆。"《新唐书·张说传》"赞曰"："至子以利遽败其家。"《枕中记》没有描述卢生之子败家。沈既济是史学家，如《枕中记》专以张说为卢生的"模特儿"，怎能只写卢生的五子"皆有才器"，而不写他们败家？

（6）"到晚年得病时，皇帝派宦官去探病，送良药等，表现了最大的关心"

《旧唐书·张说传》云："（开元）十八年，遇疾，玄宗每日令中使问疾，并手写药方赐之。"这也不是张说一人独有的事。先看看太宗是怎样对待杜如晦、房玄龄、魏徵的。《旧唐书》卷六六《杜如晦传》："其年（贞观三年）冬，遇疾……太宗深忧其疾，频遣使存问，名医上药，相望于道。四年，疾笃，令皇太子就第临问，上亲幸其宅，抚之流涕。"同书同卷《房玄龄传》："时（贞观二十二年）玄龄旧疾发……及渐笃……敕遣名医救疗，尚食每日供御膳。……后疾增剧，遂凿苑墙开门，累遣中使候问。上又亲临，握手叙别，悲不自胜。皇太子亦就之与之诀。"同书卷七一《魏徵传》："其年（贞观十六年），称绵惙，中使相望。……及病笃，舆驾再幸其第，抚之流涕。"太宗对杜如晦、房玄龄、魏徵的恩泽，过于玄宗对张说。再看看玄宗是怎样对待宋璟的。《旧唐书》卷九六《宋璟传》："璟乃退归东都私第，屏绝人事，以就医药。自是（开元二十二年）频遣使送药饵。"玄宗对宋璟的恩泽，亦不减于他之对张说。可见，《枕中记》"中人候问，相踵于道，名医上药，无不至焉"的描述，不过是根据当时皇帝

---

① 《旧唐书·张说传》附《张均传》："禄山之乱，受伪命为中书令，掌贼枢衡。……均当大辟，肃宗于说有旧恩，特免死，长流合浦郡。"附《张垍传》："垍……为贼宰相，垍死于贼中。"（《新唐书·张说传》附《张均传》《张垍传》同）《资治通鉴》卷二二〇《唐纪三六》与两《唐书》不同。今取《通鉴》。

对大臣临终前的恩泽，加以概括而已，不能作为沈既济专以张说为卢生"模特儿"的证据。

（二）郭子仪为"样本"说质疑

1991年3月台北《中国文史哲研究集刊》创刊号刊载王梦鸥《读沈既济〈枕中记〉补考》一文，提出"因郭子仪一生遇难不死，享尽人间荣华富贵，沈既济于《枕中记》曾以之隐喻为最适意的人生样本"，"表示最高的羡慕"。但一查两《唐书·郭子仪传》，便看出卢生与郭子仪大不相同。

家世不同　卢生是山东士族；而郭子仪是"华州郑县人"，非高门。

出身不同　卢生连登进士科、制科；而郭子仪是"武举"。

仕宦不同　卢生是文官，只一为"河西道节度"；而郭子仪是武将，"春秋既高，疆场多〔无〕事，罢彼旄钺，宠在台衡"。

遭遇不同　卢生"两窜荒徼"，第一次是"大为时宰所忌，以飞语中之，贬为端州刺史"。第二次是"同列害之，复诬与边将交结，所图不轨。制下狱。……其罹者皆死，独生为中官保之，减罪死，投驩州"；而郭子仪一生未受贬谪，虽"前后遭罹幸臣程元振、鱼朝恩谮毁百端，时方握强兵，或方临戎敌，诏命征之，未尝不即日应召，故谗谤不能行"。卢生得到宦官的保护，而郭子仪遭受宦官的"谮毁"，截然不同。

结局不同　卢生仕至"中书令，封燕国公"，卒后无恩典；而郭子仪仕至"太尉兼中书令"，封"汾阳郡王"，"赐号'尚父'"，"赐铁券，图形凌烟阁"，卒后"赠太师，陪葬建陵"，"赙绢三千匹，布三千端，米麦三千石"，"旧令一品坟高丈八，而诏特加十尺。群臣以次赴宅吊哭。凶丧所须，并令官给。及葬，上御安福门临哭送之，百僚陪位陨泣。赐谥曰忠武，配飨代宗庙庭"。

后嗣不同　卢生子五人、孙十余人，无一人尚主；而郭子仪有子八人、孙数十人，第六子郭暧尚升平公主，郭暧子郭纵尚汉阳公主、郭钴尚西河公主，郭暧孙郭仲恭尚金堂公主、郭仲词尚饶阳公主。

特别需要指出的是,"子仪薨后,杨炎、卢杞相次秉政,奸谄用事,尤忌勋族。子仪之婿太仆卿赵纵、少府少监李洞清、光禄卿王宰,皆以家人告讦细过,相次贬黜。曜家大恐,赖宰相张镒力为庇护"(《旧唐书·郭子仪传》附《郭曜传》)。建中二年六月①,郭子仪卒。七月,杨炎为左仆射,张镒拜相。十月,杨炎贬。据建中三年张镒《论奴仆告主疏》:"将帅之功,莫大于子仪;人臣之位,莫大于尚父。殁身未几,坟土仅干,两婿先已当辜,赵纵今又下狱。……才经数月,连罪三婿。"赵纵"下狱",卢杞负有责任。在赵纵"下狱"之前,李洞清、王宰"先已当辜",杨炎负有责任(至少其中一人得罪,杨炎负有责任)。否则,《旧唐书》就不会将杨炎、卢杞相提并论,批评他们都是"尤忌勋族"了。

为"杨炎所荐",崇拜杨炎,在《建中实录》中"附炎为说"的沈既济,在撰写《枕中记》时,怎会以杨炎"尤忌"的郭子仪为"样本"呢?

(三) 元载为"模型"说质疑

1990年12月出版的《唐代小说史话》第五章,程毅中提出:杨炎、"杨炎的前任和荐举者元载","都是《枕中记》卢生的模型"。我在《中唐政治斗争在小说中的反映》一文中,曾论证卢生与杨炎有"相似"之处,但不同意元载是"模型"。因为《枕中记》描绘的卢生,与史书记述的元载,大不相同。

家庭情况不同 《旧唐书》卷一一八《元载传》:"元载,凤翔岐山人也,家本寒微。父景昇,任员外官,不理产业,常居岐州。载母携载适景昇,冒姓元氏。"(《新唐书》卷一四五《元载传》作:"父昇,本景氏。曹王明妃元氏赐田在扶风,昇主其租入,有劳,请于妃,冒为元氏。")与卢生

---

① 《旧唐书·郭子仪传》:"建中二年……六月十四日薨。"《新唐书》卷七《德宗纪》:"(建中二年六月)辛丑,郭子仪薨。"(《通鉴》卷二二七《唐纪四三》同)
《旧唐书》卷一二《德宗纪上》:"(建中二年)五月丙寅……己巳……庚寅……辛丑,尚父、中书令、汾阳郡王郭子仪薨。"误。"庚寅"上脱"六月"二字。

"吾家山东,有良五顷,足以御寒馁"不同。

出身入仕不同　《旧唐书·元载传》:"家贫,徒步随乡赋,累上不升第。天宝初,玄宗……下诏求明庄、老、文、列四子之学者。载策入高科,授邠州新平尉。"与卢生"举进士,登第,释褐秘校",又"应制"不同。

宦途遭遇不同　元载一生未遭贬谪,与卢生"两窜荒徼"不同。

为相表现不同　代宗《赐元载自尽敕》:"纳受赃私,贸鬻官秩。"与神武皇帝赞扬卢生"升平二纪,实卿所赖"不同。

妻、子表现不同　《赐元载自尽敕》:"凶妻忍害,暴子侵牟。"与卢生"娶清河崔氏女,女容甚丽",五子"皆有才器"不同。

全家结局不同　元载赐自尽。妻王氏,子伯和、仲武、季能并赐死。女真一,少为尼,没入掖庭。《旧唐书·元载传》又云:"遣中官于万年县界黄台乡毁载祖及父母坟墓,斫棺弃柩,及私庙木主;并载大宁里、安仁里二宅,充修百司廨宇。"(《新唐书·元载传》又云:"坺东都第助治禁苑。")与卢生善终不同。

值得我们注意的是,在唐代的笔记小说中,元载被塑造成朋党、贪污、阴险、弄权的形象,现摘录如下:

朋党　《仙传拾遗》及《戎幕闲谭》《玉堂闲话》:"宰相元载,私树朋党,惧朝臣言其长短,奏令百官凡欲论事,皆先白长官,长官白宰相,然后上闻。(颜)真卿奏疏极言之乃止。后因摄祭太庙,以祭器不修言于朝。元载以为诽谤时政,贬硖州别驾。"(《太平广记》卷三二《神仙三十二·颜真卿》引)《邺侯外传》:"(李)泌恩渥隆异,故元载、(李)辅国之辈,嫉之若仇。代宗即位,累有颁锡……已而征入翰林,元载奏以朝散大夫检校秘书少监,为江西观察判官。"(同书卷三八《神仙三十八·李泌》引)《嘉话录》:"独孤及求知制诰,试见元载,元知其所欲,迎谓曰'制诰阿谁堪',及心知不我与而与他也。……时杨炎在阁下,忌及之来,故元阴之,乃二人力也。"(同书卷一八七《职官·独孤及》引)以上言元载与李辅国、杨炎结党营私。

贪污　《杜阳杂编》卷上："元载专政,益堕国典。若非良金重宝,趑趄左道,则不得出入于朝廷。……(宠姬薛)瑶英之父曰宗本,兄曰从义,与(瑶英之母)赵娟递相出入,以构贿赂,号为关节。更与中书主吏卓倩等为腹心。而宗本辈以事告者,载未尝不颔之。天下赍宝货求大官职,无不恃载权势,指薛、卓为梯媒。"《谭宾录》:"(董)秀、(元)载内外引荐(陈少游),数日,拜宣歙观察使,改浙东观察使,迁淮南节度使。十余年间,三总大藩。……初结元载,每岁馈十万贯。"(《广纪》卷二三九《谄佞一·陈少游》引)

阴险　《唐国史补》卷上《鱼朝恩讲〈易〉》:"鱼朝恩于国子监高座讲《易》,尽言鼎卦,以挫元、王。是日,百官皆在,缙不堪其辱,载独怡然。朝恩退曰:'怒者常情,笑者不可测也。'"

弄权　张固《幽闲鼓吹》:"元相载在中书日,有丈人自宣州所居来投,求一职事。中书度其材不任事,赠河北一函书而遣之。丈人惋怒,不得已持书而去,既至幽州……乃拆而视之,更无一辞,唯署名而已。……书既入,馆之上舍,留连数日。及辞去,奉绢一千匹。"

不仅元载在唐代笔记小说中的形象是丑恶的,他的妻、子的形象,也是丑恶的,兹不赘举。笔记小说虽可能有夸张或失实之处,但也是当时的"街谈巷语"、社会舆论的一种反映。

《枕中记》中的卢生,基本上是正面人物,而笔记小说中的元载及其妻、子,完全是反面人物,沈既济下笔塑造卢生形象时,能把一个众所周知的反面人物作为"模型"吗?

总之,1990—1992年出现的《枕中记》主角原型三说——专以张说为"标本"说,专以郭子仪为"样本"说,以元载为"模型"说,都不能成立。

"窒吾欲"是《枕中记》的画龙点睛之笔

在《记》的末尾,沈既济借卢生梦醒后与吕翁对话,发了一段议论:"夫宠辱之道,穷达之运,得丧之理,死生之情,尽知之矣。此先生所以窒吾欲也。敢不受教。"这是消极的观点。

按照《记》的描写,卢生所做的,不是噩梦,而是美梦。梦中享尽荣华富贵,寿终正寝的结局,不正是当时士人所歆慕,想望,追求的吗?(虽有过两次挫折,都能平安无事)真使沈既济产生消极思想的,不应是小说中的卢生,而应是现实生活中的杨炎。杨炎对解决中唐财政问题有重大贡献,竟因卢杞陷害,被德宗处死,使沈既济灰心,寒心,惊心,从而产生"窒吾欲"的念头,不必争名夺利,以避免杀身之祸。

沈既济的儿子沈传师,也受父亲的影响。据《旧唐书·沈传师传》:"性恬退无竞。"《新唐书》卷一三二《沈既济传》:"传师性夷粹无竞。"杜牧《樊川文集》卷一四《唐故尚书吏部侍郎、赠吏部尚书沈公行状》:"时穆宗皇帝亲任学士,时事机秘,多考决在内,必取其长,循为宰相。公密补弘多,同列每欲面陈拜章,互来告公,必取规议,用为进退。岁久,当为其长者凡再,公皆逡巡不就。上欲面授之,公奏曰:'学士院长,参议大政,出为宰相,臣自知必不能为。凡宰相之任,非能尽知天下物情,苟为之必致败挠。况今百姓甚困,燕、赵适乱,臣以死不敢当……'"沈传师为什么不敢做翰林承旨学士,更不敢做宰相?就是为了避祸。沈传师的"恬退无竞"应是出于沈既济"窒吾欲"的教导。

晚唐的房千里,则从《枕中记》产生另一种联想。房千里入仕以后,曾"以罪居庐陵",又"贬端州",受过几次挫折。(参阅《唐诗纪事》卷五一《房千里》)他说:"开成三年春,予自海上北徙……遇二三子号进士者,以六骰双双为戏,更投局上,以数多少为进身职官之差数,丰贵而约贱。卒局,座客有为尉掾而止者,有贵为相臣将臣者,有连得美名而后不振者,有始甚微而欻升于上位者。大凡得失……但卜其偶不偶耳。"这个骰子游戏,引起房千里的牢骚,他发了一段议论:"达人以生死为劳息,万物为一马,果如是,吾今之贵者,安知其不果贱哉。彼真为贵者,乃数年之荣耳。吾今贵者,亦数刻之乐耳。虽久促稍异,其归于偶也同。"他又联想起:"列御寇叙穆天子梦游事,近者沈拾遗述枕中事,彼皆异类微物,且犹窃爵位以加人,或一瞬为数十岁。吾果斯人也,又安知数刻之乐,果不及数年之荣耶?"(《骰子选格序》)房千里认为,梦中为相为将,也能享受"一瞬"的快乐。这种感想,恐怕是出于沈既济意料之外的吧!

附:沈既济《枕中记》

开元七年,道士有吕翁者,得神仙术,行邯郸道中,息邸舍,摄帽弛带,隐囊而坐。俄见旅中少年,乃卢生也。衣短褐,乘青驹,将适于田,亦止于邸中,与翁共席而坐,言笑殊畅。久之,卢生顾其衣装敝亵,乃长叹息曰:"大丈夫生世不谐,困如是也!"翁曰:"观子形体,无苦无恙,谈谐方适,而叹其困者,何也?"生曰:"吾此苟生耳。何适之谓?"翁曰:"此不谓适,而何谓适?"答曰:"士之生世,当建功树名,出将入相,列鼎而食,选声而听,使族益昌而家益肥,然后可以言适乎。吾尝志于学,富于游艺,自惟当年,青紫可拾。今已适壮,犹勤畎亩,非困而何?"言讫,而目昏思寐。

时主人方蒸黍。翁乃探囊中枕以授之,曰:"子枕吾枕,当令子荣适如志。"其枕青瓷,而窍其两端。生俯首就之,见其窍渐大,明朗。乃举身而入,遂至其家。数月,娶清河崔氏女。女容甚丽,生资愈厚。生大悦,由是衣装服驭,日益鲜盛。明年,举进士,登第;释褐秘校;应制,转渭南尉；俄迁监察御史；转起居舍人，知制诰。三载，出典同州，迁陕牧。生性好土功，自陕西凿河八十里，以济不通。邦人利之，刻石纪德。移节汴州，领河南道采访使，征为京兆尹。是岁，神武皇帝方事戎狄，恢宏土宇。会吐蕃悉抹逻及烛龙莽布支攻陷瓜沙，而节度使王君㚟新被杀，河湟震动。帝思将帅之才，遂除生御史中丞，河西道节度。大破戎虏，斩首七千级，开地九百里，筑三大城以遮要害。边人立石于居延山以颂之。归朝册勋，恩礼极盛。转吏部侍郎，迁户部尚书兼御史大夫。时望清重，群情翕习。大为时宰所忌，以飞语中之，贬为端州刺史。三年，征为常侍。未几，同中书门下平章事，与萧中令嵩、裴侍中光庭同执大政十余年，嘉谟密命，一日三接，献替启沃，号为贤相。同列害之，复诬与边将交结，所图不轨。制下狱。府吏引从至其门而急收之。生惶骇不测，谓妻子曰："吾家山东，有良田五顷，足以御寒馁，何苦求禄？而今及此，思衣短褐，乘青驹，行邯郸道中，不可得也。"引刃自刎。其妻救之，获免。其罹者皆死，独生为中官保之，减罪死，投驩州。数年，帝知冤，复追为中书令，封燕国公，恩旨殊异。生五子，曰俭、曰传、曰位、曰倜、曰倚，皆有才器。俭进士登第，为考功员外；传为侍御史；位为大常丞；倜为万年尉；倚最贤，年二十八，为左襄。其姻媾皆天下望族。有孙十余人。两窜荒徼，再登台铉，出入中外，徊翔台阁，五十余年，崇盛赫奕。性颇奢荡，甚好佚乐，后庭声色，皆第一绮丽。前后赐良田、甲第、佳人、名马，不可胜数。后年渐衰迈，屡乞骸骨，不许。病，中人候问，相踵于道，名医上药，无不至焉。将殁，上疏曰："臣本山东诸生，以田圃为娱。偶逢圣运，得列官叙。过蒙殊奖，特秩鸿私，出拥节旌，入升台辅。周旋中外，绵历岁时。有忝天恩，无裨圣化。负乘贻寇，履薄增忧，日惧一日，不知老至。今年逾八十，位极三事，钟漏并歇，筋骸俱耄，弥留沉顿，待时益尽。顾无成效，上答休明，空负深恩，永辞圣代。无任感恋之至。谨奉表陈谢。"诏曰："卿以俊德，作朕元辅。出拥藩翰，入赞雍熙。升平二纪,实卿所赖。比婴疾疹,日谓痊平。岂斯沉痼,良用悯恻。今令骠骑大将军高力士就第候省。其勉加针石,为予自爱。犹冀无妄,期于有瘳。"是夕,薨。

卢生欠伸而悟,见其身方偃于邸舍,吕翁坐其傍,主人蒸黍未熟,触类如故。生蹶然而兴,曰:"岂其梦寐也?"翁谓生曰:"人生之适,亦如是矣。"生怃然良久,谢曰:"夫宠辱之道,穷达之运,得丧之理,死生之情,尽知之矣。此先生所以窒吾欲也。敢不受教。"稽首再拜而去。

《南柯太守传》新探

《南柯太守传》与《枕中记》立意不同

人们以为沈既济《枕中记》与李公佐《南柯太守传》皆描写梦中富贵之事,"立意"相同,其实有所不同。(一)《枕中记》之主人公卢生,农家之子,梦中娶清河崔氏女,登进士第,官至宰相。《南柯太守传》之主人公淳于棻,游侠之士,梦中尚公主,拜驸马,"久镇外藩",兼领宰相。从唐代现实生活来说,沈既济以当时的文官为模特儿,李公佐则取材于当时的武将。(二)《枕中记》选用"卢"为主人公之姓。卢是唐代五巨姓之一,第一流的高门士族。沈既济以"卢生"影杨炎,尊崇之心甚显。《南柯太守传》选用"棻"为主人公之名。棻,纷乱也。李公佐以"棻"影驸马,贬斥之意已明。(三)《枕中记》在结尾处点明:卢生梦醒,对道士吕翁说:"夫宠辱之道,穷达之运,得丧之理,死生之情,尽知之矣。此先生所以窒吾欲也。敢不受教。"《南柯太守传》在结尾处点明:"虽稽神语怪,事涉非经,而窃位著生①,冀将为戒。后之君子,幸以南柯为偶然,无以名位骄于天壤间云。"沈既济撰文之目的,是表示自己已视富贵如梦,得到觉悟。李公佐撰文之目的,则是以梦说教,劝诫别人。前已考《枕中记》为沈既济慨叹杨炎之死而作,今下文再证《南柯太守传》为李公佐

---

① "窃位著生":明刻《虞初志》卷三《南柯记》作"窃位贪生"。

讽刺德宗朝公主婚事而作。

《南柯太守传》写作年代考

刘开荣在《唐代小说研究》中，说《南柯太守传》是"晚唐的作品"，是李公佐"暮年削官后的作品（大中间）"，"至于故事中，说作于贞元十八年秋间，实为掩饰，以防当权发觉而加罪罢了"。这个说法是不能成立的。

1. 李肇《唐国史补》卷下《叙近代文妖》云："有传蚁穴而称李公佐《南柯太守》。"从这个记载看出，当李肇撰《唐国史补》时，李公佐已经写出了《南柯太守传》。据李肇《唐国史补序》："予自开元至长庆，撰《国史补》。"（王定保《唐摭言》卷一《述进士下篇》："元和中，中书舍人李肇撰《国史补》。"岑仲勉《跋〈唐摭言〉》云："元和中当为大和中之传讹。"）

2. 李肇曾为《南柯太守传》撰"赞"。李公佐在《传》中称李肇为"前华州参军"。可从这个官衔来考察李肇撰"赞"的时间。华州是上州，上州参军事是从第八品下阶①。据陈舜俞《庐山记》卷二："《经藏碑》：元和七年岁次壬辰，九月丙辰朔，十五日庚午，朝请郎、试太常寺协律郎李肇撰。"协律郎是正第八品上阶，比华州参军高。一般地说，李肇任华州参军应在太常寺协律郎之前——元和七年之前。他撰"赞"当然也在这以前。《南柯太守传》所云"公佐贞元十八年秋八月……辄编录成传，以资好事"，时间在《唐国史补》成书之前，是可信的；与李肇撰"赞"时的身份，也是符合的。

3. 《南柯太守传》的主人公是淳于棼。唐宪宗原名淳，改名纯。由

---

① 上州参军事的品秩，《旧唐书·职官志三·州县官员》作"从九品上"，误。《新唐书·百官志四下·外官》作"从八品下"，是。

于避讳,"淳于"这个姓成了问题。《元和姓纂》卷三《十八谆》:"淳于……元和初,避上嫌名,改于氏。"《旧唐书》卷一四《宪宗纪上》:"(永贞元年十二月)壬寅……姓淳于者改姓于。"从《传》中主人公姓"淳于",证明它是永贞前的作品,如果撰于元和后,《传》中主人公只能姓"于"而不能姓"淳于"了。

4. 李德裕《李文饶别集》卷七《怀崧楼记》云:"元和庚子岁,予获在内庭,同僚九人,丞弼者五,数十年间,零落将尽。"自注:"已残者……舍人李公。"此"李公"即中书舍人李肇。《怀崧楼记》撰于"丙辰岁"即开成元年,此时李肇"已残"即已卒。如果像刘开荣所说,《南柯太守传》是"大中间"的作品,那么,已卒的李肇怎能为《传》撰"赞"?《唐国史补》中又怎能提到此《传》?

《南柯太守传》撰于贞元时,无可怀疑;但是否撰于贞元十八年?还要考订一下。《传》中涉及年代者,共三处:

(1)"贞元七年九月,(淳于棼)因沉醉致疾。"

(2)"(淳于棼父)云:'岁在丁丑,当与女相见。'"(淳于棼岳母)又谓生曰:'……后三年,当令迎卿。'""生遂发疾如初。……后三年,岁在丁丑,亦终于家。"

(3)"(李)公佐贞元十八年秋八月,自吴之洛,暂泊淮浦,偶觌淳于生棼,询访遗迹……"

"丁丑"为贞元十三年,《传》中两见,当不误,而与"贞元七年""贞元十八年"不合。以理校之,"贞元七年"为"十年"之误,"七"与"十"形近易讹。"贞元十年"为淳于棼醉后做梦之年代,"后三年"正为贞元十三年丁丑,这个疑问解决了。"公佐贞元十八年秋八月……偶觌淳于生棼"句有错字,文学古籍刊行社《唐宋传奇集·校记》云:"'棼'沈本(指《太平广记》野竹斋沈氏钞本)作'貌'。案:上文云棼卒于贞元十三年丁丑,自不能于十八年再与公佐晤见,疑作'貌'是。'貌'作'遗貌'解,即

'遗容'。"①既然是"梦"字误,则贞元十八年不误,这个疑问也解决了。

德宗朝公主下嫁"逆息虏胤"

《南柯太守传》之写作时间已确定为贞元十八年,《传》中所讽刺的"将门余子,素无艺术","嗜酒使气,不守细行"的"游侠之士"淳于棼尚主"窃位"之事,是影射谁呢?请看德宗朝公主下嫁的几个事例:

1. 建中时,代宗女永乐公主下嫁魏博节度使田承嗣子田华

《册府元龟》卷三〇〇《外戚部·选尚》:"田华为检较〔校〕比部郎中,尚代宗女永乐公主。华即悦从父兄也。帝以先朝许华婚,不敢以悦故而违罢。"案:建中二年田悦反;兴元元年归顺。(参阅《旧唐书》卷一四一、《新唐书》卷二一〇、《资治通鉴》卷二二六至二二九。)永乐公主下嫁田华,当在建中二年后,故史书云"帝以先朝许华婚,不敢以悦故而违罢"。"先朝"指代宗,"帝"指德宗。盖代宗时许田华尚公主,德宗时成婚。

2. 贞元元年,代宗女嘉诚公主下嫁魏博节度使田承嗣子田绪

《旧唐书》卷一四一《田承嗣传》附《田绪传》:"绪,承嗣第六子。大历末,授京兆府参军。承嗣卒时,绪年幼稚。承嗣虑诸子不任军政,以从子悦便弓马,性狡黠,故任遇之,俾代为帅守。及绪年长,悦以承嗣委遇之厚,待绪等无间,令主衙军。绪凶险多过,悦不忍,尝笞而拘之,绪颇怨望,常俟衅隙。会兴元元年……绪手刃悦并悦妻高氏……归罪于扈萼……遣使以闻。……朝廷授绪银青光禄大夫、魏州大都督府长史、兼御史大夫、魏博节度使。……贞元元年,以嘉诚公主出降绪,加驸马都尉。寻迁检校左仆射,封常山郡王,食邑三千户。改封雁门郡王,食

---

① "偶觌淳于生棼":《虞初志·南柯记》作"偶觌淳于生儿楚"。

实封五百户。寻加同平章事。初，田悦性俭啬，衣服饮食，皆有节度，而绪等兄弟，心常不足。绪既得志，颇纵豪侈，酒色无度。贞元十二年四月，暴卒，时年三十三，赠司空，赙赗加等。"

《新唐书》卷八三《诸帝公主传·代宗十八女传》："赵国庄懿公主，始封武清。贞元元年，徙封嘉诚。下嫁魏博节度使田绪，德宗幸望春亭临饯。厌翟敝不可乘，以金根代之。公主出降，乘金根车，自主始。"

3. 贞元十一年，德宗女义阳公主下嫁成德军节度使王武俊子王士平

《旧唐书》卷一四二《王武俊传》附《王士平传》："士平，以父勋补原王府谘议。贞元二年，选尚义阳公主，加秘书少监同正、驸马都尉。"

《唐会要》卷六《公主·杂录》："（贞元）十一年十月，义阳公主出降秘书少监王士平。士平，武俊之子也。"

4. 贞元十二年，代宗女新都公主下嫁魏博节度使田承嗣子田华

《旧唐书·田承嗣传》："有子十一人……华，太常少卿、驸马都尉，尚永乐公主，再尚新都公主。"

《新唐书·诸帝公主传·代宗十八女传》："新都公主，贞元十二年下嫁田华，具礼光顺门，五礼由是废。"

5. 贞元十三年，德宗女义章公主下嫁义武军节度使张孝忠子张茂宗

《旧唐书》卷一四一《张孝忠传》附《张茂宗传》："茂宗以父荫累官至光禄少卿同正。贞元三年，许尚公主，拜银青光禄大夫、本官驸马都尉，以公主幼待年。十三，属茂宗母亡，遗表请终嘉礼。德宗念茂昭之勋，即日授云麾将军，起复授左卫将军同正、驸马都尉。谏官蒋乂等论曰：'自古以来，未闻有驸马起复而尚公主者。'上曰：'卿所言，古礼也；如今人家往往有借吉为婚嫁者，卿何苦固执？'又奏曰：'臣闻近日人家有不甚知礼教者，或女居父母服，家既贫乏，且无强近至亲，即有借吉以就亲

者。至于男子借吉婚娶,从古未闻,今忽令驸马起复成礼,实恐惊骇物听。况公主年幼,更俟一年出降,时既未失,且合礼经。'太常博士韦彤、裴堪曰:'伏见驸马都尉张茂宗犹在母丧,圣恩念其亡母遗表所请,许公主出降,仍令茂宗即吉就婚者。伏以夫妇之义,人伦大端,所以《关雎》冠于《诗》首者,王化所先也。天属之亲,孝行为本,所以齐斩五服之重者,人道之厚也。圣人知此二端为训人之本,不可变也。故制婚礼,上以承宗庙,下以继后嗣。至若墨衰夺情,事缘金革。若使茂宗释衰服而衣冕裳,去垩室而为亲迎,虽云辍哀借吉,是亦以凶渎嘉。伏愿抑茂宗亡母之请,顾典章不易之义,待其终制,然后赐婚。'德宗不纳,竟以义章公主降茂宗。自是以戚里之亲,颇承恩顾。"

6. 贞元间,太子(顺宗)女(后封云安公主)下嫁泾原节度使刘昌子刘士泾

《旧唐书》卷一五二《刘昌传》附《刘士泾传》:"士泾,德宗朝尚主,官至少列十余年,家富于财。结托中贵,交通权幸。"(《新唐书》卷一七〇《刘昌传》附《刘士泾传》又云:"善胡琴,故得幸于贵人。")

《新唐书·诸帝公主传·顺宗十一女传》:"云安公主,亦汉阳同生。下嫁刘士泾。"

7. 贞元间,太子(顺宗)女清源郡主(后封阳安公主)下嫁成德军节度使王士真子王承系

《新唐书·诸帝公主传·顺宗十一女传》:"虢国公主,始封清源郡主,徙阳安。下嫁王承系。"(王承系是王武俊孙,王士真子,王承宗弟。《旧唐书》卷一六〇《宇文籍传》云"王承宗叛,诏捕其弟驸马都尉承系"可证。)据杜牧《樊川文集》卷八《唐故岐阳公主墓志铭》"当贞元时……王武俊、王士真、张孝忠子联为国婿",清源郡主下嫁王承系当在德宗朝。

8. 贞元二十年,太子(顺宗)女晋康郡主(后封襄阳公主)下嫁义武

军节度使张茂昭子张克礼

《旧唐书·张孝忠传》附《张茂昭传》:"(贞元)二十年十月,入朝……锡宴于麟德殿,赐良马、甲第、器用、珍币甚厚,仍以其第三男克礼尚晋康郡主。"(《新唐书》卷一四八《张孝忠传》附《张茂昭传》同。)

《新唐书·诸帝公主传·顺宗十一女传》:"襄阳公主,始封晋康县〔郡〕主。下嫁张孝忠子〔孙〕克礼。"

不把公主嫁给贵族名门的后裔而嫁给藩镇的子孙,这在当时人看来,是颇为反常的。"自河北诸盗残害骨肉,无酷于(田)绪者。"①残酷的"盗"竟成为高贵的驸马,岂不骇人听闻!加以公主举行婚礼时,又多违反"典章",如嘉诚公主不乘厌翟车而乘金根车,新都公主"具礼光顺门,五礼由是废",驸马张茂宗母丧"起复成礼",等等,都是封建士大夫们所看不惯的。在朝的蒋义、韦彤、裴堪等人都忍不住而出来说话了,在野的李公佐又岂能无感于中,一言不发呢?

以上是说明产生《南柯太守传》的时代背景。

贞元时,小臣蒋义、韦彤、裴堪等对德宗把义章公主下嫁给张茂宗一事,还只就驸马"犹在母丧","借吉婚娶",违反"礼教"方面,进行谏诤;元和时,宰相李吉甫对宪宗的谏诤,就进了一步。据《旧唐书》卷一四八《李吉甫传》:"初贞元中,义阳、义章二公主咸于墓所造祠堂一百二十间,费钱数万。"元和七年,李吉甫对宪宗说:"臣以祠堂之设,礼典无文,德宗皇帝恩出一时,事因习俗,当时人间,不无窃议。……诚以非礼之事,人君所当慎也。"义阳公主下嫁给王士平,义章公主下嫁给张茂宗,均藩镇之子。德宗特为这两个公主造祠堂,带有讨好藩镇的意图,所以引起民众的反感,认为是"非礼之事"。李吉甫又说:"自古尚主必

---

① 《旧唐书·田承嗣传》附《田绪传》。

慎择其人。江左悉取名士，独近世不然。"(《新唐书》卷一四六《李栖筠传》)这是向宪宗提出不应把公主下嫁给藩镇子孙的意见。藩镇子孙，哪有"名士"呢？

晚唐的杜牧，时代较远，顾虑较少，更进一步说出元和时李吉甫所不敢说的话。杜牧《樊川文集》卷五《守论》云："大历、贞元之间……有城数十，千百卒夫，则朝廷待之，贷以法故，于是乎阔视大言，自树一家，破制削法，角为尊奢。天子养威而不问，有司守恬而不呵。王侯通爵，越录受之；觐聘不来，几杖扶之。逆息房胤，皇子嫔之；装缘采饰，无不备之。是以地益广，兵益强，僭拟益甚，侈心益昌。于是土田名器，分划殆尽，则贼夫贪心，未及畔岸。遂有淫名越号，或帝或王，盟诅自立，恬淡不畏，走兵西〔四〕略，以饱其志者也。是以赵、魏、燕、齐，卓起大倡，梁、蔡、吴、蜀，蹑而和之。其余混顽轩嚣，欲相效者，往往而是。……大抵生人油然多欲，欲而不得则怒，怒则争乱随之。是以教笞于家，刑罚于国，征伐于天下，此所以裁其欲而塞其争也。大历、贞元之间，尽反此道，提区区之有而塞无涯之争，是以首尾指支，几不能相运掉也。……呜呼！大历、贞元守邦之术，永戒之哉。"①此文是站在维护中央集权、反对藩镇割据的立场上，总结代、德两朝实行"姑息之政"的错误。文中"逆息房胤，皇子嫔之"八字，直指要害，比"自古尚主必慎择其人"要尖锐得多了。

"逆息"指谁？

《旧唐书·田承嗣传》云："承嗣，开元末为（卢龙）军使安禄山前锋兵马使……禄山构逆，承嗣与张忠志等为前锋，陷河洛。禄山败，史朝义再陷洛阳，承嗣为前导，伪授魏州刺史。代宗遣朔方节度使仆固怀恩引回纥军讨平河朔。……时怀恩阴图不轨，虑贼平宠衰，欲留贼将为

---

① 《资治通鉴》卷二四四《唐纪六〇》云："（大和七年）杜牧……又作《守论》。"无据。

援,乃奏承嗣……四人分帅河北诸郡。"可见,"逆息"指安、史"贼将"田承嗣之子田华、田绪。

"虏胤"指谁?

《旧唐书·张孝忠传》云:"张孝忠,本奚之种类。曾祖靖、祖逊,代乙失活部落酋帅。父谧,开元中以众归国……孝忠以勇闻于燕、赵。时号张阿劳、王没诺干,二人齐名。阿劳,孝忠本字;没诺干,王武俊本字。"同书《王武俊传》云:"王武俊,契丹怒皆部落也。祖可讷干,父路俱。开元中,饶乐府都督李诗率其部落五千帐,与路俱南河袭冠带,有诏褒美,从居蓟。武俊初号没诺干。"可见,"虏胤"指"奚之种类"张孝忠之子张茂宗、孙张克礼以及"契丹怒皆部落"王武俊之子王士平、孙王承系。

杜牧认为公主不应下嫁给"虏胤",在今天看来,似乎是民族的偏见;从当时的具体情况来看,他不是没有理由的。请看:

《册府元龟》卷三〇七《外戚部·谴让》云:"王士平尚德宗女义阳公主,为驸马都尉。贞元十二年五月,经代宗忌辰,驸马诸亲悉诣银台奉慰,及回,士平遂邀……并于宅中饮乐,德宗怒之,下诏曰:'先圣忌辰,才经叙慰,戚里之内,固在肃恭,而乃遽从宴游,饮酒作乐,既乖礼法,须有所惩。……'是岁士平与公主忿争……"

《唐国史补》卷下《曲号义阳子》云:"贞元十二年,驸马王士平与义阳公主反目,蔡南史、独孤申叔播为乐曲,号《义阳子》,有'团雪''散云(《太平广记》卷一八〇引文作雪)'之歌。德宗闻之,怒,欲废科举,后但流斥南史、申叔而止。"①

杜牧《唐故岐阳公主墓志铭》云:"当贞元时,德宗行姑息之政,王武

---

① 蔡南史、独孤申叔作《义阳子》,遭流斥,《旧唐书·王武俊传》附《王士平传》、《新唐书·诸帝公主传·德宗十一女传》均作宪宗朝事,误。据韩愈《独孤申叔哀辞》、柳宗元《亡友故秘书省校书郎独孤君墓碣》、皇甫湜《伤独孤赋》,贞元十八年独孤申叔已卒。

俊、王士真、张孝忠子联为国婿。……皆挟恩佩势,聚少侠狗马为事,日截驰道,纵击平人,豪取民物,官不敢问,戚里相尚,不为以为穷弱。"

从这些事例看出,少数民族出身的驸马,动辄违反汉族的封建礼教。这是当时社会舆论所不齿的。

李公佐、蔡南史、独孤申叔、杜牧等都是儒生,其思想意识有共同之处,或撰乐曲,或写文章,或作小说,形式虽不同,都是针对现实,有感而发。杜牧看不惯"房胤"尚主;李公佐所描写的"大槐安国"的群蚁,也是另眼看待从人间来的驸马淳于棼,疑之惮之,宣扬"衅起他族,事在萧墙",终于把他赶出蚁穴,送回人间。李公佐的幻设,与杜牧的议论,有什么不同呢?《守论》等文,可供研究《南柯太守传》之参考。

《南柯太守传》中蚁穴影射人间

《南柯太守传》中描写淳于棼娶"大槐安国"金枝公主。"槐安"者,怀安也。这是有所指的。

《新唐书》卷二一〇《藩镇魏博传》云:"安、史乱天下,至肃宗大难略平,君臣皆幸安,故瓜分河北地,付授叛将,护养孽萌,以成祸根。乱人乘之,遂擅署吏,以赋税自私,不朝献于廷。效战国,肮髒相依,以土地传子孙,胁百姓,加锯其颈,利怵逆污,遂使其人自视由羌狄然。"

《旧唐书·田承嗣传》云:"承嗣不习教义,沉猜好勇,虽外受朝旨,而阴图自固,重加税率,修缮兵甲,计户口之众寡,而老弱事耕稼,丁壮从征役,故数年之间,其众十万。仍选其魁伟强力者万人以自卫,谓之衙兵。郡邑官吏,皆自署置,户版不籍于天府,税赋不入于朝廷,虽曰藩臣,实无臣节。代宗以黎元久罹寇虐,姑务优容,累加检校尚书仆射、太尉、同中书门下平章,封雁门郡王,赐实封千户。及升魏州为大都督府,以承嗣为长史,仍以其子华尚永乐公主,冀以结固其心,庶其悛革,而生于朔野,志性凶逆,每王人慰安,言词不逊。"(《新唐书·藩镇魏博传》作"诏子华尚永乐公主,冀结其心。而性著凶诡,愈不逊"。)

史书极言安、史乱后藩镇割据之祸,可见其云肃宗"幸安"、代宗"优容",语虽婉转,实寓批评之意,与杜牧云代宗、德宗"姑息",并无异义。对照之下,可以看出:《南柯太守传》是用"大槐安国"(怀安)隐寓安、史乱后对藩镇采取幸安、优容、姑息政策,以至下嫁公主"结固其心"的中唐王朝。"大槐安国"之官称、制度,亦多与唐朝符合,如:

右相　《传》云"右相且至""右相亦与(淳于)生偕还馆舍"。按《旧唐书》卷四二《职官志一》:"天宝元年二月,侍中改为左相,中书令改为右相。"

太守　《传》云"太守黜废""王遂敕有司备太守行李"。按《旧唐书》卷四四《职官志三·州县官员》:"武德改郡为州,州置刺史。天宝改州为郡,置太守。"

司宪、司农　《传》云:"周(弁)请署南柯司宪,田(子华)请署司农……"按《旧唐书·职官志三·州县官员》:"仓曹、司仓掌公廨、度量、庖厨、仓库、租赋、征收、田园、市肆之事。""法曹、司法掌刑法。"司宪即司法一类官职,司农即司仓一类官职。

食邑、爵位　《传》云:"赐食邑,锡爵位。"按《新唐书》卷四六《百官志一》:"凡爵九等:一曰王,食邑万户,正一品;……"

台辅　《传》云:"居台辅。"按《文献通考》卷六四《职官考十八》:"……使相者,是以侍中、中书令、平章事加节度使之谓也。自唐至宋皆有之,而事体微不同:唐则多以同平章事加节度使之立勋劳而久任者,盖将而宠以相之名也。"淳于棼是"将"而宠以"相",以南柯郡太守加宰相衔。

门荫　《传》云:"男以门荫授官。"按《旧唐书·职官志一》:"凡九品已上职事,皆带散位,谓之本品。……散位则一切以门荫结品,然后劳考进叙。"又:"以门资出身者……一品子正七品上……"

再看《传》中是怎样描写"大槐安国"公主下嫁"仪式"的。不仅"彻障去扇"等等,符合唐代习俗;连"群女……争以淳于郎为戏弄",也是有依据的。北朝以来,流行"弄女婿"。所谓"弄",包括口头的调笑以至杖打,段成式《酉阳杂俎前集》卷一《礼异》"北朝婚礼……婿拜阁日,妇家亲宾妇女毕集,各以竹杖打壻为戏乐"可证。这种风俗,也流行在宫廷中,《北史》卷一四《后妃传下·(齐)文宣皇后李氏传》附《段昭仪传》"段昭仪,韶妹也。婚夕,韶妻元氏为俗弄女婿法戏文宣"可证。唐代沿袭北朝礼俗,在民间、宫廷,都有"弄女婿"之风。《云溪友议》卷中《吴门秀》云:"陆郎中畅……遇云阳公主下降刘都尉①,百僚举为傧相。……内人以陆君吴音,才思敏捷,凡所调戏,应对如流。复以诗嘲之,陆亦酬和,六宫大哈。凡十余篇,嫔娥皆讽诵之。""刘都尉"即驸马都尉刘士泾。驸马的傧相,也被"调戏",驸马本人,可想而知了。

还有,《传》中说"大槐安国"的公主谥为"顺仪公主",也是针对现实——德宗姑息藩镇而言的。王谠《唐语林》卷六《补遗》云:"贞元中,张茂宗尚义章公主,赠郑国公主,谥为贞〔庄〕穆。……唐已来,公主即有追封者,未有加谥者。公主追谥,自此始也。"张茂宗以藩镇子孙得此特殊的恩宠。

蚁穴"一如人间","大槐安国"是按照唐朝模样塑造的,驸马淳于棼不就是影射田华、田绪、王士平、王承系、张茂宗、张克礼、刘士泾之流吗?《左传·隐公四年》:"(众仲曰)臣闻以德和民,不闻以乱。以乱,犹治丝而棼之也。"注:"丝见棼缊,益所以乱。"《三国志》卷二五《魏书·高堂隆传》引《谏用法深重疏》:"不正其本,而救其末,譬犹棼丝,非政理也。"李公佐以"棼"为驸马之名,明显讽刺德宗将公主下嫁给藩镇子孙,

---

① 云阳公主即云安公主。《唐会要·公主》"顺宗十一女……云阳(降刘士泾)"可证。

是乱政,犹如治丝益棼。史书批评德宗"冀结其心",而"愈不逊",即李公佐所谓"棼"也。

综合以上,李公佐于贞元之时,目睹德宗"怀安"藩镇,把几个公主下嫁给"逆息房胤",婚前、婚后种种表现,又多违反礼教,有感于中,一吐为快,但他既不能像当时在朝的蒋乂、韦彤、裴堪等人,对德宗直接进行谏诤,也不能像晚唐的杜牧,正面批评德宗"姑息之政"的错误,只能旁敲侧击,采用传奇形式,隐晦曲折地批评时政,以避免蔡南史、独孤申叔公开揭露驸马、公主丑事所获致的不幸后果。

李肇与李公佐凶终隙末

我们说李公佐撰《南柯太守传》是讽刺德宗把几个公主下嫁给藩镇子孙,还有旁证。据陈振孙《直斋书录解题》卷五《杂史类》:"《建中河朔记》六卷:唐李公佐撰。《序》言:'与从弟正封读国史至建中、贞元之际,序述河朔故事,未甚详备,以旧闻于老僧智融及谷况《燕南记》,所说略同,参错会要,以补史阙。'"《燕南记》是"唐恒州司户魏郡谷况撰。专记成德一镇事……然河北诸镇连叛事迹,大略具矣"。(《直斋书录解题·杂史类·〈燕南记〉三卷》)李公佐反对藩镇叛乱,不满于"国史"记载未详而撰《建中河朔记》,与他不满于德宗把公主下嫁给藩镇子孙而写《南柯太守传》,是一致的。

李肇看了《南柯太守传》后,甚为欣赏,为之撰"赞"。李公佐、李肇用"蚁聚何殊"表示对"贵极禄位,权倾国都"的驸马之流的蔑视,连槐安国王也不过是一个蚂蚁,有什么了不起呢?

据《翰苑群书》上丁居晦《重修承旨学士壁记》题名《元和后二十四人》:"李肇:元和十三年七月十六日,自监察御史充。十四年四月五日,迁右补阙。九月二十四日,赐绯。十五年闰正月一日,赐紫。二十一日,加司勋员外郎。长庆元年正月十三日,出守本官。"李肇官职渐高,思想退化,对昔年为《南柯太守传》撰"赞",深为懊悔,但文已流传,无法收回,特于《唐国史补》中骂《传》为"文之妖",表示划清界限。鲁迅《稗边小缀》云:"约越十年,遂诋之至此,亦可异矣。"其实不可异,因为十余年后李肇政治地位变化,也是"蚁聚"中的一个头目了。李肇对《南柯太守传》从欣赏到诋毁,反映出它具有讽刺现实的战斗性。

附:李公佐《南柯太守传》

东平淳于棼,吴楚游侠之士。嗜酒使气,不守细行。累巨产,养豪客。曾以武艺补淮南军裨将,因使酒忤帅,斥逐落魄,纵诞饮酒为事。家住广陵郡东十里。所居宅南有大古槐一株,枝干修密,清阴数亩。淳于生日与群豪大饮其下。贞元七年九月,因沉醉致疾。时二友人于坐扶生归家,卧于堂东庑之下。二友谓生曰:"子其寝矣!余将秣马濯足,俟子小愈而去。"

生解巾就枕,昏然忽忽,仿佛若梦。见二紫衣使者,跪拜生曰:"槐安国王遣小臣致命奉邀。"生不觉下榻整衣,随二使至门。见青油小车,驾以四牡,左右从者七八,扶生上车,出大户,指古槐穴而去。使者即驱入穴中。生意颇甚异之,不敢致问。忽见山川风候草木道路,与人世甚殊。前行数十里,有郛郭城堞,车舆人物,不绝于路。生左右传车者传呼甚严,行者亦争辟于左右。又入大城,朱门重楼,楼上有金书,题曰:"大槐安国。"执门者趋拜奔走。旋有一骑传呼曰:"王以驸马远降,令且息东华馆。"因前导而去。俄见一门洞开,生降车而入。彩槛雕楹,华木珍果,列植于庭下;几案茵褥,帘帏肴膳,陈设于庭上。生心甚自悦。复有呼曰:"右相且至。"生降阶祗奉。有一人紫衣象简前趋,宾主之仪敬尽焉。右相曰:"寡君不以弊国远僻,奉迎君子,托以姻亲。"生曰:"某以贱劣之躯，岂敢是望。"右相因请生同诣其所。行可百步，入朱门。矛戟斧钺，布列左右，军吏数百，辟易道侧。生有平生酒徒周弁者，亦趋其中。生私心悦之，不敢前问。右相引生升广殿，御卫严肃，若至尊之所。见一人长大端严，居正位，衣素练服，簪朱华冠。生战栗，不敢仰视。左右侍者令生拜。王曰："前奉贤尊命，不弃小国，许令次女瑶芳，奉事君子。"生但俯伏而已，不敢致词。王曰："且就宾宇，续造仪式。"有旨，右相亦与生偕还馆舍。生思念之，意以为父在边将，因殁虏中，不知存亡。将谓父北蕃交逊，而致兹事。心甚迷惑，不知其由。

　　是夕，羔雁币帛，威容仪度，妓乐丝竹，肴膳灯烛，车骑礼物之用，无不咸备。有群女，或称华阳姑，或称青溪姑，或称上仙子，或称下仙子，若是者数辈。皆侍从数十，冠翠凤冠，衣金霞帔，彩碧金钿，目不可视。遨游戏乐，往来其门，争以淳于郎为戏弄。风态妖丽，言词巧艳，生莫能对。复有一女谓生曰："昨上巳日，吾从灵芝夫人过禅智寺，于天竺院观石延舞《婆罗门》。吾与诸女坐北牖石榻上，时君少年，亦解骑来看。君独强来亲洽，言调笑谑。吾与穷英妹结绛巾，挂于竹枝上，君独不忆念之乎？又七月十六日，吾于孝感寺侍上真子，听契玄法师讲《观音经》。吾于讲下舍金凤钗两只，上真子舍水犀合子一枚。时君亦讲筵中，于师处请钗合视之。赏叹再三，嗟异良久。顾余辈曰：'人之与物，皆非世间所有。'或问吾氏，或访吾里。吾亦不答。情意恋恋，瞩盼不舍。君岂不思念之乎？"生曰："中心藏之，何日忘之。"群女曰："不意今日与君为眷属。"

　　复有三人，冠带甚伟，前拜生曰："奉命为驸马相者。"中一人与生且故。生指曰："子非冯翊田子华乎？"田曰："然。"生前执手叙旧久之。生谓曰："子何以居此？"子华曰："吾放游，获受知于右相武成侯段公，因以栖托。"生复问曰："周弁在此，知之乎？"子华曰："周生，贵人也。职为司隶，权势甚盛。吾数蒙庇护。"言笑甚欢。俄传声曰："驸马可进矣。"三子取剑佩冕服,更衣之。子华曰:"不意今日获睹盛礼,无以相忘也。"有仙姬数十,奏诸异乐,婉转清亮,曲调凄悲,非人间之所闻听。有执烛引导者,亦数十。左右见金翠步障,彩碧玲珑,不断数里。生端坐车中,心意恍惚,甚不自安。田子华数言笑以解之。向者群女姑姊,各乘凤翼辇,亦往来其间。至一门,号"修仪宫"。群仙姑姊亦纷然在侧,令生降车辇拜,揖让升降,一如人间。彻障去扇,见一女子,云号金枝公主。年可十四五,俨若神仙。交欢之礼,颇亦明显。生自尔情义日洽,荣曜日盛。出入车服,游宴宾御,次于王者。

王命生与群寮备武卫,大猎于国西灵龟山。山阜峻秀,川泽广远,林树丰茂,飞禽走兽,无不蓄之。师徒大获,竟夕而还。

生因他日,启王曰:"臣顷结好之日,大王云奉臣父之命。臣父顷佐边将,用兵失利,陷没胡中。尔来绝书信十七八岁矣。王既知所在,臣请一往拜觐。"王遽谓曰:"亲家翁职守北土,信问不绝。卿但具书状知闻,未用便去。"遂命妻致馈贺之礼,一以遣之。数夕还答。生验书本意,皆父平生之迹。书中忆念教诲,情意委曲,皆如昔年。复问生亲戚存亡,闾里兴废。复言路道乖远,风烟阻绝。词意悲苦,言语哀伤。又不令生来觐,云:"岁在丁丑,当与女相见。"生捧书悲咽,情不自堪。

他日,妻谓生曰:"子岂不思为政乎?"生曰:"我放荡不习政事。"妻曰:"卿但为之。余当奉赞。"妻遂白于王。累日,谓生曰:"吾南柯政事不理,太守黜废。欲借卿才,可曲屈之。便与小女同行。"生敦授教命。王遂敕有司备太守行李。因出金玉、锦绣、箱奁、仆妾、车马,列于广衢,以饯公主之行。生少游侠,曾不敢有望,至是甚悦。因上表曰:"臣将门余子,素无艺术,猥当大任,必败朝章。自悲负乘,坐致覆悚。今欲广求贤哲,以赞不逮。伏见司隶颍川周弁,忠亮刚直,守法不回,有毗佐之器。处士冯翊田子华,清慎通变,达政化之源。二人与臣有十年之旧,备知才用,可托政事。周请署南柯司宪,田请署司农。庶使臣政绩有闻，宪章不紊也。"王并依表以遣之。其夕，王与夫人饯于国南。王谓生曰："南柯国之大郡，土地丰壤，人物豪盛，非惠政不能以治之。况有周、田二赞。卿其勉之，以副国念。"夫人戒公主曰："淳于郎性刚好酒，加之少年。为妇之道，贵乎柔顺。尔善事之，吾无忧矣。南柯虽封境不遥，晨昏有间。今日暌别，宁不沾巾。"生与妻拜首南去，登车拥骑，言笑甚欢。累夕达郡。

郡有官吏、僧道、耆老、音乐、车舆、武卫、銮铃，争来迎奉。人物阗咽，钟鼓喧哗，不绝十数里。见雉堞台观，佳气郁郁。入大城门，门亦有大榜，题以金字，曰"南柯郡城"。见朱轩棨户，森然深邃。生下车，省风俗，疗病苦，政事委以周、田，郡中大理。自守郡二十载，风化广被，百姓歌谣，建功德碑，立生祠宇。王甚重之，赐食邑。锡爵，位居台辅。周、田皆以政治著闻，递迁大位。生有五男二女。男以门荫授官，女亦聘于王族。荣耀显赫，一时之盛，代莫比之。

是岁，有檀萝国者，来伐是郡。王命生练将训师以征之。乃表周弁将兵三万，以拒贼之众于瑶台城。弁刚勇轻敌，师徒败绩。弁单骑裸身潜遁，夜归城。贼亦收辎重铠甲而还。生因囚弁以请罪。王并舍之。是月，司宪周弁疽发背，卒。生妻公主遘疾，旬日又薨。生因请罢郡，护丧赴国。王许之。便以司农田子华行南柯太守事。生哀恸发引，威仪在途，男女叫号，人吏奠馔，攀辕遮道者不可胜数。遂达于国。王与夫人素衣哭于郊，候灵舆之至。谥公主曰"顺仪公主"。备仪仗羽葆鼓吹，葬于国东十里盘龙冈。是月，故司宪子荣信，亦护丧赴国。

生久镇外藩，结好中国，贵门豪族，靡不是洽。自罢郡还国，出入无恒，交游宾从，威福日盛。王意疑惮之。时有国人上表云："玄象谪见，国有大恐。都邑迁徙，宗庙崩坏。衅起他族，事在萧墙。"时议以生侈僭之应也。遂夺生侍卫，禁生游从，处之私第。生自恃守郡多年，曾无败政，流言怨悖，郁郁不乐。王亦知之。因命生曰："姻亲二十余年，不幸小女夭柱，不得与君子偕老，良用痛伤。"夫人因留孙自鞠育之。又谓生曰："卿离家多时，可暂归本里，一见亲族。诸孙留此，无以为念。后三年，当令迎卿。"生曰："此乃家矣，何更归焉？"王笑曰："卿本人间，家非在此。"生忽若惛睡，惛然久之，方乃发悟前事，遂流涕请还。王顾左右以送生。生再拜而去，复见前二紫衣使者从焉。至大户外，见所乘车甚劣，左右亲使御仆，遂无一人，心甚叹异。生上车，行可数里，复出大城。宛是昔年东来之途，山川原野，依然如旧。所送二使者，甚无威势。生逾怏怏。生问使者曰："广陵郡何时可到？"二使讴歌自若，久乃答曰："少顷即至。"俄出一穴，见本里闾巷，不改往日，潸然自悲，不觉流涕。二使者引生下车，入其门，升其阶，己身卧于堂东庑之下。生甚惊畏，不敢前近。二使因大呼生之姓名数声，生遂发寤如初。见家之僮仆拥篲于庭，二客濯足于榻，斜日未隐于西垣，余樽尚湛于东牖。梦中倏忽，若度一世矣。

　　生感念嗟叹，遂呼二客而语之。惊骇，因与生出外，寻槐下穴。生指曰："此即梦中所惊入处。"二客将谓狐狸木媚之所为祟。遂命仆夫荷斤斧，断拥肿，折查枿，寻穴究源。旁可袤丈。有大穴，根洞然明朗，可容一榻。上有积土壤，以为城郭台殿之状。有蚁数斛，隐聚其中。中有小台，其色若丹。二大蚁处之，素翼朱首，长可三寸。左右大蚁数十辅之，诸蚁不敢近。此其王矣。即槐安国都也。又穷一穴，直上南枝可四丈，宛转方中，亦有土城小楼，群蚁亦处其中，即生所领南柯郡也。又一穴，西去二丈，磅礴空圬，嵌窞异状。中有一腐龟壳，大如斗。积雨浸润，小草丛生，繁茂翳荟，掩映振壳，即生所猎灵龟山也。又穷一穴，东去丈余，古根盘屈，若龙虺之状。中有小土壤，高尺余，即生所葬妻盘龙冈之墓也。追想前事，感叹于怀，披阅穷迹，皆符所梦。不欲二客坏之，遽令掩塞如旧。是夕，风雨暴发。旦视其穴，遂失群蚁，莫知所去。故先言"国有大恐，都邑迁徙"，此其验矣。复念檀萝征伐之事，又请二客访迹于外。宅东一里有古涸涧,侧有大檀树一株,藤萝拥织,上不见日。旁有小穴,亦有群蚁隐聚其间。檀萝之国,岂非此耶。嗟呼!蚁之灵异,犹不可穷,况山藏木伏之大者所变化乎?

时生酒徒周弁、田子华并居六合县,不与生过从旬日矣。生遽遣家僮疾往候之。周生暴疾已逝,田子华亦寝疾于床。生感南柯之浮虚,悟人世之倏忽,遂栖心道门,绝弃酒色。后三年,岁在丁丑,亦终于家。时年四十七,将符宿契之限矣。

公佐贞元十八年秋八月,自吴之洛,暂泊淮浦,偶觌淳于生梦〔貌〕,询访遗迹,翻覆再三,事皆摭实,辄编录成传,以资好事。虽稽神语怪,事涉非经,而窃位著〔贪〕生,冀将为戒。后之君子,幸以南柯为偶然,无以名位骄于天壤间云。

前华州参军李肇赞曰:贵极禄位,权倾国都,达人视此,蚁聚何殊。

第四类

借题发挥　控诉不平

《毛颖传》新探

《毛颖传》旧评

陈寅恪认为,《毛颖传》是韩愈"以古文试作小说","纯为游戏之笔"。前一句话不错,后一句话未谛。《毛颖传》是韩愈发愤而作,是韩愈不平之鸣。今从韩愈的家世、生平、文艺理论、传奇内容以及《毛颖传》与白居易诗、陆龟蒙文的比较等方面,进行论证。

对《毛颖传》,当时就有不同的评价:

1. 反对

据柳宗元《读韩愈所著〈毛颖传〉后题》:"有来南者,时言韩愈为《毛颖传》,不能举其辞,而独大笑以为怪","世人笑之也,不以其俳乎?"这是"世人"——一般读者对《毛颖传》的评价。裴度《寄李翱书》云:"昌黎韩愈,仆识之旧矣。……近或闻诸侪类云,恃其绝足,往往奔放。不以文立制,而以文为戏,可矣乎?可矣乎?今之作者,不及则已,及之者,当大为防焉耳。"裴度所批评的韩文,即指《毛颖传》。裴度的意见,代表了正统文士的看法。《旧唐书·韩愈传》云:"愈所为文……时有恃才肆意,亦有戾孔、孟之旨。……为《毛颖传》,讥戏不近人情,此文章之甚纰缪者。"这是史官对《毛颖传》的指责,反映了官方的观点。

2. 赞赏

柳宗元在《读韩愈所著〈毛颖传〉后题》中说:"索而读之,若捕龙蛇,搏虎豹,急与之角而力不敢暇,信韩子之怪于文也。世之模拟鼠窃,取青媲白,肥皮厚肉,柔筋脆骨,而以为辞者之读之也,其大笑固宜。且世人笑之也,不以其俳乎?而俳又非圣人之所弃者。《诗》曰:'善戏谑兮,不为谑兮。'《太史公书》有《滑稽列传》,皆取乎有益于世者也。"李肇《唐国史补》卷下《韩沈良史才》则云:"沈既济撰《枕中记》,庄子生寓言之类。韩愈撰《毛颖传》,其文尤高,不下史迁。二篇真良史才也。"

从唐人的议论中看出,反对派批评《毛颖传》"怪""俳""戏",赞赏派则认为《毛颖传》的"怪"是创新,"俳""戏"也"有益于世"。今天看来,反对派的批评,十分陈腐,不值一辩,但在当时很有影响。章士钊《柳文指要》上《体要之部》卷二一《读韩愈所著〈毛颖传〉后题》云:"即以亲退之如裴度,亦复斥责有加。""度不问表弟(李翱)曾亲炙于韩,直对弟子非薄其师","(裴度)不止独撼己见,而实代表唐贤通论"。在当时社会舆论的压力下,柳宗元、李肇都提出《毛颖传》是继承司马迁《史记》传统以堵塞反对派之口,但他们未作详细的阐述,不是他们不能作详细的阐述,而是为了爱护韩愈,不便明言。后世文人,没有顾忌,才指出《毛颖传》的寓意。

王正德《余师录》卷二《陈长文》:"《毛颖传》赞'赏不酬劳,以老见疏,秦真少恩哉!'甚似太史公笔势。"

林纾《韩柳文研究法·韩文研究法》:"《毛颖传》为千古奇文,《旧史》讥之,而柳子厚则倾服至于不可思议。文近《史记》,然终是昌黎真面,不曾片语依傍《史记》。……'冠免发秃',叙颖末路,应如此。惟'尽心'二字,妙极。《传》后论追述毛颖身世,若有余慨,则真肖史公矣。"

王正德、林纾等人,说出了柳宗元、李肇当时不便明言的话。今案:《毛颖传》中"后因进见,上将有任使,拂拭之,因免冠谢,上见其发秃,又所摹画不能称上意,上嘻笑曰:'中书君老而秃,不任吾用,吾尝谓君中书,君今不中书耶?'对曰:'臣所谓尽心者。'因不复召",以及"太史公曰……赏不酬劳,以老见疏,秦真少恩哉!"两段,似乎俳、戏,其实愤慨,乃一篇之要害。韩愈为什么有这样的愤慨?王正德、林纾等人非史家,未能深求,有待于我们来揭示。

韩愈生母之谜

在韩愈的诗、文中,没有说过母亲。在李翱所撰《故正议大夫、行尚书吏部侍郎、上柱国、赐紫金鱼袋、赠礼部尚书韩公行状》以及皇甫湜所撰《韩文公神道碑》《韩文公墓铭》中,也都没有提到韩愈的母亲。这个罕见的现象,应该引起人们的注意。

从韩愈与韩会的血缘关系说起。韩愈对韩会,有三个称呼:

1. 元兄

韩愈《祭郑夫人文》云:"受命于元兄。"今案:《后汉书》卷四《孝和孝殇帝纪》引窦太后《下窦宪邓彪等诏》:"侍中宪,朕之元兄。"元兄即长兄、大哥。(参梁章钜《称谓录》卷四)

2. 伯兄

韩愈《复志赋(并序)》云:"从伯氏以南迁。"《过始兴江口感怀》云:"忆作儿童随伯氏。"《韩公行状》述韩愈之语:"某伯兄德行高。"今案:《诗·小雅·何人斯》:"伯氏吹埙,仲氏吹篪。"郑氏笺:"伯仲,喻兄弟也。"《尚书·周书·吕刑》:"伯父、伯兄、仲叔、季弟。"伯氏、伯兄亦指长兄、大哥。

3. 宗兄

韩愈《考功员外卢君墓铭》云:"愈之宗兄故起居舍人君。"今案:宗兄有二义。(1)《礼记·曾子问》:"若宗子有罪,居于他国,庶子为大夫,其祭也……其辞于宾曰:'宗兄、宗弟、宗子使某辞。'"《礼记》所谓"宗兄",是庶子对嫡子年长于己者之称。(2)王维《留别山中温古上人兄并示舍弟缙》云:"舍弟官崇高,宗兄此削发。"白居易《画雕赞(并序)》云:"寿安令白旻[昊],予宗兄也。"今案:王处廉五子:维、缙、繟、纮、纮(《新唐书》卷七二中《宰相世系表二中·河东王氏表》)。白季庚四子:幼文、居易、行简、幼美(汪立名《白香山年谱·世系》)。王维、白居易诗文中所谓"宗兄",指族兄、同姓兄。韩会不是韩愈的族兄、同姓兄,韩愈称韩会为"宗兄",只能解释为他是年幼的庶子。①

韩愈《祭十二郎文》云:"吾上有三兄,皆不幸早世。"今案:长兄韩会,受元载牵连贬官,卒于韶州。韩愈《祭郑夫人文》回忆幼年历史:"兄罹谗口,承命远迁。穷荒海隅,夭阏百年。(魏怀忠编《五百家注昌黎文集》卷二三:'孙曰:"会卒于韶,年四十二。"'②)……既克反葬,遭时艰难。百口偕行,避地江濆。(同书同卷:'孙曰:"家于宣州。"严曰:"建中二年,中原多故,退之避地江左。"')"韩会之卒,在建中二年前。以建中初韩会年四十二、韩愈年十三计算,韩会约长于韩愈三十岁,确非一母所生。

一母所生之子,称为母兄、母弟。如韩愈《唐朝散大夫赠司勋员外郎孔君墓志铭》云:"君母兄戣""母弟戢"。《唐故中散大夫河南尹杜君墓志铭》云:"公之母兄太学博士冀。"《唐故朝散大夫商州刺史除名徙封州董府君墓志铭》云:"公之母弟全素。"其例甚多。而韩愈从未称韩会为母兄、同母兄,也可证明二人确非一母所生。

韩愈《祭郑夫人文》云:"我生不辰,三岁而孤。蒙幼未知,鞠我者兄。在死而生,实维嫂恩。"《祭十二郎文》云:"吾少孤,及长,不省所怙,惟兄嫂是依。"这两篇自述身世的文章,只说"孤"与失"怙",也应该引起人们的注意。

---

① 《旧唐书》卷一六〇《韩愈传》:"养于从父兄。"对宗兄误解。
② 李翱《韩公行状》述韩愈之语:"某伯兄……年止于四十二。"注韩集者据此。

据《孟子·梁惠王下》:"幼而无父曰孤。"《通典》卷一三九《开元礼纂类·凶礼·虞祭》"子哀子某"注:"孙称哀孙,此为母及祖母所称也。父、祖则称孤子、孤孙。"自唐朝以来,父丧称孤子,母丧称哀子,父母双亡称孤哀子。①

又据《诗·小雅·蓼莪》:"无父何怙,无母何恃。"后世诗文中皆以怙、恃为父、母的代称,父死称失怙,母死称失恃。

按照韩愈自己定的调子,李翱在《韩公行状》中跟着说:"生三岁,父殁,养于兄会舍。""幼养于嫂郑氏。"皇甫湜在《韩文公神道碑》中也说:"乳抱而孤,熊熊然角,嫂郑氏异而恩鞠之。"李汉在《唐吏部侍郎昌黎先生韩愈文集序》中又一次说:"幼孤,随兄播迁韶岭,兄卒,鞠于嫂氏。"既然韩愈自述以及李翱、皇甫湜、李汉三文,仅云丧父,未云丧母,为什么生母不抚养韩愈而鞠于兄嫂呢?

有人引韩愈《乳母墓铭》"愈生未再周月孤失怙恃"一句话,认为他"生未满二月,其母即去世"这个解释值得商榷。所谓"未再周月",宋人的注是正确的。《五百家注昌黎文集》卷三五:"严曰:'……是虽入三岁,而未及两周也。'"(马其昶校注《韩昌黎文集》卷七采此说)说白了,就是:韩愈生于大历三年×月,至四年×月为一周月,至五年×月为再周月,在五年×月稍前,韩仲卿就死了。这与韩仲卿卒于大历五年的事实正合。如将"未再周月"解释为"未满二月",将"孤"解释为丧母,则下文"失怙恃"即生未满二月父母俱亡,与韩愈自谓"三岁而孤"不合。

对"愈生未再周月孤失怙恃"这句话的正确理解是:大历五年韩仲卿去世,此前嫡母就已去世了,嫡母死在父死之前。韩愈虽是庶出,如嫡母尚存,韩愈也要把抚育之恩,首先归之于嫡母,而不应只说"惟兄嫂是依"。故知韩仲卿之元配(韩会之母)先卒。"失怙恃"之恃,指嫡母,

---

① 赵翼《陔余丛考》卷三七《孤哀子》:"孤哀之分称,实始于唐。"

非指生母。

韩愈生母的情况,是一个尚未揭开的谜,这里作两种推测:

生母改嫁 沈钦韩《韩集补注·祭郑夫人文》下注云:"按祭文,言父卒而不及其母,盖所出微,终丧已嫁,故鞠于兄会。"这个推测,过于简单,需要补充。

唐代婚姻,注重门第。陈寅恪说过:"盖唐代社会承南北朝之旧俗,通以二事评量人品之高下。此二事:一曰婚……凡婚而不娶名家女……俱为社会所不齿。"①以韩仲卿同时代的人举例,河东柳宗元于贞元十五年元配杨氏(杨凭女)卒后②,未再娶。他在永州写的《寄许京兆孟容书》中说:"荒隅中少士人女子,无与为婚。"京兆韦夏卿历官京兆尹、东都留守,元配裴氏(裴耀卿孙女)"蕣华早落",也未再娶。③ 柳宗元贬谪于"荒隅",找不到适当的配偶,韦夏卿在长安、洛阳,为什么也找不到适当的配偶呢?就是门第、年龄等原因。柳宗元、韦夏卿如再娶,要找到像杨凭之女、裴耀卿之孙女那样的名门闺秀,确实不是一件容易的事。虽未再娶,却有媵妾。柳宗元《马室女雷五葬志》云:"以其姨母为妓于余也。"元稹《唐左千牛韦珮母段氏墓志铭》云:"先是仆射裴夫人早世……(段氏)持门户主婚嫁者,殆十五岁。"即为明证。

从大历三年韩愈一岁、韩会约三十岁推算,此年韩仲卿约五十岁左右。韩会母去世后,韩仲卿因门第、年龄等原因未再娶而有媵妾。陈寅恪说过:"夫唐世士大夫之不可一日无妾媵之侍,乃关于时代之习俗,自不可以今日之标准,为苛刻之评论。"④韩愈是韩仲卿姬妾所生。与柳宗元《下殇女子墓砖记》所说"其母微也"一样,韩愈的生母姓什么,也没有

---

① 《元白诗笺证稿》第四章附:《读〈莺莺传〉》。
② 柳宗元《亡妻弘农杨氏志》。
③ 吕温《故太子少保赠尚书左仆射京兆韦府君神道碑》。
④ 《元白诗笺证稿·元微之悼亡诗及艳诗笺证》。

记录下来。韩愈的生母年轻,在家庭中身份低下,故于韩仲卿卒后,改嫁他人。这段历史,韩愈本人不愿说,李翱、皇甫湜、李汉不便说,真可谓讳莫如深。

生母即乳母 韩愈《乳母墓铭》云:"乳母李,徐州人,号正真,入韩代,乳其儿愈。愈生未再周月孤失怙恃,李怜不忍弃去,视保益谨,遂老韩氏。"据此推测,韩愈生母,在韩家地位卑微,韩仲卿卒后,她不忍抛弃孤儿改嫁,只有以乳母身份留在韩家,抚养韩愈。所以韩愈对李正真的感情,不同于一般乳母:"时节庆贺,辄率妇孙,列拜进寿。"韩愈对李正真的礼节,也不同于一般乳母:元和六年,乳母卒,葬之日,"愈率妇孙视窆封,且刻其语于石,纳诸墓为铭"。这个举动是空前的,故"韩曰:'葬乳母,且为之铭,自公始。'"(《五百家注昌黎文集》卷三五)既是乳母,必定是嫁过丈夫,生过子女的,墓铭中避而不谈这些。乳母对韩愈的爱,超过对自己的丈夫子女,离开丈夫子女,终老于韩家,也是不合情理的。故推测韩愈的乳母即其生母。在当时的历史条件下,韩愈不便明言事实真相,只《乳母墓铭》的称谓中略有透露:韩愈不提乳母之名,而说"号",暗示为子者讳亲之名。韩愈两次提到"孙",将自己的子女,称为乳母之"孙",暗示了乳母的身份。

从晋朝开始,历代皇帝都有封赠官员本身、妻室及其父母等人的荣典。白居易在为元稹、崔玄亮所撰的墓志铭中,就郑重记载了唐朝对他们父母的荣典。① 但李翱《韩公行状》、皇甫湜《韩文公神道碑》和《韩文公墓铭》中,只记载韩仲卿"赠尚书左仆射",而不说对母封赠。这个情况,又应该引起人们的注意。

今案:白居易《韩愈等二十九人亡母追赠国郡太夫人制》:"敕:王者

---

① 参《唐故武昌军节度处置等使、正议大夫、检校户部尚书、鄂州刺史、兼御史大夫、赐紫金鱼袋、赠尚书右仆射河南元公墓志铭(并序)》《唐故虢州刺史、赠礼部尚书崔公墓志铭(并序)》。

有褒赠之典,所以旌往而劝来也。其有淑顺之德,标表母仪者;圣善之训,照烛子道者;又有名高秩尊,禄养之不逮者;霜降露濡,孝思之罔极者。非是典也,则何以显其教而慰其心焉?国子祭酒韩愈母某氏等,蕴德累行,积中发外,归于华族,生此哲人。为我荩臣,率由兹训,教有所自,恩不可忘。是用启郡、国之封,极哀荣之饰。呜呼!殁而无知则已;苟有知者,则显扬之孝,追宠之荣,可以达昊天而贯幽夐矣。往者来者,监予心焉。"此制与白居易所撰之《郑余庆杨同悬等十人亡母追赠郡国夫人制》《郑纲乌重胤马总刘悟李佑田布薛平等亡母追封国郡太夫人制》《薛伯高等亡母追赠郡夫人制》详略大不相同。此制是白居易用心撰写,大肆渲染韩愈等"显扬之孝,追宠之荣"。但韩愈诗文中未提过母亲,李翱、皇甫湜所撰的韩愈行状、碑志中也未说过碑主孝母,制书所云,与韩愈实际情况不符。

上面分析过,韩仲卿之元配先卒,韩愈没有见过嫡母。朝廷的荣典,是给韩愈嫡母的。《旧唐书》卷四三《职官志二》云:"凡庶子,有五品已上官,皆封嫡母。"卷一七一《李渤传》云:"穆宗即位,召为考功员外郎。十一月定京官考,不避权幸,皆行升黜,奏曰……少府监裴通,职事修举,合考中上,以其请追封所生母而舍嫡母,是明罔于君,幽欺其先,请考中下。"可见唐代嫡庶分别之严。韩愈岂敢不请追赠嫡母而请追赠生母呢!受太夫人褒赠者,是韩愈嫡母,非"生此哲人"者。韩愈未见过嫡母,制书所谓"教有所自,恩不可忘"等,皆是虚语。三岁而孤,靠兄嫂乳母抚育成人的韩愈,面对此制,徒增身世之痛。李翱、皇甫湜如将这个荣典写到韩愈的行状、碑志中,反而暴露出碑主身世的隐情,干脆省略了。

柳宗元《吕侍御恭墓志》云:"(吕渭)生四子:温、恭、俭、让。""恭字敬叔,他名曰宗礼,或以为字,实惟吕氏宗子。""温泊恭名为豪杰。"吕温是吕渭长子,又有豪杰之名,因庶出,不能嗣。李德裕《谢恩加特进改封卫国公状》云："伏以支庶嗣侯，虽存故事。……伏思亡父先臣，开国全赵，亡兄已经继袭，未得传孙。臣每念贻谋，岂宜不正，若苟安殊宠，实愧幽明。"李德裕是名相，功业彪炳，因庶出，不敢袭父封爵，让与李吉甫冢孙李宽中。但吕温、李德裕都是人们公认的唐史上的杰出人物，评史者不因他们庶出而轻视之。本文提出韩愈生母之谜，亦是此意。

综合以上，韩愈未见过嫡母，生母或改嫁或即乳母，自然不会在诗、文中提到母亲（李翱、皇甫湜等也为之隐讳）。这段历史，对韩愈性格的形成，有重要的影响。由于是庶出，如不求上进，就不能自立，所以韩愈"自知读书为文"（李汉《韩愈文集序》）。由于得到兄嫂乳母的怜悯和抚育，才能长大，推己及人，故韩愈"颇能诱厉后进"（《旧唐书》卷一六〇《韩愈传》），"内外茕弱悉抚之"（皇甫湜《韩文公神道碑》）。揭示韩愈身世之秘，当有助于知人论世。

韩会的政治悲剧

李翱《韩公行状》、皇甫湜《韩文公神道碑》和《韩文公墓铭》中都未夸耀韩愈的家世。韩愈的"先人"中，叔父韩云卿，"其文章出于时，而官不甚高"。（李翱《故朔方节度掌书记殿中侍御史昌黎韩君夫人京兆韦氏墓志铭》）长兄韩会，号称为"四夔"的"夔头"（《唐国史补》卷下《韩会歌妙绝》），但下场不佳。据《旧唐书·代宗纪》："（大历十二年三月）庚辰，宰相元载、王缙得罪下狱。""辛巳，制：中书侍郎、平章事元载赐自尽，门下侍郎、平章事王缙贬括州刺史。""（四月癸未）贬吏部侍郎杨炎为道州司马，元载党也。……起居舍人韩会等十余人，皆坐元载贬官也。"同书《吴溆传》附《吴凑传》："及收（元）载于内侍省，同列王缙，其党杨炎……韩会等，皆当从坐籍没。凑谏救百端，言'法宜从宽，缙等从坐，理不至死。若不降以等差，一例极刑，恐亏损圣德'。由是缙等得减死,流贬之。"(《新唐书·吴凑传》同)韩愈称韩会"道可与古之夔、皋者侔","天下许以为相"(韩愈《考功员外卢君墓铭》),而结局如此不幸,这对韩愈是沉重的打击。

  韩愈与韩会,不仅是平常的兄弟关系,还有特殊的感情。上面说过,抚养小韩愈是乳母即生母承担的,但如没有兄嫂的支持,乳母是无能为力的。韩会、郑氏夫妇不歧视庶出的小弟韩愈,是难能可贵的。所以韩愈尊敬兄嫂如父母,对兄嫂的抚养教育之恩,终身感激不忘。他在《祭郑夫人文》中回忆道:"我生不辰,三岁而孤。蒙幼未知,鞠我者兄。在死而生,实维嫂恩。未龀一年,兄宦王官。提携负任,去洛居秦。念寒而衣,念饥而飨。疾疹水火,无灾及身。劬劳闵闵,保此愚庸。""视余犹子,诲化谆谆。""昔……受命于元兄,曰:'尔幼养于嫂,丧服必以期!'今其敢忘?"又在《祭十二郎文》中说:"吾少孤,及长,不省所怙,惟兄嫂是依。"韩会贬官,韩愈随行,这场政治灾难,使韩愈怨恨不忘。他在《复志赋》中"长思而永叹"道:"昔余之既有知兮,诚坎轲而艰难。当岁行之未复兮,从伯氏以南迁。凌大江之惊波兮,过洞庭之漫漫。至曲江而乃息兮,逾南纪之连山。嗟日月其几何兮,携孤嫠而北旋。值中原之有事兮,将就食于江之南。"又在《祭郑夫人文》中说:"年方及纪,荐及凶屯。兄罹谗口,承命远迁。穷荒海隅,夭阏百年。万里故乡,幼孤在前。相顾不归,泣血号天。微嫂之力,化为夷蛮。水浮陆走,丹旐翩然。至诚感神,返葬中原。既克反葬,遭时艰难。百口偕行,避地江渍。"在《祭十二郎文》中说:"中年兄殁南方,吾与汝俱幼,从嫂归葬河阳,既又与汝就食江南,零丁孤苦。"

  韩会政治上的一蹶不振,以及由此而带来全家生活上的流离困顿,在韩愈幼小的心灵上留下了创伤。韩会对韩愈,长兄如父,恩重如山,感情蒙蔽了韩愈的理智,使他不能认识到韩会依附元载的缺陷,认为"兄罹谗口",无罪而贬官。(邵博《邵氏闻见后录》卷八:"按[韩]会所坐,非罹谗者。")

韩愈曾在《考功员外卢君墓铭》中说"愈之宗兄故起居舍人君以道德文学伏一世",又在《韩滂墓志铭》中说:"(韩会)起居有德行言词,为世轨式。"韩会的文学、言词是值得景仰的,而道德、德行不像韩愈所评价得那样高。何以知之?《旧唐书·元载传》:"轻浮之士,奔其门者,如恐不及。"同书《杨炎传》:"炎早有文章,亦励志节,及为中书舍人,附会元载,时议已薄之。""轻浮",就是当时人对杨炎、韩会等人依附元载的评价。可见韩愈说韩会"以道德伏一世""有德行为世轨式"是不实之词。然而韩愈临终时还顽固地说"某伯兄德行高"(李翱《韩公行状》),是个完美无缺的人。既然韩愈不能认识到韩会依附元载之非,自然要怨恨代宗对韩会的贬谪了。但他不敢公开说皇帝错,只能说"兄罹谗口"一类的话,而又抑制不住内心的愤慨,于是以物(毛笔)拟人,以俳谐为掩护,在小说《毛颖传》的结尾,迸发出"秦真少恩哉"这句真话。

韩愈的仕途坎坷

韩愈的生平,为治唐史者所熟知,无须多说,最好是用他的话,来说明他应举、做官都不顺利的苦闷:

"四举于礼部乃一得,三选于吏部卒无成。"(《上宰相书》)

"贞元十一年五月戊辰,愈东归……有不遇时之叹。""感二鸟之无知,方蒙恩而入幸。……余生命之湮厄,曾二鸟之不如。汩东西与南北,恒十年而不居。"(《感二鸟赋[并序]》)

"哀白日之不与吾谋兮,至今十年其犹初。岂不登名于一科兮,曾不补其遗余。"(《复志赋》)

"应举觅官,凡二十年矣。薄命不幸,动遭谗谤。进寸退尺,卒无所成。"(《上兵部李侍郎书》)

贞元十九年，韩愈由监察御史贬连州阳山令，这是他第二次到"南荒"，比第一次"从伯氏以南迁"，更感痛苦，流露在诗篇中者很多，如：《赴江陵途中寄赠王二十补阙李十一拾遗李二十六员外翰林三学士》："是年京师旱，田亩少所收。……适会除御史，诚当得言秋。拜疏移阁门，为忠宁自谋。……谓言即施设，乃反迁炎州。……中使临门遣，顷刻不得留。病妹卧床褥，分知隔明幽。悲啼乞就别，百请不领头。弱妻抱稚子，出拜忘惭羞。俛俛不回顾，行行诣连州。（朱彝尊曰：出京苦。）朝为青云士，暮作白首囚。商山季冬月，冰冻绝行辀。春风洞庭浪，出没惊孤舟。（朱彝尊曰：途间苦。）逾岭到所任，低颜奉君侯。酸寒何足道，随事生疮疣。远地触途异，吏民似猿猴。生狞多忿狠，辞舌纷嘲啁。白日屋檐下，双鸣斗鹎鹍。有蛇类两首，有蛊群飞游。穷冬或摇扇，盛夏或重裘。飓起最可畏，訇哮簸陵丘。雷霆助光怪，气象难比侔。疠疫忽潜遘，十家无一瘳。猜嫌动置毒，对案辄怀愁。（朱彝尊曰：恶地苦。）前日遇恩赦，私心喜还忧。果然又羁縶，不得归锄耰。此府雄且大，腾凌尽戈矛。栖栖法曹掾，何处事卑陬。……何况亲犴狱，敲榜发奸偷。悬知失事势，恐自罹罝罘。（朱彝尊曰：理刑苦。）"

《岳阳楼别窦司直》："前年出官由，此祸最无妄。……新恩移府庭，逼侧厕诸将。于嗟苦驽缓，但惧失宜当。追思南渡时，鱼腹甘所葬。严程迫风帆，劈箭入高浪。颠沉在须臾，忠鲠谁复谅。（曾国藩《求阙斋读书录》曰：追忆前事，言之沉痛。）"

前人对韩愈这两首诗的评论，详见钱萼孙《韩昌黎诗系年集释》上。其中"苦""沉痛"两评，甚当。仕途坎坷使韩愈受"苦"，故"言之沉痛"。

上引诗文，在社会上影响不大。影响大的是《毛颖传》《送穷文》《进学解》。《旧唐书·韩愈传》："愈自以才高，累被摈黜，作《进学解》以自喻……"（《新唐书·韩愈传》同）宋祁《宋景文笔记·考古》"韩退之《送穷文》、《进学解》、《毛颖传》……诸篇，皆古人意思未到"，此见甚卓。将这三篇文章联系在一起研究，确有必要。请先看一看《送穷文》《进学解》：

茅坤云：《进学解》"其主意专在宰相，盖大才小用，不能无憾"（《唐宋八大家文钞》卷一〇《昌黎文钞十》）。

蔡世远云：《进学解》"此篇辞涉愤激，宋儒为己之学，定不如此"，"既贬之后，量移散秩，如作《送穷文》、《进学解》等篇，大有牢骚不平之意"（《古文雅正》卷八）。

今案：《送穷文》用人鬼对话，《进学解》用师生问答，《毛颖传》以物（毛笔）拟人，好像文字游戏，但倾向鲜明，明眼人一看便知是寓庄于谐，不满自身的坎坷遭遇，矛头直指当时的朝廷。《送穷文》作于元和六年，《进学解》作于元和七八年，《毛颖传》作于元和五年十一月前。韩愈一连串地写出这几篇文章，可见郁积之深，不吐不快。"嬉笑之怒，甚于裂眦"，柳宗元贬谪永州以后，在逆境中得到了这个体会。韩愈《毛颖传》《送穷文》《进学解》等文，表面上"嬉笑"嘲弄，实际上是"甚于裂眦"之"怒"。韩、柳都有不幸遭遇，柳宗元赞赏《毛颖传》"俳"，看出韩愈"奋而为之传，以发其郁积"，绝非偶然。然则《毛颖传》既是韩愈为其长兄韩会的政治悲剧而作，更是为其自身的仕途坎坷而作，可无疑矣。

《毛颖传》"以史为戏，巧夺天工"（储欣《唐宋八大家类选》卷一三），在"史"之中，韩愈特选了秦，因为秦始皇是历史上的暴君，说"秦真少恩哉"不担风险。

《毛颖传》的"中书令"与"中山人"

金圣叹《读第五才子书法》："大凡读书，先要晓得作书之人是何心胸。如《史记》须是太史公一肚皮宿怨发挥出来，所以他于《游侠》、《货殖传》特地着精神，乃至其余诸记传中，凡遇挥金杀人之事，他便啧啧赏叹不置。"这是说,善读书者,必须深刻了解作者之用心,才能不负其立言之本趣。

《史记》卷一三〇《太史公自序》:"太史公遭李陵之祸,幽于缧绁。乃喟然而叹曰:'是余之罪也夫!是余之罪也夫!身毁不用矣。'退而深惟曰:夫《诗》、《书》隐约者,欲遂其志之思也。昔西伯拘羑里,演《周易》;孔子厄陈、蔡,作《春秋》;屈原放逐,著《离骚》;左丘失明,厥有《国语》;孙子膑脚,而论兵法;不韦迁蜀,世传《吕览》;韩非囚秦,《说难》、《孤愤》;《诗》三百篇,大抵贤圣发愤之所为作也。此人皆意有所郁结,不得通其道也,故述往事,思来者。"这段话,司马迁在《报任少卿书》中又重复了一遍,可见他对"发愤著书"学说的执着不变。金圣叹认为"《史记》须是太史公一肚皮宿怨发挥出来",未为无据。

韩愈继承和发展了"发愤著书"学说,他在《送孟东野序》中说:"大凡物不得其平则鸣。……人之于言也亦然,有不得已者而后言,其歌也有思,其哭也有怀,凡出乎口而为声者,其皆有弗平者乎!""从吾游者……抑不知天将和其声,而使鸣国家之盛邪?抑将穷饿其身,思愁其心肠,而使自鸣其不幸邪?"韩愈并举哀乐,而重点在哀。

韩愈提出"不平则鸣"的理论,并有丰富的创作实践。《毛颖传》就是韩愈"自鸣其不幸"的产物。善读《毛颖传》者,要进入韩愈的内心世界。上面已经从韩愈的家世、生平,说明是什么原因驱使他写这篇小说的。在小说中,也有蛛丝马迹可寻,今揭示如下:

"累拜中书令" 秦无此官。《毛颖传》假托秦事,而又采用了秦王朝所没有的职官,粗粗一看,似乎是韩愈信口开河,不必深究,必须细细思考,才能发现韩愈的心意。(1)汉武帝时,以宦者为中书令,掌传宣诏命。《汉书·司马迁传》:"迁既被刑之后,为中书令。"韩愈选择了司马迁受宫刑后所任之官——中书令,来渲染毛笔,是让读者将《毛颖传》的写作与司马迁的"发愤著书"学说联系起来。韩愈崇拜司马迁,说过"汉之时,司马迁……最其善鸣者也"(《送孟东野序》)。《毛颖传》既是韩愈继承司马迁"发愤著书"学说的产物,又是他实践"自鸣其不幸"理论的产物。柳宗元深刻了解韩愈的用心,特在《读韩愈所著〈毛颖传〉后题》中点明"以发其郁积",与司马迁所云"此人皆意有所郁结,不得通其道也,故述往事,思来者"相呼应。(2)唐中书省之长为中书令,中书侍郎副之。中书令"其品位既崇,不欲轻以授人"(《新唐书·百官志一》),中书侍郎加同平章事衔,即为宰相。韩愈用"中书君"来渲染毛笔,又是让读者将《毛颖传》的写作与中书侍郎、同平章事元载一案联系起来。杨炎、韩会皆受元载牵连贬官,沈既济撰《枕中记》为杨炎鸣不幸,韩愈撰《毛颖传》为韩会鸣不幸,李肇称"二篇真良史才",是"晓得"沈既济、韩愈"是何心胸",绝非泛泛之论。

"中山人也"《毛颖传》所说的"中山",在北方？还是南方？前人争论不休,我同意李日华《六研斋笔记》所论:"中山故多狡兔,其可为笔者,乃溧水之中山,非晋地之中山也。……韩昌黎《毛颖传》云'大猎中山,以威楚',盖以溧水在楚之界,所谓昭关投金濑,伍员逃楚之迹咸在。若指晋之中山,则南北徼风马牛不相及,岂能威楚耶？"今案:(1)从唐代现实来看,《旧唐书·韦坚传》:"宣城郡船,即……纸、笔。"《新唐书·地理志五·江南西道·宣州宣城郡》:"土贡……纸、笔。"《元和郡县图志·江南道四·宣歙观察使·宣州·溧水县》:"中山在县东南一十五里,出兔毫,为笔精妙。"《太平寰宇记·江南东道二·昇州·溧水县》:"中山又名独山,在县东南十里,不与群山相连接,古老相传,中山有白兔,世称为笔最精。"陆龟蒙继韩愈之后,撰《管城侯传》,便直截了当地说:"宣城人","居于宣城溧阳山中"。大量记载足以证明,唐人所云出产兔毛笔"最精"之中山,在南方,不在北方。侈言《毛颖传》所说的"中山"在北方者,太昧于唐代现实矣。(2)从韩愈心态来看,他对宣城有感情。《复志赋》云:"值中原之有事兮,将就食于江之南。"《祭郑夫人文》云:

"既克反葬,遭时艰难。百口偕行,避地江渍。"《祭十二郎文》云:"中年兄殁南方,吾与汝俱幼,从嫂归葬河阳,既又与汝就食江南……吾年十九,始来京城。其后四年,而归视汝。"《欧阳生哀辞》云:"建中、贞元间,余就食江南。"《芍药歌》云:"楚狂小子韩退之。"《示爽》云:"宣城去京国,里数逾三千。……汝来江南近,里闾故依然。昔日同戏儿,看汝立路边。……临分不汝诳,有路即归田。"韩愈的自述表明,他家在宣城有庄园,他与嫂(郑氏)、侄(十二郎)曾住在这里,他应举做官,但仍有亲属在宣城住,他也回庄园看望过,晚年还想"归田"。而北方的中山,与韩愈无丝毫关系。《毛颖传》说"惟居中山者,能继父祖业",显然是指韩愈所念念不忘的宣城。此传是韩愈为韩会、为自身鸣不幸之作,他以物拟人,选择宣城出产的兔毛笔,进行渲染,手法巧妙而用心良苦。

《毛颖传》与白居易诗、陆龟蒙文比较

《毛颖传》是韩愈的名篇,《新乐府·紫毫笔》是白居易的杰作,迄今为止,尚未有人将韩文与白诗进行认真的比较研究,亦未发现其中的奥秘。

白居易《紫毫笔》自注:"讥失职也。"诗云:"紫毫笔,尖如锥兮利如刀。江南石上有老兔,吃竹饮泉生紫毫。宣城之人采为笔,千万毛中拣一毫。毫虽轻,功甚重,管勒工名充岁贡,君兮臣兮勿轻用。勿轻用,将何如?愿赐东西府御史,愿颁左右台起居。搦管趋入黄金阙,抽毫立在白玉除,臣有奸邪正衔奏,君有动言直笔书。起居郎,侍御史,尔知紫毫不易致,每岁宣城进笔时,紫毫之价如金贵。慎勿空将弹失仪,慎勿空将录制词!"

韩愈、白居易都是中唐人,《毛颖传》《紫毫笔》都撰于元和时,所描写之物又都是宣州溧水县出产的兔毛笔,而创作意图截然相反。《毛颖

传》感叹皇帝"少恩",《紫毫笔》讥讽文臣"失职"。《毛颖传》"以史为戏",充满了消极愤慨之气;《紫毫笔》直指时弊,洋溢着积极进取之心。《毛颖传》所发泄的,是仕宦失意人对自身不幸遭遇的满腹牢骚;《紫毫笔》所反映的,是忠君爱国者对革新政治的一腔热情。为什么会有这种不同?应从韩、白的履历中去探讨。

据《旧唐书·白居易传》:"贞元十四年,始以进士就试,礼部侍郎高郢擢升甲科,吏部判入等,授秘书省校书郎。元和元年四月,宪宗策试制举人,应才识兼茂、明于体用科,策入第四等,授盩厔县尉、集贤校理。居易文辞富艳,尤精于诗笔。自雠校至结绶畿甸,所著歌诗数十百篇,皆意存讽赋,箴时之病,补政之缺,而士君子多之,而往往流闻禁中。章武皇帝纳谏思理,渴闻谠言,二年十一月,召入翰林为学士。三年五月,拜左拾遗。居易自以逢好文之主,非次拔擢,欲以生平所贮,仰酬恩造。"当时韩愈"累被摈黜",白居易"非次拔擢",二人早年的境遇大不相同,反映在他们的文艺创作上,《毛颖传》《送穷文》《进学解》等是韩愈"自鸣其不幸"的代表作,白居易则不仅以诗"鸣国家之盛",还"箴时之病,补政之缺"。

再将韩愈《毛颖传》与陆龟蒙《管城侯传》进行比较研究。

《管城侯传》略云:"宣城人。""居于宣城溧阳山中。""久蒙委用,心力以殚,至于疲极,书札粗疏,惧不称旨,遂恳上疏告老,上览之嘉叹曰:'所谓达士,知止足矣。'优诏可之曰:'壮则驱驰,老则休息,载书方册,有德可观,卿仰止前哲,宜加厚礼,可工部尚书致仕就国,光优贤之道也。'仍以其子嗣职焉。史臣曰……自天子至于庶士,无不重之者。朝廷及天下公府曹署,随其大小,皆处右职,功德显著,宗族蕃昌云。"

韩、陆二传,皆以物(毛笔)拟人,而立意相反。韩愈描写皇帝嫌毛笔"老而秃","不复召","赏不酬劳,以老见疏,秦真少恩哉!"陆龟蒙描写毛笔"告老",皇帝"嘉叹","加厚礼","光优贤之道也"。"告老"与"不复召","优贤"与"少恩",针锋相对。显然,陆龟蒙是反对《毛颖传》而重作《管城侯传》的。

据《新唐书·隐逸传·陆龟蒙传》:"龟蒙少高放","时谓江湖散人","后以高士召,不至"。可见陆、韩性格不同。《毛颖传》叹息"少恩",发泄出韩愈的牢骚;《管城侯传》歌颂"优贤",反映了陆龟蒙的"高放"。

附:韩愈《毛颖传》

毛颖者,中山人也。其先明视,佐禹治东方土,养万物有功,因封于卯地,死为十二神。尝曰:"吾子孙神明之后,不可与物同,当吐而生。"已而果然。明视八世孙䨲,世传当殷时居中山,得神仙之术,能匿光使物,窃恒娥,骑蟾蜍入月,其后代遂隐不仕云。居东郭者曰㕙,狡而善走,与韩卢争能,卢不及。卢怒,与宋鹊谋而杀之,醢其家。

秦始皇时,蒙将军恬南伐楚,次中山,将大猎以惧楚,召左、右庶长与军尉,以《连山》筮之,得天与人文之兆。筮者贺曰:"今日之获,不角不牙,衣褐之徒,缺口而长须,八窍而趺居,独取其髦,简牍是资,天下其同书。秦其遂兼诸侯乎!"遂猎,围毛氏之族,拔其豪,载颖而归,献俘于章台宫,聚其族而加束缚焉。秦皇帝使恬赐之汤沐,而封诸管城,号曰管城子,日见亲宠任事。颖为人强记而便敏,自结绳之代以及秦事,无不纂录。阴阳、卜筮、占相、医方、族氏、山经、地志、字书、图画、九流、百家、天人之书,及至浮图、《老子》、外国之说,皆所详悉。又通于当代之务,官府簿书、市井货钱注记,惟上所使。自秦皇帝及太子扶苏、胡亥、丞相斯,中车府令高下及国人,无不爱重。又善随人意,正、直、邪、曲、巧、拙,一随其人。虽见废弃,终默不泄。惟不喜武士,然见请,亦时往。累拜中书令,与上益狎,上尝呼为"中书君"。上亲决事,以衡石自程,虽宫人不得立左右，独颖与执烛者常侍，上休，方罢。颖与绛人陈玄、弘农陶泓及会稽褚先生友善，相推致，其出处必偕。上召颖，三人者不待诏辄俱往，上未尝怪焉。后因进见，上将有任使，拂拭之，因免冠谢，上见其发秃，又所摹画不能称上意，上嘻笑曰："中书君老而秃，不任吾用，吾尝谓君中书，君今不中书邪！"对曰："臣所谓尽心者。"因不复召，归封邑，终于管城。其子孙甚多，散处中国夷狄，皆冒管城，惟居中山者，能继父祖业。

太史公曰：毛氏有两族：其一姬姓，文王之子封于毛，所谓鲁、卫、毛、聃者也。战国时有毛公毛遂。独中山之族，不知其本所出，子孙最为蕃昌。春秋之成，见绝于孔子而非其罪。及蒙将军拔中山之豪，始皇封诸管城，世遂有名，而姬姓之毛无闻。颖始以俘见，卒见任使，秦之灭诸侯，颖与有功，赏不酬劳，以老见疏，秦真少恩哉！

《谪龙说》新探

《谪龙说》旧评

前人对《谪龙说》之评论,较重要者,约有七则:

韩醇《全解》:"当在贬谪后作,盖有激而然者也。"(《新刊增广百家详补注唐柳先生文集》卷一六)

何焯《义门读书记》卷三五《河东集上·谪龙说》:"'吾复,且害若,众恐而退',暗用夏侯泰初事,复且害若,浅丈夫之言也。"

陈景云《柳集点勘》卷二:"此文柳子谪官后作,盖时有过〔遇〕之不善者,故寓言见意。"

马位《秋窗随笔》:"柳子厚《谪龙说》,可补入《搜神记》。"

林纾《韩柳文研究法·柳文研究法》:"《谪龙说》,重要在'非其类而狎其谪'句。想公在永州,必有为人所侵辱者。"

章士钊《柳文指要》上《体要之部》卷一六:"《谪龙说》者,乃子厚有所为(去声)而作,非戏谑也,已不虐人而见虐于人,因为文以警之也。吾曾记黄山谷在贬所,陈后山贻书,殷殷以同官见陵与否为问。盖此种见陵之事,凡谪吏无不习受,况子厚一贬十年,长官来去无恒,族类不一,谁保为之下者之不见辱?寻子厚集中,未尝有文揭露曾见狎侮,而《谪龙说》者,遂以寓言而成孤证。此子厚处境之不得不然,而亦行文技术之习惯如是,盖如祭崔简文,说到楚南之鬼不可交,亦此寓言之类也。

今吾所认为习惯之一,又在子厚于此类文字之结尾,每轻轻下一语,如画龙点睛然,以示警惕。若《永某氏之鼠》曰:'彼以其饱食无祸为可恒也哉?'而本文则曰:'非其类而狎其谪,不可哉!'志之壮,声之远,意之斩截,戒之显白,都表里乎是。"

《柳文指要》下《通要之部》卷一四:"子厚草《谪龙说》,龙身为女,有贵游年少就而狎之,龙女'怒曰:不可。吾故居钧天帝宫,下上星辰,呼嘘阴阳,薄蓬莱,羞昆仑,而不即者。帝以吾心侈大,怒而谪来,七日当复。今吾虽辱尘土中,非若俪也'。此其为说,殆以自喻。"

综合以上,可得三点:(1)《谪龙说》是寓言、小说。(2)柳宗元以龙女自喻。(3)柳在谪所,受到侵辱、狎侮,乃作此篇。至于何焯"浅丈夫"云云,是只许别人打击柳宗元而不许柳还击,有失公正。但从这个不公正的评论中,却反映出《谪龙说》确系柳宗元有激而作。以上明确《谪龙说》的创作意图。

"马孺子"考

唐代小说常在作品中交代出故事来源和写作缘起。《谪龙说》开头说"扶风马孺子言",结尾道"孺子不妄人也,故记其说"。符合当时的小说体裁。这位马孺子,与柳宗元是什么关系?

据李翱《秘书少监史馆修撰马君墓志》:"公讳某,字卢符。……公九岁贯涉经史。鲁山令元德秀行高一时,公往师焉。鲁山令奇之,号公为马孺子,为之著《神聪赞》,由是名闻。"墓志未说明马孺子之名,我考证为"宇"。墓志撰于元和十三年,李翱不便说明马宇与王叔文集团的关系,但自有灰线蛇踪、蛛丝马迹可寻。

1. 志云:"迁主客员外郎,使于海东,复命,授兴元少尹。"据赵魏手录《郎官石柱题名·主客员外郎》:"李藩、马宇。"李藩于顺宗时由主客员外郎"换右司"①,可见马宇是顺宗时由太子左赞善大夫"迁主客员外郎",受到重用。又据韩愈《顺宗实录》卷二:贞元二十一年二月"命……兵部郎中兼中丞元季方②告哀于新罗,且册立新罗嗣王;主客员外郎兼殿中监马于〔宇〕为副"。派马宇"使于海东"更是"二王、刘、柳"对他的信任。何以知之?《新唐书》卷二〇一《文艺传上·元万顷传》云:"兵部尚书王绍表(元季方)为度支员外郎,迁金、膳二部郎中,号能职。王叔文用事,惮季方不为用,以兵部郎中使新罗。"王绍、元季方是王叔文集团的对立面,"二王、刘、柳"派元季方、马宇出使新罗是一种策略,以副使监视正使。

2. 志云:"公博览多艺,弈棋居第三品。"王叔文、刘禹锡都善棋,王、刘与马宇能因共同研究棋艺而相知。

3. 志云:"撰《历代纪录》、《类史》、《凤池录》、《纂宝》、《折桂录》、《新罗纪行》、《将相别传》及所为文,总四百八十八卷。"据《新唐书》卷五八《艺文志二·乙部史录·杂传记类》:"马宇《段公别传》二卷。"注:"秀实。"《段公别传》当即《将相别传》之一种。元和九年,柳宗元撰《段太尉逸事状》《与史官韩愈致段秀实太尉逸事书》。马宇、柳宗元都表彰段秀实,这个现象反映出他们共同的政治倾向。

作为王叔文集团外围人物的马宇,出现在《谪龙说》中,不是偶然的。柳宗元用比他年长三十四岁③"不妄人"的话,来证实"非其类而狎其谪不可哉"命题的正确性。

---

① 《旧唐书》卷一四八《李藩传》。
② 《唐国史补》卷下《元义使新罗》:"元义方使新罗。"两"义"字皆"季"之讹。
③ 李翱《秘书少监史馆修撰马君墓志》:"元和十三年十一月己酉寝疾卒","年登八十"。

龙女影射王叔文质疑

有人说龙女影王叔文,值得商榷。(1)《谪龙说》以龙女自"钧天帝宫""坠地",自喻从朝廷贬永州。龙女"坠地"后,"入居佛寺讲室",与柳宗元至永州"无以为居,居龙兴寺西序之下"①相合。如龙女影王叔文,有什么资料能证明王叔文居渝州的佛寺呢?(2)《谪龙说》以龙女"七日当复",比喻自己谪期满当回朝。王叔文于元和元年被宪宗杀死,与龙女"及期"而"徊翔登天"(回朝)不合。(3)据韩愈《顺宗实录》卷五:永贞元年八月壬寅,王叔文贬渝州司户,"明年乃杀之"。《旧唐书》卷一四《宪宗纪上》:永贞元年九月己卯,柳宗元贬邵州刺史。十月己卯,再贬永州司马。如龙女影王叔文,《谪龙说》应撰于元和元年王叔文被杀之前,才能与柳宗元幻想龙女"及期""徊翔登天"(回朝)相合。有什么资料能证明永贞元年岁末柳宗元一到永州就写《谪龙说》呢?

附:柳宗元《谪龙说》

扶风马孺子言:年十五六时,在泽州,与群儿戏郊亭上。顷然,有奇女坠地,有光晔然,被缣裘白纹之里,首步摇之冠。贵游少年骇且悦之,稍狎焉。奇女頩尔怒曰:"不可。吾故居钧天帝宫,下上星辰,呼嘘阴阳,薄蓬莱,羞昆仑,而不即者。帝以吾心侈大,怒而谪来,七日当复。今吾虽辱尘土中,非若俪也。吾复,且害若。"众恐而退。遂入居佛寺讲室焉。及期,进取杯水饮之,嘘成云气,五色翛翛也。因取裘反之,化为白龙,徊翔登天,莫知其所终。亦怪甚矣。呜呼!非其类而狎其谪不可哉。孺子不妄人也,故记其说。

---

① 柳宗元《永州龙兴寺西轩记》。

《李娃传》新探

《李娃传》旧说

什么目的驱使白行简写《李娃传》？从宋至今，有过一些推测：

刘克庄《后村先生大全集·诗话（前集）》："郑畋名相，父亚亦名卿。或为《李娃传》，诬亚为元和，畋为元和之子，小说因谓畋与卢携并相不咸〔和〕，携诉畋身出娼妓。按畋与携皆李翱甥，畋母、携姨也，安得如《娃传》及小说所云？唐人挟私忿，腾虚谤，良可发千载一笑。亚为李德裕客，白敏中素怨德裕及亚父子。《娃传》必白氏子弟为之，托名行简，又嫁言天宝间事。且《传》作于德宗之贞元，追述前事可也。亚登第于宪宗之元和，畋相于僖宗之乾符，岂得预载未然之事乎？其谬妄如此。"

俞正燮《癸巳存稿·李娃传》："《太平广记·李娃传》文笔极工，所云常州刺史荥阳公及其子姓官爵，刘克庄《诗话》以为郑亚、郑畋，然稽之《唐书·宰相世系表》，郑氏荥阳房中，无有合者，盖故错隐之。"

傅锡壬《牛李党争与唐代文学·试探李娃传的写作动机及其时代》："郑亚是白行简借以刻划郑生的模式。因为郑生与郑亚有许多条件相同。""（1）郑亚和荥阳公子皆为直言极谏科策第。（2）二人都以文章词藻见称于时。（3）郑亚的仕宦浮沉与李德裕相终始，这种关系密切的政治立场，是很可能被白行简加以利用的。""李娃传当是'牛李党争'初形成时期的作品，它的写成时代，可能在穆宗长庆初年。"

《李娃传》新解

今针对刘、俞、傅三家的论点，略为剖析如下：

1.《李娃传》云："有常州刺史荥阳公者，略其名氏，不书。"后人给荥阳公捏造了姓郑。据《太平寰宇记·河南道九·郑州·姓氏》："荥阳郡四姓：郑、毛、潘、杨。"既然有四大姓，一定说传奇的主人公姓郑，是理由不足的。鲁迅《中国小说史略·唐之传奇文（上）》只说《李娃传》"言荥阳巨族之子溺于长安倡女李娃"，未说姓郑，这是科学的态度。

陈寅恪《元白诗笺证稿·艳诗及悼亡诗》附《读〈莺莺传〉》："杨（巨源）诗之所谓萧娘，即指元（稹）传之崔女，两者俱是使用典故也。傥泥执元传之崔姓，而穿凿搜寻一崔姓之妇人以实之，则与拘持杨诗之萧姓，以为真是兰陵之贵女者，岂非同一可笑之事耶？"对传奇中有姓氏者，尚且不能拘泥，对"略其名氏，不书"者，岂能因"荥阳"郡名而拘泥为姓郑呢？

2.《李娃传》云："（荥阳公）时望甚崇，家徒甚殷。"与郑亚家世不合。据《新唐书·宰相世系表五上》："郑氏定著二房：一曰北祖，二曰南祖。"在这二房之外，"荥阳郑氏又有郑少邻"。"少邻，郑州司士参军。""穆，河清令。"郑少邻（《旧唐书·郑畋传》作郑邻）、郑穆官卑职小，世系不详，真所谓"衰宗落谱，昭穆所不齿者"，此即郑亚之祖与父，怎能称为"时望甚崇，家徒甚殷"呢？又怎能认为与郑亚"条件相同"呢？

3.《李娃传》云："（荥阳生）登甲科，声振礼闱。""生应直言极谏科，策名第一。"《旧唐书·郑畋传》有"亚字子佐，元和十五年擢进士第，又应贤良方正、直言极谏制科，吏部调选，又以书判拔萃，数岁之内，连中三科"之语，傅氏推测"郑亚之应直言极谏科是在元和十五年（820）"，误。据《唐大诏令集·政事·制举·放制举人敕》，郑亚于大和二年擢贤良方正、能直言极谏科第四等(《册府元龟·贡举部七·科目》,《唐会要·贡举中·制科举》同)。白行简卒于宝历二年,在郑亚登制科之前两年。傅氏推测《李娃传》写于"长庆初年(821—823),也就是郑亚应直言极谏科及第后不久",误。

4. 从郑亚的生平来看,"李德裕在翰林,亚以文干谒,深知之。出镇浙西,辟为从事。累属家艰,人多忌嫉,久之不调。会昌初,始入朝为监察御史,累迁刑部郎中。中丞李回奏知杂,迁谏议大夫、给事中。五年,德裕罢相镇渚宫,授亚正议大夫,出为桂州刺史、御史中丞、桂管都防御经略使。大中二年,吴汝纳〔讷〕诉冤,德裕再贬潮州,亚亦贬循州刺史,卒"。(《旧唐书·郑畋传》)郑亚与李德裕的政治关系,虽然可以追溯到"浙西从事",但此时郑亚尚非李党的重要人物。李商隐有《故驿迎吊故桂府常待有感》诗,为吊郑亚之作,冯浩曰:"德裕于长庆二年观察浙西,凡在浙西者八年。亚之赴辟,未知何年。"(《玉溪生诗集笺注》卷二)会昌、大中两朝才是郑亚与李德裕政治上一损皆损,一荣皆荣的重要时期,此时白行简早已死了。傅氏推测白行简"利用""郑亚的仕宦浮沉与李德裕相终始"的密切关系来"刻画"荥阳生,不能成立。

5. 从党争来看,"(长庆)时(李)德裕与李绅、元稹俱在翰林,以学识才名相类,情颇款密,而(李)逢吉之党深恶之"。(《旧唐书·李德裕传》)"(李绅)与李德裕、元稹同在禁署,时称'三俊',情意相善。"(同书《李绅传》)如果按照"《李娃传》当是'牛李党争'初形成时期的作品"来推测,白行简当以李党早期领袖"三俊"为"模式"进行"刻画",而不会选择当时还微不足道的郑亚。

6. 傅氏提出郑亚和荥阳生"二人都以文章词藻见称于时","条件相同",亦不能成立。因为:具备这样条件的人太多了。《旧唐书·郑余庆传》:"有文集、表疏、碑志、诗赋共五十卷,行于世。""余庆子瀚……有文集、制诰共三十卷,行于世。"同书《郑纲传》:"善属文。"(《新唐书·艺文志四·丁部集录·别集类》:"《郑纲集》三十卷。")

7. 关于卢携诟郑畋"身出娼妓"问题。《中国科学院历史语言研究所集刊》第二十本下册载张政烺《〈一枝花〉话》,略云:"所谓'小说'不知为何书;按孙光宪《北梦琐言》(卷六,《云自在龛丛书》本)谓郑畋与卢携为亲表,'同在中书,因公事不叶挥霍间言语相挤诟,不觉砚瓦翻泼'。然亦无'携诟畋身出娼妓'之说也。"今案:《旧唐书·郑畋传》记郑畋、卢携"相诟"事甚详,亦无"携诟身出娼妓"之说。

白行简的写作动机

"任何文学作品都是它的时代的表现。"《李娃传》的写作动机,应从唐代的政治、社会情况以及白氏兄弟的政治立场中去探寻。

李娃是妓女。我们就从唐代妓女的社会地位说起。

据王仁裕《开元天宝遗事·开元·蜂蝶相随》:"都中名姬楚莲香,国色无双,时贵门子弟争相诣之。"同书《天宝上·风流薮泽》:"长安有平康坊,妓女所居之地,京都侠少萃集于此,兼每年新进士以红笺名纸游谒其中。"孙棨《北里志·序》:"诸妓皆居平康里,举子、新及第进士、三司幕府但未通朝籍未直馆殿者,咸可就诣。"同书《海论三曲中事》:"妓中有铮铮者,多在南曲、中曲……初登馆阁者,多于此窃游焉。"从唐人亲笔记载中看出,唐代长安狎游成风,由于狎游者身份不同,有公开的(如"以红笺名纸游谒其中")、不公开的(所谓"窃游")。贤如裴度,亦"尝狎游"(《北里志》附录),贵门子弟和风流文人,更不用说了。

妓女的结局怎样?据《北里志·楚儿》:"为万年捕贼官郭锻所纳,置于他所。"同书《俞洛真》:"顷曾出曲中,值故左揆于公,贵主许纳别室。"房千里《杨娼传》:"杨娼者,长安里中之殊色也。""岭南帅甲,贵游子也。……乃阴出重赂,削去娼之籍,而挈之南海。馆之他舍,公余而同,夕隐而归。"从唐人亲笔记载中看出,唐代妓女嫁官人,一般只能作为外室,连正式的妾媵都不够资格,更谈不到做妻子了。《开元天宝遗事·天宝下·鸡声断爱》云:"长安名妓刘国容,有姿色,能吟诗,与进士郭昭述相爱,他人莫敢窥也。后昭述释褐授天长簿,遂与国容相别。诘旦赴任,行至咸阳,国容使一女仆驰矮驹赍短书云:'……再期后会,以结齐眉。'长安子弟多诵讽焉。"故事到此结束,没有下文。刘国容希望能与郭昭述结为夫妇,看来是落空了。

唐代妓女的社会地位卑下。《李娃传》说:"(生)将之官,娃谓生曰:'今之复子本躯,某不相负也。愿以残年,归养老姥。君当结媛鼎族,以奉蒸尝。中外婚媾,无自黩也。勉思自爱。某从此去矣。'"这段话,是符合唐代社会现实和妓女身份的。

再说唐代妻、妾地位。

据《大唐六典·尚书吏部》:"凡亲王,孺人二人,视正五品;媵十人,视正六品。嗣王、郡王及一品,媵十人,视从六品。二品,媵八人,视正七品。三品及国公,媵六人,视从七品。四品,媵四人,视正八品。五品,媵三人,视从八品。降此已往,皆为妾。"(《旧唐书·职官志二》同)

又据《唐律疏议·户婚中》:"以婢为妻者,徒二年。以妾及客女为妻,以婢为妾者,徒一年半,各还正之。""若以媵为妻,亦同以妾为妻。"同书:"若婢有子,及经放为良者,听为妾。""律既止听为妾,即是不许为妻。"按照唐代的制度和法律,贵族官僚拥有媵、妾、客女("谓部曲之女")、婢,但不许以媵、妾、客女、婢为妻,犯者判刑。事实上,以妾、媵为妻者,大有人在,如:

《旧唐书·孝友传·李日知传》:"郑州荥阳人也。""先天元年,转刑部尚书,罢知政事。频乞骸骨,请致仕,许之。""卒后,少子伊衡,以妾为妻……家风替矣。"(《新唐书·李日知传》同)

同书《李齐运传》:"蒋王恽之孙也。""末以妾卫氏为正室,身为礼部

尚书，冕服以行其礼，人士嗤诮。贞元十二年卒。"(《新唐书·李齐运传》同)

同书《杜佑传》："京兆万年人。""位极将相……唯在淮南时，妻梁氏亡后，升嬖妾李氏为正室，封密国夫人，亲族子弟言之不从，时论非之。"(《新唐书·杜佑传》同)

同书《李正己传》附《李师古传》："起复右金吾大将军同正、平卢及青淄齐节度营田观察、海运陆运押新罗渤海两蕃使。……(贞元)十五年正月，师古、杜佑、李栾妾媵并为国夫人。"(《新唐书·藩镇淄青横海传·李正己传》附《李师古传》同)

这几位以妾媵为妻的贵族官僚，虽然可以不受法律的约束，却免不了要受舆论的非议。因为：唐王朝明白地告诫它的臣民："妻者齐也，秦晋为匹。妾通买卖，等数相悬。婢乃贱流，本非俦类。"若以媵、妾、客女、婢为妻，"便亏夫妇之正道，黩人伦之彝则，颠倒冠履，紊乱礼纲"(《唐律疏议·户婚中》)。怎么可以公开违背这些原则呢！所以，权德舆《唐故金紫光禄大夫守太保致仕赠太傅岐国公杜公墓志铭(并序)》只说"夫人安定郡梁氏，苏州常熟县令幼睦之女也。专柔淑慎，动有仪矩。先于公殁，几三十年矣"，不提杜佑"升嬖妾李氏为正室，封密国夫人"之事。韩愈《息国夫人墓志铭》只说"贞元十五年，灵州节度使、御史大夫李公讳栾，守边有劳，诏曰：'栾妻何氏，可封息国夫人'"，不提何氏是"李栾妾媵"之事。权德舆、韩愈不说明事实的真相，不仅是谀墓，为杜佑、李栾遮羞，也是为朝廷留面子。这就看出，德宗姑息藩镇，不顾国法、名教，滥封三个节度使的妾媵为国夫人，是不得人心的。

白氏兄弟以诗歌为武器，对社会上的丑恶现象，进行讽刺。举例来说，白居易《秦中吟十首·不致仕》云："七十而致仕，礼法有明文。何乃贪荣者，斯言如不闻？可怜八九十，齿堕双眸昏。朝露贪名利，夕阳忧子孙。挂冠顾翠緌，悬车惜朱轮。金章腰不胜，伛偻入君门。谁不爱富贵？谁不恋君恩？年高须告老，名遂合退身。少时共嗤诮，晚岁多因循。贤哉汉二疏！彼独是何人？寂寞东门路，无人继去尘！"据作者自序："贞元、元和之际，予在长安，闻见之间，有足悲者。因直歌其事，命为《秦中吟》。"可见《不致仕》诗是有所指的。汪立名认为是指杜佑。(《白香山诗长庆集》卷二)今案：杜佑生于开元二十三年，白居易作《不致仕》诗时，杜佑已年逾七十，尚未致仕。《旧唐书·杜佑传》云："元和元年，册拜司徒、同平章事，封岐国公。""佑城南樊川有佳林亭，卉木幽邃，佑每与公卿宴集其间，广陈妓乐。诸子咸居朝列，当时贵盛，莫之与比。"《不致仕》诗中所讽刺的"贪荣者"，所列举的"贪名利""忧子孙""爱富贵""恋君恩"等丑态，应是针对杜佑而言。(叶梦得《避暑录话》上："杜祐〔佑〕为司徒，年过七十，未请老。裴晋公为舍人，因高郢致仕，命辞曰：'以年致仕，抑有前闻。近代寡廉，罕由斯道。'盖讥之也。"裴度讥杜佑"年过七十，未请老"，是白居易《不致仕》诗指斥杜佑之旁证。)

可见，白行简针对德宗滥封三个节度使的妾媵为国夫人这件坏国法、伤名教的大事，采用南朝宋人袁淑《鸡九锡文》《驴山公九锡文》讥当时封爵之滥的夸张手法，撰《李娃传》，极言妓女封汧国夫人，进行讽刺，不是没有可能。鸡，可夸张为封"会稽公"；驴，可夸张为封"中庐公"；妓女，也可夸张为封汧国夫人。"稽"者，鸡也；"庐"者，驴也；"汧"者，妍也、艳也(《李娃传》称李娃"妖姿要妙，绝代未有")。这都是讥封爵之滥，不是真有其事。

白居易、行简兄弟的隐痛

除了上面所论证的政治的、社会的原因之外，分析一下白氏家史，白行简撰《李娃传》还有一个用意：

白居易、行简父白季庚，母陈氏。有的认为他们是舅甥结婚(参阅罗振玉《贞松老人遗稿甲集之一·后丁戊稿》、陈寅恪《元白诗笺证稿》附论），有的认为他们是中表结婚（参阅岑仲勉《隋唐史》下册第四十五节）。舅甥还是中表虽有争论，而老夫少妻是没有疑义的。白季庚生于开元十七年，陈氏生于天宝十四年，母少于父26岁。大历四年结婚时，白季庚41岁，陈氏15岁。贞元十年，白季庚卒，年66岁。陈氏40岁守寡，嫠居17年，至元和六年，57岁卒。

元和十年，白居易由太子左赞善大夫贬江州司马，史书记载其经过甚详。《旧唐书·白居易传》："（元和）十年七月，盗杀宰相武元衡，居易首上疏论其冤，急请捕贼以雪国耻。宰相以宫官非谏职，不当先谏官言事。会有素恶居易者，掎摭居易，言浮华无行，其母因看花堕井而死，而居易作《赏花》及《新井》诗，甚伤名教，不宜置彼周行。执政方恶其言事，奏贬为江表刺史。诏出，中书舍人王涯上疏论之，言居易所犯状迹，不宜治郡，追诏授江州司马。"（《新唐书·白居易传》同）

陈振孙《白文公年谱·（宪宗元和）十年乙未》："新井之事，世莫知其实，史氏亦不辨其有无，独高彦休《阙史》言之甚详。公母有心疾，因悍妒得之。及嫠，家苦贫。公与弟，不获安居，常索米丐衣于邻郡邑。母昼夜念之，病益甚。公随计宣州，母因忧愤发狂，以苇刀自到，人救之得免。后遍访医药，或发或瘳。常恃二壮婢，厚给衣食，俾扶卫之。一旦稍息，毙于坎井。时裴晋公为三省，本厅对客，京兆府申堂状至，四坐惊愕。薛给事存诚曰：'某所居与白邻，闻其母久苦心疾，叫呼往往达于邻里。'坐客意稍释。他日，晋公独见夕拜，谓曰：'前时众中之言，可谓存朝廷大体矣。'夕拜正色曰：'言其实也，非大体也。'由是晋公信其事。……凡曰坠井，必恚恨也，陨获也。凡曰看花，必怡畅也，闲适也。安有怡畅闲适之际，遽致颠沛废坠之事。乐天长于情，无一春无咏花之什，因欲黩藻其罪。又验《新井》篇，是尉盩厔时作，隔官三政，不同时矣。彦休所记，大略如此，闻之东都圣善寺老僧，僧故佛光和尚弟子也。

今考集中,亦无所谓《新井》诗者,意其删去。然则公母死以心疾,固人伦之大不幸。而傅致诗篇,以成谗谤,则憸壬媢嫉者为之也。故删述彦休之语,以告来者。"

白居易贬官,实际上是一场政治斗争,表面上有两条罪状:(1)"不当先谏官言事";(2)"浮华无行","甚伤名教"。对于第一条罪状,白居易表示反抗,他在《与杨虞卿书》中说:"及仆左降诏下……郁结之志,旷然未舒,思欲一陈左右者久矣。去年六月,盗杀右丞相于通衢中,迸血髓,磔发肉,所不忍道。合朝震栗,不知所云。仆以为书籍以来,未有此事。国辱臣死,此其时耶!苟有所见,虽畎亩皂隶之臣,不当默默,况在班列,而能胜其痛愤耶?故武相之气平明绝,仆之书奏日午入。两日之内,满城知之。其不与者,或诬以伪言,或构以非语。且浩浩者,不酌时事大小与仆言当否,皆曰:'丞郎、给舍、谏官、御史尚未论请,而赞善大夫何反忧国之甚也?'仆闻此语,退而思之,赞善大夫,诚贱冗耳!朝廷有非常事,即日独进封章,谓之忠,谓之愤,亦无愧矣。谓之妄,谓之狂,又敢逃乎?"这一段话,理直气壮,充分说明了贬官是冤枉的。第二条罪状,重于第一条,但未见白居易辩解,何故?

白居易、行简父老母少,本来就不是幸福的婚姻。白季庚卒后,陈氏中年守寡,苦闷之极,至于"发狂",最后跳井而死。陈氏是封建婚姻的牺牲品。而一群小人,牵扯到白居易的《赏花》《新井》诗,诬以"浮华无行","甚伤名教"。据《南部新书》甲:"白乐天之母,因看花坠井。后有排摈者,以《赏花》《新井》之作左迁。穆皇尝题柱曰:'此人一生争得水吃。'"此事传入宫中,"吾人因此又可推知乐天必坐斯事喧传一时,而被目为名教罪人无疑也"(《元白诗笺证稿》附论)。家庭的隐情,父母的婚姻悲剧,为人子者,不便明言。白居易虽受诬谤,不能辩解,如哑巴吃黄连,有苦说不出。宋人说他从诗集中删去《新井》篇(此诗与陈氏跳井并无关系),但这种消极的行动,并不能洗刷掉所谓"甚伤名教"的罪状。

世事是多么的不公平！德宗姑息藩镇，滥封三个节度使的媵妾为国夫人，真正是坏国法，伤名教，朝廷上没有人敢谏阻。白居易、行简之母，"心疾"发作，跳井而死，"此事原无关乐天本身道德"(《元白诗笺证稿》附论)，而朝廷上"素恶居易者"，竟诬居易"甚伤名教"，一贬再贬。是非不分，赏罚不明，白氏兄弟，能不愤慨！元和十一年，白居易在江州写了诗歌名篇《琵琶引》，以"长安倡女"之身世及其卓越的琵琶演奏，寄托本人仕途沦落的"叹息"。"同是天涯沦落人，相逢何必曾相识"的名句，倾述了作者的凄凉心情。白居易以琵琶妓自况，可见其"郁结"之深。白行简，则借用当时流行的"《一枝花》话"，加工改写为传奇名篇《李娃传》，极言妓女封汧国夫人，以讽刺名教之虚伪，以牙还牙。《琵琶引》与《李娃传》传诵千古，同垂不朽。

李公佐、元稹与白行简志同道合

白行简撰《李娃传》，得到两位朋友的支持。

一是李公佐。元和十四年，白行简与李公佐在长安会面。李公佐是创作传奇的名家。唐代传奇之有寓意者，类型非一，例如：(1) 针对一人一事而发，如蒋防《霍小玉传》攻击李益"重色"，谴责李益"负心"。(2) 不专指一人一事，而系针对一种社会现象而发，如李公佐《南柯太守传》影射德宗姑息藩镇，下嫁公主给"逆息虏胤"。白行简与李公佐会面时，必然要交流创作方面的经验。正是在李公佐的鼓励、指教下，白行简撰成《李娃传》。《传》的结尾处，白行简点明："予与陇西公佐话妇人操烈之品格，因遂述汧国之事。公佐拊掌竦听，命予为传。乃握管濡翰，疏而存之。"这个郑重的交代，是表明感谢李公佐的支持，并暗示读者：此《传》与《南柯太守传》属于同一类型的传奇。

既然《李娃传》的创作本意是讽刺名教之虚伪，而不专指一人一事，所以白行简没有交代荥阳公的姓名。所谓影射郑亚、以郑亚为"刻画郑生的模式"等等推测，都是不能成立的。

二是元稹。元稹与白氏兄弟的友谊，为治唐史者所熟知，无须赘述。需要说明的是：元稹也是父老母少，而且元沂、元秬（稹之长兄、次兄）不是稹母郑氏所生（参阅拙著《元稹年谱》）。白居易所撰《太原白氏家状二道·襄州别驾府君事状》中未提白季庚元配是谁，他所撰《唐故武昌军节度处置等使正议大夫检校户部尚书鄂州刺史兼御史大夫赐紫金鱼袋赠尚书右仆射河南元公墓志铭（并序）》中未提元稹前母是谁（元稹所撰《唐故朝议郎侍御史内供奉盐铁转运河阴留后河南元君墓志铭》中也未提元秬之母是谁），可见两家都有难言之隐。

白行简撰《李娃传》，元稹作《李娃行》，孰先孰后？从陈鸿《长恨歌传》中提到白居易《长恨歌》、元稹《莺莺传》中提到李绅《莺莺歌》来看，应是白行简撰《传》在前，元稹作诗在后。如果元稹作诗在前，白行简不能不在《传》中提到它。

元稹的身世，与白居易、行简有共同之处。白居易被诬为"甚伤名教"，贬谪江州，元稹为之"悒悒郁郁长太息"（白居易《与杨虞卿书》），写了"垂死病中惊坐起，暗风吹雨入寒窗"的绝句（元稹《闻乐天授江州司马》）。所以元稹看到《李娃传》之后，对白行简的本意，比其他读者更能心领神会，特作《李娃行》，与之配合。元稹的名声，大于白行简，《李娃行》的广泛流传，对《李娃传》起了推波助澜的作用。不能因为元诗后来失传而忽视当时元稹对白行简的支持。

"三俊"之一的元稹，是李党早期的领袖之一。如《李娃传》是牛党攻击李党之作，元稹绝不会作《李娃行》配合白行简向李党进攻。可见，所谓《李娃传》"是'牛李党争'初形成时期的作品"的推测，是不能成立的。

《李娃传》中没有蔑视妓女等等卑贱者的描写，它所谴责的是荥阳公。当荥阳公发现荥阳生沦落在长安凶肆唱挽歌时,"责曰:'志行若此,污辱吾门,何施面目,复相见也'"。把亲生儿子打得半死,弃于荒郊。当荥阳生登科、入仕时,荥阳公又认亲,"曰:'吾与尔父子如初'"。前后对照,明显地揭露了名教的虚伪。白行简为了渲染荥阳公认子的场景,对荥阳生的应试、登科,蓄意虚构。据《新唐书·选举志上》:"举选不由馆、学者,谓之乡贡,皆怀牒自列于州、县。试已⋯⋯既自省,皆疏名列到,结款通保及所居⋯⋯"("牒"上书"乡贡、三代名讳"等)沈既济《词科论》:"进士为士林华选,四方观听,希其风采。每岁得第之人,不浃辰而周闻天下。"封演《封氏闻见记·制科》:"旧举人应及第,开〔关〕检无籍者,不得与第。"可见,(1) 荥阳生不可能瞒着家庭去应试。(2) 荥阳生连中进士、制科,其姓名、家世,早为人知。岂有身在官场的荥阳公,一直不知道儿子登科、入仕,到蜀中荥阳生"投刺"时,才"大惊"而"抚背恸哭移时"呢? 但如不虚构,拘泥于唐代的科举制度,那么,荥阳公已知荥阳生连中进士、制科,便不能出现蜀中认子,喜出意外的生动镜头,把故事推向高潮。白行简苦心构思,举此例可见一斑。

《李娃传》的写作年代、原标题考

最后,交代一下《李娃传》的写作年代和原标题。

《李娃传》的开头,有"汧国夫人李娃⋯⋯故监察御史白行简为传述"一段话。这段话或出于《异闻集》编者陈翰之手,但"监察御史"这个官衔,决非臆造,当是依据《李娃传》之白行简署名(如《游仙窟》署"宁州襄乐县尉张文成作")。《传》的结尾,有"贞元中⋯⋯时乙亥岁秋八月,太原白行简云"一段话。"贞元乙亥"是贞元十一年,白行简才二十岁,不可能创作出如此成熟的传奇。而且正丁父忧,没有认识李公佐,更未登科、入仕,何来"监察御史"的官衔? 对"乙亥"表示否定,并提出校订

意见者,如:

(1)戴望舒《小说戏曲论集·读〈李娃传〉》:"我认为'乙亥'二字,是一个繕写或刊刻的错误,或多半是《异闻集》编者的误改。""原文上应该是'乙酉'。乙酉是顺宗永贞元年(805),亦即贞元二十一年。""这年八月庚子(初四),顺宗下诏内禅宪宗……并将贞元二十一年改为永贞元年以志庆。""《李娃传》写作的年代,是应该放在贞元二十一年,即永贞元年的八月初,而且必然是在初一至初三这三天之中的。"

(2)王梦鸥《唐人小说校释·上集·李娃传》:"疑'乙亥'为'己丑'之误。己丑为元和四年(809),是年白行简为校书郎,与兄同居长安新昌里,与元稹共听《一枝花》话,元氏既有《李娃行》之作,而行简为公佐之怂恿又为之作《传》。又按《太平广记》卷三四三《庐江冯媪传》有'元和六年夏五月,江淮从事李公佐使至京'之语,则其时公佐常因公往来长安,验以事理,较为契合。惟以己丑传抄误为乙亥,而元和纪年无乙亥岁,《异闻集》编者或又并改元和为'贞元中',遂至弥缝过实,反见疑窦。"

以上两说,都有缺陷。贞元二十一年或元和四年,白行简尚无"监察御史"官衔,亦无与李公佐在长安会见的明证。笔者认为,"乙亥"是"己亥"之误。"乙"与"己",形近易讹。《太平广记》中所载之《李娃传》,不是根据白行简的原稿,而是抄自《异闻集》,几经传写,难免讹错。先是"己亥"被误写为"乙亥",后因元和中无乙亥年,又有人将"元和"改为"贞元"。《李娃传》结尾的原文,当是:"元和中……时己亥岁秋八月,太原白行简云。"这个写作年代,与白行简、李公佐的行踪,以及白行简的官衔,都是符合的。

《类说·异闻集·汧国夫人传》有注云:"旧名《一枝花》……"这条资料很重要,既说明《李娃传》的原标题,又说明传奇与话本的联系与区别。白行简将《〈一枝花〉话》改名为《汧国夫人传》,反映出他与说话人的用意大不同。说话人形容妓女李娃貌美如"花",无讽刺之意;而白行简渲染妓女李娃封汧国夫人,矛头指向朝廷。(以上参阅拙著《唐代文史论丛·〈李娃传〉的原标题及写作年代》。)

总之,白行简针对德宗滥封三个节度使的媵妾为国夫人,坏国法、伤名教的现实,怀着对胞兄白居易被诬为"甚伤名教",一贬再贬的愤慨,撰《汧国夫人传》(《李娃传》)讽刺名教的虚伪。

附:白行简《李娃传》

汧国夫人李娃,长安之倡女也,节行瑰奇,有足称者,故监察御史白行简为传述。

天宝中,有常州刺史荥阳公者,略其名氏,不书。时望甚崇,家徒甚殷。知命之年,有一子,始弱冠矣,隽朗有词藻,迥然不群,深为时辈推伏。其父爱而器之,曰:"此吾家千里驹也。"应乡赋秀才举,将行,乃盛其服玩车马之饰,计其京师薪储之费,谓之曰:"吾观尔之才,当一战而霸。今备二载之用,且丰尔之给,将为其志也。"生亦自负,视上第如指掌。

自毗陵发,月余抵长安,居于布政里。尝游东市还,自平康东门入,将访友于西南。至鸣珂曲,见一宅,门庭不甚广,而室宇严邃。阖一扉,有娃方凭一双鬟青衣立,妖姿要妙,绝代未有。生忽见之,不觉停骖,久之,徘徊不能去。乃诈坠鞭于地,候其从者,敕取之。累眄于娃,娃回眸凝睇,情甚相慕。竟不敢措辞而去。生自尔意若有失,乃密征其友游长安之熟者,以讯之。友曰:"此狭邪女李氏宅也。"曰:"娃可求乎?"对曰:"李氏颇赡。前与通之者多贵戚豪族,所得甚广。非累百万,不能动其志也。"生曰:"苟患其不谐,虽百万,何惜。"

他日,乃洁其衣服,盛宾从,而往扣其门。俄有侍儿启扃。生曰:

"此谁之第耶?"侍儿不答,驰走大呼曰:"前时遗策郎也!"娃大悦曰:"尔姑止之。吾当整妆易服而出。"生闻之私喜。乃引至萧墙间,见一姥垂白上偻,即娃母也。生跪拜前致词曰:"闻兹地有隙院,愿税以居,信乎?"姥曰:"惧其浅陋湫隘,不足以辱长者所处,安敢言直耶。"延生于迟宾之馆,馆宇甚丽。与生偶坐,因曰:"某有女娇小,技艺薄劣,欣见宾客,愿将见之。"乃命娃出。明眸皓腕,举步艳冶。生遽惊起,莫敢仰视。与之拜毕,叙寒燠,触类妍媚,目所未睹。复坐,烹茶斟酒,器用甚洁。久之,日暮,鼓声四动。姥访其居远近。生绐之曰:"在延平门外数里。"冀其远而见留也。姥曰:"鼓已发矣。当速归,无犯禁。"生曰:"幸接欢笑,不知日之云夕。道里辽阔,城内又无亲戚,将若之何?"娃曰:"不见责僻陋,方将居之,宿何害焉。"生数目姥。姥曰:"唯唯。"生乃召其家僮,持双缣,请以备一宵之馔。娃笑而止之曰:"宾主之仪,且不然也。今夕之费,愿以贫窭之家,随其粗粝以进之。其余以俟他辰。"固辞,终不许。俄徙坐西堂,帷幕帘榻,焕然夺目。妆奁衾枕,亦皆侈丽。乃张烛进馔,品味甚盛。彻馔,姥起。生娃谈话方切,诙谐调笑,无所不至。生曰:"前偶过卿门,遇卿适在屏间。厥后心常勤念,虽寝与食,未尝或舍。"娃答曰:"我心亦如之。"生曰:"今之来,非直求居而已,愿偿平生之志。但未知命也若何?"言未终,姥至,询其故,具以告。姥笑曰:"男女之际,大欲存焉。情苟相得,虽父母之命,不能制也。女子固陋,曷足以荐君子之枕席?"生遂下阶,拜而谢之曰:"愿以己为厮养。"姥遂目之为郎,饮酬而散。及旦,尽徙其囊橐,因家于李之第。自是生屏迹戢身,不复与亲知相闻。日会倡优侪类,狎戏游宴。囊中尽空,乃鬻骏乘,及其家童。岁余,资财仆马荡然。迩来姥意渐怠,娃情弥笃。

他日,娃谓生曰:"与郎相知一年,尚无孕嗣。常闻竹林神者,报应如响,将致荐酹求之,可乎?"生不知其计,大喜。乃质衣于肆,以备牢醴,与娃同谒祠宇而祷祝焉,信宿而返。策驴而后,至里北门,娃谓生曰："此东转小曲中，某之姨宅也。将憩而觐之，可乎？"生如其言，前行不逾百步，果见一车门。窥其际，甚弘敞。其青衣自车后止之曰："至矣。"生下，适有一人出访曰："谁？"曰："李娃也。"乃入告。俄有一姬至，年可四十余，与生相迎，曰："吾甥来否？"娃下车，姬逆访之曰："何久疏绝？"相视而笑。娃引生拜之。既见，遂偕入西戟门偏院。中有山亭，竹树葱蒨，池榭幽绝。生谓娃曰："此姨之私第耶？"笑而不答，以他语对。俄献茶果，甚珍奇。食顷，有一人控大宛，汗流驰至，曰："姥遇暴疾颇甚，殆不识人。宜速归。"娃谓姨曰："方寸乱矣。某骑而前去，当令返乘，便与郎偕来。"生拟随之。其姨与侍儿偶语，以手挥之，令生止于户外，曰："姥且殁矣。当与某议丧事以济其急。奈何遽相随而去？"乃止，共计其凶仪斋祭之用。日晚，乘不至。姨言曰："无复命，何也？郎骤往觇之，某当继至。"生遂往，至旧宅，门扃钥甚密，以泥缄之。生大骇，诘其邻人。邻人曰："李本税此而居，约已周矣。第主自收。姥徙居，而且再宿矣。"征"徙何处？"曰："不详其所。"生将驰赴宣阳，以诘其姨，日已晚矣，计程不能达。乃弛其装服，质馔而食，赁榻而寝。生惎怒方甚，自昏达旦，目不交睫。质明，乃策蹇而去。既至，连扣其扉，食顷无人应。生大呼数四，有宦者徐出。生遽访之："姨氏在乎？"曰："无之。"生曰："昨暮在此，何故匿之？"访其谁氏之第。曰："此崔尚书宅。昨者有一人税此院，云迟中表之远至者。未暮去矣。"生惶惑发狂，罔知所措，因返访布政旧邸。

邸主哀而进膳。生怨懑，绝食三日，遘疾甚笃，旬余愈甚。邸主惧其不起，徙之于凶肆之中。绵缀移时，合肆之人共伤叹而互饲之。后稍愈，杖而能起。由是凶肆日假之，令执穗帷，获其直以自给。累月，渐复壮，每听其哀歌，自叹不及逝者，辄鸣咽流涕，不能自止。归则效之。生，聪敏者也。无何，曲尽其妙，虽长安无有伦比。初，二肆之佣凶器者，互争胜负。其东肆车舆皆奇丽，殆不敌，唯哀挽劣焉。其东肆长知生妙绝,乃醵钱二万索顾焉。其党耆旧,共较其所能者,阴教生新声,而相赞和。累旬,人莫知之。其二肆长相谓曰:"我欲各阅所佣之器于天门街,以较优劣。不胜者罚直五万,以备酒馔之用,可乎?"二肆许诺。乃邀立符契,署以保证,然后阅之。士女大和会,聚至数万。于是里胥告于贼曹,贼曹闻于京尹。四方之士,尽赴趋焉,巷无居人。自旦阅之,及亭午,历举辇轝威仪之具,西肆皆不胜,师有惭色。乃置层榻于南隅,有长髯者拥铎而进,翊卫数人。于是奋髯扬眉,扼腕顿颡而登,乃歌《白马》之词。恃其夙胜,顾眄左右,旁若无人。齐声赞扬之,自以为独步一时,不可得而屈也。有顷,东肆长于北隅上设连榻,有乌巾少年,左右五六人,秉翣而至,即生也。整衣服,俯仰甚徐,申喉发调,容若不胜。乃歌《薤露》之章,举声清越,响振林木,曲度未终,闻者歔欷掩泣。西肆长为众所诮,益惭耻。密置所输之直于前,乃潜遁焉。四座愕眙,莫之测也。

先是,天子方下诏,俾外方之牧,岁一至阙下,谓之入计。时也适遇生之父在京师,与同列者易服章窃往观焉。有老竖,即生乳母婿也,见生之举措辞气,将认之而未敢,乃泫然流涕。生父惊而诘之。因告曰:"歌者之貌,酷似郎之亡子。"父曰:"吾子以多财为盗所害,奚至是耶?"言讫,亦泣。及归,竖间驰往,访于同党曰:"向歌者谁?若斯之妙欤?"皆曰:"某氏之子。"征其名,且易之矣。竖凛然大惊;徐往,迫而察之。生见竖色动,回翔将匿于众中。竖遂持其袂曰:"岂非某乎?"相持而泣,遂载以归。至其室,父责曰:"志行若此,污辱吾门,何施面目,复相见也。"乃徒行出,至曲江西杏园东,去其衣服,以马鞭鞭之数百。生不胜其苦而毙。父弃之而去。其师命相狎昵者阴随之,归告同党,共加伤叹。令二人赍苇席瘗焉。至,则心下微温。举之,良久,气稍通。因共荷而归,以苇筒灌勺饮,经宿乃活。月余,手足不能自举。其楚挞之处皆溃烂,秽甚。同辈患之。一夕,弃于道周。行路咸伤之,往往投其余食,得以充肠。十旬,方杖策而起。被布裘,裘有百结,褴褛如悬鹑。持一破瓯,巡于闾里,以乞食为事。自秋徂冬,夜入于粪壤窟室,昼则周游廛肆。

一旦大雪,生为冻馁所驱,冒雪而出,乞食之声甚苦。闻见者莫不凄恻。时雪方甚,人家外户多不发。至安邑东门,循里垣北转第七八,有一门独启左扉,即娃之第也。生不知之,遂连声疾呼"饥冻之甚",音响凄切,所不忍听。娃自阁中闻之,谓侍儿曰:"此必生也。我辨其音矣。"连步而出。见生枯瘠疥厉,殆非人状。娃意感焉,乃谓曰:"岂非某郎也?"生愤懑绝倒,口不能言,颔颐而已。娃前抱其颈,以绣襦拥而归于西厢。失声长恸曰:"令子一朝及此,我之罪也!"绝而复苏。姥大骇,奔至,曰:"何也?"娃曰:"某郎。"姥遽曰:"当逐之。奈何令至此?"娃敛容却睇曰:"不然。此良家子也。当昔驱高车,持金装,至某之室,不逾期而荡尽。且互设诡计,舍而逐之,殆非人。令其失志,不得齿于人伦。父子之道,天性也。使其情绝,杀而弃之。又困踬若此。天下之人尽知为某也。生亲戚满朝,一旦当权者熟察其本末,祸将及矣。况欺天负人,鬼神不佑,无自贻其殃也。某为姥子,迨今有二十岁矣。计其赀,不啻直千金。今姥年六十余,愿计二十年衣食之用以赎身,当与此子别卜所诣。所诣非遥,晨昏得以温凊。某愿足矣。"姥度其志不可夺,因许之。给姥之余,有百金。北隅四五家税一隙院。乃与生沐浴,易其衣服;为汤粥,通其肠;次以酥乳润其脏。旬余,方荐水陆之馔。头巾履袜,皆取珍异者衣之。未数月,肌肤稍腴;卒岁,平愈如初。

异时,娃谓生曰:"体已康矣,志已壮矣。渊思寂虑,默想曩昔之艺业,可温习乎?"生思之,曰:"十得二三耳。"娃命车出游,生骑而从。至旗亭南偏门鬻坟典之肆,令生拣而市之,计费百金,尽载以归。因令生斥弃百虑以志学,俾夜作昼,孜孜矻矻。娃常偶坐,宵分乃寐。伺其疲倦,即谕之缀诗赋。二岁而业大就,海内文籍,莫不该览。生谓娃曰:

"可策名试艺矣。"娃曰:"未也。且令精熟,以俟百战。"更一年,曰:"可行矣。"于是遂一上登甲科,声振礼闱。虽前辈见其文,罔不敛衽敬羡,愿友之而不可得。娃曰:"未也。今秀士苟获擢一科第,则自谓可以取中朝之显职,擅天下之美名。子行秽迹鄙,不俦于他士。当砻淬利器,以求再捷。方可以连衡多士,争霸群英。"生由是益自勤苦,声价弥甚。其年,遇大比,诏征四方之隽,生应直言极谏科,策名第一,授成都府参军。三事以降,皆其友也。

将之官,娃谓生曰:"今之复子本躯,某不相负也。愿以残年,归养老姥。君当结媛鼎族,以奉蒸尝。中外婚媾,无自黩也。勉思自爱。某从此去矣。"生泣曰:"子若弃我,当自刭以就死。"娃固辞不从,生勤请弥恳。娃曰:"送子涉江,至于剑门,当令我回。"生许诺。月余,至剑门。未及发而除书至,生父由常州诏入,拜成都尹,兼剑南采访使。浃辰,父到。生因投刺,谒于邮亭。父不敢认,见其祖父官讳,方大惊,命登阶,抚背恸哭移时,曰:"吾与尔父子如初。"因诘其由,具陈其本末。大奇之,诘娃安在。曰:"送某至此,当令复还。"父曰:"不可。"翌日,命驾与生先之成都,留娃于剑门,筑别馆以处之。明日,命媒氏通二姓之好,备六礼以迎之,遂如秦晋之偶。娃既备礼,岁时伏腊,妇道甚修,治家严整,极为亲所眷。向后数岁,生父母偕殁,持孝甚至。有灵芝产于倚庐,一穗三秀。本道上闻。又有白燕数十,巢其层甍。天子异之,宠锡加等。终制,累迁清显之任。十年间,至数郡。娃封汧国夫人。有四子,皆为大官,其卑者犹为太原尹。弟兄姻媾皆甲门,内外隆盛,莫之与京。嗟乎,倡荡之姬,节行如是,虽古先烈女,不能逾也。焉得不为之叹息哉!

予伯祖尝牧晋州,转户部,为水陆运使。三任皆与生为代,故谙详其事。贞元中,予与陇西公佐话妇人操烈之品格,因遂述汧国之事。公佐拊掌竦听,命予为传。乃握管濡翰,疏而存之。时乙亥岁秋八月,太原白行简云。

第五类
以古喻今（或假托神话） 开悟皇帝

《开元升平源》新探

开悟宪宗"以开元初为法"

由"明君转变为昏君"①的唐玄宗,给他的后裔提供了正、反两面——开元盛世与安史之乱的经验教训。以"嗣位之初"即"读列圣实录"的唐宪宗为例,与宰相崔群专门讨论过开元天宝之治乱,《旧唐书》卷一五《宪宗纪下》云:

> 上顾谓宰臣曰:"朕读《玄宗实录》,见开元初锐意求理,至十六年已后,稍似懈倦,开元末又不及中年,何也?"
> 崔群对曰:"玄宗少历民间,身经迍难,故即位之初,知人疾苦,躬勤庶政。加之姚崇……等守正之辅,孜孜献纳,故致治平。及后承平日久,安于逸乐……加之以(杨)国忠,故及于乱。愿陛下以开元初为法,以天宝末为戒,即社稷无疆之福也。"时皇甫镈以谄刻欺蔽在相位,故群因奏以讽之。

君臣之间的问答,是纯学术的历史研究吗?否。崔群借古讽今,矛头所指,是当时的另一位宰相皇甫镈。在封建社会中,利用讨论前朝治乱兴

---

① 见范文澜《中国通史简编》第三编第二章第二节。

衰的机会,向皇帝面对面地进行谏诤,是一种可取的方法,但只有大臣才有可能这样做。一般文人,无此遭遇,只能在自己创作的诗赋小说中,以古喻今,进行劝诫,希望传入宫中,能够开悟皇帝,可谓用心良苦。中唐传奇《开元升平源》及《长恨歌传》就是这方面的代表作品。

　　我们说《升平源》是用玄宗"开元之治"的成功经验来开悟宪宗,理由有二:(1)用人。众所周知,贞观与开元,是唐朝的盛世。房、杜与姚、宋,是辅佐太宗与玄宗的贤相。然而情况不尽相同,人们未必都了解。贞观之初,房、杜同居相位,而开元之初,姚、宋先后为相,何哉? 史称:"盖如晦长于断,而玄龄善谋,两人深相知,故能同心济谋,以佐佑帝。"(《新唐书》卷九六)房玄龄、杜如晦二人"深相知",所以太宗任命房、杜同时为相。"唐史臣称崇善应变以成天下之务,璟善守文以持天下之正。二人道不同,同归于治。"(同书卷一二四)姚崇、宋璟二人"道不同",所以玄宗任命姚、宋先后为相。可见,不仅房、杜与姚、宋有王佐之才,太宗与玄宗(前期的玄宗)亦知人善任也。"能否知人和能否用人,是判断人君贤愚的一个重要标准。"《升平源》以开元之初,玄宗能排除张说的干扰,任用姚崇,来开悟宪宗要知人和能用人。(2)纳谏。《升平源》俗称"姚崇十事"。为什么传奇把"开元升平"之"源"归结为"姚崇十事"呢? 范文澜先生说"纳谏和用人是唐太宗取得政治成就的两个主要原因"①,当然也是玄宗形成"开元之治"的两个主要原因。传奇用玄宗能接受姚崇十点建议,为"开元升平"之"源",来开悟宪宗纳谏。

　　下面对《升平源》的内容,作一些具体的分析:

---

① 以上引文,见《中国通史简编》第三编第二章第一节。

勿拘泥于十件事

对于《开元升平源》,宋代有不同的评价:(1)《新唐书》卷一二四:"赞曰:姚崇以十事要说天子而后辅政,顾不伟哉,而旧史不传。观开元初皆已施行,信不诬已。"(2)《资治通鉴考异》卷一二《唐纪四·(开元元年)十月姚元之同三品》:"世传《升平源》,果如所言,则元崇进不以正。又当时天下之事,止此十条,须因事启沃,岂一旦可邀。似好事者为之……难以尽信。今不取。"宋祁、司马光二人意见分歧的焦点,在于:姚崇向玄宗上献十事,是一次提出的?还是陆续提出的?《升平源》中描述姚崇与玄宗射猎后的对话,语言生动,引人入胜,堪称以古文作小说的名篇。宋祁文士气质,一见而爱之,不怀疑其真实性;司马光史家风度,深思而疑之,认为不合情理。但《考异》的辩驳,过于简单,需要进一步地论证。今将两《唐书》、《唐会要》的记载,与《升平源》的描述,对照如下:

《升平源》曰:"凡有斜封、待阙、员外等官,悉请停罢,可乎?"

《旧唐书》卷七《睿宗纪》:"(景云元年八月)先是,中宗时官爵渝滥,因依妃、主墨敕而授官者,谓之斜封,至是并令罢免。""(二年二月)戊子,诏中宗时斜封官并许依旧。"《新唐书》卷四五《选举志下》:"中宗时,韦后及太平、安乐公主等用事,于侧门降墨敕斜封授官,号'斜封官',凡数千员。……韦氏败,始以宋璟为吏部尚书……姚元之为兵部尚书……悉奏罢斜封官……未几,璟、元之等罢,殿中侍御史崔莅、太子中允薛昭希太平公主意,上言:'罢斜封官,人失其所,而怨积于下,必有非常之变。'乃下诏尽复斜封别敕官。"睿宗已批准姚崇等的奏请,罢免斜封官,但姚崇等罢相,出为刺史后,睿宗又恢复斜封官,故玄宗时姚崇重提此事。

《升平源》曰："比来近密佞幸之徒，冒犯宪网者，皆以宠免，臣请行法，可乎？"

《新唐书》卷一二六《卢怀慎传》："开元元年，进同紫微黄门平章事。三年①，改黄门监。薛王舅王仙童暴百姓，宪司按得其罪，业为申列，有诏紫微、黄门覆实。怀慎与姚崇执奏'仙童罪状明甚，若御史可疑，则它人何可信？'②由是狱决。怀慎自以才不及崇，故事皆推而不专，时讥为'伴食宰相'。"紫微、黄门两省坚持对王仙童"行法"，应是姚崇的主意。

又，《旧唐书》卷一百《李杰传》："寻代宋璟为御史大夫。时皇后妹婿尚衣奉御长孙昕与其妹婿杨仙玉因于里巷遇杰，遂殴击之，上大怒，令斩昕等。散骑常侍马怀素以为阳和之月，不可行刑，累表陈请。乃下敕曰：'夫为令者自近而及远，行罚者先亲而后疏。长孙昕、杨仙玉等凭恃姻戚，恣行凶险，轻侮宪宪，损辱大臣，情特难容，故令斩决。今群官等累陈表疏，固有陈请……即宜决杀，以谢百僚。'"尽管群官累表陈请阳和之月不可行刑，朝廷还是坚持"行法"，立即执行，只不过改斩首为杖杀而已，如果不是姚崇的主意，"伴食宰相"卢怀慎无此胆识。

《升平源》曰："凡寺观宫殿，臣请止绝建造，可乎？"

《旧唐书》卷八《玄宗纪上》："（开元二年正月）丙寅，紫微令姚崇上言请检责天下僧尼，以伪滥还俗者二万余人。"同书卷九六《姚崇传》："崇奏曰：'佛不在外，求之于心。佛图澄最贤，无益于全赵；罗什多艺，不救于亡秦。何充、苻融，皆遭败灭；齐襄、梁武，未免灾殃。但发心慈悲，行事利益，使苍生安乐，即是佛身。何用妄度奸人，令坏正法？'上纳其言，令有司隐括僧徒，以伪滥还俗者万二千余人。"《新唐书》卷一二四《姚崇传》作"发而农者余万二千人"。《唐会要》卷四七《议释教上》："开

---

① 《新唐书》卷六二《宰相表中》、《资治通鉴》卷二一一《唐纪二七》作：开元二年正月乙卯，检校黄门监。

② 《资治通鉴·唐纪二七》系于开元二年正月。

元二年正月,中书令姚崇奏言:'自神龙已来,公主及外戚,皆奏请度人,亦出私财造寺者。每一出敕,则因为奸滥,高户强丁,皆经营避役,远近充满,损污精蓝。①……'上乃令有司精加诠择,天下僧尼伪滥还俗者三万余人。"这是在姚崇主持下的一次大规模的检括僧尼运动。僧尼还俗者的数字,有三万余人、一万二千余之异,乃古籍写刻之误。

《唐会要》卷四九:"开元二年二月十九日敕:天下寺观,屋宇先成,自今已后,更不得创造……""(七月十三日敕)自今已后,百官家不得辄容僧尼等至家……""(二十九日敕)自今已后,村坊街市等,不得辄更铸佛写经为业……"皆姚崇反佛之措施。

《升平源》曰:"先朝亵狎大臣,或亏君臣之敬,臣请陛下接之以礼,可乎?"

《旧唐书》卷一〇二《马怀素传》:"开元初,为户部侍郎,加银青光禄大夫,累封常山县公,三迁秘书监,兼昭文馆学士。怀素虽居吏职,而笃学,手不释卷,谦恭谨慎,深为玄宗所礼,令与左散骑常侍褚无量同为侍读。每次阁门,则令乘肩舆以进。上居别馆,以路远,则命宫中乘马,或亲自送迎,以申师资之礼。"(《新唐书》卷一九九《儒学传中·马怀素传》同)这是开元初玄宗礼遇大臣的一例。史称:"初,(褚)无量与马怀素俱为侍读,顾待甚厚;及无量等卒后,秘书少监康子元、国子博士侯行果等又入侍讲,虽屡加赏赐,而礼遇不逮褚焉。"②从玄宗对待大臣前后态度的变化,看出姚崇在相位的重要作用。姚崇在相位仅三年多,故而玄宗礼遇大臣的态度不能持久。

《升平源》曰:"臣请凡在臣子,皆得触龙鳞,犯忌讳,可乎?"

《旧唐书·玄宗纪上》:"(开元二年正月)制求直谏昌言弘益政理

---

① 《全唐文》卷二〇六姚崇《谏造寺度僧奏》缺"自神龙已来……损污精蓝"四十八字。
② 《旧唐书》卷一〇二《褚无量传》。

者。"同书卷一〇二《褚无量传》："玄宗即位……无量频上书陈时政得失,多见纳用。又尝手敕褒美,赐物二百段。"(《新唐书》卷二百《儒学传下·褚无量传》同)《新唐书》卷二二《礼乐志十二》："(玄宗)即位,命宁王主藩邸乐,以亢太常,分两朋以角优劣。置内教坊于蓬莱宫侧,居新声、散乐、倡优之伎,有谐谑而赐金帛朱紫者,酸枣县尉袁楚客上疏极谏。"①《旧唐书》卷一八五下《良吏传下·倪若水传》:"(开元)四年,玄宗令宦官往江南采鵁鶄等诸鸟,路由汴州。若水知之,上表谏曰:'方今九夏时忙,三农作苦,田夫拥耒,蚕妇持桑。而以此时采捕奇禽异鸟,供园池之玩,远自江、岭,达于京师,水备舟船,陆倦担负,饭之以鱼肉,间之以稻粱。道路观者,岂不以陛下贱人贵鸟也!……直言忤旨,甘从鼎镬。'手诏答曰:'朕先使人取少杂鸟,其使不识朕意,采鸟稍多。……言念忠谠,深用嘉慰。使人朕已量事决罚,禽鸟并令放讫。今赐卿物四十段,用答至言。'"(《新唐书》卷一二八《倪若水传》同)开元初玄宗纳谏之例甚多。史称:玄宗"杜绝逆耳之言……由(李)林甫之赞成也"。② 那么,开元初玄宗能纳谏,则由姚崇之赞成也。

又,《旧唐书·玄宗纪上》:"(开元二年十二月)时右威卫中郎将周庆立为安南市舶使,与波斯僧广造奇巧,将以进内。监选使、殿中侍御史柳泽上书谏,上嘉纳之。"此事兼有纳谏和拒绝"贡献求媚"两个意义。

综合以上,《升平源》中所述"十事",在姚崇执政的三年多时间内,有五六件事,已施行或已部分施行,有四五件事,尚未施行。《升平源》之所述,大致可信,但"善应变以成天下之务"的姚崇,"所为法,随复更之"(《资治通鉴》卷二一一《唐纪二七》),可以推断,不但他不会鲁莽地在畋猎之时向玄宗一口气提出十件事,而且有些事可能始终未提出过。

---

① 《资治通鉴·唐纪二七》作:开元二年正月"礼部侍郎张廷珪、酸枣尉袁楚客皆上疏"。
② 《旧唐书》卷一〇六《李林甫传》。

《新唐书·姚崇传》不加甄别,坚信一次提出"十事",未免轻率。《资治通鉴》卷二一〇《唐纪二六》只云"元之请抑权幸,爱爵赏,纳谏诤,却贡献,不与群臣亵狎,上皆纳之",是比较谨严的。(胡三省注:"此即前所献十事之二三也。"非是。司马光不认为姚崇"一旦可邀",即否定一次献十事。)

刘肃《大唐世说新语》卷一《匡赞》亦记载姚崇这个故事,内容较简。细阅《升平源》《新语》二书,大同小异,今将小异者列表如下:

《开元升平源》	《大唐世说新语》
姚崇"以十事上献": 1."圣政先仁义"。 2."不求边功"。 3."中官不预公事"。 4."国亲不任台省官"。停罢"斜封、待阙、员外等官"。 5."近密佞幸之徒,冒犯宪网者"一律"行法"。 6."除租庸赋税之外","杜塞""贡献"。 7."止绝建造""寺观宫殿"。 8.君对臣"接之以礼"。 9.臣皆得"犯忌讳"进谏。 10.以汉代外戚之祸"为殷鉴"。	姚崇"备陈古今理乱之本,上之可行者,必委曲言之。……崇罢冗职,修旧章,内外有叙。又请无赦宥,无度僧,无数迁吏,无任功臣以政"。

对照之下,《新语》未言姚崇向玄宗一口气提出十件事。《新语》所记姚崇提出的事,虽不如《升平源》之多,但"请无赦宥"等事,则为《升平源》所无。刘肃自序撰于元和二年,自云"备书微婉,恐贻床屋之尤;全采风谣,惧招流俗之说""聊以宣之开卷,岂敢传诸奇人",表明《新语》不

同于传奇体裁。此书,《新唐书·艺文志二》列入杂史类,《宋史·艺文志二》列入别史类。综观《新语》全书,叙述多于描写,平实而不敷演,不如《升平源》之娓娓动听,自宋祁、司马光以来,论姚崇十事者,皆未注意《新语》。

《开元升平源》揭露张说阻止姚崇入相

在唐代小说中,正面揭露姚崇、张说之矛盾者,以《升平源》为较早、较详。《新语》止"素与张说不叶,说讽赵彦昭弹之,玄宗不纳"三句。《升平源》曰:"张说素不叶,命赵彦昭骤弹之,不许。""燕公说使姜皎入曰:'陛下久卜河东总管,重难其人。臣有所得,何以见赏?'上曰:'谁邪?如惬,有万金之赐。'乃曰:'冯翊太守姚元崇,文武全材,即其人也。'上曰:'此张说意也。卿罔上,当诛。'皎首服万死。"这个记载,宋祁、司马光皆采用之。请看:

《新唐书·姚崇传》:"张说以素憾,讽赵彦昭劾崇。"

《资治通鉴·唐纪二六》:"上欲以同州刺史姚元之为相,张说疾之,使御史大夫赵彦昭弹之,上不纳。又使殿中监姜皎言于上曰:'陛下常欲择河东总管而难其人,臣今得之矣。'上问为谁,皎曰:'姚元之文武全才,真其人也。'上曰:'此张说之意也,汝何得面欺,罪当死!'皎叩头首服。"

今案:《旧唐书》卷九二《赵彦昭传》:"彦昭素与郭元振、张说友善,及萧至忠等伏诛,元振、说等称彦昭先尝密图其事,乃以功迁刑部尚书,封耿国公,赐实封一百户。……俄而姚崇入相,甚恶彦昭之为人,由是累贬江州别驾,卒。"(《新唐书》卷一二三《赵彦昭传》同)从张说与赵彦昭"友善"、助赵升官来看,《升平源》描述张指使赵弹劾姚崇是可信的。再从姚"甚恶"赵、将赵贬官来看,正是对赵进行报复。张说在岳州时作

《五君咏五首(并序)》,序云:"达志、美类、刺异、感义、哀事,颜氏之心也,拟焉。"《赵耿公彦昭》诗云:"耿公山岳秀,才杰心亦妙。鸷鸟峻标立,哀玉扣清调。协赞休明启,恩华日月照。何意瑶台云,风吹落江徼。湘流下浔阳,洒泪一投吊。"张说对赵彦昭卒于江州的下场,表示无限哀惋。他对姚"恶"赵、"贬"赵表示不满,也就是对赵受其指使劾姚一事感到内疚。

又,张说《代书答姜七崔九》云:"婀娜金闺树,离披野田草。虽殊两地荣,幸共三春好。花殊鸟飞处,叶镂虫行道。真心独感人,惆怅令人老。"据《旧唐书》卷五九《姜謩传》附《姜皎传》:"(玄宗)常呼之为姜七而不名也。"卷九九《张嘉贞传》:"(开元十年)其冬,秘书监姜皎犯罪,嘉贞又附会王守一奏请杖之,皎遂死于路。……兵部尚书张说进曰:'臣闻刑不上大夫,以其近于君也。故曰:士可杀,不可辱。臣今秋受诏巡边,中途闻姜皎以罪于朝堂决杖,配流而死。皎官是三品,亦有微功。若其有犯,应死即杀,应流即流,不宜决杖廷辱,以卒伍待之。且律有八议,勋贵在焉。皎事已往,不可追悔。'"从张说歌咏姜皎的"真心"以及为姜皎捱杖鸣不平,反映出他们关系密切。《升平源》描述张指使姜向玄宗推荐姚崇为河东总管,以阻止其入相,也是可信的。又据《旧唐书》卷一九〇《文苑传中·李邕传》:"时姜皎用事,与(张)廷珪谋引邕为宪官。事泄,中书令姚崇嫉邕阴躁,因而构成其罪,左迁括州司马。"(《新唐书》卷二〇二《文艺传中·李邕传》同)姚崇先下手为强,把李邕赶出朝廷,挫败了姜皎等的阴谋。姚崇已为相,姜皎还想援引李邕为御史丞来对付他;姚崇未为相,姜皎与张说合谋阻止他入相,盖无可疑。

值得我们注意的是,御史大夫赵彦昭弹劾姚崇,玄宗"不许"。殿中监姜皎推荐姚崇为河东总管,玄宗面斥其"罔上"。《升平源》描写玄宗排除干扰,"密召元崇会于行所"于前,"即诏中官追赴行在"于后,反映

出玄宗急欲一见姚崇,面命为相的迫切心情。今将史书的记载,对照如下:

《旧唐书·姚崇传》:"上初即位,务修德政,军国庶务,多访于崇,同时宰相卢怀慎、源乾曜等,但唯诺而已。崇独当重任,明于吏道,断割不滞。"

《新唐书·姚崇传》:"帝方躬万机,朝夕询逮,它宰相畏帝威决,皆谦惮,唯独崇佐裁决,故得专任。崇第赊僻,因近舍客庐。会(卢)怀慎卒,崇病痁移告,凡大政事,帝必令源乾曜就咨焉。乾曜所奏善,帝则曰:'是必崇画之。'有不合,则曰:'胡不问崇?'乾曜谢其未也,乃已。帝欲崇自近,诏徙寓四方馆,日遣问食饮起居,高医、尚食踵道。崇以馆局华大,不敢居。帝使语崇曰:'恨不处禁中,此何避?'"

《资治通鉴·唐纪二六》:"上初即位,励精为治,每事访于元之,元之应答如响,同僚唯诺而已,故上专委任之。"《唐纪二七》:"姚崇尝有子丧,谒告十余日,政事委积,怀慎不能决,惶恐,入谢于上。上曰:'朕以天下事委姚崇,以卿坐镇雅俗耳。'崇即出,须臾,裁决俱尽,颇有得色,顾谓紫微舍人齐瀚曰:'余为相,可比何人?'瀚未对。崇曰:'何如管、晏?'瀚曰:'管、晏之法虽不能施于后,犹能没身。公所为法,随复更之,似不及也。'崇曰:'然则竟何如?'瀚曰:'公可谓救时之相耳。'崇喜,投笔曰:'救时之相,岂易得乎!'"

中宗的昏懦与韦后、安乐公主的昏暴相结合,睿宗的昏懦又与太平公主的昏暴相结合,形成了十分昏暗的政治局面。玄宗两次发动武装政变,先后消灭了韦后、安乐公主、太平公主以及依附于她们的势力,登上帝位。平乱诛暴之后,摆在玄宗面前的重要任务是要将昏暗的政局转变为清明。号称"救时宰相"的姚崇,正是可以辅佐玄宗迅速扭转昏暗政局的难得之才,所以被玄宗看中,予以充分的信任。既然玄宗"以天下事委姚崇",其他宰相,形同虚设,只有甘为"伴食宰相"的卢怀慎和

"无所是非,持禄保身"①的源乾曜,能够忍受这样的冷遇,换了别人,必将引起宰相间的冲突。中书令张说的政治地位,原在"客宰相"姚崇之上,玄宗为了"专任"姚崇,宁可将张说出为刺史。玄宗也不急于任命宋璟为相,因为开元初急需的是"善应变"的姚崇,而不是"善守文"的宋璟也。

附:姚崇、张说斗智

张说阻止姚崇入相,阴谋未能得逞,二人之间的矛盾,从此更加尖锐。姚崇击败张说,实非易事,因为:当时姚不仅政治地位低于张,他与玄宗的关系也不如张亲密,何以知之?

根据史书的记载,玄宗为太子时,太平公主忌之,有异谋,姚崇与宋璟密奏睿宗,请太平公主出居洛阳。当时玄宗消灭太平公主的条件还不成熟,反而加罪于姚、宋,贬谪外州。此即《升平源》所谓"姚元崇初拒太平得罪,上颇德之"也。(详下)

张说呢?(1)《旧唐书》卷九七《张说传》:"玄宗在东宫,说与国子司业褚无量俱为侍读,深见亲敬。"(《新唐书》卷一二五《张说传》同)卷五二《后妃传下·玄宗元献皇后杨氏传》:"太平公主用事,尤忌东宫。……后时方娠,太子密谓张说曰:'用事者不欲吾多息胤,恐祸及此妇人,其如之何?'密令说怀去胎药而入。太子于曲室躬自煮药……梦神人覆鼎。……如是者三。太子异之,告说。说曰:'天命也,无宜他虑。'既而太平诛,后果生肃宗。"(《新唐书》卷七六《后妃传上·元献杨皇后传》同)李德裕《次柳氏旧闻》:"元献皇后思食酸,玄宗亦以告说。说每因进经,辄袖木瓜以献。"(2)《旧唐书·张说传》:"是岁(景云二年)

---

① 《旧唐书》卷九八"史臣曰"。

二月,睿宗谓侍臣曰:'有术者上言,五日内有急兵入宫,卿等为朕备之。'左右相顾莫能对,说进曰:'此是谗人设计,拟摇动东宫耳。陛下若使太子监国,则君臣分定,自然窥觎路绝,灾难不生。'睿宗大悦,即日下制皇太子监国。"(3)《旧唐书·张说传》:"说既知太平等阴怀异计,乃因使献佩刀于玄宗,请先事讨之,玄宗深嘉纳焉。"(以上《新唐书·张说传》同)

对比之下,可以看出:在玄宗与太平公主决斗的前夕,姚崇、张说都效忠于玄宗(姚请太平公主居洛阳,张请太子监国),并因此而获罪罢相(姚贬申州刺史,张为尚书左丞、分司东都),但张说曾任太子侍读,他与玄宗之间的秘密来往(如保护杨后、献刀申意),是姚崇所没有的。所以玄宗诛太平公主后,即将张说召回,"拜中书令,封燕国公,赐实封二百户"(《旧唐书·张说传》)。而对姚崇,却要在渭川面谈中意之后,才任命为"客宰相"。这是玄宗对张说的关系深于姚崇的证明。《升平源》描写了这个过程,具有重要的史料价值。

尽管玄宗与张说有特殊的亲密关系,但姚崇不向张说屈服,他自信能凭智谋,取得胜利。姚、张都是智士,智谋较高的一方,才能战胜智谋较低的一方。请看《新唐书·姚崇传》:"及当国,说惧,潜诣岐王申款。崇它日朝,众趋出,崇曳踵为有疾状,帝召问之,对曰:'臣损足。'曰:'无甚痛乎?'曰:'臣心有忧,痛不在足。'问以故,曰:'岐王,陛下爱弟,张说辅臣,而密乘车出入王家,恐为所误,故忧之。'于是出说相州。"在这场斗智中,张说失败了。张阻姚入相未遂,考虑到姚必对他进行报复,秘密地与皇弟李范拉关系,自以为是智谋,却弄巧成拙,被姚抓住把柄。睿宗共六子,玄宗本非嫡长,即位后,表面上兄弟友爱,实际上防范甚严。《旧唐书》卷九五《睿宗诸子传·让皇帝宪传》:"宪尤恭谨畏慎,未曾干议时政及与人交结。"(《新唐书》卷八一《三宗诸子传·让皇帝宪传》同)即是明证。姚崇看准了玄宗的心病,采用了攻心战术,挑拨了玄宗与张说的君臣关系，把张说排挤出朝廷。《韩诗外传》卷三："疏不间亲。"姚崇以疏远者离间了亲近者，可见其智谋远在张说之上。（《旧唐书·睿宗诸子传·惠文太子范传》："上禁约王公，不令与外人交结。驸马都尉裴虚己坐与范游宴，兼私挟谶纬之书，配徙岭外。万年尉刘庭琦、太祝张谔皆坐与范饮酒赋诗，黜庭琦为雅州司户，谔为山茌丞。"裴、刘、张都因与李范"交结"获罪，更可看出姚崇攻击张说潜诣李范，确是打中要害的。）

顺便说一下，司马光对《升平源》中描写的姚崇"呼鹰放犬，迟速称旨"一事，认为"难以尽信"，理由是："果如所言，则元崇进不以正。"（《资治通鉴考异·唐纪四》）而对《新唐书》中记载的姚崇伪装足疾，说出心疾，揭发张说与皇弟交结一事，予以采取。其实这两件事都是姚崇善用智谋的表现，可谓异曲同工。司马光从维护贤相的角度考虑，认为姚崇不能"进不以正"。在《资治通鉴考异》中，类似的例子很多，如卷九《唐纪一·（武德九年）六月秦王世民谋诛建成元吉问于李靖李世勣皆辞》云："《统纪》云：'秦王惧，不知所为。李靖、李勣数言大王以功高被疑，靖等请申犬马之力。'刘悚《小说》：'太宗将诛萧墙之恶以主社稷。谋于卫公靖，靖辞；谋于英公徐勣，勣亦辞。帝由是珍此二人。'二说未知谁得其实。然刘说近厚，有益风化，故从之。"在两种记载截然相反，"未知谁得其实"的情况下，司马光不是存疑待考，而是采取一种符合于封建道德的所谓"有益风化"的记载，这是他思想的局限性。他不能相信贤相"进不以正"，也是由于思想的局限性。

姚崇排挤张说，是先向玄宗告状，先发制人。魏知古先向玄宗告姚崇的状，姚也能用智谋击败魏，后发制人。《新唐书·姚崇传》云："魏知古，崇所引，及同列，稍轻之，出摄吏部尚书，知东都选，知古憾焉。时崇二子在洛，通宾客馈遗，凭旧请托。知古归，悉以闻。他日，帝召崇曰：'卿子才乎，皆安在？'崇揣知帝意，曰：'臣二子分司东都，其为人多欲而寡慎,是必尝以事干魏知古。'帝始以崇私其子,或为隐,微以言动之。及闻,乃大喜,问:'安从得之？'对曰:'知古,臣所荐也,臣子必谓其见德而请之。'帝于是爱崇不私而薄知古……"魏知古已向玄宗揭发姚崇二子在洛阳的非法活动,而姚尚无所知,玄宗对姚进行试探,形势十分严峻,姚在这个紧要关头,又一次表现出非凡的智谋:一、"姚揣知帝意",变被动为主动。二、主动向玄宗交代二子"多欲而寡慎",表示不"私"不"隐"。三、婉转向玄宗陈述他对魏知古有恩,所以二子"凭旧请托",干了蠢事。这样,形势立刻转变为对魏不利而对姚有利了。足见姚智谋之高。

张说的智谋,虽不及姚崇,对付他人,还是足够的。《新唐书·张说传》云:"(张说)坐累徙岳州,停实封。说既失执政意,内自惧。雅与苏瓌善,时瓌子颋为相,因作《五君咏》献颋,其一纪瓌也,候瓌忌日致之。颋览诗鸣咽,未几,见帝陈说忠謇有勋,不宜弃外,遂迁荆州长史。"今案:张说曾奉敕撰《故太子少傅苏公碑铭》,除了颂扬苏瓌的"忠""孝""文""惠"之外,还推崇苏颋:"帝谓庭硕,伊公是似。"《五君咏·苏许公瓌》云:"许公信国桢,克美具瞻情。百事资朝问,三章广世程。处高心不有,临节自为名。朱户传新戟,青松拱旧茔。凄凉丞相府,余庆在玄成。"诗以汉代韦贤、韦玄成父子比喻苏瓌、苏颋父子,较《碑》的用意更为深刻。据《汉书》卷七三《韦贤传》,韦贤"号称邹鲁大儒",韦玄成"修父业",父子为相,"荣当世焉"。韦玄成还有一个特点:"其接人,贫贱者益加敬",这正是谪居岳州的张说抱希望于苏颋者。又,韦玄成父子情深,卒前表示:"不胜父子恩,愿乞骸骨,归葬父墓。"张说也正是希望苏颋念父辈之交,推屋乌之爱,加以援引。张说罢相后,连遭贬谪,降至岳州刺史,已进入最低谷。他利用苏颋对苏瓌的孝思,献诗传情,果然感动了苏颋,帮助张说走出低谷。此后逐渐好转,然而开元九年九月姚崇卒后,张说始得入相。于此可见姚、张嫌隙之深以及开元元年十二月张说失败之惨。

由于姚崇智谋超过张说,唐代社会流传着"死姚崇犹能算生张说"之说。郑处诲《明皇杂录上》:"姚元崇与张说同为宰辅,颇怀疑阻,屡以其〔事〕相侵,张衔之颇切。姚既病,诫诸子曰:'张丞相与我不叶,衅隙甚深。然其人少怀奢侈,尤好服玩,吾身殁之后,以吾尝同寮,当来吊。汝其盛陈吾平生服玩宝带重器,罗列于帐前,若不顾,汝速计家事,举族无类矣!目此,吾属无所虞,便当录其玩用,致于张公,仍以神道碑为请。既获其文,登时便写进,仍先砻石以待之,便令镌刻。张丞相见事迟于我,数日之后必当悔,若却征碑文,以刊削为辞,当引使视其镌刻,仍告以闻上。'讫姚既殁,张果至,目其玩服三四,姚氏诸孤,悉如教诫。不数日文成,叙述该详,时为极笔。其略曰:'八柱承天,高明之位列;四时成岁,亭毒之功存。'后数日,张果使取文本,以为词未周密,欲重加删改。姚氏诸子乃引使者示其碑,乃告以奏御。使者复命。悔恨拊膺,曰:'死姚崇犹能算生张说,吾今日方知才之不及也远矣。'"

这个故事是否真实?请看下面的分析:(1)据《旧唐书·玄宗纪上》:"(开元九年九月)丁未,开府仪同三司、梁国公姚崇薨。""癸亥,右羽林将军、权检校并州大都督府长史、燕国公张说为兵部尚书、同中书门下三品。"张说《故开府仪同三司上柱国赠扬州刺史大都督梁国公姚文贞公神道碑》明言姚崇"寝疾薨于东都之慈惠里"。当姚崇卒时,张说正在并州任内,不可能亲赴洛阳吊唁,所谓姚崇卒前设计以服玩引诱张说上钩,出于虚构。(2)张说《碑》的标题中,写明"奉敕撰",文云:"有诏掌文之官叙事,盛德之老铭功。""帝乃洒恩仙翰,镂泽丰砥。日月临照于佳城,烟云变态于神道。"可见张说为姚崇撰神道碑,不是私事。所谓姚家请张说撰碑,撰成后,张说向姚家索回修改等情节,也是虚构。这个故事漏洞很多,是编造出来的,但"死姚崇犹能算生张说"的流言,却反映出张说智谋远不如姚崇的事实。

《开元升平源》基本符合历史的真实

将《升平源》的描述，与史书的记载，对照如下：

《升平源》曰："姚元崇初拒太平得罪。"

《旧唐书·姚崇传》："姚崇本名元崇。""突厥叱利元崇构逆，则天不欲元崇与之同名，乃改为元之。""避开元尊号，又改名崇。"（《新唐书·姚崇传》同）《升平源》所述故事，发生在先天二年十月甲辰，此时姚名元之。"（十一月）戊子，上加尊号为开元神武皇帝。"（《旧唐书·玄宗纪上》）此后，姚名崇。

又，《旧唐书·姚崇传》："睿宗即位，召拜兵部尚书、同中书门下三品，寻迁中书令，时玄宗在东宫，太平公主干预朝政，宋王成器为闲厩使，岐王范、薛王业皆掌禁兵，外议以为不便。元之同侍中宋璟密奏请令公主往就东都，出成器等诸王为刺史，以息人心。睿宗以告公主，公主大怒。玄宗乃上疏以元之、璟等离间兄弟，请加罪，乃贬元之为申州刺史。"（《新唐书·姚崇传》同）同书卷一八三《外戚传·武承嗣传》附《太平公主传》："公主惧玄宗英武，乃连结将相，专谋异计。"《新唐书》卷八三《诸帝公主传·高宗三女传·太平公主传》："玄宗以太子监国，使宋王、岐王总禁兵。主恚权分，乘辇至光范门，召宰相白废太子。于是宋璟、姚元之不悦，请出主东都。帝不许，诏主居蒲州。主大望，太子惧，奏斥璟、元之以销戢怨嫌。……主居外四月，太子表追还京师。"

《升平源》曰："既诛太平，方任元崇以相，进拜同州刺史。"

《旧唐书·姚崇传》："再转扬州长史、淮南按察使……俄除同州刺史。"（《新唐书·姚崇传》作"移徐、潞二州，迁扬州长史。……徙同州刺史。"）所谓"方任元崇以相"指玄宗将要任命姚崇为宰相。

《升平源》曰："张说素不叶，命赵彦昭骤弹之，不许。"

考见上。

《升平源》曰:"上将猎于渭滨。""元崇闻上讲武于骊山。""上方猎于渭滨。"

《旧唐书·玄宗纪上》:"(先天二年十月)癸卯,讲武于骊山。""甲辰,畋猎于渭川。"(《新唐书·玄宗纪》同)

《升平源》曰:"燕公说使姜皎入曰:'……'"

考见上。

《升平源》曰:"元崇曰:'臣少孤,居广成泽,目不知书,唯以射猎为事。四十年,方遇张憬藏,谓臣当以文学备位将相,无为自弃。尔来折节读书。今虽官位过忝,至于驰射,老而犹能。'"

张说《姚文贞公神道碑(奉敕撰)》:"公纨绮而孤,克广前业。激昂成学,荣问日流。"《定命录》:"(姚崇)好猎,都未知书,常诣一亲表饮,遇相者谓之曰:'公后富贵。'言讫而去。姚追而问之,相者曰:'公甚贵,为宰相。'归以告其母,母劝令读书,崇遂割放鹰鹞,折节勤学。"(《广记》卷二二一《相一·袁天纲》引)《升平源》所述,与张说《碑》《定命录》符合,唯《定命录》无相者姓名,而《升平源》云张憬藏耳。据《旧唐书》卷一九一《方伎传·张憬藏传》:"少工相术,与袁天纲齐名。"《新唐书》卷二〇四《方伎传·袁天纲传》附《张憬藏传》:"姚崇、李迥秀、杜景佺从之游,憬藏曰:'三人者皆宰相,然姚最贵。'"亦与《升平源》符合。

张说《碑》云,姚崇卒于开元九年,年七十一。姚当生于永徽二年。天授元年四十岁,即《升平源》所述遇张憬藏之时。开元元年六十三岁,即《升平源》所云老而犹能驰射。

《升平源》曰:"上曰:'可兵部尚书、同平章事。'"

《旧唐书·玄宗纪》:"(开元元年十月甲辰)同州刺史姚元之为兵部尚书、同中书门下三品。"(《新唐书·宰相表中》同)

《升平源》曰:"公曰:'张说是紫微宫使,今臣是客宰相,不合首坐。'"

《新唐书·玄宗纪》:"(开元元年七月)乙亥,尚书右丞张说检校中书令。""(九月庚午)张说为中书令。"(同书《宰相表中》同)所谓"客宰相"指兵部尚书、同中书门下三品。此时张说为中书令。据《旧唐书·玄宗纪》:"(先天二年十二月庚寅)改元为开元","中书省为紫微省"。同书《张说传》:"改易官名,拜紫微令。"十月甲辰,张说的官衔不是紫微令。

综合以上,《升平源》中的描述,与史书的记载,虽多相合,但也有舛误,如姚崇当时名元之,不应称元崇。姚崇当时为兵部尚书、同中书门下三品,不应称兵部尚书、同平章事。张说当时为中书令,不应称紫微宫使。小说家言,不必苛责。

有关《开元升平源》的三个问题

从白居易《为宰相谢官表》看:

白居易《为宰相谢官表(为微之作)》云:"臣伏闻:玄宗即位之初,命姚元崇为宰相。元崇欲救时弊,献事十条,未得请间,不立相位。玄宗明圣,尽许行之。遂致太平。实由于此。"对于白居易这一段话,岑仲勉做过分析:"(陈)鸿之书最早不过元和初作,去崇相可九十年以上,定不与崇同时,而君臣问答之词,历历如绘,有同身觌,正《考异》所谓稗官依托,其无稽与鸿之《长恨歌传》(《白氏集》一二)等尔。""居易既曾与陈鸿往还在前(元稹作相在长庆),此一段故事殆亦闻诸陈鸿者,吾人不能据白表以证鸿之有据。"

今案:岑氏推测白居易所云姚崇"献事十条",来源于陈鸿,查无实据,即使如此,谢表与传奇不同,白居易岂能仅凭陈鸿一人之戏言,而书于庄严之公文耶?鄙意中唐社会普遍存在着向往贞观、开元盛世之心理，流传着一些明君贤相的佳话，姚崇十事即其一，"以开元之治，基于用崇也"①。否则，白居易不能在挚友被穆宗任命为宰相所撰之《谢官表》中，郑重提及此事也。

从《册府元龟》《太平御览》看：

《册府元龟》卷八一一《总录部六十一·晚学》云："姚元崇少居广成泽，不知书，唯以射猎为事。年四十，张憬藏谓元崇曰：'当以文学备用将相，无自弃尔。'遂折节读书，后为相。"

《太平御览》卷六一四《学部八·晚学》引《唐书》云："姚元崇，玄宗猎于渭滨，上曰：'卿颇知猎乎？'元崇曰：'臣少居广城大泽，不知书，唯以射猎为事。年四十，方遇张憬藏，谓臣当以文学备位将相，无为自弃。尔来折节读书。今虽官位过忝，至于驰射，老而犹能。'于是乎驱鹰放犬，迟速称旨。上大悦曰：'久不见卿，思有顾问，卿可于宰相行中行。'常后，上纵辔久，顾之曰：'卿行何后？'公曰：'臣官疏贱，不合参宰相行。'上曰：'可兵部尚书、平章事。'"

今案：《册府元龟》《太平御览》都是宋初官修之书，两书所载姚崇"晚学"故事，当出于同一来源，即所谓《唐书》②也。此《唐书》虽非后晋刘昫等所撰之《旧唐书》，但也属于史类。《元龟》《御览》未载姚崇献事十条，是《唐书》原无此说呢？还是原有此说而不采取呢？如系后者，则可得到两点启示：（1）白居易在《为宰相谢官表》中提到姚崇"献事十条"，或有当时《唐书》之根据。（2）姚崇向玄宗献事十条，比他晚学成名，重要得多，《元龟》《御览》均着眼于姚崇之"晚学"，可见其不信一次

---

① 《玉海》卷六一《艺文·策·唐姚崇十事》。
② 《旧唐书》卷七三《令狐德棻传》："监修国史……""自武德已后，有邓世隆、顾胤、李延寿、李仁实前后修撰国史。"卷一○二《刘子玄传》："兼修国史。"子刘贶"修国史"。《吴兢传》："其子进兢所撰《唐史》八十余卷。"《韦述传》："国史自令狐德棻至于吴兢，虽累有修撰，竟未成一家之言。至述始定类例，补遗续阙，勒成国史一百一十三卷，并史例一卷……"

献事十条之说,与司马光的见解一样。

从杨慎《丹铅总录》看:

杨慎《丹铅总录》卷一一《史籍类·二唐书》云:"余又观姚崇十事要说,此其大关键。而《旧书》所传,问答具备,首尾照应,千年之下,犹如面语。《新书》所载,则剪截晦涩,事既柱,文又不通,良可慨也。……"杨慎这段话,遭到后人的反对,如:

王鸣盛《十七史商榷》卷八七《新旧唐书一九·姚崇十事要说》:"杨慎《丹铅总录》第十卷……以为《旧唐书》文者,今《旧唐》纪、传皆不见……必杨氏偶见他书载之而误记耳。"

岑建功《旧唐书逸文》卷九《列传四六·姚崇》:"案《崇传》云'代郭元振为兵部尚书同中书门下三品',此条当是彼处逸文。""案王氏谓杨氏误以他书为《旧唐书》,其说良为有见。《通鉴考异》引吴兢《升平源》,与杨氏所引《旧书》,虽首尾略异,而大致相同,似杨氏即误《升平源》为《旧书》。然《御览》此条,与《升平源》及杨氏所引《旧书》,颇有彼此仿佛之处,或杨氏曾见他书转引《旧书》,亦未可知。"

岑仲勉《唐史余渖·姚崇十事》:"余按闻本《旧书》,固多脱节,然亦非无迹可寻,今《崇传》完好,谓累累七百言,恰全段夺佚,恐未必如是之巧。《考异》一二……所节引,尚比杨慎为详,可一一覆按。……使是书果兢撰,而《旧书》开天以前事,多吴、韦旧稿,不应不采;《旧传》果采,司马氏当提及,今《考异》只云'世传《升平源》',足知《旧书》本无其文也。杨慎征引常舛,前人言者已多,此必曾见传本《升平源》而误记为《旧书》耳。"

今案:考证之学如积薪,后来者居上。岑仲勉对杨慎谬说的驳斥,比王鸣盛、岑建功有力得多。岑仲勉最重要的理由是:司马光修《资治通鉴》时所依据之《旧唐书》,并无姚崇献事十条之说,杨慎怎能见到司马光所未见之异本?我补充一点:《元龟》《御览》所引之《唐书》中,也无姚崇献事十条之说，生于明代的杨慎又怎能见到久已失传的《唐书》原本？《丹铅总录》所云，如非故弄玄虚，则是记忆错误。岑建功所云"或杨氏曾见他书转引《旧书》"，乃无稽之谈。

《开元升平源》的标题、作者、写作时间考

著录《升平源》的重要文献如：(1)《新唐书》卷五九《艺文志三·丙部子录·小说类》："陈鸿《开元升平源》一卷(字大亮，贞元主客郎中)。"(2)《宋史》卷二〇三《艺文志二·史类·故事类》："吴兢《贞观政要》十卷，又《开元升平源》一卷。"(3)《昭德先生郡斋读书志》卷二上《杂史类》："《开元升平源记》一卷，右唐吴兢载姚崇以十事要明皇。"(4)《直斋书录解题》卷五《杂史类》："《开元升平源》一卷，唐史官吴兢撰。叙姚崇十事。"标题、作者，皆有异说，今考订如下：

标题 《开元升平源》五个字是原标题，"记"字乃衍文。唐传奇《辛公平上仙》《喷玉泉幽魂》都是五个字的标题。

作者 近代有三种意见：(1) 鲁迅《稗边小缀》："疑此书本不著撰人名氏，陈鸿、吴兢，并后来所题。二人于史皆有名，欲假以增重耳。"(2) 程毅中《唐代小说史话》第五章："有一篇《开元升平源》……似乎应该把它归属吴兢。……本文叙事平直简洁，完全像史家的实录，如果和《长恨歌传》相比，显然缺乏文采。"(3) 岑仲勉《唐史余沈·姚崇十事》："《新唐·志》无吴兢书……彼署名陈鸿，自必有据。"我同意鲁迅先生之说，但需进一步地说明，唐代有名的史家很多，为什么假托吴兢、陈鸿？

（一）贞观与开元，是唐朝的盛世。吴兢是《贞观政要》的作者，好事者假托他撰《开元升平源》，以求成龙配套。而且《升平源》扬姚抑张，与吴兢的政治态度，也比较接近。据《唐会要》卷六三，开元四年，刘子玄、吴兢撰《睿宗实录》、重修《则天实录》等，姚崇上《请褒赏刘子玄吴兢

奏》，叙二人之"勤劳"，"请各赐物五百段"，"许之"。而《新唐书》卷一三二《吴兢传》云："初与刘子玄撰定《武后实录》，叙张昌宗诱张说诬证魏元忠事，颇言'说已然可，赖宋璟等邀励苦切，故转祸为忠，不然，皇嗣且殆'。后说为相，读之，心不善，知兢所为，即从容谬谓曰：'刘生书魏齐公事，不少假借，奈何？'兢曰：'子玄已亡，不可受诬地下。兢实书之，其草故在。'闻者叹其直。说屡以情蕲改，辞曰：'徇公之情，何名实录？'卒不改。"姚崇、张说对实录的不同表现，必然使吴兢尊姚而鄙张。那么，扬姚抑张的《升平源》，当以假托吴兢撰为最合宜了。（二）陈鸿是《长恨歌传》的作者，好事者假托他撰《升平源》，一叙天宝之乱，一叙开元之治，配搭起来，可以成为完整的系统。但从《升平源》中人名、官名之舛误来判断，决非史学名家吴兢、陈鸿之作品。

写作时间 唐代宰相的官名，多次改变，其中"同中书门下三品"的使用与废除，有明显的时间性，可据以推测《升平源》的写作时间。《新唐书》卷四六《百官志一》："贞观八年，仆射李靖以疾辞位，诏疾小瘳，三两日一至中书门下平章事，而'平章事'之名盖起于此。其后，李勣以太子詹事同中书门下三品，谓同侍中、中书令也，而'同三品'之名盖起于此。"《旧唐书》卷四三《职官志二》："自天后已后，两省长官及同中书门下三品并平章事，为宰相。"玄宗朝是"同中书门下平章事"与"同中书门下三品"二名并用时期。

"武德定令，侍中正三品，大历二年十一月九日，升为正二品。""（中书令）本正三品，大历二年十一月九日，与侍中同升正二品，自后不改也。"（《旧唐书·职官志二》）侍中、中书令从正三品升为正二品，原来"谓同侍中、中书令"的"同中书门下三品"官名自然也就废除了。此后，专用"同中书门下平章事"一名。

从《升平源》的作者不知道姚崇的官衔是"同中书门下三品"而称为"同平章事"这个失误，反映出它的写作时间应在大历二年侍中、中书令升为正二品之后,因为:这时已废除了"同中书门下三品"而专用"同中书门下平章事"一名,作者非史学名家,也非吴兢、陈鸿之流,他在撰《升平源》时,未必考究宰相的官名变化,随手写下了当时通用的"同平章事"官衔。

总之,《升平源》是中唐以后的一位文士所作。从姚崇的政治手腕来看,他任相之初,未必一次向玄宗提出十件事。《升平源》不是史书而是小说,为了生动感人,凑足十事耳。前人对《升平源》的讨论,范围较狭,我除了说明作者用意在于开悟宪宗之外,并从盛唐统治阶级内部政治斗争的角度,阐发其可以证史、补史的价值。

附:《开元升平源》

姚元崇初拒太平得罪,上颇德之。既诛太平,方任元崇以相,进拜同州刺史。张说素不叶,命赵彦昭骤弹之,不许。居无何,上将猎于渭滨,密召元崇会于行所。

初,元崇闻上讲武于骊山,谓所亲曰:"准式,车驾行幸,三百里内刺史合朝觐。元崇必为权臣所挤,若何?"参军李景初进曰:"某有儿母者,其父即教坊长入内,相公傥致厚赂,使其冒法进状,可达。"公然之,辄效。燕公说使姜皎入曰:"陛下久卜河东总管,重难其人。臣有所得,何以见赏?"上曰:"谁邪?如惬,有万金之赐。"乃曰:"冯翊太守姚元崇,文武全材,即其人也。"上曰:"此张说意也。卿罔上,当诛。"皎首服万死。即诏中官追赴行在。

上方猎于渭滨,公至,拜马首。上言:"卿颇知猎乎?"元崇曰:"臣少孤,居广成泽,目不知书,唯以射猎为事。四十年,方遇张憬藏,谓臣当以文学备位将相,无为自弃。尔来折节读书。今虽官位过忝,至于驰射,老而犹能。"于是呼鹰放犬,迟速称旨。上大悦,上曰:"朕久不见卿,思有顾问,卿可于宰相行中行。"公行犹后。上纵辔久之,顾曰:"卿行何后?"公曰:"臣官疏贱,不合参宰相行。"上曰:"可兵部尚书、同平章事。"公不谢,上顾讶焉。至顿,上命宰臣坐。公跪奏:"臣适奉作弼之诏而不谢者,欲以十事上献,有不可行,臣不敢奉诏。"上曰:"悉数之,朕当量力而行,然后定可否。"公曰:"自垂拱已来,朝廷以刑法理天下,臣请圣政先仁义,可乎?"上曰:"朕深心有望于公也。"又曰:"圣朝自丧师青海,未有牵复之悔,臣请三数十年不求边功,可乎?"上曰:"可。"又曰:"自太后临朝以来,喉舌之任,或出于阉人之口,臣请中官不预公事,可乎?"上曰:"怀之久矣。"又曰:"自武氏诸亲,猥侵清切权要之地,继以韦庶人、安乐、太平用事,班序荒杂,臣请国亲不任台省官,凡有斜封、待阙、员外等官,悉请停罢,可乎?"上曰:"朕素志也。"又曰:"比来近密佞幸之徒,冒犯宪网者,皆以宠免,臣请行法,可乎?"上曰:"朕切齿久矣。"又曰:"比因豪家戚里,贡献求媚,延及公卿方镇,亦为之,臣请除租庸赋税之外,悉杜塞之,可乎?"上曰:"愿行之。"又曰:"太后造福先寺,中宗造圣善寺,上皇造金仙、玉真观,皆费巨百万,耗蠹生灵。凡寺观宫殿,臣请止绝建造,可乎?"上曰:"朕每睹之,心即不安,而况敢为者哉!"又曰:"先朝褒狎大臣,或亏君臣之敬,臣请陛下接之以礼,可乎?"上曰:"事诚当然,有何不可!"又曰:"自燕钦融、韦月将献直得罪,由是谏臣沮色。臣请凡在臣子,皆得触龙鳞,犯忌讳,可乎?"上曰:"朕非唯能容之,亦能行之。"又曰:"吕氏产、禄,几危西京,马、窦、阎、梁,亦乱东汉,万古寒心,国朝为甚,臣请陛下书之史册,永为殷鉴,作万代法,可乎?"上乃潸然良久曰:"此事真可为刻肌刻骨者也。"公再拜曰:"此诚陛下致仁政之初,是臣千年一遇之日,臣敢当弼谐之地。天下幸甚,天下幸甚。"又再拜,蹈舞称万岁者三。从官千万,皆出涕。上曰:"坐!"公坐于燕公之下,燕公让不敢坐。上问,对曰:"元崇是先朝旧臣,合首坐。"公曰:"张说是紫微宫使,今臣是客宰相,不合首坐。"上曰:"可紫微宫使居首坐。"

《长恨歌传》新探

开悟宪宗"以天宝末为戒"

《开元升平源》把"开元升平"之"源"归结为"姚崇十事",与崔群在朝廷上对宪宗称赞姚崇"献纳","故致治平",观点相同。可见,小说作者的用心,也与崔群一样,希望皇帝"以开元初为法"。《长恨歌传》批评"玄宗在位岁久,倦于旰食宵衣","稍深居游宴,以声色自娱",嬖幸杨贵妃,妃"兄国忠盗丞相位,愚弄国柄",酿成安史之乱,与崔群在朝廷上讽刺玄宗"安于逸乐","加之以国忠,故及于乱",观点亦同。可见,陈鸿的用心,也与崔群一样,希望皇帝"以天宝末为戒"。

况且陈鸿在《长恨歌传》结尾处明言:"不但感其事,亦欲惩尤物,窒乱阶,垂于将来者也。"他在"不但"下只说了一句话,而在"亦欲"下却说了三句话,孰轻孰重,十分清楚。可惜人们没有像金圣叹所说的"先要晓得作书之人是何心胸",长期以来,在《长恨歌》《长恨歌传》对李杨悲剧是同情,还是讽刺,还是既同情又讽刺上,争论不休,而对陈鸿借李杨悲剧"垂于将来"的立意,置之不论。特撰此文,对《长恨歌传》之立意,"寻坠绪之茫茫,独旁搜而远绍",文史互证,详为考论如下。

《长恨歌》偏于感伤，《长恨歌传》注重垂戒，《歌》《传》之差异，主要由于"文士之识"与"史识"有区别

白居易《长恨歌》与陈鸿《长恨歌传》的关系，陈寅恪《元白诗笺证稿》第一章云："陈氏之《长恨歌传》与白氏之《长恨歌》非通常序文与本诗之关系，而为一不可分离之共同机构。赵氏所谓'文备众体'中，'可以见诗笔'之部分，白氏之歌当之。其所谓'可以见史才''议论'之部分，陈氏之传当之。"陈先生强调了白《歌》、陈《传》"文体"上之"不可分离独立"，而忽视了两者思想性的差异。本文就从这里说起。

今日所可见之《长恨歌传》，约有四本：

（1）《文苑英华》卷七九四《传三》；

（2）《太平广记》卷四八六《杂传记三》；

（3）《白氏长庆集》卷一二《感伤四》。

以上三本，是一个来源，今统称之为甲本。

（4）《英华·传三·长恨歌传》附注："此篇又见《丽情集》及《京本大曲》，颇有异同，并录于后。"今称之为乙本。

甲本乙本孰为陈鸿原文？孰经他人删易？学术界意见分歧，笔者考证甲本为陈鸿原作，故本文引用《长恨歌传》唯据甲本。

陈《传》在结尾说："元和元年冬十二月，太原白乐天自校书郎尉于盩厔。鸿与琅琊王质夫家于是邑，暇日相携游仙游寺，话及此事，相与感叹。……乐天因为《长恨歌》。……歌既成，使鸿传焉。"这段话表明，白撰《歌》时，尚无请陈撰《传》之意，《歌》撰成后，才请陈补《传》。

由于陈寅恪强调白《歌》、陈《传》"本属一体"，使人们产生白、陈同时创作的错觉，而不注意《歌》成之后，才"使鸿传焉"的真情。陈鸿特在《传》的结尾交代出一先一后的创作经过，是有用意的。请看《歌》与

《传》思想性之差异：

《长恨歌》	《长恨歌传》	备注
汉皇重色思倾国。	玄宗……以声色自娱。	白居易以汉喻唐，陈鸿直言玄宗。
杨家有女初长成，养在深闺人未识。	诏高力士潜搜外宫，得弘农杨玄琰女于寿邸。	白为君主讳，陈直言之。
姊妹弟兄皆列土。	叔父昆弟皆列位清贵，爵为通侯。姊妹封国夫人，富埒王宫，车服邸第，与大长公主侔矣。而恩泽势力，则又过之，出入禁门不问，京师长吏为之侧目。……兄国忠盗丞相位，愚弄国柄。	白含蓄，陈直言。白略，陈详。
渔阳鼙鼓动地来，惊破《霓裳羽衣曲》。	及安禄山引兵向阙，以讨杨氏为词。	白含蓄，陈直言。
六军不发无奈何，宛转蛾眉马前死。	当时敢言者，请以贵妃塞天下怨。上知不免，而不忍见其死，反袂掩面，使牵之而去。仓皇展转，竟就死于尺组之下。	白含蓄，陈直言。白略，陈详。

将以上所列举的《歌》与《传》的种种差异归结为一点，就是《传》比《歌》多揭露。尤其"得弘农杨玄琰女于寿邸"一语，在当时是非常大胆的揭

露。今征引史料,阐明陈鸿之直笔。

(1) 玄宗《册寿王杨妃文》称杨玉环为"尔河南府士曹参军杨玄璬长女",这没有作假,因为玄宗不可能预料以后发生的事。册文说杨玉环是杨玄璬女属实。①

(2) 玄宗"册杨氏为贵妃文"不传,据《资治通鉴考异》卷十三《唐纪五·(天宝四载)八月壬寅册杨太真为贵妃》"今据《实录》'壬寅赠太真妃父玄琰等官'"推断,此文决不称杨玉环为杨玄璬女,而改称为杨玄琰女。

又,据《新唐书》卷七一下《宰相世系表一下·杨氏(观王房)表》:

```
        ┌ 玄琰 —— 铦
志谦 ——┤ 玄珪 —— 锜
        └ 玄璬 —— 鉴 ②
```

玄宗册杨玉环为贵妃,"推恩之时"只赠杨玄琰官,封杨玄珪、杨铦、杨锜官,而不及杨玄璬、杨鉴。③ 杨玄璬对杨玉环有养育之恩,杨玉环对杨玄璬、杨鉴父子的关系,应比对杨玄珪、杨锜父子亲近,而竟只"推恩"于杨玄珪、杨锜父子,撇开了杨玄璬、杨鉴父子。这不能简单地视为杨玉环对养父忘恩负义,实是玄宗有意如此安排。

再,《旧唐书·玄宗杨贵妃传》云:"(天宝)五载七月,贵妃以微谴送归杨铦宅。"又云:"韩、虢、秦三夫人与铦、锜等五家……其门如市。"均不及杨鉴。

从以上现象看出,玄宗蓄意制造一个假象,寿王妃是杨玄璬女,贵

---

① 参拙作《唐玄宗杨贵妃五题》。
② 岑仲勉《唐史余渖》卷二《玄宗·杨贵妃诸兄》:"《新表》多本《姓纂》,且与《唐历》同,其文宜若可信。"
③ 参阅《旧唐书》卷五一《后妃传上·玄宗杨贵妃传》、《新唐书》卷七六《后妃传上·杨贵妃传》、《资治通鉴》卷二一五《唐纪三一》等。

妃是杨玄琰女,以转移当时人的耳目,掩盖寿王妃成为贵妃的丑事。

《太平御览》卷一四一《皇亲部七·杨贵妃》引《唐书》云:"或奏玄琰女姿色冠代,宜蒙召见。时妃衣道士服,号曰太真。"此《唐书》乃唐朝所修国史。《旧唐书·玄宗杨贵妃传》"父玄琰"与《御览》所引《唐书》相同。可见,为了替玄宗遮羞,唐朝国史隐瞒杨玄璬女——寿王妃——女道士——玄宗贵妃之事实真相,只说杨玄琰女——女道士——玄宗贵妃,不提寿王妃。

白《歌》遵照朝廷所定的调子,只说"杨家有女初长成,养在深闺人未识"。有人称赞他"大恶不容不隐"①,也有人批评他无"监戒规讽之意"②。对比之下,可见陈《传》揭露"得弘农杨玄琰女于寿邸"之大胆。陈鸿敢于剥掉玄宗脸上的自欺欺人的脂粉,言当时实录、国史之所不敢言,实在难能可贵。

白《歌》与陈《传》出现这种差异,不能用作诗与作文的技巧不同来解释。陈寅恪所云"《长恨歌》本为当时小说中之歌诗部分,其史才议论已别见于陈鸿传文之内,歌中自不涉及"云云,也是缺乏说服力的。因为"得弘农杨玄琰女于寿邸"是事实而非议论,也不是必须"史才"(陈先生解释为"史才指小说中叙事之散文言")才能叙述,而"诗笔"(陈先生解释为"诗笔即谓诗之笔法,指韵文而言")不能叙述。请看李商隐《骊山有感》:"骊岫飞泉泛暖香,九龙呵护玉莲房。平明每幸长生殿,不从金舆惟寿王。"《龙池》:"龙池赐酒敞云屏,羯鼓声高众乐停。夜半宴归宫漏永,薛王沉醉寿王醒。"前人评为"其词微而显,得风人之体"③;"微

---

① 赵与时《宾退录》卷九。
② 洪迈《容斋随笔》卷一五《连昌宫词》。
③ 罗大经《鹤林玉露》卷八。

婉显晦,尽而不污"①;"刺得严冷"②;"数举寿王,刺其无道之至,浮于《新台》,岂复可以君人! 义山词极绮丽,而持义却极正大"③。既然李商隐能用诗笔"刺"玄宗以寿王妃为贵妃的丑事,可见《长恨歌》不是不能"刺",不应"刺",而是白居易不愿这样做。

对于相同的素材,作家主体的感悟是千差万别的。就拿玄宗以儿媳为贵妃来说,白居易、李商隐在诗歌中出现了"隐"与"刺"之差异,即由于二人对此事的感悟不同。白自己在情场上有过悲剧的经历,使他对李杨悲剧产生怜悯之心。请看白作《歌》前的两件轶事:

1. 白居易《感情》云:"中庭晒服玩,忽见故乡履。昔赠我者谁? 东邻婵娟子。因思赠时语,特用结终始;永愿如履綦,双行复双止。自吾谪江郡,漂荡三千里。为感长情人,提携同到此。今朝一惆怅,反复看未已。人只履犹双,何曾得相似? 可嗟复可惜,锦表绣为里。况经梅雨来,色黯花草死!"从这首诗看出,白居易成名之前,在"故乡",与"东邻"的一个青年女子,曾私订终身,但后来未能结合。他与杨氏成婚后,仍不能忘情于这位"婵娟子",一直保存着她赠送的鞋子。在江州,看到"人只履犹双",感到"惆怅",不能自已,赋诗遣怀。白居易与"东邻婵娟子"有白头偕老之约而未能实现,从自身长期所受的生离之苦,产生了对唐玄宗、杨贵妃死别之苦的怜悯,所以《长恨歌》偏于感伤,揭露、讽刺较少。

2. 白居易《微之到通州日,授馆未安,见尘壁间有数行字,读之,即仆旧诗。其落句云:"绿水红莲一朵开,千花百草无颜色。"然不知题者何人也。微之吟叹不足,因缀一章,兼录仆诗本同寄。省其诗,乃是十

---

① 魏庆之《诗人玉屑》。
② 姚培谦《〈李义山〉诗集笺注》。
③ 程梦星《李义山诗集笺注》。

五年前初及第时,赠长安妓人阿软绝句。缅思往事,杳若梦中。怀旧感今,因酬长句》云:"十五年前似梦游,曾将诗句结风流。偶助笑歌嘲阿软,可知传诵到通州。昔教红袖佳人唱,今遣青衫司马愁。惆怅又闻题处所,雨淋江馆破墙头。"标题中"初及第时",指贞元十六年在中书舍人、领礼部贡举高郢主试下,以第四名进士及第。"微之到通州日",指元和十年元稹自唐州召回京师,复出为通州司马。由贞元十六年至元和十年,正"十五年"。稍后,白居易又在《江南喜逢萧九彻,因话长安旧游,戏赠五十韵》中提到"花深态奴宅,竹错得怜堂""多情推阿软,巧语许秋娘"(《才调集》卷一)。在态奴、得怜、阿软、秋娘四个女性中,白居易独称阿软"多情"。恋爱是双方的,阿软多情于白,白也多情于阿软,否则就不会如此念念不忘,形于诗,为之"愁"了。白居易自身有过与阿软的恋爱经历,又为他在《长恨歌》中描绘唐玄宗、杨贵妃的悲欢离合,提供了生活积累。《歌》中"六宫粉黛无颜色"即从"赠长安妓人阿软绝句"的"千花百草无颜色"脱化而来。

《白氏长庆集》不把《长恨歌》置于"讽谕"类而置于"感伤"类,可与陈《传》说"乐天深于诗,多于情"(对李杨悲剧产生怜悯)相印证。但是,"安史之乱"几乎推翻了唐朝廷,当时人将这场致命的叛乱,归结为玄宗嬖幸杨贵妃和纵容杨国忠。元稹《连昌宫词》云:"开元之末姚、宋死,朝廷渐渐由妃子。禄山宫里养作儿,虢国门前闹如市。弄权宰相不记名,依稀忆得杨与李。"代表了当时的社会舆论。马嵬之变除掉了杨贵妃、杨国忠两条祸根,但朝野上下怒犹未息。肃宗《即位大赦文》云:"大辟罪已下,常赦所不免者,咸赦除之。其逆贼李林甫、王铁、杨国忠近亲合累者,不在免限。"《收复两京大赦文》云:"常赦所不免者,咸赦除之。……应与安禄山同谋反逆支党及李林甫、王铁、杨国忠等一房,并不在免限。"可见当时对杨氏一门的深恶痛绝。肃宗、代宗、德宗、顺宗、宪宗五朝人,对玄宗的好色误国和杨贵妃的恃宠致乱,记忆犹新,引以为戒。白居易不仅是诗人，还是政治家，他从政治上考虑，不应对李杨悲剧怜悯，为了弥补《长恨歌》偏于感伤，经过与王质夫、陈鸿的商量，由陈撰《传》，立意垂戒，以补《歌》之不足，庶几完美无缺。

陈鸿比白居易晚五年登进士第，是白居易的后辈。他出于对前辈的尊重，《长恨歌传》中对《歌》的评价，下笔很有分寸。《传》云："乐天因为《长恨歌》。意者不但感其事，亦欲惩尤物，窒乱阶，垂于将来者也。"实事求是地说，在读者中能产生"惩尤物，窒乱阶"效果的，主要是《传》而不是《歌》，"意者"云云，是陈鸿用推测之词，对白《歌》作政治上的回护。

总之，《长恨歌》是传诵千古的名篇，具有很强的艺术感染力，但诗中所描绘的李杨故事，不完全符合历史的真实，而是经过白居易的改铸。作为诗人，不妨对古人作这样那样的改铸；而作为史家，却不应改铸古人。所以，《歌》与《传》之差异，也由于"文士之识"与"史识"有区别。下面对此展开论证。

从中国的史学传统、唐朝重史的文化氛围、唐太宗提倡"以古（史）为镜"以及陈鸿的史学著作，探索陈的"史识"，是理解《长恨歌传》立意的关键

1. 陈鸿是史家和礼官

古人爱说"文如其人"，要想了解《长恨歌传》，先要了解该文作者陈鸿其人，而"鸿之事迹颇晦"（鲁迅《稗边小缀》第三部分）。今据现存的零散资料，勾画一下陈鸿的生平：

贞元二十一年（永贞元年，805），登进士第（据徐松《登科记考》卷十五）。始修《大统记》。

元和元年（806），撰《长恨歌传》。

七年(812),《大统记》修成。

十三年(818),撰胡珦谥(据方崧卿《韩集举正》卷九)。今案:"拟谥"是太常博士的职掌①,可见陈鸿本年已为太常博士。

长庆元年(821),由太常寺博士迁尚书虞部员外郎(据元稹《授丘纾陈鸿员外郎等制》、卞孝萱《元稹年谱》)。充入回鹘婚礼使判官,未行。②

大和三年(829),为尚书主客郎中。③ 撰《庐州同食馆记》。

陈鸿虽是进士,不重诗赋,他一生中主要是钻研史和礼,但光凭这个简单的概念,还不足以解说《长恨歌传》中的垂戒"议论"。陈寅恪坚信《云麓漫钞》所提出的唐传奇"可以见史才、诗笔、议论"之说,用来解说《莺莺歌》《莺莺传》《长恨歌》《长恨歌传》等"新文体",但史才(散文)有直笔、曲笔之差异,议论有正确、错误之不同。陈寅恪在《读〈莺莺传〉》中说:"《莺莺传》中张生忍情之说一节,今人视之既最为可厌,亦不能解其真意所在。夫微之善于为文者也,何为著此一段迂矫议论耶?……当日小说文中,不得不备具者也。"(《元白诗笺证稿》第四章附)这

---

① 《大唐六典》卷一四《太常寺》。

② 《册府元龟》卷九七九《外臣部二十四·和亲第二》:"(长庆元年五月)甲子,以左金吾卫大将军胡证、检校户部尚书,持节充送公主入回鹘及加册可汗使,光禄寺卿李宪加兼御史中丞,充副使,太尝[常]博士殷侑改殿中侍御史,充判官;以前曹州刺史李锐为太府卿,兼御史大夫,持节赴回鹘充婚礼使,宗正少卿嗣宁王子鸿兼御史中丞,充副使,以虞部员外郎陈鸿为判官。"

《旧唐书》卷一九五《回纥传》:"长庆二年闰十月,金吾大将军胡证、副使光禄卿李宪、婚礼使卫尉卿李锐、副使宗正少卿李子鸿,判官虞部郎中张敏、太常博士殷侑送太和公主至自回纥。"

对照起来看,赴回纥(鹘)者是虞部郎中张敏,虞部员外郎陈鸿未成行。

《新唐书》卷二一七下《回鹘传下》作"太府卿李说为昏礼使","说"与"锐"形近而讹。

③ 《新唐书》卷五九《艺文志三·丙部子录·小说家类》:"陈鸿《开元升平源》一卷。字大亮,贞元主客郎中。"岑仲勉云:"上截乃'贞元进士'之误夺,余下'主客郎中'四字,在文献上未获他证。"

《全唐文》卷六一二陈鸿小传:"大和三年官尚书主客郎中。"岑仲勉云:"更近于凿空。"(以上《郎官石柱题名新考订》[二]《主客郎中·存疑》。)

今案:岑仲勉前说可采,后说存疑,非定论。

个解说是不圆满的。不能因为"新文体"的小说中要有议论,而认为元稹"不得不"发出"一段迂矫议论"。同样,也不能简单套用"新文体"公式来解说《长恨歌传》一定要发出垂戒的议论。本文力求探索陈鸿的史识,使《传》中的议论,得到合理的解说。

2. "明劝戒"的史学传统哺育了陈鸿的史识

推论中国之史学,必萌芽于孔丘。相传由孔丘编选而成的《尚书》不仅保存了商、周两代的一些重要史料,更大的作用是建立起虞、夏、商、周的历史正统观(统一的重心)。

孔子依据旧有的鲁国史书(《不修春秋》)加以整理修订而成的《春秋》,是现存的中国最早的编年体史书,在中国史学史上具有极其崇高的地位,对后世的史学发展产生深远的影响。

据孔丘自云:"后世知丘者以《春秋》,而罪丘者亦以《春秋》。"为《春秋》作传的左丘明说:《春秋》"尽而不污","惩恶而劝善"(《左传》卷一三《成公下》十四年)。《春秋》中"明劝戒"的主旨,给中国史学树立了模范。

《尚书》建立的历史正统观,《春秋》采用的惩恶劝善笔法,哺育了陈鸿的史识,体现在他的史学著作《大统记》中。《大统记》三十卷已失传,从《大统记序》,可以窥见陈鸿的撰述宗旨。《序》云:"臣少学乎史氏,志在编年。贞元丁〔乙〕酉岁①,登太常第,始闲居遂志,乃修《大统记》三十卷。正统年代,随甲子纪年,书事条贯兴废,举王制之大纲,天地变裂,星辰错行,兴帝之理,亡后之乱,毕书之,通讽谕,明劝戒也。七年书始就,故绝笔于元和六年辛卯。"陈鸿用了七八年时间修《大统记》,其目的是为了确立"正统","通讽谕,明劝戒",可见他是一位师仰《尚书》《春

---

① 《登科记考》卷一五《贞元二十一年(乙酉)·进士二十九人》:"陈鸿:陈鸿《大统纪序》云:'贞元丁酉岁,登太常第,始闲居修《大统纪》三十卷。七年书始就,绝笔于元和六年辛卯。'按贞元无丁酉,以七年至辛卯推之,即此年乙酉之讹。是鸿于此年登第。"

秋》遗意，继承孔丘创立的史学传统的史学家。

《尚书》还不是有组织、有义例之史书，中国有史法、有史意的史籍是从《春秋》开始的，故陈鸿尤重《春秋》。他在《大统记序》中声明"志在编年"，又在《庐州同食馆记》中指出"昔左丘明传经，因事书事。鸿因蔡州道及诸侯之税，因同食馆及路君之政，亦《春秋》之旨"，可以为证。

3. 重史的文化氛围、"以古（史）为镜"的时代思潮对陈鸿的影响

唐朝统治者对史学的社会功用高度重视，大规模地、有组织地官修前代史，《晋书》《梁书》《陈书》《北齐书》《周书》《隋书》六部正史，都是贞观时修成的，而且强调"贻鉴"是修史的重要政治目的。贞观十七年，唐太宗临朝宣布他有"三镜"，其中一镜是"以古（史）为镜，可以知兴替"①。特别是《晋书》中宣帝、武帝两纪及陆机、王羲之两传的四篇史论，是太宗"御撰"。晋朝的史书已有许多种，太宗还要重修一部，因为：西晋与梁、陈、北齐、北周不同，它是统一的王朝，但又是短促的王朝。对于新兴的、统一的唐朝来说，借鉴于西晋，比借鉴于梁、陈、北齐、北周，意义更为重大，所以太宗对西晋的治乱兴亡，进行探索，"御撰"宣帝、武帝两纪史论，告诫百僚和子孙。（陆机、王羲之两传，属于另一种情况，暂不涉及。）太宗以"制曰"形式，在《宣帝纪论》中批评司马懿："及明帝（曹叡）将终，栋梁是属，受遗二主，佐命三朝，既受忍死之托，曾无殉生之报。""辅佐之心，何前忠而后乱？""虽自隐过当年，而终见嗤后代。"这是告诫唐朝的文臣武将，不能做司马懿那样的奸猾。又在《武帝纪论》中批评司马炎："不知处广以思狭，则广可长广；居治而忘危，则治无常治。""况以新集易动之基，而无久安难拔之虑。""良由失慎于前，所以贻患于后。""虽则善始于初，而乖令终于末。"这是告诫自己的子孙后裔，

---

① 王方庆《魏郑公谏录》卷五《太宗临朝诏群臣》、吴兢《贞观政要》卷二《任贤第三·魏徵》、《旧唐书》卷七一《魏徵传》、《新唐书》卷九七《魏徵传》、《资治通鉴》卷一九六《唐纪一二》等。

不能像司马炎那样有始无终。太宗希望他艰难创建的政权,能传之万代,"所以殷勤史策,不能无慷慨焉"。

太宗是初唐明君,他提倡"以古(史)为镜",并亲撰史论,使当时"重史"蔚成风气。从两《唐书》著录的史籍,可以看出初、盛唐修史之盛。"臣少学乎史氏"的陈鸿,不可能不受到时代思潮的影响。他在《大统纪序》中自称为"臣",可见他准备把这部"明劝戒"的史书,奉献给宪宗。这是陈鸿领会"以古(史)为镜",修史为政治服务的最好证明。

宪宗"多私爱"而不立皇后,陈鸿忧之,《长恨歌传》宣称"惩尤物,窒乱阶,垂于将来",以杨贵妃之"祸"开悟宪宗

在中国封建社会中,皇帝即位之后,应册立皇后,就拿唐朝高祖、太宗、中宗、睿宗、玄宗、肃宗、代宗、德宗、顺宗十位皇帝(殇帝不计)来说:

太宗文德顺圣皇后长孙氏 "(武德)九年,册拜皇太子妃。太宗即位,立为皇后。"

高宗废后王氏 "高宗登储,册为皇太子妃。""永徽初,立为皇后。"

中宗韦庶人 "中宗为太子时,纳后为妃。""嗣圣元年,立为皇后。"

睿宗肃明顺圣皇后刘氏 "仪凤中,睿宗居藩,纳后为孺人,寻立为妃。""文明元年睿宗即位,册为皇后。"

玄宗废后王氏 "上为临淄王时,纳后为妃。""先天元年,为皇后。"

肃宗张皇后 "天宝中,选入太子宫为良娣。""肃宗即位,册为淑妃。""乾元元年四月,册为皇后。"

德宗昭德皇后王氏 "德宗为鲁王时,纳后为嫔。""德宗即位,册为淑妃。""(贞元二年)十一月甲午,册为皇后。"(以上据《旧唐书》卷五一《后妃传上、下》)

上述七位皇帝，太宗、高宗、中宗、睿宗、玄宗即位之后，以妃为皇后，是正常的；肃宗之张良娣、德宗之王嫔，身份较低，需要经过阶梯，肃宗、德宗先立为淑妃，再册为皇后，也是正常的。

高祖、代宗、顺宗即位之后，未立皇后，各有特殊的原因：

（1）高祖妻窦氏，早卒。《旧唐书·高祖二十二子传·韩王元嘉传》云："母宇文昭仪，隋左武卫大将军述之女也。早有宠于高祖，高祖初即位，便欲立为皇后，固辞不受。"（《新唐书·高祖诸子传·韩王元嘉传》同）宇文述三子中，宇文化及、宇文智及①是杀害隋炀帝的凶手。化及立秦王杨浩为帝，又"鸩杀浩，僭皇帝位于魏县，国号许，建元为天寿"。②化及、智及一伙皆为窦建德枭斩。宇文昭仪是化及、智及这两个乱臣贼子之妹。武德之初，正是宇文家族臭名远扬之时，昭仪不肯做皇后，是怕为社会舆论所不容。而且高祖"多内宠，张婕妤、尹德妃最幸"（《新唐书·高祖诸子传·隐太子建成传》）。他"欲立"宇文昭仪为皇后而中止，可能还受宫闱内部的牵制，因为高祖是个"优柔失断"的庸人。

（2）《旧唐书·后妃传下·代宗贞懿皇后独孤氏传》云："后以美丽入宫，嬖幸专房，故长秋虚位，诸姬罕所进御。后始册为贵妃……追谥曰贞懿皇后。"《新唐书》卷七七《后妃传下·贞懿独孤皇后传》云："失其何所人。父颖，左威卫录事参军。"独孤氏虽"嬖幸专房"，但门第寒微，代宗不能立她为皇后。而且皇太子李适之母沈氏，安史之乱时，两次陷于贼，安史之乱平，失其所在，"莫测存亡，代宗遣使求访，十余年寂无所闻"（《旧唐书·后妃传下·代宗睿真皇后沈氏传》）。在这种情况下，代宗也不便立独孤氏为皇后。

（3）《旧唐书·后妃传下·顺宗庄宪皇后王氏传》云："顺宗升储，册

---

① 《隋书》卷八五《宇文化及传》："弟智及。"《新唐书》卷七一下《宰相世系表一下·宇文氏》：述子智及、化及、士及。二说不同。

② 《隋书·宇文化及传》。

为良娣。""顺宗即位，疾恙未平，后供侍医药，不离左右。属帝不能言，册礼将行复止。"(《新唐书·后妃传下·庄宪王皇后传》同)今案：《旧唐书》卷一四《顺宗纪》云："(贞元二十一年五月甲辰)承徽王氏、赵氏可昭仪，崔氏、杨氏可充仪，王氏可昭媛，王氏可昭容，牛氏可修仪，张氏可美人。"为什么独不能册立王良娣为皇后呢？所谓"属帝不能言"乃是幌子，它掩盖了真实的情况。据《旧唐书》卷一三五《王叔文传》云："时上寝疾久，不复关庶政，深居施帷帐，阉官李忠言、美人牛昭容侍左右，百官上议，自帷中可其奏。"同书卷一八四《宦官传·俱文珍传》云："顺宗即位，风疾不能视朝政，而宦官李忠言与牛美人侍病，美人受旨于帝，复宣之于忠言，忠言授之王叔文。叔文与朝士柳宗元、刘禹锡、韩晔等图议，然后下中书，俾韦执谊施行。"(《新唐书》卷一六八《王叔文传》、卷二〇七《宦者传上·刘贞亮传》同)又据《新唐书》卷一六五《郑綑传》云："顺宗病，不得语，王叔文与牛美人用事，权震中外，惮广陵王雄睿，欲危之。"(《资治通鉴》卷二三六《唐纪五二》作"恶之")可见，顺宗即位之后，宫闱之内，牛美人与王良娣(宪宗之母)在政治上是敌对的。宪宗在俱文珍(刘贞亮)等的支持下，逼迫其父顺宗"内禅"，牛美人等失败。宪宗即位，王良娣母以子贵，"册为太上皇后"。当顺宗在位时，也就是牛美人等"用事"时，如立皇后，只能是牛美人，绝不会是王良娣。当时侍奉顺宗，"受旨于帝"者是牛美人，史书说王良娣"供侍医药，不离左右"，也是不实之词。

那么，宪宗为什么不册立皇后呢？请看《旧唐书》卷一四《宪宗纪上》：

永贞元年"八月丁酉朔，受内禅"。

"乙巳，即皇帝位于宣政殿。"

"丙午，升平公主进女口十五人"，"还郭氏"。

元和元年八月甲子，"以许氏为美人，尹氏、段氏为才人"。

"乙亥,册妃郭氏为贵妃。"

宪宗即位的第二天,升平公主就向他"进女口",这意味着什么呢?升平公主是代宗之女,下嫁郭子仪之子郭暧,"大历中,恩宠冠于戚里"(《新唐书》卷八三《诸帝公主传·代宗十八女传》、《旧唐书》卷一二〇《郭子仪传》)。升平公主之女郭氏,是宪宗为太子时的元妃。"以母贵,父、祖有大勋于王室,顺宗深宠异之。"(《旧唐书·后妃传下·宪宗懿安皇后郭氏传》)郭氏的门第,完全有资格做皇后。升平公主向宪宗"进女口",显然是讨好于新即位的皇帝,希望册立其女郭氏为皇后。但宪宗不领这份人情,退回了女口。宪宗经过一年左右的犹豫,先封了美人、才人,然后册郭氏为贵妃,而不立为皇后。这是反常的。因为:郭氏的身份,与肃宗之张良娣、德宗之王嫔不同,应直接册为皇后,无须经过阶梯。宪宗为什么不愿立郭氏为皇后?《旧唐书·宪宗懿安皇后郭氏传》说出其中奥秘:"帝后庭多私爱,以后门族华盛,虑正位之后,不容嬖幸,以是册拜后时。"(《新唐书》卷七七《后妃传下·懿安郭太后传》同)唐史臣蒋系批评宪宗"服食过当"(《旧唐书·宪宗纪下》),服食由于好色,可见"多私爱"属实。

或曰:元和元年冬十二月稍后陈鸿撰《长恨歌传》时,未必详悉当时宫闱内情。笔者认为:作为《大统记》著者的陈鸿,对前代"女祸"有过研究,对本朝"女祸"记忆犹新,他以史家的深邃目光,观察宪宗不立皇后的反常行为,其见识必高于一般人。略举宪宗以前的几次"女祸"以及当时史臣的评论,以证成鄙说。

(1) 高祖时"女祸"

据《旧唐书》卷六四《高祖二十二子传·隐太子建成传》云:"高祖晚生诸王,诸母擅宠,椒房亲戚并分事宫府,竞求恩惠。太宗每总戎律,惟以抚接才贤为务,至于参请妃媛,素所不行。"高祖所宠妃嫔等"因此衔恨弥切",多次进谗。"太宗深自辩明,卒不被纳。妃嫔等因奏言:'至尊万岁后,秦王得志,母子定无孑遗。'因悲泣哽咽。又云:'东宫慈厚,必能养育妾母子。'高祖恻怆久之。自是于太宗恩礼渐薄,废立之心亦以此定,建成、元吉转蒙恩宠。"(《新唐书》卷七九《高祖诸子传·隐太子建成传》同)建成、元吉与世民争夺帝位,终于酿成玄武门之变。

(2)玄宗时"女祸"

玄宗宠爱武惠妃,废王皇后为庶人,后果极为严重。《旧唐书》卷一〇七《玄宗诸子传·庶人瑛传》云:"瑛母赵丽妃,本伎人,有才貌,善歌舞,玄宗在潞州得幸。……及武惠妃宠幸,丽妃恩乃渐弛。时鄂王瑶母皇甫德仪、光王琚母刘才人,皆玄宗在临淄邸以容色见顾,出子朗秀而母加爱焉。及惠妃承恩,鄂、光之母亦渐疏薄。"武惠妃诬陷太子李瑛、鄂王李瑶、光王李琚谋反,"并废为庶人","俄赐死于城东驿。天下之人不见其过,咸惜之"。(《新唐书》卷八二《十一宗诸子传·太子瑛传》同)

其后,杨玉环得到玄宗的无比宠爱,她的义儿安禄山得到玄宗的无比宠信,加上其他的消极因素,爆发了"安史之乱"。

(3)代宗、德宗时"女祸"

据《资治通鉴考异》卷一七《唐纪九·德宗建中元年正月罢刘晏转运等使》引《建中实录》:"大历中,上(德宗)居东宫,贞懿皇后方为妃,有宠,生韩王迥,帝又钟爱。故阉官刘清潭、京兆尹黎幹与左右嬖幸欲立贞懿为皇后,且言韩王所居获黄蛇,以为符,动摇储宫,而(刘)晏附其谋,冀立殊效,图为宰辅。……上憾之。"(参阅《旧唐书》卷一一八《杨炎传》、卷一二三《刘晏传》)这是"虚语",然而却断送了刘晏的命,"天下冤之"。

《旧唐书·后妃传序》中对"女祸"的激烈批判,反映了唐人的观点:"高祖龙飞,宫无正寝,而妇言是用,衅起维城。""玄宗以惠妃之爱,摈斥椒宫,继以太真,几丧天下。""息隐阋墙,秦王谋归东洛;马嵬涂地,太子不敢西行。若中有圣善之慈,胡能若是?《易》曰'家道正而天下定',不其然欤!"史臣把高祖、玄宗两朝"女祸"的酿成,归结为没有皇后,姑且不谈这个意见是否正确，却是当时的正统观点。以"通讽谕，明劝戒"为宗旨的史家陈鸿，鉴于高祖以来"女祸"的教训，对宪宗不立皇后担忧。

陈鸿不仅是史家，又是礼官。"礼本夫妇，《诗》始后妃，治乱因之，兴亡系焉。"（《新唐书·后妃传序》）皇后是皇帝的正妻，六宫的领导，不立皇后，于礼有亏。元稹《授丘纾陈鸿员外郎等制》中，称陈鸿为"礼秩之官""坚于讨论"。据《大唐六典》卷十四："太常博士掌辨五礼之仪式，奉先王之法制，适变随时而损益焉。"陈鸿为太常博士，虽在撰《长恨歌传》之后，他能胜任此职，说明他对五礼早有研究。陈鸿对宪宗不立皇后的违礼行为，必比一般人敏感。

唐人已经注意到礼与史的关系，如《隋书》卷三三《经籍志二（史）》云："仪注之兴，其所由来久矣。……唐、虞已上，分之为三，在周因而为五。《周官》，宗伯所掌吉、凶、宾、军、嘉，以佐王安邦国，亲万民，而太史执书以协事之类是也。"柳诒徵在《国史要义十篇·史原第一》对这段话作了重要的发挥。略云："自《隋志》以来，溯吾史原，必本之周之五史。""总五史之职……归纳于一，则曰礼。"又云："知《春秋》者，莫若庄周，揭其要旨，曰《春秋》以道名份（《庄子·天下篇》）。名份者何？礼也。礼者，史之所掌，天子诸侯卿大夫士之于君臣父子夫妇兄弟及国际友朋之礼，胥有典法，示人遵守，故《春秋》依其名份，辩其是非，以求治人之道。""三传之释《春秋》也，各有家法，不必尽同，而其注重礼与非礼则一也。""后史承之，褒讥贬抑，不必即周之典法，要必本于君臣父子夫妇兄弟之礼，以定其是非，其饰辞曲笔无当于礼者，后史必从而正之。故礼者，吾国数千年全史之核心也。"《国史要义》是柳氏多次讲授，晚年定稿的一部名著，海峡两岸的评者，都认为它的价值较《史通》《文史通义》有过之无不及。柳氏在书中反复强调的"史出于礼"的观点，值得我们重视，可以帮助我们加深对史家兼礼家陈鸿撰《长恨歌传》立意的理解。

所谓"惩尤物,窒乱阶"决非无的放矢。在史家兼礼家陈鸿眼中,宪宗"后庭"的"私爱",是应"惩"的"尤物",宪宗因"后庭多私爱"而不立皇后,是应"窒"的"乱阶"。"垂于将来"者,借玄宗嬖幸杨贵妃酿"祸"的历史,开悟宪宗。

历史不会完全相同。宪宗虽未重蹈玄宗"几丧天下"的覆辙,但因"多私爱"不立郭氏为皇后而终于遭杀身之祸的结局,已足以说明陈鸿先事陈诚之可贵。

宪宗长子李宁,纪美人所生。次子李恽(本名宽),"后宫所生"(《新唐书》卷八二《十一宗诸子传·惠昭太子宁传、澧王恽传》)。三子李恒(初名宥),郭贵妃所生。宪宗违反立皇太子以嫡不以长之义,元和四年闰月丁卯,出于他对纪美人的宠幸,立李宁为皇太子。七年李宁卒,"宪宗以澧王(李恽)居长,又多内助,将建储贰,命(崔)群与澧王作让表,群上言曰:'大凡己合当之,则有陈让之仪;己不合当,因何遽有让表?今遂王(李恒)嫡长,所宜正位青宫。'竟从其奏"(《旧唐书》卷一五九《崔群传》)。李恽"多内助",也就是李恒少内助。可见,李恽等十七王的生母①,受宪宗宠幸,而李恒之母郭贵妃,却遭冷遇。李恒虽立为皇太子,地位很不巩固。"恩宠莫二"的宦官吐突承璀,最了解宪宗的心意,一贯主张立李恽为皇太子,宪宗临死,"承璀谋尚未息"。(《资治通鉴》卷二四一《唐纪五七》)在这样严峻的政治形势下,郭氏、李恒母子为保全自己,只有与另一派宦官联合了。

《旧唐书·宪宗懿安皇后郭氏传》云:"(元和)八年十二月,百僚拜表请立贵妃为皇后,凡三上章,上以岁暮,来年有子午之忌,且止。"(《新唐书·懿安郭太后传》同)宪宗在位十五年,始终未立郭氏为皇后,可见

---

① 《新唐书》卷八二《十一宗诸子传》:"宪宗二十子:纪美人生宁,懿安皇后生穆宗皇帝,孝明皇后生宣宗皇帝,余十七王,皆后宫所生,史逸其母之号、氏。"

"子午之忌"云云，乃是宪宗拒绝百僚的借口。朝野流传着元和十五年郭氏、李恒预知宦官杀害宪宗之事①，这是母子俩对宪宗的报复。

总之，宪宗因"多私爱"而不立郭氏为皇后，又在立嫡立长问题上动摇不定，使郭氏、李恒母子长期怀恨在心，终于不免杀身之祸。可见陈鸿在元和元年冬十二月稍后已提出"窒乱阶"，确有"史识"，不可以《长恨歌传》是小说而忽视之。

陈鸿对白居易的启迪

元和四年，白居易作《新乐府》五十首，其中《上阳白发人》《胡旋女》《李夫人》三首，均咏及杨玉环。《胡旋女》小序云："戒近习也。"《李夫人》小序云："鉴嬖惑也。"白自称，作《新乐府》，"欲闻之者深诫也"。玄宗早死，不能"闻"，更说不到"诫"，能"闻"能"诫"者，是活着的宪宗。

白居易《上阳白发人》云："未容君王得见面，已被杨妃遥侧目。妒

---

① 裴廷裕《东观奏记》卷上："宪宗皇帝晏驾之夕，上虽幼，颇记其事，追恨光陵商臣之酷，即位后，诛锄恶党，无漏网者。时郭太后无恙，以上英察孝果，且怀惭惧，时居兴庆宫。一日，与二侍儿同升勤政楼，倚衡而望，便欲殒于楼下，欲成上过，左右急持之，即闻于上，上大怒。其夕，后暴崩，上志也。"

又："懿安郭太后既崩，丧服许如故事。礼院检讨官王皡抗疏，请后合葬景陵，配享宪宗庙室。疏既入，上大怒。宰臣白敏中召皡诘其事，皡曰：'郭太后是宪宗春宫时元妃，汾阳王孙，迨事顺宗为新妇。宪宗厌代之夜，事出暗昧，母天下五朝，不可以暗昧之事，黜合配之礼。'……（周）墀以手加额于皡，赏其孤直。翌日，皡贬润州句容令，墀亦免相。"

钟辂《前定录》："懿安皇后，宣宗幽崩。（杜）悰，懿安子婿也。忽一日，内榜子索检责宰臣元载故事。（马）埴[植]谕旨。翌日，延英上前，万端营救，素辩博，能回上意，事遂寝。"《太平广记》卷二二三《相三·李生》引。

日僧圆仁《入唐求法巡礼行记》卷四："（会昌四年）八月中，太后薨，郭氏太和皇后。……皇帝令进药酒而药煞矣。"

今案：当时如无郭太后、穆宗母子参预宦官杀害宪宗之说，裴廷裕不敢写入书中。王皡为郭太后辩护，只说"事出暗昧"，不敢保证无此事。又从郭太后"暴崩""幽崩"以及宣宗"黜合配之礼"等现象，可见事出有因。至于钟辂记载杜悰、马植官职有误，日本僧圆仁记载郭太后名号、年月有错，因当时民间辗转流传，在所难免。

令潜配上阳宫,一生遂向空房宿。"将白诗与元稹《和李校书新题乐府十二首》之《上阳白发人》比较,元诗不涉及杨贵妃,白诗从"愍怨旷"而批评杨妃之妒,是独创。再将此诗与《长恨歌》比较,《歌》只言"三千宠爱在一身",未言杨妃妒,《新乐府》一面批评杨妃妒,一面可怜"上阳人,苦最多",使读者对杨妃憎恨。

白居易《胡旋女》云:"中有太真外禄山,二人最道能胡旋。梨花园中册作妃,金鸡障下养为儿。禄山胡旋迷君眼,兵过黄河疑未反。贵妃胡旋惑君心,死弃马嵬念更深。从此地轴天维转,五十年来制不禁。"将白诗与元稹"十二首"之《胡旋女》相比,白诗的讽谕性较元诗强。元诗仅说"妖胡奄到长生殿"(指安禄山),白诗兼指"中有太真外禄山",元诗仅说"佞臣闻此心计回"(指杨国忠等),白诗直指"贵妃胡旋惑君心";元诗结句:"寄言旋目与旋心,有国有家当共谴。"白诗卒章:"胡旋女,莫空舞,数唱此歌悟明主。"总之,元诗只是一般的讽谕,白诗专为悟"明主"即宪宗而作。还值得注意的是,同为咏杨贵妃,《长恨歌》讳言其寿王妃的身份,而《胡旋女》揭露其养安禄山为儿的丑事。

白居易《李夫人》云:"伤心不独汉武帝,自古及今皆若斯。""泰陵一掬泪,马嵬坡下念杨妃?纵令妍姿艳质化为土,此恨长在无销期。生亦惑,死亦惑,尤物惑人忘不得。人非木石皆有情,不如不遇倾城色。"元稹所作"十二首"中无《李夫人》。李绅《乐府新题》只"二十首"①,白居易扩充为"五十篇",《李夫人》这个题目,可能是白新增加的三十个题目之一。白新增《李夫人》,显然不仅是为了批评杨妃,还有以古规今的更深用意。

《上阳白发人》《胡旋女》《李夫人》三首诗,反映了白对杨玉环的态度有了改变,从《长恨歌》中一定的同情,变为三首诗中尖锐的批判。研

---

① 元稹《和李校书新题乐府十二首·序》。

究白的改变,不能不联想到陈鸿《长恨歌传》。陈寅恪认为:"此篇融合《长恨歌》及《传》为一体,俾史才诗笔议论俱汇集于一诗之中"(《元白诗笺证稿》第五章),陈氏既然主张诗笔属于白居易,史才、议论属于陈鸿,那么,《李夫人》中之史才、议论,乃是白吸收了《长恨歌传》中的成果,而不应掠陈鸿之美,评为白之"自撰"。

今按照《长恨歌》《长恨歌传》《李夫人》写作的先后,举其异同,列表如下:

白《长恨歌》	陈《长恨歌传》	白《李夫人》
汉皇重色思倾国。 在天愿作比翼鸟, 在地愿为连理枝。 天长地久有时尽, 此恨绵绵无绝期!	如汉武帝李夫人。 亦欲惩尤物,窒乱阶,垂于将来者也。	伤心不独汉武帝, 自古及今皆若斯。 生亦惑,死亦惑, 尤物惑人忘不得。 人非木石皆有情, 不如不遇倾城色。

对照之下,显而易见,《李夫人》比《长恨歌》所增加的讽刺李杨的新内容,皆汲取陈《传》。陈寅恪认为,《李夫人》"实可以《长恨歌》著者自撰之笺注视之也",未免忽略了白居易对李杨故事从"感伤"到"讽谕"的变化,抹杀了陈鸿对白的启迪,也与《李夫人》"融合"《歌》《传》的论点自相矛盾。

《史通》著者刘知几在回答郑惟忠"自古已来,文士多而史才少,何也?"时说:"史才须有三长……谓才也,学也,识也。"(《旧唐书》卷一〇二《刘子玄传》)揭出文士与史才的区别,强调"史识"的重要。其后,章学诚提出"文士之识"非"史识"的论点(《文史通义·内篇·史德》)。柳诒徵既看到二者的区别,又看到"文士之识出于经史者,正足以明史识,以吾国经史与文艺本一贯也"(《国史要义十篇·史识第六》),更为全面。

白居易自述诗文创作的跃进过程:"年齿渐长,阅事渐多,每与人言,多询时务,每读书史,多求理道,始知文章合为时而著,歌诗合为事而作。"他认为以前所写的诗文,"其实未窥作者之域耳"。其至认为《长恨歌》"时之所重,仆之所轻"(《与元九书》)。《新乐府》才是他"为君……而作,不为文而作"的典范(《新乐府序》)。

《诗》之美刺,与史之褒贬,原有相通之处。由于"温柔敦厚"的诗教,往往限制了诗人的"刺",而史学的传统是"尽而不污",史家可理直气壮地"贬"。白居易作《长恨歌》,未发挥"刺"的功能;作《新乐府》,始冲破"温柔敦厚"的束缚,公开宣言"其辞质而径""其言直而切""其事核而实",与史学的直笔、"尽而不污"相通,体现了经史与文艺的一贯性。白居易从"文士之识"到"明史识"的演进,不能不追溯到他在盩厔县与陈鸿交游,受到这位史家兼礼家的濡染,特别是《长恨歌传》补《长恨歌》之不足,对他有直接的启迪。

附:陈鸿《长恨歌传》

开元中,泰阶平,四海无事。玄宗在位岁久,倦于旰食宵衣,政无大小,始委于右丞相,稍深居游宴,以声色自娱。先是,元献皇后、武淑妃皆有宠,相次即世。宫中虽良家子千数,无可悦目者。上心忽忽不乐。时每岁十月,驾幸华清宫,内外命妇,熠耀景从,浴日余波,赐以汤沐,春风灵液,淡荡其间。上心油然,若有所遇,顾左右前后,粉色如土。诏高力士潜搜外宫,得弘农杨玄琰女于寿邸,既笄矣,鬓发腻理,纤秾中度,举止闲冶,如汉武帝李夫人。别疏汤泉,诏赐藻莹。既出水,体弱力微,若不任罗绮。光彩焕发,转动照人。上甚悦。进见之日,奏《霓裳羽衣曲》以导之；定情之夕，授金钗钿合以固之。又命戴步摇，垂金珰。明年，册为贵妃，半后服用。由是冶其容，敏其词，婉娈万态，以中上意。上益嬖焉。时省风九州，泥金五岳，骊山雪夜，上阳春朝，与上行同辇，居同室，宴专席，寝专房。虽有三夫人，九嫔，二十七世妇，八十一御妻，暨后宫才人，乐府妓女，使天子无顾盼意。自是六宫无复进幸者。非徒殊艳尤态致是，盖才智明慧，善巧便佞，先意希旨，有不可形容者。叔父昆弟皆列位清贵，爵为通侯。姊妹封国夫人，富埒王宫，车服邸第，与大长公主侔矣。而恩泽势力，则又过之，出入禁门不问，京师长吏为之侧目。故当时谣咏有云："生女勿悲酸，生男勿喜欢。"又曰："男不封侯女作妃，看女却为门上楣。"其人心羡慕如此。

天宝末，兄国忠盗丞相位，愚弄国柄。及安禄山引兵向阙，以讨杨氏为词。潼关不守，翠华南幸，出咸阳道，次马嵬亭。六军徘徊，持戟不进。从官郎吏伏上马前，请诛晁错以谢天下。国忠奉氂缨盘水，死于道周。左右之意未快。上问之。当时敢言者，请以贵妃塞天下怨。上知不免，而不忍见其死，反袂掩面，使牵之而去。仓皇展转，竟就死于尺组之下。既而玄宗狩成都，肃宗受禅灵武。明年，大赦改元，大驾还都。尊玄宗为太上皇，就养南宫。自南宫迁于西内。时移事去，乐尽悲来。每至春之日，冬之夜，池莲夏开，宫槐秋落，梨园弟子，玉琯发音，闻《霓裳羽衣》一声，则天颜不怡，左右歔欷。三载一意，其念不衰。求之梦魂，杳不能得。适有道士自蜀来，知上皇心念杨妃如是，自言有李少君之术。玄宗大喜，命致其神。方士乃竭其术以索之，不至。又能游神驭气，出天界，没地府以求之，不见。又旁求四虚上下，东极天海，跨蓬壶，见最高仙山，上多楼阙，西厢下有洞户，东向，阖其门，署曰："玉妃太真院。"方士抽簪叩扉，有双鬟童女，出应其门。方士造次未及言，而双鬟复入。俄有碧衣侍女又至，诘其所从。方士因称唐天子使者，且致其命。碧衣云："玉妃方寝，请少待之。"于时云海沉沉，洞天日晓，琼户重阖,悄然无声。方士屏息敛足,拱手门下。久之,而碧衣延入,且曰:"玉妃出。"见一人冠金莲,披紫绡,珮红玉,曳凤舄,左右侍者七八人,揖方士,问皇帝安否,次问天宝十四载已还事。言讫悯然,指碧衣取金钗钿合,各折其半,授使者曰:"为我谢太上皇,谨献是物,寻旧好也。"方士受辞与信,将行,色有不足。玉妃固征其意。复前跪致词:"请当时一事,不为他人闻者,验于太上皇。不然,恐钿合金钗,负新垣平之诈也。"玉妃茫然退立,若有所思,徐而言曰:"昔天宝十载,侍辇避暑于骊山宫。秋七月,牵牛织女相见之夕,秦人风俗,是夜张锦绣,陈饮食,树瓜华,焚香于庭,号为乞巧。宫掖间尤尚之。时夜殆半,休侍卫于东西厢,独侍上。上凭肩而立,因仰天感牛女事,密相誓心,愿世世为夫妇。言毕,执手各呜咽。此独君王知之耳。"因自悲曰:"由此一念,又不得居此。复堕下界,且结后缘。或为天,或为人,决再相见,好合如旧。"因言:"太上皇亦不久人间,幸惟自安,无自苦耳。"使者还奏太上皇,皇心震悼,日日不豫。其年夏四月,南宫宴驾。

元和元年冬十二月,太原白乐天自校书郎尉于盩厔。鸿与琅琊王质夫家于是邑,暇日相携游仙游寺,话及此事,相与感叹。质夫举酒于乐天前曰:"夫希代之事,非遇出世之才润色之,则与时消没,不闻于世。乐天,深于诗,多于情者也。试为歌之。如何?"乐天因为《长恨歌》。意者不但感其事,亦欲惩尤物,窒乱阶,垂于将来者也。歌既成,使鸿传焉。世所不闻者,予非开元遗民,不得知。世所知者,有《玄宗本纪》在。今但传《长恨歌》云尔。

白居易《长恨歌》

汉皇重色思倾国,御宇多年求不得。杨家有女初长成,养在深闺人未识。天生丽质难自弃,一朝选在君王侧。回眸一笑百媚生,六宫粉黛无颜色。春寒赐浴华清池,温泉水滑洗凝脂。侍儿扶起娇无力,始是新承恩泽时。云鬓花颜金步摇,芙蓉帐里暖春宵。春宵苦短日高起,从此君王不早朝。承欢侍宴无闲暇,春从春游夜专夜。后宫佳丽三千人,三千宠爱在一身。金屋妆成娇侍夜,玉楼宴罢醉和春。姊妹弟兄皆列土,可怜光彩生门户,遂令天下父母心,不重生男重生女。骊宫高处入青云,仙乐风飘处处闻。缓歌慢舞凝丝竹,尽日君王看不足。渔阳鞞鼓动地来,惊破《霓裳羽衣曲》。九重城阙烟尘生,千乘万骑西南行。翠华摇摇行复止,西出都门百余里,六军不发无奈何,宛转娥眉马前死。花钿委地无人收,翠翘金雀玉搔头,君王掩面救不得,回看血泪相和流。黄埃散漫风萧索,云栈萦纡登剑阁。峨嵋山下少人行,旌旗无光日色薄。蜀江水碧蜀山青,圣主朝朝暮暮情,行宫见月伤心色,夜雨闻铃肠断声。天旋日转回龙驭,到此踌躇不能去,马嵬坡下泥土中,不见玉颜空死处。君臣相顾尽沾衣,东望都门信马归。归来池苑皆依旧,太液芙蓉未央柳。芙蓉如面柳如眉,对此如何不泪垂?春风桃李花开夜,秋雨梧桐叶落时。西宫南内多秋草,宫叶满阶红不扫。梨园弟子白发新,椒房阿监青娥老。夕殿萤飞思悄然,孤灯挑尽未成眠,迟迟钟鼓初长夜,耿耿星河欲曙天。鸳鸯瓦冷霜华重,翡翠衾寒谁与共?悠悠生死别经年,魂魄不曾来入梦。临邛道士鸿都客,能以精诚致魂魄。为感君王展转思,遂教方士殷勤觅。排空驭气奔如电,升天入地求之遍,上穷碧落下黄泉,两处茫茫皆不见。忽闻海上有仙山,山在虚无缥缈间。楼阁玲珑五云起,其间绰约多仙子。中有一人字太真,雪肤花貌参差是。金阙西厢叩玉扃,转教小玉报双成。闻道汉家天子使,九华帐里梦魂惊。揽衣推枕起徘徊,珠箔银屏迤逦开。云鬓半偏新睡觉,花冠不整下堂来。风吹仙袂飘飘举,犹似《霓裳羽衣》舞,玉容寂寞泪阑干,梨花一枝春带雨。含情凝睇谢君王,一别音容两渺茫,昭阳殿里恩爱绝,蓬莱宫中日月长。回头下望人寰处,不见长安见尘雾。唯将旧物表深情,钿合金钗寄将去。钗留一股合一扇,钗擘黄金合分钿。但教心似金钿坚,天上人间会相见。临别殷勤重寄词,词中有誓两心知,七月七日长生殿,夜半无人私语时。在天愿作比翼鸟,在地愿为连理枝。天长地久有时尽,此恨绵绵无绝期!

《柳毅传》新探

李朝威借用六朝《搜神记》《异苑》以及唐朝《广异记》等小说集中水神托人传书的故事,创作《柳毅传》(原名《洞庭灵姻传》)。从表面上看,此《传》怜悯龙女的不幸遭遇,赞美柳毅的侠义行为;深入研究之后,始能发现作者的政治寓意。

《柳毅传》与《谪龙说》有关系。《谪龙说》略云:龙女谪人间,贵游少年狎之,龙女怒,众恐而退,满七日,复登天。《柳毅传》略云:龙女为夫家毁黜,托柳毅寄书于其父洞庭君,其叔父钱塘君怒,食无情郎,取龙女归。两文的主人公都是龙女,都受迫害。这个现象,值得我们注意。柳宗元笔下的龙女,既系自喻;李朝威笔下的龙女,不就是比喻柳宗元等人吗?

《柳毅传》不是单纯的小说,它是有寓意的,请看:

> 毅曰:"吾义夫也。……"
>
> 钱塘……谓毅曰:"……赖明君子信义昭彰,致达远冤。……"
>
> (钱塘)回告兄曰:"……以告上帝。帝知其冤……"
>
> (洞庭)君忾然曰:"……赖上帝显圣,谅其至冤。……"
>
> 洞庭君乃击席而歌曰:"……荷贞人兮信义长……"
>
> (毅)乃歌曰:"……哀冤果雪兮……"
>
> 钱塘……蹙谓毅曰:"不闻……义士可杀不可羞邪?……"
>
> 钱塘曰:"……将欲求托高义……"

>妻曰:"余即洞庭君之女也。泾川之冤……而当初之冤……"
>毅曰:"……达君之冤……夫始以义行为之志……"
>陇西李朝威叙而叹曰:"……愚义之,为斯文。"

"冤""义"二字,是《柳毅传》的要害。李朝威以龙女之冤,比喻柳宗元等人蒙冤。《谪龙说》之龙女,谪期满,复登天,反映了蒙冤受屈的柳宗元,幻想早日谪满回朝;《柳毅传》之龙女,托柳毅传书诉冤而得救,反映了同情王叔文集团蒙冤的李朝威,幻想有义士援助柳宗元等人。两文遥相呼应。

陈寅恪解释白居易《新乐府·陵园妾》说:"此篇实与陵园妾并无干涉",是"以随丰陵葬礼,幽闭山宫,长不令出之嫔妾,喻随永贞内禅,窜逐远州,永不量移之朝臣"。"惟八司马最为宪宗所恶,乐天不敢明以丰陵为言。复借被谗遭黜之意,以变易其辞,遂不易为后人觉察耳。"(《元白诗笺证稿》第五章)此论至当。不独白居易之《陵园妾》诗如此,李朝威之《柳毅传》也是这样。

《柳毅传》中"见有妇人,牧羊于道畔"等句的用意,读者尚未察觉。据《汉书》卷五八《公孙弘卜式儿宽传》:"(卜)式既为郎,布衣中屦而牧羊。岁余,羊肥息。上过其羊所,善之。式曰:'非独羊也,治民亦犹是矣。……'上奇其言,欲试使治民。拜式缑氏令,缑氏便之;迁成皋令,将漕最。……"此后人们便以卜式牧羊比喻地方官吏治民。李朝威运用这个典故,在《柳毅传》中以弃妇牧羊影射被宪宗放逐为远州司马的柳宗元等。"殊色"比柳等有大才,"蛾脸不舒"比柳等抑郁,"长天茫茫,信耗莫通"比柳等无路申诉冤屈,无一不合。

汪国垣云:李朝威"生平无可考"(《唐人小说》上卷)。据《新唐书》卷七〇上《宗室世系表上》,"蜀王房,后为渤海王房"第七代有名"朝威"者,无官职。唐代皇帝自称"其先陇西狄道人"(《旧唐书·高祖纪》),

《柳毅传》之作者,可能是蜀王房的后裔,宗室中之潦倒落魄者。李朝威站在宗室立场,为维护本朝利益,反对宦官专横,赞成永贞革新,慨叹王叔文集团蒙冤,希望有义士上达其冤,感动皇帝,予以昭雪,但人微言轻,有志莫遂,只得借用小说,一吐郁积。有寓意的诗词小说,"所书甲子,大都迷谬其词"①。对于《柳毅传》中的"仪凤""开元"年号,不可拘泥。至于传中的柳毅、薛嘏,更非真有其人。毅者,义也;薛者,雪也,昭雪冤屈也。

就文辞来看,《柳毅传》"撰述浓至,有范晔、李延寿之所不及"(胡应麟《少室山房类稿》)。故此流传甚广,晚唐小说即有引用之者。如裴铏《传奇·萧旷》云:"旷因语织绡曰:'近日人世,或传柳毅灵姻之事,有之乎?'女曰:'十得其四五尔,余皆饰词,不可惑也。'"(《太平广记》卷三一一引)唐代的小说家已叫读者不要迷惑于《柳毅传》的"饰词",我们怎能依据"仪凤中"等句推测故事发生的年代,按照"开元末""殆四纪"等句计算李朝威撰传的时间呢?只有把它与《谪龙说》联系起来,才能理解李朝威的创作意图,也才能明确它的撰写时间是在"永贞内禅"、二王死、八司马贬之后。

附:李朝威《柳毅传》

仪凤中,有儒生柳毅者,应举下第,将还湘滨。念乡人有客于泾阳者,遂往告别。至六七里,鸟起马惊,疾逸道左。又六七里,乃止。见有妇人,牧羊于道畔。毅怪视之,乃殊色也。然而蛾脸不舒,巾袖无光,凝听翔立,若有所伺。毅诘之曰:"子何苦而自辱如是?"妇始楚而谢,终泣而对曰:"贱妾不幸,今日见辱问于长者。然而恨贯肌骨,亦何能愧避,

---

① 震钧《香奁集发微》。

幸一闻焉。妾,洞庭龙君小女也。父母配嫁泾川次子,而夫婿乐逸,为婢仆所惑,日以厌薄。既而将诉于舅姑,舅姑爱其子,不能御。迨诉频切,又得罪舅姑。舅姑毁黜以至此。"言讫,歔欷流涕,悲不自胜。又曰:"洞庭于兹,相远不知其几多也?长天茫茫,信耗莫通。心目断尽,无所知哀。闻君将还吴,密通洞庭。或以尺书,寄托侍者,未卜将以为可乎?"毅曰:"吾义夫也。闻子之说,气血俱动,恨无毛羽,不能奋飞。是何可否之谓乎!然而洞庭,深水也。吾行尘间,宁可致意耶?唯恐道途显晦,不相通达,致负诚托,又乖恳愿。子有何术,可导我邪?"女悲泣且谢,曰:"负载珍重,不复言矣。脱获回耗,虽死必谢。君不许,何敢言。既许而问,则洞庭之与京邑,不足为异也。"毅请闻之。女曰:"洞庭之阴,有大橘树焉,乡人谓之社橘。君当解去兹带,束以他物。然后叩树三发,当有应者。因而随之,无有碍矣。幸君子书叙之外,悉以心诚之话倚托,千万无渝!"毅曰:"敬闻命矣。"女遂于襦间解书,再拜以进,东望愁泣,若不自胜。毅深为之戚。乃置书囊中,因复问曰:"吾不知子之牧羊,何所用哉?神祇岂宰杀乎?"女曰:"非羊也,雨工也。""何为雨工?"曰:"雷霆之类也。"毅顾视之,则皆矫顾怒步,饮龁甚异。而大小毛角,则无别羊焉。毅又曰:"吾为使者,他日归洞庭,幸勿相避。"女曰:"宁止不避,当如亲戚耳。"语竟,引别东去。不数十步,回望女与羊,俱亡所见矣。其夕,至邑而别其友。

  月余到乡还家,乃访于洞庭。洞庭之阴果有社橘。遂易带向树,三击而止。俄有武夫出于波间,再拜请曰:"贵客将自何所至也?"毅不告其实,曰:"走谒大王耳。"武夫揭水指路,引毅以进。谓毅曰:"当闭目,数息可达矣。"毅如其言,遂至其宫。始见台阁相向,门户千万,奇草珍木,无所不有。夫乃止毅,停于大室之隅,曰:"客当居此以伺焉。"毅曰:"此何所也?"夫曰:"此灵虚殿也。"谛视之,则人间珍宝,毕尽于此。柱以白璧，砌以青玉，床以珊瑚，帘以水精，雕琉璃于翠楣，饰琥珀于虹栋。奇秀深杳，不可殚言。然而王久不至。毅谓夫曰："洞庭君安在哉？"曰："吾君方幸玄珠阁，与太阳道士讲《火经》，少选当毕。"毅曰："何谓《火经》？"夫曰："吾君，龙也。龙以水为神，举一滴可包陵谷。道士，乃人也。人以火为神圣，发一灯可燎阿房。然而灵用不同，玄化各异。太阳道士精于人理，吾君邀以听焉。"语毕而宫门辟。景从云合，而见一人，披紫衣，执青玉。夫跃曰："此吾君也！"乃至前以告之。君望毅而问曰："岂非人间之人乎？"毅对曰："然。"毅遂设拜，君亦拜，命坐于灵虚之下。谓毅曰："水府幽深，寡人暗昧，夫子不远千里，将有为乎？"毅曰："毅，大王之乡人也。长于楚，游学于秦。昨下第，闲驱泾水之涘，见大王爱女牧羊于野，风鬟雨鬓，所不忍视。毅因诘之。谓毅曰：'为夫婿所薄，舅姑不念，以至于此。'悲泗淋漓，诚怛人心。遂托书于毅。毅许之，今以至此。"因取书进之。洞庭君览毕，以袖掩面而泣曰："老父之罪，不诊鉴听，坐贻聋瞽，使闺窗孺弱，远罹构害。公，乃陌上人也，而能急之。幸被齿发，何敢负德！"词毕，又哀咤良久。左右皆流涕。

时有宦人密视君者，君以书授之，令达宫中。须臾，宫中皆恸哭。君惊谓左右曰："疾告宫中，无使有声。恐钱塘所知。"毅曰："钱塘，何人也？"曰："寡人之爱弟。昔为钱塘长，今则致政矣。"毅曰："何故不使知？"曰："以其勇过人耳。昔尧遭洪水九年者，乃此子一怒也。近与天将失意，塞其五山。上帝以寡人有薄德于古今，遂宽其同气之罪。然犹縻系于此，故钱塘之人，日日候焉。"语未毕，而大声忽发，天拆地裂，宫殿摆簸，云烟沸涌。俄有赤龙长千余尺，电目血舌，朱鳞火鬣，项擎金锁，锁牵玉柱，千雷万霆，激绕其身，霰雪雨雹，一时皆下。乃擘青天而飞去。毅恐蹶仆地。君亲起持之曰："无惧。固无害。"毅良久稍安，乃获自定。因告辞曰："愿得生归，以避复来。"君曰："必不如此。其去则然,其来则不然。幸为少尽缱绻。"因命酌互举,以款人事。俄而祥风庆云,融融怡怡,幢节玲珑,箫韶以随。红妆千万,笑语熙熙,后有一人,自然蛾眉,明珰满身,绡縠参差。迫而视之,乃前寄辞者。然若喜若悲,零泪如丝。须臾,红烟蔽其左,紫气舒其右,香气环旋,入于宫中。君笑谓毅曰:"泾水之囚人至矣。"君乃辞归宫中。须臾,又闻怨苦,久而不已。有顷,君复出,与毅饮食。又有一人,披紫裳,执青玉,貌耸神溢,立于君左。君谓毅曰:"此钱塘也。"毅起,趋拜之。钱塘亦尽礼相接,谓毅曰:"女侄不幸,为顽童所辱。赖明君子信义昭彰,致达远冤。不然者,是为泾陵之土矣。飨德怀恩,词不悉心。"毅撝退辞谢,俯仰唯唯。然后回告兄曰:"向者辰发灵虚,已至泾阳,午战于彼,未还于此。中间驰至九天,以告上帝。帝知其冤,而宥其失。前所遣责,因而获免。然而刚肠激发,不遑辞候。惊扰宫中,复忤宾客。愧惕惭惧,不知所失。"因退而再拜。君曰:"所杀几何?"曰:"六十万。""伤稼乎?"曰:"八百里。""无情郎安在?"曰:"食之矣。"君怃然曰:"顽童之为是心也,诚不可忍。然汝亦太草草。赖上帝显圣,谅其至冤。不然者,吾何辞焉。从此已去,勿复如是。"钱塘复再拜。是夕,遂宿毅于凝光殿。

明日,又宴毅于凝碧宫。会友戚,张广乐,具以醪醴,罗以甘洁。初,笳角鼙鼓,旌旗剑戟,舞万夫于其右。中有一夫前曰:"此《钱塘破阵乐》。"旌镗杰气,顾骤悍栗,坐客视之,毛发皆竖。复有金石丝竹,罗绮珠翠,舞千女于其左。中有一女前进曰:"此《贵主还宫乐》。"清音宛转,如诉如慕,坐客听之,不觉泪下。二舞既毕,龙君大悦,锡以纨绮,颁于舞人。然后密席贯坐,纵酒极娱。酒酣,洞庭君乃击席而歌曰:"大天苍苍兮,大地茫茫。人各有志兮,何可思量。狐神鼠圣兮,薄社依墙。雷霆一发兮,其孰敢当。荷贞人兮信义长,令骨肉兮还故乡。齐言惭愧兮何时忘!"洞庭君歌罢,钱塘君再拜而歌曰:"上天配合兮,生死有途。此不当妇兮,彼不当夫。腹心辛苦兮,泾水之隅。风霜满鬓兮,雨雪罗襦。赖明公兮引素书，令骨肉兮家如初。永言珍重兮无时无。"钱塘君歌阕，洞庭君俱起，奉觞于毅。毅踧踖而受爵，饮讫，复以二觞奉二君。乃歌曰："碧云悠悠兮，泾水东流。伤美人兮，雨泣花愁。尺书远达兮，以解君忧。哀冤果雪兮，还处其休。荷和雅兮感甘羞。山家寂寞兮难久留。欲将辞去兮悲绸缪。"歌罢，皆呼万岁。洞庭君因出碧玉箱，贮以开水犀；钱塘君复出红珀盘，贮以照夜玑，皆起进毅。毅辞谢而受。然后宫中之人，咸以绡彩珠璧，投于毅侧。重叠焕赫，须臾埋没前后。毅笑语四顾，愧揖不暇。洎酒阑欢极，毅辞起，复宿于凝光殿。

翌日，又宴毅于清光阁。钱塘因酒，作色，踞谓毅曰："不闻猛石可裂不可卷，义士可杀不可羞邪？愚有衷曲，欲一陈于公。如可，则俱在云霄；如不可，则皆夷粪壤。足下以为何如哉？"毅曰："请闻之。"钱塘曰："泾阳之妻，则洞庭君之爱女也。淑性茂质，为九姻所重。不幸见辱于匪人。今则绝矣。将欲求托高义，世为亲戚。使受恩者知其所归，怀爱者知其所付，岂不为君子始终之道者？"毅肃然而作，欻然而笑曰："诚不知钱塘君屡困如是！毅始闻跨九州，怀五岳，泄其愤怒；复见断金锁，掣玉柱，赴其急难。毅以为刚决明直，无如君者。盖犯之者不避其死，感之者不爱其生，此真丈夫之志。奈何箫管方洽，亲宾正和，不顾其道，以威加人？岂仆之素望哉！若遇公于洪波之中，玄山之间，鼓以鳞须，被以云雨，将迫毅以死，毅则以禽兽视之，亦何恨哉。今体被衣冠，坐谈礼义，尽五常之志性，负百行之微旨，虽人世贤杰，有不如者。况江河灵类乎？而欲以蠢然之躯，悍然之性，乘酒假气，将迫于人，岂近直哉！且毅之质，不足以藏王一甲之间。然而敢以不伏之心，胜王不道之气。惟王筹之！"钱塘乃逡巡致谢曰："寡人生长宫房，不闻正论。向者词述疏狂，妄突高明。退自循顾，戾不容责。幸君子不为此乖间可也。"其夕，复欢宴，其乐如旧。毅与钱塘，遂为知心友。

明日，毅辞归。洞庭君夫人别宴毅于潜景殿。男女仆妾等，悉出预会。夫人泣谓毅曰："骨肉受君子深恩，恨不得展愧戴，遂至睽别。"使前泾阳女当席拜毅以致谢。夫人又曰："此别岂有复相遇之日乎？"毅其始虽不诺钱塘之请，然当此席，殊有叹恨之色。宴罢，辞别，满宫凄然。赠遗珍宝，怪不可述。毅于是复循途出江岸，见从者十余人，担囊以随，至其家而辞去。毅因适广陵宝肆，鬻其所得。百未发一，财以盈兆。故淮右富族，咸以为莫如。遂娶于张氏，亡。又娶韩氏，数月，韩氏又亡。

徙家金陵。常以鳏旷多感，或谋新匹。有媒氏告之曰："有卢氏女，范阳人也。父名曰浩，尝为清流宰。晚岁好道，独游云泉，今则不知所在矣。母曰郑氏。前年适清河张氏，不幸而张夫早亡。母怜其少，惜其慧美，欲择德以配焉。不识何如？"毅乃卜日就礼。既而男女二姓，俱为豪族，法用礼物，尽其丰盛。金陵之士，莫不健仰。居月余，毅因晚入户，视其妻，深觉类于龙女，而逸艳丰厚，则又过之。因与话昔事。妻谓毅曰："人世岂有如是之理乎？然君与余有一子。"毅益重之。既产，逾月，乃秾饰换服，召亲戚。相会之间，笑谓毅曰："君不忆余之于昔也？"毅曰："夙为洞庭君女传书，至今为忆。"妻曰："余即洞庭君之女也。泾川之冤，君使得白。衔君之恩，誓心求报。泊钱塘季父论亲不从，遂至睽违，天各一方，不能相问。父母欲配嫁于濯锦小儿某。惟以心誓难移，亲命难背，既为君子弃绝，分无见期。而当初之冤，虽得以告诸父母，而誓报不得其志，复欲驰白于君子。值君子累娶，当娶于张，已而又娶于韩。迨张、韩继卒，君卜居于兹，故余之父母乃喜余得遂报君之意。今日获奉君子，咸善终世，死无恨矣。"因呜咽，泣涕交下。对毅曰："始不言者，知君无重色之心。今乃言者，知君有感余之意。妇人匪薄，不足以确厚永心。故因君爱子，以托相生。未知君意如何？愁惧兼心，不能自解。君附书之日，笑谓妾曰：'他日归洞庭，慎无相避。'诚不知当此之际,君岂有意于今日之事乎?其后季父请于君,君固不许。君乃诚将不可邪,抑忿然邪?君其话之!"毅曰:"似有命者。仆始见君于长泾之隅,枉抑憔悴,诚有不平之志。然自约其心者,达君之冤,余无及也。以言慎勿相避者,偶然耳,岂有意哉。洎钱塘逼迫之际,惟理有不可直,乃激人之怒耳。夫始以义行为之志,宁有杀其婿而纳其妻者邪?一不可也。善素以操真为志尚,宁有屈于己而伏于心者乎?二不可也。且以率肆胸臆,酬酢纷纶,唯直是图,不遑避害。然而将别之日,见君有依然之容,心甚恨之。终以人事扼束,无由报谢。吁,今日,君,卢氏也,又家于人间。则吾始心未为惑矣。从此以往,永奉欢好,心无纤虑也。"妻因深感娇泣,良久不已。有顷,谓毅曰:"勿以他类,遂为无心,固当知报耳。夫龙寿万岁,今与君同之。水陆无往不适。君不以为妄也。"毅嘉之曰:"吾不知国客乃复为神仙之饵。"乃相与觐洞庭。既至,而宾主盛礼,不可具纪。

后居南海,仅四十年,其邸第舆马珍鲜服玩,虽侯伯之室,无以加也。毅之族咸遂濡泽。以其春秋积序,容状不衰,南海之人,靡不惊异。洎开元中,上方属意于神仙之事,精索道术。毅不得安,遂相与归洞庭。凡十余岁,莫知其迹。

至开元末,毅之表弟薛嘏为京畿令,谪官东南。经洞庭,晴昼长望,俄见碧山出于远波。舟人皆侧立,曰:"此本无山,恐水怪耳。"指顾之际,山与舟相逼,乃有彩船自山驰来,迎问于嘏。其中有一人呼之曰:"柳公来候耳。"嘏省然记之,乃促至山下,摄衣疾上。山有宫阙如人世,见毅立于宫室之中,前列丝竹,后罗珠翠,物玩之盛,殊倍人间。毅词理益玄,容颜益少。初迎嘏于砌,持嘏手曰:"别来瞬息,而发毛已黄。"嘏笑曰:"兄为神仙,弟为枯骨,命也。"毅因出药五十丸遗嘏,曰:"此药一丸,可增一岁耳。岁满复来,无久居人世,以自苦也。"欢宴毕,嘏乃辞行。自是已后,遂绝影响。嘏常以是事告于人世。殆四纪,嘏亦不知所在。

　　陇西李朝威叙而叹曰:五虫之长,必以灵著,别斯见矣。人,裸也,移信鳞虫。洞庭含纳大直,钱塘迅疾磊落,宜有承焉。嘏咏而不载,独可邻其境。愚义之,为斯文。

第六类
歌颂侠义　鞭挞逆臣

《红线》《聂隐娘》新探

涉及侠义之唐传奇

唐传奇之涉及侠义者,有以下一些作品:

许尧佐《柳氏传》描写"负气爱才"的李生,将"幸姬"柳氏赠给韩翃。韩翃赴淄青幕,柳氏为蕃将沙吒利劫去。淄青虞侯许俊"雄心勇决",为韩翃夺回柳氏。淄青节度使侯希逸上奏其事,肃宗下诏:"柳氏宜还韩翃。"

蒋防《霍小玉传》描写李益与"霍王小女"小玉同居两岁,李益与表妹卢氏订婚而抛弃小玉。"豪侠之伦,皆怒生之薄行",黄衫豪士挟李益至小玉家,小玉"长恸号哭数声而绝"。

沈亚之《冯燕传》描写"魏豪人"冯燕,亡命于滑,与张婴妻私通。张婴醉且瞑,婴妻使冯燕杀婴,燕杀婴妻而去。官家捕张婴,冯燕自首。相国贾耽"请归其印,以赎燕死"。诏:"凡滑城死罪皆免。"赞曰:"燕杀不谊,白不幸,真古豪矣!"

薛调《无双传》描写王仙客与表妹刘无双幼稚相狎。朱泚叛唐称帝,刘震受伪命官,克复后,震与妻皆处极刑,无双入掖庭。仙客谋于"有心人"古押衙,馈赠不可胜纪。押衙设"奇法",令无双旧婢采苹假作中使,赐无双服茅山道士药,暂死,赎其尸,复活。仙客、无双归襄邓,"为夫妇五十年"。押衙自刎。

裴铏《传奇·昆仑奴》描写一品家红绡妓与崔生以"隐语"私约。崔家有昆仑奴磨勒,夜入一品宅,负红绡妓飞出,隐居崔宅。一品知必"侠士"挈之,不敢追究。后红绡妓出游,为一品家人发现。一品派兵围擒磨勒,磨勒飞去。

以上皆唐传奇之名篇。暂不评论其寓意、文采,就内容而言:《冯燕传》歌颂传主冯燕的侠义行为,其他四篇分别歌颂虞侯许俊、黄衫豪士、古押衙、昆仑奴磨勒的侠义行为。这四篇又可分为两类:(一)许俊与韩翊、柳氏非亲非故;黄衫豪士与李益、小玉素不相识。他们的相助,完全出于义愤。(二)古押衙为报恩而舍命成全王仙客、刘无双的婚事,磨勒为小主人解忧而以"神术"成全崔生、红绡妓的恋情。五篇之共同点:皆是爱情与侠义相结合。

综观涉及侠义之唐传奇,能跳出个人悲欢离合的小范围,而着眼于政治大局者,当推《红线》《聂隐娘》为代表作品。

《红线》考

《红线》写红线盗合故事。其主要情节为:魏博节度使田承嗣"将迁潞州",潞州节度使薛嵩派"青衣"红线,夜入魏州,盗取田承嗣"头边"金合,薛嵩派专使将金合送还失主,承嗣"知惧"。兹针对这个故事,进行如下分析。

(一)薛嵩非潞州节度使,是相卫六州节度使

《旧唐书》卷一一《代宗纪》云:"(广德元年闰月戊申,以)薛嵩为检校刑部尚书、相州刺史、相卫等州节度使。""(大历三年闰月)庚午,相州薛嵩……并加左右仆射。""(八年正月)壬午,昭义军节度、检校右仆射、相州刺史薛嵩卒。"

《旧唐书·代宗纪》又云:"(广德元年六月)癸未,以陈郑泽潞节度

使李抱玉检校司空,封武威郡王。""(大历十二年)三月乙卯,河西陇右副元帅、凤翔怀泽潞秦陇等州节度观察等使、兵部尚书、同中书门下平章事、潞州大都督府长史、知凤翔府事、上柱国、凉国公李抱玉卒。"

显而易见,潞州属李抱玉管辖,而《红线》作者误以为薛嵩管辖。潞州节度使是李抱玉,而《红线》作者误以为是薛嵩。为什么会产生这个错误呢?

肃、代之世,方镇辖区,变动频繁。据《新唐书》卷六六《方镇表三·泽潞沁》:"至德元载,置泽潞沁节度使,治潞州。""广德元年,置相卫节度使,治相州。是年,增领贝、邢、洺,号洺相节度。""相卫六州节度赐号昭义军节度。""建中元年,昭义军节度兼领泽、潞二州,徙治潞州。"可见从至德到建中,昭义军有新旧之别,其变动略如下表:

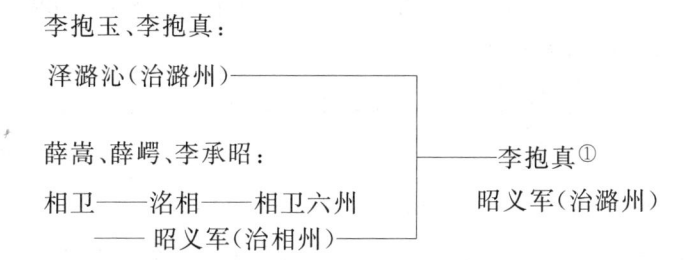

李抱玉、李抱真:
泽潞沁(治潞州)————┐
                                            ├——李抱真①
薛嵩、薛崿、李承昭: │   昭义军(治潞州)
相卫——洺相——相卫六州 ┘
——昭义军(治相州)

薛嵩生前之昭义军,是治相州之旧昭义。薛嵩卒后七年(建中元年)之昭义军,是治潞州之新昭义(新昭义军领旧昭义军之邢、洺、磁州及泽、潞州)。《红线》作者距薛嵩时代已远,将薛嵩之旧昭义军与李抱真之新昭义军混同了。

当时,魏博、相卫六州、泽潞沁是三个方镇,分别由田承嗣、薛嵩、李抱玉任节度使。《红线》云:"时至德之后,两河未宁,初置昭义军,以滏

---

① 《旧唐书》卷一一《代宗纪》:"(大历十一年十二月丁酉)昭义节度使李承昭抗表称疾,以泽潞行军司马李抱真权知磁、邢兵马留后。"卷一二《德宗纪上》:"(建中元年二月)癸丑,昭义军节度留后李抱真为本道节度使。"

阳为镇,命嵩固守,控压山东。"此昭义军指旧昭义军(相卫六州)。《旧唐书》卷三九《地理志二·河北道·磁州》云:"永泰元年六月,昭义节度使薛嵩,请于滏阳复置磁州,领滏阳、武安、昭义、邯郸四县。"①小说与正史基本相符,不过"至德"年代稍前。但《红线》又云:田承嗣"卜选良日,将迁潞州",则大有问题。作者原意是叙写田承嗣准备侵占薛嵩"疆土",而误以李抱玉所辖之潞州为薛嵩之辖地。这与小说称薛嵩为"潞州节度使"之误相同,皆由于作者将薛嵩之旧昭义与李抱真之新昭义混而为一。

能否将田承嗣"我若移镇山东"与"将迁潞州"解释为他有兼并相卫六州与泽潞沁二镇之意呢?不能。因为《红线》中只字未提李抱玉对田承嗣"将迁潞州"的反应,只强调薛嵩"日夜忧闷,咄咄自语,计无所出",唯恐"一旦失其疆土"。作者按照新昭义的辖区来写小说,根本没有意识到潞州不是旧昭义(相卫六州)的辖地。

(二)田承嗣侵相卫,非薛嵩生前,在薛嵩卒后

《旧唐书》卷一四一《田承嗣传》云:"大历八年,相卫节度使薛嵩卒。""(十年)承嗣使亲党扇惑相州将吏谋乱,遂将兵袭击,谬称救应。代宗遣中使孙知古使魏州宣慰,令各守封疆。承嗣不奉诏,遣大将卢子期攻洺州,杨光朝攻卫州,杀刺史薛雄,仍逼知古令巡磁、相二州,讽其大将割耳劓面,请承嗣为帅,知古不能诘。"《唐大诏令集》卷一一九《政事·讨伐上·贬田承嗣永州刺史诏》略云:"(薛雄)门尽屠戮,非复噍类。酷烈无状,人神所冤。又四州之地,皆列屯营,长吏属官,擅请补署。精甲利器,良马劲兵,全军之资装,农藏之积实,尽收魏府,迨无孑遗。更复收管将士,去其本部,劫质妻子,给我资粮。观其所为,盖在无

---

① 《封氏闻见记》卷六《道祭》:"昭义节度薛公薨……诸方并管内,滏阳城南设祭,每半里一祭,南至漳河,二十余里,连延相次。"从封演的记载中看出,在昭义军"管内"六州中,滏阳县与薛嵩关系最密。

赦。……按其奸状,足以为凭。此而可容,何者为罪?"结果怎样呢?代宗自认"皆由朕司牧无方,非朕不德,谁之过也!今将损膳撤悬,内省归咎,以宽承嗣"。① 连颁《宥田承嗣诏》《复田承嗣官爵制》,了结此事。

薛嵩卒后,相卫无统帅,田承嗣乘机侵略,朝廷无可奈何。《红线》说薛嵩为潞州节度使,田承嗣"将迁潞州",虽不合历史,但揭露田承嗣的扩张野心,歌颂女侠红线制服田承嗣,起了朝廷所不能起的作用,是具有正义感的。

(三)《红线》作者区别对待薛嵩、田承嗣

《旧唐书·田承嗣传》云:"代宗遣朔方节度使仆固怀恩引回纥军讨平河朔。……凡为安、史诖误者,一切不问。时怀恩……欲留贼将为援,乃奏承嗣及李怀仙、张忠志、薛嵩等四人分帅河北诸郡。"薛嵩、田承嗣虽皆贼将,但二人家世不同,降唐后的政治表现也不同。

薛嵩家世、降唐后的表现:《旧唐书》卷一二四《薛嵩传》云:"祖仁贵,高宗朝名将,封平阳郡公。父楚玉,为范阳、平卢节度使。……时多事之后,姑欲安人,遂以重寄委嵩。嵩感恩奉职,数年间,管内粗理,累迁检校右仆射。"史臣称赞他:"薛嵩祖父,国之名将,及身濡足贼廷,既沐国恩,尚存家法,守土奉职,终身一心,果有令人,克全余庆。"("令人"指薛嵩子薛平。)

田承嗣家世、降唐后的表现:《旧唐书·田承嗣传》云:"祖璟、父守义,以豪侠闻于辽、碣。……承嗣不习教义,沉猜好勇,虽外受朝旨,而阴图自固,重加税率,修缮兵甲,计户口之众寡,而老弱事耕稼,丁壮从征役,故数年之间,其众十万。……郡邑官吏,皆自署置,户版不籍于天府,税赋不入于朝廷,虽曰藩臣,实无臣节。"史臣批评他:"诸田凶险,不近物情。"

---

① 宋敏求《唐大诏令集》卷一二一。

从史书的记载看出，降唐后"感恩奉职"的薛嵩，与降唐后"实无臣节"的田承嗣，形成尖锐对比，而陈寅恪《唐代政治史述论稿》上篇《统治阶级之氏族及其升降》认为："……薛嵩虽俱大臣子孙，又非河朔土著，然以其父官范阳之故，少居其地，渐染胡化，竟与田承嗣之徒无别。"未免以偏概全。仅言薛嵩为"贼将"，与田承嗣"无别"则可；而言薛嵩降唐后的表现，与田承嗣"无别"则不可。《红线》作者将薛嵩、田承嗣区别对待，是有理由的。

为了区别对待薛、田，传奇《红线》中有意抬高薛嵩，比历史上的真薛嵩，更多一些优点。

《红线》云："军中大宴，红线谓嵩曰：'羯鼓之音调颇悲，其击者必有事也。'嵩亦明晓音律，曰：'如汝所言。'"又云："红线辞去……嵩知不可驻，乃广为饯别，悉集宾客，夜宴中堂。嵩以歌送红线酒，请座客中冷朝阳为辞。"今案：《旧唐书·薛嵩传》说薛嵩"有膂力，善骑射，不知书"。"不知书"的薛嵩，未必"明晓音律"，更未必能歌唱冷朝阳写的诗。这是《红线》作者为了将薛嵩与田承嗣加以区别，不把薛嵩描写成一个纯粹的武夫。

《红线》借薛嵩之口，宣扬"我承祖、父遗业，受国家重恩，一旦失其疆土，即数百年勋业尽矣"。今案：《旧唐书·薛嵩传》说"嵩为贼守相州，闻贼（史）朝义兵溃，王师至，嵩惶惑迎拜于（仆固）怀恩马前，怀恩释之，令守旧职"。可见薛嵩之任昭义节度使，非继承薛仁贵、薛楚玉之"遗业"，而来源于史朝义、仆固怀恩。《红线》作者为尊者讳，避而不谈薛嵩乃"贼将"降唐，这更是为了将薛嵩与田承嗣区别开来。

（四）薛嵩有尊贤重士的表现，《红线》作者对他有好感

《红线》作者提到薛嵩"座客"中有诗人冷朝阳，这不是闲笔，而是表示薛嵩网罗文士。薛嵩确有尊重文士的事实。据《新唐书》卷一五一《陆长源传》："长源赡于学，始辟昭义薛嵩幕府，嵩侈汰，常从容规切。

嵩曰：'非君安能为此。'"《封氏闻见记》卷六《打球》："永泰中，苏门山人刘钢于邺下上书于刑部尚书薛公云：'打球一则损人，二则损马，为乐之方甚众，必乘兹至危，以邀晷刻之欢邪！'薛公悦其言，图钢之形置于座右，命掌记陆长源为赞美之。"忠言逆耳，薛嵩对陆长源、刘钢的规劝，不进行打击而表示奖励，这在当时河朔的节度使中，是少见的。敬人者人恒敬之，薛嵩尊重文士，必然得到文士对他的尊重。

又据颜真卿《唐故太尉广平文贞公宋公神道碑侧记》："昭义军节度观察使、尚书左仆射、兼御史大夫、平阳郡王薛公曰嵩，以文武忠义之姿，为国保障。上慕公之德业，叹尚无穷……乃命屯田郎中、权邢州刺史封演，购他山之石，曳以百牛；僝刻字之工，成乎半岁。磨砻既毕，建立斯崇，远近嗟称，古今荣观。"薛嵩仰慕开元贤相宋璟，命封演刻碑，这是一件大得人心的事，所以颜真卿在"碑侧记"中对薛嵩大加赞美。颜真卿、封演文字流传于世，薛嵩尊贤重士之名就遐迩皆知了。

传奇作者，也是封建文人群体中的一员，有共同的价值取向，对尊贤重士的薛嵩抱有好感，作为正面人物来描写，是可以理解的。

《红线》作者借红线之口，说出创作意图："国家建极，庆且无疆。此辈（田承嗣）背违天理，当尽殄患。"她夜入魏州盗合，"两地保其城池，万人全其性命；使乱臣知惧，烈士安谋"。孤立地看这段话，似乎幼稚可笑；但如联系当时政治背景，便见作者的苦心。

安史乱后，唐朝廷与方镇的关系，方镇之间的关系，方镇内部的关系，错综复杂。《新唐书》卷五〇《兵志》作了概括："大盗既灭，而武夫战卒以功起行阵，列为侯王者，皆除节度使。由是方镇相望于内地，大者连州十余，小者犹兼三四。故兵骄则逐帅，帅强则叛上。或父死子握其兵而不肯代，或取舍由于士卒，往往自择将吏，号为'留后'，以邀命于朝。天子顾力不能制，则忍耻含垢，因而抚之，谓之姑息之政。盖姑息起于兵骄，兵骄由于方镇，姑息愈甚，而兵将愈俱骄。由是号令自出，以相侵击,虏其将帅,并其土地,天子熟视不知所为,反为和解之,莫肯听命。"《红线》描写田承嗣准备吞并薛嵩"疆土",薛嵩"计无所出"、"不遑寝食","青衣"红线夜入魏州,不杀一人,只盗走一个金合,就使田承嗣"惊怛绝倒",向薛嵩表示屈服:"某之首领,系在恩私,便宜知过自新,不复更贻伊戚。"从而消弭了一场战祸。这显然是幻想——不合实际的幻想。

范文澜评论杜甫诗歌,说杜甫"要'致君尧舜上,再使风俗淳'。在李林甫、杨国忠擅权的年代里,这样设想是完全不合实际的"。认为杜甫"有不合实际的大抱负,不能实现这个抱负……是杜甫诗丰富内容的源泉"。① 这是卓见,对我们很有启发。拿唐传奇来说,《红线》描写红线盗合的神术绝技,能制止田承嗣准备发动战争、吞并薛嵩"疆土"的野心,虽是不合实际的幻想,却反映了当时饱受方镇混战之苦的广大民众渴望和平、安定、恢复生产的愿望。这也是《红线》作者的抱负。正因为有这样的政治抱负,才幻想出红线盗合的故事,写成小说。《红线》的意境,高于一般侠义小说,也正在于此。我们绝不能简单地认为田承嗣与薛嵩不过是"狗咬狗"的争夺,红线不过是为薛嵩效劳,而贬低这篇小说宣扬"国家无疆",要使"乱臣知惧"的政治意义。

再将《红线》中的红线形象,与唐代侠义小说中的女侠形象,对比如下:

一般唐侠义小说常描绘女侠貌美,《太平广记》卷一九三《车中女子》云:"见一女子从车中出,年可十七八,容色甚佳。"卷一九四《崔慎思》云:"有少妇年三十余,窥之亦有容色。"(以上出《原化记》)卷一九六《贾人妻》云:"偶与美妇人同路。"(出《集异记》)《红线》作者与之相反,不赞美红线之容貌,而强调其文武双全的素质:"善弹阮咸,又通经史,

---

① 范文澜《中国通史简编》第三编第七章第五节。

（薛）嵩遣掌笺表，号曰'内记室'。"因为，只有知书达礼的女侠，才能具有"夜漏三时，往返七百余里，入危邦，经五六城"，不畏艰险，为国家"弭患"的好表现。

一般唐侠义小说只简单描绘女侠执行任务时的装扮，如《广记·崔慎思》云："忽见其妇自屋而下，以白练缠身，其右手持匕首。"《红线》作者不是这样，对红线夜入魏州盗合的装扮，写得非常庄严："梳乌蛮髻，攒金凤钗，衣紫绣短袍，系青丝轻履。胸前佩龙文匕首，额上书太乙神名。"因为，红线不是报私仇，而是执行重大的政治任务。描绘红线的庄严装扮，是为了渲染她魏州之行的艰巨性。

一般唐侠义小说多描绘女侠个性之忍，如《广记·崔慎思》叙写崔慎思纳少妇为妾，产一子，二年余，少妇报了父仇，杀其子，"便永去矣"。《贾人妻》叙写王立与贾人遗孀同居，产一子，二年后，贾人遗孀报了冤仇，杀其子而去，"尔后终莫知其音问也"。两篇小说都叙写女侠杀死亲生儿子，以表现其个性之忍。《红线》作者与之相反，歌颂红线个性之仁。请看《红线》中薛嵩与红线的对话：

（薛嵩）又问曰："无伤杀否？"
（红线）曰："不至是，但取床头金合为信耳。""某子夜前三刻即到魏郡，凡历数门，遂及寝所。……见田亲家翁止于帐内，鼓跌酣眠……扬威玉帐，但期心豁于生前；同梦兰堂，不觉命悬于手下。宁劳擒纵，只益伤嗟。时则……侍人四布，兵器森罗。……某拔其簪珥，縻其襦裳，如病如昏，皆不能寤。遂持金合以归。"

不杀一人，出现奇迹，"河北、河南，人使交至"，化干戈为玉帛了。具有儒家政治理想的《红线》作者，赋予红线以仁的特点，出色地完成了政治任务。

至于《红线》所云红线"前世本男子",为孕妇治病失误,"妇人与腹中二子俱毙","阴司见诛,降为女子",以及盗合时"额上书太乙神名",立功"固可赎其前罪,还其本身"等,夹杂佛、道两教思想。这在佛、道盛行的唐朝,是不足为奇的。

《聂隐娘》考

《聂隐娘》主要是叙述"元和间,魏帅"派聂隐娘暗杀陈许节度使刘昌裔,她反为刘昌裔击毙了魏博派来的刺客精精儿,又设法避免了魏博刺客妙手空空儿对刘昌裔的搏击。兹针对这个故事,进行如下探讨。

1.《聂隐娘》作者未言魏博节度使之名。流行的论著、注本亦未交代。

此人是小说作者所讽刺的对象。不知此人是谁,怎能理解小说的意义、作者的立场呢?故本文首先考证《聂隐娘》所云"魏帅"之名。

据《旧唐书》卷一三《德宗纪下》:"(贞元十九年五〔六〕月)①甲辰,以陈许行军司马刘昌裔检校工部尚书,兼许州刺史、陈许节度使。"卷一五《宪宗纪下》:"(元和八年十一月)右龙武统军刘昌裔卒。"

又据《旧唐书·德宗纪下》:"(贞元十二年八月)己巳,以前魏博节度副使田季安为魏州长史、魏博节度观察等使。"《宪宗纪下》:"(元和七年八月)戊戌,魏博节度使田季安卒。"

按照正史所记载的刘昌裔、田季安履历,对照《聂隐娘》所云"元和间,魏帅与陈许节度使刘昌裔不协,使隐娘贼其首"之"魏帅",应是田季安。这是《聂隐娘》作者谴责的对象。

---

① 据平冈武夫主编《唐代研究指南》第一《唐代的历》校改。

2. 考出"魏帅"是田季安,还要看看正史对此人的评述,以判断《聂隐娘》作者对他的讽刺、谴责是否有理。

《旧唐书·田承嗣传(附绪子季安)》云:"母微贱,嘉诚公主蓄为己子。……及公主薨,遂颇自恣。……其军中政务,大抵任徇情意,宾僚将校,言皆不从。"又云:"季安性忍酷,无所畏惧。有进士丘绛者,尝为田绪从事,及季安为帅,绛与同职侯臧不协,相持争权。季安怒,斥绛为下县尉,使人召还,先掘坎于路左,既至坎所,活排而瘗之,其凶暴如此。"

刘禹锡《遥伤丘中丞(并引)》云:"河南丘绛有词藻,与余同升进士科,从事邺下,不幸遇害,故为伤词。""邺下杀才子,苍茫冤气凝。"丘绛"遇害"时,刘禹锡正贬谪在朗州,故诗题为"遥伤"。田季安活埋"才子"丘绛之事,从魏博传到朗州,可见田季安"凶暴"的恶名,是远近皆知的。《聂隐娘》作者对他进行讽刺、谴责,是有理由的。

3. 更需将历史上的田季安与刘昌裔进行对比,以判断聂隐娘弃田投刘,是否正确。这是鉴别小说有无进步意义的关键。

《聂隐娘》作者借"乞食尼"之口,对聂隐娘说:"某大僚有罪,无故害人若干,夜可入其室,决其首来。"这一段话,不是闲笔。田季安活埋丘绛,更是"无故害人",是有罪的。按照"乞食尼"的教导,聂隐娘可以杀田季安。她弃田季安而投刘昌裔,是有正当理由的。

《聂隐娘》描绘聂隐娘弃田投刘的经过:"隐娘辞帅之许。刘能神算,已知其来。……隐娘夫妻云:'刘仆射果神人,不然者,何以洞吾也。愿见刘公。'刘劳之。……隐娘谢曰:'仆射左右无人,愿舍彼而就此。服公神明也。'知魏帅之不及刘。"这是小说虚构,要看历史上真人真事如何。

《旧唐书·田承嗣传(附绪子季安)》云:"无他才能。""及(嘉诚)公主薨,遂颇自恣,击鞠、从禽色之娱。"《田弘正传》云:"季安惟务侈靡,不恤军务。"韩愈《唐故检校尚书左仆射右龙武军统军刘公墓志铭》云:"公少好学问,始为儿时,重迟不戏,恒若有思念计画。""公不好音声,不大为居宅,于诸帅中独然。"从才能、生活作风来看,刘昌裔与田季安明显不同。

《旧唐书·田承嗣等传》史臣曰:"诸田凶险,不近物情。而(田)弘正、(张)孝忠,颇达人臣之节。"《新唐书》卷二一〇《藩镇传序》云:"魏博传五世,至田弘正入朝。""今取擅兴若世嗣者,为《藩镇传》。若田弘正、张孝忠等,暴忠纳诚,以屏王室,自如别传云。"两《唐书》是将田季安置于"凶险"类,而不是置于"颇达人臣之节""暴忠纳诚,以屏王室"类的。韩愈《刘公墓志铭》云:"元和七年,得疾,视政不时。八年五月,涌水出他界,过其地,防穿不补,没邑屋,流杀居人,拜疏请去职即罪,诏还京师。即其日与使者俱西,大热,旦暮驰不息,疾大发,左右手罯止之,公不肯,曰:'吾恐不得生谢天子。'上益遣使者劳问,敕无亟行,至则不得朝矣,天子以为恭。"从对朝廷的态度来看,"凶险"的田季安,与"天子以为恭"的刘昌裔,形成尖锐对比。《聂隐娘》"刘自许入觐"一句,不是闲笔,而有千钧之重。因为:方镇对朝廷,是服从还是割据,是政治上的大是大非问题。四世、四十九年不入朝廷的魏博诸田,与带病入觐的刘昌裔,恰是反、正两种典型。弃田投刘,不是背叛,而是觉醒。《红线》作者正是按照这样的立场观点,在小说中塑造了一个弃暗投明的女侠形象。

唐代小说多有描述剑侠弃暗投明者,如:

《太平广记》卷一九五《豪侠三·义侠》云:"(仕人)至一县,忽闻县令与所放囚姓名同,往谒之。……乃言此贼负心之状。言讫吁嗟,奴仆悉涕泣之次,忽床下一人,持匕首出立,此客大惧,乃曰:'我义士也。宰使我来取君头。适闻说,方知此宰负心。不然,枉杀贤士。吾义不舍此人也。公且勿睡,少顷,与君取此宰头,以雪公冤。'"(出《原化记》)

同书卷一九六《豪侠四·李龟寿》云:"唐晋公白敏中……既入阁,

花鹊仰视,吠转急……欻有一物自梁间坠地,乃人也。……顿首再拜,唯曰'死罪'。公止之,且询其来及姓名。对曰:'李龟寿,卢龙塞人也。或有厚赂龟寿,令不利于公。龟寿感公之德,复为花鹊所惊,形不能匿。公若舍龟寿罪,愿以余生事公。'"(出《三水小牍》)

以上两篇小说的情节简单,文字粗糙,不能与《聂隐娘》相提并论。

4.《聂隐娘》叙事至"开成年,昌裔子纵除陵州刺史,至蜀栈道,遇隐娘……后一年,纵不休官,果卒于陵州。自此,无复有人见隐娘矣"而止。这一情节,在小说中可有可无,是否浪费了笔墨呢？否。

据韩愈《刘公墓志铭》"子四人",三文一武。"嗣子光禄主簿纵,学于樊宗师,士大夫多称之。""次子景阳、景长,皆举进士。"刘纵、刘景阳、刘景长兄弟的成就,是刘昌裔区别于田季安的又一例证。因为,如刘昌裔是跋扈的武夫,就不会让三个儿子弃武习文;如昌裔家教不严,三个儿子不可能取得成就。《聂隐娘》作者特意于小说末尾叙及刘纵,表明他对刘家事情很了解。

对照一下田季安。据《旧唐书·田承嗣传》:"田氏自承嗣据魏州至怀谏,四世相传袭四十九年,而田兴代焉。"《田弘正传》:"本名兴。""少习儒书……勇而有礼。"田季安"屡行杀罚,弘正每从容规讽,军中甚赖之。季安以人情归附……欲捃摭其过害之"。刘昌裔让三个儿子弃武习文,而田季安连一个"少习儒书"的田弘正都不能容忍,这是多么鲜明的不同。(田弘正《谢授节钺表》略云:"空驰戎马之乡,不睹朝廷之礼。惟忠与孝,天与臣心。常思奋不顾生,以身殉国。无由上达,私自感伤。"即是对田氏"四世"割据的公开批判。)当时文士对刘昌裔、田季安二方镇,赞成谁？反对谁？是不言而喻的。

5.《聂隐娘》云:"忽值磨镜少年及门,女(聂隐娘)曰:'此人可与我为夫。'白父,父不敢不从,遂嫁之。"又云:元和八年隐娘辞别刘昌裔时,"云:'自此寻山水,访至人,但乞一虚给与夫。'刘如约,后渐不知所之"。

评论家每以《聂隐娘》作者对隐娘婚姻的描写为败笔：草率结婚，草率分离，似乎有损于女侠的形象。其实这种情节，几乎已成为唐代侠义小说的公式了。请看：

《广记·崔慎思》云："有少妇年三十余，窥之亦有容色，唯有二女奴焉。慎思遂遣通意……求以为妾，许之，而不肯言其姓，慎思遂纳之。二年余，崔所取给，妇人无倦色。"又云：少妇报仇后，"谓崔曰：'……宅及二婢皆自致，并以奉赠……'言讫而别"（出《原化记》）。

同书《贾人妻》云："（王立）偶与美妇人同路，或前或后依随，因诚意与言，气甚相得……立既悦其人，又幸其给……立遂就焉。……每出，则必先营办立之一日馔焉。及归，则又携米肉钱帛以付立。日未尝阙。……凡与立居二载。"又云：贾人妻报仇后，"谓立曰：'……此居处，五百缗自置，契书在屏风中。室内资储，一以相奉。……'言讫，收泪而别"（出《集异记》）。

两篇小说的共同点是：女侠轻儿女之情，无室家之恋，结合与分手，都很自由，用不着媒妁，夫婿都是低能，靠女侠养活。这或许就是唐代小说作者赋予女侠的超脱个性吧！（《广记·崔慎思》歌颂女侠杀子，曰："杀其子者，以绝其念也，古之侠莫能过焉。"反映了当时的审美观念。）《聂隐娘》作者囿于当时的审美观念，描写隐娘完成其保护刘昌裔不被田季安暗杀的任务之后，"自此寻山水，访至人"，与磨镜少年分手了。

6. 聂隐娘本无其人，其姓其名，皆是传奇作者虚构的。今案：《史记》卷八六《刺客列传》述曹沫、专诸、豫让、聂政、荆轲五人事，赞曰："自曹沫至荆轲五人，此其义或成不成，然其立意较然，不欺其志，名垂后世，岂妄也哉！"传奇作者赋予传主姓"聂"，用意在于肯定她继承了中国古代著名刺客聂政"义"的传统。古代小说采用这种手法的，如《太平广记》卷一九六《豪侠四·荆十三娘》（出《北梦琐言》），小说作者赋予传主姓"荆",用意在于表扬她继承荆轲。在这一点上,《荆十三娘》与《聂隐娘》如出一辙。

《红线》《聂隐娘》作者考

关于《红线》作者有三说:

1. 袁郊。《太平广记》卷一九五载此篇,标题《红线》,注"出《甘泽谣》"。《类说》卷三六《甘泽谣》载此篇,标题改为《歌妓红线》,内容有删改,署名"唐袁郊"。《说郛》宛委山堂本号一一五、商务印书馆排印本卷一九《甘泽谣》均载此篇,标题《红线》,署名"唐袁郊"。今案:《新唐书》卷五九《艺文志三·丙部子录·小说家类》、《宋史》卷二〇六《艺文志五·子类·小说家类》均作"袁郊《甘泽谣》一卷"。无注,无裨考证。《昭德先生郡斋读书志》卷三下《小说类》云:"《甘泽谣》一卷。右唐袁郊撰,载谲异事九章。咸通中久雨卧疾所著,故曰《甘泽谣》。"《直斋书录解题》卷一一《小说家类》云:"《甘泽谣》一卷。唐刑部郎中袁郊撰。所记凡九条。咸通戊子自序,以其春雨泽应,故有'甘泽成谣'之语,遂以名其书。"(《文献通考》卷二一五《经籍考·子·小说家》"《甘泽谣》一卷"引"陈氏曰"无"唐……条"十三字)晁公武、陈振孙记载了《甘泽谣》的作者、序言、篇数、撰写时间,是我们所能见到的重要资料。《唐诗纪事》卷六五《袁郊》亦云:"有《甘泽谣》九章。"《说郛·甘泽谣》(宛委山堂本)载《魏先生》《陶岘》《素娥》《懒残》《聂隐娘》《韦驺》《圆观》《红线》《许云封》九篇,与晁、陈、计三宋人记载相符。至于明杨仪、毛晋自诩得"善本"①,避《说郛》而不谈。周亮工《书影》斥为"伪本"。《四库全书总目》卷一四二《子部五十二·小说家类三》云:"《甘泽谣》一卷。……此本为

---

① 见《津逮秘书·甘泽谣》序、跋。

毛晋所刊，云得之华阴杨仪。……《书影》曰：《甘泽谣》别自有书，今杨梦羽所传，皆从他书钞撮而成，伪本也。或曰：梦羽本未出时，已有钞《太平广记》二十余条为《甘泽谣》以行者，则梦羽本又赝书中之重儓矣。今考《书影》所称梦羽，即仪之字，其所称先出之一本，今未之见。钱希言《狯园簿》'明经为鱼'一条，称'尝见唐人小说有《甘泽谣》，载《鱼服记》甚详'。今此本无《鱼服记》，岂希言所见乃先出一本耶？然据此本所载，与《太平广记》所引者一一相符，则两本皆出《广记》，不得独指仪本为'重儓'。又裒辑散佚，重编成帙，亦不得谓之'赝书'。所论殊为未允。"今案：一、周亮工所云"或曰"，指姚咨。瞿良士辑《铁琴铜剑楼藏书题跋集录》卷三《子部·甘泽谣一卷》引姚咨曰："曩余门人秦汝操于《太平广记》中摘出二十余篇，怪非郊原书，弃去。"二、四库馆臣不同意周亮工谓杨仪本《甘泽谣》为"伪本"，是。而谓此本"出《广记》"，未谛。因《广记》只载《甘泽谣》八篇，《说郛》始载九篇。杨仪本与《说郛》本之篇数、标题、排列顺序全同，陶宗仪时代在杨仪、毛晋之前，可见杨仪本出于《说郛》本。

2. 杨巨源。《唐代丛书》《虞初志》《五朝小说》《唐人说荟》《龙威秘书》等载此篇，标题改为《红线传》，作者改为"唐杨巨源"。汪国垣《唐人小说》下卷辨之云："明人刻书，不稽所出，妄题撰人，如此类者甚多。词人引用，遂多歧误。是小说虽属小道，固不可不订正也。"汪说是。《甘泽谣》的《陶岘》篇，《唐代丛书》九十二帙载之，标题改为《陶岘传》，作者改为沈既济，是明人"妄题撰人"的又一例证。

3. 段成式。辨见下文。

4. 晚唐或五代初期人。刘开荣《唐代小说研究》第八章云："虽不敢断定《红线传》的作者就是他（袁郊），抑是杨巨源，或还有第三者，总而言之，如把全唐人的小说读过一遍后，总觉得《红线传》写得较晚一点，是晚唐或五代初期的作品，尤其是一个比较接近人民的作家的作品,似乎更为合理一些。"全是推测之词,毫无文献根据,不足取。

关于《聂隐娘》作者有三说:

1. 裴铏。《广记》卷一九四载此篇,标题《聂隐娘》,注:"出《传奇》。"程毅中《唐代小说史话》第八章辨之云:"只是《传奇》多写爱情故事,喜欢把爱情和神怪题材相结合,而《甘泽谣》则完全不写爱情故事。聂隐娘虽然与磨镜少年结为夫妻,但丝毫没有爱情成分,因此很可怀疑它是否出于裴铏的手笔。"本文补充两点理由:一、《类说》卷三二无此篇。二、《红线》《聂隐娘》都以魏博节度使为讽刺、谴责对象,不可能是偶然的巧合,应出于一人之手笔。

2. 袁郊。宛委山堂本《说郛·甘泽谣》及《甘泽谣》杨仪本、《津逮秘书》本、《四库全书》本、《学津讨源》本、《丛书集成初编》本均载此篇。

3. 段成式。《剑侠传》(四卷本)卷二载《聂隐娘》《红线》。《剑侠传》版本甚多,今举其重要者述之:《古今逸史》本无撰者之名,署"明新安吴琯校"。《秘书廿一种》本署"阙名","新安汪士汉校"。卷首汪士汉《剑侠传序》云:"《剑侠传》四卷,不知著自何人,然所记载,则自越隋外,俱称引唐事,后人以为唐书,理或然欤?"从此《剑侠传》被误解,如《四库全书总目》卷一四四《子部·小说家类存目二·剑侠传二卷》云:"旧本题为唐人撰,不著名氏……皆纪唐代剑侠之事……盖明人剿袭《广记》之文,伪题此名也。"说《剑侠传》"皆纪唐代剑侠之事"及明人"伪题此名"都是错误的,余嘉锡《四库题要辨证》卷一九《子部·小说家存目二·剑侠传二卷》辨之,略云:"书中所载,有张乖崖(卷三《乖崖侠术》条)、张魏公事(卷四《秀州刺客》条)。又有熙宁二年(《任愿》条)、宣和六年(《侠妇人》条)、建炎靖康之际(《解洵娶妇》条)等语。"列举书中宋代人物、年号,即可驳倒"皆纪唐代剑侠之事"谬说。余氏据王世贞《剑侠传小序》,

定为王撰,并云:"世贞著书时……原未依托古人。① 吴琯刻之而失其序,汪士汉遂妄题为唐人。《提要》又不能考而妄辨之,由斯世间多一伪书矣。"

汪士汉虽误以王世贞之《剑侠传》为"唐书",尚未捏造撰者姓名。清乾隆时,马俊良辑《龙威秘书》,始妄署段成式之名(又篡改汪士汉《剑侠传序》为"多引唐、宋事,后人谓宋时书")。为什么不假托别人,而假托段成式呢?盖因段之《酉阳杂俎》前集卷九有《盗侠》门,《龙威秘书》遂盗用其名为《剑侠传》之撰者以欺世。鲁迅《中国小说史略》第十篇云:"聂隐娘……明人取以入伪作之段成式《剑侠传》。"失考。

段成式卒于咸通四年②,而袁郊《甘泽谣》成书于咸通九年。如《剑侠传》是段成式纂辑,怎能有《甘泽谣》中的作品《红线》《聂隐娘》呢?

综合以上,《红线》《聂隐娘》之作者,诸说之中,唯袁郊能成立。文献中涉及袁郊者不多,又有讹误,今只述其可信者。

1. 据《新唐书》卷七四下《宰相世系表四下·袁氏表》,袁滋子炯、

---

① 王世贞《弇州山人四部稿》卷七一《文部·剑侠传小序》自述其著书本意,略云:"夫习剑者,先王之僇民也。然而城社遗伏之奸,天下所不能请之于司败,而一夫乃得志焉。如专、聂者流,仅其粗耳,斯亦乌可尽废其说。然欲快天下之志,司败不能请,而请之一夫,君子亦可以观世矣。余家所蓄杂说剑客事甚夥,间有慨于衷,荟撮成卷,时一一展之,以摅愉其郁。"余嘉锡《四库提要辨证·剑侠传二卷》阐发其意,云:"世贞以其父忬为严嵩父子所害,而己不能报,恨当时之为寇者,怵于嵩之威权,不敢治其误国之罪,坐令流毒四海。因思此时若有古之剑侠其人者出,闻人诉其不平,必将投袂而起,操寸方之刃,直入权相之卧内,斩其首以去,则天下之人心当为之大快。故曰'欲快天下之志,司败不能请,而请之一夫'云云。则世贞著书之意,岂不大彰明较著也哉。所谓'时一展之,以摅愉其郁'者,盖世贞著此书时,嵩父子尚未败,以已有杀父之雠,终天之恨,而无所投诉,故常郁郁于心,聊复为此以快意云尔。若世贞者,可谓发愤而著书,其志可悲,故其书足以自传。"如将袁郊撰《红线》《聂隐娘》与王世贞辑《剑侠传》二事进行对比,其发愤著书,相同;而两人的出发点,有别。王世贞暗指严嵩,主要报自己私仇;而袁郊抨击藩镇(以魏博为代表),完全是关心国家大事。袁郊的思想境界高于王世贞。王世贞之志,得到余氏表彰;袁郊的苦心,更值得我们阐明了。

② 尉迟枢《南楚新闻》:"太常(少)卿段成式,相国文昌子也……咸通四年六月卒。"

寔、均、都、郊。袁郊为袁滋之幼子。

2.《旧唐书》卷一八五下《良吏传下·袁滋传》云："弱岁强学,以外兄道州刺史元结有重名,往来依焉。每读书,玄解旨奥,结甚重之。"《新唐书》卷一五一《袁滋传》云："后客荆、郢间,起学庐讲授。"袁滋"起处士",至宰相。出生在这个家庭里的袁郊,自幼承受了文化、政治两方面的熏陶教养。

尤其值得注意的,是袁氏家传《春秋》之学。韩愈《唐荆南节度使袁滋先庙碑》云："袁氏旧族,而当阳以通经为儒,位止县令。石州用《春秋》持身治事,为州司马以终。咸宁备学而贯以一……"碑中所云当阳县令袁伦、石州司马袁知玄、咸宁县令袁晔,是袁滋的曾祖父、祖父、父。袁滋"能为《春秋》",两《唐书·袁滋传》都说"尝读刘晖《悲甘陵赋》,叹其褒善惩恶虽失《春秋》之旨,然其文不可废,因著《甘陵赋后序》"。袁郊继承家学,懂得《春秋》"褒善惩恶"之旨。

《唐诗纪事》卷六五《袁郊》录《月》《霜》《露》《云》四首诗。《月》云："嫦娥窃药出人间,藏在蟾宫不放还。后羿遍寻无觅处,谁知天上却容奸。"《霜》云："古今何事不思量,尽信邹生感彼苍。但想燕山吹暖律,炎天岂不解飞霜。"《露》云："湛湛腾空下碧霄,地卑湿处更偏饶。菅茅丰草皆沾润,不道良田有旱苗。"《云》云："楚甸尝闻旱魃侵,从龙应合解为霖。荒淫却入阳台梦,惑乱怀襄父子心。"计有功对这四首诗未作解释。今案:从诗的标题看,月、霜、露、云,都是自然界无情之物,与人事无关,而诗的内容,却偏重人事。如《月》诗借嫦娥奔月,叹息"天上容奸"。按照中华民族的传统观念,"天上"是神仙所居,怎能"容奸"呢?这是譬喻反常现象。《霜》诗说"炎天飞霜",《露》诗说"良田旱苗",则是明显的反常现象。《云》诗谴责"荒淫","惑乱"君"心",更是有所讽刺。联系袁郊生活的时代,正当唐室微弱,权臣专横,封建君臣秩序颠倒的乱世,可知他是以诗言志,借月、霜、露、云来表达自己对时事的不满,发挥《春秋》

之贬与《诗》之刺的功能。

诗言志,传奇也能言志。赵彦卫《云麓漫钞》卷八谓唐传奇"文备众体,可以见史才、诗笔、议论"。如果拿这句话作为公式,机械地认为每篇唐传奇必须具备史才、诗笔、议论等部分,当然不合实际;但也不能因此而否认某些唐传奇有史才,某些唐传奇有诗笔……袁郊所撰《红线》《聂隐娘》即可见史才,这是他学习《春秋》褒贬之旨的出色成果。

3.《新唐书·袁滋传》云:"徙义成节度使。滑,用武地,东有淄青,北魏博,滋严备而推诚信,务在怀来。李师道、田季安畏服之。居七年,百姓立祠祝祭。"今案:《旧唐书·宪宗纪上》云:"(元和元年十月)庚辰,以吉州刺史袁滋为御史大夫,充义成军节度使。"《宪宗纪下》云:"(元和七年八月)辛亥,以左龙武大将军薛平为滑州刺史、义成军节度使。""(十月庚戌)以郑滑节度使袁滋为户部尚书。"在元和元年十月至七年十月的"七年"中,袁滋时刻"严备"着田季安。他对"诸田凶险"的情况,是深知而痛恨的。袁郊在家庭中也能听到父亲或兄长讲述。咸通九年或稍前,袁郊撰《甘泽谣》,借用了历史上的忠、奸人物,以小说表达其政治观点。在奸人中,他首先想到的,必然是从幼年就耳熟能详、印象最坏之魏博。《红线》《聂隐娘》皆以魏博为讽刺谴责对象,原因在此。

《红线》《聂隐娘》为什么对薛嵩、刘昌裔寄予同情呢?这不仅因为薛、刘对朝廷恭顺,还因为袁家与薛、刘两家有过接触。《旧唐书·薛嵩传(附嵩子平)》云:"嵩卒,军吏欲用河北故事,胁平知留后务,平伪许之,让于叔父崿,一夕以丧归。"史书又歌颂薛平善政,称曰"薛平振家世以显扬"。元和七年,薛平接替袁滋为义成军节度使,袁滋与薛平有过接触。包括袁郊在内的袁家,对不同于田季安的薛平,应有好印象。又,袁滋为义成节度使时,刘昌裔正为忠武节度使。郑、滑与陈、许接壤,史书只说袁滋对邻境李师道、田季安"严备",可见与邻境刘昌裔是友好的。刘昌裔之子刘纵是樊宗师弟子,韩愈再传弟子;刘景阳、刘景长举进士,兄弟三人与当时文士必多交往。再从韩愈为袁、刘两家都撰过碑文,袁郊与温庭筠等唱和来看,袁郊对刘氏兄弟,即不相识,亦当闻名。当袁郊撰《红线》《聂隐娘》,物色魏博节度使田承嗣、田季安的对立面时,理所当然地要想到他印象较佳的方镇薛平父薛嵩、刘纵父刘昌裔了。

《甘泽谣》共九篇,《魏先生》描写魏徵之"宗亲"、"得道之士"魏生,告诉李密"吾子无帝王规模","汾、晋有圣人生",劝李密投唐,"富贵可取"。《素娥》描写"花月之妖"素娥,告诉武三思,上帝"将兴李氏",劝武三思"勉事梁公,勿萌他志",武三思"密奏其事,则天叹曰:'天之所授,不可废也'"。袁郊用这两篇小说,鼓吹李家是真命天子,反对野心家篡夺,与《红线》中宣扬"国家建极,庆且无疆"的政治立场相同。

《新唐书》卷五八《艺文志二·乙部史录·仪注类》云:"袁郊《二仪实录衣服名义图》一卷。又《服饰变古元录》一卷(字之仪,滋子也。昭宗翰林学士)。"《直斋书录解题》卷六《礼注类》云:"《服饰变古元录》三卷:唐翰林学士汝南袁郊之仪撰。郊,宰相滋之子。《唐志》作一卷。"(《文献通考》卷一八八《经籍考·经·仪注》"《服饰变古元录》三卷"下引"陈氏曰"同。)此二书是否袁郊撰?袁郊是否昭宗时为翰林学士?岑仲勉在《翰林学士壁记注补》中提出不同意见,其要点如下:

(1)"《温庭筠诗集》五《经故翰林袁学士居》云:'剑逐惊波玉委尘,谢安门下更何人。'庭筠废于咸通初(杨收执政时),而郊九年尚生存,则此故翰林袁学士殆非指郊。同集六又有'开成五年秋,以抱疾郊野,不得与乡计偕至王府,将议遐适,隆冬自伤,因书怀奉寄殿院徐侍御、察院陈李二侍御、回中苏端公、鄠县韦少府,兼呈袁郊、苗绅、李逸三友人一百韵',徐、陈、李、苏、韦诸人皆称其官,唐代翰林最为清贵,使先数年郊已居翰苑,此题断不直斥其名。"

(2)"考《旧唐书》纪一五,滋卒于元和十三年六月,去昭宗初元七十二年,其子安得至昭宗时官学士,是昭宗显文宗之讹。"

按照岑氏考证,《新唐书》"袁郊"为袁都之讹,"昭宗"为文宗之讹,但"字之仪"与《宰相世系表》袁都"字之美"异。至于袁郊之官职,文献分歧,因与《红线》《聂隐娘》之内容无关系,暂不考论。

附:袁郊《红线》

红线,潞州节度使薛嵩家青衣。善弹阮咸,又通经史,嵩遣掌笺表,号曰"内记室"。时军中大宴,红线谓嵩曰:"羯鼓之音调颇悲,其击者必有事也。"嵩亦明晓音律,曰:"如汝所言。"乃召而问之。云:"某妻昨夜亡,不敢乞假。"嵩遽遣放归。

时至德之后,两河未宁,初置昭义军,以滏阳为镇,命嵩固守,控压山东。杀伤之余,军府草创。朝廷复遣嵩女嫁魏博节度使田承嗣男,男娶滑州节度使令狐彰女,三镇互为姻娅,人使日浃往来。时田承嗣尝患热毒风,遇夏增剧,每曰:"我若移镇山东,纳其凉冷,可缓数年之命。"乃募军中武勇十倍者,得三千人,号"外宅男"而厚恤养之,常令三百人常直州宅。卜选良日,将迁潞州。嵩闻之,日夜忧闷,咄咄自语,计无所出。

时夜漏将传,辕门已闭,杖策庭除,唯红线从行。红线曰:"主自一月,不遑寝食,意有所属,岂非邻境乎?"嵩曰:"事系安危,非尔能料。"红线曰:"某虽贱品,然亦有解主忧者。"嵩乃具告其事,曰:"我承祖、父遗业,受国家重恩,一旦失其疆土,即数百年勋业尽矣。"红线曰:"易尔,不足劳主忧也。乞放某一到魏郡,看其形势,观其有无。今一更首途,三更可以复命。请先定一走马,兼具寒暄书,其他即俟某却回也。"嵩大惊曰:"不知汝是异人,我之暗也。然事若不济,反速其祸,奈何?"红线曰:"某之行,无不济者。"乃入闺房,饬其行具。梳乌蛮髻,攒金凤钗,衣紫绣短袍，系青丝轻履，胸前佩龙文匕首，额上书太乙神名，再拜而倏忽不见。

嵩乃返身闭户，背烛危坐。常时饮酒，不过数合，是夕举觞，十余不醉。忽闻晓角吟风，一叶坠露，惊而试问，即红线回矣。嵩喜而慰问曰："事谐否？"曰："不敢辱命。"又问曰："无伤杀否？"曰："不至是，但取床头金合为信耳。"红线曰："某子夜前三刻即到魏郡，凡历数门，遂及寝所。闻外宅男止于房廊，睡声雷动；见中军士卒步于庭庑，传呼风生。某发其左扉，抵其寝帐。见田亲家翁止于帐内，鼓跌酣眠，头枕文犀，髻包黄縠。枕前露橐七星剑，剑前仰开一金合，合内书生身甲子与北斗神名，复著名香及美珠，散覆其上。扬威玉帐，但期心豁于生前；同梦兰堂，不觉命悬于手下。宁劳擒纵，只益伤嗟。时则蜡炬光凝，炉看烬煨，侍人四布，兵器森罗。或头触屏风，鼾而䶢者；或手持巾拂，寝而伸者。某拔其簪珥，縻其襦裳，如病如昏，皆不能寤。遂持金合以归。既出魏城西门，将行二百里，见铜台高揭，漳水东注，晨飚动野，斜月在林。忧往喜还，顿忘于行役；感知酬德，仰副于心期。所以夜漏三时，往返七百余里，入危邦，经五六城，冀减主忧，敢言其苦。"

嵩乃发使遗承嗣书曰："昨夜有客从魏中来，云自元帅头边获一金合，不敢留驻，谨却封纳。"专使星驰，夜半方到，见搜捕金合，一军忧疑。使者以马挝叩门，非时请见。承嗣遽出，使者以金合授之；捧承之时，惊怛绝倒。遂驻使者止于宅中，狎以宴私，多其赐赉。明日，遣使赍缯帛三万疋、名马二百匹，他物称是，以献于嵩，曰："某之首领，系在恩私，便宜知过自新，不复更贻伊戚。专膺指使，敢议姻亲；役当奉轂后车，来则麾鞭前马。所置纪纲仆号为'外宅男'者，本防他盗，亦非异图。今并脱其甲裳，放归田亩矣。"

由是，一两月内，河北、河南人使交至，而红线辞去。嵩曰："汝生我家，而今欲安往？又方赖汝，岂可议行？"红线曰："某前世本男子，游学江湖间，读神农药书，救世人灾患。时里有孕妇忽患蛊症，某以芫花下之，妇人与腹中二子俱毙。是某一举杀三人。阴司见诛，降为女子，使身居贱隶，气禀贼星。所幸生于公家，今十九年矣。使身厌罗绮，口穷甘鲜，宠待有加，荣亦至矣。况国家建极，庆且无疆。此辈背违天理，当尽弭患。昨往魏郡，以示报恩。两地保其城池，万人全其性命；使乱臣知惧，烈士安谋。在某一妇人，功亦不小，固可赎其前罪，还其本身。便当遁迹尘中，栖心物外，澄清一气，生死常存。"嵩曰："不然，遗尔千金，为居山之所给。"红线曰："事关来世，安可预谋？"嵩知不可驻留，乃广为饯别，悉集宾客，夜宴中堂。嵩以歌送红线酒，请座客中冷朝阳为辞。辞曰："采菱歌怨木兰舟，送客魂消百尺楼。还似洛妃乘雾去，碧天无际水空流。"歌毕，嵩不胜悲，红线反袂且泣，因伪醉离席，遂亡其所在。

袁郊《聂隐娘》

聂隐娘者，贞元中魏博大将聂锋之女也。方十岁，有尼乞食于锋舍，见隐娘，悦之，乃云："问押衙乞取此女教。"锋大怒，叱尼。尼曰："任押衙铁柜中盛，亦须偷去矣。"后夜，果失隐娘所在。锋大惊骇，令人搜寻，曾无影响。父母每思之，相对啼哭而已。

后五年，尼送隐娘归，告锋曰："教已成矣，可自领取。"尼欻亦不见。一家悲喜，问其所习。曰："初但读经念咒，余无他也。"锋不信，恳诘。隐娘曰："真说，父恐不信，如何？"锋曰："但真说之。"乃曰："隐娘初被尼挈去，不知行几里。及明，至大石穴中，嵌空数十步。寂无居人，猿猱极多，松萝益邃。尼先已有二女，亦各十岁，皆聪明婉丽，不食，能于峭壁上飞走，若捷猱登木，无有蹶失。尼与我药一粒，兼令执宝剑一口，长一二尺许，锋利，吹毛可断；遂令二女教某攀援，渐觉身轻如风。一年后，刺猿猱百无一失。后刺虎豹，皆决其首而归。三年后能飞，使刺鹰隼，无不中。剑之刃渐减五寸,飞走遇之,亦莫知其去来也。至四年,留二女守穴,挈我于都市——不知何处也,指其人者,一一数其过,曰:'为我刺其首来,无使知觉。定其胆,若飞鸟匕易也。'授以羊角匕首,刃广三寸,遂白日刺其人于都市中,人莫能见。以首入囊反命,则以药化之为水。五年,又曰'某大僚有罪,无故害人若干,夜可入其室,决其首来'。又携匕首入其室,度其门隙,无有障碍。伏之梁上,至瞑时,得其首归。尼大怒曰:'何太晚如是?'某云:'见前人戏弄一儿,可爱,未忍便下手。'尼叱曰:'已后遇此辈,必先断其所爱,然后决之。'某拜谢。尼曰:'吾为汝开脑后藏匕首。'而无所伤,用即抽之。曰:'汝术已成,可归家。'遂送还,云:'后二十年,方可一见。'"锋闻语甚惧。后遇夜即失踪,及明而返。锋已不敢诘之,因兹亦不甚怜爱。忽值磨镜少年及门,女曰:"此人可与我为夫。"白父,父不敢不从,遂嫁之。其夫但能淬镜,余无他能,父乃给衣食甚丰,具外室而居。

数年后,父卒。魏帅知其异,遂以金帛署为左右吏。如此又数年,至元和间,魏帅与陈许节度使刘昌裔不协,使隐娘贼其首。隐娘辞帅之许,刘能神算,已知其来,召衙将,令曰:"来日早至城北,候一丈夫一女子各跨白黑卫,至门,遇有鹊来噪,丈夫以弓弹之,不中;妻夺夫弹,一丸而毙鹊者,揖之曰:吾欲相见,故远来祗迎也。"衙将受约束,遇之。隐娘夫妻云:"刘仆射果神人,不然者,何以洞吾也。愿见刘公。"刘劳之,隐娘夫妻拜曰:"得罪仆射,合万死。"刘曰:"不然。各亲其主,人之常事。魏今与许何异?请当留此,勿相疑也。"隐娘谢曰:"仆射左右无人,愿舍彼而就此。服公神明也。"知魏帅之不及刘。刘问所须,曰:"每日只要钱二百文足矣。"乃依所请。忽不见二卫所在,刘使人寻之,不知所向。后潜于布囊中见二纸卫,一黑一白。

后月余,白刘曰:"彼未知止,必使人继至。今宵请剪发,系之以红绡,送于魏帅枕前,以表不回。"刘听之。至四更,却返曰:"送其信矣。

是夜必使精精儿来杀某,及贼仆射之首。此时亦万计杀之,乞不忧耳。"刘豁达大度,亦无畏色。是夜明烛,半宵之后,果有二幡子,一红一白,飘飘然如相击于床四隅。良久,见一人自空而踣,身首异处。隐娘亦出,曰:"精精儿已毙。"拽出于堂之下,以药末化之为水,毛发不存矣。隐娘曰:"后夜当使妙手空空儿继至。空空儿之神术,人莫能窥其用,鬼莫得蹑其踪,能从空虚入冥漠,无形而灭影。隐娘之伎,故不能造其境。此即系仆射之福耳。但乞以于阗玉周其颈,拥以衾,隐娘当化为蠛蠓,潜入仆射肠中听伺。其余无逃避处。"刘如言。至三更,瞑目未熟,果闻项上铿然,声甚厉。隐娘自刘口中跃出,贺曰:"仆射无患矣。此人如俊鹘,一搏不中,即翩然远逝,耻其不中耳。才未逾一更,已千里矣。"后视其玉,果有匕首划处,痕逾数分。自此,刘转厚礼之。

自元和八年,刘自许入觐,隐娘不愿从焉,云:"自此寻山水,访至人。但乞一虚给与其夫。"刘如约。后渐不知所之。及刘薨于军,隐娘亦鞭驴而一至京师,柩前恸哭而去。

开成年,昌裔子纵除陵州刺史,至蜀栈道,遇隐娘。貌若当时,甚喜相见,依前跨白卫如故。谓纵曰:"郎君大灾,不合适此。"出药一粒,令纵吞之,云:"来年火急抛官归洛,方脱此祸。吾药力只保一年患耳。"纵亦不甚信。遗其缯彩,隐娘一无所受,但沉醉而去。后一年,纵不休官,果卒于陵州。自此,无复有人见隐娘矣。

第七类
耸人听闻　以求功名

《说石烈士》新探

韩愈《平淮西碑》为什么被磨？

元和十二年七月裴度亲征淮西前，与李逢吉、令狐楚有过斗争。探讨韩愈《平淮西碑》被磨的原因，应从此事入手。

《旧唐书》卷一六七《李逢吉传》云："逢吉天与奸回，妒贤伤善。时用兵讨淮、蔡，宪宗以兵机委裴度，逢吉虑其成功，密沮之，由是相恶。及度亲征，学士令狐楚为度制辞，言不合旨，楚与逢吉相善，帝皆黜之，罢楚学士，罢逢吉政事，出为剑南东川节度使、检校兵部尚书。"

同书卷一七二《令狐楚传》云："(元和)十二年夏，(裴)度自宰相兼彰义军节度、淮西招抚宣慰处置使。宰相李逢吉与度不协，与楚相善。楚草度淮西招抚使制，不合度旨，度请改制内三数句语。宪宗方责度用兵，乃罢逢吉相任，亦罢楚内职，守中书舍人。元和十三年四月，出为华州刺史。"

同书卷一七〇《裴度传》云："诏曰：'……而婴城执迷者未殚其类……由是……更张琴瑟，烦我台席……仍充淮西宣慰招讨处置使。'诏出，度以韩弘为淮西行营都统，不欲更为招讨，请只称宣慰处置使。又以此行既兼招抚，请改'殚其类'为'革其志'。又以弘已为都统，请改'更张琴瑟'为'近辍枢衡'，请改'烦我台席'为'授以成算'，皆从之。"

今案：《旧唐书》李逢吉、令狐楚、裴度三传只记载了令狐楚起草《裴度门下侍郎彰义军节度宣慰等使制》引起文字纠纷的表面现象,《新唐书》卷一七三《裴度传》才揭示出这次文字纠纷的实质。新传云:"度以韩弘领都统,乃上还招讨以避弘,然实行都统事。又制诏有异辞,欲激贼怒弘者,意弘怏怏则度无与共功。度请易其辞,窒疑间之嫌。"可见,李逢吉阻挠裴度讨伐淮西,令狐楚配合李逢吉,在制诏中埋下"激(淮西)贼怒(韩)弘"的钉子。由于裴度觉察,拔去钉子,李、令狐阴谋未能得逞,反遭罢黜,但李、令狐一方与裴度一方的矛盾更加深了,李、令狐一方伺机报复。

元和十二年十月,淮西平。群臣请立碑纪功,宪宗命韩愈撰文。十三年三月,《平淮西碑》撰成进献,不久被废弃,由段文昌重撰,原因何在?旧有三说:

1. 李愬妻于禁中诉韩碑不实

《旧唐书》卷一六〇《韩愈传》云:"仍诏愈撰《平淮西碑》,其辞多叙裴度事。时先入蔡州擒吴元济,李愬功第一,愬不平之。愬妻出入禁中,因诉碑辞不实,诏令磨愈文。宪宗命翰林学士段文昌重撰文勒石。"李愬妻是谁?《新唐书》卷二一四《藩镇宣武彰义泽潞传·吴少诚传(附元济)》云:"愬妻,唐安公主女也,出入禁中,诉愈文不实。帝亦重牾武臣心,诏斫其文,更命翰林学士段文昌为之。"两《唐书》这一记载是否可信?略作考证:

《旧唐书》卷一二《德宗纪上》云:"(兴元元年三月)庚寅,车驾次城固。唐安公主薨,上爱女,悼惜之甚。"

《新唐书》卷八三《诸帝公主传·德宗十一女传》云:"韩国贞穆公主,昭德皇后所生。……始封唐安。将下嫁秘书少监韦宥,未克而朱泚乱,从至城固薨,加封谥。"

有人认为,唐安公主未嫁而卒,怎有女呢?以此否定李愬妻于禁中诉韩碑不实之事。不知情况特殊,唐安公主虽未嫁而有女,请看:

《旧唐书》卷一三《德宗纪下》云："(贞元十五年七月)丙午,故唐安公主赐谥曰庄〔? 贞〕穆。公主赐谥,自唐安始也。"

《唐会要》卷一九《公主庙》云："贞元十五年七月十五日,追册故唐安公主为韩国贞穆公主,故义章公主为郑国庄穆公主。后诏令所司择地置庙,祔祭之日,官给牲牢礼物,太常博士一人赞相。四时仲月,则子孙自备其礼。"(贞穆庙在靖安里,贞元十七年十一月十四日,追祔神主于庙。庄穆庙在嘉会里,贞元十七年三月二十九日,追祔神主于庙。庄穆、贞穆二主,德宗皇帝爱女,悼念甚深,特为立庙,权制也。)

不难看出,由于唐安公主是德宗的爱女,德宗破例为她"赐谥""立庙"。既立了庙,就要有人祭祀。义章公主下嫁张茂宗①,张家承担祭祀之责。唐安公主未嫁而卒,朝廷必为她立嗣,负责祭祀。史书明言"四时仲月,则子孙自备其礼"可证。所谓"唐安公主女",实有其人。元稹《李愬妻韦氏封魏国夫人制》云:"凉国公李愬妻韦氏,德宗皇帝之外孙也。笄年事愬,克有令仪。天荫虽高,犹执妇道。持其门户,使愬有姻族之和;奉其苹蘩,使愬有蒸尝之洁。愬当分阃之际,终无内顾之忧者,由此妇也。"唐安公主许降韦宥,德宗立韦女为唐安公主之后嗣。

元稹颇称韦氏之"妇道",不仅如此,她还有较强的政治活动能力,略考如下:

《旧唐书·德宗纪下》云:"(贞元十四年七月)乙卯,贬京兆尹韩皋为抚州司马。"

同书卷一二九《韩滉传(附子皋)》云:"及贞元十四年,春夏大旱,粟麦枯槁……不敢实奏。会唐安公主女出适右庶子李愬,内官中使于愬家往来……内官继以事上闻。德宗下诏曰:'……(韩皋)可抚州司马,员外置同正员,驰驿发遣。'"

---

① 《新唐书》卷八三《诸帝公主传·德宗十一女传》。

同书卷一三三《李晟传(附子愬)》云:"愬以父荫起家……丁父忧……服阕,授右庶子。"

今案:贞元九年八月,李晟卒①,李愬丁忧。十二年,李愬服阕。《旧唐书·李晟传(附子愿)》云:"(贞元)十二年,服阕,德宗召见愿等于延英……愿依前授太子宾客,兄弟同日拜官者九人。"可见李愬于贞元十二年为右庶子,娶唐安公主女韦氏在此年后,与《旧唐书·韩滉传(附子皋)》所说李愬韦氏之结婚时间相合。太监往来于皇亲国戚之门,不只李愬一家,而史书将"内官中使于愬家往来","内官继以(大旱)事上闻",京兆尹韩皋贬抚州司马三事,联系在一起叙述,表示唐安公主女韦氏与宫中关系特别密切。从这个现象可以判断,元和十三年唐安公主女韦氏到宫中"诉(平淮西)碑辞不实"的记载是可信的。

2. 李愬卒推倒韩碑

罗隐《谗书》、丁用晦《芝田录》均述李愬卒推碑故事。

《谗书》卷五《说石烈士》略云:"石孝忠者,生长韩、魏间,其为人猛悍多力。少年时偷鸡杀狗,殆不可胜计,州里甚苦之。后折节事李愬,为愬前驱,其亲信与愬家人伍。元和中,蔡人不归,天子用裴丞相计,以丞相征蔡。若愬者、光颜者、重胤者,皆受丞相指挥。明年蔡平,天子快之,诏刑部韩侍郎撰《平蔡碑》,将以文丞相功业于蔡州。忠孝一旦熟视其文,大恚怒,因作力推去其碑……孝忠伺吏隙,用枷尾抵二吏,杀之。天子闻之,怒,且使送阙下。及其至也,亦异其人,因召见,曰:'汝推吾碑,杀吾吏,为何?'孝忠顿首曰:'……平蔡之日,臣从在军前。……及(吴)元济缚,虽丞相与一、二辈不能先知也。蔡平之后,刻石纪功,尽归乎丞相,而愬第其名也,反与光颜、重胤齿。愬固无所言矣,设不幸更有一淮西,其将略如愬者,复肯为陛下用乎?赏不当功,罚不当罪,非陛下

---

① 《旧唐书》卷一三《德宗纪下》。

之所以劝人也。臣所以推去碑者,不惟明愬之功,亦将为陛下正赏罚之源。臣不推碑,无以为吏擒;不杀人,无以见陛下。臣罪不容诛矣,请就刑。'宪宗既得淮西本末,且多其义,命赦之,因曰'烈士'。复诏翰林段学士撰《淮西碑》,一如孝忠语。后孝忠隶江陵军驱使。……"

《芝田录》云:"元和中,有老卒推倒《平淮西碑》,官司钳其项,又以枷击守狱者,宪宗怒,命缚来杀之。既至京,上曰:'小卒何故毁大臣所撰碑?'卒曰:'乞一言而死。碑文中有不了语,又击杀陛下狱卒,所愿于闻奏。文中美裴度,不述李愬功,是以不平。'上命释缚,赐酒食,敕翰林学士段文昌别撰。"

罗隐、丁用晦所述韩碑被磨原因,与两《唐书》记载不同。罗文详而丁文简;罗文言推碑卒为石孝忠,而丁文只言"老卒",无姓名。罗文最早写作于咸通元年,考如下:

(1) 罗文云:"大中末,白丞相镇江陵,余求刺丞相。"据《旧唐书》卷一八下《宣宗纪》云:"(大中十一年正月)白敏中以本官(特进、检校司徒、同中书门下平章事)兼江陵尹,充荆南节度、管内观察处置等使。"《新唐书》卷六三《宰相表下》云:"(大中十三年)十一月戊午,(萧)邺检校尚书右仆射、同平章事、荆南节度使。"罗隐于"大中末"即大中十三年白敏中任江陵尹之时投谒。

(2) 罗隐赴江陵投谒白敏中,是科场的需要。他在《湘南应用集序》中说:"隐大中末即在贡籍中。命薄地卑,自己卯至于庚寅,一十二年,看人变化。"己卯是大中十三年,与上述罗隐投谒白敏中之年吻合。

大中是宣宗年号,咸通是懿宗年号。"大中末"是改元后口吻。因为:改元咸通后,才能确定大中十三年是"大中末"。大中十三年八月七日,宣宗卒。十三日,懿宗即位。次年十一月三日,改元。从《说石烈士》"大中末"可知其写作时间最早是咸通元年。改元前,罗隐怎敢擅自称"大中末"呢!

如较简之丁文写作在前,则较详之罗文系据丁文敷衍而成;如较详之罗文写作在前,则较简之丁文系据罗文概括而成。一个故事有两、三人描绘,是唐代小说中常见现象,不必深究。今所欲考论者:两《唐书》记唐安公主女诉碑,罗隐文述李愬卒石孝忠推碑,孰可信?孰不可信?前人有三种态度:

存而不论:如王楙《野客丛书》卷二七《退之淮西碑》云:"诸说不同,并著于此。"

调和其说:如程梦星《重订李义山诗集笺注》卷上云:"盖石孝忠武人,孟浪不暇致详,以为不平,愬妻遽诉于帝,故命段文昌重撰。"

推碑可疑:如郎瑛《七修类稿》卷二五《辩证类·换淮西碑事不同》云:"余谓推碑之事显,而诉碑之事幽,何国史等乃遗其显明,而录其幽隐不可知者耶?况杀吏以致帝问,且赐孝忠'烈士'号,当时岂有不知?无乃执笔者谓妇言为私,而卒论近公,故颠倒去取,以为韩公讳耶?"

比较之下,郎瑛的看法稍可取,但仍未洞察要害。今针对罗文所述,指出其不可信之处:

(1)据《旧唐书·宪宗纪下》:"(元和十一年十二月)甲寅,以闲厩宫苑使李愬检校左散骑常侍,兼邓州刺史,充唐随邓等州节度使。"李愬开始讨伐吴元济。罗文云:"平蔡之日,臣(石孝忠)从在军前。"石随李愬。《旧唐书·宪宗纪下》又云:"(元和十二年十一月)录平淮西功:随唐节度使、检校左散骑常侍李愬检校尚书左仆射、襄州刺史,充山南东道节度、襄邓随唐复郢均房等州观察等使。""(元和十三年五月)戊戌,以山南东道节度使李愬为凤翔尹、凤翔陇右节度使。""秋七月癸未,以新除凤翔节度使李愬为徐州刺史、武宁军节度使。"罗文云"(石孝忠)其亲信与愬家人伍",必随李愬至襄州、凤翔、徐州。韩愈《平淮西碑》撰成于元和十三年三月二十五日,碑刻成又在其后,此时石孝忠已随李愬在襄州(或凤翔、徐州),怎会发生在蔡州推碑之事?

(2)据《旧唐书·宪宗纪下》:"(元和十二年十一月)戊申,以淮西宣慰副使、刑部侍郎马总为彰义军节度留后。""(十二月壬戌)以蔡州留后马总检校工部尚书、蔡州刺史、彰义军节度使、溆州颍陈许节度使。""(十三年五月丙辰)以彰义军节度使马总为许州刺史、忠武军节度使、陈许溆蔡观察等使。"可见,元和十二年五月前,蔡州属彰义军节度使管辖,此后属忠武军节度使管辖。罗文云:"(石孝忠推去其碑)吏不能止,乃执诣节度使,使悉以闻。"这位节度使应是马总。马总与裴度、韩愈关系密切,《旧唐书·裴度传》云:"仍奏刑部侍郎马总为宣慰副使,太子右庶子韩愈为彰义行军司马。"马总与裴度、韩愈一同讨伐吴元济,利害相连,怎会将石孝忠之不利于裴度、韩愈的推碑行动和言论,"悉以闻"呢?他处理一下就完了。

(3)据《旧唐书》卷一六《穆宗纪》:"(长庆元年十月)太子少保李愬卒。"罗文云:"后孝忠隶江陵军驱使。"此事应在李愬卒后。再从罗文"臣(石孝忠)事李愬岁久"一语推算,石孝忠之年龄不会比李愬小,李愬卒"时年四十九"①,其时石孝忠亦当五十岁左右。五十岁之老兵能否供"江陵军驱使"呢?

(4)罗文云:"(石孝忠)少年时偷鸡杀狗。""臣(石孝忠)事李愬岁久,以贱故,给事无闻。"显然是一个文化程度不高的武夫。而韩碑"点窜《尧典》《舜典》字,涂改《清庙》《生民》诗","句奇语重喻者少",②非石孝忠所能通读,怎能"一旦熟视其文",发出"刻石纪功,尽归乎丞相,而愬第其名也,反与光颜、重胤齿"的不平之鸣?

(5)李商隐《韩碑》云:"长绳百尺拽碑倒",形容将韩碑推倒之不易,需要动用相当人力、牛力。岂石孝忠一人所能"推去"?

---

① 《旧唐书》卷一三三《李晟传(附子愬)》。
② 李商隐《韩碑》。

(6) 罗文所述石孝忠的一套计划("臣不推碑,无以为吏擒;不杀人,无以见陛下"),一副言论("臣所以推去碑者,不惟明愬之功,亦将为陛下正赏罚之源"),只有具政治头脑、富政治经验的士大夫才能如此,怎符合"给事无闻"、"猛悍多力"、有勇无谋的石孝忠之为人?

(7) 罗文所述宪宗"召见"石孝忠,亲自审问,从唐制度来看,绝不可能。请看《旧唐书》卷一二九《张延赏传(附子弘靖)》:"盗杀宰相武元衡……时王承宗邸中有镇卒张晏辈数人,行止无状,人多意之,诏录付御史陈中师按之。"暗杀宰相的要案大案,宪宗不过命御史审问,怎会亲自审问一个推碑杀吏的老卒?

3. 李逢吉辈阴遣石孝忠推倒韩碑

林云铭《韩文起》卷一○《平淮西碑》评语:"盖淮、蔡用兵,当日李逢吉辈,皆执以为不可行。既讨之后,犹有屡请罢兵者。故昌黎文中,一则曰'一二臣外',再则曰'惟汝予同',三则曰'群公上言,莫若惠来',四则曰'卿士莫随,大小并疑'。是说也,在昌黎无非欲显天子之明且断耳。乃此辈尚欲哓哓议论国事,见之能自安乎?夫重赏之下,必有死夫。前此藩镇惧讨,犹能遣刺客入皇都,杀宰臣而取其颅骨。况举朝协谋释憾,何求不得。且以天子万机,能使其亲讯阙廷,其中必有主之者矣。石孝忠自惟推碑杀吏,既可以结盈朝之欢,又有所恃,必不至于死,更何惮而不为乎?及读段文昌所作,则有所谓'乃询廷议,咸愿假以墨经,授以兵符'等语,是明明言举朝皆欲讨蔡,与昌黎文大相抵牾,益知孝忠为李逢吉辈阴遣无疑矣。厥后裴公纂述蔡、郓用兵,天子忧勤机略,请内印出付史官,上不许,亦恐盈朝不自安也。此意谁能窥破!"(今案:段文"假以墨经"乃"假[吴元济]以墨经","授以兵符"乃"授[吴元济]以兵符",林云铭误解为"举朝皆欲讨蔡"。段文"乃询廷议,咸愿假以墨经,授以兵符"等语,与韩文"群公上言,莫若惠来"等语,无大抵牾。)

今案:李逢吉于元和十二年九月至十五年正月,为剑南东川节度使。令狐楚于元和十三年四月至十一月为华州刺史;十一月至十四年七月为河阳节度使。二人不在朝廷,不可能直接对韩碑进行破坏活动。林云铭误信石孝忠推碑、宪宗召见之说,又进一步推测"孝忠为李逢吉辈阴遣",是不合历史实际的,不能成立。但他从当时朝廷内部对吴元济割据有过罢兵、讨伐两派,以此探讨韩碑风波,这一思路不错,今重为论证如下:

《旧唐书·裴度传》云:"初,度入蔡州,或潜度没入元济妇女珍宝,闻上颇疑之。"

韩愈《进撰平淮西碑文表》云:"伏奉正月十四日敕牒……使臣撰《平淮西碑》文者。"魏怀忠《五百家注昌黎文集》卷三八引严有翼曰:"一本表后云:'三月二十五日。'自奉敕凡七十日矣。"(朱熹《原本韩集考异》卷九、王伯大重编《别本韩文考异》卷三八皆作"或有……'三月二十五日'"。)

同人《奏韩弘人事物表》云:"右臣先奉恩敕撰《平淮西碑》文。伏缘圣恩以碑本赐韩弘等。"方崧卿《韩集举正·谢许受韩弘物状》云:"古本进表后云:'……四月一日,涯、度、群、夷简奉进止,碑文宣赐韩弘一本。'"

《旧唐书·宪宗纪下》云:"(元和十三年九月)甲辰,以户部侍郎、判度支皇甫镈同中书门下平章事,依前判度支。……宰臣裴度、崔群极谏,不纳。"(同书卷一三五《皇甫镈传》作"宪宗怒而不听。[裴]度上疏乞罢知政事……[宪宗]见裴度疏,以为朋党,竟不省览"。)

又:"(元和十三年十二月)上顾谓宰臣曰:'人臣事君,但力行善事,自致公望,何乃好树朋党?朕甚恶之!'"

又:"(元和十四年正月)迎凤翔法门寺佛骨至京师……刑部侍郎韩愈上疏极陈其弊。癸巳,贬愈为潮州刺史。"(同书《韩愈传》作"疏奏,宪宗怒甚……将加极法。裴度、崔群奏曰……伏乞稍赐宽容……乃贬为潮州刺史"。)

又:"(元和十四年四月)丙子,制金紫光禄大夫、门下侍郎、同中书门下平章事,兼弘文馆大学士、上柱国、晋国公、食邑三千户裴度可检校左仆射,兼门下侍郎、平章事、太原尹、北都留守,充河东节度观察处置等使。"(同书《裴度传》作"为奸臣皇甫镈所构"。)

又:"(元和十四年七月)丁酉,以河阳三城怀州节度使朝议郎,使持节怀州诸军事、守怀州刺史,兼御史大夫、赐紫金鱼袋令狐楚可朝议大夫,守中书侍郎、同中书门下平章事。"(同书《令狐楚传》作"皇甫镈荐楚入朝……与镈同处台衡,深承顾待"。)

陈思《宝刻丛编》卷五《京西北路下·蔡州》云:"《唐平淮西碑》:唐段文昌撰,陆郢分书并篆额。元和十四年十二月建。"(《复斋碑录》)

依据这个日程,并结合有关记载,分析如下:(1) 元和十三年正月十四日,韩愈奉宪宗之命撰《平淮西碑》,撰成后于三月二十五日封进。四月一日,宪宗命宰相将碑文写赐韩弘。刻碑在其后。韩愈知道"兹事至大","经涉旬月,不敢措手",70 天始撰成封进,文稿必送请裴度过目,得其同意,然后封进。宪宗将韩文赐韩弘及立功节将,说明他是同意碑文内容的。韩弘看了韩文,"寄绢五百匹"给韩愈"充人事",可见他也是同意的。(2) 李愬妻到宫中诉韩文"不实",此事必然是得到李愬同意的。据《旧唐书·李晟传(附子愬)》:"元和十一年,用兵讨蔡州吴元济。……愬抗表自陈,愿于军前自效。宰相李逢吉亦以愬才可用,遂检校左散骑常侍,兼邓州刺史、御史大夫,充随唐邓节度使。"可见李逢吉对李愬有大恩。既然擢用李愬者,是李逢吉,非裴度,李愬对李、裴二人的感情,必然是对李较深。因阻挠裴度讨伐淮西,罢相出朝,伺机报复的李逢吉,等到了这一天,他以韩文"不实"向李愬进行挑拨,李愬果然入彀。(3) 裴度《请罢知政事疏》云:"况皇甫镈自掌财赋,唯事割剥……比者淮西诸军粮料,所破五成钱,其实只与一成、两成,士卒怨怒,皆欲离叛。臣到行营,方且慰喻,直其迁延不进,供军渐难,但能前行,必有优赏,以此约定,然后切勒供军官,且支九月一日两成已上钱,俱各努力,方将小安,不然必有溃散。"令狐楚曾利用手中的笔杆子,在制诏中埋下"激(淮西)贼怒(韩)弘"的钉子。皇甫镈又利用手中的财政权,克扣讨伐淮西诸军的粮料钱。二人的阴谋如果得逞,后果不堪设想。裴度及时制止,战事方能顺利进行。皇甫镈与李逢吉、令狐楚的政治立场是一致的。淮西初平,就有人向宪宗"潛"裴度贪污,这"潛"者必是皇甫镈。(4)裴度谏阻宪宗用皇甫镈为相,宪宗以为"朋党"之言。他又为韩愈谏迎佛骨事向宪宗求情,势必引起宪宗更大的嘀咕。在宪宗看来,一次是伐异(裴对皇甫),一次是党同(裴对韩),裴度搞朋党证据确凿。局势向不利于裴度,有利于皇甫镈的方向发展。不久,裴度为皇甫镈"所构"出朝,而令狐楚为皇甫镈荐引入相了。(5)韩文被废弃,当在元和十四年正月韩愈贬潮州,四月裴度镇太原之后,这时,从宰相看,李夷简已出为淮南节度使,王涯已罢为兵部侍郎,程异已卒,皇甫镈大权在握,崔群单丝不线,孤掌难鸣。李逢吉遥控,李愬妻诉于宫中,皇甫镈潛于朝廷,互相呼应。宪宗既"重牾武臣心",又"恐盈朝不自安",只得磨去他原已同意的韩碑,命段文昌重撰。段碑建于元和十四年十二月,距元和十三年四月宪宗"各赐立功节将碑文一通",有一年八个月,可见不是轻率的举动,而是宪宗深思熟虑的结果——抑制功高的裴度,牺牲韩愈的文名,调整朝廷内部关系,以巩固其最高统治权。林纾认为韩文佳于段文,"即纪李愬之功,(段文)亦但曰'伸宗庙之宿愤,致黎庶之乂安',直是空衍,仍不如昌黎纪功之切实。竟舍彼取此,不知当时廷议,是何居心?"(《韩柳文研究法·韩文研究法》)本文的考证和分析,可以解决林纾的疑问了。

李翱《劝裴相不自出征书》云:"且如房、杜、姚、宋,时政大耀而无武功;郭汾阳、二李太尉,立大勋而不当国政。……自秦、汉以来,亦未尝有立大功而不知止,能保其终者……夫人之情,亦各欲成功在己,唯恐居下。顾宰相衔命,领三数书生,指麾来临,坐而享其功名耶。夺人之功,不可一也。功高不赏,不可二也。……"这封信写于裴度平淮西之后,请讨淄青之前。李翱是裴度的从表弟,从爱护裴度出发,进行苦口婆心的劝告。从"夺人之功"反映出李翱已听到一些不满于裴度的流言蜚语,从"功高不赏"反映出李翱已看到宪宗疑忌裴度的苗头。这封信大有助于我们理解韩碑之被磨。

以上论证了韩碑被磨的政治背景,考辨了诸说之是非,提出了个人的见解。至于韩、段二文之优劣,前人评述已多,故从略。

罗隐为什么写《说石烈士》?

《说石烈士》是《谗书》中的一篇。从罗隐自序"丁亥年春正月,取其所为书诋之曰:'他人用是以为荣,而予用是以辱;他人用是以富贵,而予用是以困穷。苟如是,予之书乃自谗耳。'目曰《谗书》"一段话看出:罗隐此书定名于咸通八年丁亥,在咸通八年前已陆续写作,并已用于行卷、纳卷。谗,说别人的坏话。罗隐用《谗书》行卷、纳卷而科场无成,等于说自己的坏话了,所以他悲愤地说:"予之书乃自谗耳。"

罗隐重序云"隐次《谗书》之明年",即咸通九年。"又一年,朝廷以彭□(门)就辟,刀机犹湿,诏吾辈不宜求试。"即咸通十年,此年庞勋起义,权停贡举。"今年谏官有言,果动天听。"即咸通十一年,贡举仍旧,增加录取名额。罗隐表示"不废《谗书》",即仍用此书行卷、纳卷。请看罗隐自述行卷情况:

《谢大理薛卿启》云:"中间辄以所著《谗书》,上干閣吏。"

《投秘监韦尚书启》云:"某月日以所著《谗书》一通,寓于閣吏。"

《上太常房博士启》云:"以所著《谗书》一通上献。"

《投蕲州裴员外启》云:"辄以所著《谗书》一通,贡于客次。"

《投郑尚书启》云:"辄以所为《谗书》一通,贡于客次。"

据《旧唐书》卷一九下《僖宗纪》:"(乾符四年三月)兵部员外郎裴渥为蕲州刺史。"罗隐向"蕲州裴员外"贡《谗书》,当在乾符四年后。可见从咸通八年前至乾符四年后,他一直以此书行卷、纳卷,确是"不废《谗书》"。

罗隐不仅"不废《谗书》",还不断地对此书进行增补。今传《谗书》五卷,共六十篇(阙二篇)。第一卷至第四卷共四十八篇(阙二篇),除论自然问题外,凡社会问题,皆论古人古事。第五卷十二篇,论唐人唐事及作者身边之事,其写作时间,有咸通八年前,也有咸通八年后,如:

《与招讨宋将军书》云:"自将军受命,迄今三月。"据《旧唐书·僖宗纪》:"(乾符四年三月)青州节度使宋威上表……乃授威诸道招讨草贼使。"罗隐此书应撰于乾符四年六月(《资治通鉴》卷二五二《唐纪六八》乾符二年十二月"以[宋]威为诸道行营招讨草贼使",则罗隐此书应撰于乾符三年三月)。

《答贺兰友书》云:"自出山二十年,所向摧沮。"罗隐于大中十三年投谒白敏中,下推二十年,此书应撰于乾符五年前后。

第五卷中的这两封信,撰于《谗书》编成、罗隐自序之后约十年,从这一现象判断:第一卷至第四卷是初编,第五卷是不断增补的(也有可能是后世辑入的)。

行卷是向名人投献的,纳卷是向礼部交纳的,而"卷"的内容,不妨是一样的,都要吸引对方的注意,得到对方的赞赏,才有利于科场。在罗隐之前,如元结《文编》、皮日休《文薮》,是行卷、纳卷的名作,从元、皮自序可知纳卷之重要。

元结《文编序》云:"天宝十二年,漫叟以进士获荐,名在礼部。会有司考校旧文,作《文编》,纳于有司。当时叟方年少,在显名迹。切耻时人谄邪以取进,奸乱以致身,径欲填陷阱于方正之路,推时人于礼让之庭。……是以所为之文,可戒可劝,可安可顺。侍郎杨公见《文编》,叹曰:'以上第污元子耳!有司得元子是赖。'"

皮日休《文薮序》云:"咸通丙戌中,日休射策不上第,退归州东别墅,编次其文,复将贡于有司。发箧丛萃,繁如薮泽,因名其书曰《文薮》焉。比见元次山纳《文编》于有司,侍郎杨公浚见《文编》,叹曰:'上第污元子耳!'斯文也,不敢希杨公之叹,希当时作者一知耳。……皆上剥远非,下补近失,非空言也。较其道,可在古人之后矣。"

元结于天宝十二载编成《文编》,次年登进士科。皮日休于咸通七年编成《文薮》,次年登进士科。元结是罗隐的前辈,皮日休与罗隐为"益友"①。罗隐用以行卷、纳卷的《谗书》,不是单纯的诗集或传奇集,而是包括诗、赋、文,与元结《文编》、皮日休《文薮》体例相同。从创作宗旨看,罗隐在《谗书》重序中宣称:"(君子)无其位,则著私书而疏善恶。斯所以警当世而诫将来也。"也与《文编》"可戒可劝,可安可顺"、《文薮》"上剥远非,下补近失"一致。但元、皮用《文编》《文薮》登科,而罗隐用《谗书》无成,何故?

中唐以后,科场为权幸把持,没有奥援的寒士,很难登科。"丽句清词,遍在词人之口"的皇甫松、李群玉、陆龟蒙、贾岛、方干等,都是"衔冤抱恨,竟为冥路之尘"②。皮日休因"姓氏稀僻",以"榜花"而登进士科,③是侥幸的。罗隐《投湖南王大夫启》云:"族惟卑贱。"《投秘监韦尚书启》云:"家门寒贱。"《投盐铁裴郎中启》云:"薄落单门。"《投蕲州裴员外启》云:"姓氏单寒。"《投同州杨尚书启》云:"樵乡贱族。"《投郑尚书

---

① 孙光宪《北梦琐言》卷六《陆龟蒙追赠》。
② 王定保《唐摭言》卷一〇《韦庄奏请追赠不及前人近代者》,洪迈《容斋三笔》卷七《唐昭宗恤录儒士》。
③ 钱易《南部新书》丙。

启》云:"江左孤根。"加以"乡音乖剌"①、"貌古而陋"②、"恃才傲物"③,难怪自27岁至55岁,"凡十上不中第"了④。

罗隐科场无成,除了上述种种原因之外,还与他用以行卷、纳卷的《谗书》有关。徐夤《寄两浙罗书记》云:"博簿集成时品骂,《谗书》编就薄徒憎。怜君道在名长在,不到慈恩最上层。"罗衮《赠罗隐》云:"平日时风好涕流,《谗书》虽盛一名休。寰区叹屈瞻天问,夷陌闻诗过海求。"释归仁《悼罗隐》云:"一著《谗书》未快心,几抽胸臆纵狂吟。管中窥豹我犹在,海上钓鳌君也沈。"前二者作于罗隐晚年,后一首作于罗隐卒后,都把罗隐的科场无成与《谗书》联系起来。"《谗书》虽盛"而"薄徒憎",可谓知言。

元、明、清人也都对《谗书》有过评论,如:

方回《罗昭谏〈谗书〉跋》云:"所为《谗书》,乃愤闷不平之言,不遇于当世而无所以泄其怒之所作。"

黄贞辅《罗昭谏〈谗书〉题辞》云:"大抵忿势嫉邪,舒泄胸中不平之蕴焉耳。"

阮元《四库未收书提要·〈谗书〉五卷提要》云:"今观是编,益信(方)回言之不虚。"

李慈铭《越缦堂读书记·〈谗书〉》云:"其命名之义已浅。所次论说杂出,间以韵语,大率愤懑不平,议古刺今,多出新意,颇以崭削自喜。而根柢浅薄,篇幅短狭,所识不高,转入拙俗,此晚唐文辞之通病。"(由云龙辑)

虽然《谗书》中没有直接触犯行卷、纳卷的对方,讽刺毕竟不如歌颂

---

① 《北梦琐言》卷六《罗顾升降》。
② 《旧五代史》卷二四《梁书二十四·罗隐传》。
③ 陶岳《五代史补》卷一《梁·罗隐东归》。
④ 钱俨(托名范垌、林禹)《吴越备史》卷一。

受欢迎,罗隐的"愤闷不平之言""议古刺今"之作,很难受到达官贵人的赏识,科场失意是不可避免的。撇开科场,从《谗书》的思想性和艺术性来看,李慈铭指出"议古刺今,多出新意"是不错的,但还不够,需要补充:罗隐为了"刺今"和"出新意",不惜改造古人古事。举《谗书》卷四《越妇言》为例:

> 买臣之贵也,不忍其去妻,筑室以居之,分衣食以活之,亦仁者之心也。一旦,去妻言于买臣之近侍曰:"吾秉箕帚于翁子左右者有年矣。每念饥寒勤苦时节,见翁子之志,何尝不言:通达后以匡国致君为己任,以安民济物为心期。而吾不幸离翁子左右者亦有年矣。翁子果通达矣。天子疏爵以命之,衣锦以昼之,斯亦极矣。而向所言者,蔑然无闻,岂四方无事使之然邪?岂急于富贵未假度者邪?以吾观之,矜于一妇人则可矣,其他未之见也,又安可食其食!"乃闭气而死。

据《汉书》卷六四上《严朱吾丘主父徐严终王贾传》:"朱买臣,字翁子,吴人也。家贫,好读书,不治产业,常艾薪樵,卖以给食,担束薪,行且诵书。其妻亦负戴相随,数止买臣毋歌呕道中。买臣愈益疾歌,妻羞之,求去。……买臣不能留,即听去。……上拜买臣会稽太守。……入吴界,见其故妻,妻夫治道。买臣驻车,呼令后车载其夫妻,到太守舍,置园中,给食之。居一月,妻自经死,买臣乞其夫钱,令葬。"这是一个妇孺皆知的故事。罗隐是杭州(余杭郡)新城县人①,距越州(会稽郡)甚近,从儿童时起就应该听到这个故事了。可是《越妇言》的内容是不符

---

① 罗隐的籍贯,据《十国春秋》卷八四《吴越八·罗隐传》。《旧五代史》《资治通鉴》作余杭人,《北梦琐言》《五代诗话》作钱塘人,均误。

合历史实际的。

罗隐丑化了朱买臣的形象。《汉书》明言："诏买臣到郡,治楼船,备粮食,水战具,须诏书到,军与俱进。……居岁余,买臣受诏将兵,与横海将军韩说等俱击破东越,有功。"怎能谴责朱买臣"通达后"忘记了"以匡国致君为己任"?

罗隐美化了朱买臣故妻的形象。《汉书》明言:"(朱买臣)妻恚怒曰:'如公等,终饿死沟中耳,何能富贵?'"这样一个嫌贫爱富、人人唾骂的妇女,怎能对朱买臣近侍发出"(朱买臣)岂急于富贵未假度者邪"一段宏论?

罗隐为什么要丑化朱买臣,美化朱买臣故妻,改造古人古事?乃是借她之口,对士大夫"通达后"就忘记了"饥寒时"的政治抱负,进行讽刺。《越妇言》表面上是朱故妻对朱的谗言,实质是罗隐对当时某些达官贵人的讽刺。为了"刺今"和"多出新意",罗隐不惜改造古人古事。必须指出,这是罗隐撰《谗书》所采用的手法之一,如果我们不掌握这个特点,把罗隐改造过的古人古事,当作信史,就上当受骗了。

现存《谗书》58篇中,《说石烈士》最脍炙人口。姚铉《唐文粹》卷一○○《纪事》载其全文。此文之作,在咸通八年罗隐编次《谗书》之前。《谗书》第一至第四卷各篇,篇幅均短,而《说石烈士》篇幅稍长,与第一至第四卷各篇体例不一,故编入第五卷,与罗隐自序所云"编次无前后"相合,不能因《说石烈士》在第五卷而认为其写作时间偏后。

前人对此文,有褒有贬。褒者如李慈铭《越缦堂读书记·〈谗书〉》云:"其《说石烈士》,记石孝忠推倒淮西碑为李凉公讼功召见……为后人言史者所取。"贬者如林纾《韩柳文研究法·韩文研究法》云:"《平淮西碑》……盖唐文中有数之作。然罗隐《说石烈士》篇,以深许其怒推韩碑为是,良不可解。……呜呼!是等文人,其去义山远矣。"虽然李慈铭、林纾对罗文评价不同,但都未考出石孝忠故事是罗隐虚构的。李慈铭没有看出韩碑不应谗，石孝忠推碑不应褒；林纾看出了，批评罗文不如李商隐《韩碑》诗。

罗隐虚构石孝忠推碑故事，"将所以教为人下"，与虚构朱买臣故妻不满于朱买臣富贵忘本故事，讽刺当时某些达官贵人，手法如一。韩碑不应谗而谗，石孝忠不应褒而褒，与朱买臣不应谗而谗，朱买臣故妻不应褒而褒，失误亦同。

罗隐是崇拜韩愈的。《谗书》卷五《序陆生东游》云："有时因事慷慨，发涕相感，以为读书不逢韩吏部，作人不识阳先生，信吾徒之弊也宜矣！"将韩愈与阳城相提并论，可见罗隐对韩愈崇拜之至。同一卷书中，此序与《说石烈士》对韩愈一褒一谗，自相矛盾。究其原因，乃文体不同：一为赠序，立言应庄重；一为小说，不妨姑妄言之。

罗隐撰《说石烈士》，除科场行卷、纳卷需要之外，有无政治目的？

有人认为，《说石烈士》"是当时政治斗争的产物"。罗隐到江陵投谒白敏中，以《说石烈士》行卷，攻击裴度，讨好李宗闵、牛僧孺党。今案：《说石烈士》最早写作于咸通元年。大中十三年罗隐投谒白敏中时，非以此文行卷，不能说此文是讨好白。是否讨好李宗闵、牛僧孺党其他成员呢？分析如下：

（1）会昌六年，李宗闵卒。大中二年，牛僧孺卒。三年，李德裕卒。朋党斗争的结局，李宗闵、牛僧孺党胜利，李德裕党失败。《旧唐书》卷一七八《郑畋传》云："大中朝，白敏中、令狐绹相继秉政十余年，素与李德裕相恶，凡德裕亲旧多废斥之，畋久不偕于士伍。"在这种局面下，罗隐投谒的达官贵人，自然是李宗闵、牛僧孺党的白敏中、令狐绹，而不可能是李德裕党郑亚之子郑畋。但郑畋宦达后，罗隐便投谒他了。《旧五代史》卷二四《梁书二十四·罗隐传》云："大为唐宰相郑畋、李蔚所知。"

郑畋不因罗隐曾"受知于令狐绹"①而敌视之。可见,罗隐先后投谒白、令狐、郑,都是科场的需要,无政治目的。陈寅恪《唐代政治史述论稿》中篇云:"宣宗以后士大夫朋党似已渐次消泯,无复前此两党对立、生死搏斗之迹象,此读史者所习知也。"可见,认为《说石烈士》"是当时政治斗争的产物",是讨好李宗闵、牛僧孺党的白敏中或令狐绹,都与史不合。

(2)令狐楚与裴度有过斗争,认为令狐楚子令狐绹对裴度不满,似可成立,但《说石烈士》主要是谗韩愈,谗韩愈能讨好李宗闵、牛僧孺党吗?据方崧卿《韩集举正叙录·唐令狐氏本》:"右唐令狐绹之子澄所藏本,咸通十一年书,止有诗赋十卷。"(此为宋人所见之令狐氏藏本,当系残本。)令狐澄抄录韩愈作品珍藏之,证明令狐氏对韩文喜爱,对韩愈有好感。韩愈与牛僧孺、李宗闵的关系更不同于一般。据《唐摭言》卷七《升沉后进》:"奇章公始举进士……(韩愈、皇甫湜)大署其门曰:'韩愈、皇甫湜同谒几官先辈不遇。'翌日,辇毂名士咸往观焉,奇章之名由是赫然矣。"又据徐松《登科记考》卷一九,长庆四年李宗闵知贡举,放韩愈子韩昶进士及第。再看韩昶《自为墓志铭(并序)》,牛僧孺"镇襄阳"时以韩昶为"支使"。这几件事足以说明韩愈与牛僧孺、李宗闵交情深厚。认为攻击韩愈《平淮西碑》的《说石烈士》是讨好李宗闵、李德裕党,与理不合。

(3)认为罗隐撰《说石烈士》是讨好李宗闵、李德裕党的人,只看到李逢吉、令狐楚与裴度有过斗争,未看到李宗闵、杨汝士与段文昌也有过冲突。《旧唐书》卷一六八《钱徽传》云:"长庆元年,为礼部侍郎。时宰相段文昌出镇蜀川……(杨)凭子浑之求进,尽以家藏书画献文昌,求致进士第。文昌将发,面托钱徽,继以私书保荐。翰林学士李绅亦托举

---

① 计有功《唐诗纪事》卷六九《罗隐》。

子周汉宾于徽。及榜出,浑之、汉宾皆不中选。……是岁,宗闵子婿苏巢及汝士季弟殷士俱及第。故文昌、李绅大怒。文昌赴镇,辞日,内殿面奏,言徽所放进士……皆子弟艺薄……穆宗以其事访于学士元稹、李绅,二人对与文昌同。遂命……重试……而十人不中选。……寻贬徽为江州刺史,中书舍人李宗闵剑州刺史,右补阙杨汝士开江令。"卷一七六《李宗闵传》云:"钱徽榜出,(李)德裕与同职李绅、元稹连衡言于上前,云徽受请托,所试不公,故致重覆。比相嫌恶,因是列为朋党,皆挟邪取权,两相倾轧。自是纷纭陷排,垂四十年。"既然长庆元年(821)段文昌、李德裕、李绅、元稹一方与钱徽、李宗闵、杨汝士一方有过斗争,李宗闵、牛僧孺党不会对段文昌有好感,如说讨好,扬段碑、抑韩碑的《说石烈士》,只能讨好李德裕党,怎能讨好李宗闵、牛僧孺党呢?

另有人认为:"很明显,白敏中幕府制造石孝忠故事以否定裴度在平定淮西战争中的重大作用,其目的就是为了影射与否定李德裕在平定昭义战争中的巨大贡献。"这个说法是不能成立的。从史实说,淮西战争中,裴度亲临前线;而昭义战争中,李德裕在朝廷指挥。从逻辑说,如以李愬功高来否定裴度,又以谁人功高来否定李德裕呢?两件事不能相提并论。认为"白敏中令其幕府传播所谓李愬部下石孝忠上告韩愈碑文多归裴度功不实一事,同白敏中令其党羽李咸上讼李德裕所谓'阴事'一案,是何等的相似!"也是不能成立的。据《旧唐书》卷一七四《李德裕传》:"大中初,(白)敏中复荐(崔)铉在中书,乃相与掎摭构致,令其党人李咸者,讼德裕辅政时阴事。乃罢德裕(东都)留守,以太子少保分司东都,时大中元年秋。寻再贬潮州司马。"在朋党斗争中,白敏中、崔铉合谋,令李咸讼李德裕阴事,起了打击李党的重要作用;而假设的白敏中令其幕府传播石孝忠故事是在大中末,此时李德裕早已贬死崖州,朋党斗争已以李党彻底失败而告终,白敏中没有必要以裴度影射李德裕,令其幕府传播石孝忠的故事。

唐代小说作者，常在小说末尾，交代故事来源。如李公佐《庐江冯媪传》的结语是："元和六年夏五月，江淮从事李公佐使至京，回次汉南，与渤海高钺、天水赵儹、河南宇文鼎会于传舍。宵话征异，各尽见闻。钺具道其事，公佐因为之传。"明白交代出故事来源于高钺。而罗隐《说石烈士》的结语是："大中末，白丞相镇江陵，余求刺丞相，有从事为余言孝忠事，遂次焉。"这位从事，无姓无名，不符合唐代小说交代故事来源的格式。很可能这个故事是罗隐虚构的，假托是听江陵从事所说，所以交代不出其人之姓名。那么，白敏中令其幕府传播石孝忠故事之假设，也就不攻自破了。

唐代小说作者，又常在小说的开始或末尾，说明写作目的。如李德裕《次柳氏旧闻》云："臣伏念所忆授凡有十七事。……惧失其传，不足以对大君之问，谨录如左，以备史官之阙云。"李公佐《南柯太守传》云："辄编录成传，以资好事。虽稽神语怪，事涉非经，而窃位著生，冀将为戒。后之君子，幸以南柯为偶然，无以名位骄于天壤间云。"前者是为了补史，而后者是为了垂戒。补史，当然必须真人真事；而垂戒，则不妨"稽神语怪，事涉非经"了。再看罗隐是怎样说明《说石烈士》之写作动机的？他宣称"将所以教为人下"，说白了，就是劝善（以石孝忠行为示范）。垂戒或劝善，都是借一个故事来说教，不必是真人真事。一切《南柯太守传》的读者，都不会相信确有淳于梦蚁穴故事；可见，《说石烈士》的读者，也不能相信确有石孝忠推碑故事。

至于认为李商隐"亦深知白敏中幕府传播所谓石孝忠推碑之传闻、大翻平淮西旧案的政治目的，于是便写《韩碑》一诗与之针锋相对"更是不能成立的。因为：认为《说石烈士》是罗隐用否定裴度之手段，达影射与否定李德裕之目的，已是一种无证据的推测；再进一步认为《韩碑》诗是李商隐针对罗隐《说石烈士》而作，更是在无证据的推测之上，再作一种无证据的推测了。李商隐卒于大中十二年，而罗文最早作于咸通元年,李生前未见过罗文,怎能认为他写《韩碑》诗是与罗文针锋相对呢?

最后,探讨一下罗隐撰《说石烈士》时的心态。

大中十三年,青年罗隐赴江陵投谒白敏中。咸通元年(或稍后),撰《说石烈士》。李愬妻入宫诉韩碑不实,宪宗下令磨去韩文,重刻段文,是人所共知的。罗隐采取此事,略去李愬妻诉碑,虚构李愬卒推碑、宪宗召见情节,以耸人听闻。这种手法,是符合当时行卷、纳卷风气的。文中塑造了一个忠君爱国的卑贱者形象,赋予其姓名曰石孝忠。此时的罗隐,自恃文才,满怀壮志,企图进士登科,步入仕途,报效国家。《说石烈士》中,借石孝忠之口,表达罗隐"亦将为陛下正赏罚之源"的理想。与《越妇言》中,借朱买臣故妻之口,宣扬"通达后以匡国致君为己任,以安民济物为心期",是一致的。可见罗隐诮韩碑、诮朱买臣虽错,而《说石烈士》《越妇言》两文中所反映出的罗隐的积极用世心态,是可取的。

"凡十上不中第"的罗隐,穷愁潦倒,"寒饿相接"①,而不改报国初衷。朱温篡唐,罗隐劝钱镠讨之。钱镠原"以隐不遇于唐,有怨心,(及闻)其言,虽不能用,心甚义之"②。我们读《谗书》,不能只看到谗人而忽视隐藏在"谗"的后面的罗隐的报国胸怀。

附:罗隐《说石烈士》

石孝忠者,生长韩、魏间,其为人猛悍多力。少年时偷鸡杀狗,殆不可胜计,州里甚苦之。后折节事李愬,为愬前驱,其亲信与愬家人伍。

元和中,蔡人不归,天子用裴丞相计,以丞相征蔡。若愬者、光颜者、重胤者,皆受丞相指挥。明年蔡平,天子快之,诏刑部韩侍郎撰《平

---

① 罗隐《谗书序》。
② 《吴越备史》卷一。缺字据《十国春秋·吴越八·罗隐传》补。

蔡碑》,将以大丞相功业于蔡州。孝忠一旦熟视其文,大恚怒,因作力推去其碑,仅倾陊者再三,吏不能止,乃执诣节度使,使悉以闻。时章武皇帝方以东北事访诸将,闻是事也,甚讶之,命具狱,将毙于碑下。孝忠度必死也,苟虚死,则无以明愬功,乃伪低昂,若不胜案验。吏闵之,未知其为人也。孝忠伺吏隙,用枷尾抵二吏,杀之。天子闻之,怒,且使送阙下。及其至也,亦异其人,因召见,曰:"汝推吾碑,杀吾吏,为何?"孝忠顿首曰:"臣一死固不足以塞责,但得面天颜,则赤族无恨矣。臣事李愬岁久,以贱故,给事无闻。平蔡之日,臣从在军前。且吴秀琳,蔡之奸贼也,而愬降之;李祐,蔡之骁将也,而愬擒之:蔡之爪牙脱落于是矣。及元济缚,虽丞相与一、二辈不能先知也。蔡平之后,刻石纪功,尽归乎丞相,而愬第其名也,反与光颜、重胤齿。愬固无所言矣,设不幸更有一淮西,其将略如愬者,复肯为陛下用乎?赏不当功,罚不当罪,非陛下之所以劝人也。臣所以推去碑者,不惟明愬之功,亦将为陛下正赏罚之源。臣不推碑,无以为吏擒;不杀人,无以见陛下。臣罪不容诛矣,请就刑。"宪宗既得淮西本末,且多其义,命赦之,因曰"烈士"。复诏翰林段学士撰《淮西碑》,一如孝忠语。后孝忠隶江陵军驱使。

大中末,白丞相镇江陵,余求刺丞相,有从事为余言孝忠事,遂次焉,将所以教为人下。

《拾甲子年事》新探

解题

罗隐《谗书》，时显时晦。据《吴越备史》，罗隐"所著……《谗书》……并行于世"。而《直斋书录解题》云："隐又有……《谗书》等，求之未获。"宋淳熙二年杨思济刻《谗书》，"久而失其板"①。元大德六年罗应龙重刊《谗书》，黄德弼题辞，方回跋。清康熙九年张瓒刻《罗昭谏集》，跋云：《谗书》"今不复见"；乾隆时修《四库全书》，即据浙江巡抚采进张瓒本②。今考此本，卷五《请追癸巳日诏疏》《上招讨宋将军书》《刻严陵钓台》《梅先生碑》《拾甲子年事》《说石烈士》及卷七《说天鸡》《风雨对》《荆巫》《英雄之言》《辨害》《汉武山呼》《子高之让》《蒙叟遗意》等十四篇，均《谗书》中文字，系从其他书籍钞来，张瓒未见《谗书》原本。阮元于浙江购得《谗书》旧钞本，进呈内府。③嘉庆十二年（1807）吴骞据黄丕烈藏《谗书》付梓。④

罗隐所谓"甲子年事"指什么？唐人对于不便明言的政治事件，往往用事件发生之年月日代替。例如：《唐会要》卷六三《史馆杂录上》云：

---

① 据黄德弼《罗昭谏〈谗书〉题辞》，方回《罗昭谏〈谗书〉跋》。
② 《四库全书总目》卷一五一《集部四·别集类四·〈罗昭谏集〉八卷》。
③ 《揅经室外集》卷二《〈谗书〉五卷提要》。
④ 吴骞《重刻〈谗书〉跋》。

"房玄龄遂删略国史,表上。太宗见六月四日事,语多微文。"所谓"六月四日事"指武德九年六月四日玄武门之变。白居易有《九年十一月二十一日感事而作》,李商隐《有感二首》自注:"乙卯年有感。"所谓"九年十一月二十一日"及"乙卯年"指大和九年(乙卯,835)十一月二十一日甘露之变。杨乘有《甲子岁书事》,所谓"甲子岁"指会昌四年(甲子,844)讨平刘稹。罗隐《拾甲子年事》即记载会昌四年讨平刘稹轶事。

写作时间

罗隐在《拾甲子年事》末尾,交代写作经过:"余过太行时,有传吏能道当时事,因拾于编简。"这是考证此文写作时间的唯一线索。

"甲子年事"指会昌四年讨平刘稹。据《旧唐书》卷十六《穆宗纪》:"(元和十五年十月乙酉)以义成军节度使刘悟依前检校右仆射、兼潞州大都督府长史,充昭义节度、泽潞邢洺磁等州观察等使。"卷十七上《敬宗纪》:"(宝历二年四月)戊申,昭义节度使留后刘从谏检校工部尚书,充昭义节度副大使、知节度事。"卷十八上《武宗纪》:"(会昌三年)四月,昭义节度使刘从谏卒,三军以从谏侄稹为兵马留后,上表请授节钺。寻遣使赍诏潞府,令稹护从谏之丧归洛阳。稹拒朝旨。""(四年)八月戊戌,王宰传稹首……"罗隐所云"能道当时事"之"传吏",显然是泽潞境内"传驿"①之小吏,亦称"驿吏""亭吏"②。

罗隐有《河中辞令狐相公启》《途中献晋州孟中丞》诗。晋州属河中节度使管辖。河中府、晋州、泽州、潞州疆土相连,略如下图:

---

① "传驿"见《大唐六典》卷五《尚书兵部》、《旧唐书》卷四三《职官志二》、《新唐书》卷四六《百官志一》。
② 元稹《使东川·梁州梦》:"亭吏呼人排去马。"孟棨《本事诗·征异第五》作:"驿吏唤人排马去。"

```
              潞州
         晋州
    绛州    泽州
河中府
```

河中令狐相公是谁？据《旧唐书》卷一七二《令狐楚传》："（子令狐）绹辅政十年……（大中）十三年，罢相，检校司空、同中书门下平章事、河中尹、河中晋绛等节度使。咸通二年，改汴州刺史、宣武军节度使。"罗隐《河中辞令狐相公启》云："由是饰装增叹，揽策兴嗟。指棨戟以凝神，望炉锤之借便。"可见罗隐投谒的人是令狐绹。

晋州孟中丞是谁？据《旧唐书》卷一九上《懿宗纪》："（咸通五年四月）以晋州刺史孟球检校工部尚书，兼徐州刺史。"可见罗隐是献诗给孟球。诗云："太平天子念蒲东，又委星郎养育功。昨日隼旟辞阙下，今朝珠履在河中。"是孟球到任未久口吻。但孟球何年被任命为孟州刺史，史书缺载，今将罗隐《河中辞令狐相公启》与《途中献晋州孟中丞》诗联系起来考察，当在咸通二年。

咸通二年罗隐北行，其路线不外以下两条：

第一条路线　由西京出发，至河中府。（《元和郡县图志》卷一二：河中府"西南至上都三百二十里"①）至晋州。（同书同卷：河中府"东北至绛州取桐乡路二百六十里"。绛州"东北至晋州一百四十里"）至潞州、泽州。（同书同卷：晋州"东至潞州三百九十里"。"东南至泽州四百一十里"）至怀州。（同书卷十六：怀州"北至泽州一百四十里"）返东都。（同书同卷：怀州"西南至东都一百五十里"②）

第二条路线　由东都出发，至怀州。至泽州、潞州。至晋州。至绛

---

① 《旧唐书》卷三九《地理志二》作：河中府"在京师东北三百二十四里"。
② 《旧唐书》卷三九《地理志二》作：怀州"至东都一百四十里"。

州。(《元和郡县图志》卷一二:绛州"东北至晋州一百四十里")至河中府。返西京。

无论罗隐采取哪一条路线,都要通过怀州之太行陉。(《元和郡县图志》卷一六:怀州河内县"太行陉在县西北三十里。连山中断曰陉"。)可与《拾甲子年事》"余过太行时……"相印证。此文写作时间当为咸通二年。

内容分析

《谗书·拾甲子年事》、《新唐书》卷二一四《藩镇宣武彰义泽潞传·刘悟传(附从谏、稹、李佐之、李师晦、李丕)》俱载张谷、李新声事。为便于对照比较研究,先录原文于下:

《谗书》	《新唐书》
大和中,张谷纳邯郸人李严女,备歌舞具。及长大,妍丽丰足,殆不似下贱物。又长传故都声,有时凉晓哀啭,历历见赵家遗台老树,虽惊离吊往之怀,似不能多也。雅为谷所爱,因曰"新声"。及刘从谏得父封,谷以穷游佐其事,新声亦从之。然性本便慧,虽谷之起居谋虑,皆预有承迎,故颇闻中外消息。时从谏得志后,钩聚亡命,以窥胁朝廷,大为四方人怪讶。有实其事于谷者,谷不介意。新声曰:"妾于公,直巾履间狎玩者耳,除歌	张谷、张沇、陈扬庭皆有文,时时言古今成败以佐从谏,故善遇此三人。 谷纳邯郸人李严女为侍人,号新声。当从谏潜图窥胁,新声谏谷曰:"始天子以从谏为节度,非有战野攻城之功,直以其父挈齐十二州还天子,去就间未能夺其嗣耳。自有泽潞,未闻以一缕一蹄为天子寿,左右皆无赖。章武朝,数镇颠覆,皆雄才杰器,尚不能固天子恩,况从谏擢自儿女

续　表

《谠书》	《新唐书》
酒外，不当以应顾命。然食人之食，忧人之忧，常理也，况妾乎？前日天子授从谏节度时，非从谏有野战之功、拔城之绩，盖以其父挈齐还我，去就间未能夺其嗣耳。而公不幸为其属，则牵制之道，在此不在彼也。自刘氏奄有全赵，更改岁时，未尝闻以一缕一蹄为天子寿，而指使辈率无赖人也。且章武朝数镇颠覆，皆以雄才杰器，尚不能固天子恩，况从谏擢自儿女子手中？一旦袭荷家业，苟不以法而得，亦宜不以法而终，此倚伏之常数也。而又卒伍佻险，言语不祥，是不为齐鬼所酬而死于帐下者，幸也。孰谓公从其事，反不知其事者哉！如不能折其肘臂，以作天子计，则宜脱族西去。大丈夫勿顾一饭恩，以骨肉腥健儿衣食。"言讫，悲涕流落，谷不决者三日（一作月）。新声复进，以其业不用也，缢死之。 　　会昌中，从谏死，其子谋邀节钺，族之，谷竟从逆。	子手中，苟不以法得，亦宜以不法终。君当脱族西去，大丈夫勿顾一饭恩，以骨肉腥健儿食。"言讫悲涕。谷不决者三月，畏言泄，缢之。 　　李师晦者，本宗室子，始悟辟致幕府……师晦惧为谷、扬庭等所谮…… 　　大将郭谊……诛张谷、张沿、陈扬庭……十一族，夷之……

对比两书,并结合有关文献,分析如下:

1. 宋祁修《新唐书》,好采小说。《谗书》《新唐书》皆载张谷、李新声事,《谗书》在前而《新唐书》在后,《谗书》较详而《新唐书》较略,宋祁摘录罗文,是肯定无疑的,但《新唐书》也有《谗书》所没有的内容,可见,关于张谷事,《新唐书》的史源,不止《谗书》。

2. 《资治通鉴》卷二四七《唐纪六三》云:"(会昌三年,刘)从谏疾病……乃与幕客张谷、陈扬庭谋效河北诸镇……谷,郓州人;扬庭,洪州人也。"此事不仅为《谗书》所无,亦两《唐书》所无。可见,关于张谷事,《通鉴》的史源,不止《谗书》和两《唐书》。

3. 值得注意的是对张谷的不同评价。李德裕《诛张谷等告示中外敕》云:"张谷、陈扬庭等,皆凶险无行,狡诈多端。比在京师,人皆嫌恶。自知险薄,无地庇身。投迹戎藩,寄命从谏。久怀怨望,得肆阴谋。或妄设妖言,成其逆志;或伪草章表,饰以悖词。既无礼于君亲,曾不愧于天地。……"与《新唐书》称赞"张谷、张沿、陈扬庭皆有文,时时言古今成败以佐从谏,故善遇此三人",截然相反,孰可信?孰不可信?这里提供一个旁证。据《新唐书》卷二〇三《文艺传下·欧阳詹传》:"从子秬,字降之,亦工为文。陆浑自右拾遗除司勋郎中,弃官隐吴中,诏召之,既在道,秬遗书让出处之遽,浑不至还,秬名益闻。开成中,擢进士第。"从刘从谏"表秬在幕府",可见其具有识别人才的眼光,如张谷"凶险无行……",刘从谏不会延入幕中。可以判断,《新唐书》云张谷"有文",与欧阳秬"工为文"相似,是可信的。郭谊已杀张谷,李德裕复下诏告示中外,当然要痛斥张谷一番。至于《谗书》云"及刘从谏得父封,谷以穷游佐其事",不过是拾李德裕骂张谷"无地庇身……寄命从谏"之余唾。

4. 《谗书》的最大问题是借李新声之口,指责刘从谏"钩聚亡命,以窥胁朝廷"。这也是拾李德裕起草的《讨刘稹制》《诛张谷等告示中外敕》骂刘从谏"诱受亡命,妄作妖言,中伺朝廷,潜图左道""张皇兵力,胁制朝廷"之牙慧。其实这正是刘从谏一生中最光辉的事,李德裕、罗隐颠倒是非,不可不辩。

《旧唐书》卷一七下《文宗纪下》云:"(开成元年三月庚申)昭义节度使刘从谏三上疏,问王涯罪名,内官仇士良闻之惕惧。是日,从谏遣焦楚长入奏,于客省进状,请面对。上召楚长,慰谕遣之。"(同书卷一六九《王涯传》亦作刘从谏"三上章"。卷一六一《刘悟传[附子从谏、孙稹]》作"四上章",乃指三上《请王涯等罪名表》、一上《让官表》而言。)

《资治通鉴》卷二四五《唐纪六一》云:"(开成元年二月)昭义节度使刘从谏上表请王涯等罪名,且言:'涯等儒生,荷国荣宠,咸欲保身全族,安肯构逆!训等实欲讨除内臣,两中尉自为救死之谋,遂致相杀;诬以反逆,诚恐非辜。设若宰相实有异图,当委之有司,正其刑典,岂有内臣擅领甲兵,恣行剽劫,延及士庶,横被杀伤!流血千门,僵尸万计,搜罗枝蔓,中外恫疑。臣欲身诣阙庭,面陈臧否,恐并陷孥戮,事亦无成。谨当修饰封疆,训练士卒,内为陛下心腹,外为陛下藩垣。如奸臣难制,誓以死清君侧!'丙申,加从谏检校司徒。""(三月)刘从谏复遣牙将焦楚长上表让官,称:'臣之所陈,系图大体。可听则涯等宜蒙湔洗,不可听则赏典不宜妄加!安有死冤不申而生者荷禄!'因暴扬仇士良等罪恶。辛酉,上召见楚长,慰谕遣之。时士良等恣横,朝臣日忧破家。及从谏表至,士良等惮之。由是郑覃、李石粗能秉政,天子倚之亦差以自强。"

今案:"甘露之变"是大和九年李训等谋诛宦官而惨败的一幕政治悲剧。当时仇士良借此机会,发动一场大屠杀,京城内异常恐怖,朝官身家性命难保,谁敢为冤死者讲一句公道话!据《旧唐书·令狐楚传》:"训乱之夜,文宗召右仆射郑覃与楚宿于禁中,商量制敕,上皆欲用为宰相。楚以王涯、贾餗冤死,叙其罪状浮泛,仇士良等不悦,故辅弼之命移于李石。"令狐楚叙王涯等罪状"浮泛",尚且得罪了仇士良,不得为宰相;刘从谏直言王涯等"安肯构逆",揭露仇士良"诬"李训等"反逆"及剽劫滥杀罪行,这需要何等的勇气!《请王涯等罪名表》义正词严,是"甘露之变"后公开声讨仇士良的独一无二之宏文。两《唐书》、《通鉴》从四个方面评价了此表的作用:(1)宦官"凶焰稍息"①;(2)"人士赖之"②;(3)宰相郑覃、李石"方能粗秉朝政"③;(4)文宗"倚之亦差以自强"。所以说这是刘从谏一生中最光辉的事。此表当是"有文"的张谷起草。李德裕骂刘从谏"胁制朝廷",骂张谷"伪草章表",当指此表而言。他站在宦官立场,颠倒了是非。

李德裕又骂刘从谏"诱受亡命",也与"甘露之变"有关。据《资治通鉴》卷二四八《唐纪六四》:"(李)仲京,训之兄;(郭)台,行余之子;(王)羽,涯之从孙;(韩)茂章、茂实,约之子;(王)渥,璠之子;④(贾)庠,悚之子也。甘露之乱,仲京等亡归从谏,从谏抚养之。"当时仇士良滥杀,李训、王涯等及其亲属走投无路。《旧唐书》卷一六九《李训传》云:"知事不济,乃单骑走入终南山,投寺僧宗密。训与宗密素善,欲剃其发匿之,从者止之……出山,为盩屋镇将宗楚所得……乃斩训,持首而行。"《新唐书》卷一七九《王涯传》云:"(子)仲翔始匿侍御史裴镐家,镐执以赴军,仲翔曰:'业不见容,当自求生,奈何反相噬邪?'闻者哀之。"对比之下,刘从谏"抚养"李训、王涯、贾悚、王璠、郭行余、韩约等亲属之避难者,九年如一日,是多么难能而可贵!李德裕站在宦官立场,颠倒是非,把刘从谏的懿行当作罪行谴责。

李德裕不仅仇视刘从谏上《请王涯等罪名表》及"抚养"李训等亲属之避难者,而且全盘否定"甘露之变"。他在《穷愁志·奇才论》中大言:"李训甚狂而愚,曾不及于徒隶,焉得谓之奇才也。自古天下有常势,不

---

① 《旧唐书》卷一六九《王涯传》。
② 《旧唐书》卷一六九《王涯传》。
③ 《旧唐书》卷一六一《刘悟传(附子从谏、孙稹)》。
④ 李德裕《诛张谷等告示中外敕》作:"王涯侄孙与""王璠男珪"。

可变也。……夫举大事,非北门无以成功,此所谓天下之常势也。李训因王守澄得幸……北军诸将,望其顾盼,与目睹天颜无异。若以中旨谕之,购以爵赏,即诸将从之,势如风靡矣。训舍此不用,而欲以神州灵台游徼搏击之吏,抱关拥彗之徒,以当精甲利兵,亦犹霜蓬之御烈火矣。"陈寅恪针对李德裕的谬论,进行辩驳:"夫皇帝之身既在北军宦官掌握之内,若不以南衙台府抱关游徼敌抗神策禁旅,则当日长安城中,将用何等兵卒与之角逐乎?……至谓'以上意说(北军)诸将,易如靡风',则天下事谈何容易!在大和之前即永贞之时,王叔文尝谋夺阉寺兵柄,举用范希朝、韩泰,卒无所成,况文宗朝宦官盘踞把持之牢固更有甚于顺宗时者乎?"《新唐书·李训等传赞》以李德裕言为然,陈寅恪斥之曰:"李训实为'天下奇才',文宗之语殊非过誉,较当日外朝士大夫牛李党人之甘心作阉寺附属品者,固有不同矣。李文饶挟私嫌,其言不足信,后之史家何可据之,而以成败论人也!"我再补充一点:李德裕说"赖中人觉其变,未及其乱",他只辱骂李训发动"甘露之变",避而不谈仇士良滥杀无辜,偏向宦官,错误是明显的。刘从谏未参与"甘露之变",只在"甘露之变"失败、宦官凶焰嚣张之时,伸张正义,而李德裕诬之曰:"顷者刘从谏与李训、郑注结刎颈之交,济其奸谋,以图不轨。"①强加叛逆罪名于刘从谏,心狠而手辣。

尽管李德裕全盘否定"甘露之变",历史人物的功过,不是他一人说了算的,在他写《奇才论》后五十余年,唐朝廷就为"甘露之变"中冤死的忠魂恢复名誉了。昭宗《改元天复赦》②云:"夫匡国之臣,殁身无悔,所祈后代,雪彼沉冤。大和七〔九〕年故宰相王涯已下一十七家③,并见陷

---

① 李德裕《诛张谷等告示中外敕》。
② 《玉照新志》卷一:"近观《续皇王宝运录》云:'僖宗光启四年正月诏云:大和九年,故宰臣王涯以下十七家……'"僖宗是昭宗之误,光启是光化之误,正月是三月之误。
③ 《全唐文》卷九二作:"二十七家",二是一之误。

逆名,本蒙密旨,遂令忠愤,终被冤诬,六十余年,幽枉无诉,宜加恩霈,用慰泉扃,宜并与洗雪,各复官资。如有子孙在人家隐藏者,任自诣阙及州府投状,如非虚谬,则与量才叙用。"①既然唐朝廷已为王涯等十七家雪冤,其子孙与量才叙用,那么,早在六十余年前上《请王涯等罪名表》及"抚养"李训等亲属之避难者的刘从谏,应该是有功而不是有过了。正是李德裕犯了一系列的错误:骂刘从谏"胁制朝廷""诱受亡命",骂张谷"伪草章表",必全部消灭王涯等亲属而后快,"识者非之"。②

5. 刘从谏又《奏论二萧真伪》,与仇士良又一次进行斗争。据《旧唐书·刘悟传(附子从谏、孙稹)》:"先是有萧洪者,诈称太后弟,因仇士良保任,许之厚赂。及洪累授方镇,纳赂不满士良之志,士良怒,遣人上书论洪非太后之亲,又以萧本者为太后弟。从谏深知内宫之故,乃自潞府飞章论之曰……诏令三司使推按。③帝以二萧虽诈,托名太后之宗,不欲诛之,俱流岭表。"刘从谏远在潞府,怎么能"深知内宫之故"呢?请看《新唐书·文艺传下·欧阳詹传(附秬)》:"里人萧本妄言与贞献太后近属,恩宠赫然,秬耻之。会泽潞刘从谏表秬在幕府,秬为辩质本之伪,本终得罪。"可见是欧阳秬向刘从谏揭露萧本诈伪,并起草奏表的。由于《奏论二萧真伪》直言"萧本得为外戚,来自左军",又说萧本"妄有凭恃","台司……不敢研究",事涉仇士良,"仇士良积怒,倡言从谏志窥伺"。④ 刘从谏"不避直言,切论深事"⑤,竟被诬为"窥伺",是非完全颠

---

① 《资治通鉴》卷二四九《唐纪六五》:"(大中八年)上以'甘露之变',惟李训、郑注当死,自余王涯、贾餗等无罪,诏皆雪其冤。"岑仲勉《通鉴隋唐纪比事质疑·诏雪王涯贾餗冤》:"光化四(即天复元)年雪王涯等十七家诏有云'六十余年,幽枉无诉',如果大中昭雪在前,似不应不提。文宗令收葬遗骸,仇士良等犹毁之,颇信宣宗未敢出此。"
② 《资治通鉴》卷二四八《唐纪六四》:"王羽、贾庠等已为(郭)谊所杀,李德裕复下诏称'逆贼王涯、贾餗等已就昭义诛其子孙',宣告中外,识者非之。"
③ 《资治通鉴》卷二四六《唐纪六二》系于开成四年八月癸酉。
④ 《新唐书》卷二一四《藩镇·宣武彰义泽潞传·刘悟传》。
⑤ 刘从谏《奏论二萧真伪》。

倒。李德裕骂刘从谏"中伺朝廷",乃是与仇士良一鼻孔出气;罗隐借李新声之口骂刘从谏"窥胁朝廷",则是李德裕的应声虫。

刘从谏死后,"其子稹拒命,(欧阳)秬方休假还家,稹表斥损时政,或言秬为之,诏流崖州,赐死。……人皆怜之"①。欧阳秬已还家,尚难逃一死,可见张谷即不被郭谊所杀,也要成为李德裕的刀下之鬼。

小说家言

综观《谗书》,每篇都有一个用意。罗隐在《拾甲子年事》末尾,交代创作此篇的用意是:"谋及妇人者必亡,而新声之言,惜其不用。"就是歌颂李新声预见到刘从谏没有好下场,劝张谷快离开,张谷不听,终于跟随刘稹叛逆而族灭。《谗书》有褒有谗。《拾甲子年事》既然以李新声为正面人物而褒之,必然要把张谷及其府主刘从谏描绘为反面人物而谗之。所褒的李新声未必真有其人其事;而所谗的张谷、刘从谏却与其历史本来面貌不甚吻合,至少是罗隐没有认识到刘从谏在"甘露之变"后与宦官进行斗争所起的作用,一味谴责,做了仇士良、李德裕的代言人。罗隐为了褒与谗能自圆其说,或虚构人物、故事,或改铸古人古事。《谗书·越妇言》中丑化朱买臣,美化朱买臣故妻,虚构朱故妻对朱近侍发出一段宏论,是典型的例子。《拾甲子年事》的创作手法,与《越妇言》相似。

罗隐在《拾甲子年事》末尾,交代故事来源是:"余过太行时,有传吏能道当时事,因拾于编简。"也就是道听途说,姑妄言之。从欧阳秬愿入刘从谏幕府,可见当时刘从谏在士人中享有声誉。作为歌姬的李新声,其政治见解,能在欧阳秬之上,预见到刘从谏没有好下场,劝张谷快离

---

① 《新唐书》卷二〇三《文艺传下·欧阳詹传(附秬)》。

开吗？罗隐笔下的李新声其人其事，很可能是虚构的。吴颖《重刻罗昭谏江东集叙》云："予又读其张〔李〕新声……二记，殊为贱士发其幽光也。"未考此人是否真实。李慈铭《越缦堂读书记·逸书》云："……《拾甲子年事》记大和中张谷歌姬李新声劝谷去刘从谏，为谷所缢死两事，为后人言史者所取。"未考此事是否可信。

青年罗隐撰写《拾甲子年事》，是他应举时行卷、纳卷之用。科场竞争激烈，举子们为了求得主考及社会名流的赏识，为之延誉，以求录取，其行卷、纳卷中的诗文，需要避熟求新，引人注目。耸人听闻的张谷不听李新声劝告，将她缢死的故事，就是为了适应这个需要而出现在罗隐笔下的。

《拾甲子年事》非信史，是小说家言。

李德裕《文武两朝献替记》"挟党情"

《新唐书》卷五八《艺文志二·乙部史录·杂史类》云："李德裕……又《文武两朝献替记》三卷。"《郡斋读书志》卷二上《史部·杂史类》云："《两朝献替记》三卷：右唐李德裕撰。德裕相文宗、武宗，录当时奏对论议。"《直斋书录解题》卷五《杂史类》云："《两朝献替记》三卷：唐宰相李德裕文饶撰。叙文、武两朝相位奏对事迹。"

《续谈助》卷三钞《文武两朝献替记》四则，跋云："右钞李德裕《文武两朝献替记》，其已为史官所取与挟党情者皆略之。"在晁载之①所钞的四则之中，如："先是宗闵每置宴，皆令京兆府主办，两县令官吏因缘求取，除羊酒外，每行又率见钱，所敛至厚。"又如："牛僧孺出镇淮南日，开六七重坊门，夜宴至三更而散。又过李听宅，令出妓乐。每宴与平康坊

---

① 据陆心源《刻续谈助叙》。

倡妓同席酣饮。"亦有"挟党情"之嫌。"李德裕的弱点是保持朋党积习"①,其言行常带有党争烙印。

《容斋四笔》卷一一《册府元龟》云:"真宗初,命儒臣编修君臣事迹……编修官上言:'近代臣僚自述扬历之事,如李德裕《文武两朝献替记》……之类,或隐己之恶,或攘人之善,并多溢美,故匪信书。……其上件书,并欲不取。'……如《资治通鉴》则不然,以唐朝一代言之……李德裕太原、泽潞、回鹘事,用《两朝献替记》。"洪迈认为"杂史、琐说、家传,岂可尽废",不赞成《册府元龟》"遗弃"《文武两朝献替记》等书,这个见解可取;但他不加分析地颂扬《资治通鉴》采用《献替记》等书,是不符事实的。从《资治通鉴考异》可以看出,司马光对李德裕"挟党情"的记载,是弃而不用的。试举两例:

《文武两朝献替记》云:"(大和)八年春暮,上对宰相叹天下无名医,便及郑注,精于服食。或欲置于翰林伎术院,或欲令为左神策判官。注自称衣冠,皆不愿此职。(王)守澄遂托(刘)从谏奏为行军司马。及赴职,(李)宗闵又自山南令判官杨俭至泽潞与从谏要约,令却荐入。"此则,《资治通鉴》不取,当是司马光看出李德裕诬陷了刘从谏与李宗闵。据《开成纪事》:"时泽潞刘从谏本欲诛(郑)注,忌其权势,因辟为节度副使。"《新唐书》卷一七九《郑注传》:"刘从谏恶其人,欲因斥去之,即表副昭义节度。"《献替记》与《开成纪事》《新唐书》所述不同:《献替记》强调刘从谏辟郑注为副使(讹为行军司马)是王守澄之意,而《开成纪事》《新唐书》强调这是刘从谏欲诛郑注的一个策略。郑注、王守澄合谋陷害了宰相宋申锡,"搢绅侧目"②,刘从谏欲诛郑注,是可信的。又据《新唐书》卷二〇七《宦者传上·仇士良传》引刘从谏《请王涯等罪名表》,有"臣与

---

① 范文澜《中国通史简编》第三编第二章第三节。
② 《新唐书》卷一七九《郑注传》。

训诛注,以注本宦竖所提挈,不使闻知"等语,可为大和八年他已有"欲诛注"之旁证。八年春暮,郑注为昭义副使。《新唐书·郑注传》云:"至(潞)府不旬月,文宗暴眩,(王)守澄复荐注,即日召入。"当时李宗闵为山南西道节度使,远在兴元府,怎么能在短短几天中,知道"文宗暴眩",派人至潞府与刘从谏"要约"荐郑注入京?郑注与王守澄早有勾结,何需刘从谏保荐郑注?更何需李宗闵派人劝说刘从谏保荐郑注?显然是李德裕为了诬陷李宗闵与刘从谏早有"交通"而在《献替记》中虚构此事。

《文武两朝献替记》云:"四月十九日,上言:'东都李宗闵,我闻比与从谏交通。今泽潞事如何?可别与一官,不要令在东都。'德裕曰:'臣等续商量。'上又云:'不可与方镇,只与一远郡!'德裕又奏云:'须与一郡!'"《资治通鉴考异》卷二二《唐纪一四·(会昌三年)五月以李宗闵为湖州刺史》辨之曰:"此盖德裕自以宿憾因刘稹事害宗闵,畏人讥议,故于《献替记》载此语以隐其迹耳。今从《实录》。"司马光根据《武宗实录》,在《资治通鉴》卷二四七《唐纪六三》大书:"(会昌三年)五月,李德裕言太子宾客、分司李宗闵与刘从谏交通,不宜置之东都。戊戌,以宗闵为湖州刺史。"胡三省注:"史言李德裕修怨",是。

李德裕利用讨伐刘稹机会,诬陷李宗闵与刘从谏"交通",以激怒武宗,排挤李宗闵出东都,这才是第一步。李德裕之最终目的,是击溃李宗闵、牛僧孺集团。《旧唐书》卷一七二《牛僧孺传》云:"僧孺少与李宗闵同门生,尤为德裕所恶。……僧孺数为德裕掎摭,欲加之罪,但以僧孺贞方有素,人望式瞻,无以伺其隙。"反牛僧孺比反李宗闵难得多,李德裕在等待一个适当的机会。会昌四年讨伐刘稹获胜,李德裕立了大功,"特承武宗恩顾"[①],加官晋爵,不可一世,他所等待的反牛机会到了,

---

① 《旧唐书》卷一七四《李德裕传》。

立刻行动起来。请看：

《资治通鉴》卷二四八《唐纪六四》云："（会昌四年）李德裕怨太子太傅、东都留守牛僧孺，湖州刺史李宗闵，言于上曰：'刘从谏据上党十年，大和中入朝，僧孺、宗闵执政，不留之，加宰相纵去，以成今日之患，竭天下力乃能取之，皆二人之罪也。'"杜牧《唐故太子少师奇章郡开国公赠太尉牛公墓志铭（并序）》亦载此事，但杜牧还有几句极为重要的话："从谏以大和六年十二月十七日拜阙下，实以其月十九日节度淮南，明年正月从谏以宰相东还。"这是为了说明所谓"不留"刘从谏，"加宰相纵去"一事，与牛僧孺无关，李德裕诬陷了他。据《新唐书》卷六三《宰相表下》，大和六年宰相为路随、李宗闵、牛僧孺。"十二月乙丑，僧孺检校尚书右仆射、平章事、淮南节度使。"正史所记大和六年十二月乙丑（初七日）是牛僧孺被任命为淮南节度使之日；杜牧所记十九日（丁丑）是牛僧孺离京赴任之时。《旧唐书》卷一七下《文宗纪下》云："（大和六年十二月）乙亥，昭义节度使刘从谏来朝。""（七年正月）甲午，加刘从谏同平章事。"六年十二月乙亥即十七日，此时牛僧孺已罢；七年正月甲午即初六日，此时牛僧孺在扬州。所谓"不留"刘从谏，"加宰相纵去"，怎能归罪于牛僧孺呢？

又云："德裕又使人于潞州求僧孺、宗闵与交通书疏，无所得，乃令孔目官郑庆言从谏每得僧孺、宗闵书疏，皆自焚毁。诏追庆下御史台按问，中丞李回、知杂郑亚以为信然。"这个郑庆，如是潞府孔目官、刘从谏的心腹，早被郭谊杀掉，即使漏网未死，李德裕怎能"令"他诬陷刘从谏，授人以柄呢？郑庆必是李德裕的忠实走狗，他怎能知道刘从谏亲自焚毁牛僧孺、李宗闵书疏？进一步分析，刘从谏生前根本不可能预知身后之事，为什么要焚毁牛、李书疏，消灭物证呢？《旧唐书》卷一七三《李回传》云："尤为宰相李德裕所知。"卷一七八《郑畋传》云："父亚……（李德裕）深知之。……中丞李回奏知杂。"李回、郑亚属于李德裕集团，故利用职权，协助李德裕诬陷政敌。至于《新唐书》卷一七四《牛僧孺传》云："刘稹诛，而石雄军吏得从谏与僧孺、李宗闵交结状。"同卷《李宗闵传》云："稹败，得交通状。"与《通鉴》对照，所谓"石雄军吏"即"孔目官郑庆"之流。"雄素为李德裕职拔"①，李德裕曾向武宗保证："破潞州者必雄也。"②故石雄愿为李德裕诬陷政敌效犬马之劳。石雄入潞州之前，郭谊已杀刘稹全家，其军吏从何处得到刘从谏与牛、李交结之"状"？《新唐书》所谓"石雄军吏得从谏与僧孺、李宗闵交结状"、"交通状"，并非发现牛、李与刘从谏书疏真迹，仍是《通鉴》所记"郑庆言从谏每得僧孺、宗闵书疏，皆自焚毁"一类谎言。宋祁力求"文省"，前人已指出其"省文之失"（参阅《容斋五笔》卷二等），但还有人对"状"字误解，故本文郑重指出："状"指情状（如《史记》卷一二二《张汤传》："今人言君皆有状"），非物证（正因"状"非物证，故天子"惜"张汤之死，诛诬陷张汤者）。

又云："河南少尹吕述与德裕书，言稹破报至，僧孺出声叹恨。（胡三省注：此希德裕意而诬僧孺也。）德裕奏述书，上大怒，以僧孺为太子少保，分司，宗闵为漳州刺史；戊子，再贬僧孺汀州刺史，宗闵漳州长史。""十一月，复贬牛僧孺循州长史，宗闵长流封州。"杜牧《牛公墓志铭（并序）》亦载此事，但杜牧还有两句极为重要的话："河南少尹吕述，公恶其为人"，可与《通鉴》胡注互相印证。由于牛僧孺"恶"吕述之为人，故有吕述"希德裕意而诬僧孺"之事。据《资治通鉴·唐纪六四》："刘稹将郭谊、王协、刘公直、安全庆、李道德、李佐尧、刘武德、董可武等至京师，皆斩之。王羽、贾庠等已为谊所杀，李德裕复下诏……宣告中外，识者非之。刘从谏妻裴氏亦赐死；又令昭义降将李丕、高文端、王钊等疏昭义将士与刘稹同恶者，悉诛之，死者甚众。卢钧疑其枉滥，奏请宽之，

---

① 《新唐书》卷一七一《石雄传》。
② 《资治通鉴》卷二四七《唐纪六三》。

不从。"从"识者非之"和卢钧"奏请宽之"反映出当时舆论对李德裕杀戮太甚很为不满,那么,即使牛僧孺"叹恨"一声,又有何罪?①

李珏《故丞相太子少师赠太尉牛公神道碑铭(并序)》云:"刘从谏死,刘稹自擅,以昭义军阻命,天兵诛讨……素忌公者,媒孽锻炼,诬公与从谏交,上怒下诏,旬日三贬公至循州长史,凿空指鹿,四海之士咸冤之。"盖合并李德裕诬牛僧孺"不留"刘从谏、"与交通书疏"及闻刘稹"破报"而"叹恨"三事言之。孙甫《唐史论断》卷下《武宗不能驾驭李德裕》说得对:"德裕于牛僧孺、李宗闵辈相怨之久,人人所知,平上党之际,奏逐僧孺辈,明恃成功而报怨。"

余论

一般历史教材,对李德裕讨平刘稹,只说成绩,不谈缺点,只有吕思勉在《隋唐五代史》第八章*第三节提出一系列的问题,发人深省,值得重视。对于深入研究《拾甲子年事》与《文武两朝献替记》,也有启发。今择录其要点如下:

彼(指刘从谏)其聚敛,实因与朝廷猜贰而然,其与朝廷猜贰,则原于"甘露之变",故从谏虽可诛,宦寺非可诛从谏之人也。

弟子稹,从谏以为嗣……其意仅在自全可知也。或谓如此,则何不释甲归朝?然文宗之世,政由宦寺;武宗、李德裕,又务反文宗之所为;此岂可于廷尉望山头邪?背唐室为逆,仇仇士良,不可云逆,因仇仇士良而唐室欲加诛,岂能责其不自救?顺逆之节,固不

---

① 参阅丁鼎《牛僧孺年谱》。
* 《文武宣三朝事迹》。——编者注

可以一端论也。

（李德裕）谓泽潞不可不讨，似也，然谓其与郑注、李训交结，欲兴晋阳之甲，一若以仇士良之是非为是非者，何哉？

夫唐自代宗已来，膏肓之疾，河北三镇也。若德裕之所为，是以山东三州赂镇、魏，益使强大也。虽克昭义，又何利焉？而为之者，何哉？真以泽潞内地，不同河朔邪？抑武宗怨文宗末命之不逮已，德裕怨其时曾见贬斥，务反大和之政，虽为仇士良快意而不恤也？难言之矣！

（刘）稹因（李）石兄洺州刺史恬移书乞降。其意终在于自全，灼然可见。……诏敢言罢兵者，戮贼境上。其奉行仇士良之旨，何其决也？

是时君相皆务杀戮以立威，而承之以郭谊等军人，可谓惨无人理。而《献替记》云：上信任宰臣，无不先访问，无独断之事，惟讨诛泽潞，不舍赴振武官健……并禁中发诏处分，更不顾问，则又知其事有惭德，而归过于君也，真乃凶德参会矣。

武宗之平昭义……当时朝廷之余力，尚几何哉？若能赫然诛仇士良，雪王涯、贾餗、李训、郑注之冤，明先君之志，闻风内乡者，又岂特一昭义也？

吕氏还指出两《唐书》中对刘从谏溢恶，对李德裕溢美之处，兹不列举。总之，在肯定李德裕讨平刘稹，维护中央集权时，如再考虑到吕氏所提出的一系列问题，则结论可以公允全面。

附：罗隐《拾甲子年事》

大和中，张谷纳邯郸人李严女，备歌舞具。及长大，妍丽丰足，殆不似下贱物。又长传故都声,有时凉晓哀啭,历历见赵家遗台老树,虽惊离吊往之怀,似不能多也。雅为谷所爱,因曰"新声"。

及刘从谏得父封,谷以穷游佐其事,新声亦从之。然性本便慧,虽谷之起居谋虑,皆预有承迎,故颇闻中外消息。时从谏得志后,钩聚亡命,以窥胁朝廷,大为四方人怪讶。有实其事于谷者,谷不介意。新声曰:"妾于公,直巾履间狎玩者耳,除歌酒外,不当以应顾命。然食人之食,忧人之忧,常理也,况妾乎?前日天子授从谏节度时,非从谏有野战之功、拔城之绩,盖以其父挈齐还我,去就间未能夺其嗣耳。而公不幸为其属,则牵制之道,在此不在彼也。自刘氏奄有全赵,更改岁时,未尝闻以一缕一蹄为天子寿,而指使辈率无赖人也。且章武朝数镇颠覆,皆以雄才杰器,尚不能固天子恩,况从谏擢自儿女子手中?一旦袭荷家业,苟不以法而得,亦宜不以法而终,此倚伏之常数也。而又卒伍佻险,言语不祥,是不为齐鬼所酬而死于帐下者,幸也。孰谓公从其事,反不知其事者哉!如不能折其肘臂,以作天子计,则宜脱族西去。大丈夫勿顾一饭恩,以骨肉腥健儿食。"言讫,悲涕流落,谷不决者三日。新声复进,以其业不用也,缢死之。会昌中,从谏死,其子谋邀节钺,族之,谷竟从逆。

呜呼!谋及妇人者必亡,而新声之言,惜其不用。余过太行时,有传吏能道当时事,因拾于编简。

附录　怎样鉴别唐传奇有无寓意？

问：唐传奇中，既有有寓意者，也有无寓意者，用什么方法进行鉴别呢？

答：唐代贞元末、元和初有一个女报父仇的故事，见于五种记载：一、《传》，李端言撰（佚）。二、《义激》，崔蠡撰。三、《唐国史补》，李肇撰①。四、《集异记》，薛用弱撰。五、《原化记》，皇甫氏撰。为了便于比较研究，先录原文如下：

《义激》

长安里中多空舍，有妇人佣以居者。始来，主人问其姓，则曰："生三岁长于人，及长，闻父母逢岁饥，不能育，弃之涂，故姓不自知。"视其貌，常人也。视其服，又常人也。归主人居佣无有阙，亦常佣居之妇人也。旦暮多闭关，虽居如无人。居且久，又无有称宗族故旧来讯问者，故未自道，终莫有知其实者焉。凡为左右前后邻者，皆疑其为他，且窥见其饮食动息，又与里中无有异。唯是织红缄缏，妇人当工者，皆不为，罕有得与言语者。其色庄，其气颛，庄颛之声四驰，虽里中男子狂而少壮者，无敢侮。居一岁，惧人之大我异也，遂归于同里人。其夫问所自，其云如对主人之词。观其付

---

① 《通志》卷六五《艺文略三·史类五·杂史》："《国史补》三卷，唐李赵撰。"肇与赵因音近而讹。

夫之意，似没身不敢贰者。其夫自谓得妻也，所付亦如妇人付之之意。既生一子，谓妇人所付愈固，而不萌异虑。是后则忽有所如往，宵漏半而去，未辨色来归，于再于三，其夫疑有以动其心者，怒愿去之，以其有子，子又乳也，尚依违焉。妇人前志不衰，他夜既归，色甚喜，若有得者。及诘之，乃举先置人首于囊者，撒其囊，面如生。其夫大恐，恚且走，妇人即卑下辞气，和貌怡色，言且前曰："我生于蜀，长于蜀，父为蜀小吏，有罪，非死罪也，法当笞。遇在位而酷者，阴以非法绳之，卒弃市。当幼，力不任其心，未果杀。今长矣，果杀之，力符其心者也。愿无骇。"又执其子曰："尔渐长，人心渐贱尔，曰其母杀人，其子必无状。既生之，使其贱之，非勇也，不如杀而绝。"遂杀其子，而谢其夫曰："勉仁与义也，无先己而后人也。异时子遇难，必有以报者。"辞已，与其夫诀。既出户，望其疾如翼而飞云。按蜀妇人求复父仇有年矣，卒如心，又杀其子，捐其夫，子不得为恩，夫不得为累。推之于孝斯孝已，推之于义斯义已。孝且义已，孝妇人也。自国初到于今，仅二百年，忠义孝烈妇人女子，其事能使千万岁无以过，孝有高愍女、庚义妇、杨烈妇，今蜀妇人宜与三妇人齿。前以陇西李端言始异之作传，传备。博陵崔蠡又作文，目其题曰《义激》，将与端言共激诸义而感激者。蜀妇人在长安凡三年，来于贞元二十年，嫁于二十一年，去于元和初。（《文苑英华》卷三七九、《全唐文》卷七一八。）

《唐国史补·妾报父冤事》

贞元中，长安客有买妾者，居之数年，忽尔不知所之。一夜，提人首而至，告其夫曰："我有父冤，故至于此，今报矣！"请归，泣涕而诀，出门如风。俄顷却至，断所生二子喉而去。

《集异记·贾人妻》

唐余干县尉王立调选,佣居大宁里。文书有误,为主司驳放。资财荡尽,仆马丧失,穷悴颇甚,每丐食于佛祠,徒行晚归,偶与美妇人同路,或前或后依随。因诚意与言,气甚相得,立因邀至其居,情款甚洽。翌日谓立曰:"公之生涯,何其困哉!妾居崇仁里,资用稍备。傥能从居乎?"立既悦其人,又幸其给,即曰:"仆之厄塞,阽于沟渎,如此勤勤,所不敢望焉。子又何以营生?"对曰:"妾素贾人之妻也。夫亡十年,旗亭之内,尚有旧业,朝肆暮家,日赢钱三百,则可支矣。公授官之期尚未,出游之资且无,脱不见鄙,但同处以须冬集可矣。"立遂就焉。阅其家,丰俭得所。至于扃镝之具,悉以付立。每出,则必先营办立之一日馔焉。及归,则又携米肉钱帛以付立。日未尝阙。立悯其勤劳,因令佣买仆隶。妇托以他事拒之,立不之强也。周岁,产一子,唯日中再归为乳耳。凡与立居二载,忽一日夜归,意态遑遑,谓立曰:"妾有冤仇,痛缠肌骨,为日深矣,伺便复仇,今乃得志,便须离京,公其努力。此居处,五百缗自置,契书在屏风中。室内资储,一以相奉。婴儿不能将去,亦公之子也,公其念之。"言讫,收泪而别。立不可留止,则视其所携皮囊,乃人首耳。立甚惊愕。其人笑曰:"无多疑虑,事不相萦。"遂挈囊踰垣而去,身如飞鸟。立开门出送,则已不及矣。方徘徊于庭,遽闻却至。立迎门接俟,则曰:"更乳婴儿,以豁离恨。"就抚子,俄而复去,挥手而已。立回灯褰帐,小儿身首已离矣。立惶骇,达旦不寐,则以财帛买仆乘,游抵近邑,以伺其事。久之,竟无所闻。其年立得官,即货鬻所居归任,尔后终莫知其音问也。(《太平广记》卷一九六《豪侠四》引)

《原化记·崔慎思》

　　博陵崔慎思,唐贞元中应进士举。京中无第宅,常赁人隙院居止,而主人别在一院,都无丈夫。有少妇年三十余,窥之亦有容色,唯有二女奴焉。慎思遂遣通意,求纳为妻。妇人曰:"我非仕人,与君不敌,不可为他时恨也。"求以为妾,许之,而不肯言其姓。慎思遂纳之。二年余,崔所取给,妇人无倦色。后产一子,数月矣。时夜,崔寝,及闭户垂帷,而已半夜,忽失其妇。崔惊之,意其有奸,颇发忿怒,遂起,堂前彷徨而行。时月胧明,忽见其妇自屋而下,以白练缠身,其右手持匕首,左手携一人头。言其父昔枉为郡守所杀,入城求报,已数年矣,未得;今既克矣,不可久留,请从此辞,遂更结束其身,以灰囊盛人首携之,谓崔曰:"某幸得为君妾二年,而已有一子。宅及二婢皆自致,并以奉赠,养育孩子。"言讫而别,遂踰墙越舍而去。慎思惊叹未已,少顷却至,曰:"适去,忘哺孩子少乳。"遂入室,良久而出曰:"喂儿已毕,便永去矣。"慎思久之,怪不闻婴儿啼,视之,已为其所杀矣。杀其子者,以绝其念也。古之侠莫能过焉。(《太平广记》卷一九四《豪侠二》引)

　　下面对五种记载的写作时间、作者意图及手法等,进行考释。

　　1. 写作时间:李端言撰《传》在前。崔蠡见《传》而后撰《义激》。《义激》撰于元和时,其证有三:(1)叙事至"元和初"。(2)崔文中提到高愍女、杨烈妇。高、杨因李翱撰碑、传而著名。李翱《高愍女碑》云:"贞元十三年,翱在汴州,(高)彦昭时为颍州刺史,昌黎韩愈始为余言之。余既悲而嘉之,于是作《高愍女碑》。"《杨烈妇传》云:"若高愍女、杨烈妇者,虽古烈女,其何加焉。予惧其行事湮灭而不传,故皆叙之,将告于史官。"《高碑》《杨传》一时所作,皆在元和前。(3)崔文中又有"自国初到于今,仅二百年"之语,从武德元年(618)下推二百年为元和十二年

(817),此文撰于元和十二年前后。《唐国史补》的写作时间在《义激》后,李肇《唐国史补序》"予自开元至长庆撰《国史补》"可以为证。《集异记》《原化记》的成书年代又在《唐国史补》之后。《集异记·石旻》《高元裕》《李佐文》《裴用》《嘉陵江巨木》有大和年号(《太平广记》卷七八、二七八、三四七、三九四、四〇五引),《原化记·光禄居者》亦有大和年号(同书卷四三四引),均晚唐之小说集也。

2. 按照中国传统的图书分类法,李端言所撰《传》属于杂传,以区别于史传。崔蠡所撰《义激》,《文苑英华》置于《杂文·纪事》。今案:蜀妇人为父报仇,是极秘密的事。她杀仇人后对丈夫所说的一段话,杀子前所说的一段话,与丈夫诀别时所说一段话,只有夫妻二人知道,绝不可能外传。我赞成钱锺书对《左传》记言的评论,他说:《左传》"公言私语,盖无不有。虽云左史记言,右史记事,大事书策,小事书简,亦只谓君廷公府尔。初未闻私家置左右史,燕居退食,有珥笔者鬼瞰狐听于傍也。上古既无录音之具,又乏速记之方,驷不及舌,而何其口角亲切,如聆謦欬欤?或为密勿之谈,或乃心口相语,属垣烛隐,何所据依?"结论是:"《左传》记言而实乃拟言、代言,谓是后世小说、院本中对话、宾白之椎轮草创,未遽过也。"(《管锥编》第一册《左传正义》)崔蠡绝不可能知道蜀妇人极为秘密、不能外传的三段话,《义激》中"口角亲切,如聆謦欬"的描述显然非记言,而是拟言、代言。可以说,《义激》是一篇小说化的杂文。《唐国史补》:《新唐书·艺文志》《郡斋读书志》《直斋书录解题》《通志·艺文略》入杂史类,《文献通考·经籍考》《宋史·艺文志》入传记类,《四库全书总目》入小说家类。按照近代的标准,此书属于轶事小说。《集异记》:《新唐书·艺文志》《郡斋读书志》《宋史·艺文志》入小说类,《通志·艺文略》入传记类,《文献通考·经籍考》《四库全书总目》入小说家类。《原化记》:《秘书省续编到四库阙书目》《通志·艺文略》入小说类。这两部书属于传奇小说。

3. 蜀妇人为父报仇事，李端言已撰《传》，崔蠡又撰《义激》。考两篇之出发点，有所不同：李端言是"异之"，而崔蠡是表扬其"孝且义"。据《旧唐书》卷一一七《崔宁传》："朱泚之乱，上卒迫行幸，百僚诸王鲜有知者。宁后数日自贼中来，上初喜甚。宁私谓所亲曰：'圣上聪明英迈，从善如转规，但为卢杞所惑至此尔。'杞闻之，潜与王翃图陷之。……会朱泚行反间，伪除柳浑宰相，署宁中书令。宁朔方掌书记康湛时为鳌屋尉，翃逼湛作宁遗朱泚书，使宁无以自辩，翃遂献之。杞因诬奏曰：'崔宁初无葵藿向日之心，闻于城中与朱泚坚为盟约，所以后于百辟。今事果验。使凶渠外逼，奸臣内谋，则大事去矣。'……俄有中人引宁于幕后，二力士自后缢杀之，时年六十一。……宁既得罪，籍没其家。中外称其冤，乃赦其家，归其资产。"崔宁弟崔密，崔密子崔绘，崔绘子崔蠡。崔蠡对伯祖崔宁被冤杀，全家受连累，痛定思痛，不能忘怀。蜀妇人为父报仇之事，使崔蠡激动，故于李端言撰《传》之后，再撰一文，竭力表扬蜀妇人之"孝且义"，借题发挥，一吐胸中郁积，即所谓借他人酒杯，浇自己块垒是也。李肇、薛用弱、皇甫氏无崔蠡之家难，对女报父仇事，不如崔蠡感慨之深，故《唐国史补》《集异记》《原化记》虽亦描绘此事，皆不如《义激》之有寓意。《义激》乃发愤著书也。

4. 贞元末、元和初在长安不可能同时发生几件女报父仇之事，五种记载应是一个来源。由于文体不同，创作意图、手法不同，遂形成各自的特色。今将五种记载的基本内容列为简表，对照如下：

作品 内容	《传》《义激》	《唐国史补》	《集异记》	《原化记》
时间	贞元二十年至元和初	贞元中数年	？二载	贞元中二年余

续　表

内容＼作品	《传》《义激》	《唐国史补》	《集异记》	《原化记》
地点	长安	长安	长安	长安
女主人公	生长于蜀，佣居长安		贾人之妻，夫亡十年，居崇仁里	年三十余，有二女奴
男主人公	与蜀妇人同里	长安客	调选，佣居大宁里	应进士举，赁女主人公之隙院
男女主人公之关系	夫妻	妾	同居	妾
女主人公报仇	父为蜀小吏，有罪当笞，遇在位而酷者，阴以非法绳之	父冤	冤仇痛缠肌骨	其父枉为郡守所杀
女主人公杀子	报仇后，杀其子，与夫诀	报仇后，与夫诀，俄顷却至，断其子之喉而去	报仇后，与夫别，又至，杀其子复去	报仇后，与夫别，少顷却至，杀其子而去

详细地比较研究了五种记载之后，得到以下几点认识：

（1）崔蠡称蜀妇人报父仇之事，宜与高愍女、杨烈妇"齿"，高、杨皆真人真事，故知蜀妇人报父仇之事亦非捏造。《义激》中无蜀妇人及其夫之姓名。崔蠡是看过李端言所撰《传》的，可见《传》中原无蜀妇人及其夫之姓名。如《传》中有这对夫妇的姓名，《义激》不会略而不书。《唐国史补》中亦无这对夫妇的姓名。暗杀仇人，是极秘密、极危险之事，当然不可能以自己的姓名告人。至于《集异记》云"王立"及"贾人妻"云云，《原化记》云"崔慎思"及"无丈夫"之"少妇"云云，乃是薛用弱、皇甫氏赋予传奇中男、女主人公的姓名、身份，姑妄言之，不能当真。

（2）文忌雷同，而贵创新。《义激》叙蜀妇人与其夫结婚，《集异记》叙"王立"与"贾人妻"同居，《原化记》叙"崔慎思"纳"无丈夫"之"少妇"为妾，各逞其文才。比较起来，《义激》云："观其（蜀妇人）付夫之意，似没身不敢贰者。其夫自谓得妻也，所付亦如妇人付之意。"这样描写，恰到好处。《集异记》说女主人公既"美"，又"资用稍备"，"（王）立既悦其人，又幸其给"，如此形容志在报仇的女侠，不很恰当。《原化记》不但夸张女主人公"有容色"，还有"二女奴"伺候，踵事增华，远离真实矣。又如：《义激》叙蜀妇人杀仇人、杀子后与夫诀，文笔质朴；而《集异记》《原化记》叙蜀妇人杀仇人前与夫诀，去而复回杀子，文笔曲折。《义激》中蜀妇人杀子前的话，乃崔蠡之拟言、代言（详见上述）；《原化记》中"杀其子者，以绝其念也。古之侠莫能过焉"，则是皇甫氏所发的议论。薛用弱、皇甫氏欣赏女报父仇一事之奇，各敷衍为一篇传奇，其中情节，皆出于虚构。

（3）各种记载皆明言女报父仇，唯《集异记》含糊其辞，作"妾有冤仇，痛缠肌骨，为日深矣"。今案：在中国封建社会中，女子在家从父，出嫁从夫。薛用弱既然说"贾人妻"之夫，"亡十年，旗亭之内，尚有旧业，朝肆暮家"，可见夫非死于"冤仇"，故其家无恙。然则"贾人妻"所云"痛缠肌骨，为日深矣"之"冤仇"，必父仇无疑。至于各种记载中有妻、妾、同居之差别，一子、二子之差别，或为传闻不一，或是作者故弄玄虚，无关宏旨，不必深究。

综合以上，在文学作品中，一个女报父仇的故事，见于五种记载，是值得注意的。从这个典型例子，不但可以看出唐人杂传、杂文、轶事、传奇四种文体创作手法之异同；更重要的是，通过比较研究，只有《义激》有寓意，其他各篇无寓意，因为只有崔蠡有家难，其他各篇作者无家难。进入作者心胸，才能鉴别作品有无寓意。

后　　记

　　诗与传奇，为唐文坛之双秀。我的治学方向，五十岁以前偏重于唐诗，五十岁以后偏重于唐传奇。我研究唐传奇的重点，在于探求作者之寓意，说白了，就是什么动机驱使他非写这篇传奇不可。这是我的研究成果与众不同之处。今从平日所撰写的唐传奇论文中，自选二十二篇，分为七类，编为一集。赖任晖博士之助，得以问世，深为感谢。

　　在近代学术名著中，我很钦佩国学大师王国维之《宋元戏曲考》，他在自序中说："凡诸材料，皆余所搜集，其所说明，亦大抵余之所创获也。世之为此学者，自余始，其所贡于此学者，亦以此书为多。非吾辈才力过于古人，实以古人未尝为此学故也。"

　　多年来，我一直以王氏这段话勉励自己。又，我亲见章士钊先生于九十一岁时完成《柳文指要》出版，我今年才七十七岁，怎敢搁笔？对唐传奇还要继续深入研究下去。

二〇〇一年国庆节即中秋节，
卞孝萱于南京大学冬青书屋